"이게 가깝다고? 아니에요. 멀어요."

혼전
계약서

2

* 이 도서의 국립중앙도서관 출판예정도서목록(CIP)은 서지정보유통지원시스템

홈페이지(http://seoji.nl.go.kr)와 국가자료공동목록시스템(http://www.nl.go.kr/kolisnet)에서

이용하실 수 있습니다. (CIP제어번호: CIP2020018789)

플아다 장편소설

혼전
계약서

2

은행나무

차 례

2

9.
도망가고 쫓아가고

　며칠이 조용하게 흘러갔다. 프리지어가 사인을 한 계약서가 우편으로 도착한 것 외에 승희는 무결과 다른 접점이 없었다.

　어느덧 재훈이 말한 자선파티 당일이 되었다. 엔젤투자자를 만날 수 있는 날이다.

　토요일이라 승희는 회사에 들러 볼일을 본 뒤 오후에 친구 소연을 만났다. 승희와 소연은 어느새 한 달에 한 번은 꼭 만나는 사이가 되었다. 승희가 무결과 헤어졌다는 소식을 들은 뒤에도 소연은 승희의 편에 서서 그녀를 위로했다.

　소연의 위로 방식은 이러했다. 금왕 한씨 집안의 피에는 뭔가가 있다, 그들은 며느리를 가족이 아니라 재산으로 생각한다, 그 집안과 얽히지 않게 된 것은 너에게도 결국 좋은 일이 될 것이다……. 금왕 한씨 집안의 시어머니를 둔 소연의 눈에는 벌써 진득한 한이 쌓여 있었다. 그녀는 미혼 시절로 돌아가고 싶어 하는 심경도 내비쳤다. 소연과 얘기하다 보면 어느새 승희의 위로가 아니라 소연의 한풀이가 되는 날이 많았지만 어쨌든 승희도 무결의 집안과 연이 끊어진 것이 다행이라 여기긴 했다.

"파티, 재미있겠다. 나도 파티 좋아하는데."

임신 5개월 차. 살이 오르기 시작한 소연이 승희의 예쁜 몸매를 부러운 눈빛으로 바라보며 말했다.

"재미있을지 모르겠다. 일하러 가는 거라서."

"젊은 사람들 파티처럼 흥이 나진 않겠지만 그래도 유익할 거라고 생각해. 옷은 뭐 입고 갈 거야?"

"그냥…… 정장?"

"후우. 널 꾸며주는 걸로 내 욕망을 해소해야겠다."

소연은 고개를 도리도리 젓고는 팔을 걷어붙였다.

아빠가 대기업의 대표라 소연은 파티에 익숙했다. 드레스숍도 아는 곳이 많았고 혼자서 예쁘게 꾸밀 줄도 알았다. 현재는 임신을 한 데다가 시가에서 검사 부인은 검소하고 청렴해 보여야 한다고 하도 잔소리를 해서 결혼 이후 파티 참석은 감히 생각도 못 하게 된 것이다. 그러다 보니 오늘 승희를 꾸며주는 데에는 소연이 더 신이 났다.

소연이 데려간 드레스숍은 승희에겐 새로운 세계였다. 현재 승희는 바지정장에서 벗어나 치마정장, 하늘하늘한 블라우스 정도는 입을 수 있는 사람이 되었지만, 그래도 여전히 예쁜 옷들이 선녀의 날개옷처럼 어색하게만 보였다. 이런 눈부신 옷들을 입은 자신의 모습은 상상이 가지 않았다.

"무슨 색 입을래?"

소연이 물었다. 승희가 소심하게 대답했다.

"그냥, 있는 듯 없는 듯 그렇게 보였으면 좋겠어. 음…… 검정색?"

"그래? 나는 좀 더 밝은색 입었으면 좋겠는데."

소연은 서운한 듯 입술을 몇 번 오물거렸다. 하지만 검정색 드레스를 몇 벌 살펴본 소연은 생각을 쉽게 바꾸었다.

"하긴, 너는 검정색을 입어도 제일 예쁠 거야."

소연의 표정엔 승희를 세상에서 가장 예쁜 여인으로 만들겠다는 의지와 욕망이 그대로 드러났다. 두 사람이 심고 끝에 고른 드레스는 사선으로 비즈 장식이 달린 머메이드 스타일의 블랙드레스였다.

"역시. 승희야, 빛이 난다! 블랙을 입어도 천사 같니."

소연이 찬탄했다. 몸에 피부처럼 달라붙은 살랑살랑한 드레스는 승희의 우아한 곡선을 그대로 보여주었다. 다소 어둡거나 칙칙해 보일 수도 있는 검정색이 승희의 하얀 피부와 어울려 단아하면서도 섹시한 매력을 발산하게 했다. 또한 노출이 심하지 않은 얌전한 스타일이었지만 가슴 윗부분과 팔은 매쉬 원단으로 되어 있어 고혹적으로 보였다. 소연은 가지고 있는 화장품으로 승희에게 화장을 해주고 머리를 빗겨주었다. 짧은 머리를 둘러서 땋아 헤어 코르사주를 꽂으니 승희는 더욱 빛이 났다.

"승희야, 너 진짜 너무 예쁘다."

소연은 감탄하며 울먹거렸다.

"소연아, 왜 네가 울려고 해."

"아니 그냥 좀 눈물이 나네. 파티도 못 가는 내 신세가 서럽기도 하고, 이 예쁜 걸 숨기고 살았던 네가 짠하기도 해."

소연은 찔끔 맺힌 눈물을 닦고 씨익 웃었다.

얼추 꾸미고 나니 재훈과 만나기로 한 시각이 되었다. 소연은 재훈을 승희가 있는 곳으로 불렀다. 슈트를 차려입고 온 재훈도 말쑥한 인물을 자랑했는데 숍에 들어서는 순간, 승희의 모습에 표정을 잃고 말았다.

"재훈아, 승희 너무 이쁘지."

"응."

재훈은 딱딱하게 대답하고는 승희에게 손을 내밀었다.

"가자, 얼른."

"우리 승희 잘 모시고 다녀야 돼."

소연이 재훈에게 분부했다.

"알겠어."

"그리고 좀 웃어라. 누가 보면 화난 줄 알겠다."

소연의 충고에도 재훈은 표정을 쉽게 풀지 못했다. 차에 오른 후, 운전대를 잡은 재훈은 한참 후에야 승희에게 말을 걸었다.

"정말 예쁘다."

"고맙다."

"빈말 아니야."

"그래. 고맙다고."

승희는 가벼이 대꾸했다. 재훈의 손바닥에 땀이 차오르는 것을 그녀는 알지 못했다.

"재훈아, 너는 엔젤투자자 얼굴 본 적 있어?"

"아니."

"그럼 어떻게 알아봐?"

"우리 회사 대표님이 소개해주실 거야."

"아, 대표님은 누군지 아시는구나."

"그런가봐."

"엔젤투자자에 대해 대표님한테 귀띔으로 들은 것도 없어?"

"없어. 미안."

"아니, 아니야."

이제 몇 시간 뒤면 직접 만나게 될 텐데 뭐. 일 얘기, 사람 얘기를 하다 보니 어느덧 파티 장소에 닿았다. 차에서 먼저 내린 재훈이 승희를 거들어주었다. 한쪽이 무릎까지 옆트임이 있는 드레스이지만 그래도 입어본 적이 없는 옷이라 움직임이 불편했다. 차에서 내린 승희가 재훈의 옷 끝을 잡으니 재훈이 승희의 손을 제 팔에 걸쳐주었다.

유명 디자이너의 저택이라는데 희재원만큼이나 으리으리한 곳이었다. 지인의 하우스웨딩에는 가본 적이 있으나 하우스파티는 처음이라 승희의 어깨가 꽉 긴장했다. 아니, 실은 엔젤투자자를 만난다는 사실이 그녀를 긴장케 했다. 엔젤투자자가 누구일지, 어디에 있을지 모르는 입장이라 그녀의 움직임이 조심스럽게 느려졌다.

그러나 저택의 안쪽으로 들어섰을 때, 승희는 이곳에 오게 된 사명을 깡그리 잊게 되었다. 한무결. 그와 마주칠 거란 생각은 꿈에도 못 했던 것이다. 놀란 것은 한 가지가 더 있었다. 김푸른 아나운서가 무결의 옆에 서 있었다. 푸른 또한 승희를 알아보았는지 잠깐 놀랐다가 옅은 미소를 지었다. 무결의 표정은 승희와 마주한 후 나쁜 짓을 하다가 들킨 사람처럼 멈칫 굳어버렸다.

재훈을 집었던 승희의 팔이 스르르 아래로 떨어졌다. 팔짱이 풀리자 재훈은 보란 듯이 승희의 허리에 팔을 감았다. 마주 선 무결의 눈빛이 집요하게 재훈의 손을 따라갔다. 공기를 가로지르는 서로의 팽팽한 시선이 승희에게도 느껴질 정도였다.

자선파티 전날. 무결에게 웬 낯선 번호로 전화가 걸려왔다. 무결은 받지 말까 하다가 승희 생각이 나서 혹시나 하는 마음에 전화를 받았다. 그런데, 뜻밖에도 발신자는 푸른이었다.

[안녕하세요, 김푸른이에요.]

"이 번호는 어떻게 알았죠?"

무결이 딱딱하게 굳은 음성으로 물었다.

[번호 알아내는 거야 어렵지 않죠. 아주 오래전에 아버님이 말씀 해주셨어요. 제가 한무결 씨한테 받은 번호랑 다르더라고요.]

무결은 힘이 쭉 빠졌다.

[그래도 지금까지 연락 한 번 안 했다고요. 내가 이런 사람인데 자꾸 스토커 취급하지 말았으면 좋겠네요.]

"지금 이렇게 전화를 거는 것도 스토킹인 것 같은데요."

[내일 일정을 알려드리려고 전화한 거예요. 한무결 씨가 너무 날 스토커 취급하는 게 불쾌해서요. 내일 실버문화사업 자선파티 가시 죠? 저도 가는데 혹시 만나도 놀라지 마시라고요.]

자선파티 이야기에 목 뒤에서 싸하게 소름이 돋았다. 실버문화사 업 자선파티는 무결의 할아버지 태조가 후원하는 파티이기에 무결 도 매년 참석해왔다. 하지만 얼굴만 비추는 수준이기에 올해는 걸러 볼까 하는 참이었다. 무결은 낮아진 목소리로 물었다.

"내가 거길 간다는 얘긴 누구한테 들었습니까?"

[명중우 씨가 얘기해주던데요.]

"명중우?"

[네. 언젠가 무결 씨의 매형이 될 분이요.]

푸른은 아무렇지도 않게 잘 대답해주었다. 무결의 눈이 가늘어지고 있었다.

"명중우가 얘기해줬다는 거죠?"

[네.]

"명중우 씨랑은 자주 만납니까?"

푸른은 무결이 관심을 가져주는 것이 기쁜 목소리로 냉큼 대답했다.

[자주 만날 리가 있겠어요? 그냥 무결 씨 누나 혼약자니까 연락이 오면 받아주는 거죠.]

'자주 만날 리가 있겠어요?'라는 말은 만나기는 한다는 말이었다.

[아, 내일 무결 씨 누나 커플도 온다네요. 거기서 만나기로 했어요.]

명중우에게 별 거부감이 없는 것이다. 명중우를 만나보고도 녀석의 시커먼 속을 못 읽었나? 무결은 이 여자도 참 딱하다는 생각이 들었다. 하지만 동정심이 인다고 해서 김푸른을 받아줄 마음이 생기는 건 아니다.

"그래요. 그럼 내일 봅시다."

갈까 말까 고민하고 있던 무결은 마음을 굳혔다. 명중우 그놈과 누나, 그리고 김푸른을 한 자리에서 보면 명중우의 속내를 들여다볼 수 있을 것 같았다.

자선파티가 열린 저택 안.

곱게 차려입은 승희와 그녀의 허리를 제 것처럼 감싸고 있는 김재훈을 보는 순간 무결은 단순한 서운함을 넘어 분노를 느꼈다. 단전에서부터 시작된 열이 울컥울컥 머리까지 올라왔다. 승희가 빛이 나도록 예쁜 것이 화가 났고 그녀의 옆자리에 다른 녀석이 있는 것이 화가 났다. 화를 다스리기 위해 지난 5개월 간 공자님 맹자님의 가르침을 그렇게 연마했는데. 실전에서는 완벽하게 무쓸모였다. 잠시 걸음을 멈췄던 승희는 재훈의 에스코트를 받아 다른 쪽으로 떠났다. 인사한 번 없이.

우승희를 바라보느라 몰랐는데 제 옆에 푸른이 껌처럼 달라붙어 있었다. 푸른이 자신의 팔을 팔짱 끼듯 붙잡고 있었던 것이다. 명중우와 무빈과 푸른을 함께 보는 상황을 만들기 위해 푸른과 붙어 있었던 것이 화근이 되었다.

"달라붙지 말죠."

무결은 푸른의 팔을 쳐냈다. 푸른이 비틀거렸다. 하지만 무결은 붙잡아주지도 않았다.

"혼자 걸을 수 있죠?"

무결은 재빨리 승희가 떠난 방향으로 걸음을 옮겼다. 이 모든 게 명중우의 계략이라면, 우승희가 온다는 걸 미리 알고 자신과 김푸른을 여기 데려다놓은 거라면, 명중우는 우승희를 증오하는 게 아니라 우승희에게 집착하는 거다. 우승희의 인생 전체를 조작해야 마음이 놓이는 병에 걸린 것이다.

명중우의 병적인 집착. 과연 맞을까? 여성 편력도 좀 있었던 것으로 알고 있는데, 우승희 한 사람에게 그렇게 집착하고 있다고? 자신을 거부한 유일한 여자라서? 그것만이라기엔 뭔가 석연치 않았다.

하지만 어떤 면에서는 이해할 수 있을 것 같았다. 우승희 때문에 목숨을 끊은 동기가 있다고 했을 정도니 말 다했지 뭐. 다들 얼마나 흠모했겠어. 명중우가 부러운 건 그거 하나다. 상처받기 이전의 스무 살 우승희를 알고 있다는 것. 무결은 스무 살의 우승희를 만나지 못한 것이 한스러울 뿐이었다.

저택에 들어오자마자 무결과 마주친 후, 승희는 가시가 걸린 것처럼 속이 따끔했다.

저택 뒤편으로 나와 뒷마당까지 간 재훈은 제 회사의 대표를 발견하고는 곧장 승희를 데려갔다.

"승희야, 우리 대표님이야."

"안녕하세요. 우승희입니다."

재훈의 회사 장 대표에 대해서는 얘기만 들었지 직접 만난 건 처음이었다. 승희가 인사하니 장 대표도 깍듯하게 인사했다.

"우 대표, 처음 뵙네요. 일찍 인사를 드렸어야 했는데 죄송합니다."

"아닙니다. 그런데 엔젤투자자님은 어디 계시나요?"

무결과 마주친 탓에 자리가 불편해진 승희는 곧장 본론으로 직행했다. 엔젤투자자만 만나고 빨리 이 장소를 빠져나가고 싶었다.

"아, 그게, 아직은 안 온 것 같은데."

승희가 엔젤투자자 얘기를 꺼내니 장 대표의 목소리는 돌연 낮아졌다. 이 공간에서도 엔젤투자자의 존재는 일급 기밀인 모양이다.

"오면 바로 말씀드리겠습니다."

연세 지긋한 어르신인 장 대표가 깍듯이 대답하여 승희는 불평을 꺼낼 수가 없었다. 하지만 이번에도 바람맞힌다면 승희도 깨끗이 포기할 생각이다.

엔젤투자자를 기다리는 동안 시간이 붕 떴다. 재훈의 회사 장 대표를 주시하며 멀찍이 떨어져 서 있던 승희는 발에 무리가 오는 것을 느꼈다. 드레스숍에서 빌린 구두가 발뒤꿈치를 괴롭혔다. 이번에도 상처가 났을 거라 짐작할 수 있었다.

"재훈아, 나 화장실 다녀올게."

"응. 데려다줄게."

승희의 얼굴이 불편해 보여 재훈이 손을 내밀었다.

"아니야. 혼자 다녀올게."

승희는 가볍게 거절하고 저택 안으로 들어갔다. 혼자서 움직이니 통증이 더 심해졌다. 화장실이 어디 있을까 살펴보던 승희는 결국 눈에 보이는 방문을 열고 들어갔다. 다행히 응접실 같은 공간이었다. 전등 스위치를 눌렀으나 불은 들어오지 않았다. 그래도 어느 정도는 보이기에, 승희는 테이블 앞의 의자에 앉아 발 뒤쪽을 살폈다. 왼쪽 오른쪽 둘 다 뒤꿈치가 해져 피가 나고 있었다. 소연이 빌려준 클러치백을 살펴보니 밴드가 들어 있었다.

"역시 소연이, 센스 있다니까."

승희는 소연에게 고마워하며 밴드 포장을 뜯었다. 그때 문이 덜컥 열렸다. 그녀가 피할 틈도 없이 무결이 들어왔다. 문은 다시 닫히고. 정적 속에 두 사람이 다시 마주하게 되었다. 승희는 무결이 들어왔다는 걸 확인하고는 바로 고개를 내렸다. 밴드를 붙이는 일에만 열중했다.

그 모습을 지켜보는 동안 무결의 마음속에서는 파도가 일렁였다. 오늘의 우승희는 고혹적이고도 섹시하다. 그녀가 저택에 도착한 후 몇 초간 모든 시선이 그녀에게 쏠렸었다. 남들에 비해 화려하지 않은, 단아한 블랙드레스만으로 온갖 시선을 불러 모았다. 지금 제 눈 앞에서 허리를 숙이고 발뒤꿈치에 밴드를 붙이는 모습조차도 곱고 요염했다. 실수하지 않으려면 눈길은 반만 주어야 했다.

"나 따라다녀요?"

"한무결 씨야말로 나 따라다니는 거 아니에요?"

다소 불퉁스러운 대답이 돌아왔다. 하지만 그뿐이다. 묻지 않는다, 이 여자는. 김푸른이라는 이름을 입에 담지도 않는다. 다시 또 나만 질투하고 나만 애가 타지.

당신은 왜 이렇게 예쁘지? 왜 이렇게 빛나지? 그만 좀 빛나면 안 되나?

양쪽 발에 밴드를 모두 붙인 승희가 허리를 곧게 폈다. 김재훈이 그녀의 허리에 자연스럽게 팔을 감았던 게 떠올랐다. 나만 그녀를 만질 수 있어야 하는데.

"예쁘네요."

그의 뜬금없는 칭찬에 승희는 아무 반응도 할 수가 없었다. 다만 그가 말을 거니 좀 전에 그의 옆에 있었던 사람이 생각났다. 김푸른은 어디 두고 나한테 말을 거는 건가 싶어 눈빛이 고와질 수 없었다. 그가 다시 말을 걸었다.

"세상에 혼자만 있는 것처럼 빛나네."

"과찬이십니다."

"그렇죠. 과찬이죠."

그는 약간 화가 난 듯했다. 하지만 승희 또한 기분이 썩 좋지는 않았으므로 흥 하며 고개를 돌렸다. 그때 문 밖에서 소리가 들렸다.

"공주님."

무결과 승희의 움직임이 일시에 멈췄다.

"우리 아기 먼저 갖고 싶지 않아?"

"으응?"

중우와 무빈의 목소리였다. 중우가 문을 열 듯 말 듯 붙잡고는 무빈에게 말을 걸고 있는 것이었다.

"중우 씨 아기 좋아했어?"

"좋아하지. 아기 싫어하는 사람이 어디 있어."

"그냥 보는 거 말고. 키우는 건 또 다른 문제잖아."

문이 열리는 기척이 느껴지자 승희는 생각할 겨를도 없이 무결을 붙들고는 구석의 커튼 속으로 숨어 들어갔다. 중우와 무빈이 방 안으로 들어왔다. 어두운 장막 속에서 승희와 무결은 두 사람의 대화를 들었다.

"우리 형편에 그게 무슨 문제야. 자기가 낳기만 하면 유모 고용해서 키울 텐데."

그리고 이어지는 진득한 입맞춤. 두 사람의 애정행각까지는 관심이 없었기에 승희는 제 입을 막고는 숨을 삼켰다. 유난히 거칠게 들려오는 키스 소리 이후 무빈이 약간 고조된 목소리로 중우에게 말했다.

"대충 인사하고 나가자."

"사람들이랑 대화 나누고 있어. 한 대만 피우고 갈게."

중우가 대답했다. 무빈이 따끔하게 말했다.

"담배 끊어."

"알겠어."

중우의 대답 이후, 방문이 열리고 닫히는 소리가 났다. 중우는 혼자 남아 담배를 태우다가 누군가에게 전화를 걸었다.

"안쪽 세 번째 방이야. 남들 눈 조심해서 와."

남들 눈 조심해서? 승희의 미간이 구겨졌다. 남들 눈 조심해서 누군가를 만난다고?

아빠의 탐정 유전자가 반짝하고 빛났다. 승희는 중우가 누구를 만나는지 알고 싶어져 계속 숨을 죽이고 숨어 있었다. 심장이 벌렁거렸다. 잠시 후 문이 열리고, 또각또각 구두 소리가 들렸다.

"왜 불렀어?"

젊은 여자 목소리였다. 승희가 아는 사람은 아니었다.

"도와달라고. 너 이런 거 잘하잖아. 김푸른 온 거 알지? 우승희도 왔어."

"김푸른은 이해가 되는데, 우승희가 여길?"

"일이 있나 보지. 아무튼 기회가 좋아."

중우의 입에서 제 이름이 흘러나오자 승희는 클러치백에서 휴대폰을 꺼냈다. 그리고 침착하게 비행모드를 실행해 외부 연락을 차단한 후 녹음 버튼을 눌렀다. 모든 일이 조용히 이루어졌지만 손은 바들바들 떨려왔다. 중우의 목소리가 들렸다.

"화장실에서 김푸른 남성 편력을 흘려. 내가 얘기한 적 있지? 선배 아나운서에, 야구선수에, 마흔 먹은 국회의원에, 스무 살짜리 아이돌까지 건드렸다며. 도무지 취향을 알 수가 없다고. 그리고 마지막에 이렇게 덧붙이는 거야. 아빠 뒷배로 아나운서 된 주제에 너무 나댄다고 하더라. 한무결 옛날 여자 친구라는 사람이 다 털어놓은 사실이다. 한무결을 엄청 지독하게 가로챘다더라. 한무결 전여친은 스타트업 경영하는 여잔데 그 여자도 보통 아니더라."

하. 미친 자식. 당장 쫓아가 뺨을 올려붙이고 싶었지만 승희는 꾹 참았다. 심장을 훅 토해버릴 것처럼 속이 크게 울렁거렸다.

"거기까지만 하면 돼. 그럼 두 사람이 오늘 여기서 머리채 잡고 한바탕 싸우게 되겠지."

"적어도 김푸른이 엄청 분노하는 건 볼 수 있겠네."

"최대한 많이 퍼트리고 마지막엔 김푸른이 화장실에 있을 때 한 방 먹이는 거야. 할 수 있지?"

"노력은 해볼게."

"그래. 수고. 먼저 나간다."

중우는 말을 마치고는 바로 떠났다. 여자는 방에 남아 담배를 태웠다. 승희는 슬쩍 눈만 내놓고는 여자의 정체를 알아보려 애썼다. 주홍빛 담뱃불이 밝아졌다가 희미해졌다가를 반복하는 동안 승희는 여자의 실루엣을 눈에 새겼다. 얼굴은 정확히 보이지 않는 것이 아쉬웠다. 하지만 곧 알 수 있으리라. 잠시 후 여자는 담배를 비벼 끄고 떠났다.

문이 닫히고 한참 뒤, 승희는 휴대폰 녹음 기능을 해제했다. 그러고도 그녀는 자리에서 움직이지 못했다. 소중한 녹음 기록. 제대로 녹음이 됐나 확인해야 했다.

"우승희 씨."

그간 가만히 있던 무결이 옆에서 소리를 냈다.

"잠깐만요."

"이봐요."

"쉿."

승희는 휴대폰을 귀에 대고는 녹음된 소리를 확인하는 데에 몰두했다.

"우승희."

꾹 참다가 내놓은 것처럼 묵직하게 낮아진 목소리가 가을 밤바람처럼 싸했다. 승희는 고개를 들어 바짝 붙어 서 있는 무결을 올려다보았다.

"내가 말했죠."

처음과 다르게 엄한 말투였다. 승희는 그제야 알게 되었다. 제 한 쪽 손이 아까부터 내내 무엇을 하고 있었는지를. 그녀는 무결의 손을 생명줄처럼 꼭 붙잡고 있었던 것이다.

"기어이 선을 넘었네."

명중우를 잡으려다 다른 문제를 일으키고 말았다. 건드리면 시작되는 관계. 어처구니없이 그 포문을 열고 말았다.

승희는 급히 손을 떼었지만 이미 늦었다. 당황한 그녀가 반걸음 뒤로 물러났다.

사위가 어두운 곳에서 돌연 그의 눈이 굶주려온 맹수처럼 빛났다. 사람 좋아 보이던 표정, 세상에서 가장 예쁜 빛깔의 눈동자. 그 곱고 선한 인상의 이면에 숨겨진 포식자의 눈빛이 드러났다. 넌 이제 끝났어. 침묵이 전해주는 메시지가 그 어떤 음성보다도 매서웠다.

승희는 숨을 가지런히 고르는 것은 이미 포기했다. 그저 지금은 잡아먹히지만 않으면 되는 것이다. 호랑이 앞에 선 햇병아리지만 정신을 되도록 바짝 차려보려 한다. 승희는 커튼을 크게 들추며 말했다.

"융통성!"

비좁았던 공간이 트이며 그만큼의 퇴로를 확보한 느낌이 들었다. 그녀는 바짝 붙어선 무결에게서 한 걸음 더 물러났다. 눈을 똑바로 뜨고 그를 바라보았다. 그의 주장을 인정할 수 없다고 우겨볼 것이다.

"군자불기(君子不器). 그쪽이 했던 말이죠. 지금은 어쩔 수 없는 상황이었잖아요."

"그럴 줄 알았지."

무결은 그녀의 수를 모두 꿰고 있다는 듯이 조소를 짓고는 말을 이었다.

"왜 어쩔 수 없는 상황이죠? 이 안으로 혼자 들어가는 게, 날 끌고 들어가는 것보다 훨씬 편하고 덜 위험한데. 천재지변이 일어났나? 누가 우승희 씨를 떠밀었나?"

심하게 맞는 말이다. 하지만 그를 커튼 안쪽으로 끌고 들어가지 않았으면 어땠을까, 그를 방에 혼자 남겨두었다면. 그랬다면 명중우와 한무빈이 이 방에 들어와 키스를 하지 않았을 것이고 이후 명중우가 이 방으로 여자를 부르는 일도 없었을 것이다.

"……위급한 상황이었죠."

"내게는 하나도 위급하지 않았어요. 도리어 저 안에 들어간 게 더 위험했지."

냉정한 대답 뒤에 그의 속사정이 슬쩍 내비쳤다. 승희는 그제야 그의 처지에 대해 생각해볼 수 있게 되었다. 밀실의 끄트머리, 어두운 곳에서 남녀가 바짝 붙어 말없이 숨만 고르는 초조한 상황. 만약 커튼 밖의 일에 집중하고 있지만 않았다면 승희 또한 그를 향해 떨리는 가슴을 주체하지 못했을 것이다. 더욱이 그는 명중우에게 원한은 없는 입장인데 장시간 병풍처럼 서 있어야 했던 심경은 어땠을까.

"이번엔 내가 끌고 들어가볼까? 그게 얼마나 위협적인지."

그녀가 주춤하자 그는 한 번 더 따졌다. 그가 가련한 새끼짐승이라도 된 듯이 '위협적'이라고 말하여 승희는 약간 억울해졌다. 내가 언제 위협을 했다고. 나는 그저 당신 손을 잡고 있었던 것밖엔 없는데. 그의 억지에 승희도 독이 올랐다. 그가 세운 법칙이라도 우기면 그만이다.

"아무튼 우발적으로 벌어진 일이에요. 나한테 조금만 더 생각할 시간이 있었다면 절대 안 그랬을 거예요."

"스스로 선택한 일이 잘못되면 다들 실수로 치부하죠. 우승희 씨는 안 그런 사람인 줄 알았는데, 참 못났네."

이런 구간에서 움찔하면 안 되는 건데, 그가 그렇게 도발하니 아랫입술을 꽉 깨물게 되었다.

"날 먼저 건드렸으니까 이다음은 내 식대로 하겠습니다."

하지만 그가 한 걸음 다가오자 다시 성큼 두려움이 생기는 승희였다. 정말로 잡아먹힐까봐. 그 섬세한 눈빛을 읽어낸 무결이 작게 헛웃음을 터트렸다.

"안 해요, 안 해."

"뭘 안 한다는 건데요."

승희가 따졌다. 어두운 곳에서도 그의 미소는 햇빛을 가루로 흩뿌린 듯이 반짝였지만 그녀는 그를 따라 웃을 수가 없었다.

"그럼 해요?"

"……"

"여기선 안 해. 우승희 씨가 원한다면 장소를 가릴 필요도 없지만."

뭘 안 한다는 건지, 뭘 원한다는 건지. 목적어가 생략된 말에는 불순한 상상이 끼어들었다. 승희의 두 뺨이 뒤뜰에서 보았던 과꽃처럼 어둠 속에서 붉은빛을 띠었다. 무결은 다시 한번 피식 웃었다.

"내가 먼저 밖으로 나가서 연락할 테니까 사람들 눈에 띄지 않게 나와요."

그가 그녀의 어깨를 토닥인 후 방에서 떠날 때까지 승희는 아무 말도 하지 못했다. 멍하니 있다가 한참 지나서야 휴대폰의 비행모드를 풀었다.

"후우……."

조용히 방에서 나온 무결은 몇 걸음 더 성큼 걸어가 주위를 살폈다. 잠시 후 방문을 주시하는 사람이 없는 틈을 타 무결은 승희에게 문자메시지를 보냈다. 승희가 재빠르게 방문 밖으로 나왔다. 그와 눈이 마주치자 승희는 불만스러운 표정으로 휙 돌아섰다. 무결은 그녀의 반응이 어처구니없어 코웃음을 쳤다.

이봐. 원망하지 말라고. 나는 칭찬받아야 하는 사람이라고. 그 어두운 곳에서, 그 좁은 공간에서, 당신 옆에서 버티어냈단 말이다.

커튼 속에서 적어도 10분은 있었을 것이다. 긴장한 그녀의 옅은 숨소리를 들으면서, 무의식중에 꽉 잡은 작은 손에 저항 한 번 못하고. 선녀의 날개옷같이 얇은 드레스 차림의 그녀와 바짝 붙어 있는 채로, 그 아찔한 곡선에 어지럽다 못해 숨이 막힐 지경이었는데. 정작 그는 커튼 안에서 내내 없는 사람 취급당했다. 명중우보다 뒤로 밀린 것이다. 씁쓸했다. 그래도 통로를 하나 확보했으니 이걸로 된 거다. 건드리면 시작되는 거라고 경고했고, 그녀가 빼도 박도 못하게 자신을 건드렸으니.

무결은 몇 걸음 뒤에서 승희의 모습을 좇았다.

승희는 저택의 화장실들을 찾아 계속 돌아다녔다. 좀 전에 방에서 명중우와 얘기를 나눴던 여자의 정체를 알고 싶었다. 저택이었지만 미술관처럼 사용되는 공간이라 화장실이 많은 편이었다. 개방이 되어 있는 1층의 화장실만도 세 군데였다. 거기에 앞뜰과 뒤뜰에도 야외 화장실이 있었다. 뒤뜰의 화장실까지 살폈지만 수확은 없었다. 승희는 재빠르게 앞뜰의 화장실 쪽으로 향했다. 건물을 지나 앞뜰까지

가는 동안 왠지 사람들이 수군거리는 것 같았다. 이미 얘기가 돌기 시작했나 하여 몸이 오싹해졌다. 건물 밖으로 나와 정원의 오솔길을 혼자 걸었다. 그때.

"우승희."

옆에서 그녀를 부르는 소리가 들렸다. 사잇길에서 튀어나온 푸른이었다. 푸른은 그녀를 발견하자마자 다짜고짜 클러치백을 휘두르며 소리쳤다.

"내 얘기를 그딴 식으로 퍼트리고 다녀?"

이제껏 알고 있던 아나운서 김푸른과는 다른 사람 같았다. 날카롭게 도드라진 클러치백의 장식이 매서운 흉기처럼 번뜩였다. 그 사이를 무결이 날렵하게 뛰어와 끼어들었다. 차악! 푸른이 휘두른 흉기는 승희를 가로막은 무결의 얼굴을 거침없이 긁었다.

"어머! 한무결 씨! 어머!"

푸른은 그제야 제정신으로 돌아온 듯했다. 자기가 무기를 휘둘러놓고 자기가 더 놀라는 모양은 우습기 짝이 없었다.

"한무결 씨, 괜찮아요?"

승희는 무결을 잠시 살피고는 바로 푸른에게 물었다.

"화장실에서 내 얘기 들은 거죠? 누가 무슨 얘기를 하던가요?"

푸른은 지금의 상황이 놀랍고 억울한 듯 숨을 헐떡거렸다.

"명중우가 어떤 여자랑 짜고서 김푸른 씨를 농락한 거라고요. 잠깐만요. 내가 녹음 기록을 들려줄 테니까."

승희는 제 클러치백에서 휴대폰을 꺼냈다. 그러나 푸른에게 증거를 제대로 보여주기도 전에 움직임이 멈추고 말았다.

"피……."

무결의 이마에서 빨간 피가 흐르고 있었다. 피를 알아본 푸른도 숨을 삼키며 입을 막았다.

"잠깐만요, 피 나요. 피 나요, 한무결 씨."

승희는 재빠르게 휴지를 꺼내 무결의 이마를 눌렀다. 이마가 깊게 찢어져 있었다. 자신이 다친 것과는 비교도 할 수 없는 설움이 북받쳐왔다.

"피 나잖아요. 왜 자꾸 다치는 건데요."

목소리가 뭉개졌다. 무결도 따끔한지 인상을 구겼다.

"병원 가요, 얼른."

"괜찮아요."

"찢어졌다고요! 병원 가야 해요."

"괜찮다고."

평정을 유지하던 무결의 목소리가 돌연 커졌다. 주변에 사람이 없었기에 망정이지, 누군가 있었다면 다들 깜짝 놀랐을 것이다.

"병원 싫어한다고 했잖아요."

잠깐 커졌던 그의 목소리는 이내 다시 낮아졌다. 그는 더는 이 문제에 대해 얘기하고 싶지 않은 듯이 떠났다.

"제발 좀 가요!"

승희도 그의 등 뒤에 대고 소리를 지르게 되었다. 울음기가 가득하여 음색이 오르내렸다. 후우. 그녀가 우는 건 보고 싶지 않다는 듯 한숨을 길게 내쉬고 돌아온 무결이 승희에게 스마트키를 건넸다.

"운전해요, 그럼."

승희는 반박의 여지없이 그의 스마트키를 받아들었다. 무결이 승희와 함께 떠나며 푸른에게 충고했다.

"김푸른 씨, 이간질에 쉽게 말려들지 말아요. 우스워지고 싶지 않으면."

낮고 어두운 목소리가 푸른의 가슴에 비수가 되어 꽂혔다. 푸른의 얼굴이 수치심에 뜨겁게 달아올랐다.

승희와 무결, 두 사람은 차에 올랐다. 시동을 켠 승희가 차를 출발시키며 따졌다.

"누가 도와달라고 했어요? 왜 나서요."

"그게 다친 사람한테 할 말이에요?"

"미안해요, 미안하긴 한데, 난 도와달라고 한 적 없어요."

자신 때문에 다치는 사람이 생기는 건 싫다. 남의 얼굴에 상처를 내니 오늘의 모든 것이 후회되었다. 이 옷. 이 옷이 문제다. 드레스 아랫단이 좁아 움직임이 불편했다. 푸른을 재빨리 피할 수가 없었다. 역시, 사람은 살던 대로 살아야 해. 후회의 생각들이 복잡하게 머릿속을 훑고 지나가는 중에 무결이 대뜸 말을 걸었다.

"근데……."

"네?"

"운전 왜 이렇게 잘해요?"

못 해야 정상인데.

"귀여워 보이려고 기계치인 척했어요?"

끼익. 흠칫 놀란 승희가 브레이크를 밟았다. 뒤편에 따라붙는 차가 있었다면 사고가 날 뻔했다. 승희는 무의식중에 남의 차를 제 차처럼 운전했던 것이다. 이제야 남의 차라는 것을 인식한 승희의 얼굴이 새빨개졌다.

"뭐야, 같이 죽자고?"

"의식하니까 못 하겠잖아요!"

"차 세워요. 내가 할 테니까."

그러나 금방 큰길을 만나 차가 많아졌다. 이제는 차를 세울 수도 없게 되었다.

"어후. 그냥 가요!"

승희는 소리를 빽 질렀다. 이후 승희의 운전 실력은 급 서툴러졌지만 그래도 병원에 다다를 때쯤에는 봐줄 만한 정도가 되었다.

가까스로 병원에 도착한 무결은 기다림 없이 바로 진료를 받을 수 있었다. 성형외과 의사가 당직을 하고 있었던 덕에 응급처치는 훌륭하게 이루어졌다. 무결은 이마의 상처를 두 바늘 꿰매게 되었다.

무결이 진료를 받는 동안 밖에 있던 승희는 그제야 자신이 휴대폰을 챙기지 않았다는 것을 깨달았다. 푸른에게 건네고서 받아오지 못한 것이다.

"하아."

왜 하필 김푸른에게 주었을까. 비밀번호가 걸려 있는 휴대폰이지만 나쁜 마음을 먹는다면 어떻게든 그 안의 정보를 들추어볼 수 있을 것이다. 그 안에 녹음기록이 하나 있을 뿐 예민한 자료는 없지만 그래도 껄끄러웠다.

"전화 한 통만 쓸 수 있을까요?"

접수대 직원에게 사정한 승희는 제 번호로 전화를 걸었다.

[여보세요.]

다행스럽게도 수화기 저편에서 재훈의 목소리가 들렸다.

"재훈아, 나야. 승희."

[너 지금 어디 있는데.]

"한무결 씨가 나 때문에 다쳐서. 잠깐 병원에 왔어."

[어디야. 내가 거기로 갈게.]

"아니. 이제 이동할 거야."

[어디로 갈 건데.]

재훈은 어디든 따라가겠다는 반응이었다. 어쨌든 휴대폰도 건네받아야 하니 재훈을 만나긴 해야 했다.

"그럼 삼성동으로 와줄래? 한무결 씨 바래다주고 만나자."

승희는 재훈에게 만날 장소를 일러두고는 곧장 전화를 끊었다. 무결이 치료를 마치고 나왔다. 병원에서 무결의 집까지도 승희가 운전대를 잡았지만 수월하게 이동했다. 기계치의 본성과 치열하게 맞선 집중력의 승리였다. 집까지 혼자 가야 하는 처지가 된 승희에게 무결이 차 키를 다시 내밀었다.

"집에 가기 불편하면 차 가지고 가도 돼요."

"아뇨. 친구가 오기로 했어요."

"김재훈?"

무결이 언짢은 표정을 그대로 드러냈다. 승희는 대답하지 않았다.

"안녕히 가세요."

"안 만나면 안 되나?"

"휴대폰이 재훈이한테 있어서요."

승희는 사실을 털어놓았다. 그럼에도 무결은 인상을 풀지 못했다.

"혼자 올라갈 수 있죠?"

"……."

"오늘 다치게 해서 미안합니다."

"여기 다친 것만 보여요?"

무결이 냉소적으로 대꾸했다. 그러나 그녀의 깨끗한 눈동자를 마주하고서 더 따질 수가 없었다.

"알았어요. 갈게요."

무결은 돌아서서 유유히 엘리베이터를 타고 떠났다.

승희는 아파트 밖으로 나왔다. 몇 분 기다리니 재훈이 왔다. 재훈이 급히 차에서 내려 승희에게 휴대폰을 내밀었다. 휴대폰을 받아든 승희가 재훈에게 물었다.

"엔젤투자자는?"

"왔다 갔지."

"넌 만났어?"

"널 만나러 온 건데 너 없이 날 만나줬겠어?"

다시 한번 엇갈리게 되었다. 무결의 상처를 치료해야 한다는 생각 외에는 아무것도 떠오르지 않았다. 휴대폰도 챙기지 않고 파티장을 떠났고, 아무렇지 않게 남의 차를 운전했다. 정신이 없었다. 그녀가 선택한 일이었으므로 아무도 탓할 수가 없다. 재훈이 인상을 쓰고서 물었다.

"대체 무슨 일이 있었던 거야."

"아니야. 아무것도."

자초지종을 모두 얘기하기 복잡한 사연이라 승희는 입을 다물기로 했다. 그게 답답한 듯이 재훈이 따졌다.

"왜 자꾸 한무결이랑 얽히는 건데."

재훈이 무결의 이름을 부르기 무섭게 승희가 쥔 휴대폰이 울렸다. 무결이었다. 승희는 전화를 받았다.

"여보세요?"

[집으로 올라와요. 오늘 보안기술 전수해줄게요.]

그의 갑작스런 요구에 승희는 놀랐다.

"지금요?"

[오늘밖에 시간이 없어서.]

고요한 음성이 그녀의 가슴을 툭 건드렸다.

[와요. 당장.]

"지금은……."

승희가 곤란한 표정으로 말을 이어가려는데 재훈이 승희의 휴대폰을 낚아챘다.

"야아!"

재훈은 곧장 통화를 끊어버렸다. 승희가 화를 내며 다시 휴대폰을 빼앗았다. 이미 전화는 끊어진 뒤였다.

"나 통화 중이잖아."

"이 자식이 왜 너한테 자꾸 연락을 하는데."

"나 때문에 다쳤다고."

"그래서 병원까지 갔잖아. 집에도 데려다주고. 할 만큼 했잖아. 왜 끌려다니는데."

화를 냈던 승희는 재훈의 기세에 말문을 잃었다. 모든 것이 참 복잡한 날.

"승희야."

재훈이 다시 표정을 풀고서 나지막이 그녀의 이름을 불렀다.

"우승희. 너 좋아한 지 8년 됐다. 내 마음 모르는 거 아니잖아."

예고 없이 찾아온 고백에 승희의 눈동자가 파르르 흔들렸다.

승희는 정말 몰랐다. 재훈이 마음을 드러낸 적이 한 번도 없었기 때문이다. 재훈은 동성 친구처럼 편한 친구였다. 무결이 재훈의 흑심에 대해 지적했을 때에도 승희는 괜한 트집이라고 생각했었다. 재훈을 단 몇 번 본 무결보다, 8년 이상 친구로 지내온 자신이 당연히 더 많이 알고 있다고 생각했다.

재훈을 향해 파르르 흔들렸던 눈동자는 금세 아래로 가라앉았다. 재훈을 바라볼 수가 없었다.

"재훈아. 나는 네가 좋은 친구야. 그냥, 그냥 좋은 친구야. 잃고 싶지 않은 친구야."

"나도 그래. 나도 널 잃고 싶지가 않아."

끊어진 전화가 다시 울렸다. 역시 발신자는 무결이었다.

"받지 마."

재훈이 말했다. 하지만 승희는 받지 않을 수가 없었다. 무결은 프리지어였다. 어쨌든 승희는 무결의 요구를 들어줘야 하는 입장이었다. 승희가 재훈의 말에 아랑곳없이 통화버튼을 누르려고 할 때 재훈이 경고했다.

"너 그 사람 다시 만나면, 내가 죽을 거라고 한다면?"

흠칫. 승희의 고개가 다시 위로 들렸다. 하나, 심장은 발밑으로 추락하는 것만 같았다.

겨울과 같은 적막. 움직임이 없는 두 사람.

하지만 곧 얼음이 풀리며 승희가 재훈에게 달려들었다. 주먹을 쥐고서. 재훈의 눈은 휘둥그레졌다.

"나쁜 놈아."

퍽.

"어떻게! 그렇게! 말을 해!"

툭. 툭. 픽.

"어떻게. 어떻게!"

픽. 픽.

"야 이 나쁜 놈아."

승희의 작은 주먹이 재훈의 온몸을 가차없이 두들겨댔다.

"야 이 불효자식아."

한 대 정도로는 아플 게 없지만 무자비하게 반복되니 재훈도 가드를 하게 되었다.

"야, 말로 해, 말로!"

"내가 사람을 잘못 봤네."

재훈이 말로 하라며 저항했지만 승희는 주먹질을 멈추지 않았다.

"너 진짜 나쁜 놈이야. 너랑 친구를 하는 게 아니었지."

울분이 섞인 주먹질을 손으로 막으면서도 다 받아내주던 재훈이 결국 승희의 두 팔을 잡았다. 승희의 눈은 시뻘겋다. 재훈도 억울해졌다.

"어떻게 사람 마음을 빗자루 취급하냐 넌."

"넌 어떻게 사람 목숨을 빗자루 버리듯 버린다고 하냐. 어?"

손을 붙잡힌 승희는 발로 재훈을 차버렸다. 구두코는 굉장한 무기였다. 그녀의 주먹으로 절대 물러나는 일이 없었던 재훈이 '으악' 소리를 내며 제 정강이를 붙잡았다. 힘이 실린 무게로 따지자면 주먹의 반밖에 안 되는데도. 조금 미안하긴 했지만 그래도 승희는 분노를 풀지 못했다.

"네가 나 때문에 죽는다고 하면 네 어머니께서 날 참 이뻐라 하시겠다! 부모님 가슴에 그렇게 대못을 박고 싶어? 절교다, 절교야! 연락도 하지 마!"

승희는 뒤돌아 떠나버렸다. 재훈이 쫓아오지는 않았다. 성큼성큼 걸어가는 동안 실은 눈물이 고였다. 승희는 재훈이 안 보일 즈음까지 말없이 걷다가 철순에게 전화를 걸었다. 철순은 바로 전화를 받았다.

[네. 대표님, 오늘 엔젤투자자 만나셨어요?]

"철순아."

[네. 누나.]

"재훈이랑 술 좀 마셔줄래?"

[아, 무슨 일 있었어요?]

"어. 무슨 일 있었어."

속이 깊은 철순은 승희의 대답에 더는 묻지 않았다. 전화를 끊은 승희는 눈에 고인 눈물을 닦고서 무결의 집으로 향했다. 주저앉아 울고 싶었지만 그럴 수가 없었다.

초인종 소리를 듣고서 문을 연 무결이 오만한 미소로 승희를 맞았다.

"옷도 안 갈아입고 올 줄은 몰랐네요."

"그쪽이 당장 오라면서! 옷 갈아입고 오라는 말이나 했어요?"

승희가 사납게 대꾸했다.

"왜 성질을……."

그녀의 코가 붉어진 것을 알아본 무결은 말을 멈췄다. 눈물이 흐르지도, 고이지도 않은 상태였는데 금방 알아챈 것이다. 울음 직전이라는 걸. 여기서 더 건드렸다가는 눈물이 콸콸 쏟아지리라는 걸. 무결은 무슨 일이 있었느냐고 물어볼 겨를도 없이 곧장 그녀의 어깨를 끌어안았다.

"미안."

이외에는 해줄 수 있는 말이 없었다.

"미안, 미안."

그녀의 어깨가 떨려오는 것이 심상치가 않았다. 그녀는 이미 울고 있는 것만 같았다. 눈물을 속으로 끌어당기며. 끌어안았는데도 저항하지 않았다. 힘이 쭉 빠진 사람 같았다. 무결의 목소리가 더없이 다정해졌다.

"옷 갈아입고 올래요? 아니, 내 옷 빌려줄까요?"

승희는 돌연 어린아이가 된 기분이었다. 그가 끌어안아 달래주니 그 따뜻한 품에 안겨 더 어리광부리고 싶은 생각마저 들었다.

"빨리 배우고 갈래요."

마음이 약해지는 것 같아 승희는 그의 어깨를 밀어냈다. 막상 집 안에 들어오니 그의 제안을 받아들이지 않은 것이 아쉬워졌다. 그녀가 지금 입고 있는 옷은 드레스숍에서 대여한 옷이었다. 그에게 보안 기술 설치를 배우려면 몇 시간은 걸릴 텐데 지금의 차림으로는 불편할 것 같았다.

"옷 좀 빌려주면 좋겠는데요."

승희는 뒤늦게 무결에게 청했다. 요청하면서도 요구하듯 당당한 말투였다. 오늘 그가 자신 때문에 다친 것은 안쓰럽지만 도와달라고 한 적도 없고, 재훈과 만났을 때 전화를 걸어 난처하게 만들었기에 고운 목소리가 나오지 않았다.

무결은 그런 그녀의 쌀쌀맞은 반응에 군소리 없이 드레스룸으로 들어가 옷을 한 벌 가지고 나왔다. 짙은 색의 티셔츠와 반바지였다.

"반바지는 안쪽에 끈이 달려 있으니까 조여서 입으면 돼요."

승희는 무결의 옷을 받아들고 바로 방으로 들어갔다. 등에 지퍼가 달려 있어 내리기까지 시간이 오래 걸렸다. 땀을 삐질삐질 흘리며 드레스의 지퍼를 내린 후 무결이 준 옷을 집어 들었다.

"아……."

그리고 엄청난 난관에 봉착했다는 사실을 뒤늦게 깨달았다. 그녀가 입고 있던 드레스는 가슴에 패드가 달려 있는 옷이었다. 당연히 속옷 없이 입는 옷. 착용하고 있던 브래지어는 드레스숍에 고이 맡겨 두고 온 것이다.

"아, 미치겠네."

승희는 눈물을 머금고 드레스를 다시 입었다. 지퍼를 내리는 것도 힘들었는데 올리는 게 쉬울 리 없었다. 그나마 간신히 허리 위쪽으로 지퍼를 끌어올려 겨우겨우 옷을 걸친 모양이 되었다. 그 채로 승희는 문을 열었다. 물론 문 사이로 얼굴만 내밀고 무결을 불렀다. 지퍼를 올리다 만 채로 등을 보일 수는 없었다.

"저기요."

무결이 재빠르게 달려왔다.

"네."

"이거 말고 좀 더 두꺼운 옷 있어요?"

승희는 티셔츠를 흔들며 말했다.

"왜요, 추워요? 보일러 틀어줄게요."

무결은 상냥하게 대답했다. 승희의 이마에 땀이 맺혀 있으니 더 걱정이 되었다. 열이 있나 싶어 그녀의 이마에 절로 손이 갔다. 승희는 건드리지 말라는 듯 기겁하며 몸을 뒤로 뺐다.

"아뇨. 두툼한 옷이면 된다고요."

승희의 예민한 반응에 무결은 멍해졌다. 잠깐 닿았지만 머리에 열은 없었는데.

"아니면 가벼운 점퍼 하나만 더 주세요."

무결은 그녀의 심기를 더 건드릴 수 없다는 생각에 바로 드레스룸으로 달려가 점퍼를 가지고 나왔다.

"고맙습니다."

날름 인사한 승희는 다시 문을 닫았다. 무결이 준 옷은 가을 점퍼라 두툼하지는 않았다. 하지만 속옷을 입지 않았다는 사실을 감출 수는 있을 것 같았다. 그녀는 무결이 준 반바지와 티셔츠, 점퍼를 입었다. 반바지는 무결의 말대로 허리를 꽉 조여 그녀에게 잘 맞출 수 있었다. 하지만 티셔츠와 점퍼는 너무 컸다. 어깨가 축 내려와 어른 옷을 입은 어린이 같았다. 점퍼도 쉽게 엉덩이를 덮었다. 드레스를 입고 있는 게 나았을까 하는 생각이 잠시 들었지만 이내 고개를 가로저었다.

승희는 점퍼의 소매를 몇 번 접어 제 팔 길이에 맞추고는 방문을 열었다. 속옷을 입지 않은 것은 사실 그가 눈치채지만 않으면 불편할 게 없었다. 집에 있을 때는 거의 안 입기 때문에. 그녀의 옷차림을 확인한 무결은 걱정스럽다는 듯 말했다.

"다리도 추울 것 같은데요."

무결은 그녀가 감기에 걸렸을 거라고 쉽게 단정 지은 것이다.

"아뇨. 이 정도가 좋아요. 딱 좋아요."

승희는 점퍼의 지퍼를 끝까지 올리며 말했다.

일하는 두 사람은 꽤나 잘 맞는다. 앙드레가 해야 하는 일을 무결이 우기는 바람에 승희가 하게 되었으므로 무결은 승희가 알아듣기 쉽게 설명해야 했다. 승희도 반년 전부터 C언어를 조금씩 공부해왔기에 큰 무리는 없었다. 하지만 필기는 필수였다. 승희가 모든 내용을 종이에 꼼꼼하게 적는 것을 확인한 무결이 말했다.

"내 기술 다른 회사에 팔아넘기면 안 되는 거 알죠?"

"당연하죠. 어떻게 얻어낸 기술인데. 나도 바보는 아닙니다."

그녀가 일에 몰두해 있는 모습을 가만히 바라보던 무결이 물었다.

"배고프진 않아요? 뭐 먹고 할까요?"

승희도 무결도 파티에서 간단히 먹은 간식 외에 아무것도 먹지 않은 상태였다. 9시가 지난 시각. 그가 말을 꺼내니 승희도 급작스레 허기가 밀려왔다.

"컵라면 먹을래요?"

빨리 끝내고 집에 가는 게 좋긴 할 텐데. 이성과 허기가 그녀의 안에서 타협했다. 승희가 긍정의 눈빛을 보내자 무결은 바로 일어났다.

"갑시다. 주방으로."

무결의 입가에 고인 예쁜 미소를 바라보던 승희도 자리에서 일어났다.

컵라면에 뜨거운 물을 붓고 면발이 풀어지길 기다리는 동안 무결은 승희를 가만히 주시했다. 승희가 자신을 건드렸으므로 관계는 이미 시작되었다고 할 수 있는데, 오늘 그녀의 기분이 왠지 처진 듯하여 막무가내로 다가갈 수가 없었다.

"오늘 파티에는 어떻게 오게 된 거예요?"

"엔젤투자자 만나러 왔어요."

"그때 그 100억 투자자? 만났어요?"

"아뇨."

승희는 고개를 내리고는 컵라면 덮개를 열어 젓가락으로 안을 휘 휘 저었다. 이마저도 억지로 꺼낸 말 같았다. 어쨌든 지금은 프리지 어라는 카드가 있어 그녀가 어느 정도 순응해주는 거겠지만 그 연결 고리가 끊어진 후엔 다시 돌아설 여지가 크다. 그녀는 언제나 도망가 려고만 했으니까.

어떻게 하면 당신에게 내가 꼭 필요한 사람이 될 수 있지? 내가 얼 마나 더 완벽해져야 나를 쳐다보려나.

"김재훈이랑 싸웠어요?"

무결이 다시 돌발질문을 했다. 주차장에서 승희와 헤어진 직후 걸 었던 전화는 엉뚱하게 끊겼다. 그리고 끊어질 때 그녀의 날카로운 목 소리가 잠깐 들렸다. 재훈과 그녀가 싸운 거라면, 재훈이 승희에게 막말을 한 거라면 참을 수 없을 것 같았다. 그의 질문에 승희의 눈이 또다시 젖어가는 것이 보였다. 지혈했던 상처가 다시 벌어지는 느낌 이었다.

승희 또한 그랬다. 재훈의 이야기를 꺼내니 속이 아팠다. 재훈의 고백은 예쁘지 않았다. 상처를 후벼 파는 말이었다. 무결과의 이별로 이성 관계에 대해 어느 정도는 극복하게 되었다고 자부했다. 하지만 표면적인 것이었을 뿐, 재훈의 고백에 다시 인생의 시계가 멈추는 느 낌이 들었다.

"네가 나 안 받아주면, 죽을 거야, 나."

몇 달 동안 꾸지 않았던 꿈이 현실로 다시 살아나는 것 같았다. 8년 전, 자신이 천상현을 죽인 거란 사실을 다시금 떠오르게 했다.

한편 재훈의 고백은, 한무결이 얼마나 고마운 사람이었는지도 깨닫게 했다. 내가 가장 좋아했던 사람. 하지만 내가 스스로 버린 사람. 내게서 버려질 때 그 어떤 상처도 주지 않았던 사람. 내가 당신에게 더 못되게 굴어도 되는지 잘 모르겠다.

무결이 그녀의 붉어진 코끝에 놀라 아무 말도 못 하고 있는 동안 승희가 슬며시 입을 열었다.

"처음에 내가 희재원에 침입했을 때요, 그때 직원이 죽었잖아요. 근데 한무결 씨는 왜 날 의심하지 않았나요."

한참 먼 곳으로 튀어간 화제에 무결은 알 수 없다는 듯 승희를 빤히 보았다. 그녀의 표정이 자못 진지하여 무결은 화제를 지적할 수가 없었다. 잠시 후에 그가 대답했다.

"사인이 자살이었으니까요."

"사인이 자살이라고 나오기 전부터 나를 감쌌잖아요. 내가 만약 정말로 당신 집 직원을 죽인 거라면요?"

무결은 그녀가 왜 이런 생뚱맞은 질문을 하는지 알 수 없었다. 그녀의 말은 설핏 자신이 직원을 죽였다는 말로 들리기도 했다.

"그렇다면 내가 그냥 놔두겠습니까? 눈에는 눈, 약에는 약."

하지만 잠깐 떠오른 생각에도 변함없이 무결은 자신이 알고 있는 대로 답했다.

"하지만 우승희 씨가 안 그런 거 알아요."

"어떻게 알죠? 내가 뒤통수치는 거라고는 생각 안 해요?"

그녀는 억지를 부리듯 따졌다. 그녀가 왜 그러는지 도무지 알 수가 없었다.

"지금도. 내가 언제든 한무결 씨 뒤통수를 칠 거라고 생각 안 해요?"

"뒤통수야 맞을 수도 있겠지만, 사람을 죽이지는 못하죠. 우승희 씨는 누굴 죽일 수가 없는 사람이잖아."

8년 전 친구의 죽음을 제 인생인 양 안고 사는 사람. 스스로를 검열하고 자신이 벌인 일에 책임을 질 줄 아는 사람.

"남의 집에 잠입해서 네잎클로버를 찾는 사람."

양심이 선비처럼, 대나무처럼 올곧은 사람. 그래서 당신을 좋아한다. 사랑한다. 여전히 그래. 나는.

나긋하게 이어진 그의 대답에 승희의 얼굴은 잠깐 멍해졌다. 그가 대답을 마쳤을 땐 그녀의 눈도 코끝처럼 붉어졌다.

촌철살인녀. 대학생 시절 승희의 별명이다. 꼬리표처럼 달고 다니던 별명. 그 시절을 벗어난 지 한참 되었지만 그 별명은 죄책감이라는 다른 이름으로 남아 그녀를 계속 괴롭혀왔다. 죄책감은 내내 그녀를 속박했다.

그렇게 자신을 제약하며, 다채롭지 못하게 살다가 신기한 사람을 만났다. 든든할 때는 산 같았고. 눈이 부실 때는 햇빛 같았고. 떠났다가 다시 밀려올 때는 파도 같았고. 짜증내고 화내도 웃고, 어떤 주장을 해도 받아주고, 심지어 떠밀려 물러날 때에도 그녀를 괴롭히지 않았던 착한 사람. 성숙한 이별을 선물해준 사람.

당신 덕분에 한걸음 내딛는 것에 겁을 내지 않게 되었다. 예쁜 옷을 입을 줄 알게 됐고, 사람에게 막연한 경계심을 갖지 않게 되었다. 당신 덕분에 직원이 많아졌고 회사가 커졌다. 당신 덕분에 친구의 죽겠다는 협박에 두려워하지 않고 혼내줄 수 있게 되었다. 고마워할 이유가 무수히 많았다.

"……한무결 씨 덕분이에요."

승희는 용기를 내어 진심을 말했다.

"그렇게 떠나준 덕분에."

슬픈 표정과 미소가 함께였다.

"타인을 배척하던 버릇을 많이 고쳤어요. 오늘처럼 예쁜 옷도 입을 수 있게 됐고. ……고마워요, 정말."

그녀의 목소리에 귀를 기울이는 동안 무결의 마음이 촉촉이 젖어갔다.

이렇게 예쁜데 그냥 둬야 하나.

말을 마친 승희가 자리에서 일어났다. 화장실에 가서 눈을 씻고 올 모양인 듯했다.

"잠깐 화장실 좀……"

무결도 함께 일어났다. 더 먼저 성큼 걸어간 그가 그녀의 팔을 잡아 품으로 끌어당겼다. '어 어!' 하며, 그녀가 바르작거렸다.

"나는 그쪽한테 고맙다고 한 거지, 안아달라고 한 적이 없습니다!"

"내 맘대로 한다고 했죠."

그 말에 찔리는 구석이 있는지 그녀는 더 이상 몸을 비틀지 않았다. 심장이 콩닥거리는 희미한 소리가 귀여워서 더 꼭 끌어안게 되었다. 그런데. 더욱 힘이 가해지던 팔이 돌연 움직임을 잃었다.

무결은 차분히 내뱉던 숨을 꾹 삼켰다. 무언가를 깨닫게 되었다. 앞이 좀 더 물렁한 느낌. 그녀가 왜 두툼한 옷을 달라고 했는지 왠지 알 것 같은 느낌. 그녀가 옷을 빌릴 때 했던 의아한 행동과 말들이 머릿속에서 착착 정리되었다. 요망하게도.

꿀꺽. 입안에 고인 침이 넘어가며 목울대가 크게 움직였다. 생각지도 못한 번뇌가 찾아왔다.

……나는 썩은 건가?

그녀가 그의 허리에 살며시 팔을 둘렀다. 무결은 악마와 싸워야 했다. 그녀가 몸을 빼지 않는 건 기회였다. 한 시간 전, 현관문 앞에서 울먹이던 그녀를 안아주었을 때, 그녀는 바로 그를 밀어내었다. 그랬던 그녀가 지금은 거부하지 않았다. 그의 진심이 전해졌다는 뜻이다. 그러니 못된 생각은 집어넣어야 하는데. 안 돼……. 하나하나 느끼면 안 돼…….

그러나 미친 기억력은 몸에 닿는 감각에 따라 그녀의 곡선을 되새겼다. 나는 왜 이리 건강한 것인가. 이 여인은 왜 이토록 사랑스러운 것인가. 고개를 내리니 하얗게 드러난 목덜미가 어른거린다. 고개를 조금만 더 내리면 물어버릴 수도 있을 것 같고. 품이 큰 옷은 그 안이 보일 것도 같아 미치겠고, 미치겠고, 미치겠고…….

자왈(子曰), 군자는 소지시(少之時)에 혈기미정(血氣未定)이니 계지재색(戒之在色)이라. 젊을 때는 혈기가 안정되지 않으니 미색을 경계해야 함이로다. 공자님 말씀을 되새기며 마음을 쓸어보지만 고운 피부를 날름 핥아보고 싶은 욕망은 주체할 수 없음이로다. 공자님, 당신은 진정 성인이셨습니다. 눈물을 머금고, 고통과 기쁨을 함께 끌어안고 있던 무결은 한계치에 이르러 먼저 한 걸음 뒤로 물러났다.

"화장실. 간다면서요."

그에게 안겨 있다가 돌연 제지당한 승희가 그의 목소리에 멍한 표정으로 고개를 들었다. 죽겠다. 사람이 이렇게 예쁠 수가 있나. 요정 아닌가.

"얼른 갔다 와요. 라면 불겠네."

무결은 애써 외면하며 그녀에게 말했다.

"아, 네."

멍하니 있던 승희도 총총 뛰어 화장실로 떠났다. 무결은 가까운 벽에 머리를 콩 박았다. 스스로를 칭찬해주고도 싶고 스스로를 나무라고도 싶은 고통의 밤. 그럼에도 지금 이 순간이 너무 소중하여 시간이 멈춰버렸으면 하는 생각이 들었다.

둘은 컵라면으로 요기를 하고 다시 컴퓨터 앞에 앉았다. 그 이후의 진도는 빨랐다. 승희가 일에 진지하게 임하여 무결도 사적인 감정을 섞지 않기 위해 노력해야 했다. 그래도 원한다면 한 번씩 더 설명해줄 수 있는데, 시범을 한 번 더 보일 수도 있는데. 이 똑소리 나는 학생은 필기까지 완벽하여 스승의 노동 시간을 대폭 줄여준다. 어느새 승희는 모든 것을 숙지했다.

"쉽게 설명해주셔서 그래도 금방 끝냈네요."

어렵게 설명할 것을 그랬다. 무결은 속으로 후회했다.

"고맙습니다. 그럼 이만 갈게요."

"자고 가요. 침대도 있는데."

"아뇨. 잠은 집에서 자야죠."

"그럼 데려다줄게요."

"아유, 아닙니다, 프리지어 님."

'무결 씨'라는 호칭이 쉽게 '프리지어'로 바뀌었다. 경계를 짓겠다는 말이다.

"택시 타고 가겠습니다."

"좋은 말로 할 때 내 말 들어요."

괜스레 심통이 난 무결은 엄하게 이르고는 먼저 일어나 방을 떠났다. 필기를 챙기고 드레스가 담긴 가방을 든 승희가 총총 뒤쫓아왔다.

"그러면 나한테 보람이 없잖아요."

"무슨 보람이요."

"내가 여기까지 한무결 씨를 태워다준 보람."

말을 마치고서는 진심을 담아 삐죽거리는 입 모양이 병아리가 모이를 쪼는 것처럼 귀여웠다. 그녀는 자기가 얼마나 예쁜지, 얼마나 사랑스러운 말을 하는지 여전히 잘 모르는 것 같았다. 머릿속에 펼쳐져 있던 논어책이 탁 하고 접힌다.

"그럼 우승희 씨가 가지 마요."

그는 허리를 굽혀 그녀와 눈높이를 맞추었다.

"솔직하게 얘기해요. 집에 가고 싶어요?"

어린아이를 어르듯 나긋한 목소리가 그녀의 귀에 달게 흘러들어 온다. 굳게 먹은 마음이 물러질 만큼 다정하게 풀어진 목소리. 마주한 눈에 슬쩍 드러난 야성을 감지했는데도 승희는 쉬이 거절의 말이 떠오르지 않았다.

"갈 거야?"

그가 조금 더 노골적으로 물었다. 그러나 목소리는 더없이 점잖다. 놓아주지 않겠다는 듯 먹이를 주시하여 가늘어진 눈이 유유한 음성과 사뭇 거리감이 느껴지면서도 잘 섞였다. 시선의 압박에 승희는 발을 슬쩍 뒤로 빼게 되었다. 아래로 툭 떨어져 있는 그녀의 한쪽 손에 그가 손바닥을 맞붙였다. 너무나도 은근한 접촉이라 승희의 팔은 저항을 잊었다.

"가지 마."

그가 손바닥을 슬쩍 비틀어 그녀의 손가락 사이사이에 제 손가락을 끼웠다. 손 크기의 차이가 자못 커서 그녀는 영락없이 붙잡힌 모양새였다. 더 끌어당기는 것과 풀어주는 것, 모두 이 남자의 손에 달렸는데.

"가지 마."

그가 또다시 달게 설득했다.

너무나도 정성스러운 유혹. 그래서 뿌리치는 마음이 미안할 정도였다. 승희는 무결에게 잡힌 손을 비틀어 빼냈다. 그의 손에는 강한 힘이 들어가 있지 않아 애초에 거부하지 못한 것이 난처할 정도였다. 그녀는 최대한 감정을 숨겨 목소리를 냈다.

"솔직하게, 집에 가고 싶어요."

날 집에 보내줘. 당신에게 더는 미혹되지 않게 해줘.

잠시 실망스러운 표정이 스쳤으나 그는 다시 한번 그녀를 회유했다.

"너무 늦었잖아요."

"11시가 늦은 시간은 아니죠. 더 늦게까지 야근할 때도 많은데."

11시면 충분히 늦은 시각인데. 얼마나 더 늦어야 여기 있어줄까. 속으로 급하게 머리를 굴리던 무결은 임기응변의 전술을 발휘했다.

"아야."

오늘 병원에서 꿰맨 이마에 손을 올리고 인상을 구겼다.

"갑자기 이마가. 아야, 아야."

몹쓸 연기 시작.

"머리가 터질 만큼 열심히 일했더니 상처가 벌어지려나보네."

"프리지어 님. 안 속아요."

그녀가 어처구니없다는 듯 게슴츠레 바라보았다. 어느 공자님 밑에서 공부하는 유생이신지. 어떤 유혹에도 흔들림 없는 기개가 놀라울 따름이다. 이렇게까지 매달려보았는데 넘어오지 않으니 송도삼절 서경덕 선생의 환생을 보는 것만 같았다. 무결은 쓸쓸하게 현관으로 향했다.

"데려다줄 거예요. 그것만은 거절하지 맙시다."

그의 목소리가 너무도 구슬퍼 승희는 정말로 거절할 수가 없었다. 승희가 무결을 따라 총총 걸어와 신발을 신었다. 점퍼에 반바지에 스틸레토힐. 가히 패션 테러라고 할 만한 언밸런스함이 무결의 시선을 다시 한번 잡아끌었다.

"그 차림에 그 구두는 좀 우습네요."

"괜찮아요, 뭐 밤이라 누가 보지도 않을 거고."

승희는 아무렇지도 않은 듯이 발을 움직여 보였다. 아래로 쭉 미끄러진 그의 시선에 승희의 발뒤꿈치 상처가 걸렸다. 무결은 다리를 굽혀 자리에 쪼그려 앉았다.

"아 아니, 왜 그래요!"

무결이 그녀의 발을 만지려 들자 승희가 흠칫 놀라 뒷걸음질쳤다. 하지만 현관에서는 더 도망갈 길이 없었다. 얼굴에 웃음기를 싹 거둔 무결은 그 호들갑에도 아랑곳없이 그녀의 구두에서 발을 꺼냈다. 아까 파티장에서 발뒤꿈치에 밴드를 붙였던 것 같은데. 지금은 밴드가 없다. 그저 시뻘겋게 까진 상처뿐. 이 발로 뛰어다니게 하고 운전까지 시켰으니. 이마가 아프다고 억지 엄살까지 부렸으니. 그녀에게 못할 짓을 한 것만 같아 마음이 아팠다.

"남 이마 찢어진 걸 보고는 그렇게 난리를 치면서, 여기는 피투성이네."

"안 아파요."

무결은 그녀의 대답을 들어주지 않고 신발장에서 슬리퍼를 꺼내 그녀에게 신겼다. 그녀와 그의 발사이즈 차이를 적나라하게 확인할 수 있는 신발이었다. 하지만 벨크로형 슬리퍼라 그녀의 발등에 맞게 어느 정도 고정할 수가 있었다. 구두에 비해 승희의 발이 한결 편해졌다.

"가죠, 이제."

몸을 일으킨 무결이 조금은 의젓해진 목소리로 말했다.

승희를 집까지 바래다주는 내내 무결은 별말을 하지 않았다. 그가 삐친 것 같기도 했고 딴생각을 하는 것 같기도 했다. 승희도 그에게 애써 말을 걸지는 않았다. 자기가 집까지 바래다줬는데 다시 밖으로 나서게 한 것이 영 불만스럽기도 했다. 무결은 승희네 집 주차장에 차를 세웠다.

"집 안으로 들어가는 걸 봐야 안심하겠어요."

그가 승희와 함께 차에서 내리며 말했다. 늘 건물 밖에서 헤어졌기에 그의 고집이 낯설었지만 승희는 '네' 하고 대답했다. 스토커 사건도 있었으니 그를 막을 수는 없을 것 같았다. 서먹서먹하게 움직인 두 사람의 걸음이 승희네 집 현관문 앞에서 멈췄다.

"아, 이 옷 돌려드릴게요. 여기서 조금만 기다리세요."

그가 문 앞까지 찾아온 김에 일거리 하나를 해결하겠다는 듯, 승희가 입고 있는 옷을 가리키며 말했다. 지금 옷을 돌려주겠다는 건, 다시 만날 핑계 하나를 줄이는 것. 그녀의 의도를 파악한 무결은 쓴웃음을 지었다. 철벽이 놀라울 지경이다.

"나중에 빨아서 줘요."

"세탁비를 드릴게요."

"그럴 거면 버리든가."

"멀쩡한 옷을 왜 버려요. 드릴게요. 조금만 기다리세요."

아, 사랑스럽고도 얄미운 애증의 우승희.

무결이 노려보든 말든, 그녀는 제 말만 하고서 집 안으로 쏙 들어가버렸다. 얌체같이 굴었지만, 이 늦은 밤에 다친 남자를 현관문 밖에 세워두는 건 미안한 일이다. 승희는 부지런히 몸을 움직였다. 입고 있던 무결의 옷을 재빨리 벗고 제 옷을 입고 무결의 옷을 잘 개서 신발과 함께 종이가방에 넣었다. 그리고 문을 열었다. 동그래진 무결의 눈과 마주쳤다. 그녀의 잽싼 움직임에 놀란 듯했다.

"옷 빌려주셔서 고맙습니다. 바래다준 것도요."

"매번 말로만 고맙지."

그가 비꼬아 말하자 승희는 심통이 났다.

"그래도 내가 병원에도 데려다줬잖아요. 운전도 하고, 당장 오라고 해서 당장 가고, 한무결 씨 설명도 한 번에 딱딱 알아듣고……."

승희가 자신이 잘한 일을 하나하나 늘어놓는 동안 그가 고개를 내렸다. 눈 깜짝할 새에 입술이 닿았다가 떨어졌다. 작별의 인사를 하듯이.

아주 애매한 부분이 있다면 오물거리던 그녀의 입술을 그가 사탕 빨듯이 쑤욱 머금었다가 뺐다는 것. 그녀의 입술에 묻어난 타인의 물기가 사탕처럼 반짝거렸다. 5개월 전의 감각들이 살아났다. 그러나 유혹의 기술은 한 단계 더 업그레이드된 느낌이었다. 할 말을 잃고 멍하니 서 있는 그녀의 귓가에 낮고도 짓궂은 음성이 흘러들어왔다.

"집에서도 안 입고 다니나 보죠?"

그 말을 끝으로 고개를 든 무결이 씨익 미소 짓고는 유유히 돌아섰다. 그의 말에 숨어 있는 의미를 뒤늦게 알아차린 승희의 얼굴이 새빨개졌다. 집에서는 속옷을 안 입고 있는 경우가 많아서 아무렇지도 않게 티셔츠만 입었는데 그걸 들킨 것이다. 아니, 저 음흉한 인간은 처음부터 다 알고 있었던 거다. 내가 그 따뜻한 집에서 점퍼를 입고서 뜨거운 라면을 먹느라 얼마나 힘들었는데!

기운이 쏙 빠진 승희는 닫힌 현관문 앞에 기대어 앉았다. 참 다사다난했던 하루. 그나마 무사히 돌아온 것에 안심해야 하나 싶었다. 한무결의 유혹에 넘어가 집에 못 올 뻔했으니까. 어깨를 축 늘어뜨리고 침대에 누운 승희는 멍하니 휴대폰을 만지작거렸다.

'아, 그러고 보니 김푸른 씨한테 녹음한 걸 못 들려줬네.'

이제야 그 사실이 떠올랐다. 무결이 푸른에게 맞아 다치는 바람에 휴대폰도 내팽개쳐두고 자리를 떠난 것이다. 승희는 휴대폰 화면을 눌러 녹음 파일을 찾았다.

"어?"

그런데, 있어야 하는 자리에 기록이 없었다. 분명히 기록이 저장된 걸 눈으로, 귀로 확인했는데!

"헉."

녹음 기록이 사라졌다. 침대에서 벌떡 일어난 승희는 재빨리 손가락을 움직여 휴대폰의 모든 공간을 뒤졌다. 그것으로도 파일이 보이지 않아 휴대폰을 컴퓨터에 연결하여 저장된 파일들을 모두 살폈다. 역시 기록은 없었다. 녹음 파일이 하나도 없었다.

또다시 명중우의 짓일까. 재훈에게 절교 선언을 해서, 자신의 휴대폰을 어떻게 얻게 되었는지 재훈에게 물어볼 수도 없었다.

"후우."

거친 한숨이 나왔다. 하지만 지나간 일에 대해 백 번 후회해도 시간은 돌아오지 않는다. 엔젤투자자와의 미팅, 명중우의 이간질 행태, 재훈과의 우정까지 합쳐서 한무결과 등가교환했다. 내게 조금의 이득도 없는 일. 하지만 내 마음이 가장 바란 일이었다. 한무결이란 사람을 여전히 놓을 수가 없는 것이다.

후회는 접어두겠지만 반성은 해야 한다. 그녀의 실수로 허물어진 경계. 따뜻한 위로의 포옹. 깍지 끼워 잡았던 손. 능청스럽고도 달콤했던 키스. 모든 것이 사랑스러워 마음을 흐트러뜨렸지만 그녀의 이성이 원하지 않는 방향이었다. 좀 더 내실을 다질 필요가 있었다.

때마침 문자메시지가 도착했다. 아빠에게서 온 연락이었다.

—승희야, 2억 마련했다. 이제 돈 다 갚고 후련해지자.

"와. 아빠가 해냈구나!"

50억은 엄두도 못 냈는데 2억으로 빚이 탕감되니 돈을 마련하기 수월해진 모양이었다. 이것으로 잠시 물러졌던 마음이 다시 단단해졌다. 금왕 한씨 집안의 돈을 모두 갚고 인연을 정리해야지. 프리지어와도 되도록 만나지 않도록 보안 프로그램도 야무지게 설치하리라.

*

두 시간 전. 파티에 참석하여 지인들과 이야기를 하다가 다른 그룹 쪽으로 걸음을 옮기려는 중우에게 푸른이 말을 걸었다.

"명중우 씨."

푸른의 목소리는 사납게 날이 서 있었다. 중우는 유유히 돌아보았다.

"그쪽이 내 얘기를 함부로 하고 돌아다녔나요?"

"무슨 말씀이신지 모르겠네요."

푸른의 기세에도 중우는 휩쓸리지 않고 어깨를 으쓱해 보였다.

"한무결 씨랑 우승희가 다 얘기했다고요. 그쪽이 어떤 여자랑 짜고서 날 농락했다고."

"김푸른 씨, 내가 그런 말을 했다는 증거 있습니까?"

중우가 인상을 구기며 따져 묻자 푸른은 주춤하다가 손에 들고 있던 휴대폰을 들어 보였다. 승희의 것이었다.

"여기! 우승희 씨 휴대폰에 녹음돼 있다고요."

"……들어보죠."

중우는 잠시 당황했지만 크게 내색하지 않고 차분하게 대답했다. 푸른에게서 휴대폰을 낚아채듯 가져간 중우의 입가에 희미한 미소가 스쳤다.

"잠금 풀어주셔야죠."

휴대폰은 잠겨 있었다. 비밀번호를 눌러야 그 안을 탐색할 수 있는 거였다.

푸른의 눈이 커졌다. 누구든 제 험담을 여과 없이 들으면 흥분하는 법이다. 푸른 또한 화장실에서 들려온 적나라한 험담에 격분하여 승희에게 가방을 휘둘렀다. 그리고 무결이 다쳐 떠나자마자 이번엔 중우를 찾았다. '녹음 기록'이라는 말에, 그리고 제게 덥석 휴대폰을 쥐여준 승희의 행동에 확신을 갖고 중우에게 화살을 돌리게 된 것이다.

물론 증거도 확인하지 않았다. 그저 눈에 띄는 대로 채신없이 곧장 중우에게 소리를 쳤다.

"우승희 씨가 넘겨준 휴대폰 아니에요?"

중우가 따져 물었다. 푸른의 안색이 창백해졌다. 두 사람이 함께 있는 것을 본 무빈이 다가왔다.

"무슨 일이야?"

"언니……."

푸른이 도움을 요청하듯 무빈의 팔을 잡았다. 중우는 이에 개의치 않고 푸른에게 계속 따졌다.

"김푸른 씨, 왜 잠금을 못 풀죠? 우승희 씨는 또 어디 갔고. 혹시 우승희 씨 휴대폰을 슬쩍 하신 건 아니겠죠."

사람들이 모여들자 푸른은 난처해졌다. 그때 승희의 휴대폰이 울렸다. 발신자에 '김재훈'이라는 이름이 떴다. 재훈이 멀찍이 떨어진 곳에서 전화를 하고 있는 것이 보였다. 승희에게 전화를 거는 거였다.

"재훈아."

중우가 재훈에게 다가갔다. 재훈은 중우와 동기였지만 친한 사이는 아니기에, 그리고 승희와 중우가 서로 앙숙이라는 것을 잘 알고 있기에 인사를 받지 않고 바라보았다. 그런 재훈에게 중우가 승희의 휴대폰을 건넸다.

"이거 승희 휴대폰이지?"

"그게 왜 너한테 있어?"

"김푸른 씨가 가져왔어. 승희 만나면 전해줘."

중우는 일부러 목소리를 크게 했다. 창백했던 푸른의 얼굴이 새빨개졌다. 무빈은 중우와 푸른을 번갈아 바라보았다.

두 시간 후. 중우가 직접 차를 운전하여 무빈을 집으로 데려다주는 길. 무빈이 불만스러운 표정으로 물었다.

"자기 대체 뭐야?"

"또 왜 그래."

"김푸른이 했던 얘기가 대체 뭐냐고."

"허언증이야."

중우는 별일 아니라는 듯 예사롭게 답했다. 우승희를 무결에게서 떨어뜨려놓기 위해 김푸른을 끌어들이긴 했지만 김푸른은 어디까지나 버리는 카드였다. 김푸른과 한무결이 결혼하게 되면 금왕그룹의 후계구도도 체계가 잡힐 것이다. 그건 막아야 했다. 김푸른은 이미 쓸모를 다했으니 이제 기회를 봐서 떨어져나가게 해야 한다.

"처남이 안 넘어오니까 괜히 내 핑계를 대는 거잖아. 모르겠어?"

중우의 변명에 무빈은 입술을 짓씹다가 말했다.

"자기 속을 모르겠다. 언제는 김푸른이 내 올케가 됐으면 좋겠다고 하더니, 오늘 태도는 뭐야?"

"김푸른이 그렇게 나올지 몰랐으니까 그렇지. 예의가 없잖아."

"김푸른은 아나운서야. 자기보다 훨씬 유명한 사람이라고. 그런 유명인이 없는 증거 들이밀면서 우겼다는 거야? 미친 사람처럼?"

가슴을 콕 찌르는 비교급의 말이 중우의 심기를 건드렸다. 무빈이 자신을 김푸른보다도 못하게 생각한다는 추측에 미치자 성질이 났다. 신호에 걸렸을 때 중우는 일부러 브레이크를 세게 밟았다.

"궁지에 몰렸으니까 그렇겠지. 들어보니까 소문 참 안 좋더라. 김푸른 입장에서는 발끈할 만하지. 아무한테나 따지고 싶고."

"그 '아무'가 왜 자기냐고. 아니, 애초에 그런 소문 안 좋은 애를 내 올케 만들려고 했다는 거야?"

"왜 요즘 자꾸 내 말에 꼬투리를 잡는 거지?"

중우의 대구에 무빈 또한 울컥하게 되었다. 차가 선 틈에 무빈은 차 문을 열고서 밖으로 나갔다. 쾅, 기분을 반영하며 조수석 문이 세게 닫혔다. 희재원 근처라 10분 정도만 걸어가면 되긴 하지만 무빈은 지금 드레스 차림이고 구두를 신어 발이 아플 터였다. 그리고 무빈을 혼자 보냈다는 사실이 규원의 귀에 들어가서 좋을 건 없었다. 무빈이 걸음을 옮기는 골목으로 중우도 따라붙었다. 차는 무빈의 걸음을 앞지르기 쉬웠다. 중우는 차에서 내려 무빈에게 말했다.

"혼자 가겠다고?"

무빈은 중우를 싸늘하게 흘겨보고는 그냥 지나쳤다.

"공주님. 미안해. 타고 가자."

중우는 무빈의 비위를 맞추기 위해 사과했다. 그러나 무빈은 들은 척도 하지 않았다. 지나가는 사람이 쳐다보았다. 쓸쓸하게 한숨을 짓는 중우에게 잠시 후 한 남자가 말을 걸었다.

"저기, 수의사님이시죠?"

"네?"

남자의 엉뚱한 질문에 중우는 반사적으로 되물었다.

"왜, 오래전에 여기에서 개한테 주사 놔주던. 개가 죽어간다고, 늑대처럼 생긴 개였는데 영양실조라고 주사 놔줬잖아요."

"……사람을 잘못 보셨습니다."

"어? 아닌가? 내가 사람을 잘못 봤나?"

중우는 어처구니없다는 듯 남자와 더 말을 섞지 않았다. 이맛살의

핏대가 도드라졌다.

"아유, 미안해요. 얼굴이랑 체격이랑 공주님이라고 부르는 목소리가 내가 본 사람이랑 비슷해서 착각했네."

남자는 곧장 사과했다.

잠시 중우를 외면했지만 발이 너무 아파 걸음을 돌린 무빈은 낯선 남자와 중우가 하는 얘기를 멀리서 듣게 되었다.

'늑대처럼 생긴 개?'

남자의 설명에 무빈은 집에서 기르던 개, 쁘띠를 생각해냈다. 쁘띠는 그녀에게 가족과 같았다. 사람에게서 받지 못한 온정을 쁘띠에게서 확인할 수 있었다. 쁘띠가 농약을 먹고 죽었다는 사실을 확인했을 때는 얼마나 울었는지 모른다. 그 뒤로 다른 개는 키우지 못했다. 쁘띠를 생각하던 무빈은 불현듯 쁘띠가 중우에게 유독 으르렁거리던 것을 떠올렸다. 그래서 중우가 집에 올 때는 쁘띠에게 꼭 목줄을 채웠고 밖에 두었다. 쁘띠는 중우를 향해 짖다가 목이 쉰 적도 있었다.

왜 남자의 이야기가 쁘띠의 얘기 같을까. 남자의 말을 듣는 동안 왠지 온몸에 소름이 돋았다. 무빈은 다시 뒤돌아 희재원으로 향했다. 그녀의 머릿속으로 끔찍한 생각이 스쳐갔다.

"에이, 설마."

고개를 도리도리 저었지만 생각은 쉽게 떠나지 않았다. 무빈은 쁘띠를 '공주님'이라고 불렀었다.

＊

월요일. 트윙클에셋의 개발자들은 프리지어에게 전수받은 보안기술을 승희가 가져온 매뉴얼대로 설치했다. 승희가 세부사항을 꼼꼼히 필기한 덕에 도입에 큰 무리는 없었다. 우선은 내부에서 한 달 동안 프로그램을 사용해본 뒤 베타버전을 출시할 예정이다. 내년 상반기에는 무리 없이 정식 버전을 오픈할 수 있으리라 기대한다.

"근데 대표님, 주말에 프리지어한테서 배워 오셨다고요?"

프로그램이 돌아가는 것을 지켜보던 철순이 승희에게 말을 걸었다.

"어어……."

승희의 대답에는 약간의 어색함이 묻어났다.

"프리지어 자택에서요, 아니면 사무실에서요?"

"그냥, 지난번에 만났던 거기에서 만났어."

"또 호텔에서요?"

철순의 목소리가 돌연 낮아졌다. 의심스러운 눈초리가 느껴졌다.

"대표님, 혹시 프리지어한테 약점 같은 거 잡힌 건 아니죠?"

"약점이라니!"

"아니면 다행이긴 한데, 아니 서운하게 왜 소리를 지르세요."

"미안. 잘못했다."

철순이 상처받은 표정으로 입술을 내밀었다. 승희는 바로 사과했다. 한무결에 관해서만은 발끈하게 되는 자신을 다시 한번 반성하게 되었다. 하지만 한편으로는 답답했다. 왜 프리지어를 프리지어라고 말하지도 못하나. 직원들을 속이는 건 싫은데. 승희는 마음 한편에 쏩쓸함을 눌러놓고 화제를 돌려 재훈의 소식을 물었다.

"토요일에 재훈이랑 잘 놀아줬어?"

"네. 뭐."

철순이 고개를 끄덕이고서는 되물었다.

"대표님이 재훈이 형을 때렸나봐요?"

"아…… 아프대?"

"온몸이 쑤신다고 하더라고요."

그래도 다행이다. 아프다고 말할 수 있는 아픔이라서. 지금 당장은 다시 보기 어렵겠지만 언젠가 마음이 정리되고 덤덤하게 다시 만날 수 있길 바란다. 좋은 사업 파트너로서.

철순이 말을 이었다.

"그래서 제가 좋은 말로 위로해줬죠. 우리 대표님이 누구 때리는 거 한 번도 못 봤는데 형한테 손을 댄 거 보면 엄청 아끼는 거다, 하고요."

철순아, 그런 말은 굳이 안 해도 되는데.

"그래. 잘했어. 재훈이한테 종종 연락 좀 해서 많이 웃게 해줘."

승희는 그렇게 재훈에 대한 걱정까지 갈무리했다.

모든 게 착착 정리되어 가는 하루. 오후 늦게 회사 앞으로 손님이 찾아왔다. 뜻밖에도 무결의 새어머니, 혜리였다. 직접 연락이 와서 불편하긴 했지만 어른을 바람맞힐 수는 없다는 생각에 승희는 회사 밖으로 나갔다.

"안녕하세요."

"불러내서 미안해요. 지나는 길에 얼굴 좀 볼까 해서 왔어요."

지나는 길에 얼굴을 볼 만한 사이는 아니라서 승희는 아무 대답도 하지 못했다. 혜리와는 약간의 정이 있긴 하지만 관계를 이어나갈 수는 없다고 생각한다. 그게 도리라고 생각한다.

무표정으로 서 있는 승희를 보며 옅게 웃어 보인 혜리가 가방에서 명함을 한 장 꺼냈다. 수제화 브랜드의 이름이 쓰여 있었다. 승희는 당황스러웠다.

"이전에 해줬던 게 고마워서. 내가 좋아하는 수제화 브랜드인데, 여기 얘기해놨어요. 구두 장인이 우승희 씨한테 잘 맞는 구두 만들어 줄 거예요."

"아니, 아닙니다. 괜찮습니다."

"이미 얘기해놨어요."

받기 싫어. 싫다고 해, 우승희.

머릿속으로 거센 거절의 말을 떠올렸지만 승희의 눈엔 혜리의 여린 팔목이 흔들리는 것이 각인되었다. 명함을 받지 않으면 내내 애처롭게 흔들릴 것 같은 연약한 손. 승희는 그 손이 흔들리지 않도록 잡았다. 혜리는 승희에게 무사히 명함을 건네고는 다시 빙긋 웃었다.

"실은 이건 핑계고 물어보고 싶은 게 있어서 왔어요."

혜리는 진짜 용건을 꺼냈다.

"혼인 계약 때문에 우리 무결이랑 알게 됐다고 그랬죠."

"……네."

"난 애초부터 우승희 씨가 무결이랑 결혼할 마음이 없었던 것 같다는 생각이 들었어요."

혜리의 지적에 승희는 뜨끔했다. 혜리의 눈에도 자신이 무결을 좋아하는 것처럼 보이지 않았다는 얘기 같아서.

"생각이 깊은 사람이야, 우승희 씨. 자존감도 높고. 그런 사람이 일을 포기하고 우리 집안에 들어올 생각은 없었을 거라는 거지."

그런데 혜리는 뜻밖의 지적을 했다.

"무결이는 많이 좋아했던 것 같으니 결혼 얘기가 자주 나왔을 텐데, 어떻게 거부했던 거죠?"

승희와 무결의 내면을 깊이 들여다본 사람의 질문. 승희는 잠시 머 뭇거리다가 사실대로 말했다. 그녀를 속일 수는 없을 것 같았다.

"혼전계약서를 쓰자고 했어요. 혼전계약서는 혼전에 쓰는 거니까, 그동안 시간을 벌 수 있을 거라고 생각했어요. 시간을 벌어서 50억 을 갚으려고 했어요. 결국 시간을 벌어서 빚도 2억으로 탕감됐으니 저희 가족에게는 좋은 일이 되었죠."

사실을 털어놓으니 너무 죄스러웠다. 죄인의 표정으로 고개를 숙 인 승희를 앞에 두고 혜리의 눈이 잠시 커졌다가 가라앉았다.

"요즘 애들은 참……."

"……."

"현명하네."

혜리는 당찬 승희가 부러웠다. 사랑에 목을 매지 않고 한 걸음 뒤 로 물러나 생각할 수 있는 이성이 부러웠다. 언제나 내 인생을 선택 한 건 나였다. 그러니 누구도 탓할 수 없지.

의외의 칭찬을 받은 승희가 얼떨떨하게 자신을 쳐다보고 있는 사 이에 혜리는 인사했다.

"알았어요. 대답해줘서 고마워요. 사업 계속 잘되길 바랄게요."

"저기, 저기요."

승희는 떠나려는 혜리의 손을 급하게 다시 잡았다. 왠지 죽겠다고 협박을 했던 재훈보다 혜리가 더 위태로워 보였다. 지금 이 손을 놓 으면 안 될 것 같은 예감. 고개를 돌린 혜리가 우아한 미소로 물었다.

"왜요, 할 말 있어요?"

"아뇨. 그건 아니고…… 아프신 거, 꼭 가족들한테 말씀하세요."

"가족……."

승희가 한 말을 혼잣말처럼 되뇌는 혜리의 표정은 의미심장했다.

"알았어요. 고마워요."

*

늦은 밤. 승희는 어김없이 야근하고 가장 늦게 퇴근을 하게 되었다. 마지막 문단속을 하고 회사를 나설 때, 뒤편에서 발이 멈추는 소리가 들렸다. 흠칫 놀라 뒤돌아섰는데, 재훈이었다.

"재훈아."

엉겁결에 그제 화냈던 것도 잊고 재훈의 이름을 불렀다. 왜 이 밤에 찾아왔는지 의아했다. 또한 어색하기도 했다. 무슨 말을 꺼내야 할지 몰라 당황스러웠다.

"이 밤에 웬일이야?"

승희는 감정을 드러내지 않은 목소리로 물었다.

"승희야. 미안해."

승희의 이름을 부른 재훈이 무릎을 하나씩 굽혀 바닥에 꿇어앉았다.

"승희야, 내가 미안하다."

승희는 재훈의 진심 어린 사과가 얼떨떨했다. 웃을 수도 울 수도 없었다. 승희는 재훈의 팔을 붙잡았다.

"재훈아, 일어나."

자신에게 누구를 무릎 꿇릴 권리는 없었다. 재훈이 8년 전의 상처를 들추어 감정을 상하게 한 것은 사실이나 그만큼 승희 또한 재훈을 질책했으니 된 것이다. 재훈에게 절교 선언을 했기에 지금 상황이 당황스럽긴 하지만, 사람의 마음이 어디 휴대폰 녹음 파일 삭제하듯이 지워질까. 그렇게 흔적도 없이 마음을 지울 수 있다면 얼마나 좋을까.

"창피하게 뭐 하는 짓이야, 얼른 일어나."

승희는 재훈이 자리에서 일어나지 않을 것 같아 일부러 격하게 나무랐다. 그제야 재훈이 자리에서 일어났다.

"네가 잘못한 거 알겠어?"

승희가 재훈을 흘겨보니 재훈이 고개를 내렸다.

"근데 네 상처를 들출 의도는 아니었어. 그냥 무심코 나온 말이야."

재훈의 표정을 보니 진심인 듯했다.

"그냥 나는, 우리가 그런 말을 해도 되는 사이라고 생각했어."

"아니. 그런 말은 아무한테도 하면 안 되는 거야."

승희는 다시 한번 따끔하게 되새겨주었다.

"뭐, 네가 반성했으면 됐어. 나도 때려서 미안하다."

"아니야. 맞을 짓 했지."

재훈이 이렇게나 굽히고 들어오니 더는 의절을 주장할 수도 없었다.

"후-우. 집에 가자."

"응. 태워다줄까?"

"아니. 내 차 타고 가야지."

승희는 재훈의 제안을 가볍게 거절했다. 재훈의 표정이 서운한 듯 무거워졌다. 앞으로 서먹서먹해지겠지만, 그러다가 또 서서히 예전처럼 지낼 수 있지 않을까 한다. 한번 고백을 거절했으니 단념하고 좋은 사람을 만나지 않을까.

"근데 나 궁금한 게 있다."

승희가 입을 열었다.

"너 나 8년 동안 좋아했다고 했는데, 실은 여자 친구 많이 사귀었잖아."

"많이 사귀지는 않았어."

귀가 빨개진 재훈이 소리를 높였다. 승희는 놀리듯 코웃음쳤다.

"그래도 8년 동안 좋아했다고 말할 수는 없지. 그냥 드문드문 생각이 난 걸 가지고."

"아니야. 연애는 오래 못 갔어."

우스갯소리로 꺼낸 이야긴데 재훈의 표정이 진지해지니 또 후회되었다. 괜히 얘기를 꺼낸 것 같았다. 그 후 승희와 재훈은 주차장까지 가는 동안 아무 대화도 나누지 못했다. 어색한 시간을 견디어낸 후 재훈과 헤어져 차에 오른 승희는 조용히 한숨을 내쉬었다.

왠지 한무결이 보고 싶은 밤. 그래도 참는다. 그와의 인연이야말로 끝을 내야 하니까.

다음날, 승희는 아빠 남수에게 돈을 받아 희재원을 찾았다. 남수가 간다고 했지만 승희는 자신이 돈을 전하겠다고 했다. 아빠가 희재원의 사람들에게 고개를 숙이게 되는 상황을 만들고 싶지 않았기 때문이었다. 그리고 규원에게 직접 전하고 싶은 말도 있었다.

규원에게 직접 연락하는 건 어려운 일이었다. 무결이나 혜리에게 연락처를 물어볼 수도 있었겠지만 승희는 그러지 않았다. 금왕그룹에 연락하여 수신자가 바뀔 때마다 사정을 몇 번 설명한 끝에 겨우 겨우 회장 비서실까지 연결이 되었다. 비서에게 메모를 남겨달라 부틱했고, 몇 시간 뒤에 답이 돌아왔다. 오늘 저녁때 희재원으로 가면 한규원 회장을 만날 수 있을 거라는 대답이었다. 한무결이 사는 세상과 자신의 세상이 얼마나 먼지를 승희는 다시금 실감할 수 있었다.

희재원에 가는 길엔 동생 승규가 함께했다. 운전대는 승규가 잡았다.

"그때는 쪽문으로 들어갔었는데, 이제 정문으로 가네."

승희가 반년 전의 일을 회상하며 말했다. 승규가 물었다.

"왜 누나가 직접 가겠다고 한 거야?"

승희는 잠시 생각에 잠겨 있다가 대답했다.

"그냥. 해주고 싶은 말이 있어서."

"누구한테? 한규원 회장한테?"

"응."

"뭐라고 하려고?"

"나 우습게 보지 말라고."

승희의 대답에 승규는 피식 웃었다. 진심이라고 생각하지 않는 듯했다.

"계란으로 바위 치기잖아."

"계란으로 바위를 치는 거지. 안에 폭탄을 숨겨가지고."

"그래도 계란은 터지잖아."

"계란은 사람이 아니야. 폭탄이지."

승희는 무림에서 평생을 보낸 강호와 같은 엄중한 표정으로 대답했다. 나는 오늘 희재원에 폭탄을 던지고 떠날 것이다.

희재원 건물 안에는 승희 혼자 들어갔다. 승희가 문을 열고 들어가니 가장 먼저 혜리가 걸어왔다. 웬일인가 싶은 표정으로 승희를 본 혜리는 약간의 미소를 머금고 말했다.

"무결이는 지금 할아버지랑……."

"날 보러 온 거야."

그때 규원이 계단에서 내려오며 말했다.

"네. 회장님을 뵈러 왔습니다."

승희가 혜리에게 공손히 말했다.

승희와 규원은 응접실에 마주 앉았다. 오래전 희재원의 직원이 숨진 채 발견되었던 그곳이었다. 다른 응접실도 있는데 이 응접실로 승희를 부른 것은 규원의 의도였다. 혜리는 규원이 악질이라고 속으로 생각했다.

"앉아요."

규원이 맞은편의 의자를 권했다. 승희는 조심스럽게 의자에 앉았다. 과연 대기업의 회장님이었다. 그냥 마주 앉았을 뿐인데 무형의 무언가가 그녀의 기세를 짓누르는 듯했다. 승희는 가방에서 봉투를 꺼냈다.

"계약서대로 2억 준비했습니다. 빚을 탕감해주셔서 감사합니다."

"이걸로 우리 집안과의 인연은 모두 정리한 걸로 생각해도 되겠죠?"

규원은 봉투를 끌어가며 점잖게 물었다.

"무결이와의 결혼 얘기는 아예 기억에서 지워달라는 말입니다. 은혜를 모르지는 않을 거라고 생각해요."

점잖지만 사나운 말이었다. 상대가 거두절미하고 박정하게 권고한 덕에 승희도 준비한 말을 쉽게 꺼낼 수 있게 되었다.

"은혜를 갚는 처지에 이런 말씀을 드려서 죄송합니다만, 회장님 집안과 얽히는 건 제가 더 싫습니다."

규원은 눈을 찡그렸다. 승희는 또박또박 말을 이었다.

"자립하지 못하는 남자라면 제가 사양하고요. 무엇보다도 회장님이 시아버지가 된다는 사실이 싫습니다. 지금 중요한 게 뭔지, 지켜야 할 것이 뭔지, 내 소중한 사람들의 몸 건강은 어떤지, 마음의 건강은 어떤지, 아무것도 모르시는 분을 아버님이라고 부르고 싶지 않습니다. 남의 집 귀한 딸을 인격적으로 대우하지 않는 시누이도 싫고요. 그 시누이가 고른 남자가 '인쓰'라는 건 아시려나 모르겠네요. 그걸 모르신다면 회장님은 역시 사람 보는 눈 없으신 겁니다. 따님이랑 똑같이요."

규원은 무표정이었지만 당황한 기색은 그대로 보였다. 뭐 이런 건방진 녀석이 다 있나,라고 생각하는 속마음이 읽히는 것 같았다. 승희는 이에 아랑곳하지 않고 계속 말했다. 당신의 며느리 자리는 내가 거부하는 것이다, 그 말을 분명히 해주고 싶었다.

"결혼하고는 일하지 마라, 시댁 조상님들 제사 챙겨라, 아이들 교육 똑바로 시켜라, 내 집안 어른들 잘 모셔라, 고루한 주장이라는 말은 아닙니다. 하지만 이것들을 강요하시기에 회장님께서는 얼마나 모범적인 분이신가요."

규원은 표정만 구기고서 빤히 바라볼 뿐 아무 말도 하지 않았다.

"남편이 빛나지 않을까봐 아내의 빛을 막아버리는 집안엔 햇빛이 골고루 들지 않겠죠. 얼마나 좀스러운 가장입니까."

무결에게 미안하다. 하지만 우리가 인연이 없는 거라면 아예 경계를 확실히 하는 게 낫다고 생각해. 내가 나쁜 여자가 되어야 당신이 새롭게 시작할 수 있다면 기꺼이 그렇게 하겠다.

"이런 타당한 이유로 사양하는 거니까 더 이상 오해 없으셨으면 좋겠습니다. 저는 회장님의 목표를 위해 움직이는 사람이 아니라 저의 행복과 만족을 위해 움직이는 사람입니다."

말을 마친 승희는 자리에서 일어나 대차게 인사했다.

"그럼 안녕히 계십시오. 건강하시고요. 돈을 빌려주셨던 은혜는 잊지 않겠습니다. 감사합니다."

긴장한 나머지 로봇처럼 딱딱한 인사를 했지만, 그래도 후련해. 완전 후련하다!

승희는 속으로 만세를 외치며 응접실을 벗어났다. 응접실 밖에는 혜리가 서 있었다. 혜리의 얼굴은 평소와 다르게 토마토처럼 붉어져 있었다. 승희는 혜리에게도 공손히 고개 숙여 인사하고 씩씩하게 계단을 걸어 내려왔다.

승희가 떠난 후. 규원은 한동안 자리에서 움직이지 않고 멍하니 앉아만 있었다. 한참 기다리던 혜리가 승희의 찻잔을 치우러 들어왔다. 규원이 혜리를 불렀다.

"여보."

"네."

"인쓰가 뭐지?"

"……."

"인싸는 알겠는데."

혜리는 속으로 웃음을 삼켰다.

"글쎄요. 인간쓰레기의 줄임말 아닐까요?"

자꾸 위로 올라가려고 하는 입술 끝을 숨기기가 버거웠다.

비로 어제. 혜리가 승희를 만나러 회사 앞으로 찾아갔을 때.

"아프신 거, 꼭 가족들한테 말씀하세요."

혜리의 손을 붙잡은 승희가 간절하게 말했다.

"가족······."

혜리는 혼잣말과 함께 씁쓸하게 웃음 지었다. 그들은 나를 가족이라고 생각하고 있을까.

"알았어요. 고마워요."

승희의 손을 토닥여주고 떠나려는데, 승희가 다시 말을 걸었다.

"저기, 어머니. 혹시 말씀하시기 힘드시면 제가 할까요?"

그녀의 말에 혜리는 멈칫 놀랐다.

"아니면 눈치라도 채게 할까요?"

혜리는 승희가 무슨 말을 하는지 알아들을 수가 없어서 미간에 힘을 주며 고개를 한쪽으로 기울였다.

"하고 싶은 말씀 있으시면 저한테 하세요. 제가 질러버릴게요."

"뭘 지르겠다는 건지."

"한규원 회장님께 확 얘기해버릴 수 있다고요. 그게 뭐든."

그녀는 또랑또랑한 목소리로 당차게 말했다.

"말씀드렸잖아요. 저는 한무결 씨랑 결혼할 마음도 없어서 눈치 볼 게 없어요. 어떤 말을 하든 구애받지 않아요."

여장부의 포스가 느껴졌다.

무결은 할아버지 태조를 휠체어에 태우고 뒤뜰의 정원 나들이를 다녀왔다. 현관문을 열자마자 규원의 노여운 표정과 잔소리가 들이 닥쳤다.

"참 당돌한 애를 만났었더구나."

규원은 인상을 풀지 못한 채 무결이 끄는 휠체어를 넘겨받아 떠났다. 무결은 규원에게 질문하지 못하고, 뒤늦게 다가온 혜리에게 물었다.

"무슨 일 있었어요?"

"우승희 씨가 왔다 갔었어. 돈을 갚고 갔지."

혜리가 대답했다.

"네 아빠가 이걸로 인연을 정리하자고 했더니 당차게 몇 마디 하더라. 네 아빠가 시아버지가 된다는 사실이 싫어서라도 인연은 사양하고 싶다고 하고 떠났어."

청천벽력이었다. 승희에게 희재원에 찾아올 거라는 얘기도 듣지 못했을뿐더러 아버지와 한 판 할 줄은 꿈에도 생각지 못했다. 무결은 바로 승희에게 전화를 걸었다. 승희는 금방 전화를 받았다.

[여보세요?]

"왔다 갔어요?"

[네, 프리지어 님. 한규원 회장님께 2억 갚으러 갔었습니다.]

승희가 별일 아니라는 듯이 가벼이 대답했다. 무결은 자신을 '프리지어'라고 부르는 승희의 대답이 매정하게 여겨졌다.

"그리고 아버지한테 쓴소리도 하셨고."

[그게 쓰게 느껴지신다면 보약은 못 드시겠네요.]

"우선, 아버지가 무례하게 얘기한 거 미안해요."

[아닙니다. 제가 더 무례했으니까요.]

후우.

[한무결 씨 아버지께 버르장머리 없이 굴어서 죄송합니다.]

"아니, 그런 게 아니라……"

말을 이어갈 수가 없었다. 사실 승희의 행동이 서운하기도 했다. 미리 언질이라도 주지. 나는 당신의 아버지께 마냥 잘 보이고 싶은데. 당신의 동생에게도, 당신의 직원들에게도 점수를 따고 싶은데. 당신은 정말 나와 다르다.

"나중에 봅시다."

무결은 더 말하지 못하고 전화를 끊었다. 끊긴 휴대폰 화면을 바라보며, 잠자코 옆에 있던 혜리에게 말을 걸었다.

"이럴 줄은 몰랐어요."

나는 당신을 잡고 싶은데, 당신은 자꾸 멀어지려고만 한다.

"자꾸 도망가네요. 기운 빠지게."

"왜 기운이 빠지지?"

그런데 무결의 반응이 이해 가지 않는다는 투로 혜리가 물었다.

"두 사람의 금전적인 관계가 해결됐어. 더 이상 얽매이는 게 없잖아. 너도 자유, 우승희도 자유."

무결은 고개를 들어 혜리를 바라보았다.

"자유 이성을 가진 다 큰 성인이 누구한테 얽매일 필요 없이 살아보겠다는 걸 누가 말리겠어."

혜리의 얼굴에는 규원의 앞에서 끝내 보이지 못했던 미소가 피어나 있었다.

"그걸 꺾어 누르려는 사람이 못 배운 거지."

혜리에게서 한 번도 본 적 없었던 강건한 눈빛이 보였다. 그녀가 표정으로 말하고 있었다. 포기하지 마,라고.

놀란 표정으로 한참 혜리를 바라보던 무결의 눈이 서서히 맑게 것어갔다. 누구의 지지도 얻지 못했기에 고립될 수밖에 없었던 마음에 한줄기 햇빛이 내려왔다.

"가볼게요. 어머니."

무결이 인사하고 떠났다.

무결이 떠나는 모습을 기특하게 바라보던 혜리는 찬찬히 계단을 올랐다.

그녀의 침실. 서랍의 가장 위 칸에 펼쳐져 있던 이혼서류를 두 번 고이 접어 서랍 깊숙이 넣었다.

나도 여기서 할 수 있는 일을 해야겠지. 15년이란 세월이 그냥 흘러온 건 아니야.

무결아. 네가 행복해지길. 그리고 나를 구원해주길.

10.
8년 전의 약속

승희는 라디오에서 흘러나오는 음악에 취해 콧노래를 흥얼거렸다. 운전대를 잡은 동생 승규가 물었다.

"그렇게 좋아?"

"어. 너무 좋다! 아하하하!"

웃음은 다소 인위적이었다. 하지만 승규도 후련했다. 반년 전, 취업 준비 중이었던 승규는 사실 금왕그룹에 입사원서를 냈었다. 그러나 결국 면접은 보러 가지 않았다. 누나의 결혼문제가 얽혀 승규도 괜히 금왕그룹이 싫어진 것이다. 이제 오늘로 금왕그룹에 대한 일은 홀가분하게 털어버릴 수 있게 되었으니 기분이 좋을 수밖에 없다.

가뿐한 마음으로 운전하는 승규에게 전화가 걸려왔다. '쫑아♥'라는 이름이 떴다. 승규의 여자친구였다. 승규가 스피커폰으로 전화를 받았다.

"어, 쫑아야."

[어디야, 어디야?]

사랑스럽고 애교 많은 쫑아의 목소리가 차 안에 울렸다. 승규는 승희의 눈치를 보며 통화를 이어갔다.

"누나 만났어."

[아, 맞다 맞다.]

승희는 입을 가리고 쿡쿡 웃었다. 승규가 여자친구와 통화하는 모습을 보는 건 처음이었다. 누나 앞이라고, 승규는 감정을 숨겼지만 그래도 승희는 승규의 목소리가 나긋해졌다는 걸 알아챌 수 있었다.

[그럼 오늘은 못 만나겠네?]

"응. 내일 보자."

[응. 보고 싶어, 보고 싶어.]

"……쫑아야, 이거 스피커폰이야."

무안해하던 승규가 사실을 말했다. 수화기 너머로 비명 소리가 들렸다. 승희도 승규의 눈치 없음을 타박하여 눈을 흘겼다. 처음부터 스피커폰이라고 얘기하든지, 아니면 아예 감추든지. 왜 애인을 놀라게 하느냐고. 어쩔 수 없이, 승희는 쫑아에게 인사했다.

"쫑아 씨 안녕하세요."

[네에, 언니, 안녕하셨어요…….]

쫑아가 의기소침하며 구슬픈 목소리로 응답했다.

"승규 얼른 보낼게요."

[아니에요, 아니에요! 편히 노세요! 오빠, 나 끊을게, 내일 봐. 안녕, 안녕!]

쫑아는 부끄러워 호들갑스러울 때도 사랑스러움이 넘쳤다. 붉어진 승규의 얼굴도 왠지 사랑스러웠다. 승희는 동생을 놀리고 싶어졌다.

"어디야아? 어디야아?"

"따라하지 마라."

쫑아를 따라하니 승규가 으름장을 놓았다. 승희는 더욱 신이 났다. 일부러 과장해서 승규를 골렸다.

"그롬, 오늘은 못 만나겠넹?"

"따라 하지 마! 토할 거 같다고!"

몸서리치는 승규가 재미났다.

"보고 시포, 보고 시포."

"하지 마! 하지 마아아!"

승규는 제 누나는 차마 때리지 못하고 애꿎은 운전대를 쾅쾅 쳤다. 미쳐버리겠다는 듯이.

"그렇게 싫으냐?"

"그럼 좋겠어?"

"쫑아랑 똑같은 거 하는데 왜 싫어, 왜 싫어."

"아아아아아 하지 마! 하지 마!"

진저리치게 싫은가보다. 승희는 서러운 표정을 지었다.

"쫑아는 쫑아니까 가능한 거지. 누나는 안 돼. 안 어울려."

승규는 딱 잘라 말했다.

"버르장머리 없는 놈. 다 키워놨더니 은혜도 모르고."

"누나를 위해 하는 소리다. 절대 그거 남한테 보여주지 마. 원수 맺고 싶은 사람 있으면 해보든가."

"나쁜 놈. 배은망덕한 놈."

승희는 승규에게서 고개를 돌리고 주절거렸다. 승규와 쫑아의 대화를 들으니 뿌듯했던 기분이 휘발되었나. 현실자각다임이 찾아왔다. 외로운 이 내 몸은 뉘와 함께 돌아갈꼬.

관계 하나를 싹둑 끊어냈다. 후회도 미련도 없을 거라고 생각했는데 이상하게 미안함이 남았다. 한무결이 너무 아파하지 않았으면 좋겠다.

"집으로 바래다주면 되지?"

신호에 걸려 차를 세운 승규가 승희에게 묻고는 옆 차를 바라보았다.

"와아, 차 좋다."

"누나가 돈 많이 벌어서 너도 저런 차……."

비싼 차를 알아보고 감탄하는 승규에게 누나답게 통 큰 약속을 해주려 했던 승희의 얼굴이 굳었다. 한무결의 차. 운전석에 무결이 타고 있는 것이 희미하게 보였다.

승희는 재빨리 조수석 의자 등받이를 아래로 내려 얼굴을 감췄다.

"왜 그래?"

"나 오늘 너네 집 갈래."

"왜?"

"왜긴 왜야. 돈도 갚았으니까 오랜만에 아빠랑 같이 한잔하자. 쫑아도 데려와."

"싫어. 쫑아한테 무슨 짓을 하려고."

"시끄럽고 깜박이 켜. 우회전이야."

승희는 무시무시하게 말했다.

본가에 도착한 승희는 아빠 남수에게 돈을 전해줬다는 사실을 알리고 이것으로 금왕 한씨 집안과의 연은 더 이상 없을 거라고 말했다. 남수는 고생했다며 승희를 토닥였다. 오랜 빚을 청산하고 마음의 짐을 내려놓았으니 좋은 날이었다. 남수가 딸을 위해 앞치마를 둘렀다.

오랜만에 맞이한 평화로움에 만족스러운 마음으로 여유를 즐기고 있는데, 전화가 걸려왔다. 한무결이었다. 받지 말까 생각하다가, 전화하면 바로 받으라고 했던 게 생각나서 승희는 어쩔 수 없이 통화 버튼을 눌렀다.

"여보세요."

[어디예요?]

"본가에 와 있어요."

'아아', 그의 한숨 소리가 들렸다. 왠지 그가 자신의 자췻집 앞에 있을 것 같다는 생각이 들었다. 승희는 시치미를 떼고서 물었다.

"왜 그러시는데요?"

[그냥, 얘기하고 싶어서.]

"무슨 얘기요?"

[잘했다고요.]

의외의 말에 승희는 놀랐다. 비꼬는 말이 아니었다. 그는 진심으로 잘했다고 말하는 거였다. 왜 자기 아버지를 만나기 전에 내게 알리지 않았느냐, 내가 보호해줄 수 있었는데 왜 혼자서 일을 벌였느냐 하는 핀잔을 들을 줄 알았는데 의외였다.

[언제 어디서나 위풍당당한 우승희 씨가 좋네요.]

그는 아무것도 묻지 않는다. 외려 그녀가 의문이 생겼다. 좋다고? 왜?

[말로 전해 들었을 뿐이지만 멋있다고 생각했어요. 이제 정말로 얽매이는 것 없이 만날 수 있겠네요.]

하하 농담도 참, 하며, 승희는 텅 빈 웃음을 지었다.

[농담이 아니고. 나중에 만나서 얘기하죠.]

나중에 만나자. 기약 없는 인사인데 왜 심장이 덜컹덜컹하는지 알 수 없었다. 나중에 만나서 호되게 맞지는 않을까 모르겠다.

"네. 나아아중에 봐요."

승희는 일부러 말을 주욱 끌었다. 다시 한숨 소리가 들렸다.

[그쪽도 내가 낸 제안을 애초에 수긍했으니 결과를 받아들여야 하는 거예요. 오래전에 내가 혼전계약서 제안을 군말 없이 받아들였듯이.]

칭찬 이후에는 압박이 들어왔다. 찬찬한 목소리로 하고자 하는 말을 다 한다. 거절은 용납하지 않겠다는 거였다.

[잘 쉬고 와요.]

승희는 통화가 끊어진 휴대폰을 한참 쳐다보았다. 관계를 끊어버리려고 했는데. 뜬금없이 새로운 관계가 시작되려는 것만 같아 당혹스러웠다.

다음날. 승희는 외근을 하고 돌아오는 길에 트윙클에셋 사무실이 있는 건물 엘리베이터 앞에서 아는 사람을 만났다. 무결의 친구 세열이었다. 세열은 승희보다 더 놀란 표정을 지었다.

"안녕하세요."

승희의 인사에도 한참 바라보기만 하던 세열이 서서히 미소 지었다.

한무결 이 음흉한 놈. 그러면 그렇지.

"안녕하세요."

"여기 일이 있으신가 봐요."

승희의 회사가 있는 건물에는 많은 회사들이 입주해 있었다. 승희는 세열이 트윙클에셋 때문에 온 것은 아닐 거라고 판단했다.

"아침에 무결이가 대뜸 이사를 가자고 하더라고요. 그리고 이 건물을 추천해줬어요. 여기 매물이 나왔다고. 잠깐 보고 오라길래 보러 온 거예요."

세열의 대답에 승희는 어처구니없었다.

"진짜 오시려고요?"

"아뇨. 이성적으로 봤을 때 여긴 아닌 것 같아요. 원래 사옥보다도 더 좁네요."

승희는 고개를 잠잠히 끄덕였다. 한무결이 왜 여태 정을 떼지 못하는지 모르겠다. 자신이라면 제 아빠를 모함한 사람은 거들떠도 안 볼텐데. 어쨌든 프리지어 일이 얽혀 있기 때문에 당장 인연을 끊기는 무리였다. 승희는 문득 세열이 프리지어에 대해 알고 있는지 궁금해졌다.

"저기. 한무결 씨는 요즘 골드킹 일 말고 다른 것도 하나요?"

"글쎄요. 금왕그룹 일을 하는 것 같은데 저한테는 얘기 안 해요. 골드킹 일도 바쁜 편이라 많이 하는지는 모르겠네요."

세열은 프리지어에 대해 잘 모르는 것 같았다.

한편 승희가 먼저 무결의 안부를 묻자 세열은 일말의 희망을 엿보게 되었다. 무결과 승희가 다시 만날 수도 있겠다는 희망. 그리하여 무결이 군자 코스프레에서 벗어나 좀 더 인간적인 모습으로 돌아오기를 바랐다. 세열은 부푼 꿈을 안고서 물었다.

"한 가지 물어봐도 될까요?"

"네. 말씀하세요."

"무결이랑 마주치면 기분이 어떨 것 같아요?"

무결이 자신의 얘기를 세열에게 하지 않은 모양이었다. 승희는 세열이 프리지어에 대해서도 모른다는 사실 또한 확신하게 되었다. 승희가 대답했다.

"한무결 씨랑 마주친 적 있어요."

"그래요? 어디에서요?"

"자선파티에서요."

세열은 입을 벌리고 끄덕였다. 그래서 오늘 갑자기 부동산 매물을 알아보라고 했구나. 여전히 무결은 승희에게 미련이 가득한 것이다.

"혹시 김푸른 아나운서랑 같이 있는 거 보고 오해하거나 그러지는 않았으면 좋겠네요."

세열은 오지랖을 부리게 되었다. 그녀가 혹시 파티장에서 무결과 김푸른이 함께 있는 모습을 보고 실망했다면 오해를 풀어주고 싶었다.

"김푸른이 엄청 귀찮게 구는 거예요. 무결이의 스케줄을 꿰고 있는 것 같더라고요. 언제는 상하이 출장에 가서 마주친 적도 있었죠."

그러나 너무 나간 오지랖이었다.

"네에."

대강은 알고 있었기에 승희는 대충 끄덕여 보였다. 세열은 신나게 계속 얘기했다.

"너무 들이대고 너무 귀찮게 굴어서 무결이는 아마 엄청 싫어할 거예요."

"그렇죠. 들이대고 귀찮게 굴면……."

"네. 무결이 들이대는 거 엄청 싫어하거든요. 엄청."

"아. 그렇구나. 싫어하는구나."

"아주 살 떨리게 싫어하죠."

순간 승희의 머릿속에 반짝하고 불이 들어왔다.

'한무결이 들이대는 사람을 살 떨리게 싫어해?'

세열의 말에 힌트를 얻은 승희는 곰곰이 무결과의 일을 되새겨보았다. 생각해보니 그녀는 무결에게 들이댄 적이 한 번도 없었다.

'나는 밀기만 했지 당기지는 않았어.'

들이대고 귀찮게 구는 일 없이 계속 빠져나가고 도망치려고만 했으니 무결의 입장에서는 더 애타게 여겨지는 것이었다.

'그렇지. 잡은 고기에게는 먹이를 주지 않지!'

좋은 교훈을 얻은 승희는 세열과 헤어진 후 회사로 돌아가 철순에게 물었다.

"철순아. 들이대고 귀찮게 하는 사람 별로지?"

"그렇죠? 아무래도."

"그치? 정떨어지지?"

승희의 진지한 질문에 철순이 눈썹을 구겼다.

"누가 들이대고 귀찮게 해요?"

"아니. 아니."

승희는 확신을 얻은 표정으로 돌아섰다. 속으로 유레카를 외쳤다.

자, 이제부터 겁나 들이대볼까 합니다.

골드킹 사옥.

신작 회의가 꽤나 길었다. 장장 세 시간이 넘게 마케팅 콘셉트를 가지고 씨름했지만 반짝이는 해답이 나오지는 않았다. 수요일은 일찍 퇴근하는 날이라 회의는 결론 없이 마무리되었다. 회의가 끝난 후에 세열이 무결에게 말을 걸었다.

"네가 가보라고 한 건물, 우승희 씨 회사 있는 데더라?"

무결은 능청스럽게 대꾸했다.

"그래? 몰랐네. 가보니까 어때?"

"그냥 그랬어. 솔직히 지금 사옥이 훨씬 좋아. 이사는 나중에 생각하자. 일단은 신작에 집중하고."

세열은 승희를 만났단 말을 하지 않고 돌아섰다. 무결도 더 이상 따지지 않았다. 다른 데에 눈길을 돌리게 되었다. 뒤늦게 휴대폰을 확인했는데 승희에게서 7건의 문자메시지가 와 있었던 것이다. 그런데, 발신 시각이 좀 이상했다.

14:00 — 어제 무결 씨가 그렇게 말씀해주셔서 너무 기뻤어요.

14:30 — ㅎㅎㅎ 무결 씨 말이 생각나서 회의 도중에 웃었네요.

15:00 — 자꾸 생각나네요. ㅎㅎㅎ

15:30 — 아 졸린 시간이네요. 오후 근무 힘내세요!

16:00 — 무결 씨 오늘 시간 있으세요?

16:30 — 저는 시간 있는데 오늘 시간 있으세요?

17:00 — 보안기술에 대한 질문도 겸해서 만났으면 하는데 시간 있으세요?

30분마다 알람이라도 맞춰놓고 문자를 보내나? 문자봇 어플을 개발했나?

더군다나 문자메시지 내용도 이상했다. 우승희라면 절대 이런 말을 하지 않을 텐데. 하지만 무결은 친절하게 답문을 보냈다.

—저녁때 약속이 있는데 잠깐 들렀다가 바로 그쪽으로 갈게요.
—무슨 약속이요? 취소하면 안 될까요?

이번엔 바로 답문이 왔다. 무결은 고개를 갸웃거렸다.
'뭐지? 나한테 급히 할 말이 있나?'
의심스러웠지만 무결은 이번에도 군말 없이 승희의 요청을 받아
들였다. 그 또한 할 말이 있으니.

—취소할게요.

무결은 답문을 보내고 바로 선약을 취소했다. 드르르, 다시 휴대폰
진동이 울렸다. 승희였다.

—고맙습니당.

'뭐지? 해킹당했나?'
우승희는 이런 어투를 구사한 적이 한 번도 없었다. 괴이쩍은 마음
에 무결은 승희에게 전화를 걸었다. 승희가 전화를 금방 받았다.
[여보세요, 여보세요?]
"……우승희 씨 맞아요?"
[네, 맞는데요. 왜요, 왜요?]
다소 고양된 음성. 하지만 우승희의 목소리기 확실했다.

"아니…… 알았어요. 이따 봐요."

[앗, 무결 씨!]

"네."

[저 어쩌다 보니까 무결 씨 회사까지 와 있네요? 들어가도 되죠?]

뭐지…….

"들어와요, 그럼."

무결은 의구심을 가득 안고서 전화를 끊었다.

어쩌다 보니까 회사까지 왔다던 승희는 30분이 넘어서야 회사를 방문했다. 핑크색 블라우스와 H라인 스커트 차림이 눈이 부실 지경이다. 회사 안을 둘러본 승희는 인사도 않은 채 무결에게 물었다. 회사 안을 지키는 사람이 무결밖에 없었던 것이다.

"어? 직원들이 없네요?"

"수요일은 원래 5시에 퇴근이에요."

내일 올걸. 근무 시간에 무결의 회사에 쳐들어가 질척거리는 여자의 모습을 보여주려 했던 꿈이 저 멀리 떠났다. 승희는 잠깐 실망했지만 곧장 다음 단계에 돌입했다.

"그럼 우리도 나갈까요? 제가 맛있는 거 쏠게요."

무결은 움찔했다. 천하의 우승희가 가까이에서 고개를 반짝 들고 맑은 눈을 깜빡거리며 생긋 웃으니 이게 꿈인가 싶었다. 무슨 꿍꿍이인지, 따로 원하는 게 있는지 궁금했지만 뭐든 들어주고 싶었다. 할 일이 있는데, 그냥 나가야겠다.

"나가죠."

무결이 미소를 숨기며 대답했다. 엘리베이터를 타고 이동하는데 중간중간 사람들이 더 올라탔다. 내리는 사람은 없고 타는 사람들만

늘어나 엘리베이터는 어느새 만원이 되었다.

"이쪽으로 오세요, 이쪽으로."

그러던 중 승희가 무결의 옷소매를 집게손으로 잡으며 살며시 끌었다. 무결은 그 여린 손가락을 향해 고개를 내렸다가 그녀를 바라보았다. 눈이 마주치니 승희가 입술을 늘이며 웃었다. 그녀가 잡고 있는 소매 끝이 간지러웠다. 소매 끝과 심장이 직선으로 연결되어 그녀가 심장을 간질이는 느낌이 났다.

건드리면 시작되는 거라고 분명히 말했는데, 그게 경고가 안 되나? 하지만 아주 신선했다. 무결은 보일 듯 말 듯 미소 지었다. 어디 해봐. 더 해봐.

승희가 이끈 곳은 근처 호텔의 카페였다. 저녁 시간이었는데 저녁 식사를 하러 간 게 아니었다. 승희는 거기에서 파르페를 시켰다. 보기만 해도 머리가 아플 정도로 극심하게 단 음식이었다.

"드세요. 이게 제일 맛있는 거예요."

승희가 무결에게 살갑게 권했다.

이렇게까지 단것은 별로 좋아하지 않는데. 그녀와 식성이 비슷하다고 생각했던 무결은 적잖이 놀랐다. 하지만 그녀가 좋아하는 거라면 생각을 바꿀 수 있을 것 같았다.

승희는 교묘히 미소 지었다. 싫어할 만한 짓만 잔뜩 하면서 들이대고 귀찮게 하면, 이 남자도 떨어져나갈 수밖에 없지. 승희는 아이스크림을 뜬 스푼을 일부러 크게 휘둘렀다. 명중. 오래전 비둘기똥이 옷에 묻었던 그때처럼, 무결의 셔츠 가슴팍에 아이스크림이 크게 튀어 흘러내렸다. 마침 어두운색 옷을 입어 하얀 선이 생기는 것이 잘 보였다.

"헉. 죄송해요."

승희는 일부러 느릿하게 반응했다. 이 남자는 옷에 뭐 묻는 걸 싫어하니 화를 내면 참 좋겠다.

"괜찮아요."

그러나 승희의 기대와는 다르게 무결은 테이블 위에 놓인 휴지로 대강 털어냈다.

"죄송해요. 우유 냄새는 시간 지나면 엄청 구릴 텐데."

"상관없어요."

승희가 일부러 냄새를 거론했지만 무결의 표정은 조금도 변하지 않았다. 승희가 멍해진 동안 무결이 물었다.

"보안기술에 대해 질문한다고 하지 않았어요?"

"아, 네!"

자신의 실패를 깨달은 승희는 바로 다음 단계로 넘어갔다.

"어떻게 그런 대단한 걸 만드신 거예요?"

무결은 눈을 깜박였다. 예상했던 범위를 넘어선 질문이었다. 그녀가 진심으로 묻는 건지, 다른 질문을 하기 위해 간을 보는 건지 알 수가 없었다. 게다가 그녀는 시종일관 초승달 눈으로 미소 지었다. 웃는 게 예쁘니 무어라 말할 수는 없지만 왠지 수상했다.

"정말 그 질문을 하려고 그랬다고요?"

"왜요, 왜요? 안 돼요?"

"아니, 그런 건 아니고……."

이 올바른 여자가 낮술을 한 건 아닐 텐데.

무결은 엉덩이를 들어 맞은편에 앉은 승희에게로 몸을 기울였다. 술 냄새도 안 나는데. 무결은 그녀의 눈빛을 주시하며 다시 제 의자에 등을 붙였다. 긴장했을 때 나타나는 평소 우승희의 표정이 얼핏 보였다가 사라졌다. 어쨌든 궁금하다고 하니 대답은 해줘야 할 것 같다.

"대단하다고 생각하지는 않고 만들었어요. 오래전에 금왕그룹에서 개인정보 유출 사고가 있었는데 그 일을 겪은 뒤에 예방 차원에서 시도해본 거죠."

그다음 이어질 질문은 뻔히 예상되었다. 그럼 이미 금왕그룹에서는 다 알고 있는 일이냐고, 물어보는 것이 순서일 것이다. 그녀는 다시 그 얘기를 꺼낼 참인가? 수작을 부리면 금왕그룹에 이 사실을 모두 알리겠다고?

프리지어로 활동하고 있는 사실은 아무도 모르는 일이지만 지난번에 그녀에게 얘기한 대로였다. 이 일이 알려져서 그다지 손해 볼 건 없었다. 트윙클에셋에 자신의 기술을 팔았다는 것만으로 소정의 목표는 달성한 셈이었다.

그런데, 예상과는 달리 그녀는 더 질문하지 않았다. 예상 질문보다 더 놀라운 반응이 튀어나왔다.

"정말 너무 멋있네요. 반할 것 같아요."

무결은 잠깐 집어 들었던 파르페잔을 다시 내려놓았다. 칭찬이었지만 웃을 수 없었다.

"반할 것 같다고요?"

"네."

이미 반한 것도 아니고, 반할 것 같다고? 뭐야, 이 어설픈 유혹은.

무결의 눈썹이 반대쪽으로 휘었다. 그녀의 미소는 꽤 인위적으로 보였다.

'먹히는구나!'

진작에 이 방법을 쓸 것을. 승희는 그의 표정이 심상치 않게 변하자 신이 났다. 마침 파르페 꼭대기에 딸기 하나가 예쁘게 올라앉아 있는 것이 보인다.

"한무결 씨, 딸기예요."

"……."

"딸기, 딸기."

"네. 딸기네요."

무결이 의자 팔걸이에 기대 턱을 괴고는 대답했다.

"옛날 생각나지 않아요? 그렇죠, 그렇죠!"

두 번씩 말하는 건 남동생 승규의 여자친구 좋아의 말투에서 영감을 얻었다. 승희가 이 말투를 따라 하니 승규는 진저리를 쳤었다. 원수 맺고 싶은 사람이 있으면 시도해보라는 말도 했었다. 남동생 녀석이 이렇게 인생에 보탬이 될 줄은 몰랐다.

"그래요, 안 그래요?"

승희는 대답을 재촉했다. 귀찮지? 짜증나지? 내가 창피하지?

"그러네요."

하지만 무결은 더 이상 얼굴을 찌푸리지 않았다. 그녀를 이상하게 여기긴 했다.

"오늘 좋은 일 있었어요?"

"아뇨. 딸기 먹은 거밖에 없는데요."

"그럼 나한테 부탁할 거 있어요?"

"아뇨. 없는데요."

"괜찮아요. 말해봐요."

"정말 없어요."

"그럼 왜 그러지?"

그가 관찰하듯 빤히 바라보았다. 상냥한 눈빛이지만 그 안에는 현미경도 있고 바늘도 있다.

"그냥, 한무결 씨 만나니 기분이 좋네요."

"정말 나 만나서 좋아요?"

승희는 꿰뚫릴 것 같은 기분이 들어 약간의 거짓말을 보탰다.

"실은 어제 희재원 나오자마자 후회했거든요. 집에 가면서 곰곰이 생각해보니 이게 아니다 싶더라고요. 우리 집안이 기울면 또 돈을 빌려달라고 할 수도 있는 건데 기회를 잃은 것 같아서 아까웠어요. 살아가는 데는 돈이 제일 중요하잖아요."

일부러 졸렬한 표정을 지었다. 그는 자존심이 강한 사람을 좋아한다고 했다. 이상형이라고도 했다. 그렇다면 자존심 없는 모습을 보여주면 되는 것이다.

"그런데, 내가 희재원에 대형 폭탄을 던졌는데도 한무결 씨가 이렇게 받아주니 마음이 팍 갈 수밖에 없죠. 내가 여기서 더 생난리를 쳐도 무결 씨는 내 편일 거잖아요."

그리고 마무리는 다시, 쫑아에게 배운 기술.

"아니에요? 아니에요?"

쫑아가 하면 애교, 내가 하면 살수. 신기술을 선보이는 동안 실은 승희의 발가락도 계속 곱아들었다. 그저 밝은 미래를 위해 오늘의 부끄러움을 감내하는 것이다.

파르페를 한입 떠먹고는 손도 대지 않은 채로 팔짱을 끼고 그녀를 바라보던 무결의 입꼬리가 슬쩍 올라갔다.

"이분, 안 되겠네."

그의 말에 승희는 속으로 성공을 외쳤으나 아직 기뻐하기엔 이른 거였다. 그가 자리에서 일어났다.

"일어날까요?"

"왜요?"

"오늘은 왠지 내가 더 생난리를 쳐도 우승희 씨가 다 받아줄 것 같아서."

대답하는 그의 눈빛이 날렵하다.

"오랜만에 데이트 좀 해볼까 해서요. 괜찮죠?"

흠칫 놀랐지만 일관성을 유지해야 한다는 생각에 승희는 고개를 끄덕였다. 그러나 목소리는 힘 있게 나오지 않았다.

"……네에. 그렇죠오……."

"가죠."

"이거 다 먹고 가요. 내가 쏘는 거잖아요."

한입 떠먹고는 입도 대지 않고 있던 그가 그녀의 말에 파르페를 잔째 들이켰다. 내용물이 어느 정도 녹아 그는 단번에 잔을 비울 수 있었다. 식욕을 채운 눈이 그녀를 주시하며 반짝 빛났다.

"그쪽도 얼른 먹어요."

그가 말했다. 사실 단 음식은 그가 싫어할 것 같아 시킨 거였다. 승희 역시 좋아하시 않는 음식이었다. 그녀는 먹는 둥 마는 둥 숟가락을 천천히 움직이다가 머리가 저릿한 단맛에 물컵으로 손을 뻗었다. 그의 시선이 느껴져 온몸이 따가울 지경이었다. 왠지 지상에서의 마지막 물을 마시는 기분이었다.

"먹기 힘들면 그만 먹어요."

힘겹게 파르페를 먹던 그녀가 컵을 내려놓기 무섭게 그가 그녀의 손을 잡으며 자리에서 일어났다. 행동이 굼뜬 그녀를 더는 기다리지 않겠다는 거였다.

이게 아닌 것 같은데. 파르페를 그만 먹고 싶긴 했지만.

멍하니 있다가 그와 눈을 마주쳤을 때 승희는 초연하게 미소 지었다. 하지만 내가 웃는 게 웃는 게 아니야. 뒤를 따르는 그녀의 발걸음이 무거워졌다.

"막힌 데로 갈까요, 뚫린 데로 갈까요?"

그의 질문에 정신이 번쩍 들었다. 자신이 실패했다는 것을 이제야 깨우쳤다. 하지만 앞으로 이 상황을 어떻게 타개해가는 것이 옳을까 생각하고 있을 때는 이미 엘리베이터 앞이었다. 당연히 뚫린 데로 가야 한다고 대답하려는데 그가 먼저 입을 열었다.

"뚫린 데에 있었으니 이제 막힌 데로 갈까?"

그녀의 대답을 기다린 질문이 아니었다. 엘리베이터 문이 열리고 그녀의 손을 단단히 잡은 그가 안으로 들어갔다. 엘리베이터 안에 단둘. 그 공기에 긴장하기도 전에 엄청난 사실이 떠올랐다. 여기는 호텔이잖아!

무결은 아무렇지도 않게 28층의 버튼을 눌렀다. 로비를 거치지 않고 객실 쪽으로 이동하는 것 같은데 28층에 뭐가 있는지 그녀는 알 수 없었다. 엘리베이터가 움직이자마자 그는 잡고 있던 손을 풀었다. 그러나 더 억센 접촉이 기다리고 있었다. 그의 커다란 손에는 그녀의 뺨과 뒷목까지가 쉽게 잡혔다. 뻣뻣해진 목을 그가 끌어당겼다. 그녀에 비해 선명하게 높은 체온이 그녀의 입술을 건드렸다. 그의 입술이 그녀의 작게 열린 입술을 비집고 들어가 속살을 건드렸다.

준비가 없었던 그녀의 양손이 허공에서 버둥거렸다. 짧은 순간이었지만 숨 막힐 듯 저릿한 전율에 승희는 어쩔해졌다. 토요일 밤의 키스와도 달랐다. 28층에서 어떤 일이 일어날 것인지를 미리 알리는 전초전 같았다.

"그때 좋아서 울었다고 했지."

여전히 그녀의 목을 감싼 채로 그가 그녀의 블라우스 안으로 목소리를 흘려 넣었다. 목 뒤의 솜털이 일어났다.

"더 울겠다, 이제."

엄청 좋아하게 될 거야.

진득한 눈빛의 예언에 그녀의 눈동자가 파르르 흔들렸다. 다시금 완전한 실패를 깨달은 그녀가 그의 손에서 벗어나기 위해 한 발짝 뒤로 물러났다. 눈동자가 꽉 조여진 그가 놓치지 않겠다는 듯 다가왔다. 그녀는 더 버티지 못하고 넙죽 사과했다.

"잘못했습니다."

"우승희 씨가 잘못한 게 뭐가 있어요. 나 만나서 좋다는데."

"아닙니다. 제가 어리석었습니다."

"어리석긴요. 발군의 애교에 내가 두 손 두 발 다 들었는데."

그가 한 걸음 성큼 다가와 승희는 두 손으로 막았다.

"아뇨!"

28층에 이른 엘리베이터 문이 열렸다. 승희는 그에게서 거리를 두고 싶었지만 그렇다고 28층에서 내릴 수는 없었다. 승희가 움직이지 않으니 다시 문이 닫혔다. 엘리베이터를 찾는 사람이 없는 듯 문 닫힌 엘리베이터는 28층에서 그대로 서 있었다.

"내가 얘기하지 않았나? 나는 우승희 씨랑 한가롭고 건전하게 안 지낼 거라고."

그랬지. 그래도 통하는 건 줄 알았다. 처음부터 그녀는 밀당을 하지 않았다. 그저 밀기만 했기에 당기면 그가 쉽게 싫증낼 거라고 생각했다. 그는 오만 가지 유혹을 다 받아본 사람일 테니까. 무결의 절친 세열의 말을 믿었고 남동생의 말을 믿었다. 철순의 말을 믿었다. 모두 믿을 만한 사람들이었기에 아주 큰 착각에 이른 거였다.

"그럼 대체 왜 그랬는데."

"이러면 한무결 씨가 싫어한다길래요."

막다른 곳까지 몰린 승희가 사실대로 털어놓았다. 완전한 항복이다. 귀신을 속이지 이 남자를 속일까. 그 타오르는 듯한 눈으로 내 속을 꿰뚫어버리는 사람인데.

그녀의 대답에 그는 조금 화가 난 듯했다.

"누가 그래요."

"김푸른 씨가 들이대고 귀찮게 해서 한무결 씨가 싫어했다면서요."

"그건 김푸른이고!"

돌연 그의 목소리가 높아졌다. 좁은 공간에서 그의 목소리가 크게 울리자 승희도 눈을 질끈 감았다 떴다.

"우승희 씨. 갖고 놀지는 말자."

소리 지른 것이 미안한 듯, 그의 목소리가 다시 낮아졌다.

"나중에 책임 못 진다고 물러날 거라면 들이대지도 말라는 거예요. 그쪽은 이미 나한테 여타의 사람들이랑 달라요."

하지만 이미 승희는 얼어버린 상태. 그의 말에 충격을 받은 것이다.

"이미 그쪽 행동 하나하나가 내 눈에는 크게 보인다고. 그쪽이 손가락 하나로 쓰러뜨려도 난 넘어갈 거라고요."

조용히 타이르는 말에도 승희가 움직일 생각을 하지 못하자 무결은 길게 한숨을 내쉬었다. 이번엔 무결의 항복이었다.

"알았어. 내가 미안하니까 표정 좀 풀어줄래요?"

어린아이를 어르듯 그의 목소리가 더욱 상냥해졌다. 내내 가만히 있던 엘리베이터가 움직였다. 1층으로 가려는 것 같았다.

"그렇게 날 떨쳐내고 싶었어요?"

실은 그것 때문에 목소리가 높아졌다.

"나랑 절연할 생각으로 아버지한테 그렇게 얘기한 거예요?"

승희가 아랫입술을 말아 감추는 것이 보였다.

"아버지한테 얘기한 건 아무렇지도 않아요. 하지만 우승희 씨가 그런 의도로 말했다면 그건 속상하네요."

그녀가 자신을 어떻게 이용하든 상관없다. 그녀가 원하는 게 생겨서 하지 않던 행동을 하는 거라면 기꺼이 원하는 바를 들어줄 수 있었다. 하지만 자신을 떨쳐내기 위해 그런 행동을 했다면 그건 다른 문제였다. 서러웠다. 당신은 내가 싫어할 거라고 생각하며 이것저것 시도해보지만 그럴수록 나는 더욱 빠져간다. 한쪽이 일방적이라는 건 서럽고 분한 일이다.

계획을 털어놓은 그녀가 더 이상 아무 말도 하지 않는 것도 답답했다. 그는 씁쓸한 표정으로 눈을 감았다 떴다. 어느새 엘리베이터는 1층에 닿았다. 무결은 그녀의 손을 잡고서 밖으로 향했다. 약하게 잡은 손은 금세 떨어졌다. 하지만 그녀는 그를 따라가긴 했다.

로비 밖으로 나온 두 사람이 마주 섰다. 승희의 표정은 여전히 기죽은 새끼짐승처럼 애처롭고 애틋했다. 부쩍 짧아진 해가 도심의 건물돌 사이로 기울어가고 있었다. 햇빛을 따라 붉어진 그녀의 얼굴을 보고 있자니 태양도 그녀를 위해 존재하는 것 같았다. 아니, 그녀가 태양인지도 모르겠다. 그녀는 자신을 끌어당기며, 동시에 밀어낸다. 자신이 행성이 되어 우승희의 주위를 돌고 있는 것만 같았다. 그냥 그게 운명인 것 같았다.

"여전히. 사랑합니다."

어렵다, 사랑이.

그녀의 행동에 자극을 받아 순서가 잘못되었다. 이런 데에서, 이렇게 하려던 말이 아니다. 오늘의 만남은 그에게도 의미가 있었다. 한 손에 꽃을 들고 있었어야 했는데.

"이 감정이 참 새롭고 고맙고, 원망스러웠어요."

그가 벅찬 마음을 꾹꾹 눌러내며 말했다.

자존심을 굽혀가며 매달린 적이 없었다. 내가 싫다는 사람은 쉽게 떠나보냈다. 바람에 떠밀려 잠시 앉았다 갈 줄 알았던 민들레 홀씨가 뿌리내리고 꽃을 피웠다. 이제 그 꽃이 세상에서 가장 소중해서 떠나지 못하는 처지가 되었다.

대답 없이 자신을 바라보는 투명한 눈빛에 무결은 새삼 초조해졌다.

"정말로 우승희 씨를 겁먹게 하려던 건 아니었어요. 잠깐 나사가 빠지긴 했는데."

앞으로 막 나갈 거라고 기세 좋게 경고했지만, 그녀에게 강요할 수 없다. 도망치려는 당신을 붙잡아 가둘 수가 없다. 그저 내 마음을 봐 달라고, 고백하는 것밖에는 방법이 없다.

"잘 조이고 다닐게요."

제발 날 버리지 마.

"만나줘요. 제발."

최대한 의연한 표정을 유지하며 침착하게 말했지만 그녀의 입술이 벌어지길 기다리는 동안 심장이 꽉 조여드는 것 같았다. 침묵이 길어질수록 애타는 마음이 커져갔다.

"저녁 먹으러 갈까요?"

기다림 끝에 무결이 먼저 입을 열었다.

"아뇨. 난……."

"그럼 집에 데려다줄게요."

무결은 한참 만에 목소리를 낸 승희의 말을 끊어냈다. 거절의 말이라면 오늘 듣고 싶진 않았다. 차를 끌고 승희의 집으로 가는 길, 여전히 말이 없는 승희에게 무결이 말했다.

"결혼하자는 얘기가 아닌 거 알죠?"

혹여나 그녀가 부담스러워하는 게 결혼 이야기 때문인가 해서.

"그렇게 되더라도 우승희 씨한테 요구하는 건 없을 거예요. 약속해요."

승희는 계속 묵묵부답이었다. 그렇다고 또 싫은 눈치는 아닌 것 같았다. 그녀는 분명히 좀 전에 자신이 한 행동을 무안해하고 있었다. 창피해서 말을 하지 못하는 건지, 아니면 다른 문제가 걸리는 건지 그걸 모르겠다.

대체 당신의 발목을 잡고 있는 게 뭘까. 한참 생각하던 무결은 다른 질문지를 뽑아들었다.

"근데, 들이대고 귀찮게 하면 내가 싫어한다는 얘기는 누가 했어요?"

"이세열 씨요."

승희가 분한 마음을 꾹 누른 목소리로 대답했다.

"하. 그럴 줄 알았어."

무결은 짧게 탄식했다.

"이세열 이 X자식이라고 해주고 싶은데 세열이 덕분에 귀한 구경을 해가지고."

"제가 대신할게요. 이세열 이 X자식."

그녀가 시무룩해져 있어서 농담을 섞었는데, 그녀는 돌연 진지하게 받아쳤다. 찰진 욕설 뒤에는 체념이 이어졌다.

"한무결 씨의 친구를 욕했으니 절 마음껏 미워하셔도 됩니다."

"그게 마음대로 되나."

무결은 쓰게 웃었다. 그게 마음대로 되면 여기까지 오지도 못했지. 긴 구애가 부담스러울 것 같아 말하지 못한 얘기가 많았다.

승희의 집 앞에 차를 세운 무결은 이번에도 그녀의 집 현관문 앞까지 쫓아갔다가 발길을 돌렸다. 하지만 지난번처럼 짓궂게 굴지는 않았다. 호텔 엘리베이터에서 상황을 오해하고 키스를 강행했던 것이 마음에 걸렸다.

근데 좋아. 너무 좋아. 할 때마다 더 좋아. 하루 종일 했으면 좋겠어. 입술이 닿았던 순간을 떠올릴 때만큼은 마음이 헬륨풍선이다. 이 심각한 와중에도 이런 생각이나 하는, 나라는 쓰레기를 매우 쳐줘.

"비례물시 비례물청 비례물언 비례물동……."

무결은 공자님의 말씀을 떠올리며 음심을 반성했다. 차로 돌아온 그는 곧장 세열에게 전화를 걸었다.

[왜?]

뚱하니 용건을 묻는 세열에게 무결이 불퉁스럽게 따졌다.

"내가 너 우승희 씨랑 아무 얘기도 하지 말라고 했지."

종로에서 뺨 맞고 한강에서 눈 흘기기.

[왜? 뭐가 잘못됐어?]

"됐어, 끊어."

[허.]

황당해하는 세열의 탄식을 무시하며 무결은 통화 종료 버튼을 눌렀다. 지금 이 순간 화풀이할 수 있는 대상이 세열뿐이라 이런 것밖에 할 수가 없었다.

전화를 끊은 무결은 이번엔 새어머니 혜리에게 전화를 걸었다.

[어, 그래. 무결아.]

혜리의 목소리는 여상하다. 언제나 그랬듯이 기쁘게 반기지도, 그렇다고 퉁명스럽게 대하지도 않는다. 두 사람 사이의 거리는 말 몇 마디로 확 좁혀질 수 있는 게 아니었다.

"네."

[무슨 일이야?]

"할아버지는 좀 어떠세요?"

용기를 내 전화를 걸었지만 금세 어색해진 무결은 처음의 용건을 뒤로하고 할아버지의 안부를 물었다.

[심해진 건 없어. 아직 거동은 불편하시고.]

"네에."

[또 할 말 있니?]

혜리가 먼저 물어왔다. 어쩐지 무결은 혜리가 자신의 용건을 짐작하고 있을 것 같단 생각이 들었다.

"오늘 고백했어요."

[그래? 어땠어?]

"아직 대답은 없네요."

무결은 시름을 그대로 털어놓았다.

"어떻게 붙잡아야 할지 모르겠어요."

힘을 주세요, 하는 어리광일지도 모르겠다.

[아프다고 해, 그럼.]

"네?"

의외의 대답에 그가 되물었다. 혜리는 감정이 도드라지지 않는 목소리로 시니컬하게 말했다.

[아픈 사람한테 약하더라.]

우승희가 아픈 사람에게 약한 건 잘 알고 있지만. 새어머니가 이런 말도 할 줄 아는 사람이었나? 그녀의 대답에 무결은 웃고 말았다.

"그 마음을 이용할 순 없죠."

어쨌든 위로가 되었다.

희재원.

혜리도 무결을 따라 웃어버렸다. 하지만 옅은 실웃음일 뿐 웃음소리가 새어나가는 일은 없다.

"그래. 그렇지."

마음을 이용할 수는 없다고 말하는 아들에게서도 인생을 배우게 된다.

"한무결이 한무결답게, 우승희가 우승희답게. 그렇게 마주 보는 게 예쁘지."

혜리의 말에는 회한이 담겨 있다.

무결아, 나는 네가 부러워. 그 모습 그대로 사랑하고 사랑받을 수 있다고 믿는 네가 부러워.

"그래. 나중에 또 얘기 들려줘."

[감사합니다.]

"내가 한 게 뭐 있다고."

[아뇨. 계셔주시는 것만으로도 감사해요.]

의붓아들의 말에 그녀의 눈가가 뜨거워졌다. 눈에 맺힌 눈물을 스윽 닦아낸 혜리가 아들의 이름을 불렀다.

"무결아."

[네.]

"형수님한테 잘해."

[형수님이요?]

"네 사촌 형 혁수 있잖아."

혜리는 다른 힌트를 주었다. 혁수의 아내 소연과 승희는 대학교 동기다. 두 사람의 사이가 좋은 듯하니 소연에게 잘 보이는 건 무결에게도 도움이 될 것이다.

[아. 네. 그러네요. 잘 보여야겠네요.]

"그리고, 일도 열심히 하고."

지지 마.

[네. 그럴게요.]

무결은 예의 바르게 대답하고 전화를 끊었다.

혜리는 침대에 앉아 오랫동안 통화내용을 되새겼다.

[계서주시는 것만으로도 감사해요.]

아들에게 그런 말을 들은 건 처음이었다. 아니, 가족에게 그런 말을 들어본 것이 처음이었다.

사랑이 변화시키는 인생의 힘을 믿으면, 내게도 언젠가 좋은 날이 올까? 미래를 생각하며 두근거린 적이 없는데, 혜리는 이 집에 온 뒤 처음으로 가슴이 떨렸다.

아침 일찍 집을 나섰던 남편과 의붓딸은 아직 돌아오지 않았다. 혜리는 밖으로 나가보았다. 집 안으로 들어오지 않고 집 앞 벤치에 앉아 있는 무빈이 보였다. 자신을 발견하고 한번 눈길을 주었다가 금방 고개를 돌리는 모양새가 영락없이 어린아이 같았다. 무결은 많이 의젓해져서 의지가 된다면, 무빈은 아직도 불안하고 위태로워 보여서 걱정스럽다. 혜리는 용기를 내어 그 옆에 앉았다.

"얘기해도 돼."

"뭘요?"

무빈이 코웃음과 함께 되물었다. 자신을 무시하고 있는 기운이 가득 느껴졌지만 혜리는 포기하지 않고 다시 말을 걸었다.

"뭐든 말이야. 내가 도움이 될지 모르겠지만."

혜리의 높낮이 없는 목소리, 감정 없는 표정에 무빈은 잠시 망설였다. 하지만 여기서 새엄마가 자신을 향해 웃어 보인다면 그게 더 인위적으로 보일 것이라는 생각에 닿았다. 무빈은 다시 목소리를 내었다.

"아빠한텐 말하지 마세요."

"안 해."

혜리가 약속해 보이니 무빈이 말을 이어갔다.

"쁘띠 기억하시죠?"

"기억하다뿐이겠어?"

저택에서 오래도록 키워온 개를 기억하느냐는 질문에 혜리는 서운했다. 다 함께 가족이었는데 이웃에게 물어보듯 한 것이다. 자신의 존재감을 확인한 것 같아 씁쓸하여 혜리는 서운한 마음을 조금 내비쳤다.

"네가 많이 좋아했잖아. 나보다 쁘띠를 더 좋아했지."

"개는 배신하지 않잖아요."

"나도 널 배신한 적 없어."

혜리의 대답에 무빈이 길게 한숨을 쉬었다. 돌연 무빈의 눈가에 투명한 방울이 부풀고 있었다.

"그 쁘띠가요……."

무빈은 떨려오는 목소리로 말을 이어갔다.

다음날, 트윙클에셋 사무실.

개발 중인 프로그램이 아침부터 말썽을 일으켰다. 프로그램에 특정 값을 입력하면 계속 오류가 발생하는 것이다. 오래 고민하던 앙드레가 보안 프로그램의 코드 몇 줄을 가리키며 말했다.

"여기 이 코드가 왜 들어갔는지 프리지어한테 물어봐야 할 것 같아요."

승희는 앙드레가 일러준 대로 무결에게 이메일을 보냈다. 하지만 그는 바쁜지 바로 확인하지 않았다. 문자메시지를 보내도 묵묵부답이었다. 끝내 전화를 걸었지만 받지 않았다.

어느새 저녁때가 되었다. 이상했다. 저녁 시간에 전화를 걸어서 받지 않은 적은 없었는데. 불안감이 엄습했다. 애절한 고백의 뒤끝이 좋지 않았던 옛날 일이 떠올랐다. 제 인생에 저주가 걸린 건 아닐까 하는 생각에 미치자 가만히 있을 수가 없었다. 승희는 세열에게 전화를 걸게 되었다.

[이세열입니다.]

"안녕하세요. 저 우승희예요."

[아 네. 무결이 오늘 출근 안 했는데요. 몸이 안 좋은 것 같더라고요.]

전화를 건 용건을 어떻게 알았는지, 세열은 물어보지도 않았는데 곧장 알아서 털어놔주었다. 승희의 심장이 철렁했다. 얼마나 몸이 안 좋길래 출근도 못 한 거지?

"많이 안 좋다고 하나요?"

[자세히 물어보지는 못했어요. 감기 같기도 하고. 계속 바쁘게 일했으니 오늘은 쉬라고 했어요. 집 전화번호 가르쳐줄까요? 연락이 될지는 모르겠지만.]

"아뇨. 아닙니다."

승희는 세열과 인사하고 전화를 끊었다. 그가 아프다는 얘길 들으니 새삼 걱정되었다. 열심히 일하느라 몸을 챙기지 못했는데 고백의 후유증까지 겹쳐 앓아누운 것이 아닐까.

안절부절못하고 휴대폰을 쥐고 있는데 진동이 울렸다. '한무결'이라는 이름에 승희는 곧장 통화버튼을 눌렀다.

"여보세요?"

[전화했길래 걸었어요.]

그의 목소리가 반가우면서도 속상했다. 평소보다도 낮게 가라앉아 갈라진 음성이 그녀의 마음을 괴롭게 했다.

"어디예요?"

[집인데요.]

"희재원이요, 아니면 아파트요?"

[아파트예요.]

"잠깐 찾아가도 될까요? 안 풀리는 게 있어서 그런데."

[괜찮겠어요?]

조용한 목소리가 애처로웠다. 내게 감기가 옮을까봐 염려하는구
나. 승희는 그의 착한 마음을 또 한번 확인했다. 사실 무결은 그런 뜻
으로 물어본 게 아니었지만.

"그럼요."

어쨌든 승희는 부담 없이 답했다.

[그럼 와요.]

"저기요. 밥은 먹었어요?"

통화가 힘겨운 듯 바로 끊으려는 무결에게 승희가 물었다.

"죽 같은 거 사갈까요?"

[네. 고마워요.]

무결은 거절하지 않았다. 전화를 끊은 승희는 바로 회사를 나섰다.
차를 타고 이동하기 전에 무결의 집 근처에 있는 죽집에 죽을 예약
해놓아 시간을 질약할 수 있었다. 30분 만에 무결의 집에 도착한 승
희는 번호키를 열고 안으로 들어갔다.

"실례합니…… 엄마얏!"

조용히 인사를 하며 발을 옮기던 그녀는 기겁을 하며 돌아서고 말
았다. 저편에서 유유히 걸어오는 사람은 맨몸이었던 것.

"뭘 새삼스레. 바지는 입었어요."

별것도 아니라는 듯 무결이 대꾸했다.

사실 살구색 실루엣만 대충 보고는 뒤돌아섰다. 그의 맨몸은 여전히 참 적응 안 되긴 하지만 새삼스럽다는 그의 말이 맞았다. 아픈 것도 서러운데 짐승 보듯 하면 더 서럽게 여길 것 같아서 승희는 굳게 마음먹고 다시 돌아섰다.

"많이 안 좋아요?"

"좋아하죠."

무결이 승희가 들고 온 죽 포장을 확인하며 대답했다. 승희는 멍해졌다.

"네?"

"죽 좋아한다고. 물론 우승희 씨도 좋아하고요."

전화로는 분명히 갈라진 목소리였는데, 딴 사람인가 싶을 정도로 쌩쌩했다. 거기에, 감기에 걸렸다는 사람이 옷은 홀랑 벗고 있고.

"아픈 거 아니었어요?"

"누가 그래요?"

무결이 승희가 들고 온 보따리를 하나하나 살피며 물었다. 당장 주저앉아 음식을 먹을 듯이.

"그럼 왜 회사 안 갔어요?"

"그냥 재택근무 시스템 테스트해볼 겸 재택근무 하겠다고 한 건데요."

이세열 이 X자식. 승희는 주먹을 불끈 쥐었다. 열이 훅 올라왔다.

"아침에 약간 아팠던 건 사실이에요. 물론 숙취 때문이었지만. 해장에 좋은 것들이네요? 많이도 사 왔네."

"밥은 왜 안 먹었어요?"

"지금까지 잤어요."

"재택근무였다면서요."

"아, 이게 맛있겠다."

그녀가 따지니 무결은 못 들은 척 매생이 굴죽을 꺼냈다. 그의 능청스러움에 약이 오른 승희는 이를 악물고는 으름장을 놓았다.

"옷 좀 입어요."

"내 집인데?"

"그래도 손님이 왔잖아요."

아프다는 얘기에 얼마나 걱정했는데. 당신한테 미안해서 이렇게 달려왔는데. 이 남자는 그녀의 성질에도 태평한 표정이다.

"일부러 벗고 있었던 게 아니라 지금 씻고 나온 거예요. 손님이 온다길래."

대꾸는 하지만 그렇다고 해서 옷을 입으러 떠나지는 않는다. 이게 몇 번째야, 정말.

"제발 바지만 입고 있지 말라고요!"

결국 버럭 소리를 냈다. 그제야 무결은 음식을 고르던 손을 멈추고 뒤돌아섰다. 방으로 들어가 티셔츠를 가지고 나온 그는 옷을 입으며 걸어왔다. 팔을 뻗는 큰 동작에 허리의 자잘한 근육들이 움직이는 게 보였다. 보란 듯이 느릿하게 옷을 입는 자태는 유혹에 가까웠다. 그는 한순간도 낭비하지 않고 제 매력을 뽐내고 있었다.

그의 맨살이 가려진 후, 흠, 목을 가다듬은 그녀가 훈계하듯 말했다.

"대답해요. 앞으로 바지만 입고 있을 거예요, 안 입고 있을 거예요."

그런데, 잠시의 침묵.

잠깐 동그래졌던 그의 눈이 부드럽게 풀렸다. 눈을 부라리고 있던 승희는 그가 왜 이러는지 영문을 알 수 없었다. 설핏 웃음과 함께 터진 목소리가 그녀의 실수를 명확하게 지적했다.

"안 입고 있을게요."

아. 젠장.

승희는 그와 말을 섞는 것은 포기하고 가져온 음식을 주방으로 날랐다. 무결이 쪼르르 그녀의 뒤를 따르며 다시 대답했다.

"안 입고 있을게요."

못 들은 게 아니건만. 그녀가 무시하니 기어이 그는 그녀에게로 고개를 숙여 귀에 가까이 대고 속삭였다. 아주 즐거워 보였다.

"안 입고 있을게요."

정신을 차릴 수가 없었다. 그가 귓가에 바람을 불듯 목소리를 흘려 넣어 승희는 어지러웠다.

그래요. 날 이렇게 갖고 노시죠. 당신의 잔망미에 무릎을 꿇나이다.

고개를 돌리니 상냥하고 야릇하고 능글맞은 눈동자가 바로 눈앞에 있다.

"안 입고 있을게요."

무결이 다시 반복했다. 방금 전에 입은 옷도 벗어버릴 것 같은 도발적인 표정에 승희는 위험을 감지했다.

여기에 더 있다간 내가 몹쓸 짓을 할 것 같아.

"잘 있는 거 확인했으니 됐어요! 갈게요."

승희는 부랴부랴 도망치듯 돌아섰다.

"왜요. 물어볼 거 있었던 거 아니에요?"

"이메일 확인해요!"

빽 소리 지르듯 대꾸하고는 허겁지겁 신발을 신고 문을 나섰다. 다행히도 그가 쫓아 나오지는 않았다.

"하아, 미친다 미쳐."

승희는 엘리베이터를 타고 내려가며 가슴을 고이 쓸어내렸다. 어쨌든 어제의 고백에 그가 의기소침해져 있을 거라고 생각했는데 처져 있지 않아서 다행이었다. 그것으로라도 위안을 삼아야지.

어제의 고백이 싫었던 게 아니다. 그녀 또한 여전히 그를 좋아하고 있었다. 하지만 그를 선택하면 포기해야 하는 것들이 너무 많다. 현실의 벽은 반년 전이나 지금이나 다르지 않다. 그가 조금 더 능력이 출중한 사람이 됐다고 해서 그녀의 결심이 허물어지는 것은 아니다.

하지만 언젠가 대답을 줘야 할 텐데. 이렇게 피해도 되는 걸까? 다른 상대에게는 곧장 싫다는 말이 나왔는데, 왜 그 말을 할 수가 없는지 모르겠다.

무슨 말로 마음을 거절할까. 이 착한 사람에게 어떻게 상처를 주지 않을 수 있을까. 좋은 답을 찾을 수가 없었다.

*

무빈은 오랜만에 중우를 만났다. 중우가 회사 앞으로 찾아온 것이다. 무빈은 화가 덜 풀린 얼굴로 중우를 지나쳤지만 중우가 차 안으로 따라 들어왔다.

"기사님, 잠깐 자리 좀 비켜줄래요?"

중우의 요청에 기사가 차에서 내렸다. 기사가 문을 닫은 후에 중우가 다시 목소리를 냈다.

"나랑 말 안 할 거야?"

"무슨 얘기를 할까?"

무빈은 냉랭하게 받아쳤다.

"화해를 하려고 찾아온 거야."

중우는 다정하게 말을 걸었다.

"지난번엔 내가 짜증내서 미안해. 하지만 자잘한 것들은 부디 이해해줘. 우리는 결혼할 사이잖아. 공주님."

곧장 사과가 나와 무빈도 마음이 움직였으나 끝머리에 붙은 호칭에 흠칫 안면이 떨려왔다. 공주님. 그 달콤했던 애칭에 이젠 소름이 돋는다. 무빈은 애써 평정을 유지한 목소리로 대답했다.

"그래. 결혼할 사이지. 근데 우리가 결혼할 수 있을까?"

"뭐?"

"우리 혼전계약서를 쓰는 게 어때?"

중우의 표정이 은근하게 뒤틀리는 것이 보였다.

"혼전계약서를 쓰자. 재산에 대한 부분이나 가사에 대한 거, 또 부양의 문제에 대해서도 결혼 전에 제대로 정리해야지."

"결혼하고서도 얼마든지 유연하게 달라질 수 있는 문제들을?"

"아니. 계획은 세워야 한다고 생각해. 내게도 각오가 필요하니까. 요즘엔 많이들 쓴대, 혼전계약서."

"누가 그 얘기를 하는데. 처남?"

돌연 무결 이야기가 나와 무빈은 얼굴을 찌푸렸다. 그녀는 혜리가 해준 조언을 되새겼을 뿐이다. 혜리는 무빈에게 혼전계약서를 제안해보라는 말을 했을 뿐, 무결과 승희가 혼전계약서를 썼다는 말까지 하지는 않았다. 무빈이 대답했다.

"아니."

"아니면 우승희?"

"그 애 이름이 왜 또 나오지?"

그가 왜 승희의 이름을 꺼내며 화를 내는지 무빈은 도무지 이해가 가지 않았다. 냉정했던 눈빛에 다시 분이 담겼다.

"자기는 대체 왜 그렇게 우승희한테 집착하는 거야?"

"집착 아니야."

"아직도 그렇게 미련이 남아?"

"아니라고!"

중우가 버럭 소리를 냈다. 놀란 무빈이 붉어진 눈으로 중우를 쳐다보았다. 답답하다는 듯이 넥타이를 느슨하게 푼 중우가 거칠게 한숨을 내쉬며 물었다.

"내가 어떻게 해야 믿겠어?"

*

다음날. 저녁 시간에 승희는 대학교 동기를 만나러 나갔다. 결혼을 앞둔 친구, 영화가 청첩장을 전해줄 겸 동기들을 불러 모은 것이다.

승희는 모임까지 갈 생각은 없었는데 소연을 생각해서 나가게 되었다. 소연이 옆에 있어달라며 승희에게 조른 것이었다. 바람이 강한 날이라 임신부인 소연을 혼자 보낼 수가 없었다.

약속 장소까지 가는 길, 소연은 승희에게 자선파티에서 엔젤투자자를 잘 만났느냐고 물었다. 승희는 지난주 자선파티에서 있었던 일을 얘기하지 않을 수 없었다. 어쩔 수 없이 무결의 이야기도 얽혔다. 푸른의 공격에 무결이 다치게 되었다는 말에 소연의 눈이 반짝 거렸다.

"세상에, 그걸 막아준 거야? 우리 도련님 너무 멋있다!"

그냥 엔젤투자자를 왜 못 만나게 되었는지에 대한 설명이었는데. 소연의 반응에 승희는 당혹스러웠다. 소연이 승희의 눈치를 보며 은근슬쩍 물었다.

"승희야. 우리 도련님 다시 만나볼 생각 없어?"

"그건 안 되지."

"안 될 게 뭐 있어. 헤어졌다가 다시 만나는 사람들이 얼마나 많은 데."

"언제는 금왕 한씨 집안이랑 얽히지 않게 된 건 나한테도 좋은 일이라며."

승희의 지적에 소연은 머쓱하게 변명했다.

"근데 솔직히 우리 도련님은 좀 아쉽긴 해. 너랑 너무 잘 어울린단 말이지."

무안해진 소연은 바로 말을 돌렸다.

"근데 승희야, 영화 신랑이 우리 아는 사람이래."

"우리 동기인 건 아니겠지?"

"설마. 우리 남자 동기 중에 쓸 만한 애가 어디 있냐."

하긴. 승희는 소연의 말을 웃어넘겼다.

이윽고 약속 장소에 도착했다. 두 사람은 레스토랑의 직원을 따라 긴 복도를 걸어 룸으로 안내받았다. 룸에 가까이 이르니 화기애애한 기운이 가득 전해졌다. 문을 열고 들어서니 반가운 얼굴들이 많이 보였다. 영화를 비롯하여 8명 정도의 동기들이 앉아 있었다. 모두 여자 동기들이었다.

"소연아."

"어? 승희도 왔네?"

동기들이 인사했다.

"안녕. 잘 있었어? 영화야, 결혼 축하해."

"응. 와줘서 고마워."

영화는 승희의 축하에 청첩장을 건네며 물었다.

"승희 너는 좋은 소식 없어?"

"없어."

"에이. 모 그룹 대표 장남이랑 사귄다는 얘기 들었는데?"

"누구한테?"

승희가 반문하니 몇몇 동기들이 킥킥 웃었다. 다 알고 있으니 숨길 필요 없다는 눈짓이었다. 승희는 어쩔 수 없이 사실대로 말했다.

"오래전에 헤어졌어."

친구들은 거기까지는 미처 알지 못했다는 듯이 안타까운 표정을 지었다. 승희는 미소 지으며 그 시선을 털어냈다.

"근데 그 얘기는 어디서 들었어?"

"승희야, 청첩장 열어봐."

승희의 질문에 다른 친구가 말했다. 봉투를 들추어 청첩장을 꺼내니 표지의 나영화라는 이름 옆에 백태민이라는 이름이 보였다. 대학교 동기였다.

"정말?"

함께 청첩장을 열어본 소연이 놀란 목소리로 물었다. 영화가 웃으며 대답했다.

"그렇게 됐어. 네 소식도 태민이한테 들었고."

내 소식을 백태민한테 들었다고? 어떻게?

승희는 바늘방석에 앉은 듯 자리가 불편해졌다. 영화의 신랑이 같은 과 동기일 줄은 몰랐다. 승희는 재훈을 제외하고는 친한 남자 동기가 없었다. 게다가 백태민은 중우와 어울리던 무리였다. 어떻게 할까 생각에 빠져 있는 동안 문이 열리고 남자 동기들 세 명이 들어왔다.

"오올. 신랑 왔다!"

여자 동기들이 환호하며 박수쳤다. 박수를 받으며 들어온 태민이 영화의 옆자리에 가 앉았다.

"다들 잘 있었어? 우리 결혼식에 다 와줄 거지? 얻어먹고 안 오면 안 된다."

태민이 여자 동기들에게 말했다.

"어? 승희도 왔네?"

태민의 시선에 승희는 더욱 힘들어졌다.

"어. 두 사람 결혼 축하해."

승희는 어색하게나마 다시 축하 인사를 전했다. 왠지 태민이 자신을 향해 비웃음을 짓는 것 같았다. 그때 다시 문이 열렸다.

"미안하다, 좀 늦었지?"

우려하던 일이 일어났다. 이 모임의 마지막 참석자는 명중우였다. 승희의 몸이 굳었다. 불편한 낌새를 눈치챈 소연이 승희의 손을 잡았다.

"승희야, 우리 눈치 봐서 먼저 빠지자."

소연이 낮게 속삭였다. 그런데 중우의 뒤에 다른 여자가 보였다. 동기는 아니었다. 한무빈이 아닌 다른 여자였다. 승희도 괜스레 눈길이 갔다. 명중우가 여자를 소개했다.

"이쪽은 우리 부하직원."

"혹시……."

남자 동기 한 명이 고개를 갸웃거렸다. 무언가 생각나는 게 있다는 표정이었다. 중우가 웃어 보였다.

"천상현 기억나지? 상현이 동생이야. 천상미 씨. 이번에 우리 회사 입사했어."

이 무슨 말도 안 되는 만남이란 말인가. 모든 게 설정된 연극무대 같다는 생각이 들었다.

"상미 씨, 이쪽이 백태민, 이쪽이 나영화, 이쪽은 정소연, 이쪽은……."

중우는 승희를 가리키다 말을 한 번 멈췄다. 다들 숨을 죽이고 이를 바라보았다.

"우승희."

"……우승희요?"

역시나, 상미는 목소리를 떨며 되물었다. 중우는 능청스럽게 상미와 승희를 번갈아 바라보았다.

"서로 인사 안 했어?"

"승희 너, 상현이네 가족들 한 번도 안 찾아갔어?"

태민이 미간을 구기며 승희에게 물었다. 픽, 남자 동기들의 비웃음 소리가 들렸다. 승희는 빈주먹을 꽉 쥐었다. 상미도 자리가 민망한 듯 바로 인사했다.

"여긴, 제가 있을 자리는 아닌 것 같아요. 실례했습니다."

그리고 떠나며 승희에게 한마디 했다.

"이렇게 잘 살고 계실 줄은 몰랐어요."

상미의 말은 뾰족한 창살이 되어 승희의 가슴에 꽂혔다.

"달래줘야겠다. 일이 이렇게 될 줄은 몰랐네."

중우가 상미를 따라 떠나며 말했다.

"승희야, 마음 쓰지 마."

중우가 방을 떠난 후 소연이 승희에게 말했다. 그리고 다른 친구들을 향해서도 말했다.

"명중우 쟤 진짜 악질이다. 일부러 계획적으로 데려온 거잖아."

"무슨 소리야. 상현이랑 나랑 친했으니까 데려온 거지. 그리고 지금 그게 중요해?"

중우를 감싼 태민이 승희에게 곧장 화살을 겨누었다.

"우승희, 유가족들을 한 번도 안 찾아갔다는 게 말이 돼?"

남자 동기들의 조소는 더욱 심해졌다. 영화를 비롯한 몇 명의 여자 동기들도 얼굴을 찡그렸다. 어떻게 사람이 그럴 수가 있어. 어떻게 그렇게 뻔뻔할 수가 있어. 그녀를 보는 눈빛들은 범죄자를 대하는 것과 별반 다르지 않았다.

"승희야, 근데 정말 안 찾아갔어?"

"내가 왜 찾아가야 하는데?"

영화의 질문에 승희가 싸늘하게 대꾸했다. 여자 동기 몇이 놀랐다는 듯 손으로 제 입을 가렸다. 태민이 나무랐다.

"우승희, 젊은 애 인생 그렇게 만들어놓고, 그 가족들 가슴에도 대못을 박고서 어떻게 그런 말을 할 수가 있냐."

"내가 걔를 망친 것 같아? 아니야. 걔가 내 인생을 망친 거야."

승희는 그런 태민에게 따졌다.

"내가 그날 그 애 고백을 거절했던 걸 후회하는 줄 알아? 아니. 다시 그날로 돌아가도 난 거절할 거야."

옆에 앉은 소연이 울 것 같은 표정을 지었다. 승희도 더는 말을 할 수가 없었다.

"미안하다. 분위기 깨서. 결혼 축하해."

승희는 바로 룸을 나왔다. 복도를 지나는 동안 속에 울음이 가득 찼지만 승희는 꿋꿋하게 삼켜냈다. 소연과 다른 친구 한 명이 쫓아 나왔다.

"승희야……."

제 옷자락을 잡은 친구에게 승희가 울분을 터트리듯 호소했다.

"내가 그 앨 죽인 게 아니야. 그 애가 나를 매장시킨 거라고."

소연도 승희의 기분을 이해한다는 듯이 울먹거렸다.

"알아. 알지……."

"나 천상현 용서 안 해. 절대 용서 안 해. 죽으면 지옥에 가서라도 복수할 거야."

승희는 친구에게 소연을 당부하고 돌아섰다.

"먼저 갈게. 미안. 보람아, 소연이 임신 중이니까 잘 챙겨줘."

소연과 친구는 더는 쫓아오지 않았다.

복도가 끝나갈 즈음.

"과연 촌철살인녀답네."

명중우가 기다렸다는 듯이 모습을 드러냈다.

"너 같이 잔인한 애는 사회정의구현 차원에서 일찍이 차단시켰어야 했는데."

명중우가 손에 든 휴대폰이 깜빡거리는 게 보였다. 몰래 동영상 촬영을 한 듯했다. 죽으면 지옥에 가서라도 복수하겠다는 승희의 말이 모두 녹화된 것이다. 걸려들었다. 중우는 획득한 자료를 묵혀 두진 않을 것이다. 얼마 뒤에 인터넷 게시판에 글이 올라오겠지.

"상현이 동생은 공황장애가 생겼어, 너 때문에. 네가 좀 반성해줘야 상현이 동생한테도 위로가 될 것 같다. 네 별명이 온 세상에 알려질지도 모르겠다. 촌철살인녀."

짜악. 승희는 중우의 뺨을 세게 갈겼다. 중우는 얼얼해진 뺨을 손으로 감싸며 승희를 향해 이를 악물었다. 복도에 CCTV가 있어 승희를 때릴 수는 없었다. 승희는 이제껏 받아온 조소를 중우에게 돌려주었다.

"너 때문에라도 열심히 살아야겠다는 의지가 솟구쳐. 단순히 내가 싫어서 내 결혼을 막으려는 건 줄 알았는데 넌 김푸른 씨도 모함했더라. 너무 분명하게 네 의도를 알게 됐지."

손이 부들부들 떨려왔지만 또박또박 말했다.

"너는 한무결이 결혼하는 게 싫은 거잖아. 그렇지? 한무결이 금왕그룹을 물려받을까 봐."

의도를 간파당한 중우의 눈이 커졌다.

"그래서 결혼하려고. 되도록 빨리 한무결 씨랑 결혼할 테니까 두고 봐, 어디."

승희는 명중우가 불안해할 만한 말을 잔뜩 쏟아내고는 자리를 떠났다.

나는 망가지지 않아. 아파하지 않아. 쓰러지지도 않아.

이를 악물고 성큼성큼 걸음을 옮겼다. 그러나 몇 걸음 가지 않아 또 발이 멈췄다.

"하…… 참……."

잘 짜인 몰래카메라 상황극의 주인공이 된 느낌이다. 자신을 바라보는 무결의 표정은 안에서 일어난 일에 대해 설명할 필요도 없다는 걸 잘 보여주고 있었다. 그의 도움 같은 건 바라지 않았지만.

'이 사람도 들었겠구나.'

나와 명중우가 나눈 대화를 다 들었겠구나. 그것만은 왠지 마음이 아팠다.

"들었어요?"

하지만 변명하고 싶지는 않았다. 내게 실망할 테면 마음껏 실망해.

"그냥 명중우 표정을 보려고 한 말이었어요."

이제 정말로 당신을 끌어들이고 싶지 않다.

"잊어주세요."

나를 버려줬으면 해.

"그리고 미안합니다. 한무결 씨 마음은 못 받아요."

냉랭한 말로 무결을 외면한 승희는 성큼성큼 걸어 레스토랑을 떠났다. 그사이 건물 밖의 바람은 더 거세어졌다. 바람이 살을 에고 뼈에 스미는 것 같았다. 옷깃을 여미고 발을 디딘 승희의 옆에 무결이 따라붙었다.

사실 무결은 소연의 연락을 받고 찾아온 것이었다. 동기 모임을 간다는 말이 왠지 마음에 걸려서 길을 나섰다. 누군가 승희를 괴롭힐 것 같아서였다. 무결의 예상이 맞았다.

"난 좋아요. 되도록 빨리 결혼하는 거."

무결은 제 의견을 말했다.

"내가 안 좋아요."

승희는 무결의 말을 곧장 쳐냈다.

"우리는 이제 되도록 접점이 없었으면 좋겠어요."

승희는 아무 표정도 짓지 않은 얼굴로 덤덤하게 말했다. 그러나 무결의 눈에는 그 내면에 가득 차 있는 울음덩어리가 보였다. 울음 직전처럼 살아가는 사람. 울음 직전처럼 살아가지만 울지 않는다. 결혼하지 않기 위해 혼전계약서를 쓰듯이, 그녀는 언제나 아슬아슬 위태로운 낭떠러지에 서서 홀로 바람을 맞고 있는 것 같다.

무결은 오래전 새엄마 혜리에게 우는 사람을 위로하는 방법을 들었다. 하지만 눈물을 흘리지 않고 가두어두고만 사는 사람은 어떻게 위로해야 할까. 무결은 그녀의 반응을 예측할 수 없어 두려운 마음으로 그녀의 앞을 막아섰다.

"다 지나간 일이잖아요. 그냥 당신 인생의 한 줄일 뿐이잖아. 책장 넘기듯이 훅 넘겨버려요."

"책에 못이 박혔잖아요."

승희는 그의 조언에 날카롭게 대꾸했다.

"그 한 줄에 못이 박혀버렸다고. 어떻게 그걸 훌훌 넘겨."

그걸 넘기면 책장이 다 찢어지는데. 넘기려고 해도 모든 사람들이 팔을 붙든다. 웃으면 웃고 있다고, 씩씩하면 뻔뻔하다고, 잘 살고 있으면 혼자서만 잘 살고 있다고 손가락질한다.

"누가 그걸 마음 편히 넘기고 후련하게 살겠어요."

꾸지람을 들은 듯 그의 표정이 슬퍼지는 것이 보였다. 이 와중에도 그를 아끼는 감정은 살아 숨 쉬고 있어서 그의 표정을 따라 승희 또한 가슴이 아려왔다. 승희는 마음이 물러지기 전에 단단히 여미었다. 그리고 그의 표정을 외면했다.

"위로하지 마요."

당신의 위로 덕분에 마음이 괜찮아졌다고, 그런 입에 발린 말을 하고 싶지 않다. 당신의 말들이 내게 위로가 될 거라고 생각하지 마. 위로는 지나고 나면 공중으로 흩어지는 언어일 뿐이다. 위로는 시간을 돌려주지 않는다.

순간적으로 텅 빈 동공을 마주한 무결은 위험을 직감했다. 이대로 그녀를 놓으면 안 될 것 같은 불안감이 그녀의 팔을 붙잡았다.

"건드리지 마."

하아. 거칠어져가는 숨을 내뱉으며, 승희는 무결의 팔을 곧장 뿌리쳤다. 그러나 무결이 다시 손을 잡았다. 바람이 차가운 날씨에도 그의 손은 선한 사람의 온기를 그대로 품고 있다.

"저리 가라고!"

하아 하아 하아.

모진 말이 이어졌다.

내가 가진 촌철살인의 독성이 당신에게 전염되길 원치 않는다. 당신처럼 좋은 사람이 내게 영향받길 원하지 않아.

"야!"

하아 하아.

하지만 거듭 그녀의 앞을 막아서는 그로 인해 가슴 안에 곪아 있던 것들이 디저나갔다.

"왜 그래, 진짜!"

하아 하아.

그의 힘을 이길 수 없어 힘을 쓰자 눈앞이 핑 돌았다. 귀가 멍해지며 안쪽에서 삐, 하고 경고음이 울렸다. 송곳이 뇌를 꿰뚫는 듯한 격통이 지나갔다. 중심이 기울어진 그녀를 무결이 받쳐 안아 세웠다.

"우승희."

하아 하아 하아.

"우승희 씨."

하아 하아.

벗어나고 싶었으나 어지러워 힘을 쓸 수가 없었다.

"괜찮아요."

마음의 기복을 달래는 조용한 목소리가 그녀의 호흡에 섞여들었다.

"호흡합시다."

하아 하아.

무결이 천천히 그녀의 등을 쓸었다. 오랫동안 해본 일인 듯 그의 태도는 침착했다.

"쓰읍, 후우우. 쓰읍, 후우우……."

하아 하아…….

신기하게도, 뒤죽박죽이었던 호흡이 그의 느린 말소리를 따라 편안해져갔다.

"들이마시고, 내쉬고. 숨 쉬어요."

크게 오르락내리락하던 그녀의 어깨가 점차 안정되었다. 호흡이 돌아온 뒤에도 그는 오랫동안 그녀의 등을 쓸어주었다. 그녀가 자신의 품 안에서 셔츠를 적시며 울고 있었기에. 얼굴을 숨길 곳이 필요한 것 같아 그대로 가만히 있었다.

"나는 지금까지 들려오는 얘기만 들었어요."

시간이 오래 흐른 뒤에, 그가 다시 조용히 목소리를 내었다.

"당신한테 한 번도 물어본 적 없고, 물어보지 않는 게 예의라고 생

각했어요. 하지만 지금은 생각이 달라요. 천상현은 당신이 죽인 게
아니야."

"……."

"사람들한테 미처 말하지 못한 게 있을 거예요."

자신의 속을 모두 읽어낸 듯한 그의 추리에 승희는 흠칫 놀랐다.
그의 품 안에서.

"뒤늦게 사실을 말하는 게 옹색한 것 같아서 감추고 있는 게 분명
히 있을 거야. 나는 알아요."

그녀가 빠져나가려 한다고 오해한 무결은 그녀를 안은 팔에 더 힘
을 실었다.

"내가 시간을 돌리지는 못하겠지만, 대나무숲은 돼줄 수 있어요."

이윽고 몸에 힘을 풀고 기대오는 느낌에 그의 목소리는 더욱 부드
러워졌다.

"뭐든지 생각나는 대로 얘기해요."

마침내 오랜 결박이 풀렸다. 그녀를 안았던 팔을 거둔 무결은 무릎
을 어정쩡하게 굽혀 그녀와 눈을 마주했다.

"오늘을 잘 이겨내면 선물 줄게요. 뭐든 제일 좋은 걸 합시다. 잘
참았으니까."

흠뻑 젖어 있다가 바람을 만나 차가워진 그녀의 뺨에 온기를 품은
손이 올라왔다. 왈칵 다시 한번 울음이 쏟아졌다.

*

벚꽃 흩날리던 날.

"이게 마지막이야. 우승희, 나랑 사귀자."

눈빛이 어딘가 불안해 보였던 그 아이, 천상현. 누군가 쫓아오는 듯 위태로운 고백은 진심으로 느껴지지 않았다.

"미안해."

두 번째 고백이었지만 승희는 매정하게 거절했다. 돌아서려는 승희에게 상현이 말했다.

"네가 나 안 받아주면."

"……."

"죽을 거야, 나."

동기의 끔찍한 말에 승희의 표정이 구겨졌다. 불쾌해진 승희는 도망치듯 그곳을 떠났다.

그날 밤, 그 애가 죽었다는 소식을 들었고, 그녀 또한 며칠간 아무 데도 가지 못했다. 어두운 방에 가만히 앉아 생각했다. 자신이 대체 그 애에게 어떤 여지를 주었기에, 대체 무엇을 어떻게 오해했기에 그 지경에 이르렀을까. 그 애와 나눴던 대화, 웃었던 기억, 그 애의 말에 반응했던 기억…… 오래전 일부터 조목조목 모든 것을 떠올려보았다. 희미한 기억들이 대부분이었지만 모든 것을 기억하려 애썼다. 기억은 머릿속에서 결과에 맞추어 재편집되었다. 자신 때문에 사람이 죽었으니 자신이 한 모든 행동은 인과관계였다. 며칠간 움직이지 않고 오래 생각했다.

사람들은 평생 손가락질하려나? 나는 길을 가다가 돌을 맞으려나? 그 애가 죽었으니까 나도 죽어야 하나? 내가 죽어야 사람들의 분이 풀리는 건가?

무서운 상상들이 감정의 기복을 따라 펼쳐졌다 접혔다 했다. 정신을 겨우 차렸을 땐 상현의 장례식이 끝난 다음날이었다. 마음처럼 무거워진 몸을 이끌고 겨우겨우, 홀로 봉안당을 찾았다.

"나는 창립자가 될 거야. 펀드매니지먼트 회사를 만들려고."

상현과는 신입생 오리엔테이션 때 같은 조였다. 그래서 어쩌다 보니 그 애의 꿈을 듣게 됐다. 그 애의 꿈은 컸지만 목소리가 작았고 아마 그 목소리를 기억하는 사람은 자기 하나뿐일 것이라고 그녀는 생각했었다. 그렇게 꿈이 크던 아이가 이 작은 공간에서 지내게 되었다. 작은 항아리와 천상현이라는 이름과 사진을 보자마자 얼굴이 일그러졌다.

"나도 네가 그럴 줄은 몰랐어."

바로 눈물이 터졌다.

"차라리 칼을 쥐고 있지 그랬어. 그럼 신고라도 해줬잖아. 네가 위험하다는 걸 더 알려주지 그랬어."

미움과 원망이 사무치지만 또한 안됐다고 생각했다. 너무 딱한데 해줄 수 있는 게 아무것도 없었다. 지금이라도 내 인생을 반 잘라서 줄 수 있다면, 그래서 네가 살아날 수 있다면 그렇게 할 텐데.

"미안해."

미안하다는 말 밖에 할 수가 없다.

"네 고백을 받아주지 않은 건 네가 죽길 바라서 그런 게 아니었어."

널 죽이려던 게 아니었어.

"미안해. 내가 널 죽여서 미안해."

수도꼭지를 틀어버린 것처럼 쏟아진 눈물이 바닥을 흠뻑 적셨다.

"대신 약속할게. 이제 아무도 만나지 않을게."

이번 생의 우승희는 아무도 사랑하지 않을 거야. 스스로를 단죄하는 것이, 그녀가 할 수 있는 최선이었다.

"결혼도 안 해. 혼자 살게. 죽을 때까지 혼자 지낼게."

그게 나의 전부. 상처 입은 채 세상을 떠난 어린 영혼에게 내가 해줄 수 있는 전부.

"그러니까 제발……."

*

따뜻한 차 안. 승희는 두 손으로 얼굴을 가리고 더듬더듬 말을 이어갔다.

"그러니까 제발……."

과거를 떠올리는 동안 승희는 한 바가지 눈물을 쏟아냈다. 사라지지 않는 기억은 가슴속에서 영원히 현재형이다.

"날 살려줘……."

묻어두었던 이야기는 거기에서 끝났다. 길고 긴 흐느낌만이 남았다. 그녀의 이야기를 모두 듣는 동안 무결의 눈에서도 또르르 눈물이 흘러내렸다. 같이 울고 싶지는 않았는데. 든든한 사람이 되고 싶었는데. 무결은 얼굴을 적신 물기를 재빨리 훔쳐내었다. 그녀가 왜 남들 앞에서 눈물을 보이지 않는지 알게 되었다.

승희의 울음이 잦아든 건 그로부터 한 시간 후.

"이제 됐어. 그만 놔도 돼."

무결이 반쯤 잠긴 목소리로 조심스럽게 다시 제안했다. 승희가 붉게 퉁퉁 부은 눈으로 슬쩍 흘겨보았다. 어떻게 그걸 놓느냐는 저항이었다.

눈이 마주치자 무결은 빙긋 웃어 보였다. 밤송이가 가시를 갖고 있는 건 알맹이를 보호하기 위해서다. 내실을 보호하기 위해 그녀는 온몸으로 가시를 키우며 세상을 견뎌내고 있었다. 누군가의 손가락질에 영혼을 다치지 않기 위해. 무너지지 않기 위해 버티고 버텼을 그녀의 인생을 안아주고 싶었다.

"우승희 씨, 내 말 들어봐요."

무결 또한 비슷한 죄책감을 가진 적이 있었다. 어린 시절 무결은 원인을 알 수가 없는 병을 오래 앓았었다. 그의 어머니는 그를 치료하기 위해 일생을 바쳤다. 그의 병이 낫자마자 이번엔 어머니가 몸져누웠다. 어머니는 아들의 인생은 지켰지만 스스로의 삶은 지키지 못했다. 어머니가 세상을 떠난 후 어린 무결도 자신을 원망했었다. 그때 할아버지가 하신 말씀이 있다.

"네 엄마는 너 때문에 돌아가신 게 아니야. 네 덕분에 버틸 수 있었던 거지."

그 말씀이 사실이든 거짓이든, 무결은 큰 위안을 얻었다. 무결은 많이 긍정적인 사람이 되었다.

"여기저기서 쏟아지는 일을 하다 보면 어쩔 수 없이 어려운 순간이 찾아오는데 그때마다 우승희 씨가 나한테 힘을 줬어요."

내가? 힘을?

무결의 말이 얼토당토않다는 듯 승희는 퉁퉁 부은 얼굴로 뚱한 표정을 지었다. 쪽. 그 모양이 우습고 귀여워서 무결은 저도 모르게 그녀의 뺨에 입을 맞추게 되었다. 움직임이 둔해진 건지 너무 울어서 머리가 멍해진 건지 그녀는 눈을 깜빡거릴 뿐 별 반응을 보이지 않았다.

"우승희가 머릿속에 앉아 있고 공기 중에 흩어져 있어서 힘을 낼 수 있었어요."

그의 이어진 말에는 반응을 보였다. 그녀의 미간이 통통하게 올라왔다. 얼굴이 부어 주름이 생기지 않는 몸이 되었다. 승희가 양손을 들어 허공을 조물거렸다. 그의 말이 오글거린다는 뜻이다.

"나를 위해서 힘을 내는 건 완벽하지 않을 때가 있어요. 근데 당신을 생각하면 힘이 나."

하지만 이어진 그의 말에 손을 천천히 내렸다.

"당신을 위해서 뭐든 할 수 있다고 생각하는 내가 좋아요, 나는."

그제와 다른 고백이었다.

당신이 좋아. 당신이 좋아서, 당신을 좋아하는 내가 좋아.

잠잠히 고백이 이어졌다. 그녀의 눈이 다시 눈물을 쏟을 듯 젖어갔다. 무결은 따뜻해진 그녀의 얼굴에 손을 가져갔다.

"우승희도 8년 동안 그 친구를 위해서 살아줬어요. 넘어져도 일어나고, 많이 버텼고, 많이 애썼고."

그 애를 진심으로 미워할 수 없을 테지, 당신은. 그 여리고 예쁜 마음이 더 이상 상처받지 않았으면 해. 스스로를 감옥에 가두지 말고, 후련해졌으면.

"그러니까, 그 친구를 위해서 뭐든 이겨낼 수 있었던 스스로를 칭찬해도 돼. 이젠."

그런 일을 겪고도 사람을 함부로 미워하지 못했던 착한 당신이 나는 너무 애틋하고 사랑스러워.

"너무 잘했어."

그의 위로는 남달랐다. 그의 위로가 따뜻하고 포근하여 결국 또 눈물이 또르르 흘렀다. 그의 손이 눈물을 닦아냈다.

아니, 입술이.

그의 위로는 마지막까지 남달랐다.

쪽. 쪽. 쪽. 눈을 깜빡일 때마다, 들숨과 날숨이 반복될 때마다, 허락하지도 않은 입맞춤이 뒤따랐다.

자, 잠깐만…….

한무결은, 따뜻하고 포근한 위로에 마냥 기대고 싶었던 어린 마음을 쪽쪽 빼먹으려는 사람 같았다. 쪽. 쪽. 당황한 그녀가 말했다.

"……고마워요, 위로가 됐어요."

쪽. 쪽. 쪽. 옆으로 비켜났지만 그는 물귀신처럼 따라붙었다.

"아니. 됐다고요."

쪽. 쪽.

"위로 다 받았다고!"

"그래서, 싫어요?"

돌연 입술을 거둔 그가 반쯤 잠긴 목소리로 따져왔다. 지독하게 가라앉은 음성이 섹시해서 다그치는 것처럼 느껴지지 않았다. 8년 전의 약속을 고백한 지 얼마나 지났다고. 상현의 영혼이 지켜보는 느낌이 들어 승희는 그의 재촉에 얼버무렸다.

"나는 상현이랑 약속을…….""

"내가 그 친구 이길 텐데?"

그가 감추어온 승부욕을 드러냈다. 결투를 하러 저승까지 쫓아갈 기세다.

"싫어요?"

그녀를 주시하며 가늘어진 눈은 더 이상 선하지 않았다.

답은 정해져 있다. 너는 대답만 하면 돼. 많은 의미를 내포하는 눈이 그녀의 한마디를 잠잠히 기다리고 있다. 대답을 해주어야 했다. 다른 사람이 아니고, 우승희, 너의 대답.

"……아니요."

힘겹고도 후련하게, 세 음절의 말이 그녀의 입술 사이를 빠져나갔다.

짧게 미소 지은 그가 다시 입술을 겹쳐왔다. 이번에는 소리가 안쪽으로 뭉그러졌다. 좀 더 진득하고 좀 더 부드러운 두 사람의 시간이 시작되었다.

11.

오싹한 책략가

죽은 사람이 살아 있는 사람의 삶을 바꾸었다. 친구의 죽음 이후로 삶의 많은 부분을 포기하게 된 승희는 그것이 자신의 운명이라고 생각하며 감내하고 살았다. 독하게 마음먹으면 모두 참아낼 수 있는 것들이었다. 그러나 명중우와 얽히며 곪았던 것들이 결국엔 터져버리고 말았다.

사실 승희는 속이 곪아 있다는 사실을 아무에게도 들키고 싶지 않았다. 창피했다. 지금도 창피하긴 한데, 겁냈던 것과는 다르게 의외로 후련했다. 속이 서서히 정화되는 느낌이었다. 타인의 위로를 믿지 않았던 얕은 편견이 사라졌다. 물론 위로의 방식이 남달라 약간 놀라긴 했지만.

그녀가 허락한 진득하고 부드러운 시간이 이토록 길게 이어질 줄은 몰랐다. 무결은 마치 오늘이 마지막인 것처럼, 내일은 없는 것처럼 그녀를 놓아주지 않았다. 따뜻한 위로를 받아 보송보송해졌던 마음에 질척한 습기가 쌓였다. 부드러웠던 숨결이 점점 농밀해지면서

심박이 빨라지고 호흡이 거칠어졌다. 미움과 원망, 상처와 위로까지 뜨겁게 녹아 사라지고 노골적인 욕구가 공간을 지배해갔다. 그녀의 머리카락들을 파헤치고 침입했던 기다란 손이 뒷덜미를 감싸다가 옷자락을 건드리며 내려갔다.

승희의 감정과 이성은 각기 다른 방향에 있었다. 한무결에 대한 마음과 그녀의 미래는 철저히 대립 관계였다. 그를 사랑하지만 그의 미래를 책임질 수는 없었다. 정성스런 구애에 녹아들었던 마음은 잠시 후 제정신으로 돌아왔다. 그의 팔로 올라간 승희의 손이 그를 밀어내었다.

그녀가 숨이 가빠서 그러는 것이라고 속단한 무결은 잠시 숨 쉴 틈을 준 뒤에 다시 다가갔다. 잘 조이고 다닌다고 했던 나사가 다 풀린 눈빛이었다.

"근데요."

그녀가 고개를 뒤로 빼자 무결이 멈칫했다.

"알죠? 내가 한무결 씨 아버지께 뭐라고 했는지."

"그게 왜요?"

무결은 이 중요한 순간에 전혀 듣고 싶지 않은 얘기라는 듯 눈썹을 찌푸렸다.

"현재는 있겠지만 미래는 없어요. 우리는."

당신과 몰래 사귀는 건 괜찮아, 이제. 하지만 결혼은 못 해. 분명히 선을 긋고 시작하는 게 좋을 것 같았다.

"뜻이 있는 곳에 길이 있는 거예요."

짧게 대답하기 무섭게 그가 다시 고개를 기울였다.

"네?"

자신에게 묻기 위해 벌어진 입술이 만족스럽다는 듯 무결의 눈이 반짝였다. 재빨리 그 안으로 다시 침입해 들어가려 할 때 그녀가 손바닥으로 그의 입을 막았다.

"근데요."

이번엔 그의 눈매가 매섭게 변했다. 중요한 일이 아니면 한 대 때릴 것 같은 기세였다. 다행히 중요한 문제이긴 했다.

"레스토랑에 CCTV가 있었어요. 내가 명중우를 때렸던 그 복도에요."

아아, 깊게 한숨을 쉰 무결의 눈빛은 금세 가라앉았다. 그가 차 문을 열고 밖을 나서며 말했다.

"금방 해결하고 올게요. 도망가지 말고 있어요."

후우, 그가 떠난 후에야 승희는 비로소 진심으로 한숨 돌릴 수 있게 되었다. 마음이 개운했다. 승희는 가벼워진 마음으로 룸미러에 제 얼굴을 비춰 보았다. 그리고 깜짝 놀랐다. 눈두덩이 소복해진 저 여인은 사람인가 거북이인가. 이토록 얼굴이 퉁퉁 부었을 줄은 몰랐다.

차 안에서 나온 승희는 주차장을 떠나 바깥으로 나왔다. 찬바람을 쐬니 얼굴의 열이 조금은 식는 느낌이었다. 잠시 후 전화가 걸려왔다. 무결이었다.

[어디예요?]

그는 통화버튼을 누르자마자 다짜고짜 물었다.

"1층 로비 앞이에요."

[거기 가만히 있어요.]

1분도 안 돼 그녀의 앞에 차가 섰다. 승희가 문을 열고 조수석에 올라타자 무결이 버럭 소리쳤다.

"내가 도망가지 말라고 했잖아요! 얼마나 놀란 줄 알아?"

큰 소리에 놀라 승희가 가슴에 손을 얹고서 대꾸했다.

"차 안이 더워서 바람 좀 쐬러 나간 거예요."

"그럼 나한테 연락을 했어야죠."

"잠깐 몇 걸음 옮기는 걸로 무슨 연락을 해요."

"그런 것도 연락하는 거예요. 도망가지 말라고 얘기했는데 없어져서 놀랐잖아요. 얼마나 도망을 많이 다녔으면 내가 이래."

그의 타박이 서운하여 입술을 삐죽 내밀고 있던 승희는 그의 이어진 넋두리에 문득 뜨끔해졌다. 승희가 먼저 손을 뻗어 그의 손을 잡았다.

"앞으로는 연락할게요."

그 손길에, 쉬운 남자 무결은 금방 마음을 풀었다.

"나도 화내서 미안해요."

"하나하나 의견을 맞춰가면서 최선을 찾아요. 우리는 많이 다르잖아요."

무결은 고개를 끄덕이고는 차를 출발시켰다.

이미 늦은 시각이라 두 사람은 승희네 집 근처 문을 연 식당에서 간단히 밥을 먹었다. 식사를 하며 무결은 레스토랑 오너에게 확인받은 내용을 알려주었다. CCTV 기록은 보안상 삭제할 수 없지만 다른 곳으로 유출시키지 않겠다는 확답을 받았다.

"그거라도 수습해서 다행이에요. 명중우가 촬영한 동영상은 아마 천상현 동생한테 전해질 것 같아요. 거기에 내가 천상현을 비난하는 내용이 있을 텐데 그걸 이용할 거예요."

"인터넷에 올라오면 바로 삭제할게요."

무결이 걱정하는 승희를 다독였다. 그의 해커 경력이 승희를 안심시켰다. 완전히 삭제되지는 않겠지만 크게 확산되는 것은 막을 수 있을 것 같았다.

식사를 마친 두 사람은 손을 잡고서 밤거리를 걸어 승희네 집으로 갔다. 이번에도 무결은 승희네 집 건물로 올라가 현관문을 여는 것까지 지켜보았다. 그런데 닫히려 하는 문에 무결이 팔을 뻗었다.

"나도 들어가면 안 돼요?"

거리낄 게 없는 직진이다. 그가 이런 말을 할 줄은 몰랐기에 승희는 적잖이 당황했다. 새로운 관계가 시작됐다는 사실을 실감했다.

"라면 좀 먹고 가면 안 되나?"

"금방 밥 먹었잖아요."

"좀 부족한 것 같아요."

날 더 원해줘, 라고 말하는 것 같은 이 상냥한 눈동자를 어떻게 해야 할지 모르겠다. 하지만 지금은 너무 밤이 늦었다. 해야 할 일도 있었다. 소연에게 연락하여 별다른 일은 없었는지, 어떻게 모임이 마무리되었는지도 들어야 했다. 임신 중인 소연에게 큰 걱정을 끼칠 수는 없었다.

"오늘은 집을 안 치워서요."

"내가 치워줄게요. 나 잘 치워요."

"내일 와요, 내일."

"내일?"

"응, 응."

눈을 또랑또랑하게 뜨고는 고개를 끄덕거리는 그녀가 예뻐서 무결은 더 우길 수가 없었다. 밤새 같이 있고 싶었지만 욕심을 거두었다. 내일이라면 좋아, 참을 만해.

"알았어요. 문 잘 잠그고 자요."

쪽. 그는 차 안에서 수십 번 한 키스를 한 번 더 하는 것으로 아쉬움을 달랬다.

"앞으로 벌어질 일은 너무 걱정하지 말고 오늘은 편하게 자요."

그의 말처럼 승희는 앞으로 다가올 일들이 걱정되긴 했지만 그가 걱정하지 말라고 말해주니 정말로 걱정을 접어놓을 수 있을 것 같았다. 내 편이 있다는 게 이렇게 마음이 든든한 일일 줄은 몰랐다.

다음날 오전. 승희는 고민에 빠졌다.

"치마 입을까?"

치마를 들었다 났다 던지고 올해 산 옷들을 꺼내보고. 침대 위에 옷이 계속 쌓여갔다. 난생처음 하는 정식 데이트. 예쁘게 보였으면 해. 승희는 8년 전에 산 치마를 입어 보았다. 크지도 작지도 않게 딱 맞았다. 무릎이 드러나 길게 뻗은 다리가 스스로 보기에도 만족스러웠다. '치마 입은 거 보여주고 싶다.'

하지만 집에서 치마를 입고 있자니 너무 어색했다. 밖에 나가자고 할걸 그랬다.

"아니, 근데 집이 왜 이렇게 어지러워! 분명히 치웠는데!"

그녀가 몸에 대보거나 입어보고 내던진 옷들로 말끔히 치웠던 집은 금세 다시 어질러진 것이다. 약속 시간이 다가오고 있는데 옷도 못 고르고 있고. 아니, 근데 이게 이렇게 두근거릴 일이야?

옷을 또 하나 침대 위로 던진 승희는 이번엔 속옷에 눈길이 갔다. 아니, 속옷은 왜 확인하는 건데! 미친 거 아니야?

한편. 무결의 집.

승희네 집에 갈 준비를 끝내고 나서려는 무결에게 전화가 걸려왔다. 승희였다.

"여보세요."

[어쩌죠? 지금 회사에 가봐야 할 것 같아요.]

들떠 있던 목소리가 가라앉았다.

"아, 일이 생겼어요?"

[네. 수요일에 하기로 했던 외부미팅이 월요일로 바뀌었어요. 오늘 자료를 보내달라고 하네요.]

급한 일이 생긴 것이다.

[오랜만에 쉬는 직원들을 일 시킬 수는 없으니까 내가 자료를 만들어야 할 것 같아요.]

"나도 가도 돼요?"

데이트를 하지는 않더라도 그녀와 함께 있고 싶은 욕심에 그가 물었다.

[한무결 씨랑 다시 만나는 거 아무한테도 말 안 했어요.]

"나도 아직 말 안 했어요. 지금부터 차차 하죠."

[근데 오늘은 안 돼요. 월요일에 직원들 다 출근하면 말하려고요.]

"알겠어요. 그런데 오늘 직원들 쉰다면서요."

[앙드레나 철순이나 혜순이는 이따금 나와요.]

"알았어요, 그럼."

무결은 아쉬운 마음으로 전화를 끊었다. 바람을 맞는 게 이런 기분이구나. 바쁜 여자친구를 이해해주는 포용력을 가져야 할 텐데 바람 맞은 생각이나 하고 있다니.

"인자안인, 지자이이(仁者安仁, 知者利仁)이니라."

무결은 오랜만에 공자님을 소환해 마음을 어질게 다스렸다. 포기하고 집으로 돌아가려는데 다시 진동이 울렸다. 이번에도 승희였다.

"네."

[앙드레나 철순이나 혜순이 있으면 잘 숨어야 해요.]

힘없이 전화를 받았는데, 뜻밖의 허락에 '감사합니다!'를 외칠 뻔했다. 무결은 기쁨을 간신히 눌러 참은 목소리로 점잖게 대답했다.

"그럴게요."

[그럼 회사 주차장에서 만나요.]

무결은 승희보다 일찍 주차장에 도착했다. 잠시 기다리니 승희의 차가 주차장으로 들어왔다. 무결도 차에서 내렸다. 차를 주차한 승희가 무결을 발견하고 총총 다가왔다. 치맛자락이 나풀거렸다. 베이지색 티셔츠에 갈색 플레어스커트를 입은 그녀는 여신 같았다.

"미안해요. 갑자기 일을 하게 돼서."

"괜찮아요."

괜찮아요. 괜찮아. 다 괜찮아. 무결은 위로 올라가려는 입꼬리를 붙들고 있기가 힘들었다. 두 사람은 다정하게 엘리베이터를 타고 사무실로 올라갔다. 사무실 문은 굳게 잠겨 있었다.

"문 잠겨 있고 불도 꺼져 있는 거 보니 아무도 없네요. 들어와요."

유리문을 통해 내부를 확인한 승희가 작은 목소리로 말했다. 무결은 승희의 안내를 따라 안으로 들어갔다. 예전의 트윙클에셋 사무실과는 느낌이 달랐다. 많이 넓어졌고 인테리어도 더 세련된 느낌이었다.

"여기는 회의실이고요, 이쪽이 접견실이에요."

승희는 문이 따로 달린 방을 소개해주었다.

"반년 만에 회사를 이렇게 키웠네요. 대단한데?"

무결은 승희가 대견했다.

"와보고 싶었어요."

"온 김에 보안 시스템 좀 체크해주시면 좋을 텐데."

"그래야겠네요."

두 사람은 승희의 자리에 나란히 앉았다. 테이블이 넓어 둘이 같이 앉아도 무리는 없었다. 승희는 무결에게 제 노트북을 넘겨주고 데스크톱의 전원을 켰다. 대학생 때, 도서관에서 나란히 앉아 공부하는 커플이 그렇게 좋아 보였는데, 늦게나마 다른 방식으로 꿈을 이룬 기분이었다.

자판 두드리는 소리 외에 다른 소음 없이 고요히 시간이 흘러갔다. 일을 좋아하지만 주말까지 일에 붙들려 있는 것이 마냥 좋을 수는 없었다. 그런데 뜻밖의 주말 근무가 이렇게 기분 좋을 수도 있다는 사실이 신기했다. 평온함과 행복함으로 자료를 만들고 있는데 옆에서 뜨거운 시선이 느껴졌다. 언젠가부터 무결이 테이블 위에 두 손을 포개고 엎드려 자신을 보고 있었다.

"사내연애는 어떻게들 하는 걸까? 일이 되나?"

마주치면 뽀뽀하고 싶을 텐데. 그의 혼잣말 같은 중얼거림을 듣는 동안 손이 멈췄다. 갑작스럽게 그를 의식하게 되었다. 그녀의 손이 멈춘 것을 보고는 무결이 물었다.

"얼마나 남았어요?"

"반 정도요. 한무결 씨는요?"

"우리 애칭을 만들까요?"

그녀의 질문에 대답은 않고, 무결은 딴 제안을 했다. 이름에 성까지 붙여 부르는 것이 너무 멀게 느껴져서였다. 앙드레는 앙드레, 철순이는 철순이, 혜순이는 혜순이, 심지어 김재훈 놈까지 재훈이라고 부르는데 왜 나만 한무결 씨인지, 그게 불만이었다.

"왜요?"

"서로 애칭이 있으면 더 친밀감이 생길 것 같은데."

"부모님이 주신 예쁜 이름을 두고요?"

역시 대쪽 같은 선비 정신. 무결은 한숨을 쉬며 승희의 반대편으로 고개를 돌려버렸다.

"한무결 씨는 다 했어요?"

"당연하죠."

"심심하죠. 미안해요."

"괜찮아요. 천천히 해요."

"끝나고 우리 집에 갈까요?"

무결이 허리를 세워 다시 승희를 바라보았다.

"얼른 해요, 얼른. 손가락을 더 빨리 움직이라고요."

"이것보다 더 빨리는 못 해요."

"아, 내가 해주고 싶네."

무결이 답답해하니 승희가 피식 웃었다. 그러나 미소는 금세 사라졌다.

"숙여요, 숙여요!"

승희가 낮은 목소리로 급하게 외쳤다. 사무실 입구에 그림자가 드리우는 것이 보였다.

엉겁결에 무결은 승희의 책상 아래로 들어가게 되었다. 무결의 몸

집이 커서 책상 아래가 꽉 찼다. 무결이 다리를 바깥쪽으로 뻗으니 승희가 안으로 집어넣으라며 툭 쳤다. 무결은 태어나 처음으로 다리가 긴 것이 원망스러웠다. 사무실 출입문이 열리고, 들어온 사람은 다름 아닌 혜순이었다.

"어? 언니."

"어어. 무슨 일이야?"

"저 화장품 파우치를 놓고 가서요. 내 보물. 언니는요?"

"응. 자료 만들 거 있어서."

"혼자 하셔도 괜찮겠어요?"

혜순이 제 자리에 앉으며 물었다.

"그럼, 그럼."

승희가 웃으며 대답했다. 서랍에서 파우치를 꺼낸 혜순은 커다란 거울 앞으로 의자를 끌어다놓고 화장을 하며 승희에게 보고했다.

"언니, 저 오늘 소개팅해요."

"아, 그래?"

"언니는 소개팅 몇 번 해봤어요?"

승희의 이마에 식은땀이 맺혔다.

"뭘 그런 걸 묻고 그래."

"아아, 스무 살 때 네 번 해봤다고 그랬죠?"

승희가 어색하게 웃었건만, 혜순은 옛 기억을 어렵지 않게 되살려 다시 물었다.

'네 번?'

승희의 책상 아래 쭈그려 있는 무결의 미간에 쭈글쭈글 주름이 졌다. 스무 살 때 네 번. 벚꽃 피기 전, 학기 초에만 소개팅을 했을 테니

거의 매주 했다는 얘기였다.

무결을 의식한 것인지 승희의 변명이 크게 들렸다.

"아니, 한 번은 친구가 펑크 내서 대신 나간 거야."

"누가 뭐래요?"

혜순이 승희가 우습다는 듯 킥킥 웃고는 또 물었다.

"첫 번째 소개팅한 애하고는 한 번 더 만났다고 그랬죠? 영화 봤다고."

영화도 봤다고? 무결은 주먹을 불끈 쥐었다.

"영화가 되게 재미없었나보다. 그 뒤로는 그쪽에서 연락도 안 했다면서요."

"야, 그렇게 말하니까 꼭 내가 연락을 기다렸던 거 같잖아."

"기다렸던 거 아니에요?"

혜순의 추궁에 승희가 버럭 했다.

"안 기다렸어!"

우승희 씨, 왜 이렇게 발끈하시나?

그때 똑똑똑 발소리가 들렸다. 혜순이 다가오는 것이다. 무결을 감추고 있던 승희의 심장도 두근두근했다. 탁. 승희의 책상에 팔을 올린 혜순이 승희의 얼굴 가까이로 몸을 숙였다.

"언니."

승희는 마른침을 몰래 삼켰다. 혜순이 심각해진 표정으로 말했다.

"제가 철순이 당장 오라고 할게요. 언니가 혼자 일하려니까 스트레스 받으시는 거 같아요."

승희는 손을 크게 저었다.

"아니야, 아니야. 나 스트레스 안 받아. 다 했어, 다 했어."

"어디 봐요."

급기야 혜순은 책상을 뺑 돌아 그녀에게로 다가오려 했다. 위험했다.

"아니 아니! 월요일에 보여줄게, 월요일!"

승희는 자리에서 일어났다. 그리고 혜순의 등을 밀었다.

"소개팅 가는데 이런 거 보는 거 아니야. 얼른 가, 얼른."

"언니, 늦게까지 일하지 마시고 얼른 가세요. 제가 소개팅 끝나고 전화할게요."

"에이, 무슨 전화야. 안 해도 돼."

혜순이 승희에게 밀려 떠나며 계속 말했다.

"오늘 만나는 오빠 괜찮으면 언니도 누구 소개시켜달라고 할까요?"

"어휴, 아니야, 아니야."

"이제 언니도 새로운 사람 만날 때 됐죠. 그 자식 보란 듯이."

"어이구! 무슨 소리야! 그럼 못 써. 그 자식이라니."

"뭐 어때요? 그 자식이 듣는 것도 아닌데."

그 자식이 듣고 있단 말이다!

"아무튼 얼른 가. 가."

승희는 혜순의 가방까지 손수 챙겨주고는 회사 밖으로 밀어냈다.

"재미있게 놀아!"

혜순을 내보내고 엘리베이터를 타는 것까지 확인한 후 자리로 돌아온 승희가 고개를 책상 아래로 내리고 속삭였다.

"나와도 돼요."

끄응, 소리를 내며 무결이 책상 아래에서 나왔다. 무결은 아무 말

없이 허리와 다리, 어깨와 목을 돌려 몸을 풀었다. 그의 눈빛이 싸늘하게 식은 것을 확인한 승희가 말을 걸었다.

"미안해요. 화났어요? 혜순이는 나 생각해서 그 자식이라고 말한 거예요."

좁은 공간에서 웅크리고 있었던 것이 서럽기도 했지만 삐친 이유는 그것 때문이 아니었다. 그 자식이라는 말 때문은 더더욱 아니었다.

"첫 소개팅남이랑 영화를 보러 가셨다?"

"8년 전 일이잖아요."

그가 고개를 팽 돌려버리니 승희도 억울해졌다.

"내가 이렇게 치사한 사람이 되고 싶지는 않았는데 좀 억울하네요. 나는 그래도 한무결 씨가 처음이라고요. 그쪽은 내가 처음 아니잖아요."

이번에는 무결이 당황한 눈치였다.

"아니, 그건…….."

"해보시죠. 말씀해보시죠. 말문이 막히죠?"

"말문이 막히는 게 아니라."

"아니면 뭔데."

"왜 우리가 이런 얘길 하는 거죠?"

"한무결 씨가 소개팅 얘기를 먼저 꺼내서 그런 거잖아요."

"좁은 데에서 몸을 구기고 있었더니 잠깐 예민해진 거예요. 얼른 하고 맛있는 거 먹으러 가요."

무결은 유연하게 태세를 전환했다.

미팅 자료를 만들어 전송한 후, 승희는 어제의 약속대로 무결을 집에 초대했다. 그러나 무결이 꿈꾸던 집 데이트 같은 건 없었다. 이 대쪽 같은 여인은 그저 '수리된 집 내부'를 보여주는 데에만 최선을 다했다.

"공사 잘됐죠? 이걸 일찍 보여줬어야 했는데 도움을 받고 확인을 이제야 시켜주네요."

그래. 공사는 잘 된 것 같은데 나는 침대가 작다는 것만 눈에 들어와.

"그럼 이제 밥 먹으러 나갈까요?"

역시나 승희는 용건을 마친 후 바로 집 밖으로 이끌었다. 무결은 이 아늑한 공간에 더 있고 싶었다.

"내가 밥해줄까요?"

그는 임기응변과 함께 승희의 손을 잡았다.

"밥할 줄 알아요?"

"아니, 그냥 해보고 싶어서. 아니면 뭐 시켜 먹을까요?"

승희는 무결의 눈에 담긴 간절함을 읽어냈다. 승희도 그에게 간단하게나마 식사를 대접하고 싶었다. 냉동실에 소분하여 얼려둔 음식이 있으니 밥만 안치면 될 것 같다.

"내가 해줄게요."

승희는 냉동실에서 오징어볶음을 찾았다.

"오징어볶음 괜찮아요?"

"다 좋아요. 다."

당신이 만들어주는 거라면 뭐든 좋다. 벽돌이라도 씹어 먹을 수 있을 것 같다. 기분이 좋아진 무결은 쌀 씻는 일을 대신 하겠다고 나섰다.

"이건 내가 할게요."

승희는 말리지 않았다. 그런데 그는 너무 어설펐다. 쌀은 두어 번 대강 헹궈내면 될 텐데 그는 쌀알 하나하나 곱게 세수시킬 기세로 정성껏 씻었다.

"그렇게 해서 언제 씻으려고요."

"우리가 같이 해먹는 첫밥인데 대충할 수 없죠."

"그렇게 씻다가는 쌀알이 없어지겠는데요?"

"그래도 내 마음은 남아 있을 거예요."

그의 능청에 한숨을 쉰 승희가 무결의 바가지를 빼앗으려 했다.

"그냥 줘요."

"내가 할게요."

"잔말 말고 내놔요."

그가 고집을 부리자 승희는 바가지를 빼앗았다. 무결이 맹해진 사이에 승희가 능숙하게 쌀을 씻으며 말했다.

"어른버전 소꿉놀이를 하는 기분이네요. 집안일도 하나도 모르고, 심지어는 손빨래하는 법도 모르는 남자를 좋아하게 될 줄은 몰랐어요."

뚝. 그녀가 물을 끄기 전에 물줄기가 끊겼다. 뒤편에서 그가 수전 핸들을 잠근 것이다. 승희의 손도 멈췄다. 소음이 사라진 공간에 그의 목소리가 고요하게 내려앉았다.

"이따 하죠."

"……."

"더 맛있게 먹게 해줄 테니까."

그녀의 등 뒤에서 아래로 고개를 숙인 그가 그녀의 목 깊숙이 입을 맞추며 말했다. 더 간절한, 다른 허기를 찾아 움직인 입술이 쇄골 언저리를 간질이듯 물었다. 그가 무엇을 원하는지 알기에 떨리고 조금은 두렵기도 했지만, 또 한편으로는 기대되기도 했다.

몸을 돌려 바라본 그는 그녀의 어느 것 하나 놓치지 않을 듯 날렵한 눈을 하고 있었다. 그 눈을 마주하기가 무섭게, 빠져나갈 기회도 없을 만큼 재빨리 그가 입술을 덮쳐왔다. 그 어느 때보다도 맹렬했다. 그녀의 말랑한 입술을 가르며 진입한 거친 숨결이 그녀의 머릿속에 뽀얀 안개숲을 만들었다. 밝으면서도 어두운, 그리고 눈이 부신 불꽃이 안개숲에서 연이어 터졌다. 손끝 발끝까지 전해진 전율에 승희는 다리에 힘이 풀릴 것 같았다. 그녀의 팔이 저도 모르게 그의 목을 감았다. 티셔츠가 들려 올라가며 하얀 속살이 드러났다. 아니, 그의 손이 먼저 그 안으로 진입했는지도 모르겠다. 허리에 닿는 손길에 그녀는 잠깐 움찔했지만 팔을 풀지는 않았다. 그가 알려주는 어른의 방식에 완전히 매료되었다.

가빠진 숨이 서로에게 스며들어갈 때. 드르르르르르. 싱크대 위에 놓아둔 승희의 휴대폰이 지진과 같은 진동을 만들었다. 전화가 걸려온 것이다. 받지 마. 무결의 눈이 매섭게 경고했다. 드르르르르르르. 하지만 마찰면과의 궁합이 만들어낸 소음은 당장 받지 않으면 더한 짓을 벌이겠다는 경고 같았다. 휴대폰은 드릴이 된 것 같았다. 받지 마, 받지 마. 무결은 그녀의 주의를 잡아놓겠다는 듯 휴대폰 쪽으로 돌아간 승희의 고개를 쫓아갔다. 하지만 승희는 힐끗 발신자를 확인하고야 말았다.

"동생!"

'동생'이라는 두 음절에 무결의 행동이 정지했다. 승희는 곧장 전화를 받았다. 속에 마른 공기가 왈칵 들어가며 무결은 사레 걸린 듯 콜록콜록 기침을 하게 되었다.

"여보세요?"

[어디야?]

휴대폰 통화음을 크게 해놓아 남동생 승규의 목소리는 크게 퍼져 나갔다.

"집."

[남자 목소리가 들리는데?]

뜨끔해진 무결이 입을 막아 기침을 삼켜냈다.

"어? 아니, 아니. 집 앞이라고. 집 앞. 왜 전화했어?"

승희는 유연하게 변명하고는 말을 돌렸다.

[손 빠른 남자는 만나지 마.]

승규는 질문에 대답은 않고 뜬금없는 조언을 주었다. 옆에서 듣고 있던 손 빠른 남자가 뜨끔한 표정으로 숨을 삼켰다. 그는 싱크대 위로 올라가 있던 손을 스윽 뒤로 감추었다.

[손 쓰는 게 예사롭지 않다, 사귀기도 전에 달려든다, 누나 자취방에 들어가려고 한다, 그러는 건 다 도둑놈이야. 확 끊어버려. 안 떨어지면 나나 아빠한테 얘기하고.]

"야, 됐어! 왜 이래, 정말. 끊는다!"

얼굴이 토마토처럼 빨개진 승희가 버럭 소리치고는 전화를 뚝 끊었다. 승희와 승규의 통화를 모두 듣게 된 무결은 멍해졌다. 이런 식으로도 청천벽력이 내릴 수가 있나.

"동생이 누나를 많이 걱정하네요……."

"네. 얘가 외롭게 자라가지고."

나도 외롭게 자랐는데. 손 쓰는 게 예사롭지 않은, 사귀기도 전에 달려든, 그녀의 자취방에 오려고 노력한 그는 그녀의 남동생에겐 완전한 도둑놈이었다. 갑자기 그녀가 자신을 끊어버릴까, 동생이나 아버지께 얘기할까 두려워졌다. 그녀의 책상 위에 놓인 가족사진 속 남동생과 아버지가 자신을 지켜보는 것 같았다. 더는 두 번째 인격을 드러낼 수가 없었다.

"우리 밖에 나가서 먹을까요?"

그가 빈 웃음을 지으며 먼저 제안했다. 더 있다간 내가 위험해. 도둑놈을 넘어 날강도가 될 수도 있겠다는 생각이 들었다.

결국 두 사람은 근처 식당에서 매우 한가롭고 건전하게 밥을 먹었다. 강력한 갑님, 그녀의 남동생으로부터 욕망을 제압당한 무결은 밥을 먹는 내내 멍한 표정이었다.

승희는 미안한 마음이 들었다. 하지만 무결은 서운한 티를 내지는 않았다. 헤어질 때는 역시 그녀를 현관문 앞까지 바래다주었다. 이번에는 팔을 안쪽으로 밀어넣지 않았다.

무결을 보낸 후, 승희는 침대에 누워 오늘 일을 되새겨보았다. 마지막은 약간의 아쉬움이 남았지만, 그래도 역시 행복했다. 치마를 입은 자신을 그가 예쁘게 봐주어서, 그와 사무실에서 나란히 앉아 있을 수 있어서, 책상 안으로 숨어 들어가주어서, 쌀을 곱게 씻어주어서 너무 좋았다. 만족스런 마음만큼 뿌듯한 미소가 피어올랐다.

이대로 잠들면 딱 좋겠다 싶었을 때 휴대폰 진동이 울렸다. 이놈의 휴대폰. 앞으로는 그를 만날 땐 확 꺼버려야겠다 생각하며 들어 올린 그녀는 뚱한 표정으로 문자메시지를 확인했다. 발신번호표시가 뜨지 않는 문자메시지였다. 메시지에는 다른 내용은 없고 인터넷 게시판 주소만 링크되어 있었다.

평소라면 그냥 스팸메시지 처리를 할 텐데, 왠지 주소를 눌러보아야 할 것 같은 예감이 들었다. 승희는 주소를 눌렀다. 새 창이 열렸다. 링크된 주소는 인터넷 커뮤니티 게시판의 글이었다. 긴 글과 함께 동영상이 첨부되어 있었다. 제목이 적나라했다.

「악독하고 파렴치하고 마녀 같은 여자」.

올 것이 왔다. 심장이 거세게 뛰긴 했지만 마음의 준비를 했기 때문인지 그리 많이 놀라지는 않았다. 승희는 담담하게 동영상을 재생시켰다.

"내가 그 앨 죽인 게 아니야. 그 애가 나를 매장시킨 거라고."
"나 천상현 용서 안 해. 절대 용서 안 해. 죽으면 지옥에 가서라도 복수할 거야."
"너 때문에라도 열심히 살아야겠다는 의지가 솟구쳐."
"그래서 결혼하려고. 되도록 빨리 한무결 씨랑 결혼할 테니까 두고 봐, 어디."

그런데, 동영상의 내용은 그녀의 기억과 달랐다. 동영상은 다른 사람의 목소리 없이 그녀가 소리를 친 부분만 편집돼 있었다. 게다가 그녀가 명중우의 뺨을 때린 것과 그 이후의 분노까지도 고스란히 담겨 있었다. 예상보다 심각했다. 동영상 속의 우승희는 미친 여자였다.
승희는 동영상 아래쪽의 긴 글을 읽어 내려갔다.

「안녕하세요.
저는 얼마 전 사회에 첫발을 디딘 사회초년생입니다.
사실 저는 제 마음속의 불안과 분노를 다스리지 못하는 병을 앓고 있어 남들보다 사회생활이 늦었습니다. 8년 전 친오빠의 자살 때문이었습니다.

수험생 생활을 잘 마치고 원하는 대학 원하는 학과에 입학한 오빠는 부모님의 자랑거리였습니다. 효자에 친구도 많고 제게도 정말 다정하고 따뜻했던 오빠였어요. 그런 오빠가, 여자를 잘못 만나서 죽음까지 몰리게 되었죠. 오빠의 사인은 자살이었지만 이건 그 여자 때문이라는 걸 저도, 우리 가족도, 그리고 오빠의 친구들도 모두 알고 있습니다.

그 여자는 오빠와 같은 학교 동기였는데 연예인 같은 외모로 아주 인기가 많았다고 합니다. 여러 남자를 거느리고 다녔고 어장관리도 잘했다는군요. 오빠를 계획적으로 유혹했고요. 예쁜 여자가 유혹을 하니 당연히 넘어갈 수밖에 없죠. 오빠는 여자에게 정말 헌신했고 결국 고백까지 하게 되었는데 차였다고 합니다. 고백을 거절당한 후 오빠는 마음을 접었는데 그 여자는 계속 유혹을 했다고 해요. 제가 갖긴 싫고 남 주기는 아까운 마음이었을까요?

결국 오빠는 다시 한번 고백을 하게 됐고, 그날이 오빠의 마지막 날이었습니다. 여자는 고백하는 오빠의 진심에 경악을 해 보이면서 '죽어버리라'고 했다는군요. 그날 밤 오빠는 약을 먹고 세상을 떠났고, 그 여자는 장례식날까지 나타나지 않았습니다. 하나뿐인 아들을 잃은 부모님은 많이 절망하셨고 당시 수험생이었던 저도 의욕을 잃었습니다. 저는 그때부터 꾸준히 정신과 약을 먹고 있습니다.

그로부터 8년이 지나고, 저도 어엿한 성인이 되어 회사에 취직을 하게 되었습니다. 회사에 가서 보니, 제 상사 중 한 분이 오빠의 절친이더라고요. 오빠가 살아 있었으면 오빠도 이런 일을 했겠구나 생각해서 울음이 났습니다. 상사분은 그런 저를 생각해주셔서 오빠의 다른 친구 청첩장 모임에 저를 불러주었습니다. 그리고 그곳에서 그 여자를 만났습니다. 아주 환하게, 즐겁게 웃고 있더군요. 옛날 일은 다 잊은 듯이, 저희 가족을 죽지 못해 사는 사람들로 만들어놓고 버젓이, 버젓이 뻔뻔하게 웃고 다니더군요.

그 여자는 현재 잘나가는 벤처기업의 사장이 돼 있었습니다. 저는 슬퍼서 먼저 자리를 떠났고, 그 이후에 그 여자는 다른 동기들에게 질타를 당했다고 합니다. 그런데 그 여자는 뻔뻔하게도 우리 오빠가 자기 인생을 망가뜨렸다며 소리를 지르더랍니다. 저는 이 말을 믿을 수가 없었습니다. 그런데 진짜더라고요. 오빠의 친구분이 제게 보내준 동영상에는 제 오빠가 자기를 매장시켰다고, 죽어서라도 복수할 거라고 고래고래 소리를 치는 장면과, 이를 지적한 친구의 뺨을 때리는 모습이 찍혀 있었습니다.

그리고 마지막에는 누구와 결혼을 할 거라고, 두고 보라고 우쭐대더군요. 그 여자가 결혼을 하겠다고 한 상대는 알고 보니 제가 입사한 그룹 회장님의 외아들이었습니다. 그 여자가 원래 사람을 걸러서 사귀고 부자 친구들만 좋아한다고 들었는데 역시나 재벌가문에 입성할 야망을 드러내네요.

너무 마녀 같은 여자입니다. 이런 여자를 좋아해서 생명을 버린 오빠가 너무 안됐고 원망스럽기도 해서 눈물밖에 나오지 않네요. 앞으로 어떻게 살아가야 할지 모르겠습니다. 이 여자가 너무 증오스럽지만 제가 할 수 있는 게 아무것도 없어요. 미칠 것 같습니다.」

휴대폰을 쥔 승희의 손이 부들부들 떨려왔다. 혼자만 걸린 일이 아닌 게 문제였다. 혼자라면 감당할 수 있는 일인데, '한무결'이라는 이름이 승희를 당황케 했다. 게시글에는 그의 이름이 등장하지 않았지만 동영상에는 '한무결'이라는 이름이 분명하게 들렸다. 승희는 눈을 감고 심호흡을 했다. 심장이 선로를 이탈한 기차처럼 위태롭게 덜컹거렸다.

예상한 일이야. 괜찮아. 숨을 고른 후에 무결에게 전화를 걸었다.

[지금 우승희 씨 집으로 다시 가고 있어요.]

전화를 받자마자 무결이 보고하듯 말했다.

"네? 왜요?"

[인터넷 커뮤니티에 글이 올라왔네요.]

이미 무결도 사태를 파악한 모양이었다.

"네. 저도 확인했어요."

[지금 차에서 내렸어요. 만나서 얘기하죠.]

사태를 파악했으니 이제 수습에 대해 상의해야 한다. 어떤 길이 최선일지 따져보아야 할 것이다. 단단히 마음을 다스리고 무결을 기다렸다.

무결은 금방 도착했다. 똑똑, 노크소리에 승희가 문을 열어주자마자 무결은 한걸음 성큼 들어와 승희를 껴안았다. 뜻밖의 포옹에 승희는 멍해졌다. 그리고.

"괜찮아."

그의 몸이 울림통이 되어 전해지는 목소리.

"괜찮아, 괜찮아, 괜찮아, 괜찮아."

"……."

"정말 괜찮아."

나야말로 정말 괜찮은데?

승희는 그가 왜 괜찮다는 말을 반복하는지 알 수가 없었다.

"괜찮아, 괜찮아."

"네. 괜찮아요."

그녀가 무결의 가슴 안에서 가뿐한 목소리로 말했다. 어떤 난관에도 굴하지 않고 홀로 곧은 소나무였던 그녀는 그의 위로가 낯설었던 것이다.

그런데 참, 기분이 이상했다. 필요 이상의 위로를 받으니 마음이 넘쳐서 눈물이 되려는 것 같았다. 눈물을 닦아줄 사람이 있을 때 더 눈물을 흘리게 된다고 하던가. 그가 있어서, 없던 응석이 생겨날 것 같았다. 조금 더 안겨 있고 싶고 조금 더 기대 있고 싶은 욕구가 조심스럽게 움텄다. 가슴과 눈 아래가 뜨끈해졌다. 승희는 그 감정을 부정하며 한발 뒤로 물러나 물었다.

"어떻게 하는 게 좋을까요?"

"일단 조금만 기다려봐요. 해결하고 올 테니까."

그의 말에 승희의 눈이 휘둥그레졌다.

"해결하고 온다니요? 앞으로 어떻게 할지 나랑 얘기하려고 온 거 아니었어요?"

"아니, 그냥 안아주고 싶어서 왔어요."

승희의 물음에 그가 나긋하게 답했다. 황당한 와중에도 심장을 톡톡 두드리는 듯한 설렘이 있다. 풍파가 일시적으로 잠잠해지는 것 같았다. 그가 천성적으로 지니고 있는 태평스러움이 전이되는 느낌이었다. 그 도술과 같은 능력이 고맙기는 하지만 걱정이 되지 않을 수는 없었다.

"어떻게 하려고요?"

"천상미를 만날 거예요."

그의 태연한 대답에 승희는 고개를 천천히 가로저었다.

"그건 좋은 방법이 아닐 것 같은데요. 괜히 더 말려들 수도 있어요."

"설득하는데 돈이 드는 건 아니니까 해볼게요. 아무것도 안 할 수는 없죠."

"그럼 나도 같이 갈까요?"

"이번엔 나한테 맡겨요."

그가 다시 한번 자신만만하게 말했다. 그녀가 서운한 기색을 내비치니 무결은 따뜻한 눈길로 그녀의 머리를 쓸어내렸다.

"어차피 승희 씨도 잠은 안 올 테니, 일단 글이 퍼진 데가 있나 체크하고 있어요. 발견하면 세열이한테 알려주고요. 세열이가 삭제해 줄 거예요. 어쨌든 너무 걱정하지 말고 있어요."

걱정하지 말라는 당부만으로는 그녀의 마음이 풀어지지 않는 것 같았다. 그는 말을 더 보탰다.

"어제 기억나요? 내가 잘 이겨내면 선물 주겠다고 했는데."

어제, 그녀가 8년 전의 일을 고백하기 전에 그가 했던 말이다. 잘 이겨내면 선물을 주겠다고, 뭐든 제일 좋은 걸 하자고 했었다. 정신이 없었기에 그녀는 까맣게 잊어버렸는데 그가 다시 이 얘기를 꺼냈다.

"선물 기다리면서 있어요."

그리고 아이를 어르듯 선물을 기다리라고. 그의 말에 승희도 힘겹게나마 피식 웃게 되었다.

상미는 조용한 카페에 앉아 사람을 기다렸다.

30분 전에 걸려온 한 통의 전화에 집 앞으로 나오게 되었다. 한무결이 직접 자신에게 전화를 걸어와 당황스러웠다. 같은 그룹이니 연락처를 찾기는 쉬웠을 것이다. 그런데 직접 오다니.

지적받을 내용도 어느 정도 예상이 갔다. 오늘 인터넷 커뮤니티에 올린 글이 꽤 자극적이긴 했다. 거기에 제 이름이 끼여 있으니 기분이 상했을 것이다.

이 일을 강행하게 된 배경엔 명중우가 있었다. 중우는 상미에게 꽤 잘했다. 오빠를 잃은 상미에게는 오빠 같은 존재였다. 게다가 오빠 상현보다 잘생겼고 늠름했다. 상미에게는 중우를 흠모하는 마음이 있었다. 그래서 승희에게 더 화가 났었던 것 같다. 중우가 뺨을 맞았다는 얘기를 해서. 중우에게 자료를 건네받으며 상미는 승희에 대한 온갖 험담을 들었고 감정이 격해졌다.

글이 공격적으로 쓰인 것은 어느 정도 인정한다. 한무결이 자신의 이름을 삭제해달라고 요청하면 기꺼이 그렇게 할 것이다.

긴장한 마음으로 기다린 지 얼마 지나지 않아 문이 열리고 무결이 들어왔다. 인터넷에 돌아다니는 사진으로는 꽤 많이 보았기에 그의 얼굴을 쉽게 알아보았다. 사진보다 실물이 훨씬 근사한 사람이었다. 키가 껑충 크고 균형 잡힌 몸에 팔다리가 길고 머리는 작아서 TV 속의 연예인을 보는 것 같았다. 거기에 부드러우면서도 담대한 인상이 단번에 시선을 사로잡았다.

"안녕하세요. 한무결입니다."

그녀를 알아보고 바로 다가온 무결이 인사했다.

"네. 안녕하세요, 천상미입니다."

그의 정제된 미소에 상미는 저도 모르게 따라 미소 지었다. 마음을 빨아들이는 눈을 가진 남자였다. 그 미모에 홀린 듯 말을 잃은 그녀에게 무결이 먼저 말했다.

"단도직입적으로 말씀드리죠. 글을 내리세요. 지금 당장. 여기서."

부드러운 인상과 대조되는 살벌한 말이었다. 표정도 순식간에 차갑게 변한 것 같았다. 상미의 입가에 고이 앉아 있던 미소도 사그라졌다.

"잘못 알고 있는 사실이 있었다고 글을 수정하시고, 10분 뒤에는 글을 완전히 내리는 겁니다."

다짜고짜 글을 내리라니. 그것도 부탁이 아니고 지시였다. 자신이 무결보다 어리긴 하지만, 약하긴 하지만, 그래도 그런 대접을 받고 싶지는 않았다. 분한 표정으로 자신을 바라보는 상미에게 무결이 말했다.

"지금 천상미 씨가 몸담고 있는 회사가 어디인지 떠올려보세요. 지금 본인이 무슨 짓을 한 건지."

낮고 조용한 목소리에는 싸늘한 냉기가 감돌았다. 무결은 상미의 눈동자가 덜덜거리며 흔들리는 것을 확인했다. 회유를 당할 줄 알았는데 뜻밖에도 상대가 강경하게 나오니 당황하여 겁을 먹은 것이다. 그렇다고 해서 그가 태도를 바꾸는 일은 없었다.

"오빠를 잃은 아픔에 대해서는 애석하게 생각합니다. 하지만 천상미 씨는 한쪽의 이야기만 들었죠."

분해진 상미가 아랫입술을 짓씹으며 그를 바라보았다.

"주차장에 주차돼 있는 차를 들이받으면 100% 과실입니다. 천상미 씨에게는 미안하지만, 주차장에 가만히 주차돼 있는 차를 들이받은 건 천상현 씨예요. 고백을 안 받아주면 죽겠다고 협박을 했죠. 그러고 세상을 떠나버려서 우승희 씨가 지금까지도 고통받고 있는 겁니다."

"오빠는 그런 말을 할 사람이 아니에요!"

"그럼, 자살할 사람입니까?

그녀의 성에 그가 냉소적으로 대꾸했다. 상미가 눈물을 머금고 대답했다.

"그러니까 이상하다는 거잖아요. 대체 무슨 말을 했길래 자살까지 하냐고요."

"증거가 없는 일에 대해 함부로 판단해선 안 되죠."

그가 따끔하게 말했다. 상미는 울컥하는 마음을 눌러 참았다.

"저는 천상미 씨가 이용당하고 있을지도 모른다고 생각합니다."

잠시 후 그가 다시 말문을 열었다.

"천상미 씨가 받은 동영상이 편집본이라는 건 인지하셨습니까?"

생각해보지 못한 지적에 상미가 그를 쳐다보았다. 편집본이라는 건 알고 있었지만 그 사이에도 진실이 있을 수 있다는 생각은 하지 못했다. 어쨌든 상미에게 중요한 것은 우승희의 인간성이 적나라하게 드러나는 장면이었으니.

"원본을 요청해보세요. 아마 없다고 할 겁니다. 하지만 동영상은 편집된 흔적이 그대로 남아있죠. 그게 뭘 뜻하는 건지 생각해보세요."

"……."

"허위제보를 받으신 겁니다."

"……."

"저도 그 자리에 있었거든요. 우승희 씨는 그런 식으로 말하지 않았죠. 오히려 명중우가 우승희 씨를 자극했습니다. 촌칠살인너리는 말을 했죠. 살인자도 아닌 사람을 살인자라고 부르는데, 화를 내지 않을 사람이 어디 있겠습니까."

나긋나긋 이어지는 말들은 살을 꿰뚫고 들어가 뼈를 때렸다. 시종 일관 침착한 목소리에, 입가에 옅은 미소를 짓고, 상대를 은근히 아래로 내려다보는 눈빛은 오싹 소름이 끼칠 정도였다.

"지금 글을 내리시면 고소는 하지 않겠습니다. 그리고 앞으로는 제가 도와드릴 거고요."

무결은 은근슬쩍 고소로 위협하며 동시에 도와주겠다는 감언으로 그녀를 꾀었다. 상미가 떨리는 목소리로 물었다.

"도와⋯⋯준다뇨?"

"8년 전 천상현 씨가 사망한 날의 진상을 다시 파헤쳐보려고 합니다."

"그 말씀은⋯⋯."

"천상현 씨는 우승희 하나 때문에 목숨을 끊을 사람이 아니니까요. 본인이 소중하다는 걸, 가족이 소중하다는 걸 충분히 알고 있는 사람이었으니까."

이번엔 상미의 손끝이 바르르 떨려왔다. 그녀가 늘 생각했던 것을 오늘 처음 만난 사람의 입을 통해 들으니 기분이 이상했다. 그녀 또한 실은 그렇게 생각하고 있었다. 명중우는 '우승희 때문에 상현이가 죽었다'라고 말했지만 상미는 우승희 하나 때문에 오빠가 목숨을 끊을 리는 없다고 생각했었다.

상미는 오빠에 대해 더 얘기하고 싶었으나 무결은 얘기를 마무리 지었다. 그는 갖고 온 태블릿을 상미의 앞으로 내밀었다.

"지금 내용을 수정해주시죠. 그리고 여기 서명도 부탁드립니다."

"이게 뭐가요?"

상미가 태블릿에 달려온 문서 한 장을 집어 들며 물었다.

"이런 글을 올리지 않겠다는 각서입니다. 천상미 씨가 허위사실을 유포한 데에 대해 책임을 묻지 않겠다는 내용, 그리고 앞으로 8년 전의 사건을 제가 다시 알아보겠다는 내용이 포함돼 있죠. 찬찬히 읽어보시죠."

무지막지하게 각서를 들이미는 그의 오만함이 마땅치 않아 상미는 눈살을 구겼다. 무결은 어깨를 으쓱했다.

"천상미 씨가 글을 내려도 이미 많은 곳에 이야기가 퍼졌습니다. 그 수습은 이제 제가 해야 하고요."

그녀 때문에 자신이 귀찮아지게 되었다는 뜻이었다. 그러나 수습을 자신이 하겠다는 말은 왠지 상미의 귀에 믿음직하게 들려왔다. 그 조용하고 침착한 목소리는 그의 말을 신뢰하게 만드는 힘이 있었다. 상미는 그의 지시에 따라 글을 수정했고 10분 뒤에 글을 완전히 삭제했다.

"잘하셨습니다."

그녀가 삭제 버튼을 누른 후, 그는 처음으로 눈과 입을 함께 움직여 웃었다. 그 모습에 매료된 듯 상미는 넋을 잃은 표정이 되었다.

"칭찬해주니 나한테 마음이 생깁니까?"

"아, 아닙니다."

상미는 부끄러운 듯 고개를 내렸다.

"네. 그러셔야죠. 웃어준다고, 칭찬해준다고 그게 특별하다는 오해를 하면 안 됩니다. 짝사랑은 짝사랑이어야죠. 내 짝사랑이 누군가에게 짐이 되면 안 되죠."

그의 일침에 상미의 얼굴이 화르르 달아올랐다. 그녀가 그를 짝사랑하는 것도 아닌데 그의 말은 어쩐지 수치스러웠다. 그녀를 비난하기 위해 일부러 하는 말 같았다.

승희에게는 미안하지만 무결은 상미를 조금도 안타까이 여기지 않았다. 소중한 사람을 떠나보낸 것은 유감스러운 일이다. 하지만 그 슬픔을 덮기 위해 증오를 선택한 상미를 존중할 수는 없었다. 상미는 한쪽의 말만 믿고, 진상도 제대로 파악하지 않고서 승희를 더욱 나쁜 사람으로 보려고 노력했다. 이유는 간단하다. 증오는 쉽기 때문에. 미워할 사람이 필요했기 때문에 미워한 것이다. 그게 아니라면, 그날 무슨 일이 있었는지를 우승희에게 직접 물었어야 했다. 대면이 어렵다면 이메일이라도 보냈어야 했다.

어쨌든 위협과 동시에 보상을 약속하는 책략이 상미에게 잘 먹혀들었다.

밤 10시. 드르르, 옆에 놓아둔 휴대폰이 울렸다. 무결의 연락을 기다리던 승희가 바로 전화를 받았다.

"여보세요."

[뭐하고 있었어요?]

"연락 기다리고 있었어요. 어떻게 됐어요?"

[잘 해결했어요. 바로 ㅗ 자리에서 글도 다 내렸어요. 다시는 이런 글 올리지 않겠다는 각서도 받아냈고. 본인이 직접 작성했으니 앞으로 일을 더 퍼트리는 사람은 다 고소감이라는 얘기죠.]

무결의 말에 안심이 되었다. 그가 걱정하지 말고 있으라고 했지만 그럴 수는 없었다. 그제야 승희는 한숨을 돌렸다.

"너무 고마워요."

승희가 그에게 감사 인사를 전했다. 그런데 그게 다가 아니었다.

[그럼 이제 문 좀 열어줘요.]

"에?"

뜻밖의 말에 승희는 허둥지둥 현관으로 다가섰다. 이 밤에 그가 다시 왔다니.

[선물 준다고 했잖아요.]

문밖에서, 그리고 수화기를 통해 그의 목소리가 들려왔다. 승희는 바로 문을 열었다.

"지금 선물을 가져왔다고요? 이 밤에?"

문을 여니 한무결이 서 있었다. 무표정이었던 그의 얼굴이 그녀의 얼굴을 확인하고는 서서히 밝아졌다. 승희의 시선이 아래로 내려갔다. 그가 손에 들고 있는 건 휴대폰뿐이었다.

"선물은요?"

뚱한 질문에 무결이 능청스럽게 대답했다.

"내가 그랬잖아요. 뭐든 제일 좋은 걸 하자고."

이럴 수가.

"나보다 더 좋은 게 있어?"

너무 요염하게 미소 짓고 있어서 심통을 부릴 수도 없었다.

갖다 붙이기는. 승희는 무결의 넉살에 피식 웃고 말았다.

"정말 선물이 한무결 씨?"

"왜요, 별로예요?"

"몸을 주겠다는 건 아니죠?"

"가지려면 얼마든지 가져요."

무리 없이 농담이 오가니 무결은 안심하게 되었다. 실은 그녀가 걱정되어 천상미와 헤어지자마자 달려온 거였다. 혼자 울고 있지는 않을까 싶어 문을 열어달라고 했을 뿐이었다. 그녀의 얼굴을 확인했으니 할 일은 다 한 셈이다.

"갈게요. 잘 자요."

"이제 집으로 가는 거예요?"

"붙잡으면 안 가고."

그의 농담이 이어지자 갈등하는 듯이 승희의 눈빛이 잠시 흔들렸다. 그 반응이 사랑스러워 돌아가고 싶지 않기도 했지만 무결은 할 일이 있었다.

"세열이가 집에 와 있어요. 가서 나머지 것들을 수습해야죠."

아쉽지만 오늘은 여기까지.

"나도 같이 갈까요?"

그런데 승희가 뜻밖의 제안을 했다.

무결은 멈칫했다. 그녀의 도움이 필요하지는 않은 입장이었기에 그녀가 굳이 동행할 필요는 없었지만, 자발적으로 집에 와주겠다고 하니 솔깃할 수밖에 없었다.

"말리지는 않겠지만, 괜찮겠어요?"

"네."

"정말 괜찮겠어요?"

그녀의 대답에 한 치의 긴장감도 없어서 그가 되물었다. 호랑이굴에 들어와도 괜찮겠느냐는 의미였다. 설마 나를 잡아먹겠어?라고 여기는 뚱한 표정을 어떻게 해야 할지 싶다.

"세열 씨도 있다면서요."

"그게 무슨 상관이야."

야성이 짙게 드러난 그의 시선에 승희는 뒤늦게 긴장하게 되었다. 하지만 그녀가 망설이니 이번엔 그가 간절해졌다. 애인이 먼저 집에 오겠다고 했는데, 넙죽 절을 해도 모자랄 처지에 왜 겁을 줘. 황후마마처럼 모셔야지.

"아니야, 아니야. 같이 가요. 같이 가고 싶네."

그녀가 서서히 입꼬리를 올렸다.

"옷 챙겨서 나올게요."

"많이 챙겨 와요."

현관문을 닫으려는 그녀에게 그가 넌지시 당부했다.

두 사람은 바로 무결의 집으로 떠났다. 집에 단둘만 있으면 좋으련만. 이런 상황이 닥칠지도 모르고 세열을 부른 것이 무결은 못내 아쉬웠다.

"여어."

현관문을 여니 제 집인 양 활보하는 세열이 두 사람을 맞았다.

"오늘은 일하러 온 거야. 잡담은 하지 말자."

무결은 긴 팔을 둘러 승희의 어깨를 꽉 감쌌다. 마치 세열이 그녀를 빼앗아가기라도 할 것처럼 경계심을 드러내는 그의 반응에 승희의 인사가 늦었다.

"안녕하셨어요."

세열과는 알게 모르게 골이 깊다. 이젠 이걸 골이라고 해야 할지 연이라고 해야 할지 모르겠지만. 세열이 오지랖을 부리는 바람에 승희가 무결에게 뜻하지 않게 애교를 부린 사건이 있었고, 세열이 말을 잘못 전달하는 바람에 무결이 아프다고 오해한 승희가 무결의 집에 찾아간 적도 있었다. 그런가 하면 농촌 일손 돕기를 함께 해줬고 오늘도 일의 수습을 위해 이렇게 달려와주었다. 결과적으로 생각해 보면 세열은 사랑의 메신저 역할을 톡톡히 한 셈이다. 얄미운 구석이 있지만 미워할 수가 없는 사람이 되었다.

"네. 두 사람 좋아 보이네요."

두 사람이 다시 사귀기 시작했다는 소식을 무결을 통해 먼저 전해 들은 세열이 싱긋 웃으며 인사했다.

"별일 없었지?"

무결이 세열에게 진행상황을 물었다.

"자료가 변형되고 있는 게 문제야. 우승희 씨 신상을 털어보려는 놈이 있었거든. 우승희 씨 대학교 졸업사진이 돌아다녀서 지웠어."

세열은 별일 아닌 것처럼 덤덤하게 말했지만 인터넷에 돌아다니는 정보의 조각을 지우는 건 굉장히 까다롭고 위험한 작업이었다. 이를 어느 정도는 알고 있는 승희가 길게 한숨을 내쉬었다. 무결이 승희를 달랬다.

"괜찮아요."

"소문은 계속 퍼져갈 텐데, 손바닥으로 하늘을 가리는 꼴이 되지 않을까 해서요."

"그 하늘은 진짜 하늘이 아니잖아. 가짜를 진짜라고 말하는 놈들은 없애버려야시."

무결이 악독해진 눈빛으로 말했다. 승희가 원칙주의자라면 무결은 책략주의자였다. 원칙을 바탕으로, 때로는 원칙을 뒤엎는 책략으로 타인의 숨통을 조이는 것이 능숙한 사람이었다. 그동안 일하기 싫어서, 맘 편히 살고 싶어서 드러내지 않았던 책략가의 면모가 승희를 만나 빛을 발하기 시작했다. 그의 추진력은 과감하고 도발적이면서 동시에 위험했다. 승희라면 절대 하지 않을 일을 무결은 서슴없이 실행에 옮기고 원하는 결과를 얻어냈다.

승희는 문득 무결이 제 편인 것이 다행스럽게 여겨졌다. 무결이 명중우와 한 편이었다면 승희는 감당할 수 없었을 것이다.

무결과 세열이 작업을 하는 동안 승희는 딱히 할 게 없었다. 무언가 힘이 돼줄 수 있을 줄 알았는데 두 사람의 죽이 착착 맞아 그녀가 낄 틈이 없었다. 노트북 앞에 앉아 있던 승희는 꾸벅꾸벅 졸게 되었다. 잠을 쫓으려했지만 그간의 피로가 쌓여 역부족이었다. 승희는 테이블에 턱을 괸 채로 눈을 감았다. 이를 발견한 건지, 세열이 눈치껏 자리에서 일어났다.

"잠깐 바람 좀 쐬고 올게."

무결도 승희를 바라보고는 피식 웃었다.

"왜 이러고 자."

안 자는 척 자연스런 포즈로 잠든 모습이 너무 우스웠다. 그렇게 고단하면서 따라와준 것이 대견하기도 했다. 옆으로 의자를 끌고 가까이 가도록 그녀는 잠에서 깨지 않았다. 감은 눈 위로 길게 보이는 속눈썹에도 마음이 간지럽다.

"같이 살고 싶으면 어떻게 해야 해?"

그녀가 잠든 틈에 본심을 말했다. 꿈결에 스며들도록.

하지만 그녀의 동생님, 승규의 주옥같은 말씀이 금방 그를 올바른 생각으로 인도했다. 무결은 승희를 안아들었다. 그의 손길에 그녀가 움찔 놀라며 몸을 떨었다. 그러나 눈을 제대로 뜨지는 못했다.

"침대로 옮겨주려고요."

그가 목소리를 내니 승희는 다 맡긴다는 듯이 편안히 그의 가슴에 머리를 기댔다.

"내가 갈게요."

제가 알아서 가겠다고 하고는 움직이지 않는다.

"한 시간만 자고요."

아아……. 나도 옆에서 딱 한 시간만 자면 참 좋겠다. 손만 잡고 자도 안 되는 건가? 아니, 끌어안고 잠만 자면 안 되는 건가?

세열을 쫓아낼까 하는 생각과 남동생님의 주옥같은 말씀이 머릿속에서 다투었다. 그사이 승희는 그의 가슴에 머리를 비비적거렸다.

"흐아아."

불끈하는 음심을 애써 누르고, 무결은 그녀를 침실에 내려놓았다. 침대 위에 누운 그녀는 편안한 표정이었다. 무결은 마음이 동할까봐 잘 자라고 키스해주지도 못하고서 방을 나왔다. 문을 닫기 전에 방문을 잠그는 것도 잊지 않았다.

현기증이 나는 머리를 붙들고 소파에 털썩 누워 휴대폰을 들었다. 그리고 검색창에 검색어를 입력했다.

─사귈 때 진도

내년이면 서른인데, 이런 걸 검색하게 될 줄은 몰랐다.

'누가 좀 정해줬으면 좋겠네.'

"되게 생소한 걸 검색한다?"

"으아아아!"

그사이, 인기척도 없이 다가온 세열이 그의 휴대폰 검색어를 확인하고선 말을 걸었다. 무결은 저도 모르게 소리쳤다. 세열은 그런 무결의 반응이 재미있다는 듯 장난꾸러기처럼 웃었다.

"한무결답지가 않네."

"말하지 마. 소문내면 해고시킬 거야, 너."

자리에 고쳐 앉은 무결의 눈에는 여전히 당황한 기색이 역력하다. 살기도 느껴졌다.

"이번엔 오래가라."

"그런 말도 하지 마."

"오래가라는 말도 하지 말라고?"

"이번이라는 말을 하지 말라고!"

왠지 공자님 말씀을 읊어줄 때가 더 나은 것 같다. 뭐가 그렇게 불만인지, 일을 도와달라고 사람을 불러놓고는 괜히 짜증을 내는 무결이 이해가 가지 않았다. 아니, 검색어를 봐서는 이해가 될 것 같기도 하고. 세열은 불퉁스럽게 자리를 떠나는 무결을 보며 기분 좋게 웃었다. 무결의 귀가 빨개진 것 같았다.

귀여운 자식.

＊

희재원. 밤늦게 규원은 태조에게 문안인사를 왔다. 인사라기보다는 건강 확인차 온 것이다. 태조가 아직 잠자리에 들지 않아 규원은 말을 걸었다.

"아버지, 어디 불편하신 데는 없으세요?"

"그래. 괜찮아."

"네. 저도 이제 들어가서 쉬겠습니다. 주무세요."

꾸벅 인사를 하고 돌아서는 규원을 향해 태조가 목소리를 냈다.

"넌 내게 아무것도 말하질 않는구나, 항상."

규원이 다시 뒤돌아 태조를 바라보았다.

"심지어 날 원망한 적도 없지."

"무슨 말씀이세요, 아버지."

"나는 그만 신경 쓰고 네 처를 좀 생각해."

태조의 지적에 규원이 미간이 딱딱하게 굳었다. 태조가 조용히 말을 이었다.

"우승희. 그 아이가 다녀가고 나서야 나도 알게 됐다. 내가 얼마나 며느리를 혹사시킨 건지 말이야."

"아버지는 혹사시키신 거 없습니다."

규원의 반박에 태조가 곧게 일깨웠다.

"몸이 많이 안 좋다고 하더구나. 너도 알고 있었니?"

규원은 그제야 승희가 얼마 전 자신에게 했던 말이 무슨 의미인지 알게 되었다.

"지금 중요한 게 뭔지, 지켜야 할 것이 뭔지, 내 소중한 사람들의 몸 건강은 어떤지, 마음의 건강은 어떤지, 아무것도 모르시는 분을 아버님이라고 부르고 싶지 않습니다."

그냥 자신에게 대드느라 하는 말이라고 생각했는데, 뭔가 있었던 것이다.

태조에게 인사를 하고 나온 규원은 곧장 인력을 써서 혜리의 건강

상태에 대해 알아보았다. 그리고 그녀에게 자궁경부 상피내 종양이 생긴 것을 알게 되었다. 의사는 아직 이상병변은 없어서 수술을 할 정도는 아니지만 바이러스를 억제하고 면역력을 높이기 위해 꾸준히 약을 먹어야 한다는 말을 덧붙였다.

규원은 곧장 혜리에게로 달려갔다. 혜리는 잠자리에 들 준비를 하고 있었다. 무언가에 놀란 듯한 규원의 표정에 혜리가 물었다.

"왜요? 할 말 있어요?"

"왜 병을 알리지 않은 거야."

잠깐 놀랐던 혜리의 표정이 차갑게 가라앉았다. 우승희가 다녀간 지도 며칠이 지났는데 이제야 이 일을 알아보다니, 씁쓸하기도 했다.

"당신은 다른 일로도 벅찬 사람이잖아요. 아버님 편찮으신 게 더 심하기도 하고."

"그래도 얘기해야지. 그러다가 병을 더 키우면 어쩔 거야."

그녀를 책망하는 말이 이어지자 혜리는 울컥 억울해졌다.

"우리가 그런 말을 나눌 사이예요? 당신도 나한테 제대로 말하는 게 없잖아."

"내가 제대로 말하지 않은 게 뭐가 있는데."

남편의 말이 가슴을 후벼 팠다. 콕콕 쑤시는 아랫배보다 심장이 더욱 그녀를 크게 압박했다.

"이진심 얘기는 끝까지 감출 생각이지?"

반년 전 희재원에서 자살한 직원, 이진심의 이야기를 다시 꺼내며 혜리는 자존심이 바닥에 내려앉은 심정이었다. 그녀를 향한 규원의 눈동자가 흔들렸다. 규원은 그 일 때문에 혜리가 여전히 상처받고 있는 줄은 몰랐다.

반년 전, 혜리는 그 일로 규원에게 소리를 친 적이 있었다.

"이진심. 그 애 건드렸잖아."

그때 규원은 혜리에게 따끔하게 말했었다. 자신은 직원을 건드릴 사람이 아니라고, 쓸데없는 생각 하는 데 시간 낭비하지 말라고. 그 정도만으로 충분히 그녀가 오해를 풀 수 있을 거라고 생각했다. 그러나 혜리는 그동안 화를 감춰왔을 뿐이었다.

"사연이 있었어."

후우, 길게 한숨을 쉰 규원이 침대에 걸터앉았다.

"그날, 이진심이 긴히 할 말이 있다고 했어. 불안해하는 표정이었고."

그제야 규원은 그간 혼자만 알고 있던 사건의 내막을 들려주었다.

"사실은 그런 구조요청이 귀찮았어. 당신한테 얘기해도 되는 걸 왜 내게 얘기하는 건지 이해가 되질 않았어. 이진심이 나를 엮어서 계략을 꾸미는 건 아닐까 하는 생각도 했어. ……죽어버릴 줄은 몰랐지. 그래서 무시했지."

무표정이었으나 그의 눈빛에는 한탄의 기색이 엿보였다. 15년을 함께한 혜리만이 확인할 수 있는 눈빛이었다. 혜리는 그가 진실을 말한다는 걸 확신할 수 있었다. 말은 계속 이어졌다.

"그런데 하나 걸리는 게 있어. 이진심은, 집 안에 무서운 사람이 있다고 했었어. 이진심이 죽은 뒤에야 그 말을 했었던 게 뒤늦게 생각났어."

규원의 말에 혜리는 두 손으로 입을 가렸다.

"의문투성이의 유언이지만 한 가지 걸리는 게 있어. 당신도 설마 싶을 거야."

설마, 혜리의 마음속을 읽은 것처럼 그의 설명이 이어졌다.

"이진심이 죽은 날, 그날이 우승희가 우리 집에 왔던 날이지. 직원 유니폼을 입고서."

혜리는 말없이 고개를 저었다. 그녀가 만난 우승희는 무서운 사람이 아니었다. 사고가 올바르고 인정이 많은 아가씨였다. 규원의 말은 묵묵히 계속 이어졌다.

"당신도 생각했을 거야. 이진심은 무결이 또래에 예쁘장한 아가씨였어. 무결이가 이진심한테 손을 뻗었을 수도 있겠다는 생각을 했어. 직원 유니폼이 취향이라고 했으니까."

혜리의 눈동자가 파르르 떨려왔다.

"그런데 무결이한테서 버림받고, 그걸 알고 난 뒤에 망연자실해서 약을 먹은 건 아닐까. 우승희가 이진심의 화를 돋운 건 아닐까."

혜리의 얼굴이 하얗게 굳은 것을 확인한 규원은 손을 휘 내저었다.

"어디까지나 내 추론이야. 아무튼 사실 나는 이진심을 만나러 가지 않아서 다행이라고 생각해. 죽은 이진심을 처음 발견한 게 나라면 더 곤란한 상황이 생겼을 테니까."

"……근데 그 말은 뭐죠? 집에 무서운 사람이 있다고요?"

혜리가 떨려오는 목소리로 물었다.

"그랬어. 집에 무서운 사람이 있고, 내가 그 얘기를 꼭 들어줘야 한다고 했어."

"그걸 당신은 무결이나 우승희일 거라고 생각하는 거예요?"

"모르지. 물론 다른 직원일 수도 있고, 무빈이일 수도 있지. 명중우

일 수도 있고."

혜리는 다시 고개를 저었다. 승희를 변호하고 싶었다.

"우승희는 아니에요. 우승희는 그런 사람이 아니야. 나는 그 아가씨를 믿어요."

"하지만 사람 속은 몰라. 당신이 우승희에 대해서 다 아는 건 아니잖아."

규원은 옆에 놓아둔 휴대폰을 들어 혜리에게 건넸다. 휴대폰 화면에는 동영상이 포함된 커뮤니티 글이 담겨 있었다.

혜리는 동영상을 클릭했다. 우승희가 소리를 치는 장면이 재생되었다.

"거기에다가 이번에는 이런 글에 이런 동영상까지 올라왔어. 그래서 경계할 수밖에 없는 거야."

혜리는 커뮤니티의 글을 천천히 읽어보며 탄식했다.

"당신도, 아무도 믿지 마."

규원이 혜리를 일깨우듯 말했다.

*

다음날 아침. 승희가 번쩍 눈을 떴다.

"헉."

승희는 급하게 시각을 확인했다. 오전 8시였다. 딱 한 시간만 눈을 붙이려고 했는데 어느새 아침이 된 건가. 남의 집에서 어쩌면 이렇게 편하게 잘 수 있을까 싶었다.

승희는 급히 세수를 하고서 무안한 마음으로 무결의 서재에 들어섰다. 세열은 자리에 없었고 무결은 의자에 기대어 자고 있었다. 자는 얼굴이 사랑스러워서 승희는 문득 뽀뽀해주고 싶은 생각이 들었다. 그래도 꾹 참고서 컴퓨터 쪽으로 시선을 돌렸다. 어제는 보지 못했는데, 마우스 옆에 작은 사진액자가 하나 있었다.

'어?'

승희와 무결이 함께 플룸라이드를 탔을 때의 사진이었다. 플룸라이드의 출구 쪽에서 확인했던 사진. 승희가 환하게 웃고 있는 모습이 담긴 사진이었다. 이게 어떻게 여기 있을까. 그때 그가 사진을 구입하지는 않았는데.

액자를 바라보고 있는 사이에 무결이 잠에서 깨어났다.

"그 사진 좋죠?"

무결이 나른한 목소리로 말을 걸었다.

"아, 일어났어요?"

무결은 대답 대신 승희가 들고 있던 액자를 가져가며 승희의 손을 잡았다. 승희가 물었다.

"그 사진 어떻게 구했어요?"

"다음 날 연락해서 요청했어요. 우승희 씨 환하게 웃는 게 너무 예뻐서."

무결은 대답과 함께 팔을 뻗어 그녀의 허리를 끌어갔다.

"헤어져 있는 동안 이거 덕분에 버틸 수 있었지."

표정은 노곤한데 팔에서 느껴지는 힘은 노곤하지 않았다. 잠자코 단단한 팔에 끌려간 승희도 무결의 목을 끌어안았다.

그런데 이 아름다운 순간에 들이닥친 침입자. 멀리서 눈을 마주친 승희와 세열의 표정이 동시에 굳었다. 승희가 흠칫 떠는 바람에 등을 돌리게 된 무결이 세열을 보고서 눈치 없다는 듯 빈정거렸다.

"너 아직 안 갔어?"

"어. 지금 가려고 했어."

얼굴이 빨개진 승희가 더듬거리며 말했다.

"어, 어딜 가요. 가면 안 되죠. 한무결 씨 빨리 잡아요."

콧방귀를 뀐 무결은 어쩔 수 없이 세열에게 다시 말했다.

"형수님이 가지 말라고 하시네."

세열은 무결의 호칭을 비웃으며 고쳐 불렀다.

"제수씨. 내가 남아 있으면 방해될 텐데요."

"어우, 아니에요, 아니에요."

승희는 불긋해진 얼굴로 손을 내저었다. 자리에서 일어난 무결이 말했다.

"밥이나 먹으러 가자."

세 사람이 간 곳은 무결의 집 근처 24시간 설렁탕집.

음식을 기다리는 동안 무결은 잠시 자리를 비웠다. 희재원에서 연락이 온 모양이었다. 그사이에 승희는 세열에게 인사했다.

"어제오늘 고마워요."

"뭘요."

세열의 오지랖은 고마울 때도 있고 원망스러울 때도 있다. 하지만 이제는 확실히 고마움이 더 크다. 두 사람이 다시 만나게 된 데에 세열이 어느 정도는 공헌했다고 생각한다.

잠시 후 음식이 나왔다. 승희는 흐뭇하게 한 숟갈 들었다. 뜨끈한 설렁탕 국물이 기분 좋았다.

"근대 우 승희 씨, 먹는 법을 모르네."

그런데 이를 빤히 바라보던 세열이 돌연 그녀의 뚝배기에 깍두기 김칫국물을 부었다. 경악한 승희의 입이 벌어졌다.

"왜 내 국에 김칫국물을."

"이렇게 먹으면 더 맛있어요."

세열은 전혀 미안하지 않은 표정으로 대답했다. 승희는 울컥 화가 올라왔다. 개인 음식을 건드리다니. 이런 사람은 한 번도 본 적이 없다.

"나는 설렁탕 본연의 맛이 좋다고요."

"몰라서 그러는 모양인데 이 집은 이게 맛있어요. 일단 먹어봐요."

그녀가 표정을 굳혔는데도 그는 뻔뻔하게 대답하며 음식을 권했다.

"이세열 씨. 그러면 안 되는 거예요. 본인의 취향을 남한테 강요하시면 안 되죠."

"그냥 추천해준 건데. 훈계까지 들을 일인가?"

"당연하지! 먹는 게 얼마나 중요한데."

세열도 숟가락을 내려놓았다. 세열의 눈썹이 반대로 휘었다. 승희는 계속 따졌다.

"추천을 하려면 말로 하라고요. 남의 음식 건드리는 사람 이해가 안 가네요. 노이해."

"노이해? 말씀이 너무 심하시네. 그래도 내가 제수씨보다 한 살이나 많은데."

한 살이나?

"'한 살이나' 많다고 할 순 없지 않나요?"

"한 살 차이가 얼마나 엄청난 건 줄 몰라요? 내가 이십대일 때 그쪽은 십대, 내가 중딩일 때 그쪽은 초딩. 나 열매반일 때 그쪽은 새싹반 나부랭이였다는 얘기예요."

"네에. 그러네요. 그건 반박할 수가 없겠네요. 형님이라 좋으시겠어요, 열매반 어린이."

"기껏 밤새서 도와준 사람한테 계속 이렇게 따져야 해요?"

"아까 고맙다고 했잖아요. 지금 이 상황에서도 해야 해요?"

"와, 내가 진짜 한무결 여친이라 참는다."

"이세열. 뭐 하냐."

두 사람이 눈을 부라리고 있는데 출입문이 열리고 무결이 들어왔다. 두 사람이 서로 언성을 높인 건데 화살은 세열에게만 날아갔다. 무결의 표정은 이미 세열을 단죄하고 있다.

"내가 싸우지 말랬잖아."

말은 그렇지만 눈빛은 '내가 우승희랑 말하지 말랬잖아'였다.

"미안하다고 해. 얼른."

"후. 그래요. 미안합니다."

세열은 서러운 표정으로 한숨을 내쉬었다. 다시는 이 커플 사이에 안 낀다.

세열을 향해서는 세상 싸늘한 표정을 지었던 그는 승희를 향해 포근히 웃었다. 승희는 그런 무결의 태도에 만족스러웠다. 이긴 기분이었다. 그런데, 어어?

"승희 씨도 설렁탕 먹을 줄 아는구나? 이 집은 이렇게 먹으면 유독 맛있어요. 먹어봐요."

승희의 설렁탕 국물 색깔을 알아본 무결이 흐뭇하게 웃으며 제 뚝

매기에 김칫국물을 들이부었다. 한무결은 그러면 안 되는 건데.

승희는 당황스러웠다. 음식 취향에 관해서만은 영혼의 동반자 같았던 한무결이 이래버리니 영혼의 반이 무너진 느낌. 승희의 넋 나간 표정을 인지하지 못한 무결이 만족스럽게 국물을 한 숟갈 떠 입에 넣었다. 희한하게도 무결이 맛있다고 하니까 또 새삼 먹어보고 싶은 마음이 생겼다.

먹어볼까. 지조는 무너졌지만 한번 새로움을 추구해볼까.

미심쩍은 마음으로 숟가락을 들었다. 의외로 먹을 만했다.

무결이 돌아온 후 더 이상 자신을 나무라지 않고 잠자코 숟가락을 드는 승희를 보고 세열은 몰래 미소 지었다. 우승희가 한무결을 길들인 줄 알았는데, 한무결도 우승희를 길들일 수 있구나. 새로운 사실을 알게 되었다.

혜리는 불안한 마음으로 무결을 기다렸다. 아침 일찍 전화를 거니 무결은 저녁때 집에 들르겠다고 했다. 피곤한 목소리였다.

"사모님, 식사 치울까요?"

밥을 몇 술 뜨지 않고 숟가락을 놓고서 가만히 있는 혜리에게 직원이 물었다.

"아…… 그래요."

혜리는 멍하니 대답했다. 그릇을 치우는 직원의 손을 따라 움직이던 혜리의 시선이 직원의 얼굴에 닿았다.

노아정. 그녀는 집안에서 이진심과 가장 가까운 직원이었다. 두 사람이 비슷한 나이 또래였기 때문이다. 혜리는 조심스럽게 아정의 이름을 불렀다.

"아정 씨, 혹시……."

"네?"

그러나 어떻게 물어야 할지 알 수 없었다.

"말씀하세요. 사모님."

아정이 용건을 물었지만 혜리는 이내 고개를 저었다. 무결을 기다리는 게 먼저였다. 최대한 믿을 수 있는 사람에게부터 알아봐야겠다는 생각이 들었다. 무결은 밤 9시쯤 희재원에 왔다. 혜리는 무결의 방에서 얘기를 나누자고 했다.

"무슨 일로 부르셨어요?"

"무결아. 어제 인터넷 게시판에 우승희 씨에 대한 글 올라왔다는 거 알고 있지?"

무결은 대답하지 않았다. 무결이 경계심을 보이는 낌새를 혜리는 바로 알아챌 수 있었다.

"이제 삭제됐고, 더 이상 유포도 되지 않던데, 네가 한 일이지?"

"네. 제가 했어요."

질문을 바꾸니 그제야 무결이 대답했다.

"우승희 씨는 네가 믿고 의지할 만한 사람이니?"

"질문을 하시는 의도를 알고 싶은데요."

무결이 대꾸했다. 제가 사랑하는 사람에 대해 추궁하는 걸 달가워할 사람은 없다. 그것으로 충분히 증명되었다.

혜리는 한편으로 마음이 놓였다. 무결은 무뚝뚝하긴 하지만 그나마 시비를 아는 아들이었다. 무결이 신뢰할 수 있는 사람이라면, 혜리 또한 우승희를 믿을 수 있을 것 같았다.

"희재원에서 죽은 직원 알지? 이진심의 사망에 관한 거야."

혜리는 진짜 용건을 꺼냈다.

"희재원에서 이진심이 죽었던 그날, 우승희 씨가 왜 직원 유니폼을 입고 거기 있었지? 유니폼은 네가 구해다준 거니? 어떻게?"

진상을 모두 알고서 묻는 듯한 혜리의 질문에 무결은 잠시 당황했다. 여기에서 거짓말로 둘러댔다간 승희가 난처해질 수도 있겠다는 생각이 들었다. 다른 가족들은 몰라도 어머니라면. 우리가 어떻게 만났고 어떻게 사랑하게 됐는지 이해해주시지 않을까. 고민하던 무결의 마음이 움직였다.

"사실은요, 어머니."

무결은 모든 걸 사실대로 말하기로 했다.

"그날이 우승희 씨를 처음 만난 날이었어요."

다음날. 혜리는 승희네 회사 근처 카페에서 승희를 기다렸다. 혜리는 승희에게 늦어도 괜찮으니 잠깐만 시간을 내달라고 했다. 승희가 바쁜 것 같아 미안했다. 승희는 조금만 기다려달라고 양해를 구했다. 승희를 기다리는 동안 혜리는 어제 무결이 했던 말들을 떠올려보았다.

무결은 승희를 처음 만난 날부터 지금에 이르기까지의 일들을 혜리에게 모두 털어놓았다. 자신이 승희에게 어떻게 협박을 했었는지, 승희가 그와 결혼하지 않기 위해 어떤 꾀를 생각해냈는지, 그리고 자신이 어떻게 그녀에게 빠져들었는지, 어떻게 헤어졌고 어떻게 다시 만났는지. 그 이야기를 따라가며 혜리는 무결이 어떻게 성장했는지까지 바로 볼 수 있었다. 승희에 대한 약간의 의구심으로 시작한 대화는 탄복으로 끝났다. 그리고 오늘 혜리는 자신이 해야 할 일을 찾아 이곳에 이르게 되었다.

한 시간여를 기다리니 승희가 왔다. 승희는 여기까지 뛰어온 모양이었다. 숨을 헐떡이는 모습이 사랑스러웠다.

"안녕하셨어요."

꾸벅 인사한 승희는 혜리의 맞은편에 앉았다.

"바쁘죠?"

"네. 오늘 유난히 바빴습니다."

"보기 좋네요."

혜리는 승희에게 웃어주었다. 승희는 머쓱한 표정을 짓고는 용건을 물었다.

"무슨 하실 말씀 있으세요?"

"바쁜 것 같으니 바로 용건을 말할게요."

승희가 긴장한 것이 보였다. 이 질문을 하면 더 긴장할 텐데. 이를 어쩌나.

"무결이를 많이 사랑해요?"

예상한 대로 혜리의 질문에 승희의 커다란 눈이 동그래졌다.

혜리의 질문을 통해 승희는 알 수 있었다. 무결과의 연애가 들통났다는 걸. 혜리가 어떤 말을 할지가 예상되어 승희는 가슴이 욱신거렸다.

"죄송합니다, 어머니."

하지만 거짓말을 하고 싶지는 않았다.

"사랑해요."

좋아. 너무 좋아. 이제는 내 마음을 속일 수가 없어. 숨길 수도 없어. 나도 욕심을 내면서 살고 싶다. 좋아하는 걸 좋아한다고 말하고,

하고 싶은 걸 하고 싶다고 말하고. 예쁜 옷 입고, 하고 싶은 걸 마음 껏 하면서. 나를 재단하지 않으며, 억누르지 않으며, 사랑하는 사람을 마음껏 사랑하며 그렇게 살고 싶다. 평범한 사람들 모두 누릴 수 있는 거 아니야? 왜 내겐 그게 힘들까.

죄인처럼 고개를 숙인 승희를 보며 혜리는 온화하게 웃어 보였다. 승희의 대답이 만족스러웠다.

"그게 왜 죄송해."

"하지만 결혼할 생각은 없어요. 그건 믿으셔도 됩니다. 한무결 씨의 결혼이 늦어지게 되는 건 죄송하고요."

승희는 혜리를 안심시키기 위해 말을 덧붙였다. 그런데 여태 온화한 표정이었던 혜리의 얼굴이 돌연 굳었다. 이상한 일이었다.

"그래요?"

왜지? 승희는 알 수 없었다. 혜리의 목소리가 매정해졌다.

"무결이한테도 얘기했어요? 연애는 하지만 결혼은 안 할 거라고."

"아뇨. 아직……."

"무결이가 연애 상대로는 괜찮아도 결혼 상대로는 아니라는 얘긴가?"

혜리의 지적이 매섭게 이어졌다. 마치 '내 아들이 어디가 어때서!'라고 따지는 것 같았다.

"네? 그게 아니라……."

승희도 무안해졌다.

"어머님도 보셨잖아요. 무결 씨 집안, 어머니 집안에서 저를 마다하는 거예요."

"그럼, 마다하지 않게 만들어준다면?"

"네?"

혜리의 대꾸에 승희는 멍해졌다.

"뭐든 해주겠어요. 돈이 필요하면 돈을 해줄 거고, 일을 계속하겠다면, 그래요. 계속해요. 지지할게요."

혜리는 진지했다.

"또 뭐가 필요하죠? 내가 회사에 투자를 할까? 회사 규모가 커지면 더 일을 열심히 해야 할 테니까."

"무슨 말씀을 하시는지 모르겠어요."

당황스러웠다. 혜리가 무슨 얘기를 하는 건지, 뭘 원하는지 도무지 알 수가 없었다. 드라마를 너무 많이 봤나? 대부분 이런 집안의 사모님은 내 자식과 헤어져달라며, 대신 원하는 걸 주겠다고 말하지 않나? 집안에서 마다하지 않게 만들어주겠다고? 필요한 건 뭐든 해주겠다고?

"아이를 낳는 게 부담스러우면 낳지 말고."

"네에에?"

어머니, 왜 그러세요…….

끝내 아이 이야기까지 나오자 승희는 당황스러움을 감출 수가 없었다. 하지만 이에 아랑곳없이 혜리의 말은 계속 이어진다.

"아예 계약서를 써도 좋아요. 원하는 건 뭐든 해줄게요. 대신, 무결이와 결혼해줘요."

혜리는 의자에서 엉덩이를 떼어 승희에게로 몸을 기울였다. 그리고 테이블 아래로 내려가 있는 승희의 한쪽 손을 잡아 테이블 위로 올려놓았다. 혜리는 그 손을 제 두 손으로 꼭 감싸며 말했다.

"나는 우승희 씨가 필요해요."

선생님, 제 아들을 받아주시겠습니까.

아들을 위해 무림의 도사를 찾아온 아버지처럼 엄숙 근엄 진지한 표정이었다.

뜻밖의 요청에 승희의 눈이 더욱 휘둥그레졌다. 승희의 표정을 살핀 혜리가 물었다.

"내가 무서워요?"

네…… 무서워요…….

"아니, 그런 건 아니고……."

마음의 음성을 숨긴 승희는 어떻게 답변해야 할지 알 수 없어 고개를 내렸다. 혜리가 설명을 덧붙였다.

"우승희 씨가 눈치챘던 것처럼 나는 집안에서 내 편이 없었어요. 설 자리도 없었죠. 그런데 우승희 씨가 내 편이 되어줄 것 같은 느낌이라서요."

그 느낌 아니야, 잘못 아셨어요…… 승희는 울상이 되었다.

"어머니, 저는 편 가르기 싫어해요."

"그래요. 그런 점이 좋다는 거지."

승희가 혜리와 뜻이 다른 점에 대해 밝혔는데도 혜리는 온화하게 웃어 보였다. 한 번 말을 내뱉은 이상 후퇴는 없는 면이 무결과 비슷하다.

"우승희 씨를 얻으면 무결이는 자연스럽게 따라오니까 그것도 좋고. 우리 집안은 많은 게 바뀌어야 해요. 바뀌려면 우승희 씨 같은 사람이 필요하죠."

"어머니."

승희가 정중해진 목소리로 혜리를 불렀다. 자신의 신념을 제대로 밝혀야 했다.

"제가 결혼을 하게 된다면, 그건 저를 위해서일 거예요. 결혼할 상대를 위해서도 아닐 거고, 우리 가족이나 상대의 가족을 위해서는 더더욱 아닐 겁니다."

혜리의 표정이 묵묵하게 변했다. 혜리는 조심스럽게 승희의 손을 놓았다.

"그렇죠. 결혼은 본인들이 하는 거죠. 내가 하는 게 아니라."

혜리가 서운한 표정을 지으니 승희는 괜스레 무안했다. 버릇없이 너무 정색해 보였나 하는 생각이 들었다. 송구스러워 더는 대화를 이어가지 못한 채 입을 닫고 있으니 혜리가 먼저 목소리를 냈다.

"무결이가 많이 변했어요. 우승희 씨도 알지 모르겠네. 예전의 무결이는 오만했죠. 반골 기질도 있고."

무결에 대해 이야기하는 그녀의 얼굴은 영락없는 '엄마'였다.

"그랬던 무결이가 우승희 씨를 만나고 많이 달라졌어요. 일을 제대로 하게 된 건 우승희 씨도 알 거고, 이제 나랑도 말을 하게 됐죠. 원래 무결이랑 나는 1년에 몇 마디 안 하는 사이였어요. 무결이가 나를, 제대로 어머니라고 불러요. 그 기분이 어떤 건지 알려나?"

혜리의 얼굴에 곱게 미소가 피었다. 옅은 웃음이었지만 그 표정에는 15년간의 고독과 외로움이 스며 있었다. 이번에는 승희 쪽에서 혜리의 손을 잡아주고 싶어졌다. 물론, 그 마음이 혜리의 손에 닿지는 않았다. 혜리가 먼저 테이블 아래로 손을 내렸다.

"알았어요. 더 이상 내 마음을 강요하지는 않을게요. 오늘 나오게 해서 미안해요. 내가 지지하는 마음을 알게 됐으니 결혼에 대해서 긍정적으로 생각해볼 수 있겠죠. 일단은 그거면 돼요."

혜리는 여지를 남기는 말로 자리를 정리했다. 승희와 인사를 나눈 후, 혜리는 승희가 회사로 뛰어가는 모습을 오래 지켜보았다.

마음에 들어. 너무 마음에 들어. 무결이가 왜 그렇게 빠졌는지 알 겠다.

사실, 결혼 안 할 거면 헤어지라는 말로 협박을 할까 싶은 생각이 들 만큼 탐이 났다.

"이제 좀 사는 것 같네."

무언가에 열의를 표현해본 것이 참 오랜만이었다. 혜리는 그 에너 지가 스스로도 기분 좋았다.

12.
집착

　회사를 향해 총총 뛰어가며, 승희는 가슴이 계속 두근거렸다. 혜리가 자신을 그렇게 마음에 담아두었을 줄은 몰랐다.

　혜리에게 정을 느낀 것은 사실 엄마 때문이었다. 아프다가 돌아가신 엄마 생각이 나서, 재혼을 한 엄마 생각이 나서 혜리에게 마음이 갔을 뿐이었다. 그 연민과 인정이 이런 인연으로 이어질 줄은 몰랐다.

　어쨌든 기분이 나쁘지는 않았다. 아니, 좋았다. 무결을 제외하고 금왕 한씨 집안사람들 모두와 척을 질 수밖에 없을 거라고 생각했는데, 지원군이 생긴 느낌이라 마음이 든든했다.

　"무슨 좋은 일 있어요?"

　"악!"

　기분 좋게 엘리베이터 쪽으로 가려는데, 누군가가 뒤에서 몰래 다가와 귀에 대고 말을 걸었다. 승희가 깜짝 놀라 뒤돌아보았다. 무결이었다. 금방 그의 어머니를 만나고 왔는데. 어머니께 뜻밖의 청혼을 받았던 터라 무결을 마주하고서도 심장이 쿵쿵 뛰었다.

"왜 여기 있어요?"

"근처에서 볼일이 있었어요."

무결이 대답했다. 무결의 옆에서 세열이 콧방귀를 뀌었다. 일부러 이쪽으로 오는 일정을 잡아놓고 그녀의 스케줄을 확인한 후, 20여 분을 기다린 끝에야 마주쳐놓고서 하늘이 정해준 인연인 양, 반가워하는 그 얼굴이 가식적으로 보였던 것이다. 어쨌든 세열도 손을 흔들어 보였다.

"우승희 씨, 나도 있어요."

"안녕하세요."

승희가 밝게 인사하니 무결이 괜히 세열에게 눈을 흘겼다.

"이 부사장, 가서 차 좀 끌고 와."

"후우, 그러죠. 대표님."

세열을 떠나보낸 후, 무결은 은근하게 손을 내려 승희의 손을 잡아 허리 뒤로 감추고는 건물 밖으로 이끌었다.

"프리지어 님."

그 손길이 당연히 기분 좋을 수밖에 없었지만, 승희는 원칙주의자답게 그를 훈계했다.

"지금은 우리 둘 다 근무시간입니다. 사적인 행동은 주의하죠."

"저녁때 미팅 있어서 못 볼 수도 있다고요."

무결이 서운한 표정으로 손을 놓으며 핑계를 붙였다. 그 서운함이 오래가지 않도록 승희는 다른 화제를 꺼냈다.

"금방요. 어머님 뵈었어요. 여기로 찾아오셨어요."

무결도 놀란 표정이었다. 혜리가 미리 언질도 주지 않았던 모양이다. 어머니께서 무슨 말씀을 하셨는지 알면 더 놀랄 텐데.

"어머니께 말씀드렸어요. 우리 다시 만나게 됐다고."

무결이 어제의 일을 고백한 뒤에 물었다.

"무슨 얘기 나눴어요?"

"그냥……."

승희는 대답할 말을 찾아 슬쩍 눈을 굴렸다. 사실대로 말하면, 자신이 혜리의 청혼에 어떻게 반응했는지 그 얘기까지 해야 한다. 결혼을 하는 것에 대해 망설이고 있다는 얘기를 무결에게 하고 싶지 않았다. 왠지 그가 실망할 것 같아서 아예 얘기를 꺼내고 싶지가 않았다.

"우리 어머니 어렵죠?"

그녀가 대답을 하지 못하니 그가 대화를 추측하여 먼저 물었다. 무언가 어려운 대화를 나눴다고 짐작한 모양이었다.

"경계를 풀어도 돼요. 편하게 대해도 돼요. 어머니뿐만 아니라 누구한테든."

그가 제 짐작대로 그녀를 위로했다.

"스스로를 구속하거나 검열할 필요 없어요. 마음 내키는 대로 해도 돼요. 웃고 싶으면 웃고, 울고 싶으면 울고, 화내고 싶으면 화내고."

오해가 조금 있는 것 같긴 했지만 오해를 풀어달라고 말할 수도 없는 상황이고, 또 무결의 말들이 고맙기도 해서 승희는 웃어 보였다.

"고마워요."

"고마우면, 회사에 놀러 가도 되죠?"

"아…… 아직 직원들한테 얘기를 못 했어요."

"왜? 얼른 얘기해요."

"네. 이제 올라가서 얘기해야죠. 회사에 놀러 오는 건 나중에 해요. 초대할게요."

승희가 대화를 넘겼을 때, 건물 앞에 차가 섰다. 세열이 창문을 열고 무결을 불렀다.

"대표님."

"갈게요. 나중에 봐요."

무결은 짧은 만남에 아쉬운 얼굴로 인사했다. 승희도 손을 흔들었다.

무결이 차에 오른 후. 건물에서 나온 한 남자가 승희에게 다가가 무어라 말을 거는 것이 보였다. 승희 또래의 곱상하게 생긴 남자였다. 두 사람은 서로 정답게 얘기를 나누었다. 승희가 무어라 얘기를 하니 남자가 하하 웃는 것이 보였다. 차 안에서 승희를 주시하고 있던 무결의 미간이 굳었다.

"쟤는 누구지?"

"회사 직원 아니야?"

세열이 흘깃 확인하고는 대답했다. 무결은 마음에 들지 않았다.

"직원이랑 너무 친하네."

"대표가 직원이랑 친해야지."

"난 별로 안 친해."

"네가 이상한 거지!"

세열이 기가 막히다는 듯 소리쳤다. 무결은 승희와 남자의 모습을 오래 바라보았다. 그녀에게 바로 전에 말했는데, 사람들에게 경계를 풀고 편하게 대해도 된다고. 그런데 막상 그녀가 다른 사람을 편하게 대하는 모습을 확인하니 왠지 마뜩잖았다.

회사로 돌아온 승희는 직원들과 회의를 했다. 아침 일찍부터 바빴으므로 이제야 주간업무 회의를 하게 된 것이다. 회의가 끝난 후, 승희는 혜순과 철순과 앙드레만 회의실에 남겼다.

"사랑하는 트윙클에셋 창립 멤버 여러분."

승희가 띄우는 운에 세 명이 같은 표정으로 따졌다.

"진짜예요? 확실해요?"

"무슨 일을 시키시려고 그러시나요."

"사랑이 뭔데. 대체 사랑이 뭔데."

혜순, 철순, 앙드레가 차례로 대꾸했다. 승희는 피식 웃으며 고개를 저었다.

"그냥 개인적인 얘기야."

연애를 시작한다는 얘기를 하려니 새삼 쑥스러웠다. 오래전 무결을 소개할 때와는 느낌이 다르다. 진짜 연애.

"내가 연애를 시작했는데. 다들 아는 사람이야."

"재훈이 형?"

철순이 먼저 물었다. 승희가 손을 크게 저었다.

"어우, 큰일 날 소리."

"그럼 누구예요?"

혜순이 얼굴을 잔뜩 구기며 물었다.

"설마…… 그 자식?"

철순과 앙드레가 동시에 입을 크게 벌렸다.

"한무결 형님이요?"

혜순은 일찍이 낌새가 있었다는 듯 고개를 크게 끄덕였다.

"그래서 언니가 토요일에 그랬던 거였구먼!"

"왜. 토요일에 무슨 일 있었어?"

철순의 물음에 혜순이 대답했다.

"언니가 그 자식, 아니, 한무결 씨 욕하지 말라고 소리를 고래고래 고래 지르더라니까?"

"아니 내가 언제 소리를 질렀다고!"

승희가 발끈하니 혜순이 한쪽 입술을 씨익 올렸다. 승희는 흠, 목을 가다듬고는 이야기를 이어갔다.

"그리고 또 한 가지 고백할 게 있는데."

아직 고백이 더 남았다는 말에 세 명의 미간이 다시 좁아졌다.

"프리지어가 한무결 씨야."

세 사람의 입이 좀 전보다 더 크게 벌어졌다. 그들은 허. 대애박. 말도 안 돼! 하며 감탄사를 연발했다. 그들이 진정되는 데에는 시간이 필요했다.

"대표님, 저 갑자기 생각나는 게 있는데요."

한참 후 철순이 손을 들고 제안했다.

"우리 서천 갔다 온 거 뒤풀이 못 했어요. 어르신들한테 받은 돈 제가 보관하고 있긴 한데, 그걸로 뒤풀이해요. 무결 형님이랑 이세열 형님이랑 재훈 형님까지 불러서."

왠지 이들을 다시 불러 모으면 무언가 일이 벌어질 것만 같은 불길한 예감이 스쳤지만 승희는 고개를 끄덕였다.

"응. 그래. 얘기해볼게."

저녁 무렵. 이번엔 승희의 회사 앞으로 소연이 찾아왔다. 혜리와 무결 이번엔 소연까지. 벗어나려야 벗어날 수가 없는 금왕 한씨 집안의 마수에 빠진 것 같은 기분이 들었다.

"승희야, 집에 가는 길에 들렀어."

소연이 심상하게 얘기했지만 소연의 표정은 그다지 좋다고 할 수 없었다.

"금요일엔 분위기 어땠어?"

승희는 금요일의 청첩장 모임에 대해 먼저 물었다. 이전에 전화로는 소연이 피곤한 것 같아 제대로 얘기를 나누지 못했었다. 소연이 대답했다.

"그냥 그랬어. 재미도 없었고. 다들 일찍 헤어졌어."

"좋은 자리에 분위기를 망쳐서 미안하네."

"아니야, 너 때문이 아니야. 모임 자체가 별로였어. 나영화가 우리 쓸모없는 남자 동기 중 하나랑 결혼하게 될 줄 누가 알았어."

승희는 겉웃음을 지었다. 청첩장을 주었으니 결혼 축하는 해주어야 하는데 결혼식에 직접 갈 수는 없을 것 같았다. 소연을 통해 축의금만 보내야겠다고 생각했다. 딴생각을 하고 있는 승희에게 소연이 조심스럽게 말을 걸었다.

"승희야, 나 사실 고백할 거 있는데."

무척 긴한 얘기인지 소연의 표정이 돌연 진지해졌다.

"이거 절대 도련님이나 도련님 가족들한테 말하면 안 돼. 알았지?"

"대체 무슨 얘기길래."

"나 사실 1학년 때 쓸모없는 남자 동기 하나랑 사귀었었어."

"백태민?"

"아니! 그건 아니고."

소연이 펄쩍 뛰었다. 승희는 멀뚱하니 바라보았다.

"흑역사니까 그놈이 누군지는 궁금해하지 말아줘."

소연은 그게 중요한 게 아니라는 듯 손을 휘 젓고는 다시 말문을 열었다.

"아무튼 그때 그놈이 얘기한 게 있었거든. 천상현 죽기 전 얘기야."

천상현이라는 이름이 나오자 승희의 어깨가 바짝 긴장했다. 이제는 자신의 또 다른 이름인 양 심장에 각인되어 있다.

"명중우가 천상현이랑 우승희를 엮어주려고 한다? 이랬었어."

그리고 또다시 명중우. 승희는 온몸이 오싹해졌다. 떨려오는 목소리를 숨기고서 물었다.

"명중우가 천상현이랑 나를 엮으려고 했다고?"

"응. 분명히 내가 들었어. 너한테 고백해보라고 수시로 말했었나봐."

소연이 대답했다.

"이유는 모르고?"

"기억나는 건 그것뿐이야."

대체 뭘까. 명중우의 의아한 집착에, 의문점 하나가 더해졌다.

'내가 자기를 거절했으니까, 남들도 거절당하는 꼴을 보고 싶었던 건가?'

너무 유치한 마음이라 추측하기도 언짢았다. 승희는 최대한 덤덤하게 소연에게 물었다.

"약을 먹은 천상현을 제일 처음 발견한 사람이 천상현 어머니라고 그랬지?"

"응. 반찬이 필요하다고 해서 갔는데 약을 먹고 죽어 있었댔어. 노트북에 유서가 쓰여 있었고."

그 일에 대해서는 승희도 알고 있었다. 천상현은 침대에 누워 잠이 든 듯이 발견되었다. 켜져 있는 노트북에는 죽은 자신을 늦게 발견하면 더 큰 폐를 끼치게 될 것 같아서 엄마를 부르게 되었다는 말과 함께, 좋아하던 여자에게 고백을 했는데 거절당하여 더 이상 살고 싶지 않다는 말이 있었다고 한다.

"소연아, 알려줘서 고마워."

"아니야, 우리 사이에 무슨."

소연은 승희를 걱정하는 표정으로 쓰게 웃어 보였다. 그리고 다시 열변을 토했다.

"그냥 명중우의 행동이 너무 기분 나빠서 꼭 얘기해주고 싶었어. 사실은 금요일 그 자리에서도 쏘아붙이고 싶었지. 네가 승희랑 천상현을 엮으려고 해놓고 왜 지금까지 승희를 괴롭히지 못해서 안달이냐! 하고."

그러게. 왜 날 괴롭히지 못해서 안달일까. 승희도 그 부분이 참 씁쓸했다. 소연이 승희를 위로했다.

"나는 네가 더 이상 억울해지지 말았으면 좋겠어."

"고마워. 소연아."

승희가 인사했다.

그날 밤, 승희는 재훈과 급하게 만나게 되었다. 승희가 연락을 하니 재훈이 퇴근하는 길에 회사 앞으로 찾아왔다. 승희는 회사에서 쓴 메모를 재훈에게 보여주었다. 대학교 남자 동기들 몇 명의 이름을 써둔 것이었다.

"재훈아. 이 애들이랑 천상현이랑 친했지?"

"응. 아마 그랬을걸?"

"다들 명중우 친구들이네."

"그렇지."

재훈은 왜 승희가 이런 것을 묻는지 알 수 없다는 듯 의아한 표정을 지었다. 승희는 재훈에게 이어 물었다.

"넌 어때? 애들이랑 친해?"

"그냥 원만한 정도야."

"……재훈아, 부탁 좀 해도 될까?"

뜻밖의 부탁을 하게 되어 미안했지만 이 일을 청할 사람이 재훈밖에 없었다. 재훈은 승희의 유일한 남자 동기 친구였다.

"천상현이 죽기 전에 무슨 일들이 있었는지 알아봐줄 수 있어? 이 애들한테 물어봐줄 수 있을까?"

"알았어. 물어볼게."

재훈은 흔쾌히 고개를 끄덕였다.

"고마워."

"아니야. 나도 너한테 잘못한 게 많으니까. 이 기회에 갚아야지."

재훈은 대답과 함께 한숨을 내쉬었다. 잘못한 게 많다는 것이 무슨 뜻인지 승희는 짐작할 수 있었다. 얼마 전 재훈의 고백을 떠올리던 승희가 무결과 다시 만난다는 이야기를 하기 위해 입술을 떼었다.

"그리고 나……."

"어. 철순이한테 들었어. 말하지 마."

하지만 재훈은 말할 필요 없다는 듯이, 혹은 듣고 싶지 않다는 듯이 고개를 저었다.

"그렇게 될 거라고 생각하긴 했어. 축하해."

재훈의 목소리가 조금은 가볍게 들렸다. 모두 체념했다는 투였다.

승희의 회사 건물이 정면으로 보이는 도로 맞은편. 저녁 미팅을 위해 차를 타고 이동 중이던 무결의 눈이 승희를 발견하고는 반짝 빛났다. 그런데 승희의 옆에 누군가 있다. 눈을 찡그리고 자세히 보니 김재훈.

'뭐야, 둘이 왜 만나?'

재훈을 향해 불꽃 눈빛을 발사한 무결이 세열에게 말했다.

"차 세워줘. 저녁 미팅은 너 혼자 가라."

"뭐어? 야!"

세열이 노발대발하든 말든, 무결은 차에서 내려버렸다.

승희는 재훈에게 다른 화제를 꺼냈다.

"그리고 또 하나 물어볼 게 있어. 자선파티에서 내가 휴대폰을 놓고 갔었잖아. 그걸 네가 보관하고 있었고."

자선파티 때를 얘기하니 재훈의 표정이 조금 더 무거워진 것이 바로 보였다.

자선파티 날. 재훈이 승희에게 마음을 고백했고, 얼토당토않은 협박을 했다가 두들겨 맞은 날이다.

"응. 그랬지."

"네가 전해 받은 다음에 누군가 또 내 휴대폰을 건들지는 않았어?"

승희는 재훈의 반응에 무안했지만 마저 질문했다. 그날 휴대폰으로 명중우의 대화를 녹취했는데 그 기록이 흔적도 없이 사라졌다. 누군가가 손을 쓴 것이라는 짐작이 들었다.

"너한테 전화 올 것 같았는데 배터리가 얼마 없어서 10분 정도 충전을 부탁했었어. 파티 스태프한테."

아, 그럼 그때 휴대폰을 잠깐 빼돌린 건가? 그래서 녹음기록을 삭제했을까?

그럼 말이 될 것 같다. 잠금 상태를 푸는 것은 어려운 일이 아니다.

"파티 스태프 얼굴은 기억 안 나고?"

"응. 잘 안 나. 그냥 우리 또래의 여자였는데."

승희가 생각에 잠긴 듯 천천히 고개를 끄덕였다.

"왜? 뭐가 잘못됐어?"

"승희 씨."

급작스럽게 다가온 큰 목소리가 재훈의 질문을 덮었다. 무결이었다. 그의 홍길동 같은 등장에 승희는 또 놀랐다.

"여기 왜 있어요?"

"일이 일찍 끝나서."

무결이 능청스럽게 답했다.

"안녕하세요. 오랜만입니다."

옆에 서 있던 재훈의 인사에 무결이 경계심을 잔뜩 드러냈다.

"글쎄요. 난 자주 보는 것 같은데."

무결은 팔을 들어 올려 승희의 등을 감쌌다. 누구 보란 듯이.

"승희 씨랑 더 할 얘기 있습니까?"

"승희야, 더 할 얘기 있어?"

재훈이 무결을 도발하듯 승희에게 물었다. 작은 것에도 쉽게 도발당하는 무결이 재훈을 향해 눈을 부라렸다. 무안해진 승희가 재훈에게 말했다.

"아니, 없어. 고마워, 재훈아."

고마워? 재훈아?

"뭘. 이런 거 가지고."

이런 거?

무결의 눈이 이글이글한 것에도 아랑곳없이 두 사람은 차분히 이야기를 나누고 인사했다.

"그럼 나중에 회식 때 보자. 연락해."

회식? 연락해?

재훈의 인사에 무결이 승희를 빤히 바라보았다. 승희가 설명했다.

"서천에서 어르신들께 받은 돈 있잖아요. 그걸로 뒤풀이하자고 얘기가 나왔거든요. 서천 멤버들끼리 회식 한번 하려고요. 괜찮아요?"

안 괜찮아도 괜찮다고 해야 하는 상황이 분했다. 무결이 뚱해 있는 사이에 피식 웃은 재훈이 인사했다.

"다음에 뵙겠습니다."

재훈이 떠난 후, 지금의 상황이 의아한 승희가 물었다.

"아까 저녁때 미팅 있다고 그러지 않았어요?"

"세열이가 가기로 했어요."

어쩐지 미심쩍다. 승희가 눈을 찡그리고 바라보았다. 무결은 딴 얘기를 짚어냈다.

"다 괜찮은데 김재훈은 안 만났으면 좋겠네. 투자 때문에 그러는 거라면 내가 다른 업체 소개시켜줄게요. 만나지 마."

그의 목소리에 서릿발이 서 있었다. 무결이 이토록 매섭게 말을 할 줄은 몰랐다. 승희는 어쩔 수 없이 재훈을 대변하게 되었다.

"재훈이한테도 한무결 씨 다시 만난다고 얘기했어요. 재훈이가 축하한다고 그랬고요."

"그 축하가 진심일 거라고 생각해요? 저놈은 속이 까만 놈이라고요."

"그래도 지금은 어쩔 수 없어요."

"왜 어쩔 수 없는데."

그가 따져오자 승희는 서운해졌다.

"바로 오늘 한무결 씨가 얘기했던 거잖아요. 사람들한테 경계를 풀고 편하게 대해도 된다고."

"김재훈을 얘기한 건 아니었어요. 김재훈한테는 경계심이 있어야지."

"한무결 씨."

승희가 타이르듯 엄한 목소리로 무결을 불렀다.

"나를 구속하면 맘이 편해질 것 같아요?"

정곡을 찔렸다. 그녀를 구속해야 마음이 편해질 것 같다. 하지만 무결은 그녀의 질문에 바로 속마음을 드러내지는 못했다. 승희가 말을 이었다.

"그럼 나중에 내가 만약에 한무결 씨랑 결혼하게 된다면, 내 일은 간섭을 받겠네요?"

결혼? 결혼이라고?

뜻밖의 화제에 무결의 심장이 벌렁거렸다. 무결은 홀린 듯이 곧장 제 언사를 수습했다.

"아뇨. 절대 안 그래요."

승희가 다시 따졌다.

"지금은 절대 간섭 안 할 거라고 꼬시고, 결혼하고 나서 돌변할 수도 있겠다 싶은데요."

결혼하고 나서?

그녀의 유인에 꾀인 무결이 말 잘 듣는 아이처럼 대답했다.

"안 그럴게요."

승희는 그의 대답이 마땅치 않다는 듯 빤히 바라보고만 있었다. 더 조급해진 무결이 승희에게 물었다.

"정말 안 그럴게요. 혼전계약서라도 쓸까요?"

그제야 승희는 빙긋 웃어 보였다.

"날 구속하는 것보다는, 결혼하는 게 그래도 좋은가봐요?"

그걸 말이라고 하는가. 결혼. 생각만 해도 두근거리는 단어. 우는 아이도 울음을 그친다는 곶감 같은 말이다. 무결은 당장 청혼을 하고 싶어졌는데.

"결혼하고 싶다면, 날 구속하려고 하지는 마요."

그녀는 생긋, 잡힐 듯 말 듯 미소 지으며 조곤조곤 말을 이어갔다. 그의 팔을 느릿하게 쓸며. 무심코 한 행동이었지만 당하는 사람에게는 지독한 자극이다.

"날 사로잡으려고 하지 말고 내 마음을 사로잡으려고 해봐요. 내 마음을 얻으면 나도 얻게 되는 거니까."

가까이에서 고개를 바짝 들고 전해오는 말들은 전부 유혹의 언어였다. 호수의 중심처럼 고요하게 반들거리는 눈이 하염없이 그 얼굴을 주시하게 했다.

"내 마음을 얻으려면 날 바꾸려고 하지 말고 당신을 바꿔야 하는 거예요. 한무결 씨가 더 멋있는 사람이 되면 돼요."

그저 말을 할 뿐인데 무결은 그녀에게로 빨려들어가는 것 같았다. 그녀를 위해 멋있는 사람이 되고 싶은 마음. 더 열심히 살아야겠단 생각으로 맥박이 세차게 뛰었다.

"그럼 나는 자연스럽게 한무결 씨만 졸졸 쫓아다니겠죠."

그는 대답할 말을 잃었다.

그의 짙어진 눈빛이 자신을 괴롭혔지만 승희는 침착하게 또박또박 그를 타일렀다. 한 번은 짚고 넘어갈 일이다. 물론 나는 지금도 당신만 향해 있지만. 당신의 집착을 지금 정리해주지 않으면 끌려다니게 될 것 같다. 우리가, 서로를 발전시키는 유익한 관계이길 바란다.

"그리고, 나 만난 뒤로 게을러졌죠?"

그녀의 타이름에 멍해져 있던 무결이 이 지적에는 눈길을 피했다.

"일은 제대로 하고 있어요? 오늘 저녁때 미팅 있다고 했잖아요. 왜 여기 있어요?"

"그 일은 세열이가……"

"빨리 일하러 가요."

승희가 따끔하게 말했다.

"한무결 씨가 게을러지면 서른 명의 직원들이 힘들어져요."

"그래도…… 저녁이 있는 삶……."

"저녁은 다 있어요. 안 없어져요."

승희는 다가오는 택시를 향해 손을 뻗었다. 택시가 두 사람의 앞에 섰다.

"얼른 가요. 얼른."

승희는 헤어지고 싶지 않아 하는 무결을 택시 안으로 밀어넣었다.

"우리는 열심히 일하고 글피에 보는 거예요. 알았죠?"

"그건 혼전계약서 때보다 더 박하잖아."

무결이 억울한 듯 말했다.

"그래도 어쩔 수 없어요. 우리 둘 다 기업을 책임지는 몸이잖아요."

승희는 씩씩하게 택시 문을 닫았다. 떠나는 택시를 바라보며, 승희는 기분 좋게 미소 지었다. 그에게 내색하지 않았지만, 그래도 이렇게 자주 보니 기분이 좋았다.

*

오랜만에 자신의 사무실에 방문해준 혼약자를 두고 중우는 전전긍긍하고 있었다.

천상미가 발령이 날 줄은 몰랐다. 왠지 꺼림칙했다.

토요일에 천상미가 올렸던 글은 얼마 안 돼 사라졌다. 파생 루머를 만들어보려고 했지만 데이터들은 금세 사라졌다. 무결이 삭제 작업을 하고 있다는 걸 눈치챌 수 있었다. 인터넷 게시판의 글이 내려간 후 중우는 천상미에게 바로 연락했다. 협박을 당한 거냐고 물어보니 천상미는 아니라고 했다. 그런데 낌새가 이상했다. 이전의 반응과는 확실히 뭔가 달랐다. 자신에게 벽을 세우는 게 느껴졌다.

그 답답한 와중에 오늘은 대뜸 발령이라니. 발령은 상미의 본가 가까운 분사였다. 상미에게는 좋은 일이었다. 천상미와 같은 본부에 있었던 중우만 속이 답답했다. 의자에 앉아 차를 마시는 무빈에게 중우가 넌지시 말을 걸었다.

"우승희랑 처남이 다시 만나기로 한 것 같더라."

"자기는 어떻게 알았는데?"

"소식통이 있어."

"우승희가 못마땅한 거야, 한무결이 못마땅한 거야?"

"그게 무슨 소리야."

중우의 입가에 미약한 경련이 일었다. 무빈이 냉랭한 목소리로 대꾸했다.

"자기가 우승희한테 집착하는 게 하도 우스워서 하는 얘기야."

"집착이라니. 말이 되는 소리를 해."

"나도 그 동영상 봤어."

동영상이 올라온 토요일에는 아무 말도 않던 무빈이, 게시글이 사라진 후에 그 얘기를 꺼냈다. 그래도 무빈이 게시글과 동영상을 봤다면 어느 정도 성과를 이룬 셈이다. 무빈에게 우승희와 자신이 천상현에 의해 앙숙이 되었다는 사실을 확실히 각인시켜주고 싶었으니 말이다.

"내가 자기와 우승희의 사이를 의심하는 것 같아서 일부러 그런 짓을 꾸몄다면 그건 악수야. 그 동영상을 보고, 더 기분이 나빠졌거든."

그런데 무빈의 반응은 중우의 생각과는 달랐다.

"우승희는 여전히 싫어. 하지만 그렇다고 그 동영상에 내 동생 이름이 나오는 걸 묵인할 수는 없지. 무슨 생각으로 내 동생 이름이 나오는 동영상을 그 여자한테 제보한 거지?"

무빈의 지적에 중우는 속이 끓었다. 내가 우승희한테 뺨을 맞았는데, 당신은 내게 괜찮으냐는 말도 안 하는군.

"그 애가 동영상을 편집도 안 하고 쓸 줄은 몰랐어. 어쨌든 글은 다 지운 것 같던데, 그러면 된 거 아니야?"

쓸쓸한 마음에 싸늘한 목소리가 나왔다. 무빈은 건조하게 코웃음을 치고는 서류봉투를 내밀었다.

"혼전계약서야. 이거 갖다주려고 왔어."

바로 봉투를 열어 내용을 확인한 중우의 이맛살이 딱딱하게 우그러졌다.

"재산에 대한 것뿐이네?"

"재산이 제일 중요하니까."

중우는 착잡한 마음을 누르고서 문서를 책상 위로 던졌다.

"이거만 해결되면 우리는 바로 결혼하는 건가?"

"그렇게 되겠지."

"그래. 너무 오래 시간 끌지 말고 결혼하자. 살펴보고 보낼게."

억지로 지은 미소는 유지하기가 힘들었다.

*

시간이 흘러흘러 이틀이 지났다. 서천 일손 돕기 멤버들이 회식을 갖는 날이다.

무결은 승희를 만나지 않은 이틀 동안 성실한 기업인으로 살았다. 승희가 결혼 얘기를 꺼낸 것이 강한 자극이 되었다. 그동안 미뤄왔던 일들을 모두 말끔히 해치운 무결은 세열과 함께 회식 장소로 향했다. 회식 장소로 가는 동안 무결은 승희와 통화를 나눴다.

"오랜만에 보네요."

[그러게요.]

승희의 목소리를 들으니 무결은 마음이 붕 떴다.

"너무 우습지 않아요?"

[뭐가요?]

"우승희한테 어울리는 남자가 되려고, 더 멋있어지려고 일을 하는데 일을 하느라 정작 우승희를 못 만나요."

옆에 앉아 무결의 목소리를 잠자코 듣고 있던 세열이 거친 한숨을 토해냈다.

"내 인생에 우승희가 없으면 내가 더 멋있어지는 게 무슨 의미가 있지?"

세열은 더 이상은 참을 수 없다는 듯 손을 오그리고는 의자 등받이를 벅벅 긁었다. 회식이고 뭐고 빨리 집에 가고 싶은 마음이 샘솟았다.

"기사님, 신호 안 걸리는 길로 가주세요."

그래봤자 3분여 차이일 텐데, 3분도 기다릴 수 없다는 듯 기사를 재촉하는 무결이 어처구니없었다.

회식 장소는 승희네 회사 근처의 고깃집이었다. 무결과 세열이 식당 안으로 들어서자 트윙클에셋 직원들이 환호했다.

"형님!"

"형님들, 보고 싶었어요."

"어서 오세요."

앙드레와 철순과 혜순이 각각 한마디씩 하며 박수를 쳤다.

"다들 잘 지냈어?"

적절한 환대가 기분 좋아 웃음을 지었던 무결의 표정이 금세 굳었다. 승희의 맞은편 자리에 앉아 심각한 대화를 나누고 있는 재훈을 보니 꽃밭이었던 마음에 서리가 내리는 기분이었다. 이가 갈렸다.

"여기 앉아요."

승희는 제 옆자리를 가리켜 무결을 불러 앉히고는 주방 쪽으로 떠났다. 그사이, 재훈이 무결에게 말했다.

"제가 마음에 안 드셔도 이해해주셨으면 합니다."

정중한 말이지만 다분히 뼈가 있었다.

"승희는 저랑은 이렇게 평생 잘 지낼 거예요. 우리는 한무결 님이 생각하는 것보다 끈끈한 친구 사이라."

무결은 픽 웃어 보였다. 재훈의 도발이 참 가소로웠다.

"그래. 그렇게 친구로 지내요. 평생."

잠시 후 물과 물수건을 가져온 승희가 자리로 돌아와 앉았다. 재훈의 앞에서 드라이아이스 냉기를 선보이던 무결의 눈빛이 승희가 돌아옴과 동시에 세상 따사롭게 돌변했다. 무결이 제 오른손으로 승희의 왼손을 잡았다.

"손 좀 잡고 있어야겠다."

꿀에 절인 듯 다디단 목소리에 승희는 픽 웃었다. 그녀를 잡은 손을 슬쩍 옆으로 비튼 무결이 그녀의 손가락 사이사이에 천천히 제 손가락을 끼웠다. 누구 똑바로 보라고. 그녀의 손을 제 것인 양 느릿하고 세심하게 만져대는 그 손길은 단지 손을 잡는 행위에 불과한데도 몹시도 관능적으로 보였다. 재훈이 술잔을 다 비우도록 승희는 무결만 바라보고 웃고 있다.

"오른손 안 필요해요?"

"왼손으로도 젓가락질 잘해요."

무결은 능청스럽게 왼손으로 젓가락질을 해 보였다.

"내가 못하는 게 뭐가 있겠어."

두 사람의 세상에서 맞은편의 재훈은 너무나도 쉽게, 없는 사람이 되었다.

무결과 승희가 손을 잡고 있는 것을 확인한 혜순이 놀렸다.

"두 사람 좀 보래요."

승희가 멋쩍게 웃으며 손을 뺐다.

무결은 맞은편의 재훈이 피식 웃는 것을 확인했다. 웃을 테면 웃어라. 어쨌든 내가 승자야. 너는 패자고.

두 남자의 눈싸움은 간간이 계속 이어지고, 분위기 또한 무르익어 갔다. 트윙클에셋의 창립 멤버들도 따로 회식을 하는 건 오랜만이라 술을 많이 마시게 되었다. 취하면 깡패가 되는 혜순이 무결에게 시비를 걸었다.

"잘생기면 다야?"

따지는 말투이긴 한데 말 자체는 칭찬이라 무결은 같이 따질 수가 없었다. 혜순이 테이블을 탁 치며 말했다.

"뭐가 잘났다고 우리 언니를 버려."

혜순 씨, 내가 버려졌던 거야.

반박을 하자니 옹졸해 보이고 안 하자니 억울하고. 무결은 슬픈 웃음으로 술잔을 비웠다. 승희는 앙드레와 일 얘기를 하느라 무결 쪽은 거들떠보지도 않았다.

"아저씨, 진짜 마음에 안 들어. 우리 언니가 너무 아까워."

"아저씨가 잘할게. 미안."

"어떻게 잘할 건데."

미안하다 굽실거렸는데도 혜순은 마음을 풀어주지 않았다. 이번에도 꼼수를 써야 했다.

"JTS 에세이 사인본 있어?"

"누구 사인?"

"일곱 명 전원."

"친필사인?"

"그래. 아저씨가 그거 줄게. 아끼는 거야."

"그래도 아저씨 이름이 쓰여 있을 거 아니야."

"새로 받아다 줄게."

"JTS랑 친해?"

"그 회사 대표랑."

그제야 혜순의 눈빛에서 독기가 빠졌다.

"언니."

혜순은 소리 높여 승희를 불렀다. 승희가 고개를 돌려 바라보았다.

"이분은 보기 드문 인재예요. 이번엔 절대 놓치지 마."

혜순은 오랜 최애를 장가보내는 1세대 팬과 같은 눈빛으로 무결에게도 당부했다.

"아저씨, 우리 언니한테 잘해야 돼요. 알죠?"

"당연하지."

혜순의 고개를 넘으니 철순이 다가왔다.

"형님, 형님이 프리지어라니요."

컥, 무결은 사레들린 기침 소리를 냈다. 트윙클에셋의 멤버들에게 자신이 프리지어라는 걸 밝힌 건 아무 문제가 없으나 자리에는 세열이 있었다. 무결은 세열에게 아직 이 이야기를 하지 않았다. 세열은 무결이 회사일 이외에 딴짓을 했다는 사실을 모르고 있었다.

"서운해요. 저랑 통화할 때는 그런 말씀 안 하셨잖아요."

철순이 서운해하니 혜순이 철순을 타박했다.

"너랑 우리 대표님이랑 같아?"

"그거야 그렇지만."

"프리지어? 그게 뭐야?"

역시, 세열이 대화에 끼어들었다.

"세열아, 잠깐 얘기 좀 하자."

무결이 급하게 자리에서 일어나 세열의 팔을 붙들었다. 세열은 영문도 모르고 밖으로 끌려나갔다. 무결과 세열이 떠난 후에야 재훈이 승희에게 다시 말을 걸었다.

"네 남친이 하도 무서워서 얘기를 할 수가 없다."

옅게 한숨을 쉰 재훈이 며칠간 알아본 바를 전했다.

"천상현은 아르바이트를 했었어. 논현동 술집에서."

천상현이 세상을 떠나기 직전의 이야기. 승희가 잠잠히 귀를 기울였다.

"그리고 천상현이 죽기 1, 2주 전부터 명중우랑 절친이 됐대. 갑자기 친해졌다고 하더라."

그런데 돌연 명중우 얘기가 나왔다. 승희는 천천히 고개를 끄덕였다.

"그렇지. 천상현은 원래 명중우 무리가 아니었어."

"너도 아는구나?"

"응. 그리고 천상현은 그 무리랑은 좀 안 어울리지."

승희가 대답했다. 명중우와 어울리는 동기들은 껄렁껄렁하고 마초적인 성향이 짙은 반면 천상현은 성품이 순한 편이었다. 천상현과 명중우는 별로 어울리지 않았다.

"두 사람이 친해진 계기가 있었대?"

"그건 모르겠어. 그냥 둘이 어울려 다니더래. 명중우가 천상현한테 잘해줬다고 하더라고. 천상현이 명중우 과제를 대신해주고 돈을 받았다는 말은 있었어. 근데 이건 정확하진 않아."

재훈의 대답에 승희도 8년 전을 회상해보았다. 그 당시의 나는 어땠나. 승희는 두 개의 수업에서 조모임 조장을 하고 있었다. 하나는 천상현도 함께 듣는 교양 수업이었다. 과목명은 '정보와 산업'이었던가. 그때의 천상현은 어땠더라. 수업에서의 천상현은 잘 기억나지 않았다.

아, 너무 오래된 과거다. 천상현이 세상을 떠난 날 애써 퍼올렸던 기억들도 이제는 희미해졌는데.

"재훈아."

승희는 소연에게 들었던 이야기를 전했다.

"그 당시에 명중우가 나랑 천상현을 엮어주려고 했었대. 왜 그랬을까?"

재훈이 불쾌한 듯 인상을 구겼다.

"알아볼게."

"미안해. 이런 부탁을 해서."

"괜찮아."

밖에서 세열과 따로 이야기를 하고 돌아온 무결이 두 사람을 발견했다. 저벅저벅 걸어간 무결이 승희의 옆에 앉았다.

"무슨 얘기 해요?"

"그냥 일 얘기요."

승희가 미소 지으며 대답했다. 별일 아니라는 듯이.

"일 얘기 뭐?"

"그냥 투자자 얘기죠. 투자는 많이 들어오는데 조건을 맞추기는 쉽지 않아서요."

승희가 유연하게 둘러댔지만 무결은 그게 아니라는 걸 알 수 있었다. 재훈이 또다시 피식 웃는 게 보였다. 가만히 있자니 약이 올라 무결은 냉수를 벌컥벌컥 들이켰다.

회식 자리가 길게 이어지지는 않았다. 덩치 큰 앙드레가 취해버렸기 때문이다.

"형님, 우리 회사에 자주 놀러 오세요. 잘해드릴게요."

이번에도 역시 앙드레는 무결의 정수리에 뽀뽀를 선사했다. 처음엔 오싹했지만 이것도 두 번째라고, 경력이 생긴 무결은 많이 너그러워졌다.

"그래. 자주 놀러 갈게."

"형님, 사랑해요오."

"그래그래. 얼른 차 타자."

무결은 다시 덮치려는 앙드레를 잘 제압한 후 택시를 태워 보냈다. 고생스럽게 앙드레를 해결하고 돌아서니 승희와 재훈이 마주 서 있다.

"나중에 또 얘기하자."

무슨 얘기를 또 하려고.

"승희 씨, 우리도 가죠."

무결은 재훈의 목소리를 덧씌우듯 크게 말하며 승희의 어깨를 감쌌다.

난 너 같은 놈들이 싫어. 애매한 놈. 친구의 포지션으로 남자 눈빛을 하는 애매한 놈. 그 눈빛을 지적하자니 유치한 것 같고 그렇다고 그냥 넘어가자니 사람 찜찜하게 만드는 애매한 놈. 진짜 싫어.

날렵하게 바라보니 재훈이 예의를 차리는 듯 꾸벅 인사했다.

"그럼 나중에 뵙겠습니다. 오늘 반가웠습니다."

"네."

무결은 짧게 대답하고는 바로 승희의 어깨를 감싸 돌렸다. 승희가 청량한 목소리로 말했다.

"나 회사에 잠깐 들러야 해요."

"이 밤에?"

일에 대한 그녀의 열정은 가히 상상을 초월한다. 김재훈을 질투할 게 아니었구나. 내가 넘어야 할 산은 언제나 트윙클에셋이구나. 무결이 쓰리게 한숨을 쉬었다. 승희는 예사롭게 말했다.

"못한 일이 하나 생각나서요. 먼저 가요."

"어떻게 혼자 보냅니까."

결국 무결도 승희를 따라 회사로 가게 되었다.

"오래 걸리진 않아요. 메일만 보내면 되거든요. 자료가 다 회사에 있어서요."

승희가 사무실의 불을 켜며 말했다.

무결은 승희가 일하는 것을 묵묵히 바라보았다. 오래전에는 그녀가 일에 열심인 것이 좋았다. 그녀와 결혼하면 편할 것 같아서였다. 자신에게만 올인 하는 사람보다 부담이 덜 할 것 같다는 계산이 있었다. 그랬던 내가, 그녀의 일에 질투를 하게 되다니.

"다 했어요. 가요. 이제."

일을 마친 그녀가 양팔을 번쩍 들며 기쁘게 말했다. 그 모습을 가만히 바라보고 있으니 그녀가 슬그머니 다가오며 눈치를 보았다.

"삐쳤어요?"

"삐친 게 느껴져요?"

사실은 삐치지 않았지만.

"그러니까 먼저 가라고 했잖아요."

"그것 때문에 그러는 게 아니라고."

무결은 억지로 이유를 만들었다.

"김재훈이랑 할 얘기가 그렇게 많아요?"

"일을 같이 하니까요."

"그럼 일할 때 하면 되지 않나? 회식 자리에서도 신경 쓰이게 계속해야 해요?"

빈틈이 없는 사람이라면, 틈을 만들어서 비집고 들어갈 테다. 나를 당신의 안에 새겨넣겠어.

연기를 하니 순진한 그녀가 사과했다.

"미안해요. 내가 잘못했네요."

흥. 콧방귀를 뀌며 고개를 돌리니 쪽, 하며 그녀가 먼저 그의 뺨에 입을 맞춰왔다.

"화 풀죠?"

멈칫 놀란 무결이 그녀를 바라보았다. 이건 또 어디서 배운 유혹의 기술인가. 그의 한쪽 팔을 붙잡고 고개를 바짝 든 그녀의 모습은 깨물어주고 싶을 만큼 사랑스러웠다. 그녀가 이렇게 나오면 만족이 아니라 더한 갈증이 생겨난다.

"이게 뭐야. 고양이 밥 주는 것도 아니고. 간에 기별도 안 가게 말이야."

가늘어진 그의 눈에 야생의 짐승 같은 빛이 고였다. 어쩔 수 없이 승희는 한 번 더 키스해주었다. 입술에, 제대로. 그녀가 먼저 시도한 건 처음이었다. 그가 잠들어 있을 때 뺨에 도둑키스를 한 적은 있었지만 입술은 처음이라 새삼 떨렸다.

"이걸로 화가 풀리겠어요?"

그러나 아직도 그는 '겨우 이거냐'는 표정이었다. 절로 겸손해지게 되었다.

"못해서 미안합니다."

"괜찮아요. 재능 있는 사람이 가르쳐주면 되죠. 남들은 우승희 씨가 뭐든 잘하는 줄 아는 게 참 억울하네요."

"그러게요. 그렇다고 남들한테 이걸 해줄 수도 없는 거고."

"어우. 큰일 날 소릴."

그의 기분이 괜찮은 것 같아 승희가 조심스럽게 물었다.

"화 풀린 거죠?"

"한 시간만 하면 화가 풀릴 것 같네요."

지금까지의 노력은 그에게는 예고편에 지나지 않았던 것. 본편을 향한 그의 야욕이 반짝 빛났다.

"이보세요, 지금 11시라고요."

"그러니까. 12시엔 보내주겠다고."

"그걸 한 시간이나 할 수 있어요?"

"열 시간도 할 수 있는 거예요."

"풍기문란이라고 민원 들어와요."

"그럼 다른 데 가서 할까?"

"아뇨!"

그녀가 펄쩍 뛰자 그가 선심 쓴다는 듯 말했다.

"좋아요. 30분. 봐줬다, 내가."

그럼에도 30분은 긴 시간이다. 그는 빨리하고 집에 가는 게 좋을 텐데? 하는 눈빛으로 바라보고 있다.

"시간 잴까?"

"아뇨."

승희는 대답과 함께 바짝 다가갔다.

그녀가 그의 어깨를 꼭 붙들니 그는 그녀를 흡수하듯 당겼다. 맞닿기 직전 그는 친절하게 입술을 벌려주었다. 수줍게 시작했지만 부드럽게 여린 살점을 건드리며 엮인 숨결은 금세 화염처럼 뜨겁게 번졌다. 말랑한 속살이 모두 녹아버릴 것 같은 열기. 섬약한 그녀의 숨이 맞물린 안에서 점점 밭게 터져나갔다. 뒤늦게 술기운이 찾아온 것처럼 어질어질했다.

급기야 승희는 정신이 혼미해졌다. 입술을 뗀 그녀가 말했다.

"한계예요. 오래는 못 할 것 같아요."

살려달라는 얘기였는데.

"그럼 숨 좀 돌려요."

그는 잠깐 숨 쉴 틈을 준다고 한다. 그러면서, 그동안, 으악.

"잠, 잠깐⋯⋯."

그녀를 잠시 해방시켜준 그의 입술은 뺨으로 흘러갔다가 귀를 물었다.

핫……. 승희는 저도 모르게 신음을 흘렸다. 작은 짐승이 앓는 것 같은 어린 목소리에 더욱 자극을 받은 그가 뒷걸음질로 그녀를 소파로 데려가서는 털썩 착지했다. 움직임이 한결 편해지니 그도 여유로워졌다. 그는 조급하지 않게 그녀의 목 깊숙이 입술을 내려 여린 피부를 빨아 당겼다. 이 남자가 사람을 잡아. 어릿하게 눈물이 맺혔다. 그녀는 조급해졌다.

"아뇨. 할 수 있어요. 기운이 납니다."

승희는 그가 딴짓을 못 하도록 단단히 붙잡아야 했다. 사실 그녀가 단단히 붙잡힌 것이었다. 그녀의 허리를 힘 있게 끌어간 무결은 그녀가 제게 몸을 완전히 기대게 만들었다. 도망가려야 갈 수 없도록. 그가 무자비한 도둑처럼 어느 것 하나 놓치지 않고 빼앗아가고 있는데도 그녀는 그 유혹에 도취된 듯 유순하게 받아들였다. 커다란 손, 기다란 손가락들이 그녀의 허리를 붙잡았다가 찬찬히 위로 올라와 뒷목을 감쌌다. 그가 만지는 곳 어디에서든 심장이 격렬하게 뛰었다. 승희에게도 욕심이 생겨갔다. 그의 숨결, 야트막한 숨 조각 하나하나 맛보고 싶은.

하지만, 욕망의 발화와 동시에 정신이 깨었다. 우승희가 아닌 우승희. 새로운 인격을 발견했다. 순간적으로 입술을 떼고서 그를 바라보았다. 그는 얼른 다시 돌아오라는 듯 가늘게 눈을 뜨고서 불만스럽게 바라보았다. 흥을 깨지 말라고. 농염하게 터진 한숨이 자신을 옭아매듯 붙들어서, 승희는 뒤늦게 목소리를 내었다.

"……끝났어요."

"거짓말."

그의 눈에 당혹스러운 기색이 잠깐 스쳤다. 고개를 돌려 시각을 확인한 그는 더욱 멍해졌다. 30분이 3분처럼 후딱 지나갔다. 국제표준시가 국제적으로 사기를 치나 했다.

"됐어요, 이제? 화 풀렸어요?"

국제표준시에 약 올라 죽겠는데, 절단신공이 뛰어난 그녀는 야무지게 결과를 물어왔다. 물기가 가득한, 반들반들한 입술을 하고서. 더 하면 나를 사람으로 보지 않으려나.

"어느 정도는?"

무결은 한가득 남은 아쉬움을 뒤로하고 어른답게 대답했다. 왠지 억울하지만, 30분에 멈춘 나, 인격을 지킨 나, 칭찬해. 스스로가 너무 대견하여 그녀에게도 의견을 물었다.

"나 너무 쉽지 않아요?"

아뇨. 어려운 거 같은데요. 승희는 대답 대신 고개를 저었다. 물리고 빨린 입술이 아렸했다. 앞으로는 그를 삐치게 하지 말아야겠다는 생각을 했다.

그에게 체중을 싣고 있었던 그녀가 몸을 일으키려는데, 그가 또 허리를 붙들었다. 여전히 뒤끝이 남은 것이다. 그녀의 귓불을 물어버릴 듯 바짝 붙은 무결은 그녀의 귀에 나지막하게 목소리를 흘려넣었다. 하루에 한 발. 오늘은 여기서 이만. 하지만.

"나 요즘 되게 열심히 운동해요. 언제 보여줄지 모르니까."

난 예고했어. 이 정도면 되겠지? 마음의 준비가.

*

다음날. 중우가 아침 일찍 무빈의 사무실을 찾아왔다.

이렇게 이른 아침부터 찾아온 것은 처음이라 무빈은 의아했다. 하지만 중우가 이틀 동안 연락이 없었기에 무빈은 반갑기도 했다. 중우가 녹을 듯이 부드러운 목소리로 안부를 물었다.

"잘 지냈어?"

"그냥 뭐……."

여태 자존심을 세우느라 반가운 마음을 제대로 표현하지 못한 무빈에게 중우가 서류봉투를 내밀었다.

"혼전계약서 다 검토했어. 수정한 부분은 표시해놨어. 살펴봐."

예상보다 빠른 답변이었다. 떨리는 마음으로 봉투를 받아든 무빈은 봉투를 열어 바로 서류를 확인했다. 그리고 혼전계약서를 천천히 한 장 한 장 넘겨본 후 탄식하게 되었다. 재산에 관계된 조항에는 수정의 흔적이 없었다. 그저 계약서의 맨 마지막에 '두 사람은 서로를 사랑하고 존중한다'라는 한 줄이 추가됐을 뿐이었다. 그 의미 없는 한 줄에 무빈의 눈가에는 대롱대롱 이슬이 맺혔다.

"오후에 변호사 공증받고 계약서는 마무리 짓자."

"정말 이대로 괜찮아?"

"왜?"

"나랑 결혼을 한다고 해서 자기한테 득 되는 게 없잖아."

"왜 득이 되는 게 없어. 나는 자기랑 결혼하는 것만으로 최고의 남자가 되는데."

중우가 부드럽게 미소 지었다. 그가 돈이 아닌 자신을 원한다는 것. 아주 오래전부터 확인하고 싶었던 것을 이렇게 확실히 확인받게 되었다. 무빈은 가슴이 벅차올랐다.

중우는 주머니에서 반지 케이스를 꺼냈다. 케이스를 여니 화려하게 컷팅된 다이아몬드 반지가 보였다.

"나랑 결혼해줄 거지?"

중우가 무빈의 손가락에 반지를 끼워주며 말했다. 반지는 그녀의 손에 꼭 맞았다.

"청혼을 밤에 하는 게 나았으려나? 하지만 오늘 하루 종일 기분 좋게 만들어주고 싶었어."

무빈은 결국 눈물을 보이고 말았다. 다른 이의 말만 듣고 그를 의심해왔던 것이 미안했다. 이제 그를 완전히 믿을 수 있을 것 같았다.

"사실 자기가 나를 돈 때문에 좋아하는 거라고 생각했었어."

"그게 무슨 소리야. 우리 집도 부족하진 않다고."

중우가 무빈을 안아 토닥이며 말했다.

"결혼하자. 결혼해서 행복하게 살자, 우리."

무빈은 그 품 안에서 한참을 흐느꼈다.

그날 밤 무빈은 규원과 혜리에게 결혼식을 준비하겠다는 의사를 밝혔다.

그 첫 단추는 중우가 정식으로 희재원에 인사를 오는 것이었다. 사실 중우는 오래전부터 가족과 같이 희재원의 모든 행사에 참석해왔으니 필요 없는 절차이긴 하지만 무빈은 이를 강행했다. 혼약자라는 말을 쓰긴 해도, 규원이 직접 '내 딸을 부탁하네'라고 말한 적이 없었다. 무빈은 그 말을 원했다. 중우가 규원에게서 인정을 받길 바랐다.

갑작스럽게 결혼을 강행하겠다는 딸의 의사에 규원은 눈을 흘겼다. 규원이 무엇을 의심하는지를 눈치챈 무빈이 불퉁스럽게 말했다.

"임신한 거 아니에요. 아빠 허락 기다리다가는 평생 결혼 못 할 것 같아서 이제 속도를 내려는 거라고요."

옆에서 지켜보던 혜리가 물었다.

"확신이 생겼니?"

"네. 혼전계약서를 군말 없이 받아들이겠다고 하더라고요."

무빈이 자랑스럽게 대답했다. 혜리는 의아했다.

"다른 조건이 없었어?"

"네. 청혼도 받았고요."

무빈이 제 손에서 화려하게 빛나는 반지를 보여주었다. 축하는 해야 하는데 왠지 망설여졌다. 수정 요청이 없었다니, 혜리는 왠지 그게 더 위험하게 여겨졌다. 그냥 기분 탓일까.

"인사는 언제 올 생각인데?"

"이번 주말에 데려올게요."

규원은 허락도 거부도 하지 않았다. 혜리도 생각에 잠겼다. 이제 어째야 하나.

명중우는 우승희와 관계가 있는 남자였다. 그리고 왠지 꺼려지는 부분이 있었다. 무빈은 이제 명중우를 완전히 믿기로 한 것 같지만 혜리의 의심은 그대로였다. 명중우가 예전에 우승희에게 고백을 했었다는 사실도 꺼림칙했다. 우승희가 무결과 결혼하면 무빈이 힘들어지게 될 것이다. 무빈은 우승희를 보는 것만으로도 괴로울 것이다. 명중우와 우승희가 한 자리에 있을 때마다 화가 치밀 수도 있다.

딸의 행복이 우선이긴 하다. 하지만 혜리는 우승희를 포기하고 싶지 않았다.

＊

　승희는, 어제 회식으로 시간을 보낸 만큼 오늘 더 열심히 일해야 하는 처지가 되었다. 스트레스를 풀고 에너지를 충전해서 그런지 야근이 힘에 부치진 않았다. 다만 소파를 볼 때마다 어제의 일이 생각났다. 소파가 더 이상 평범한 가구로 보이지 않았다. 30분을 3분으로 만드는 초월의 가구. 앉으면 야해지는 마법의 가구.

　'이래서 사람들이 사내 연애는 하지 말라는 거구나.'

　승희는 공적인 공간을 사적으로 활용한 자신을 반성했다.

　"언니, 어젯밤에 회식 끝나고 일하러 돌아왔다고 했죠?"

　소파를 바라보며 잠시 멍해진 승희에게 혜순이 돌연 말을 걸어왔다.

　"무결님도 같이 왔어요?"

　"응? 어?"

　혜순의 질문에 제 발이 저린 승희가 놀란 토끼눈으로 되물었다.

　"무결님도 같이 왔느냐고요."

　"어…… 그랬지? 왜?"

　혹시, 봤나? 심장이 벌렁거렸다.

　"그냥, 우리 회사 인테리어 괜찮대요?"

　"아, 인테리어. 그렇지. 세련됐다고 칭찬했어."

　"그래요?"

　승희의 대답에 혜순이 만족스럽게 웃었다. 회사의 인테리어는 거의 혜순이 주도한 것이었다.

　"혜순아, 얼른 퇴근해. 어제 무리했는데 오늘도 무리하면 안 되지."

승희는 혜순이 추가 질문을 할세라 급히 퇴근시켰다.

남은 직원들도 하나둘 퇴근하고, 오늘도 사무실에는 승희 혼자 남았다. 종이 넘기는 소리만 조용히 내려앉는 적막한 사무실. 그 평화로움 속에서 일에 집중하고 있던 승희의 고개가 들렸다. 돌연 출입문이 열렸다.

초대하지 않은 손님, 아니, 침입자였다.

"아주 살맛 났다? 장사 잘되나봐?"

탁한 쇳소리가 스민 끔찍한 목소리. 승희는 움찔 떨었다가 쓰게 인상을 구겼다. 이 밤에 명중우가 왔다.

"그래도 한밤중인데 문은 잠그고 일하지 그래."

"충고 고맙다. 앞으로는 그렇게 할게."

승희는 자리에서 일어났다. 명중우를 내쫓고 문을 잠가야겠다는 생각을 했다.

"여길 왜 왔어?"

"그냥. 어떻게 사나 궁금해서 왔지."

"네가 날 궁금해할 이유가 뭐지?"

쓴웃음이 번져갔다. 왠지 명중우가 찾아온 이유를 알 것 같았다. 재훈이 명중우의 8년 전 일을 알아보고 다닌다는 소식을 접했으리라. 이 소식에 명중우가 직접 움직일 정도면, 스스로 뭔가 켕기는 게 있는 것이라는 뜻이기도 하다.

"급하긴 한가봐? 이렇게 날 찾아올 정도면."

그녀의 도발에 중우는 싸늘하게 미소 지었다. 명중우가 먼저 찾아왔다면 승희도 이 기회를 놓쳐선 안 된다고 생각했다.

"계속 이상했어. 넌 왜 그럴까. 왜 그렇게 날 싫어할까."

그를 떠보며, 그 표정을 계속 주시했다.

"내게 퇴짜 맞은 것에 대한 보복? 그러기엔 너무 뒤끝이 길어. 물론 네가 쿨하다고 생각해본 적은 없지만."

진실의 끝에 뭐가 있는지 알지 못하는 채로 한 걸음 내딛는다.

너한테는 내가 한무결 씨 집안의 일원이 돼서는 안 되는 이유가 있었던 거야. 내가 네 삶을 위협할 거라는 판단이 있었던 거지. 그게 뭘까."

적막한 공기가 두 사람을 감싼 가운데.

"천상현?"

그녀의 질문에 내내 일관된 표정을 유지하고 있던 명중우의 눈이 순간적으로 커졌다가 작아졌다. '천상현'이라는 이름에 확실히 드러나는 그 반응에 승희는 씨익 미소 지었다. 하지만 잠깐 보였던 명중우의 표정은 이내 사라졌다. 중우는 처음보다 더 사악해진 눈빛으로 비릿하게 미소 지었다.

"우승희. 넌 어차피 내 처남이랑 결혼 못 해."

그는 단정적이었다.

"좋은 사람 소개시켜줄게."

그리고 선심을 베푼다는 듯 그녀가 원치도 않는 제안을 해왔다.

"그만하자. 응?"

중우는 느긋한 목소리와 함께 성큼 다가왔다. 그 덩치와 표정의 위협에 승희는 저도 모르게 한 발을 뒤로 뺐다. 그러나 거리는 더욱 가까워졌다. 순식간에 그녀를 뒤편의 벽까지 몰아붙인 중우가 그녀의 목에 손을 대었다. 목 언저리에 남은 어젯밤의 흔적을 확인한 중우가 피식 웃음을 흘렸다. 녀석은 일부러 그 자리를 찍어 누르며 말했다. 커다란 손은 당장이라도 목을 틀어쥘 듯이 아슬아슬했다.

"지금 여기서 그만하면 아무 문제 없을 거야."

나긋한 말투로 위장하고 있지만 확실한 위협이었다. 긴장한 표정을 숨긴 승희가 말했다.

"지금 이러는 거, 너한테 불리할 텐데?"

"아니. 전혀. 내가 혼자 무너질 거라고 생각해?"

명중우가 자신만만하게 되물었다.

"내 결혼이 실패하면, 너도 같이 실패하는 거야."

지옥에 끌려들어갈 때는 결코 혼자 가지 않겠다는 거였다.

"그 집안사람들이 널 환영하지 못하게 만드는 건 쉬워."

방법을 밝히지 않았으나 오싹한 말이었다. 사람의 언어를 쓰고 있으나 사람 같지 않았다. 승희는 녀석의 눈에 역력히 새겨진 살의를 보았다.

승희는 명중우의 손을 매섭게 쳐냈다. 중우는 손을 떼었을 뿐 비켜나진 않았다.

"비켜. 쓰레기 같은 자식아."

"내가 쓰레기면 너는 뭐겠냐. 우승희."

중우는 이를 악물고서 그 사이로 발음을 짓이겨 말을 내뱉었다.

"먼지 같은 게."

그러게 있는 듯 없는 듯 살지 왜 나타나서.

혼잣말처럼 비난을 뇌까리며 떠나는 중우를, 승희는 쫓아가 때리지 못했다. 분해서 숨이 잘 쉬어지지 않았다.

맺힌 눈물을 급하게 닦고서 자리로 돌아왔다. 휴대폰이 울리고 있었다. 무결이었다. 승희는 일부러 밝은 목소리로 전화를 받았다.

"여보세요."

[승희 씨. 기가 막힌 소식이 있어요. 명중우가 누나한테 프러포즈를 했나봐요. 누나랑 주말에 정식으로 인사하러 오겠다네요.]

무결의 말을 듣는 동안 가슴이 욱신거렸다. 오늘 겪은 일은 평생 말하지 못할 수도 있겠구나 하는 두려움과 서러움이 밀려왔다. 무결의 말이 계속 이어졌다.

[무슨 정식 인사야. 오래전부터 우리 집을 제집처럼 활보하고 다녔으면서.]

"그럼 부모님께서 허락하신 거예요?"

승희는 어두워지려는 목소리를 가다듬고서 담담히 물었다.

[누나가 밀어붙였어요. 혼전계약서를 작성했는데 재산에 관한 부분에 확인을 받았대요. 명중우가 누나 재산을 건드리지 않겠다고 했대요.]

무결이 얘기하는 명중우와 자신이 지금 겪은 명중우가 다른 사람 같았다. 지그시 감은 눈이 파르르 떨렸다.

[승희 씨는 별일 없었어요?]

"재미없는 일만 가득했죠, 뭐."

승희는 절망스러운 마음을 애써 숨기고는 대답했다.

[집에 데려다줄게요. 20분만 기다리면 도착할 거예요.]

"아니에요. 이미 회사에서 나왔어요. 집에 얼른 가서 쉴래요."

[많이 피곤하구나. 알았어요. 집에 도착하면 연락해요.]

무결을 만나는 것을 거부하고 전화를 끊은 승희는 한숨을 내쉬며 마음을 다독였다. 자신이 정말로 먼지 같다는 생각이 들었지만. 명중우 따위에게 겁을 내고 무결의 등 뒤로 숨을 수는 없었다.

*

　토요일이 되었다. 중우가 무빈의 예비신랑으로서 희재원에 인사를 오는 날이었다.

　"누나 괜찮겠어?"

　꽃단장을 하고서 계단을 내려온 무빈에게 무결이 비꼬듯 말을 걸었다.

　"지옥으로 가는 길은 선의로 포장돼 있다는 말이 있어."

　"너나 잘해. 주제넘게 간섭하지 말고."

　무빈 역시 무결의 충고를 비웃듯이 넘겼다.

　저녁때가 되어 중우가 도착했다. 중우는 국가무형문화재 장인이 만든 달항아리와 꽃 한 다발을 가지고 왔다. 봉오리가 진 빨간 산당화와 분홍빛과 흰빛의 리시안셔스 다발을 그대로 달항아리에 꽂아 놓으니 멋스러웠다. 영리한 선물이었다.

　중우는 예를 갖추어 태조와 규원과 혜리에게 절을 하고 무빈과 결혼하겠노라 말했다. 그 긴장한 모습은 지금까지 보았던 중에 가장 인간적으로 보였기에 혜리는 묵묵히 고개만 끄덕였다. 그 옆에 앉은 무빈의 표정도 의외로 사랑스러웠다. 규원은 딸을 잘 부탁한다는 말은 하지 않았다. 결혼 날짜도 이미 잡았으니 사실상 규원의 허락은 필요치 않은 상태였다. 태조가 먼저 말했다.

　"뭐가 그렇게 급해서 부랴부랴 날짜를 정해버린 건지, 그 과정은 서운하네. 하지만 우리 무빈이가 그렇게나 좋아한다니 믿고 맡기네.

무빈이가 예민하지만 천성이 여린 걸 자네도 잘 알 거야. 준비하면서 또 갈등이 생길 수도 있겠지만 서로 현명하게 판단해서 잘 준비해."

"할아버님 감사합니다. 하지만 무빈 씨만 좋아하는 게 아니라, 제가 더 손녀 따님을 사랑합니다."

잠자코 듣고 있던 무결은 몰래 픽 콧방귀를 뀌었고, 그런 무결을 보고 무빈은 눈을 흘겼다.

"그래. 그 마음으로 사이좋게 행복하게 살아."

마침내 마음을 놓고 웃어 보인 태조가 먼저 자리를 떠났다. 규원도 어느 정도는 만족스러웠다. 중우의 집안이 약간은 아쉽지만, 능력이 좋은 사위이니 그만하면 되었다고 생각하기로 했다.

혜리는 조금 달랐다. 결혼 계획에 대한 갖가지 문답이 오가는 중에 혜리가 대뜸 화제를 돌렸다.

"우승희 얘기를 잠깐 할까요?"

"어머니, 지금 걔 얘기를 왜 해요?"

무빈이 불쾌한 듯 버럭 따졌다. 중우의 눈도 휘둥그레졌다.

"우승희 씨가 무결이랑 결혼할 수도 있으니까."

함께 멀뚱해졌던 무결은 어깨를 으쓱해 보였다. 무빈은 혜리의 말을 듣고 싶지가 않아 자리에서 일어났다.

"무빈아, 너도 같이 들어야지. 어쨌든 우승희 씨가 무결이랑 결혼하게 되면 서로 얼굴 부딪칠 일이 많을 텐데. 그때마다 불화를 보여줄 수는 없잖아. 안 그러니?"

단단히 이른 혜리가 규원에게도 의견을 구했다.

"안 그래요, 무빈이 아빠?"

"맞는 말이야."

규원이 고개를 끄덕였다. 무빈이 분한 표정으로 다시 자리에 앉았다. 중우는 무빈처럼 따질 수도 없는 입장이다. 억지로 입술 끝을 올려 지은 겉웃음이 희미해졌다. 입가에는 미약한 경련이 일었다.

혜리는 표정 하나 바꾸지 않고 중우에게 물었다.

"우승희 씨가 무결이의 부인이 되면 어떻게 할 거죠?"

"제 절친을 죽인 친구라 석연치 않지만 처남이 사랑한다면 제 괴로움 정도는 감내할 수 있습니다."

"멀쩡한 사람을 살인자 만드시네."

중우의 대답에 무결이 비아냥거렸다. 무빈이 앙칼지게 무결을 나무랐다.

"넌 입 다물고 가만히 있……."

"그러니까."

그러나 혜리의 차분한 음성이 무빈의 목소리를 제압하듯 덮었다. 웃음도 화도 띄우지 않은 얼굴은 침착하여 무섭게 여겨질 정도였다. 중우는 땀에 젖은 주먹을 꽉 쥐었다.

"우승희 씨가 자네 절친을 죽였다고 생각하는 거잖아. 그 근거가 뭐지?"

"제 절친이 우승희에게 고백을 했는데 우승희가 죽으라며 악담을 했다고 합니다."

"그럼 자네도 내가 죽으라고 하면 죽을 건가?"

실내의 공기가 싸해졌다. 규원의 미간도 조심스럽게 일그러졌다. 무결만이 흥미로운 눈빛으로 이 상황을 관망하고 있다.

"어머니, 대체 무슨 말을 하시는 거예요!"

무빈이 더 참지 못하고서 혜리에게 따졌다.

"말 한마디의 힘이 어느 정도인지 궁금해서 그래."

혜리는 시종일관 건조하고도 온화한 태도였다.

"그럼 말을 바꿔보지. 우리가 무빈이랑 결혼 못 하게 하면 자네는 죽을 건가?"

"무빈 씨를 제 목숨처럼 사랑하긴 합니다."

혜리의 질문에 중우가 묵묵히 대답했다. 표정을 크게 드러내지 않았지만 조금 전에 비해 역력히 목소리의 끝이 갈라져 나오는 것이 느껴졌다. 혜리는 포기하지 않았다.

"그래서, 죽을 건가?"

"새엄마!"

무빈이 소리쳤다. 일부러 새엄마라고 부른 거였다. 15년간 이 냉기 가득한 집안에서 멘탈을 다진 혜리가 아랑곳할 리 없다.

"그냥 묻는 거야. 말뿐이잖니."

"죽고 싶을 겁니다."

중우가 다시 대답했다. 혜리가 다시 한번 물었다.

"그래. 그럼 죽기 전에 우리 무빈이 때문에 죽는 거라고 할 건가? 저주할 건가?"

"……무빈 씨는 저주의 대상이 될 수 없습니다."

정답을 고민한 중우의 대답이 살짝 늦었다. 늦은 대답이었지만 혜리는 만족스러웠다.

"그렇지. 그래야지."

그제야 혜리는 빙긋 웃어 보였다.

"그러니 우승희도 괴롭히지 말게."

그러나 그 미소와 함께 내뱉는 충고는 더없이 싸늘하다. 흥미롭게 바라만 보고 있던 무결도 몰래 탄식했다.

"한 집안에서 만나게 되면 껄끄럽겠지만 인연이 그렇게 되면 어쩔수 없지. 자네로 인해 우리 무빈이도 힘들 수 있다는 걸 상기하고 다독여줬으면 해. 마찬가지로 누굴 만나든 품위를 잃지 말고, 그 누구의 힘담도 하지 말고."

"알겠습니다."

처음부터 끝까지 내내 점잖고 차분한 어투였지만 중우는 호되게한 대 맞은 기분이었다. 태조의 덕담을 들었을 때의 자신감이 사라지고 머릿속이 달항아리처럼 하얗게 텅 비었다. 그 후 중우는 식사도하는 둥 마는 둥 하고는 기력을 다 회복하지 못한 채 떠났다.

중우를 배웅하고 돌아온 무빈은 혜리를 향해 씩씩거렸다.

"왜 중우 씨 기를 죽여요?"

목소리가 쩌렁쩌렁하여 무결은 집을 나서며 귀를 막아버렸다.

"엄마가 나한테 해준 게 뭐가 있다고 엄마 노릇을 하려고 해요?"

"그래. 해준 게 없어서 결혼이라도 잘 시키고 싶은 거야."

"나는 결혼 잘하는 거라고요!"

"한무빈, 목소리 낮춰."

규원이 타박했다. 무빈은 눈물을 머금고 따졌다.

"내가 결혼하면, 나는 중우 씨 집안사람이 된다고요. 중우 씨 집안에서 나를 어떻게 생각할지 그것까지 생각해서 말해야지! 내가 구박받으면 어쩔 건데."

"네가 구박받게 내버려두겠어? 구박받으면 내가 데려올 거야. 알겠니?"

혜리가 단호하게 말했지만 마음을 풀지 못한 무빈은 그대로 집을 나가버렸다. 집 안이 잠잠해진 뒤에 규원이 혜리에게 말을 걸었다.

"15년 만에 당신의 새로운 모습을 봤네."

"……."

"그래서, 당신은 이 집안의 위험한 사람이 무결이나 우승희가 아니라, 명중우라고 생각하는 거야?"

"아직은 모르죠. 하지만 지켜보면 알 수 있겠지."

혜리가 현관문을 멍하니 주시한 채로 담담하게 말했다.

"명중우가 위험한 사람이라면 무빈이가 큰일이니까 무빈이한테는 사람을 붙여요."

"이미 붙였어."

그렇지. 그가 딸을 방치할 리 없다. 하지만 그럼에도 그가 매정한 아빠라는 생각을 지울 수가 없었다. 명중우가 위험한 사람이라면, 아예 딸을 명중우와 엮을 생각을 하지 말아야 한다. 그런데도 규원은 그저 관망하는 것만 같았다. 어쩌면 남편은 지금 모든 사람을 제 장기판의 말처럼 바라보며 하나씩 각을 재고 있는지도 모르겠다. 남편은 생각을 시원히 드러내지도, 약점을 보이는 법도 없었다. 이진심의 일로 잠깐 허심탄회한 대화를 나누었지만 딱 그때뿐, 여전히 남편은 알 수 없는 사람이다.

주말 근무를 나온 승희는 계속 딴생각에 빠지게 되었다. 쉬이 집중할 수 없는 하루였다. 오늘 명중우가 희재원으로 인사를 간다고 들었다.

'두 사람은 이대로 결혼하게 되려나.'

두 사람이 결혼하면 나는 더 힘들어지겠지. 자신이 무결과 결혼을 할지 안 할지 알 수도 없는데 괜스레 불안해졌다. 결혼은 하지 않겠다고 했지만 어느새 자신도 모르게 결혼을 염두에 두게 된 모양이다. 무결이 명중우가 다녀간 뒤에 연락을 준다고 했는데 아직 연락이 없었다. 계속 휴대폰으로 눈길이 갔다.

7시가 넘어서 휴대폰이 울렸다. 반갑게 휴대폰을 들어 올렸는데 발신자는 무결이 아니라 재훈이었다.

"어, 재훈아."

[회사야?]

"응."

[명중우에 대해서 알아봤어.]

무결의 전화만큼 반갑지는 않으나 중요한 전화였다. 승희는 휴대폰을 고쳐 잡았다.

[천상현이랑 관계된 건 별로 없어. 다만 천상현이 일하는 술집에 명중우가 몇 번 갔던 모양이더라.]

8년 전의 사건을 제대로 확인하긴 쉽지 않을 것이다. 승희는 고개를 끄덕였다.

[아, 명중우가 당시에 여자를 사귀고 있었는데 양다리였다고 하더라. 근데 명중우는 양다리였던 적 꽤 있었어. 명중우가 사귀던 여자들 이름 불러줄까? 알아본 것만이라도.]

"응."

승희는 재훈의 물음에 대답하며 펜을 들었다.

[김효정, 박세진, 강태림, 이진심, 장은혜…….]

"뭐?"

낯설지 않은 이름에 승희의 손이 멈췄다.

"다시 한번 불러봐."

[김효정, 박세진, 강태림, 이진심……]

"이진심이라고 했어? 확실해?"

[응. 왜? 아는 사람이야?]

확실히 기억한다. 반년 전. 잊을 수 없는 그날. 희재원에 잠입하여 한무결을 처음 만난 날.

"이진심 씨가 쓰러졌는데 숨을 안 쉬어요."

서재의 옆옆방에서 숨을 거둔 직원의 이름. 승희는 탄식이 새어 나오려는 입을 손으로 꽉 막았다.

명중우의 이전 연인 이진심. 희재원의 직원 이진심. 같은 사람일까?

"재훈아, 천상현의 정확한 사인이 뭐라고 그랬지?"

승희는 떨리는 목소리로 물었다.

[청산가리 캡슐을 먹었다고 들었어.]

이진심과 같은 방식이었다.

"알겠어. 재훈아. 고마워."

승희는 전화를 끊었다. 그리고 바로 무결에게 전화를 걸었다. 이제 무결에게 말해야 할 때가 되었다. 무결은 전화를 받지 않았다. 승희는 가방을 챙겨서 서둘러 회사를 나섰다. 주차장에 도착했을 때 무결에게서 전화가 왔다.

[지금 차 끌고 희재원에서 나왔어요.]

"네. 저도 나왔어요."

[만나서 하고 싶은 얘기가 많네요. 오늘 명중우가 희재원에 인사 왔어요. 엄청 재미있었죠. 어머니가 멋있었고.]

"나도 할 말 있는데."

무결은 기분이 꽤 좋은 것 같았다. 승희는 차에 오르기 전에 잠깐 멈칫했다. 희한하게 보닛에서 열기가 느껴졌다.

[뭔데요?]

승희는 괜한 생각이다 하는 마음으로 고개를 젓고서 차에 올랐다. 얼른 무결을 만나 재훈에게 전해들은 사실을 전하고 싶었다.

무결의 차 안.

[만나서 얘기해요. 무결 씨 집으로 갈게요.]

승희의 목소리는 무언가 다급하게 들렸다. 큰일이 있는 모양인데. 무결도 걱정되어 물었다.

"무슨 일 있어요?"

승희의 대답소리가 들리지 않았다.

"여보세요?"

[네.]

"무슨 일이에요?"

[아니에요. 엔진이……. 또 엔진 이상인가?]

얼른 우리 애인 차 한 대 사줘야겠다. 무결은 한숨을 푹 내쉬었다.

"일단 내려요. 내가 데리러 갈게요."

그런데, 헉, 하는 탄식 소리가 들려왔다. 승희가 무언가에 놀란 듯했다.

"여보세요? 승희 씨."

무결은 다시 승희를 불렀다. 수화기 너머로 다급하게 문을 여는 소리, 그리고 물건이 둔탁하게 떨어지는 소리가 들렸다. 그녀가 휴대폰을 놓친 모양이었다.

"우승희 씨."

무결은 브레이크를 꽉 밟아 차를 세웠다.

쾅!

스피커를 통해 고막을 찢을 듯한 엄청난 폭발음이 짧게 울리고, 바로 통화가 끊겼다.

13.

감히 누굴 건드려

무결은 곧장 다시 승희에게 전화를 걸었다.

[전화기가 꺼져 있어 음성사서함으로 연결됩니다⋯⋯.]

"하아⋯⋯."

머릿속으로 끔찍한 상상들이 지나갔다. 심장이 벌렁거렸다. 따갑게 눈물이 맺혔다.

그녀가 어디 있는지는 모른다. 어딘가에서 '나왔다'고 한 게 단서의 전부였다. 집에서 나온 것인지 회사에서 나온 것인지는 알 수 없었다. 하지만 그 둘 중 하나일 가능성이 가장 높았다. 우선 승희의 원룸 건물 관리자에게 전화를 걸었다. 이전에 승희의 원룸 수리 문제로 관리자 연락처를 알아둔 적이 있었다. 관리자는 바로 전화를 받았다.

[여보세요.]

"혹시 지금 주차장에서 사고가 일어나지 않았습니까? 아니면 주차장 근처에서요."

[네? 그런 얘기는 못 들었는데.]

"네. 알겠습니다."

전화를 끊은 무결은 트윙클에셋 사무실의 건물 주차장 전화번호를 검색하여 전화를 걸었다. 아무도 전화를 받지 않았다. 건물 관리자 쪽으로 전화를 걸었으나 이쪽도 통화가 연결되지 않았다. 직접 찾아가보는 수밖에 없었다. 다시 운전대를 잡은 무결은, 혹시 철순이 출근을 했을까 해서 전화를 걸어보았다.

[네. 형님.]

"철순아, 혹시 오늘 출근했어?"

[아뇨. 근데 대표님은 출근했을 거예요. 연락 안 돼요?]

무결은 철순까지 놀랄까봐 승희와 통화가 끊어진 당시의 상황을 털어놓지는 못했다. 애써 차분한 목소리로 통화를 이어갔다.

"응. 아니면 다른 누군가 출근한 사람은 모르고?"

[네. 오늘 아무도 출근 안 했을 것 같은데?]

"응. 알았어. 고마워."

점점 마음이 다급해졌다. 전화를 끊은 무결은 재차 가속페달을 밟았다. 승희네 회사로 가는 동안 주차장 관리인에게 수차례 전화를 시도했지만 단 한 번도 연결되지 않았다. 이윽고 승희네 회사 건물 주차장에 도착했다. 경찰차와 견인차가 주차장을 막고 있었다. 무결은 주차장 밖에 차를 세우고 주차장 안으로 달려갔다. 심장이 미친 듯이 뛰어 속이 울렁거릴 정도였다.

"우승희!"

아주 다행스럽게도, 승희를 찾는 것이 어렵지 않았다. 승희는 경찰, 그리고 주차관리원과 얘기를 나누고 있었다.

"하아……."

눈물이 핑 돌았다. 그제야 숨이 트이는 것 같았다. 지옥에 있다가 살아 돌아온 느낌이었다. 달려간 무결이 승희를 꽉 끌어안았다.

걱정했잖아. 얼마나 불안했는데. 연락이 안 돼서 별생각을 다 했다고. 전화 한 통이라도 해주지. 그러나 속에 쌓여 있던 많은 말들은 그녀의 얼굴을 확인함과 동시에 사라졌다.

"괜찮아요?"

"괜찮아요."

"다친 데는."

"없어요."

"다쳤잖아!"

그녀의 몸을 확인한 무결이 왼쪽 팔의 상처를 발견하고서 소리쳤다. 피부가 찢어졌고 여러 군데 핏자국이 보였다.

"이 정도면 다행이죠. 차가 폭발했는데."

그제야 무결은 사고현장이 바로 보였다. 망가진 승희의 차는 처참했다.

"엔진이 불타면서 차가 폭발했어요."

차체는 불에 탄 듯 온통 그을려 있었고 보닛은 사라졌고 차의 모든 유리가 깨져 있었다.

"차에서 뛰쳐나오다가 휴대폰을 떨어뜨려가지고 연락을 못 했어요."

엔진에 불이 붙었다고 해서 차가 폭발하지는 않는다. 엔진에 누군가 폭발물을 설치했다는 추측을 해볼 만하다.

"블랙박스도 없어졌어요."

역시나 승희는 블랙박스가 사라졌다는 이야기를 했다.

"계획된 테러일 가능성이 높네요."

승희는 몸이 싸한지 어깨를 움츠렸다. 울음을 또 힘껏 참아내고 있는 것이 너무나 잘 보였다.

현장에서 1차 조사를 끝낸 후, 무결은 승희를 병원으로 데려갔다. 상처를 치료해야 했다. 차가 폭발하며 날아온 파편이 손에 튀었지만 상처는 다행히 깊지 않았다. 몸의 상처보다 마음의 상처가 훨씬 더 깊을 것이다. 치료를 받는 동안 무결이 승희에게 물었다.

"짐작 가는 사람 있어요?"

승희는 무거운 표정으로 입을 열었다.

"이틀 전에 명중우가 회사로 찾아왔었어요."

무결의 이맛살이 우그러졌다.

"재훈이한테 부탁해서 8년 전 천상현이 사망할 당시에 명중우한테는 어떤 일이 있었나 알아보게 했거든요."

"김재훈한테 부탁을 했다고요?"

"나는 우리과 남자 동기들이랑 안 친해요. 그나마 재훈이는 관계가 원만해서요."

"나한테 부탁을 했어야지. 왜 그 중요한 일을 김재훈한테 부탁해요."

무결이 원망스럽다는 듯 말했다. 승희도 할 말이 없었다. 승희가 숙연하게 고개를 내리니 무결도 무안한 듯 바로 사과했다.

"흥분해서 미안해요. 계속 얘기해요. 명중우가 회사로 찾아와서 뭐라고 했어요?"

"재훈이한테 부탁한 게 수요일이었고, 목요일 밤에 명중우가 찾아왔어요. 내가 명중우를 도발했어요. 왜 나를 한무결 씨랑 결혼하지 못하게 하려고 하는지 알 것 같다고 말하면서, 천상현이라는 이름을 꺼냈어요. 그러니 명중우가 그만하라고 했고요. 뒷조사를 그만하라는 말이었던 것 같아요. 그리고 목을 조르려고 했는데."

무결의 눈에 분노가 가득 찼다. 승희는 그의 흥분을 가라앉힐 필요를 느꼈다.

"아니 물론 조르지는 않았어요. 그냥 위협일 뿐이었어요."

"왜 나한테 그 중요한 얘기를 안 한 건데. 날 못 믿어요? 내가 의지가 안 돼요?"

승희는 아무 말도 할 수 없었다. 그녀가 다시 시무룩하게 고개를 내려 무결 또한 이 일에 대해 더는 나무랄 수 없었다.

"아니, 화를 내려고 그러는 건 아니고. 아무튼 경찰서에 갔다가 짐 챙겨서 우리 집으로 가요."

책망을 수습했다. 그녀는 안정이 필요한 사람이었다.

승희는 경찰서에 가서 다시 사건에 대한 진술을 했다.

그사이 무결은 사라졌다. 사건이 터진 후 그를 꽤 의지하고 있었는지 그가 사라지니 다시 마음이 불안해졌다. 다행히 무결은 진술을 끝낼 즈음에 나타났다. 승희의 휴대폰을 사러 다녀온 것이었다. 그는 휴대폰 외에 다른 것들도 챙겨왔다.

승희의 집에 도착하여 승희가 짐을 챙기는 동안 무결은 무언가를 주섬주섬 꺼내어 만지작거렸다. 잠시 후 그가 책상 위의 탁상시계를 만지며 설명했다. 실은 탁상시계로 위장한 카메라였다.

"인공지능 카메라예요. '살려줘' 아니면, '살려주세요'라고 외치면 카메라가 반응해요. 녹음, 녹화가 다 되는 거예요."

무결은 제 휴대폰과 승희의 새 휴대폰을 꺼내놓고 말했다.

"살려주세요, 해봐요."

"살려주세요."

승희와 무결의 휴대폰 어플이 동시에 열리며 방 안의 모습을 비추었다. 무결은 어플을 끈 후에 다시 말했다.

"다시 한번 해봐요."

"살려줘."

어플은 착오 없이 작동했다. 그녀의 목소리를 듣는 동안 마음이 먹먹했다. 얼마 전 그녀가 눈이 통통 붓도록 흐느끼며 했던 말이 떠올랐다.

"그러니까 제발…… 날 살려줘……."

살려달라는 말, 좀처럼 하기도 듣기도 어려운 말인데. 살려달라고 속으로 외치면서 살았을 그녀의 인생을 다시 헤아려보게 되었다.

"잘했어요."

코끝이 찡해져오는 것 같아 무결은 재빨리 다른 기계를 보여주었다.

"그리고 이건 전기충격기. 좀 강한 거니까 본인한테 하지 않게 조심해야 돼요. 눌러봐요."

무결은 전기충격기를 다루는 방법을 알려주었다. 기계치인 승희도 다루기 어렵지 않은 것이었다. 무결은 전기충격기를 하나는 서랍에, 다른 하나는 승희의 가방에 넣어주었다.

전기충격기를 바라보는 승희의 마음은 울적해졌다. 왜 나한테만 이런 일이 일어나는 걸까. 인생이 아프고 쓸쓸했다. 그녀의 마음을 읽은 듯이 무결이 목소리를 냈다.

"나쁜 놈들은 약한 사람을 공격하죠. 우승희 씨가 잘못한 게 아니라 나쁜 놈들이 나쁜 거예요."

그의 위로가 고마워 승희의 목소리가 젖었다.

"오늘 재훈이가 새로운 사실을 알려줬어요."

물기가 가득한 목소리로, 승희는 무결에게 전하고 싶었던 이야기를 꺼냈다.

"명중우의 옛날 애인 중에 이진심이라는 이름을 가진 여자가 있었어요."

낯익은 이름에 무결이 거칠게 한숨을 토해냈다. 희재원에서 사망한 직원, 이진심과 명중우가 관련이 있는 거라면……. 생각만으로도 소름이 끼친다. 승희는 담담하게 말을 이었다.

"그리고 천상현도 청산가리 캡슐을 먹고 목숨을 끊었죠."

"명중우 옛날 애인이랑 희재원 직원 이진심이 동일인물인지 알아봐야겠네요."

무결이 바로 행동을 취하겠다는 듯이 고개를 끄덕였다.

무결은 저녁을 먹고 승희는 안 먹은 상태였다. 무결은 승희가 잘 넘길 수 있는 것들을 먹여주고 싶었는데 승희는 몇 숟갈 뜨고는 가슴을 쓸었다. 역시 많이 놀란 것이었다.

무결의 집에 도착하니 11시가 넘었다. 승희도 지친 듯 말이 없었다. 건드리면 울음을 터트려버릴 것 같은 그녀의 표정이 안쓰러웠다.

"같이 잘까요?"

무결이 씻고 나온 승희에게 말했다. 뜻밖의 제안에 승희가 동그래진 눈으로 무결을 바라보았다. 얼굴이 빨개진 것 같았다. 지금 이 상황에서 야욕을 챙기고자 하는 놈으로 오해하는 것 같아 무결은 얼른 말을 수습했다.

"캥거루 케어라는 게 있는데 엄마가 아기를 안아주면 아기의 호흡이 안정되고 정서적으로 편안해지는 효과가 있다고 들었어요. 그렇게 안아준다고요. 오늘 놀랐으니까."

"아니에요. 괜찮아요."

하지만 승희는 이를 거절하고 침실로 들어갔다.

"잘게요."

폭신하고 넓고 따뜻한 침대. 그 안에서 안락함을 느껴야 하는데 침대에 누운 순간 눈물이 먼저 나왔다. 쉽게 터진 눈물이 베갯잇을 금세 적셨다. 그러나 눈물의 의미가 무언지 알 수 없었다.

똑똑. 한참 이유 없이 눈물을 쏟아내고 있는데 노크 소리가 들렸다.

"우승희 씨."

승희는 대답을 할 수 없었다. 그에게 눈물을 보이고 싶지는 않았다. 이미 그는 너무 많은 눈물을 보았다. 더 이상 응석을 부리고 싶지가 않았다. 어쩔 수 없이 자는 척을 하기로 했다.

그런데 문이 열렸다. 승희는 몸을 웅크려 얼굴을 감추었다. 빠르게 다가온 그가 그녀의 얼굴에 손을 갖다 댔다. 그녀가 반응이 없어 놀라 문을 열고 들어온 것이다. 그녀의 얼굴을 만진 그의 손가락에 물기가 묻었다. 승희의 계획은 실패했다.

"이것 봐."

하지만 승희는 부끄러운 마음에 아무 반응도 보이지 못했다. 자는 척을 계속 이어가는 것이 현명한 일인 것 같았다. 그러나 무결이 덥석 침대 위로 올라왔다.

"뭐예요, 왜!"

자는 척을 하고 있던 승희가 놀라 몸을 일으키며 소리쳤다.

"내 말 들어요. 오늘은."

무결은 아랑곳하지 않고 승희의 몸을 끌어당겨 안았다. 누군가의 팔베개를 해주는 것은 처음. 그저 팔베개로서 존재하고 싶어진 적도 처음.

"해치지 않을 테니까."

오빠 생각보다 나쁜 사람 아니다. 되게 순수한 사람이야.

그저 당신이 무서운 밤을 보내지 않았으면 할 뿐이야. 당신이 오늘을 잘 넘겼으면 좋겠어. 그뿐이야. 옆에 있어주고 싶을 뿐이야.

마음을 담아 따뜻하게 안고서 그녀의 등을 천천히 쓸어주었다. 옅게 바들거리던 몸이 서서히 진정되었다. 하지만 금세 다른 문제가 생겼다. 가슴에 따끈한 숨이 유리창에 입김 불듯 피어났다 사라졌다. 그 안에서 손가락도 꼼지락거리는지 자꾸 가슴이 간지러웠다. 무결은 워낙 쉬운 사람인지라, 우승희가 손대면 톡하고 터지는 순진한 사람인지라 안타깝게도 금세 고행의 시간이 찾아왔다. 그녀가 인지할 만큼 심장이 거세게 뛴 모양이다.

"캥거루 케어는 아닌 것 같아요."

오래지 않아 승희가 그의 품에서 벗어나며 말했다.

"네."

무결은 그녀를 말리지 못했다. 스스로도 위험을 감지했다.

"그냥 옆에만 있어줘도 돼요. 손만 잡아줘도."

승희는 팔베개를 해주던 그의 손을 내려 그의 손바닥 안에 제 손을 물었다.

아주 오래전 그를 처음 만났던 날. 이진심이 세상을 떠나 희재원이 발칵 뒤집혔던 날. 그 낯선 곳에서 이 낯선 사람을 의지하는 것밖에는 방법이 없었던 날. 그가 내밀었던 손을 생명줄처럼 잡았던 순간이 떠올랐다. 손이 손을 덮듯이, 그때의 따뜻한 기억이 오늘의 끔찍한 기억을 덮어낸다.

고마워요. 그때도. 오늘도.

마음이 가라앉아가며 깜빡깜빡, 눈이 감겨왔다. 조금씩 잠에 가까워지는 순간.

"맨날 손잡아줄 테니까."

자장가 같은 목소리가 귓가에 달게 흘러들어왔다.

"결혼해, 나랑. 혼자 못 두겠어."

무결은 그녀의 꿈이 편안하기를 바랐다. 그러나 자신의 손 안쪽으로 들어간 작은 손이 미약하게 떨려오는 것이 느껴졌다. 자신이 옆에 있건만, 손을 잡아주건만. 잠에 빠져들면서도 여전히 그녀는 떨고 있는 것이다. 가족을 잃고서 홀로 남겨진 산짐승이 맹수를 피해 귀를 세우고 잠이 들듯. 그 유약한 떨림이 애틋하여 무결은 저도 모르게 목소리를 낸 것이었다.

순간 분명히 눈이 마주쳤는데. 승희는 그의 말이 끝나기 무섭게 눈을 감아버렸다. 내 말이 당신의 꿈결에 흘러들어갔을까. 그렇다면 부디 나의 청혼이, 당신에게 좋은 꿈이기를. 그 어떤 걱정도 없이, 현실의 벽에 아파하지 않고, 오로지 사랑받는 마음으로 꽉 찬 꿈이기를.

이제 당신이 더 이상 포기하는 게 생기지 않도록 할 것이다.

"잘 자."

무결도 길었던 하루를 정리하며 잠을 청했다. 하지만 고이 청한 잠은 쉬이 오지 않았다.

'……윽.'

전혀 생각지도 못한 고행이 시작되었다. 우승희의 잠버릇이 이렇게 야할 줄이야. 진짜 이불은 저 멀리 내팽개치고는, 무의식중에 사방을 헤매던 손이 괜찮은 이불 대용을 발견했다. 무결의 티셔츠 끝을 붙잡은 그녀의 손이 이불을 끌어올리듯 확 올라갔다. 자다가 이게 웬 날벼락인고. 무결의 뱃가죽부터 가슴까지가 허전해졌다.

우승희 씨, 지금 당신이 뭘 하고 있는지 알아?

하지만 모든 건 그녀의 침대에 올라온 자신의 탓이다.

무너지면 안 돼. 한무결. 공자님이 우리를 도우실 것이야.

무결은 논어 제1편 1장부터, 목숨을 다해 외기 시작했다.

다음날 아침.

"흐억."

잠이 들었던 때와 마찬가지로 눈을 슴벅거리던 승희는 옆에 누워 있는 예쁘장한 남자를 보고 저도 모르게 탄성을 질렀다.

아, 여기는 한무결 씨 집이지.

무결은 아직 깨어나지 않았다. 자신 쪽으로 머리를 향한 채 잠들어 있는 모습은 정말이지 천사 같았다.

너무 예쁘다. 남자가 어쩌면 이렇게 예쁘지? 이 남자의 어머니는 얼마나 미인이었을까. 이 남자랑 결혼해서 아기를 낳으면 남자든 여자든 예쁠 거야.

'헉. 내가 무슨 생각을.'

승희는 잠시 헛생각을 한 자신을 책망하며 고개를 도리도리 저었다. 그런데 몸이 잘 움직이지 않았다. 뭔가 좀 이상했다. 나는 왜 이불을 돌돌 말고 있으며, 이 남자는 왜 나를 죽부인처럼 다리 사이에 끼고 있는가. 그리고 이 남자는 왜 웃통을 벗고 있는가.

'설마.'

승희는 이불 안쪽으로 고개를 내려 제 몸을 확인했다. 다행히 자신은 옷을 입고 있다. 아니지. 그래도 완전히 믿을 수는 없다.

"잘 잤어요?"

무시무시한 상상이 머릿속을 헤집어놓은 사이에 그가 눈을 떴다. 웃통을 벗고 누운 채로 눈을 가늘게 뜨고서 세상 섹시하고 끈적한 목소리로 잘 잤느냐고 물으니 대답이 문제가 아니라 유혹하지 말라고 빌고 싶었다. 아침부터 왜 이러느냐고.

"잘 잤다고 말해야죠."

식겁한 승희가 이불속에서 얼굴만 내놓은 채로 따졌다.

"혹시 나 자는 사이에 몹쓸 짓 한 거 아니죠? 그리고 나만 옷 입혀 준 건 아니겠죠?"

무결은 쓰게 웃음 지었다. 그의 해탈한 표정을 오해한 승희의 눈매가 날렵해졌다.

"한무결 씨는 왜 옷을 벗고 있는 건데요. 대답 좀 해봐요."

"그 질문은 스스로한테 하시죠. 일단 벗겨간 내 옷 내놓으시고."

"옷?"

승희가 멀뚱하니 있는 사이 무결은 돌돌 말린 이불 끝을 확 잡아당겼다. 이불이 펼쳐짐과 동시에 무결의 티셔츠가 그 안에서 발굴되었다.

"내가 이걸 벗겼다고요?"

대체, 어젯밤엔 무슨 일이 있었던 것인가. 그가 시크하게 흘겨보고 는 옷을 가져갔다.

"반성의 시간을 가져요."

승희는 계속 정신을 차리지 못하고 그가 옷을 주워 입는 것만 멍 하니 바라보았다.

"그리고 내가 몹쓸 짓을 하고 싶을 땐 당신을 반드시 깨워서 맨정 신일 때 할 테니까 오해하지 마요. 변태 짓은 안 해요. 먼저 원해준다 면 사양은 않겠지만."

끝이 갈라진 음성으로 뱉어내는 외설적인 말에 열이 훅 올라왔다. 아니 그것보다도, 스스로에 대한 부끄러움이 먼저였다. 그래서 날 돌 돌 말아놓은 거였어? 내가 당신을 덮칠까봐?

"미안해요. 어제는 진짜 너무 힘든 날이었잖아요. 꿈속에서 씨름을 했나봐요."

사태를 이해하게 된 승희는 뒤늦게 사과했다.

"괜찮아요."

"원래는 그렇게 잠버릇 심하지 않아요."

"괜찮다니까."

"괜찮은 게 아니잖아요! 입은 웃고 있고 눈은 노려보고 있잖아요. 살 떨린다고."

승희가 살 떨리는 목소리로 말했다. 무결이 자신의 눈빛이 너무 과 했는지 생각하며 표정을 풀고 다시 말했다.

"정말로 괜찮아요. 잠자다가 레슬링을 해도 상관없어요. 그런 걸로 는 실망도 안 하고 화나지도 않아요. 결혼해주겠다고 나를 홀려놓고 자기랑 나는 안 어울린다며 떠나가버린 옛사랑도 있었다고요. 이런 건 아무것도 아니에요."

하아. 이렇게 말하니까 더 화난 것 같잖아.

"그렇게 얘기하니까 내가 혼인빙자 사기극이라도 한 것 같네요."

"맞지 뭐."

무결이 놀리듯 대꾸했다.

"몸 주고 마음 주고 다 했다고, 난."

"몸은 안 줬잖아요!"

승희가 버럭했다. 무결의 눈빛이 재미나다는 듯이 빛났다.

"몸을 주는 게 뭔데요. 어떤 의민데."

걸려든 것이다. 어째 이 남자랑 같이 있으면 자꾸 얘기가 음란한 쪽으로 변질되는지 모르겠다.

"난 이미 처음 만난 날 내 몸을 다 오픈했는데."

무결이 대뜸 처음 만난 날의 이야기를 끄집어냈다. 그때 무결은 샤워를 마친 후 가운만 두르고 있었다. 속옷 바람으로. 그리고 날 드레스룸으로 데려가서 서 있게 했었지.

"속옷은 입고 있었잖아요……."

승희는 개미 기어가는 소리로 말했다. 무결은 꿈쩍도 하지 않는다.

"그리고 내가 모를 줄 알아? 처음 만난 그날, 우승희 씨가 내 허리끈 풀어버리려고 했잖아요."

헉. 어떻게 알았지? 그건 무덤까지 가져갈 비밀이었는데. 비밀을 들킨 승희의 몸이 딱딱하게 굳었다. 그의 표정은 유연하다.

"그걸 풀게 됐어야 했던 건데."

그때의 일을 한탄하는 듯 한숨을 쉰 무결이 넌지시 물었다.

"어젯밤에 잠들면서요. 내가 뭐라고 했는지 기억나요?"

흠칫 놀란 승희가 멍하게 되물었다.

"네? 뭐라고 했는데요?"

"아니에요. 밥 먹으러 갈까요?"

무결은 어깨를 으쓱하고는 먼저 방을 나섰다. 실은 어제 잠결에 그가 했던 말을 승희도 들었다. 들었다고 답하는 것이 쑥스러워 반문했을 뿐인데 그 또한 다시 말을 꺼내지 않을 모양이다. 승희는 다행이라고 생각했다.

조식 식당. 이번에도 영락없이 승희와 무결이 가져온 반찬은 모두 겹쳤다. 이젠 그러려니 한다. 지난번보다 반찬 선택의 폭이 더 적기도 했고.

무결도 승희의 식판을 확인하고는 뿌듯하게 웃으며 자리에 앉았다.

"어제 무슨 일이 있었는지 얘기 못했네요."

무결의 말에 승희는 고개를 들었다. 그제야 어제 무결이 만나서 하고 싶은 얘기가 많다고 했었던 게 떠올랐다. 자신의 일이 너무나 벅차서 그에게 어떤 일이 있었는지에 대해선 생각해보지 못했다.

"명중우가 결혼 허락을 받으러 희재원에 왔어요. 그냥 형식적으로 넘어가나 싶었는데 그 자리에서 어머니가 명중우에게 한 방 먹였어요. 승희 씨 얘기를 꺼내셨죠. 결론은 우승희를 괴롭히지 말라는 거였어요. 괜히 사람을 미워하지도 말고."

무결은 얘기하며 조금은 기분이 좋은 듯했다. 승희도 입술 끝을 올려 보았다. 혜리가 자신을 대단히 마음에 들어한 모양이었다. 하지만 그런 발언이 누군가에게는 큰 자극이 될 수도 있기에 승희는 오래 웃을 수 없었다.

"명중우를 좀 더 일찍 막았어야 했는데, 승희 씨한테 이런 일이 벌어졌네요."

무결도 그 생각을 하는 듯 한탄했다.

"오늘부터 명중우의 8년 전 행적을 캐볼 거예요. 이진심에 대해서도 알아볼 거고."

긴 한숨을 쏟아낸 무결이 승희에게 다시 말했다.

무결은 경찰서를 찾았다.

차량 폭파사건에 대해서 경찰도 심각하게 보고 조사하고 있었다. 하지만 승희의 차 블랙박스는 사라졌고 승희의 차를 비추는 CCTV는 없었기에 사건은 미궁이었다. 근처의 CCTV로 수상한 사람을 조사해야 하는데 이는 정확하지도 않고 품이 많이 드는 일이기도 했다.

'배후에 있는 사람은 명중우가 확실한데, 증거를 찾을 수가 없다니.'

답답한 노릇이었다. 하지만 한무결은 증거가 없다고 해서 포기할 사람이 아니다.

명중우의 8년 전. 이를 파헤치기 위해 무결은 친구를 만났다. 반년 전, 무결에게 승희의 대학 시절 이야기를 전해준 친구였다.

"나는 명중우랑 친하지는 않았어. 걔 1학년 때는 더욱. 걔는 1학년 1학기 초부터 애들 모아서 클럽 다니던 애라."

친구의 이야기에 무결은 눈썹을 찌푸렸다.

"어디 클럽 다녔는데?"

"여러 군데겠지. 강남 쪽 클럽에서 놀았다더라. 근데 그건 학기 초였고, 지금은 그런 데 간다는 얘기 들은 거 없어. 금왕그룹 사위가 되려면 마음 고쳐먹어야지."

무결의 표정이 심각해지자 친구가 다독였다.

친구와 헤어진 무결은 천상현의 동생 천상미에게 연락하여 천상현이 8년 전 아르바이트를 하던 술집의 위치를 물었다. 상미는 술집이 어디인지 알지 못했다. 다만 술집에서 찍은 것으로 보이는 사진한 장을 전해주었다. 사진에는 명중우와 천상현과 한 여자가 있었다. 명중우의 당시 여자 친구인 것 같았다. 무결은 사진을 확대해 여기저기를 살폈다. 인테리어가 별 게 없어서 사진을 통해 알아볼 수 있는 정보가 별로 없었다.

다만 다른 쪽의 테이블에 빨갛고 노란 음식이 담긴 병이 눈에 띄었다. 파프리카 피클. 논현동에서 파프리카 피클을 주는 술집을 찾는 것은 어려운 일이 아니었다. 인터넷 검색만으로도 쉽게 술집의 상호명을 확인할 수 있었다. 그러나 그 술집은 4년 전에 문을 닫았다.

어쨌거나 술집의 위치를 확인한 무결은 주변의 클럽들, 8년 전에 영업을 하던 클럽들을 찾아보았다. 세 군데의 클럽이 눈에 띄었다. 미심쩍은 정보들도 여럿 확인되었다. 한참 클럽의 정보를 수집하던 무결은 다시 길을 나섰다.

삼성동의 클럽 앞. 밤이 되니 여리꾼들이 오가는 젊은이들을 붙들었다. 곱상한 외모에 부티 나게 옷을 입은 무결도 여리꾼들의 목표 대상이 되었다. 무결은 일부러 많은 여리꾼들 중 두 번째로 나이 들어 보이는 여리꾼 앞을 바짝 지났다. 역시 여리꾼이 무결에게 말을 걸었다.

"손님, 한번 들어갔다 나오실래요? 오늘 물 좋습니다."

"출입은 됐고."

무결은 제게 접촉해온 여리꾼의 팔을 잡아 맞은편 건물 쪽으로 걸었다. 그리고 여리꾼의 주머니에 5만 원짜리 지폐를 여러 장 꽂아주었다.

"8년 전에 여기서 여대생이 죽었죠?"

무결을 경찰이라고 생각하는 듯, 여리꾼의 눈동자가 흔들렸다.

"경찰 아니에요. 경찰이면 내가 돈을 줬을까."

멍하게 고개를 끄덕인 여리꾼은 두툼해진 주머니를 만지작거리며 대답했다.

"네. 있었죠."

"사인이 약물중독이었다는데."

"우리 클럽에서 일어난 일이긴 한데, 우리 클럽이 관계된 건 아니고요. 그저 클럽에서는 이 일이 매출에 지장을 주니까 발 빠르게 처리한 것밖에 없어요. 그리고 약물 주입한 진범은 금방 잡힌 걸로 들었는데요?"

무결이 알아본 정보와는 달랐다. 무결은 여리꾼에게 사진 한 장을 내밀었다. 명중우의 정면 얼굴 사진이었다.

"그럼 혹시 이 사람 아십니까?"

여리꾼이 고개를 저었다.

"알 것 같기도 하고⋯⋯ 근데 워낙 손님이 많아서요."

"네. 혹시 더 생각나는 게 있으시면 연락 부탁드립니다."

무결은 여리꾼의 다른 주머니에 돈을 찔러주며 전화번호가 적힌 메모지를 건넸다.

같은 시각. 승희는 재훈과 만났다. 주차장에서 사고가 있었다는 사실을 전해 들은 철순이 재훈에게도 이를 알린 것이었다. 재훈이 무결의 집 근처까지 찾아와서 승희는 재훈을 만나러 나가게 되었다.

"차가 폭파했다니. 무슨 소리야."

재훈이 섬뜩하다는 듯 물었다.

"말 그대로야. 차에 불이 붙었고 그다음에 폭발했어."

"······괜찮은 거야?"

"응. 다행히 잘 피해서."

재훈의 표정에는 걱정의 빛이 역력했다.

"누가 의도적으로 그런 거야?"

"그런 것 같아."

재훈의 이맛살이 우그러졌다. 재훈은 여전히, 무결과 승희가 엮이는 바람에 승희가 이 많은 고역을 치르게 되었다고 생각하는 듯했다. 그게 아닌데.

"재훈아. 이제 명중우에 대해서 알아보지 마. 내가 알아서 할게."

승희가 할 수 있는 건 그것뿐이었다. 재훈 또한 명중우에 대해 파헤치려다가 위험해질 수 있다. 재훈이 자신과 같은 피해를 입는 일은 없어야 한다.

"넌 명중우가 위험한 애라고 생각하는 거지?"

재훈이 물었다. 승희는 말없이 작게 끄덕였다.

"정말 그렇게 끔찍한 놈일까?"

"알 수 없어."

"하지만 네가 그렇다면 나한테도 그런 거야."

무결에 대해서만 판단이 갈릴 뿐, 재훈은 승희의 판단을 전적으로 신뢰하고 있다.

"그렇다면, 명중우가 그런거라면…… 내가 부주의해서 사고가 난 거구나."

재훈은 스스로를 책망하듯 고개를 내렸다.

"나는 괜찮으니 됐어."

승희는 그런 재훈을 다독였다. 그리고 충고해주었다.

"재훈아, 너도 몸조심하는 게 좋아."

"알겠어. 그럴게."

승희는 조금이나마 마음이 놓였다.

재훈을 만나고 돌아오니 무결이 현관문 앞에서 지키고 서 있다. 겨우 한 시간 자리를 비웠을 뿐인데 그의 눈빛은 이틀 동안 학원 빼먹고 놀다온 아들을 바라보는 아빠의 눈빛.

"어디 갔다 왔어요!"

"잠깐 재훈이 좀 만나고 왔어요."

"김재훈? 또 김재훈?"

무결이 험악한 표정으로 따졌다.

"네. 재훈이가 어제 폭발사고로 걱정하고 있어서요."

"혼자 만나고 왔어요?"

"네."

"왜 또 나한테 말 안 했어."

"나 혼자 만나도 된다고 생각했어요. 무결 씨도 오늘 바빴잖아요."

"그래도 말은 해줘야지."

"무결 씨가 전화하지 그랬어요. 언제든 전화할 수 있잖아요."

"전화했다고."

승희는 가방에서 휴대폰을 꺼냈다. 부재중 전화 표시가 보였다. 무음으로 설정돼 있어 몰랐던 모양이다. 무결이 마련해준 새 휴대폰이 손에 익는 데는 시간이 걸릴 것이다.

"아아, 내가 기계치라……."

단 한 번도 스스로 인정하지 않았던 사실을 그의 질투심에 의해 인정하게 되었다. 그럼에도 그는 삐친 얼굴이다.

"미안해요."

승희는 부드럽게 미소 지으며 사과했다. 별일 아니라는 듯이. 하지만 이 사과를 무결이 곱게 넘어갈 리 없었다. 그녀의 고맙다는 말, 미안하다는 말에는 늘 다른 대가가 필요했다. 무결은 욕심을 드러냈다.

"그럼 같이 자요."

"아 싫어요."

승희는 그가 잡으려는 손을 뿌리치고 곧장 도망갔다. 그녀가 꽁무니를 빼고 줄행랑치니 무결은 영문도 모르고 따라붙었다. 소파 위를 뛰어서 지나간 승희는 그의 서재로 대피했다. 집이 넓어서 술래잡기하기에는 딱 좋다. 컴퓨터 의자 하나를 사이에 두고 대립한 두 사람.

"왜 싫은데."

"내가 덮칠까봐."

"덮쳐. 마음대로 해도 돼요."

"아 싫어요."

"난 괜찮다고."

승희가 고개를 도리도리 저었다.

"우리가 결혼한 것도 아니고."

"지금 이게 뭘로 보여요. 우리 지금 동거하는 거라고요. 사실혼 관계. 내연 부부라고 내연 부부."

"아 싫어요, 내연 부부."

다시 도망가려는 승희의 허리를 무결이 날쌔게 붙잡았다. 으악.

"잡았네."

허리가 붙들려 끌려간 승희는 곧장 무결과 바짝 마주 보게 되었다. 그의 표정을 확인한 승희는 꿀꺽 침을 삼켰다.

재미있었다, 많이 봐줬다, 그런 표정. 더 일찍 잡을 수 있었는데 내가 놀아줬다, 그런 표정.

"다른 데 못 가. 안 놔줄 거야."

그녀의 허리를 붙잡고 있던 무결이 번쩍 그녀를 안아 들었다.

살아생전 공주님처럼 몸이 들리는 날도 있구나, 이 사실이 생경하여 승희는 제 입을 가리고 미소를 숨겼다. 언젠가 그가 잠든 그녀를 침실로 옮겨준 적이 있었단 사실을, 승희는 알지 못했다.

무결은 제 침실로 그녀를 데려와 내려놓았다. 침실의 풍경이 승희의 기억과는 달랐다. 침대 위에 놓인 꽃다발, 바닥을 듬성듬성 채운 풍선. 잠시 후, 무결이 그녀를 앞에 두고 한쪽 무릎을 세워 앉았다.

"뭐예요?"

"딱 보면 몰라요? 꽃 있고, 반지 있고. 나 무릎 꿇었고."

사실 그녀가 잠깐 집을 비워주어 다행이었다. 적어도 풍선을 불 시간은 마련했다. 그게 아니었다면 현관문 앞에서 프러포즈를 했을 것이다.

"결혼해요. 나랑."

용기 있고 씩씩하게 목소리를 내고자 했으나 간절한 떨림은 숨길 수가 없었다. 그렇게 무릎을 꿇은 채로 그녀의 반응을 기다리는데.

어어어?

돌연 그녀가 그의 앞에 무릎을 꿇고 앉았다. 당황한 무결이 움찔했다.

"뭐하는 거예요. 얼른 일어나요."

"싫어요."

"……."

"이건 거절하는 게 아니고요."

그녀가 거절하려는 건가 싶어 조막만 해졌던 심장이 다시 제 크기로 돌아와 들썩거렸다. 그녀의 말은 진지한 목소리로 이어졌다.

"한무결 씨가 나를 혼자 못 두겠어서 그러는 거라면 같이 사는 것도 괜찮아요."

"들었구나, 어제."

어젯밤, 잠결에 그가 그녀에게 결혼하자고 했다. 혼자 못 두겠다고. 오늘 아침에 그녀는 그 말을 못 들은 척했으나 지금의 대화로 무결은 눈치챌 수 있었다. 무안한 듯 고개를 숙인 승희가 말을 이어갔다.

"근데 결혼은 다르잖아요. 연애를 하는 거랑 결혼을 하는 건 달라요. 한무결 씨도 알 거예요."

그녀는 이 상황에서도 이성적으로 그를 밀어냈다. 순간의 불꽃에 마음을 빼앗겨 제 몸을 태워먹는 부나방이 되고 싶지는 않았다. 조금 더 천천히 생각할 시간이 필요해, 우리에게는. 당신이 하찮아서가 아니야. 결혼도, 당신도 내게 너무 중요하기 때문이야.

"한무결 씨와 내가 서로 끌리는 건 서로에게 큰 자극이기 때문이에요. 신선하게 여겨서 그런 거예요. 하지만 신선한 건 언제든 사라져요."

언젠가 우리도 서로 싸우게 될 것이다. 신선했던 모든 것이 사라지고 설렘이 옅어지고 그러다가 언젠가 지긋지긋해질 수도 있을 것이다.

"우리 다 알잖아요. 감정은 변한다는 거."

그녀의 부모님은 이혼을 했고, 그의 아버지는 부인과 사별 후 재혼을 했다.

"한무결 씨는 유기견을 입양하고 싶은 마음으로 지금 나를 보고 있는 것일 수도 있어요. 내가 너무 딱해서. 안타까워서."

그녀는 지금의 급한 감정에서 벗어나야 한다고 차근차근 타일렀다. 그녀의 회유가 서럽기는 하지만, 또한 사랑하기에 이해할 수 있는 부분이라 무결은 슬프게도 미소 지을 수밖에 없었다.

"유기견을 입양하고 싶은 마음으로 보는 건 아니지만 딱하게 생각하는 건 맞아요. 하지만 내가 연민과 사랑을 구별 못 하는 바보는 아니에요."

처음부터 사랑이었던 사랑이 얼마나 될까. 사람의 외모와 마음이 모두 다르듯, 사랑도 가지각색의 형태로 출발한다. 단순한 호감이었던 것이, 때론 동정심이었던 것이, 또 때론 우정이었던 것이, 아주 간혹은 미움이었던 것이 사랑이 된다.

"언젠가 내가 그런 말 한 적 있죠. 자기 마음대로 100을 줘놓고 똑같이 100을 주지 않는다고 미쳐가는 마음이 위험하다고."

오늘 거절당해도 내일 또, 내일 거절당하면 모레 또. 희망이 있는 한, 나는 계속 갈 거야. 당신이 마음의 문을 열어주었으니 나는 이제 계속 이렇게 하겠다.

"내가 틀렸어요. 나는 이제 우승희 씨한테 100을 주고 싶어요. 아니, 있다면 200, 1000, 10000이라도 주고 싶어요. 그리고 온전히 돌려받지 않아도 괜찮아요, 이제. 주는 사랑도 행복하다는 걸 알았으니까."

언젠가 우리의 떨림이 가라앉게 될지도 모르지. 그때 내가 편안한 모습으로, 당신 옆에 있었으면 좋겠어. 버릇처럼 안아주고, 버릇처럼 키스하고 그럴 수도 있겠지만. 그게 든든하다는 걸 당신이 알게 됐으면 좋겠어.

사랑해. 내 사랑의 형태가 변하는 게 두렵지가 않아, 이제.

사랑하는 사람을 거절하는 건 한계가 있다. 이 사람을 사랑해서, 이 사람에게 상처를 주고 싶지 않았다. 더 이상 이 착한 사람을 서운하게 하고 싶지 않았다. 무결의 고백에 반응한 승희의 눈이 맑게 젖었다. 고마워. 고마워서.

"당신이 나를 사랑하는 방식은 나도 사랑스러운 사람이구나, 생각하게 해요."

너무 미안해.

"맞아요. 사랑스런 사람."

그의 목소리는 굳건했다. 거절을 이미 염두에 두고 있는 듯 체념 섞인 미소가 그녀의 가슴 안쪽 자리에 깊이 파고들었다.

굳세고 착한 남자를 만났다. 거친 것에 무너지지 않는 마음이 부드러운 것엔 녹아버린다. 따뜻한 기온을 만나 얼음이 녹듯 눈물이 떨어졌다. 그저 두어 방울일 뿐인데, 그가 세상이 무너진 듯 한숨을 쉬며 다가와 그녀의 머리를 끌어안았다.

"울리려고 청혼한 거 아니야."

"이건 알다시피 슬퍼서 우는 게 아니라요……"

젖어든 목소리가 미안했다. 당신이 너무 좋고, 그래서 어찌해야 할지 모르겠다.

"고맙고, 미안해요."

"알았어. 알았어."

무결은 더 이상 괴롭히지 않겠다는 듯 그녀를 일으켜 침대에 앉혔다. 우선 그녀를 달래어 부담을 내려놓게 하는 것이 급선무였다. 부담감 때문에 사이가 멀어지는 건 원치 않았다. 하지만 희망을 놓을 수도 없는 상태.

"지금 당장은 안 되겠지만, 긍정적으로 생각하겠다는 뜻이죠?"

그는 유연하게 회유했다.

"이해해요. 하루아침에 형성된 결혼 가치관이 아닐 텐데, 손바닥 뒤집듯 뜻을 바꾸는 게 더 이상하지. 그 뜻이 우승희 씨 인생이었을 텐데."

흐윽. 그가 마음을 알아주니 승희는 희한하게도 더 눈물이 났다. 무슨, 양파맨이야. 까도 까도 새롭고, 자꾸 나를 울게 해. 세 번째 눈물방울이 떨어졌다. 그사이에.

"근데."

양파맨이 다시 말문을 열었다.

"같이 사는 건 괜찮다고요? 결혼만 안 하면 된다는 거예요? 같이 사는 건 괜찮다고?"

자, 잠깐……. 눈물이 쏙 들어갔다. 이게 아닌데?

이 진지하고 심각한 순간에 헛말을 했다고 둘러댈 수도 없고.

"같이 자도 괜찮고?"

이게 아닌 것 같은데?

그의 질문은 조금 더 도발적인 색을 띠었다.

"그러다 아기가 생기면?"

"아, 아니, 같이 잔다고 아기가 생기나요?"

마음이 급해진 승희가 몇 번 말을 더듬었다.

"생길 수도 있잖아요."

"어, 어젯밤처럼 자면 되죠."

"어젯밤처럼 승희 씨가 내 옷을 벗기면 언젠가 생길걸요?"

'옷을 벗긴다'와 '아기가 생긴다'의 사이에 함축된 수많은 장면들이 영사기 화면처럼 지나갔다. 무결은 그녀의 당황한 눈빛이 만족스러운 듯 미소 지었다.

"아니다. 내가 조심하면 되죠. 그건 걱정 안 해도 돼요."

그러니까 더 걱정되잖아! 눈 깜짝할 사이에 상황이 뒤집혔다. '양보의 호혜성'이라는 말이 있다. 큰 부탁의 거절 뒤에 이어지는 작은 부탁은 거절하지 못하는 심리에서 나온 말이다. 한무결은 이 애틋한 와중에도 전법이 능했다. 승희는 무결의 능청에 얼굴이 훅 달아올랐다. 그녀의 얼굴이 붉어진 틈에 이 기회주의자는 하고픈 말을 퐁 터트린다.

"나는 우승희 씨가 야한 사람이라 너무 좋아요."

"아니거든요!"

그녀가 목청을 돋우든 말든.

"생각해보니 나쁘지는 않네요. 같이 살면서, 이게 결혼하고 뭐가 다른지 생각해보는 거예요."

이미 그의 안에서는 생각이 정리되고 체계가 잡혔다.

"그래서, 이사는 언제 올 건가?"

"무슨 이사를 와요."

"월세 아깝잖아요."

"왜 한무결 씨가 내 집에 들어오겠다는 생각은 못 해요?"

승희는 에둘러 대꾸했다. 넓은 집에서 곱게 자란 이 남자가 그녀의 좁은 집에서 버틸 수 있을 리 없다. 오래전 서천에서도 그는 잠을 설치지 않았던가.

"아, 그것도 상관없어요."

"좁아서 불편할 텐데요."

"좁은 건 좁은 것만의 매력이 있겠죠. 나도 각방보다는 한 방이 좋기도 하고."

그런데 의기양양한 그의 대답이 그녀를 다시금 당황케 했다.

"집 안에만 있으면 서로 시야에서 벗어나지 않는다는 점이 끌리네요. 침대도 작고."

"1인용 침대예요. 우리 집에 오면 한무결 씨는 바닥에서 자야 해요."

"좋아요. 그럼 갈까요?"

"네?"

"우승희 씨 집으로."

"아뇨!"

승희는 저도 모르게 소리를 버럭 지르게 되었다.

"오늘은 여기 있을래요."

"그럼 내일부터?"

추진력이 어마어마하다. 밀고 들어오는 게 트랙터급이다. 이 남자가, 불과 10분 전에 간절한 눈빛으로 청혼을 하던 남자가 맞나? 그저 처음부터 같이 살기 위한 계산이었던 거 아닐까?

아니, 같이 살아도 괜찮다는 말은 내가 했는데. 이 남자는 나를 손바닥 위에 두고 쥐락펴락 주물주물 하는 것 같다.

"이렇게 할까요? 여기서 살아보고 거기서도 살아보고 더 괜찮은

데에서 같이 사는 걸로 하죠."

"뭐가 이렇게 쉬워요?"

"동거는 법적 절차가 필요하진 않으니까요."

승희는 그저 멍할 뿐.

"그럼 오케이? 내일부터는 우승희 씨 집에서 지내보죠."

다만 이 와중에도 그의 타고난 추진력이 부러워 죽겠다. 그의 배경만 아니라면 스카우트하고 싶은 인재. 배울 점이 많은 사람이란 걸 인정해야겠다.

"우리 집은 두 사람이 살기엔 너무 좁으니까 차차 생각해봐요."

승희의 항복이었다. 무결이 미소로 화답했다.

"내 걱정은 안 해도 돼요. 그럼 일단은 여기서 같이 지내는 걸로?"

아우 얄미워. 불과 10분 전에 마음을 다해 징징거린 것까지 약이 올랐다. 어느덧 미안한 마음은 싹 사라졌다.

"나는 잘 거예요."

"그럴까요?"

"오늘은 혼자 잘 거라고요!"

"잘 자는지 봐줄게요."

"됐어요! 또 어떤 봉변을 당하시려고."

"봉변이라고 생각 안 해요. 바지까지 벗어줄 수 있다니까?"

"아닙니다. 제가 사양할 거예요."

승희는 고개를 흔들고서 방으로 향했다. 무결이 그녀가 먼저 떠나는 것이 서운하다는 듯 물었다.

"너무 일찍 자는 거 아니에요?"

"내일부터 열심히 일하려면 일찍 자야 한다고요. 한무결 씨도 주무시죠."

"알았어요. 잘 자요."

그녀를 설레게, 고맙게, 미안하게, 약 오르게 만들었던 그의 목소리는 마지막으로 짠한 여운을 남겼다. 방으로 떠나는 승희의 발걸음이 돌연 무거워졌다. 이렇게 심통 맞게 돌아설 게 아닌데. 감정에 휩쓸려간다고 생각하여 흥분한 것이다. 슬쩍 고개를 돌려보니 풍선을 줍는 그의 처량한 뒷모습이 보였다.

"저기요."

다시 무결의 침실로 돌아간 승희가 무결에게 말했다.

"꽃은 받을게요. 풍선도 가져갈래요."

무결의 표정이 서서히 환해졌다.

"꽃 가져가고 풍선 가져가면 반지는 덤으로 가져가야 하는 거예요. 투 플러스 원."

"배보다 배꼽이 더 큰 사은품은 공정거래에 어긋나죠."

그녀가 거절했지만 무결은 재차 청했다.

"껴주면 안 되나?"

그가 케이스를 열어 보여주었다. 우아한 눈꽃 모양의 다이아몬드 반지가 들어 있었다.

"반지는 나중에요."

"반지 낀 거 보고 싶은데."

오늘 그의 표정은 변화무쌍하다. 의젓한 표정과 능청스런 표정 다음에는 길 잃은 새끼고양이처럼 애처로운 간청의 표정이다.

'보고 싶다는데, 그래 껴보자. 내 손이 닳는 것도 아니고.'

그렇게 생각하면서도 찜찜한 기운이 남는다. 이 반지를 끼면 평생 못 빼게 되지 않을까. 두근거리는 마음으로 반지를 집어 들었다. 반지는 그녀의 왼손 넷째 손가락에 딱 맞았다. 꼭 맞는 반지는 무척이나 안정적인 느낌이다. 그녀 스스로 빼고 싶지 않아질 만큼.

"딱 맞네요. 됐죠?"

더 욕심이 생기기 전에 승희는 반지를 빼서 다시 케이스에 넣었다. 그 모습까지 묵묵히 바라보고 있던 무결이 돌연 그녀를 향해 고개를 내렸다. 승희가 반사적으로 발을 뒤로 뺐다.

"왜……."

"한 시간만 해요."

길 잃은 새끼고양이는 단숨에 성장하여 매서운 눈빛을 드러내는 범이 되었다. 보이지 않는 올가미가 그녀의 발을 꽉 붙들었다.

"청혼을 안 받아줘서 화가 나."

좋은 핑곗거리가 생긴 것이다. 이번엔 키스를 하려고 일부러 화를 내고 있다. 청혼 거절을 빌미로 그는 모든 사리사욕을 채울 계산인 것 같았다. 그가 덮칠세라 승희는 발뒤꿈치를 들어 먼저 그에게 입 맞춰주었다. 금방 입술을 떼니 그는 득달같이 손을 잡았다.

"잠깐만."

갈증이 가득한 사람의 입술에 물기만 묻혀주었으니 더욱 애가 탈 수밖에 없었다. 무결은 고개를 기울여 제 입술로 그녀의 말랑한 입술을 잡아먹듯 빨아들였다. 청혼을 받아주지 않은 것에 화가 난다는 말이 농담뿐인 건 아니다. 늘 YES라는 대답이 확실한 관계에만 배팅을 했었다. 괜한 감정 소모가 싫어서. 그랬던 자신을 이토록 인내하게 하는 사람은 없었다. 이토록 참지 못하게 하는 사람도 없었다.

단숨에 모든 것을 지배해버리고 싶은 욕망이 그녀와의 타협을 통해 여러 개의 소망으로 쪼개졌다. 답답한 일인데도 그녀의 말을 듣게 된다. 이런 감질나는 보상에 감복하면서. 그녀의 입안을 질척거리며 헤집으니 그녀의 호흡이 가파르게 달싹거렸다. 그 작은 반응들에 기껏 잠재운 욕망들이 다시 뜨겁게 응집한다. 당장 침대에 눕히고 싶은 마음, 모조리 삼켜내고 싶은 마음에 그녀의 어깨를 잡은 손에 힘이 들어갔다. 이를 감지한 승희가 뒤로 물러났다. 성큼 쫓아갔건만, 그녀는 선을 그었다. 몸이 닿아 있는 동안에는 내 것이라고 생각했던 마음이 다시 멀어진 기분이었다. 그녀가 붉게 젖은 입술 사이로 밭아진 호흡을 내뱉는 것을 주린 눈으로 바라보았지만 그녀는 결국 꽃다발만 챙겨 도망갔다.

"갈게요, 잘 자요! 풍선은 그냥 둬요."

애인의 지령에 따라 무결은 여운이 잔뜩 남은 몸으로 풍선과 함께 밤을 보내게 되었다.

남친이 섹시해서 걱정입니다.

이제껏 저는 스스로가 주체적이고 능동적이면서도 방정한 사람이라고 생각했거든요. 그런데 남친을 만나면서 새로운 세계에 눈을 뜨게 되었습니다. 남친이 다가올 때마다 자꾸 문란한 상상을 하게 되네요. 이건 모두 남친이 섹시한 탓입니다. 바라보면 녹을 것 같아요. 먼저 덮치고도 싶은데 제가 먼저 덮치면 이 남자는 더 타락할 것 같아요. 여기에서 더 섹시해지면 곤란하잖아요?

월요일. 바쁜 일상의 한복판에서 승희는 멍하니 어젯밤의 일을 생각했다.

아니지. 제가 먼저 덮치는 건 곤란해요. 이 남자가 추진력 있게 밀어붙이는 게 멋있거든요. 남친에게만은 힘없는 척하고 싶어요. 그냥 끌려가고 싶어요. 근데 또 무턱대고 끌려가면…….

후아아아아……. 승희가 무결을 생각하며 한숨을 쉬니 혜순이 걱정스러운 얼굴로 다가왔다.

"대표님, 이번 주 일들은 우리가 알아서 할 테니까 쉬시는 게 어떨까요?"

그녀가 차량 폭파사건으로 놀랐을 거라고 생각한 것이다. 물론 많이 놀랐고, 당시에는 무결의 품에서 많이 울었지만, 한무결의 품이 보통 품이어야지. 눈물샘을 뽑아버린 듯이 눈물을 싹 말려버리고 그 안을 음욕으로 꽉꽉 채우는 미친 존재감의 남자다.

게다가 더 큰 사건이 있었다고. 청혼 거절과 동시에 동거 승낙. 차량 폭파사건은 어느덧 생각의 뒤안길로 물러나버렸다.

"아니야. 나 일할 수 있어."

승희가 속에 기합을 꽉 넣고는 대답했다.

"더 열심히 일할 거야."

내게 더 많은 일을 다오. 과다한 업무만이 정체성을 지켜줄 것 같았다. 무결이 그녀와 헤어져 왜 그토록 열심히 살았는지 이해할 수 있을 것 같았다.

그러나 일에 집중하자고 스스로를 몰아붙이기 무섭게 전화가 걸려왔다. 옆에 놓아둔 휴대폰에서 한무결이라는 이름이 뜨자 다시 심장이 거친 펌프질을 시작했다.

"여보세요."

[오늘 시간 좀 있어요?]

"없는데요."

어차피 집에서 만날 수 있는 사이인데 왜 시간에 집착하나 싶어서 불퉁스럽게 대꾸했다. 그런데 그는 뜻밖의 용건을 말했다.

[만나게 해줄 친구가 있는데. 우승희 씨 동기인데 명중우랑 예전에 친했었다네요.]

"만날게요!"

승희의 빠릿한 대답에 저편에서는 한숨 소리가 들렸다.

[나랑 만나는 건 거부하고, 친구는 덥석 만나시겠다?]

"미안해요."

[나는 언제쯤 우승희한테 1순위가 되려나.]

지금도 1순위인데. 하지만 승희는 그 대답을 삼켰다. 지금의 불안정한 관계가 승희에게는 그나마 벅차지 않은 비탈길이다.

[저녁때 잠깐 봐요. 내가 데리러 갈게요.]

언제나 그랬듯 무결은 이번에도 시원스럽게 넘기고는 그녀에게 일렀다.

저녁때가 되어 무결은 승희네 회사로 갔다. 일찍 퇴근한 승희는 무결의 차를 타고 교외를 나섰다. 무결의 차가 선 곳은 경기도 평택의 한 동네였다. 무결의 안내를 받아 프랜차이즈 카페로 들어가니 낯익은 얼굴이 보였다.

"승희야."

"어, 두황아……."

승희는 자리에서 일어나 인사하는 친구에게 반갑게 대꾸하지 못했다.

이두황. 대학교 때 명중우와 가깝게 지내던 친구였다. 8년 전, 동기

여학생들의 점수를 매기며 놀던 무리에 있던 그 친구.

함정이 아닐까 하는 생각에 승희는 망설여졌다. 떨려오는 눈으로 무결을 바라보았다. 무결이 담담하게 먼저 인사했다.

"한무결입니다."

"네. 이두황이라고 합니다."

"내 친구를 통해서 연락이 닿았어요. 명중우와 연락을 끊은 지 오래되었다고 들었어요."

무결이 당황한 승희를 위해 두황과 만나게 된 정황을 설명해주었다. 승희도 두황에게 말을 걸었다.

"너는 명중우랑 친했잖아."

"친했지."

"그런데 지금은 가까이 안 지내?"

"어. 그렇게 됐어. 오랜 시간에 걸쳐서 서서히 인연을 정리했어. 지금은 아예 마주치지 않으려고 하고 있지. 이렇게 동기를 만난 것도 2년 만이야."

"왜 명중우랑 멀어지게 된 거야?"

"원래 사람은 나쁜 짓을 하면서 더 친해지게 돼 있어. 비밀을 공유하는 사이가 되니까. 중우와 어울려 다닐 때의 나를 반성하고 있어. 그때의 나는 방탕했었어."

조심스러웠던 두황의 목소리는 조금씩 어두워졌다.

"명중우가 은근히 동기들을 휘어잡고 있었던 거 알지. 돈도 잘 쓰고, 옆에 있으면 혜택도 많이 받으니까 실은 좋았거든."

여기에서 잠시 두황의 말이 끊어졌다. 두황은 목이 바싹 말라오는 듯 물을 꿀꺽꿀꺽 들이켜 컵을 비웠다. 그리고 무겁게 다시 입을 열었다.

"그렇게 어울려서 대학 생활을 하고, 졸업한 다음에 명중우 집엘 가게 됐어. 2년 전쯤이야. 거기서 뭔가를 발견했어. 아주 우연하게."

생각하는 것만으로도 소름이 끼친다는 듯, 두황은 어깨를 움츠리고서 크게 심호흡했다. 두황의 말에 승희가 물었다.

"……뭘 발견한 건데?"

"그러니까 그게……."

두황은 제대로 말을 잇지 못했다. 두 사람의 눈치를 보는 것 같았다. 말로 내뱉는 것만으로도 부담스러워하는 마음이 느껴졌다.

"여자들 사진인데…… 정확하진 않지만…… 명중우가 지금까지 사귄……."

쾅. 주먹으로 테이블을 내려친 무결이 자리에서 일어났다. 더듬더듬 이어진 말의 끔찍함을 제대로 인지한 것이다. 불처럼 매서운 분노가 그의 눈에 가득 차 있었다. 꽉 쥔 두 주먹에 도드라진 힘줄이 보였다. 명중우 대신 눈앞에 있는 이두황이라도 두들겨 팰 기세였다. 승희보다 무결에게 조금 더 충격이 큰 일이었다. 무결의 누나 무빈이 명중우의 애인이었으므로.

승희가 무결의 손끝을 조심스럽게 잡았다. 무결은 분노를 눌러 참는 얼굴로 눈꺼풀을 내리고 다시 자리에 앉았다. 승희는 크게 심호흡한 무결에게 말했다.

"무결 씨, 바람을 좀 쐬고 오는 게 좋겠어요."

"아니에요. 괜찮아요."

"내가 대신 들을게요."

승희는 차분하게 무결을 달랬다. 그를 보호해줘야겠다는 생각이 들었다. 잠시 승희를 바라보던 무결이 자리에서 일어났다. 무결이 출입문 밖으로 떠난 후에 승희가 다시 두황에게 물었다.

"도촬이었어?"

"그런 것 같았어."

"사진이 많았어? 몇 명 정도인지 대략 봤어?"

"열 명은 넘는 것 같았어."

"왜 바로 신고 안 했니?"

승희는 두황이 원망스러웠다. 그때 두황이 바로 신고를 했으면 어떻게 됐을까. 무결의 누나 무빈과 명중우가 사귀는 일은 없었을 것이다. 승희의 한탄에 두황이 긴하게 목소리를 낮추었다.

"승희야, 넌 천상현이 너 때문에 죽었다고 생각해?"

이전에 꺼낸 이야기에 흥분했던 승희의 눈동자가 다시 고정되었다.

"난 너 때문이 아니라고 생각해. 명중우가 죽였거나, 명중우가 부추겨서 천상현이 죽음을 택한 거라고 생각해."

두황이 먼저 천상현에 대해 말문을 열 줄은 몰랐다. 그것도 이런 방식으로, 확신하듯.

"사실 천상현이 죽기 며칠 전부터 명중우가 천상현을 부추겼었어. 너랑 천상현이 잘 어울리는 것 같다고. 고백해보라고."

두황의 표정은 진지했다.

"상현이는 명중우한테 설득당해서 네게 고백한 거야. 사귀어주지 않으면 죽겠다는 말도 명중우의 조언이 아니었을까 해."

"왜 그랬는지는 모르고?"

승희가 절실하게 물었다. 왜, 대체 왜 그랬을까. 두황은 고개를 저었다. 침묵이 찾아왔다. 승희는 속이 탔고 두황은 죄인처럼 고개를 숙였다.

"명중우는 부유하고 권력도 있어. 그리고 애들을 조종할 줄도 알아. 그래서 신고를 할 수가 없었어. 위험할 수 있으니까, 멀어지는 것밖에는 아무것도 할 수가 없었어."

그렇지. 명중우의 눈 밖에 났던 내가 얼마나 괴롭힘을 당했는지 알고 있을 테니. 승희는 두황을 욕할 수가 없었다.

"미안해. 녀석의 진면모를 가까이 지낼 때는 미처 보지 못했어. 널따돌리는 데 동조해서 미안해."

하지만 그렇다고 해서 두황을 용서한다고 말할 수도 없었다. 곪았던 상처에는 여전히 딱지가 앉아 있다. 미안하다는 말에 와락 눈물이 나올 것 같았지만 승희는 안으로 삼켰다. 무결이 있으니 괜찮다. 눈물을 보이고 위로를 구할 수 있는 사람은 한무결 하나로 충분하다.

"두황아, 사진들은 어디서 봤는지 말해줄 수 있어?"

울음을 뒤로 미룬 승희가 담담한 시선으로 두황에게 물었다.

"디지털카메라 안에 들어 있었어. 6년 전쯤의 기종일 거야."

두황은 제가 본 카메라가 어떤 브랜드의 어떤 기종인지 검색해 보여주었다. 그리고 명중우의 집에 가서 보았던 것을 기억나는 대로 세세하게 말해주었다.

10여 분 후, 승희와 두황은 카페에서 나왔다. 카페 앞에 차를 세워둔 무결이 승희를 발견하고 다가와 어깨를 감쌌다. 수고했어. 고생했어. 그의 눈빛이 하는 말이 그녀의 가슴에 파고들었다. 승희는 쓰리게나마 미소 지어주었다. 두황이 인사했다.

"내내 미안했었어. 네가 밝아진 것 같아서 다행이야."

"이 사람 덕분이야."

승희는 무결을 가리켰다. 무결이 승희를 보며 눈을 찡긋거렸다.

두황과 헤어져 집으로 가는 길.

"이두황 말은 믿을 만할까요?"

승희가 걱정스럽게 물었다.

"이미 확인했어요. 정말로 2년 동안 명중우나 다른 대학 동기들을 만난 적이 없더라고요."

무결은 철두철미한 사람이니 이런 구멍을 놓칠 리 없다. 무결이 확신한다면 승희도 마음 편히 믿을 수 있었다.

"명중우의 집에 잠입해야겠어요."

무결이 결연하게 말했다.

"세상에 알려지면 안 돼. 지워야 해요."

범죄의 흔적들을 직접 지우겠다는 말이었다.

"2년 전 얘기니까 이미 없을 수도 있어요."

"그 자식이 그걸 스스로 없앨 놈이라고 생각해요?"

무결의 대꾸에 승희는 대답할 수 없었다.

"난 거기에 자료가 더 쌓였으면 쌓였지, 삭제되지는 않았을 거라고 생각해요. 그렇다면 누나도……."

무결이 운전대 위에 꽉 쥔 주먹을 올렸다. 무결이 어떤 심정인지 이해할 수 있을 것 같아 승희는 안타까웠다.

"경찰에 신고하는 게 좋지 않을까요?"

"경찰의 손을 쓰고 싶지 않아요. 오래 기다리는 건 내 스타일이 아니에요."

승희의 의견에 무결은 고개를 저었다. 그는 여전히 화를 꾹 눌러 참고 있었다.

"경찰에 증거를 직접 보여주진 않을 거예요."

"그럼 범죄 사실을 증명할 수도 없잖아요."

"명중우는 그냥 죽여버리고 싶어요."

무결의 끔찍한 말은 바로 실현될 것만 같았다. 승희의 등줄기에 싸한 기운이 일었다. 그를 말리지 않으면 큰일이 벌어질 것만 같았다.

"명중우 집에는 내가 갈게요. 무단침입이라면 내가 전문이죠."

승희가 말했다. 무결은 운전대를 잡은 채로 고개를 돌려 승희를 쳐다보고는 탄식했다.

"무슨 여자가 이렇게 겁이 없어요?"

"인생은 깡으로 사는 거예요."

승희의 배짱에 그는 픽 웃고 말았다. 그가 웃어주니 승희는 조금 마음이 놓였다. 명중우가 죽이고 싶을 정도로 밉긴 하지만, 무결이 끔찍한 일을 벌이지는 말았으면 좋겠다. 명중우 같은 놈 때문에 그의 영혼이 다칠 수는 없다. 승희가 능청스럽게 말했다.

"내가 이래봬도 무단침입 경력자예요."

"내가 갈 거예요. 아니면 사람을 쓴다거나."

"사람을 쓰면 안 돼요. 아무도 믿을 수 없어요. 내가 믿는 사람은 다치게 하고 싶지 않고."

"그럼 내가 갈 거예요. 우승희는 안 돼. 너무 어설퍼서."

무결은 절대 안 된다는 입장이다.

*

명중우 주거지 잠입 작전은 착착 계획이 잡혀갔다.

명중우의 집은 무빈의 집과 가까운 고층아파트였다. 무결은 누나로부터 명중우의 집 내부 정보를 얻었다. 무빈은 제게 살갑게 대하는 사람에게는 마음이 약한 사람이었기에, 무결이 명중우와 잘 지내보려 하는 줄 알고 순순히 대답해주었다. 잠입 당일에는 승희가 밖에서 망을 보고 무결이 중우의 집 안으로 들어가기로 했다.

"명중우의 집 보안장치는 일반적인 수준이에요. 특별한 건 없어요."

무결은 명중우의 집 평면도를 보여주며 승희에게 하나하나 설명했다.

"이두황 씨의 말에 따르면 사진기는 서재의 책장에 있었다고 하니 우선은 책장을 살펴봐야 하고 서랍을 전부 뒤져볼 거예요."

서재는 여기.

"아니면 사진은 명중우의 집 침대를 대각선 각도에서 찍은 것이라고 하니 여기에 카메라를 두었을 수도 있겠죠. 그럼 이쯤의 붙박이장 안쪽에 카메라가 있을 수도 있겠네요."

침실은 여기. 승희도 주의를 기울여 무결의 설명을 머릿속에 입력했다.

"여기도 저기도 아니면 그다음엔 그냥 막 뒤지는 거죠."

"그런 일은 없었으면 좋겠네요."

"사진을 확인하면 카메라의 메모리카드를 교체할 거예요."

"메모리카드를 빼 오면, 누나한테 알릴 거예요?"

"잘 모르겠어요."

무결의 대답은 자신이 없는 것처럼 들렸다. 명중우와의 결혼을 막기 위해서라면 당연히 알려야 하는데, 누나가 충격을 받는 것이 걱정되는 듯했다.

팔이 안으로 굽는 건 어쩔 수가 없다. 만나면 그렇게도 서로 으르렁거리지만 그래도 끌어안고 가야 하는 가족. 승희는 무결이 누나를 생각하는 마음을 겉으로 조금 더 표현했으면 좋겠다고 생각했다.

"내일 가는 거죠?"

"한시도 지체할 수가 없어요. 누나가 결혼을 강행하고 있으니까요."

무결이 결연하게 대답했다. 이미 도어록의 비밀번호까지 확인해 두었으니 되도록 빨리 해치우는 것이 옳다. 카메라를 꽁꽁 숨겨놓았다면, 어쩌면 하루 만에 탐색이 가능하지 않을 수도 있다. 그러니 시간 확보는 중요했다.

내일, 11월 1일 금요일. 명중우는 4시부터 6시까지 임원보고에 참석한다. 확보된 시간은 두 시간. 4시에 잠입을 시도하여 6시 안에 나올 것이다. 무결의 계획을 모두 확인한 승희가 돌연 무결의 허리를 꽉 끌어안았다. 뜻밖의 행동에 잠깐 당황했던 무결이 그녀를 느긋이 내려다보았다.

"이러니까, 전쟁터에 나가기 전날 부인이랑 찐하게 사랑을 나누는 군인이 생각나네요."

조금 전까지만 해도 결의에 차 있던 눈빛이 기회주의자답게 능청스레 빛났다. 그녀의 긴장을 풀어주려는 마음이었다. 하지만 승희는 애틋한 표정이다. 정말로 그를 전쟁터에 보내는 것만 같은 표정.

전쟁터와 다름없긴 하다. 어쩌면 사회적으로는 생사의 갈림길이 될 수도 있을 것이다.

"성공하고 돌아오면, 반지 낄게요."

승희도 조건을 걸 수밖에 없었다. 무결의 입가에 미소가 번져갔다.

"절대 무르기 없어요."

승희가 고개를 끄덕였다. 무결은 제게 찰싹 붙은 그녀의 턱을 소중하게 들어 올려 입 맞췄다. 반드시 성공하고 돌아와야 할 또 다른 이유가 생겼다.

다음날. 무결은 계획했던 대로 4시에 맞추어 명중우의 집으로 향했다. 승희와는 명중우의 집 앞에서 만나기로 했다. 생각보다 일찍 나온 것 같아 승희에게 전화를 걸었다. 승희를 태우고 함께 이동해도 좋겠다고 생각했다. 무결은 승희에게 전화를 걸었다.

"어디예요? 나는 거의 다 왔는데."

[미안해요. 내가 들어왔어요. 여기 명중우 집이에요.]

뭐라고? 승희의 대답에 무결은 휴대폰을 놓칠 뻔했다.

"거짓말."

믿을 수 없었다. 무결은 천천히 고개를 저었다. 심장이 발밑으로 떨어져 내리는 기분이었다.

"그게 무슨 소리야."

[한무결 씨는 거기에서 망을 봐줘요.]

그녀의 목소리는 마트에 장보러 나온 사람처럼 태평했다.

"안 돼. 당장 나와요."

[나한테도 당신을 지키고 싶은 마음이 있어요.]

그리고 굳세기도 했다.

명중우의 집 현관문을 열고 들어오기까지는 아무 문제가 없었다. 승희의 귀에 꽂힌 무선 이어폰이 쩌렁쩌렁하게 울렸다. 무결은 화가 난 것 같았다.

[그럼 나도 갈게요. 아무것도 하지 말고 가만히 있어요.]

"한무결 씨가 거기에서 망을 제대로 봐줘야죠."

승희는 차분하게 무결을 달랬다.

"관리자 계정에 침입했다고 했잖아요. 현관문 밖에 있는 CCTV로 별일 없는지 확인해요. 그게 현명한 방법이에요."

만약에 일이 실패할 경우, 더 잃을 게 없는 사람이 나서는 게 좋다. 또한 그가 혹시라도 있을 무빈의 사진을 직접 확인하게 하고 싶지 않았다.

"이번에는 성공할게요. 성공하고 반지 낄 테니까 조신하게 기다려 줘요."

긴 한숨 소리가 들려왔지만 승희는 미소 지었다. 눈은 부지런히 집 안을 훑고 있다. 평면도를 머릿속에 잘 집어넣은 덕에 움직임이 어렵진 않았다. 집은 꽤 깔끔하게 정리돼 있었다. 무결만큼이나 정리정돈을 잘하는 것 같았다. 무결이 잠잠해지니 한결 집중하기가 쉬워졌다.

카메라가 어디 있을까. 일단 눈에 보이는 공간엔 없었다. 꼭꼭 숨겨놓았을 것이다. 승희는 두황이 알려준 대로 중우의 서재에 먼저 들어가보았다. 책장이 있는 공간은 깔끔했다. 책들이 질서정연하게 꽂혀 있을 뿐 장식품 하나도 보이는 것이 없었다. 승희는 책상 서랍을 조심스럽게 열었다. 첫 번째, 두 번째, 세 번째 서랍에도 카메라는 보이지 않았다.

그런데 마지막 서랍. 카메라가 아닌 다른 물건이 눈에 띄었다. 한참 그 상태로 멈춰 있던 승희는 서랍 안의 파일을 집어 들었다. 파일을 들추어 한 장 한 장 숨죽여 넘겨보던 승희에게 무결의 목소리가 들렸다.

[승희 씨, 일단 나와요. 누군가 엘리베이터 28층을 눌렀어요.]

"네?"

[얼른.]

승희는 파일을 다시 서랍에 넣고 서재를 나왔다. 각 층마다 두 가구가 입주해 있으니 28층을 누른 사람은 명중우의 집에 들어오려는 사람일 수도 있지만 그 이웃일 수도 있다. 명중우의 집에 들어오려는 사람이라면 27층으로 피신하는 게 좋겠지만 그게 아니라면 헛수고를 하는 셈이다.

[우승희 씨.]

여기서 좀 더 있을 것인가 아니면 재빨리 나가서 27층으로 내려간 다음에 다시 돌아올 것인가. 그녀가 망설이는 동안 무결이 긴박하게 그녀를 불렀다.

[숨어요, 얼른.]

엘리베이터가 순식간에 도착한 것이다. 또각또각. 현관문 밖에서 점점 가까워지던 구두 소리가 어느 순간 멎었다.

뚜뚜뚜뚜. 도어록 소리에 심장이 폭주하듯 뛰었다.

달칵. 문이 열렸다.

승희는 현관문 앞에 있는 자신의 신발을 집어 들었다. 그리고 잽싸게 다시 서재로 대피했다. 또각또각. 정적을 가르는 구두 소리. 힐을 벗은 여자가 집 안으로 들어왔다. 천천히 걸어와 거실의 불을 켠 여자는 겉옷을 벗어 소파에 내려놓았다.

승희는 문틈으로 슬쩍 여자의 실루엣을 확인했다. 무빈이 아니었다. 언뜻 보면 무빈과 비슷한 체형이지만 완전히 다른 사람이었다.

몸매에 굴곡이 더 도드라지고 얼굴은 더 순하게 생긴 젊은 여자였다. 여자는 피곤한 듯 소파에 앉아 있다가 일어났다. 여자가 천천히 걸음을 옮기는 동안 서재의 벽에 붙어선 승희는 숨을 죽였다. 숨소리 하나도 새어나가선 안 된다.

[승희 씨, 괜찮아요?]

승희는 아무 말도 할 수 없었다. 일단 이어폰으로 흘러나오는 소리도 부담스러워 승희는 통화를 차단했다.

여자는 발을 옮겨 주방으로 갔다. 냉수를 한 잔 따른 여자는 천천히 물을 마시다가 서재의 문이 반쯤 열려 있는 것을 보고 다시 몸을 움직였다. 승희는 재빨리 서재의 소파 뒤편으로 몸을 숨겼다. 구토가 나올 정도로 심장이 빠르게 뛰었다. 승희는 제 입을 막아야 했다.

온몸을 짓누르는 긴장감. 실제보다 두 배, 세 배 더 크게 울리는 것만 같은 발소리. 그보다 더 크게 뛰는 심장. 승희는 혹시라도 여자가 자신을 발견하게 되면 손으로 얼굴을 밀쳐내고서 도망쳐야겠다고 생각했다. 점점 여자의 발소리가 가까워졌다.

그 순간. 띠리리리리리리. 무거운 정적을 깨부수며 휴대폰 벨소리가 울렸다. 승희는 흠칫 어깨를 떨었다.

"아 깜짝이야!"

여자도 놀랐는지 한숨을 쉬고는 서재를 나가 다시 거실의 소파 쪽으로 갔다. 승희도 그제야 한숨을 내쉬고는 입안에 고인 침을 꿀꺽 삼켰다. 무결이 걱정할 것 같아 무결에게 먼저 문자메시지를 보냈다.

—나는 잘 숨어 있어요. 괜찮아요. 걱정 마요.

거실로 이동한 여자는 가방에서 휴대폰을 꺼내 전화를 받았다. 전화의 상대방이 소리를 질렀는지 여자는 잠시 휴대폰을 귀에서 떼었다가 다시 붙였다.

"아, 귀청 떨어지겠다. 내가 여길 한두 번 온 것도 아니고, 오늘따라 왜 이렇게 예민하게 굴어?"

이 목소리. 오래전 자선행사에서 들었던 목소리였다. 명중우와 대화를 나누던 여인의 목소리. 승희는 주의 깊게 귀를 기울였다.

"혼전계약서 잘 넘어갔다며. 자기 축하해주러 온 거야."

여자는 혼전계약서의 존재를 알고 있었다. 승희는 주먹을 꽉 쥐었다.

"이제 내가 여기 들락거릴 일도 없을 테니 유종의 미를 거둬야지."

명중우와의 통화 같았다. 두 사람은 사적인 영역을 공유하고 있는 사이가 확실했다.

"영화 보면서 네 시간만 기다릴게. 급한 일 생기면 연락해."

전화를 끊은 여자는 다시 서재로 돌아오지 않았다. 그렇다고 해서 승희가 움직일 수 있는 건 아니었다. 여자가 거실에서 버티고 있는 한 승희는 서재에 발이 묶인 신세였다.

빨리 나가야 해.

그사이 승희의 휴대폰에 무결의 메시지가 도착했다.

—내가 갈게요.

그가 얼마나 몸이 달게 기다리고 있을까 짐작할 수 있었다. 하지만 여기서 그가 온다면 더욱 일을 그르칠 수 있었다. 여자와 명중우는 갑작스레 찾아온 무결에게 의심을 갖게 될 것이다.

—아니에요. 내가 다 해결할 수 있어요. 마음 놓고 기다려요.

승희는 급히 메시지를 보내고서 기회를 엿보았다.

으으음……. 여자는 기분이 좋은지 콧노래를 흥얼거렸다. 한참 콧노래와 함께 셀카를 찍던 여자는 잠시 후 자리에서 일어났다. 그리고 느긋한 걸음으로 침실에 들어섰다. 열린 문틈으로 여자가 스르르 옷을 벗는 것이 보였다. 여자는 자기 집처럼 옷을 벗어 침대에 두고는 침실에 딸린 욕실로 들어섰다. 욕실 문이 닫히고, 물 흐르는 소리가 들렸다.

이때가 기회! 승희는 곧장 서재에서 나왔다. 하지만 냉큼 밖을 나서지는 못했다.

'카메라를 찾아야 해.'

아직 침실을 확인해보지 못했다. 지금 카메라를 찾지 못하면, 어쩌면 다시는 기회가 없을 수도 있었다. 승희는 떨리는 가슴으로 침실에 들어섰다. 여자가 벗어놓은 하늘하늘한 블라우스가 시선을 사로잡았다. 방의 구조는 무결에게 들었던 그대로였다. 그렇다면……. 승희는 곧장 침대의 대각선 쪽 장롱문을 열었다.

"하아……."

여기 있었어!

카메라를 발견한 승희는 바로 메모리카드를 꺼내 주머니에 넣고 새로운 메모리카드로 바꾸었다. 사진을 직접 확인해볼 시간은 없었다. 여자가 욕실에서 언제 나올지 알 수 없으므로.

승희는 곧장 원래의 위치에 카메라를 넣고 침실을 빠져나왔다. 그리고 현관으로 가 신발을 신었다. 현관문을 열고 밖으로 나서려는데.

"자기야?"

여자의 목소리가 들렸다. 욕실에서 나온 것이었다.

'흐익!'

승희는 헐레벌떡, 조심스럽게 현관문을 열고 밖으로 나왔다. 재빠르게 아래층으로 도망쳤을 때, 위층에서 현관문 열리는 소리가 들렸다. 수상한 낌새를 느낀 여자가 확인차 문을 열어본 것일 수도 있었다. 승희는 몇 층 더 내려간 뒤에 무결에게 연락했다.

"나 나왔어요. 이제 CCTV 데이터 지워줘요."

승희는 자신이 명중우의 아파트에 오간 흔적을 지워달라고 말했다. 연인이 해커라는 것은 참으로 큰 축복이었다.

"그리고 주차장 밖으로 나와서 5분만 기다려요. 곧 갈게요."

승희는 무결을 만나는 일을 뒤로 미루고 아파트 공원의 한적한 곳에서 메모리카드를 확인했다. 승희가 찾던 자료가 거기 있었다. 열댓 명 정도의 여자들. 그리고 그 중간에는 무빈도 있었다. 승희는 메모리카드의 모든 데이터를 삭제했다.

잠시 후 무결의 차가 그 앞에 섰다. 승희를 찾아 헤매다가 발견한 무결이 차에서 곧장 내렸다. 승희는 무결에게 후련하게 웃어 보였다.

"해결했어요."

그의 표정은 좋지 않았다. 불과 같은 화를 꾹 눌러 참는 표정에 승희의 미소도 금세 지워졌다. 빠른 걸음으로 저벅저벅 걸어온 무결이 그녀의 어깨를 끌어당겨 안았다. 그의 팔에 들어간 힘이 거셌다. 승희는 숨쉬기가 어려워졌다. 뼈가 으스러질 것 같기도 했다.

"미치는 줄 알았다고."

나름대로는 그를 지키기 위해서였는데, 결과적으로 계획한 것을 이루었으니 칭찬을 받을 거라고 생각했는데, 그가 성을 내어 의외였다. 하지만 곧 반성하게 되었다. 품을 가득 채우며 들려온 음성은 울먹임 같았다.

"하고 싶은 게 있을 때, 무조건 말리진 않을 테니까, 못하게 하진 않을 테니까, 존중할 테니까, 당신도 날 존중해."

그가 얼마나 걱정했는지, 지금 얼마나 감정을 누르고 있는지 고스란히 느껴졌다.

"부탁이다 진짜."

"미안해요."

"내가 당신을 지킬 기회를 줘."

이미 지켜주고 있는데. 당신은 내게 정신적 지주가 되어주고 있는데.

"미안해요."

승희는 무결에게 큰 걱정을 끼친 것에 대해 거듭 사과했다.

"다친 덴 없어요?"

무결이 포옹을 거두고 그녀의 얼굴을 확인하며 물었다.

"전혀요. 말짱해요."

승희는 빙긋 웃으며 대답하고는 메모리카드를 그에게 보여주었다.

"여기, 메모리카드. 내가 확인했고, 다 지웠어요."

"……누나도 있었어요?"

그의 목소리가 무겁고 어두워졌다. 승희는 말없이 끄덕였다. 무결이 주먹을 꽉 쥐었다가 아래로 떨어뜨렸다.

"이제 경찰에 신고를 할 순 없어요. 괜찮아요?"

"물론 디지털 포렌식으로 되살릴 수도 있겠지만 그러고 싶지 않아요."

승희의 물음에 무결은 덤덤하게 대답했다.

"태워서, 박살 내버릴 거예요."

무결의 입장이 그렇다면 승희도 말릴 수는 없다.

"그럼 뜻대로 해요."

승희는 무결에게 메모리카드를 넘겨주었다. 무결은 승희를 데리고 한강둔치로 향했다. 운전하는 동안 그는 아무 말도 하지 않았다. 오늘의 일은 세상에서 완전히 흔적을 없애버려야 했다. 그건 명중우의 죄를 덮어주는 꼴이기에 통탄스러울 수밖에 없었다. 명중우를 죽여버리고 싶을 정도로 화가 났지만 그렇다고 누나에게 꼬리표를 붙일 수는 없기 때문에 이런 선택에 이를 수밖에 없다. 그는 어쩌면 오늘의 일을 두고두고 후회할 수도 있을 것이다.

메모리카드를 둔탁한 가위로 조각을 낸 후, 태워버린 무결은 긴 한숨을 쉬었다. 이 메모리카드 하나뿐일까. 다른 데에 또 다른 흔적이 있지는 않을까. 여전히 마음은 복잡했다.

"이렇게 끝냈으니, 이건 털어내요."

승희가 무결을 다독였다. 한강 쪽으로 시선을 주었던 무결이 고개를 돌려 가느스름해진 눈으로 그녀를 바라보았다.

"이건 한 달 치예요."

"네?"

"한 달 동안 삐쳐 있을 거라고."

그녀가 단독행동을 했단 사실에 대해 다시 꼬투리를 잡는 거였다.

삐쳐 있을 거라고 예고를 하니 그가 어린아이 같으면서도, 승희는 한편으로 마음이 놓였다. 누나에 대한 일을 털어내고, 관심의 방향이 자신에게 향한다면 그건 다행스런 일이었다. 자신이 노력한다면 무결의 시름은 회복될 테니 말이다.

"반지 낄게요. 약속한 대로."

승희는 노력의 첫발을 내디뎠다.

무결은 그녀가 명중우의 집에 대신 잠입해버리는 바람에 충격을 받아 잊고 있었던 사실을 떠올렸다. 어제의 약속. 자신이 성공하고 오면 그녀가 반지를 낀다는 얘기인 줄로만 알았는데, 처음부터 그녀는 자신이 갈 생각으로 그에게 명중우의 집 안 구조에 대해 자세히 물어본 것이었다.

무결도 실은 그녀의 마음을 짐작할 수 있었다. 승희는 명중우의 집 안에 들어선 직후에 그렇게 말했었다. 자신에게도 그를 지키고 싶은 마음이 있다고. 무빈의 동생인 그가 메모리카드의 데이터를 직접 확인하지 않도록 배려한 것이다. 무빈을 지키고 무결까지 지켜낸 것이다.

또한 명중우의 집에 사람이 들어왔으니 숨어야 하는 타이밍에, 덩치가 큰 무결이라면 발각됐을 수도 있다. 여러모로 그녀가 잠입한 건 고맙고도 다행스런 일이었다. 다시는 이런 일이 없었으면 하지만.

"당장 집으로 갑시다."

더 이상 참을 수 없는 지배욕이 불타올랐다. 그녀의 온몸 가득, 키스를 해주고 자신의 흔적을 남겨주어야 마음이 가라앉을 것 같았다.

"아니, 일을 매듭지어야죠."

그러나 승희는 고개를 저었다.

"명중우의 집에서 사진만 발견한 건 아니에요. 누나한테 알려야 할 일이 있어요. 내연녀가 있어요. 명중우랑 통화를 하는 것 같았는데 '자기'라고 불렀어요. 나는 내연녀가 들어와서 샤워를 하는 틈에 도망친 거예요."

"그럴 거라고 생각했어요. 그놈은 양다리였던 적이 많은 것 같았어요."

"그 내연녀는 이전에 자선행사에서 명중우랑 몰래 얘기를 나누던 그 여자인 것 같아요. 그리고 말할 게 하나 더 있는데……."

내연녀에 대한 얘기에 이어 승희는 말끝을 끌었다.

"명중우가 혼전계약서를 바꿔치기한 것 같아요."

허, 승희의 말에 무결이 헛숨을 크게 터트렸다.

"명중우의 서랍에 혼전계약서가 두 가지 버전으로 있었어요. 하나는 재산에 관한 부분은 일절 건드리지 않은 계약서, 또 하나는 누나가 물려받을 유산과 재산 절반이 명중우의 몫이 되는 계약서였어요."

"변호사와 짜고 그런 짓을 벌였을 수도 있겠네요."

"그렇죠."

"당장 알려야겠어요. 누나한테 가죠."

무결은 자리에서 벌떡 일어나며 승희의 손을 잡았다. 그때 무결의 휴대폰이 울렸다. 문자메시지였다. 휴대폰의 문자메시지를 확인한 무결의 미간에 주름이 졌다. 먼저 들를 곳이 생긴 것이다.

"일단 지금 먼저 만나야 할 사람이 있는데 같이 갈래요?"

무결이 승희에게 제안했다.

무결은 얼마 전 강남의 클럽 앞에서 만났던 여리꾼과 다시 만나기로 했다. 강남 클럽 앞의 카페였다.

"일단 얘기를 나눈 다음에 자초지종을 얘기해줄게요."

무결은 승희에게 자신이 파헤치고 있는 일에 대해 자세히 말하지 않았다. 천상현의 자살에 대한 여러 가지의 가능성을 유추해보는 것이므로, 좀 더 정확해지면 말하려던 참이었다.

무결이 자세한 설명도 없이 무턱대고 데려왔기에 승희는 눈만 슴벅거렸다. 잠시 후 여리꾼이 찾아왔다.

"뭔가 알아낸 것이 있으십니까?"

여리꾼이 맞은편 자리에 앉자마자 무결이 물었다.

"네. 8년 전에 있었던 여대생 사망 사건에 대해 알아봐서요. 도움이 될지는 모르겠지만."

"네. 말씀해주세요."

"용의자 선상에 올랐던 남자가 셋이었는데 두 명은 알리바이가 증명됐고 한 명은 목숨을 끊었다네요."

"자살했다는 겁니까?"

"그렇다고 하네요. 그래서 사건이 흐지부지 종결됐죠."

"자살한 남자의 이름을 아십니까?"

"천상현이라고 들었어요."

여리꾼과 무결의 대화를 옆에서 멍하니 듣고 있던 승희의 눈이 번쩍 뜨였다. 생각지도 않았던 곳에서 천상현의 이름을 듣게 될 줄은 몰랐다. 물컵으로 뻗은 손이 떨렸다. 무결이 대화를 이어갔다.

"그럼 용의자 선상에 올랐던 다른 두 명은……."

여리꾼이 대답했다.

"한 명은, 명중우라는 사람이에요."

여리꾼의 말에 승희는 오싹 소름이 끼쳤다. 무결이 사건의 자초지종을 설명해주기도 전에 승희는 내용을 짐작할 수 있었다. 여리꾼이 말을 덧붙였다.

"그 사람은 완전히 혐의를 벗었어요. 여자친구랑 같이 있었다는 사실이 밝혀졌거든요. 사건 장소에 있지 않았었다는 것이 증명된 거죠. 하마터면 누명을 쓸 뻔했죠."

정보를 전해준 여리꾼은 무결에게 사례금을 받고는 바로 떠났다. 승희를 데리고 다시 차로 돌아온 무결이 운전대를 잡으며 말했다.

"강남경찰서에 가서 사건 기록을 찾아볼까요?"

"아빠한테 부탁해볼게요."

무결에게 대답한 승희가 휴대폰을 들었다. 지금은 흥신소를 운영하고 있지만 아빠도 한때 경찰이었다. 지금 아빠의 친구들은 모두 형사반장급 이상이라 쉽게 정보를 얻을 수 있을 것 같았다. 승희의 아빠, 남수가 반가운 목소리로 전화를 받았다.

[어어. 우리 딸, 웬일이야?]

"아빠, 강남서에 아빠 친구 있다고 했지? 옛날 사건 좀 찾아봐달라고 부탁할 수 있어요?"

[옛날 사건은 왜?]

"응, 좀 궁금한 게 있어서."

[알았어. 알아볼게.]

남수는 흔쾌히 알았다고 했다. 승희는 남수에게 8년 전 강남 클럽 여대생 사망 사건에 대한 정보를 보냈다. 그리고 한 시간 뒤. 아빠에게 연락이 왔다. 승희는 스피커폰으로 전화를 받았다. 통화내용은 무결과 함께 들었다.

[알아봤는데 이 사건의 진범은 이미 죽었어.]

"이름이 천상현이야?"

[아는 사람이야?]

"혹시 초반 용의자 이름 좀 알려줄 수 있어요?"

[이승헌, 명중우, 천상현.]

"아빠."

명중우라는 이름이 나오자마자 승희는 아빠를 불렀다.

"두 사람이 용의자가 아니란 이유는 뭐였어?"

[이승헌은 다른 장소에 있었던 CCTV 자료 확인. 명중우는 알리바이가 확실했다고 돼 있네. 여자친구랑 다른 데 있었나봐. ○○년 4월 4일 밤 22시경 명중우는 애인 이진심과 함께 있었던 것으로 확인.]

"……애인 이름이 뭐라고요?"

[이진심. 이진심이라고 돼 있어.]

승희의 눈이 붉게 젖었다. 무결도 놀란 얼굴이었다.

머릿속에서 무언가가 그려졌다. 진실을 덮기 위한 거짓말. 거짓말을 지키기 위한 더 큰 거짓말. 소도둑이 짧지 않은 시간에 걸쳐 더 큰 소도둑이 되는 이야기.

천상현은 8년 전 강남 클럽의 여대생 약물중독 사건의 용의자로 지목을 받았고 이후 자살로 생을 마감했다. 명중우는 8년 전 강남 클럽의 여대생 약물중독 사건의 용의자 선상에 올랐으나 알리바이가 확실하여 빠져나올 수 있었다. 그 알리바이를 증명해준 사람이 명중우의 연인 이진심. 그 이진심이 희재원의 직원이었던 이진심일까?

"아빠, 이진심이라는 사람 연락처 좀 알려줄 수 있어요?"

[문자로 보내줄게. 그런데 딸. 위험한 일 하는 거 아니지? 하면 안 돼.]

남수는 생뚱맞게도 8년 전의 사건에 대해 궁금해하는 딸을 수상히 여긴 거였다. 그러나 그녀가 왜 궁금해하는지에 대해서는 더 묻지 않았다.

[내가 널 그 집에 잠입하게 하고선 얼마나 후회했는지 몰라. 다시는 너한테 위험한 일 시키지 않을 거야.]

"아빠 난 괜찮아."

승희는 아빠의 염려를 풀어주고는 전화를 끊었다. 옆에서 잠자코 통화에 귀 기울이고 있던 무결이 말했다.

"아버지 말씀 잘 들었죠? 위험한 일 하지 마. 이제."

승희는 머쓱하게 웃은 후 자신이 짐작하는 바를 무결에게 말했다.

"강남 클럽에서 여대생이 약물중독으로 사망했고, 세 명 정도의 남자가 용의자 선상에 올랐어요. 그리고 다들 알리바이가 있었는데 천상현만 없었던 것 같아요."

"명중우가 천상현에게 알리바이를 만들라고 하면서, 우승희 씨를 엮으려고 한 것 같네요."

무결이 대답했다.

벚꽃 비가 내리던 그날. 자신에게 사귀자고 고백해왔던 친구, 천상현은 어딘가 모르게 불안한 표정이었다. 넘치는 사랑을 주체할 수 없는 벅찬 마음에 고백을 해왔던 무결과, 눈빛이 애절했던 재훈과 완전히 다른 느낌이었다. 이제 와 생각해보니 그건 고백이 아니었다. 그녀의 뒤에 숨으려고 했었던 것이다. 그렇게 하지 않으면 죽을 것만 같아서, 사귀어주지 않으면 죽겠다고 한 것이다.

"이두황은, 천상현이 자살을 했을 수도 있지만 명중우가 천상현을 죽인 것일 수도 있다고 말했어요."

승희의 말에 무결이 끄덕였다. 잠시 후 승희에게 문자메시지가 도착했다. 남수가 이진심의 8년 전 주소와 연락처를 보내주었다.

"잠깐만요. 알아볼게요."

연락처와 주소를 넘겨받은 무결은 어머니 혜리와 통화했다.

"승희 씨가 준 이진심 주소가 어머니가 알고 계신 것과 같아요."

통화를 마친 무결이 말했다. 뿌연 안개 속에서 몇 개의 실마리를 발견했다. 그러나 아직도 미궁을 헤매고 있다. 천상현과 이진심의 사인이 같다. 두 사람의 관계가 증명되었다. 하지만 이것만으로는 재수사를 요청할 수 없었다. 같은 방식으로 사망했다는 사실만 가지고 재수사를 할 수는 없다. 둘 다 저항의 흔적이 없는 자살이었기 때문에.

한 방이라고 할 만한 게 없었다. 무결이 주먹을 꽉 쥐며 말했다.

"생각보다 훨씬 더 위험한 놈이에요."

"얼른 누나랑 명중우를 떼어놓아야 해요."

승희도 끄덕였다.

무결과 승희는 그 길로 무빈의 회사로 갔다. 저녁 7시경이었다. 승희는 주차장에서 기다리고 무결만 회사로 올라갔다. 미리 약속을 잡지는 않았지만 무빈은 집무실에 있었다.

"네가 웬일이야?"

무빈이 불퉁스럽게 물었다. 무결이 어깨를 으쓱해 보이며 태평스럽게 되물었다.

"오늘은 애인 안 만나?"

"중우 씨 어제 밤샜어. 임원보고 때문에."

"그래서 집에 일찍 들어가라고 한 거야?"

"왜 그런 걸 묻고 그래?"

무빈이 경계심을 드러냈다. 명중우에게 관심이 없을 뿐 아니라 매번 싫은 내색을 그대로 드러내던 무결이 왜 이런 질문을 하는지 수상했다.

"언제 연락해봤어?"

"퇴근하는 길에 연락했어."

"명중우가?"

"매형이라고 불러. 아무리 너보다 어리지만 네 매형이야."

"아직 결혼 안 했잖아."

누나의 충고에도 무결은 능청스러웠다. 무빈은 더 말싸움하는 것을 포기하고 퇴근할 채비를 했다. 무결은 집무실 소파에 앉았다.

"누나. 혼전계약서 썼다고 했지? 누나도 한 부 가지고 있겠네. 그것 좀 보여줄 수 있어?"

"싫어."

"나도 언젠가 결혼 준비를 하게 되면 도움이 될 수 있을까 해서 그래."

무결의 대꾸에 뜽하게 흘겨보던 무빈은 금고의 문을 열어 파일을 꺼냈다. 무빈에게 파일을 받은 무결은 조심스럽게 문서를 넘겨보았다. 내용은 무빈이 말한 대로였다. 무빈의 개인재산에 대해서 중우는 권리를 주장할 수 없다고 되어 있었다.

"누나. 명중우가 가지고 있는 건 이거랑 내용이 같을까?"

"무슨 말을 하고 싶은데."

무결의 의심에 무빈은 혼전계약서를 빼앗으며 버럭 짜증을 냈다.

"혼전계약서를 바꿔치기했을 수도 있다는 생각은 안 해봤어?"

"말도 안 되는 소리 좀 하지 마. 변호사까지 확인한 걸 어떻게 바꿔치기한다는 거야?"

"공증해준 변호사랑 짜고 바꿔치기했을 수도 있잖아. 누나 쪽 변호사도 자리에 동석했었어?"

"당연하지."

"그럼 공증받은 계약서 사본 보내달라고 해봐."

"너 자꾸 괴상한 소리 할래?"

"누나. 만약을 위해서 말하는 거야. 명중우가 누나의 계약서를 흔쾌히 받아들였다는 게 좀 찝찝하지 않아?"

"헛소리하려면 나가."

무결을 향해 눈을 부라리던 무빈은 집무실의 문을 열었다. 어차피 자기도 퇴근할 거면서, 무결은 피식 웃었다.

승희는 무빈의 회사 주차장에서 무결을 기다렸다. 긴한 얘기를 나누는지 생각보다 시간이 오래 걸렸다. 승희는 무빈이 무결의 말을 한 번에 믿지 못할 거라고 생각했다. 혼전계약서만 가지고 얘기하기에는 무리가 있었다. 엄청난 일을 겪었기 때문인지, 차 안에 혼자 앉아 있으니 몸이 노곤해졌다. 그런 그녀에게 문자메시지가 하나 도착했다. 무결이었다.

—그 여자가 명중우네 집에서 샤워를 했다고 했죠?

승희는 곧장 '네'라는 대답을 보내고서 눈을 감았다. 5분쯤 지났을까. 아주 짧게 단잠이 들었던 사이에 문이 벌컥 열렸다. 뒷좌석 문이었다. 승희는 깜짝 놀라 눈을 떴다.

"대체 왜 이러는데! 야, 이거 납치야!"

무빈이 소리를 고래고래 지르며 뒷좌석에 탑승했다. 기민하게 상황을 파악한 승희도 조수석에서 내려 뒷좌석으로 갔다.

"안녕하세요."

무빈의 옆에 탑승한 승희가 인사했다. 무빈은 붉으락푸르락한 얼굴로 무결에게 따졌다.

"내가 이 여자랑 얼굴 맞대고 있을 거라고 생각해?"

그리고 승희에게도 쏘아붙였다.

"난 당신이랑 할 얘기 없어. 당신이 다시는 내 눈앞에 띄지 말았으면 좋겠고."

무빈은 이를 악물고 얘기하고는 문손잡이를 잡았다. 그러나 문은 안쪽에서 열리지 않는다.

"뭐하는 짓들이야! 문 열어!"

"누나. 미안한데 같이 가줘야 할 데가 있어."

운전대를 잡은 무결이 비장하게 말했다. 누나와 명중우를 되도록 빨리 떼어놓아야 한다면 이 방법밖에는 없었다. 누나에게 비록 상처가 남겠지만 그래도 하나는 지켰으니, 사진은 처리했으니 다행이었다. 차가 출발했다.

임원보고를 마친 후 일찍 집에 돌아온 중우는 여자와 마주했다. 여자는 샤워 후 가운을 걸친 채로 중우를 맞았다. 중우는 여자에게 짜증을 내려 했지만 여자가 가운을 벗어 보이는 순간 질책을 삼켰다. 관리가 잘된 몸이 드러났다. 중우는 비릿하게 웃었다. 그래도 충고는 했다.

"이렇게 불쑥 찾아오는 건 이번이 마지막이야."

"나도 알아. 유종의 미를 거두는 거라니까?"

여자가 중우의 목에 팔을 두르며 말했다.

"그럼 우리는 이제 어디서 만나나?"

"내가 부를게."

"자기가 부르기 전까지는 찾아오지도 말라고?"

"죽을래? 어딜 찾아온다는 거야, 감히."

미소가 잠시 끊기며 살기가 내비쳤다. 정말 죽여버리겠다는 듯.

"오가면서 마주치더라도 절대 말 걸지 마. 농담 아니야."

중우는 다시 한번 충고했다.

"하여튼 독하다니까."

잠시 멈칫했던 여자도 키득 웃으며 토를 달았다.

"결혼해도 잊지 마. 내가 자기 도와줬다는 거. 내가 없었다면 지금의 명중우도 없는 거라고."

중우는 여자의 내색이 가증스러웠지만 말을 정정하지는 않았다. 눈앞의 여자를 취하는 것이 먼저였다. 노력 없이 안겨오는 여자는 매력 없지만 편해서 좋았다. 잘 이용해먹을 수 있다는 점도 좋았다.

더 이상은 대화가 필요치 않았다. 중우는 옷을 벗어 소파에 아무렇게나 내던지고서 여자를 침실로 데려갔다. 여자는 무빈이 주지 않는 지배욕을 채워준다는 점에서 훌륭했다. 중우는 자신을 위해 클로브 오일로 마사지한 여자의 몸이 만족스러웠다. 쾌감과 환락의 시간이 이어지던 중. 거실에 설치된 아파트 스피커를 통해 날카로운 소음이 들려왔다. 침실 문을 닫아놓았는데도 제법 크게 들렸다.

"무슨 소리야?"

여자가 이맛살을 찌푸렸다. 기껏 잡은 무드가 깨진 것이 불쾌했다. 이 밤중에 민방위 훈련을 하는 것도 아닐 텐데, 기계 오작동인 듯했다. 소리가 그치질 않자 중우가 침대에서 일어났다.

"이런 적 없었는데."

"관리실에 전화라도 해봐."

침실을 나서는 중우에게 여자가 말했다. 하지만 중우가 거실에 들어선 순간 소음이 끊겼다. 중우는 관리실에 민원을 제기하려던 마음을 거두었다. 여자가 애교스럽게 말했다.

"자기, 일어난 김에 나 와인 갖다주세요."

"누구한테 명령이야. 네가 갖다 먹어."

날카롭게 대꾸하면서도 중우는 와인을 꺼내 잔에 따랐다. 어느 정도는 여자의 기분을 맞춰주어야 했다. 부탁할 것이 있었으므로.

하지만 와인 두 잔을 들고 주방을 나온 중우는 그 자리에서 굳어버렸다.

"……무빈 씨."

눈이 붉어진 무빈이 현관문 앞에 서 있었다. 스피커 소음 때문에 무빈이 집 안으로 들어온 것을 알아채지 못했다.

"이렇게 갑자기 오면 어떡해."

좀 전에 확인한 여자의 목소리와 벌거벗은 그와, 그가 들고 있는 두 잔의 와인이 모든 상황을 친절하게 알려주는데, 그가 던진 말은 이런 것이었다. 무빈은 침실로 향했다. 중우가 와인 잔을 내려놓고는 무빈의 팔을 잡았다. 급하게 내려놓은 와인 잔은 엎어졌다. 핏물 같은 와인이 바닥을 적셨다.

"무빈 씨, 내 말을 들어봐."

"치워!"

짜악. 중우의 손을 단숨에 뿌리친 무빈이 그의 뺨을 갈기고는 침실에 들어섰다.

밖에서 나는 소리를 듣고 부랴부랴 옷을 챙겨 입던 여자는 무빈이 들어서자 온몸을 이불로 가렸다. 얼굴 또한 가렸다.

"수치스러운 일인 줄은 알아? 이불 내려."

무빈이 무섭게 말했다.

"죽고 싶지 않으면 내려."

감히 누굴 건드려.

한 사람에게 쏟아냈던 사랑의 감정은 순식간에 분노로 변했다.

얼굴까지 이불을 뒤집어쓴 여자는 꿈쩍도 하지 않았다. 무빈은 여자가 이불을 내릴 때까지 묵묵히 기다릴 위인이 아니었다. 무빈은 득달같이 움직여 이불을 붙잡았다. 급히 바지를 주워 입은 명중우가 침실로 쫓아와 무빈을 저지했다.

"놔!"

무빈이 크게 소리쳤다. 그사이 현관문이 열리고 무결이 들어왔다. 무결은 무빈을 막으려는 중우에게 달려갔다. 덩치는 중우가 더 컸으나 힘은 무결이 더 좋았다. 무결이 무빈과 중우를 떨어뜨렸다. 무결이 중우를 제압한 틈에 무빈은 중우의 뺨을 한 대 더 쳤다.

"네가 왜 날 막아."

명중우에 대한 배신감은 이루 말할 수 없었다.

여기서 넌 날 막으면 안 되지. 날 막는 건 저 여자를 감싸겠다는 거잖아.

핏대가 선 눈에 눈물이 가득 고여 피눈물처럼 보였다. 그녀의 내부에선 이미 여러 군데에서 피가 터져나가고 있다. 무결이 중우를 거실로 끌고 갔다. 무빈은 다시 여자에게 달려들었다. 여자는 부랴부랴

상의는 입었지만 하의는 속옷 차림이었다. 옷을 입지 않은 몸이 더 부끄러울 텐데, 여자는 계속 얼굴을 사수했다. 무빈과 몸싸움을 하는 동안 맨몸이 적나라하게 드러났다. 그 모양은 다분히 우스웠고 그래서 괴이쩍었다.

"왜. 몸보다 얼굴이 더 중요해?"

무빈은 여자가 얼굴이 알려진 유명인일 것이라고 짐작했다. 여자가 목숨을 걸고 맞섰으나 이불을 지키기보다 확 잡아채는 것이 훨씬 쉬운 일이었다. 또한 격노한 무빈의 힘은 상상을 초월했다. 얼마 지나지 않아 여자는 이불을 빼앗겼다.

"꺅!"

여자는 소리를 지르며, 풀어헤친 머리로 얼굴을 가렸다. 무빈은 여자의 머리채를 잡아챘다.

"까아악!"

여자가 다시 한번 비명을 질렀다. 처음엔 놀라서 나온 비명이었다면, 이번엔 아파서 나온 거였다. 그사이 여자의 얼굴이 드러났다. 여자의 얼굴을 확인한 무빈이 눈이 커졌다. 여자는 연예인도, 유명인도 아니었다.

"노아정?"

죽은 이진심의 친구. 희재원의 직원 노아정이었다. 허. 너무 어처구니가 없어 욕도 나오질 않았다. 여자를 향한 투지가 순식간에 사라졌다. 무빈은 바로 등을 돌렸다. 그 반응이 더 끔찍한 것이었다. 얼굴이 노출된 노아정은 아무 말도 하지 못하고 바르르 떨기만 했다. 공포에 질린 모습이었다. 이후에 자신에게 어떤 일이 닥치게 될지 예상할 수가 없었다.

침실을 나온 무빈은 천천히 주방으로 걸어갔다. 거실에서 몸싸움을 하고 있던 무결과 중우의 움직임이 멈췄다. 무결이 팔로 중우의 양어깨를 뒤에서 결박한 상태였다. 바닥에 쏟아진 와인이 그녀의 발바닥을 적셨다. 깐깐하고 예민한 한무빈이 이를 모를 리 없는데 그녀는 발이 더러워진 것에 아무 내색도 하지 않았다. 와인병이 식탁 위에 있었다. 식탁 앞에 선 무빈은 이를 가만히 쳐다보았다.

거친 소음보다 소름 끼치는 정적. 잠시 후 손을 내뻗은 무빈은 와인병의 주둥이를 잡았다. 그 채로, 무빈은 중우를 향해 병을 던졌다.

차아아앙! 와인병은 중우의 옆으로 비껴가 산산조각이 나면서 깨졌다. 액체와 파편이 바닥을 어지럽혔다. 무결이 놀란 틈에 중우는 무결을 뿌리치고 무빈에게 뛰어갔다.

"공주님. 내 얘기를 들어봐."

중우가 다급하게 그녀를 불렀다.

공주님. 그가 그렇게 자신을 부르니 무빈은 집에서 기르던 개, 쁘띠 생각이 잠시 스쳤다. 그때도 설마, 설마 하며 믿지 않으려고 했지. 네가 쁘띠를 죽였을 리는 없다고 생각했어. 잠시나마 널 의심했던 나를 반성했지. 나만은 널 감싸야 한다고 생각했지. 그런데 넌, 아까 나를 막더라.

내연녀가 노아정이라는 사실을 들키지 않기 위해서라고 해도 그건 말이 안 돼. 내가 이 집에 들어선 순간에 너는 무릎을 꿇었어야지.

무빈의 팔을 붙잡은 중우가 애처롭게 설명을 이어갔다.

"나도 저 여자한테 이용당한 거야. 노아정 저 여자가 스토커같이 멋대로 집에 들어왔어."

무빈의 한쪽 입술 끝이 경련했다. 그 변명은 우스울 지경이었다.

"넌 집에 들어오는 스토커랑 자주는 놈이니?"

여기서 어떤 말이든 보태면 보탤수록 상황은 악화될 수밖에 없다. 무빈은 더 이상 대화를 나눌 가치를 느끼지 못했다. 중우의 손을 뿌리친 무빈은 현관으로 갔다. 중우가 무빈을 다시 붙잡았다.

"무빈 씨."

무빈도 다시 격하게 쳐냈다.

"만지지 마."

내 인생에서, 우리 집안에서, 아버지의 회사에서 사라져버려.

"거지같은 자식아."

뇌까린 목소리가 거친 파편처럼 바닥에 무겁게 가라앉았다. 무빈은 손에 끼고 있던 반지를 그 위로 떨구었다.

무빈이 한발 앞서간 후, 무결이 바로 따라나섰다. 무결이 무빈을 비호하여 중우도 더는 매달리지 못했다. 엘리베이터를 타고 내려가며 무빈은 아무 말도 하지 않았다. 꽉 쥐어 아래로 내린 주먹을 부들부들 떨고 있는 것이 무결의 눈에도 보였다. 손톱이 손바닥에 박히거나, 다 부러져버릴 것 같기도 했다. 손은 와인에 젖었고 옷 또한 물들었다. 그러나 그녀는 외모를 돌보지 않았다. 거울 한 번 보지 않았다. 그런 누나의 모습은 무결도 처음이었다.

딩동. 엘리베이터가 빠르게 내려가 지하주차장에 닿았다. 그러나 무빈은 자리에서 꿈쩍도 하지 않았다. 시선은 사선 방향의 아래로 향해 있었다. 문이 열린 것을 깨닫지 못한 듯해서 무결이 그녀의 어깨를 감싸며 앞으로 밀었다.

"손 치워."

그제야 무빈은 냉랭하게 반응하며 발을 앞으로 내디뎠다. 두 사람을 기다리다가 차 밖으로 나온 승희는 무빈과 무결의 안색을 확인하고는 그사이에 일어난 일을 대강 짐작할 수 있었다. 명중우의 진면모를 알고 있었으니 놀랍지는 않았다. 다만 무빈이 걱정스러웠다. 인생의 반려자로 선택했던 남자를 잃은 사람의 마음을 다 헤아릴 수는 없을 것이다.

무빈은 아무 표현을 하지 않았지만 그 모습이 더 참담했다. 차라리 울고 욕을 하고 소리를 쳤으면 좋겠다는 생각이 들 정도였다. 아무 말 없이 걸어간 무빈은 다른 소동 없이 차에 올랐다. 승희도 뒤따라 그 옆에 탔다.

"넌 앞으로 가."

무빈이 제 옆에 앉은 승희에게 말했다. 승희는 바로 문을 열고 내려 조수석에 올랐다.

차가 출발했다. 아무 말이 없어도 승희와 무결 사이에서는 언제나 산뜻한 훈풍이 불었다. 그러나 지금의 분위기는 무거웠다. 기계에 짓눌린 듯 밀도 높은 공기 속에서 승희는 내내 조마조마했다. 뒤를 돌아 무빈의 모습을 확인하고 싶었지만 오르페우스의 마음으로 꾹 참았다. 정적 속에서 부지런히 움직인 차가 희재원에 도착했다.

"왜 여기로 왔어."

그녀 혼자 지내는 집으로 가지 왜 희재원으로 데려왔느냐는 지적이었다. 무결은 의중을 말할 수가 없었다. 누나가 걱정되어 혼자 둘 수 없겠다는 대답은 실례였다. 하지만 무빈은 더 나무라는 일도 없이 차에서 내렸다. 그리고 빠른 걸음으로 현관을 향해 가며, 뒤따라 내린 무결에게 일렀다.

"네가 벌인 일이니까 네가 알아서 설명해."

부모님에게 이 일에 대해 얘기하고 수습하라는 지시였다.

현관문이 열리고, 무빈이 먼저 들어갔고 뒤따라 무결과 승희가 들어갔다. 계단에서 천천히 걸어 내려오던 혜리가 인사 없이 올라가는 무빈과 스쳤다. 무빈의 표정을 확인한 혜리는 현관문 앞에 선 무결과 승희를 발견하고 의아한 눈빛으로 물었다.

"무슨 일 있었어?"

"안녕하세요."

승희는 바로 물러날 요량으로 인사했다. 이 자리에서 오늘 일에 대해 말을 보태는 건 자신이 할 일이 아니라고 판단했다.

"어…… 그래요."

혜리는 승희가 반가웠지만 내색할 경황이 없었다. 세 사람 사이에 뭔가가 단단히 틀어졌다는 판단을 할 수밖에 없었다.

"말씀 나누세요. 저는 다음에 다시 오겠습니다."

승희는 꾸벅 인사하고는 자리를 떠났다.

"대체 무슨 일이니?"

승희가 떠난 뒤에 혜리가 다시 물었다. 무결은 무빈과 함께 명중우의 집에 급습했고 거기서 명중우와 노아정의 밀회 현장을 잡았다고 말했다. 사진에 대해서는 얘기하지 않았다. 그것만으로도 혜리는 대단히 충격을 받은 표정이 되었다.

"노아정? 여기 직원 노아정?"

명중우에게 내연녀가 있었다는 것도 충격적인데 그 내연녀가 노아정이라니.

"명중우가 여기 출입하면서 알게 된 거래? 무빈이랑 사귀는 척하면서 노아정한테 접근한 거야? 아니면 노아정이 꼬리를 쳤어?"

평소에 말이 많지 않은 혜리가 한번에 이렇게 많은 질문을 던진 건 처음이었다.

"언제부터 그랬대, 어떻게 알고 찾아간 거야. 그걸 놔뒀어? 무빈이는 뭐라는데."

"언제부터 그랬는지는 몰라요. 현장만 확인하고 그냥 나온 거라. 명중우가 양다리를 자주 걸친다는 소문이 있어서 누나를 데리고 가 봤어요. 오늘 명중우가 일찍 퇴근했는데 그 놀기 좋아하는 놈이 집으로 달려간 게 이상했거든요."

무결은 이전 사정을 그대로 말하지는 못하고 그럴듯하게 둘러댔다.

"누나가 현장을 확인하고서 와인병을 던지긴 했는데 사고는 없었어요. 제대로 맞았다면 명중우가 다쳤을 수도 있겠죠."

혜리의 시름이 깊어졌다.

"이걸로 완전히 끝내긴 한 것 같아요. 근데 충격을 많이 받았을 거예요."

혜리는 무결의 대답을 듣고는 길게 숨을 내뱉으며 자리에 주저앉았다. 무결이 너무 대범하게 일을 저질렀다. 무빈이 충격을 받은 일에 대해 나무라야 할지. 이걸 이제라도 알게 돼서 다행이라고 해야 할지.

"무빈이가 다른 말은 안 했고?"

"아무 말 안 해요. 그래서 걱정이 돼요. 어머니께서 달래주셨으면 좋겠어요."

"그래. 승희 씨 기다릴 텐데 얼른 가봐."

혜리는 힘없이 자리에서 일어났다.

"무슨 일 있으면 연락 주시고요."

무결은 발길을 돌렸다.

무결이 떠난 후, 혜리는 곧장 무빈에게로 달려갔다. 방문에 노크를 했으나 안에서는 아무 소리도 들려오지 않았다. 혜리는 어쩔 수 없이 열쇠를 가져다가 방문을 열었다. 무빈은 욕실에 있었다. 혜리는 변기를 붙잡고 토악질을 하는 무빈에게로 쫓아갔다.

"나가요."

무빈은 토악질을 하다 말고 혜리에게 말했다. 한번 먹은 것을 게워 냈는데도 계속 욕지기가 솟았다.

"무빈아. 약 먹고 누워 있어야겠다."

"내가 알아서 해요."

위로 따윈 필요 없다. 내가 당한 배신이 누군가에게 동정을 사길 원하지 않는다. 혜리가 말없이 무빈의 등을 쓸었다.

"됐다니까요."

무빈이 신경질적으로 소리쳤지만 혜리는 떠나지 않았다. 무빈은 혜리를 뿌리칠 기운이 없었다. 죽고 싶었지만 죽은 뒤에 받게 될 손가락질과 조롱이 끔찍했다. 실패했다는, 불쌍하다는 뒷말을 듣는 것은 자존심이 허락하지 않는 일이다.

하지만 나는 실패했어.

아아아아아!

끝내는 비명과 같은 울음이 터졌다.

14.
살려줘

승희는 차 안에 차분하게 앉아 무결을 기다렸다. 잠시 후 무결이 희재원에서 나왔다. 표정은 좋지 않았다. 그래도 무결은 기다려준 승희에게 사과를 잊지 않았다.

"기다리게 해서 미안해요."

"아니에요. 잘 얘기했어요?"

"어머니께 말씀은 드렸어요."

"누나하고는 얘기 못 하고요?"

"그것도 어머니께 맡겼어요."

"시간이 많이 필요할 거예요. 정이 깊었던 만큼 힘들겠죠."

"어쨌든 우리가 할 수 있는 건 다 했다고 생각해요."

"혹시, 명중우를 먼저 나게 패고 온 거 아니죠?"

무결이 너무도 덤덤하여 승희는 조심스럽게 물었다. 무빈과 무결만 명중우의 집에 급습하고 승희는 자리를 지켰다. 안에서 일어난 상황을 직접 확인하지 못했으니 궁금한 게 많았다.

"정말 그러고 싶었는데 못했어요. 이제 우리 집안 사위는 못 될 처지라 그 자식한테 고소당할까봐요."

"잘했어요."

승희는 잘했다며 고개를 끄덕였다. 하지만 무결은 후회하고 있었다. 그래도 한 대만 때려주는 건데, 너무 도를 지켰다. 분이 풀리지 않은 무결은 말없이 머리를 굴렸다. 이 쓰레기 같은 놈을 조용히 처리할 수 있는 방법 없을까. 그때 승희가 목소리를 냈다.

"살인청부업자나 그런 거 알아보면 안 돼요."

⋯⋯어떻게 알았지? 무결의 눈꺼풀이 번쩍 들렸다.

"나도 명중우가 죽고 싶을 정도로 밉지만 그래도 어쩔 수 없어요."

승희가 타이르듯 말했다. 괴물을 죽이기 위해 같은 괴물이 될 필요는 없다.

"사회적으로 고립시키는 것만으로 타격은 충분해요. 내 말 뜻 알죠?"

"더 이상 명중우가 나대지 않는다면요."

무결은 유연하게 조건을 붙였다. 승희가 고개를 끄덕였다.

"명중우 내연녀가 노아정이라는 여자인데, 희재원 직원이에요."

무결은 명중우의 집에서 알게 된 정보를 승희에게 전했다. 승희가 탄식했다.

"하. 그럼 나도 희재원에서 마주쳤을 수도 있겠네요."

"자선파티 때 제대로 봤다면 미리 알 수 있었을 텐데, 목소리만 들어서 나도 놓쳤어요."

"명중우, 진짜 대단한 놈이네요. 이진심, 노아정. 희재원 직원을 두

명이나."

"게다가 이진심이랑 노아정은 직원 중에서 제일 친했죠."

"그럼……."

같은 것을 추측하고 있다는 듯 무결이 고개를 끄덕이고는 말했다.

"이진심의 죽음에 노아정이 관련돼 있을지도 모르겠단 생각이 들어요. 노아정이랑 명중우요."

조금씩 진실에 닿아간다. 안개가 걷히며 드러나는 사실들은 결이 평범하지 않다. 어쩌면 흉악하고 끔찍한 것을 향해 전진하고 있는지도 모르겠다. 하지만 멈출 수는 없다.

"내일 따로 노아정을 만나봐야겠어요."

"내가 만날까요?"

"왜?"

"오늘 현장을 덮쳤잖아요. 노아정이랑 얼굴 마주 보기 민망할까봐."

"아, 노아정은 온통 이불로 가리고 있어서 사실 얼굴도 못 봤어요."

승희의 괜한 걱정에 무결은 피식 웃었다.

이봐요. 나는 여자의 몸에 무턱대고 얼굴을 붉히는 사춘기 소년이 아닙니다.

하지만 그런 염려를 해주는 마음이 참 고맙고 귀여웠다. 그녀 덕분에 무거웠던 마음이 서서히 풀려갔다. 무결은 시동을 켰다.

"역시 내가 잠입해서 다행이에요."

그사이에 승희가 말했다.

"무결 씨가 다른 여자 옷 벗는 건 보지 말았으면 좋겠어요."

무결은 그녀의 말에 잠시 잡았던 운전대를 놓았다.

그게 무슨 의미야. 질투도 소유욕도 구속도 아닌 간지러운 말이 이 쓸쓸한 날, 결국 무결을 웃게 했다. 내가 여자의 몸에 무턱대고 얼굴을 붉히는 사춘기 소년은 아니지만 한 사람에게만은 어쩔 수가 없는데.

"그럼 다른 여자 말고, 이 여자는?"

무결이 그녀의 손 위로 제 손을 포개며 몸을 기울였다.

그가 묻는 순간 승희는 멍해졌다. 단숨에 눈빛이 달라졌기 때문이다. 그의 눈동자에 고여 있던 시름이 정리되었다.

"후, 이 복잡한 날 나 혼자 기분 좋으면 안 되는 건데. 너무 좋네. 집에 간다는 게."

"……."

"가서 두고 보자고."

느른하게, 그러나 또박또박 이어진 말은 경고였다. 뭘 두고 보겠다는 건지 알 것 같았지만, 알면 안 될 것 같았다. 차가 출발했다.

두고 보자는 말의 힘인지, 차는 막힘없이 달려 아파트에 이르렀다.

"밥은 시켜 먹을까요?"

차에서 내린 무결이 물었다. 승희는 발을 무겁게 움직이며 느릿느릿 말했다.

"아…… 저는 밥 생각이 없어요. 왜 이렇게 피곤하지?"

미래가 불투명하여 긴장되는 마음에 연극을 하게 되었다. 순진한 무결은 이를 진지하게 받아들였나.

"하긴. 근데 굶어도 괜찮겠어요? 뭐라도 간단히 먹어요."

아니. 간단히 먹어도 뭔가 복잡해질 것 같아. 왠지 그래.

"괜찮아요. 오늘은 그냥 베개에 머리만 대면 잠들 것 같아요."

승희는 야근에 찌든 직장인의 목소리로 대답했다. 무결이 이해한다는 듯 한숨을 쉬었다.

"무결 씨는 배고프면 시켜 먹어요."

"아니에요. 그냥 컵라면 먹을래요."

어설픈 연기가 의외로 잘 통했다. 승희는 속으로 깊이 안도했다. 그래도 긴장의 끈을 놓지 않고 눈이 마주칠 때마다 골골하는 모습을 보여주었다.

"그럼 쉬세요오. 오늘 정말 고생했어요오."

집 안으로 들어오자마자 늘어지는 목소리로 꾸벅 인사한 승희는 곧장 제가 지내는 방으로 향했다. 그런데 방문을 열려는 승희의 뒤로 그림자가 드리웠다. 무결이 승희의 어깨를 덥석 잡았다.

"왜요?"

흠칫 놀란 승희가 물었다.

"그래도 약속은 지키셔야지."

쿵쾅! 심장이 폭격을 당한 듯이 반응했다. 목소리는 모깃소리처럼 작아졌다.

"약속한 적 없을 텐데요."

"무슨 소리야."

무결은 승희의 어깨를 감싸듯 두르고는 제 침실로 발을 옮겼다. 당연하게도 무결의 힘에 의해 승희가 밀려갔다. 승희는 뒤늦게 버둥댔다. 피곤에 절은 연기를 더는 지속할 수 없었다. 승희는 무결의 침실 문손잡이를 꽉 쥐었다. 더는 밀려갈 수 없었다.

"왜, 왜 이래. 아니, 나느은⋯⋯!"

그런데. 무결도 더는 그녀를 밀지 않았다. 그리고 그녀의 왼손 약지에는 반지가 끼워졌다.

아.

"……미안해요. 내가 너무 피곤해서 오해를 좀."

다시 되도 않는 연기를 선보이자 무결이 피식 웃었다.

"하여튼 응큼해가지고."

"누가 응큼하다는 건데요."

승희는 억울해졌다. 내가 기대하고 뭐 그런 게 아니라고. 사람은 누구나 할 수 있잖아. 아찔한 상상 같은 거. 생각이 좀 앞서갔을 뿐이야.

무결이 그런 승희를 놀렸다.

"따로 바라는 거 있으면 얘기하시고."

"어우, 무슨 소리예요. 없어요, 없어."

"진심이에요? 나랑 평생 안 자려고?"

그저 말만 할 뿐인데 정신을 못 차리겠다. 그가 자신을 클레이처럼 손바닥 위에 올리고 조물조물하는 느낌이다. 그는 언제든 원하는 모양으로 자신을 빚어낼 수 있을 것 같다. 짧게 놀린 무결은 더는 그녀를 괴롭히지 않았다.

"빼지 마요."

그녀의 뺨에만 살짝 입 맞추고 물러났다.

*

다음날 이른 아침.

노아정은 잠을 제대로 이루지도 못하고 내내 두려움에 떨고 있었다. 자신이 무슨 짓을 저지른 것인지 뒤늦게 사태를 파악하게 된 것이다. 들키지 않았을 때는 대범하게 행동할 수 있었는데, 들키고 나니 금세 사방이 막혀버렸다.

"내가 뭐라고 했어! 집으로 찾아오지 말라고 했지."

명중우는 무빈이 돌아선 화풀이를 모두 자신에게 했다. 무빈이 들이닥치기 전까지 그렇게나 진득했건만 중우는 자신을 쉽게 버렸다. 이용가치가 없어졌다는 것을 깨달을 수 있었다. 중우가 주는 용돈이 꽤 많았다. 간간이 희재원의 소식을 전하는 것만으로 예쁨을 받았다. 그 모든 것이 어젯밤 순식간에 사라졌다.

그러나 더 급한 건 생명의 위협이었다. 명중우가 악랄한 수단을 쓰는 남자라는 걸 잘 알고 있었다. 이용가치가 없어진 게 문제가 아니다. 자신의 존재 자체가 명중우에게 불안요소가 될 것이다. 명중우가 킬러를 고용하여 쥐도 새도 모르게 자신을 죽일 것 같았다.

딩동. 오들오들 떨고 있는데 초인종이 울렸다.

"누구세요?"

아정이 붙잡기 전에 여동생은 방문자에게 반응해버렸다. 아정도 인터폰 화면으로 손님을 확인했다. 아는 사람이었다. 한무결이 찾아온 것이다. 오싹 소름이 끼쳤다.

"노아정 씨. 어제 일이 아니라 다른 일 때문에 찾아왔습니다."

무결은 아정이 문을 열어주지 않을 거라고 미리 짐작했는지 현관문 밖에서 용건을 밝혔다.

"집 앞 공원에서 뵙죠."

무결의 말은 나와주십사 청하는 것이 아니었다. 짧고 묵직한 지시가 꼭 따라야 할 것 같은 압박감을 주었다. 집으로 직접 찾아왔다는 사실만으로도 충분히 위협적이었다. 아정은 어쩔 수 없이 옷을 챙겨 입고 밖으로 나갔다.

무결은 공원의 벤치에 그림처럼 앉아 있었다. 그 옆에 거리를 두고 서 죄인처럼 앉은 아정에게 무결이 바로 말했다.

"노아정 씨에게 확인할 게 있어서 왔습니다."

"네……"

"이진심 씨는 왜 죽었죠?"

거침없는 질문이었다.

"아시잖아요. 자살이었단 거."

아정은 왜 그런 걸 물어보느냐는 투로 대답했지만 그 목소리 끝이 갈라져 있었다. 마치 당황하여 호흡이 흐트러진 것처럼.

"이진심 씨가 청산가리 캡슐을 구입했던 기록이 없거든요."

"그런 거래는 암암리에 이뤄지니까 당연히 기록도 남지 않겠죠."

아정이 예민해진 목소리로 대꾸했다. 이미 진실에 깊이 파고든 듯이 날렵해진 눈이 아정을 콕콕 찔렀다. 팔뚝에 소름이 돋는 듯하여 아정은 한쪽 팔을 매만졌다. 눈물이 날 것 같기도 했다.

"노아정 씨. 당신이, 이진심 씨가 죽기 약 1주일 전부터 이진심 씨한테 여러 영양제를 권했다고 들었어요."

"그건 진심이가 너무 얼굴이 안 좋아 보여서 그런 거예요! 명중우한테 협박당하고 있는 줄은 저도 몰랐다고요."

아정은 말을 끝마치고 나서야 자기가 말실수를 했다는 걸 깨달았다. 무결의 눈이 자비 없이 빛났다.

"명중우한테 협박을 당하고 있었군요."

"저는 모르는 일입니다."

"아실 텐데요."

무결의 추리가 이어졌다.

"이진심 씨는 노아정 씨가 준 청산가리 캡슐을 영양제라고 생각하고 먹었던 겁니다. 그리고 그날 사망했죠."

"아니에요!"

무결이 몰아붙이니 아정의 목소리가 높아졌다.

"그리고 그날 저는 그 시간에 근무하지도 않았다고요."

"그런데 그날, 꽤 늦게 퇴근했을 거예요. 그렇죠? 그 당시 며칠간 CCTV가 말썽이었어요. 물론 노아정 씨가 언제 퇴근했는지도 알 수 없죠."

아정은 떨려오는 제 손끝을 다른 손으로 감추었다.

"노아정 씨."

그사이에 무결의 목소리가 고요해졌다.

"진실을 다 말해요. 그럼 변호사를 선임해드리죠. 명중우가 시켰습니까?"

아정의 눈에 눈물이 고였다.

"대답을 하기 전에…… 조건이 있어요."

아정이 흐느끼는 목소리로 말했다.

"절 살려주세요……"

목숨을 구걸하게 되더라도, 안전을 보장받을 수만 있다면 매달릴 수 있었다.

토요일이었지만 무빈은 회사에 간다는 핑계로 희재원을 나섰다.

규원과 혜리가 바라보는 눈길이 부담스러웠다. 할아버지께 어떻게 말씀드려야 할지, 할아버지가 위로를 해주신다면 어떤 반응을 해야 할지도 알 수 없었다. 혼자 있고 싶었다. 아무도 모르는 곳으로 도망치고 싶은데 그럴 수 없다는 게 서러웠다.

회사에 도착한 무빈은 이를 악물고서 일에 집중하려 노력했다. 당연히 일이 머릿속에 들어올 리 없었다. 결국 무빈은 한 시간 만에 자리에서 일어났다. 어쨌든 일하는 척은 했으니 명목은 지켰다고 생각했다. 이제 집으로 돌아가 아무도 없는 곳에서 쉬고 싶다. 그러나 무빈은 자리를 벗어나지 못했다. 그녀가 걸음을 옮기기 전에 문이 열렸다. 밖으로 나서려던 무빈은 경악했다. 문을 연 사람은 명중우였다.

"나가."

명중우의 얼굴색은 좋지도 나쁘지도 않았다. 그래서 더 뻔뻔하게 느껴졌다.

"얘기 좀 해."

"너 따위랑 할 얘기 없어."

그의 얼굴색은 달라지지 않았지만 무빈의 마음이 달라졌다. 그렇게도 멋져보이던 그의 모습이 하루아침에 구질구질하게 보였다. 내가 어떻게 저런 놈과 사랑을 나눴을까, 질 떨어지게.

역겨웠다.

"네가 내뱉는 공기도 기분 나빠. 나가."

"무빈 씨. 사이좋게 지내자, 우리. 결혼해야지, 응?"

나긋하게 회유하는 동안 무표정이었던 중우의 얼굴에 미소가 생겨났다. 지금 이 상황에서 지으면 안 되는 표정이었다. 무빈은 매섭게 바라보았다.

"나 아니면 자기 데려갈 사람 없어."

중우가 말했다. 조롱하듯. 한때 연인이었던 사람에게 이런 말이나 갈기는 놈인데, 어찌 사랑을 지켜왔는지 모르겠다. 어쩌면 이런 식으로 그에게 말려들었는지도 모르겠다.

너는 내 생각이 움직이지 못하게 만들었던 거야. 명중우가 아니면 안 된다고 생각하도록. 무빈은 지나간 시간들이 허망했다.

"너랑 결혼을 하느니 혼자 사는 게 낫지."

"아니. 어쨌든 둘이 좋은 거야."

태평스럽게 대꾸한 중우는 바짝 걸어와 주머니에서 두 번 접힌 종이 하나를 꺼냈다. 그리고 무빈의 책상 위에 종이를 펼쳐 내려놓았다.

"이것 좀 볼래?"

혼인신고서. 중우와 무빈의 인적사항이 모두 기록된 혼인신고서였다. 무빈은 기가 막혔다.

"도장만 찍으면 돼. 지금 찍어."

"미쳤구나?"

"남편 될 사람한테 무슨 그런 섭섭한 소릴."

무빈은 종이를 들어 쫙쫙 찢어서 중우의 면상에 던졌다.

"당장 나가."

중우의 얼굴을 때린 종이들이 컨페티처럼 흩날렸다. 얼굴에 들러붙은 종잇조각을 쳐낸 중우가 말했다.

"알았어. 그럼 당신 뜻을 헤아려서, 혼인신고만 했다가 이혼하는 걸로 하지."

무빈의 안면이 거칠게 구겨졌다. 명중우가 하는 말은 모두 정신 나간 소리였다. 어제, 무결이 했던 말이 떠올랐다.

"혼전계약서를 바꿔치기했을 수도 있다는 생각은 안 해봤어?"

무빈은 처음에 그 말을 믿지 않았었다. 명중우를 신뢰하고 있었으므로. 그러나 지금은······.

"왜. 혼전계약서를 바꿔치기라도 했니?"

무거운 확신이 들었다. 그리고 무빈은 금방 그 사실을 확인받았다. 원하지 않는 방식으로.

"바꿔치다니. 원래부터 그거였는데. 자기가 날 사랑해서 한 일이잖아."

명중우의 미소는 무척이나 저열해 보였다.

"자기 재산의 반과 자기 명의의 부동산을 나한테 주기로 했는데, 잊었어? 자기가 뭔가 잘못 기억하고 있는 것 같은데 변호사들한테 물어봐."

역시, 변호사들과 함께 짠 것이었다. 하지만 그래 봤자다. 변호사 스스로 잘못된 길을 선택했으니. 이들에게는 응징만이 남을 것이다. 무빈이 코웃음을 치고는 대답했다.

"그래. 알았어. 혼전계약서는 그렇다 쳐. 난 그쪽이랑 결혼할 생각 없으니까 우리한테는 혼전계약서가 유용해질 일은 없는 거지."

"아닐걸? 한무빈, 너한테는 길이 없어."

냉랭하게 대꾸해준 무빈에게 중우가 미소를 이어가며 말했다.

"언젠가 자기가 내 방 침실에서 빨간 불이 반짝거린 것 같다고 했었지."

위험을 감지한 심장이 급하게 벌렁거렸다. 이 자식이 지금 뭐라고 지껄이는 거야. 설마.

"그게 뭘까. 뭐였을까. 안 궁금해?"

설마. 절대 빠져나갈 수 없는 올가미에 제대로 걸린 느낌이었다. 눈앞이 하얘졌다가 순식간에 어두컴컴해졌다. 명중우와의 관계는 쉽게 끝낼 수 없는 거였다.

"넌 나랑 결혼할 수밖에 없어."

그 어떤 것도 남지 않은 낭떠러지로 끊임없이 추락하고 있는 기분이었다. 하지만 이를 겉으로 드러내지 않으려 노력하며 싸늘해진 목소리로 중우에게 말했다.

"네가 그런 걸로 날 협박한다 한들 내가 눈 하나 깜짝할 것 같아?"

"아주 두려워하고 있는 게 잘 보이는데?"

2년 이상을 연인으로 지내며 누구보다도 그녀의 표정을 잘 읽을 수 있게 된 중우가 대꾸했다.

"몰래 찍은 사진 따위로 협박을 하겠다고?"

"몰래? 사람들이 그렇게 생각할까? 세상 사람들이 다 네가 날 얼마나 사랑했는지 잘 아는데? 그런 사진도 네가 원해서 찍은 게 되겠지."

중우는 책상 옆으로 돌아 무빈에게 가까이 접근했다. 무빈은 반사적으로 뒷걸음질쳤지만 소용없었다.

"유종의 미를 거두자, 공주님. 응?"

그가 검지와 중지 손끝으로 무빈의 뺨을 톡톡 쳤다. 너무 소름 끼쳐 오한이 일었다.

며칠이 흐르는 동안 무빈은 불안한 마음을 어쩌지 못한 채 혼자서 끙끙 앓았다.

사진이 정말로 있을까, 있다면 지금 어디에 보관되어 있을까. 경찰에 신고를 하는 게 나으려나?

하지만 경찰에 신고를 했다가 이상한 소문이 나면, 어쩌면 다시는 한국 땅에서 발붙이고 살기 힘들 수도 있다.

"그런 여자를 고용해서 미안하다."

아침식사 시간. 희재원. 무빈이 몇 술 뜨지도 못하고 시름에 잠겨 있는 모습을 본 혜리가 말했다.

"너무 애쓰지 마. 꼭 일하러 가지 않아도 돼."

혜리는 이를 실연의 상처라고 생각했다. 당연히 그것만으로도 충격일 수밖에 없다. 그래서 무빈에게 더 끔찍한 일이 생겼다고는 상상하지 못했다.

"널 먼저 생각해. 겉을 돌보려다가 속이 망가지는 거야."

정말로 무빈이 회사를 가지 말고 쉬었으면 하는 마음으로 얘기했다. 무빈이 무거운 목소리로 혜리를 불렀다.

"어머니."

"응. 무빈아."

혜리가 곧장 대답했으나 무빈은 쉽게 다시 입을 열지 못했다. 혜리는 무빈이 무언가 다른 할 말이 있음을 알아챘다.

"무빈아, 얘기해. 들어줄 테니까."

무빈은 제 이름을 거듭 부르는 따뜻한 목소리에 대답보다 먼저 눈물을 떨구었다.

"……드릴 말씀이 있어요."

창피했다. 수치스러웠다. 매순간 지옥에 떨어진 기분인데, 매순간 도망쳐버리고 싶은데. 가족에게 알리고 싶지도 않은 일인데, 가족에게 얘기할 수밖에 없다. 무빈은 펑펑 눈물을 쏟으며 길고 긴 사연을 털어놓았다.

무빈의 얘기를 모두 들은 혜리는 수심이 깊어졌다.

반드시 해결해야 하는 일. 하루빨리 해결해야 하는 일. 그러나 절대 세상에 알려지면 안 되는 일. 이 일에 대해 긴하게 부탁할 사람은 역시 남편밖에 없었다.

남편은 무서울 정도로 침착하고 이성적이고 냉철한 사람이다. 분노가 들끓어도 금방 스스로 식힐 수 있는 사람. 남편과 함께 머리를 맞대고 생각해야 했다. 마침 오늘 남편이 일찍 퇴근한다고 했으니 바로 논의를 해볼 수 있을 것이다.

문제는 오늘이 희재원에서 가족모임을 갖는 날이라는 것. 규원, 무결, 무빈이 한자리에 모이는 날이다. 아무리 바빠도 보름에 한 번씩은 할아버지와 식사를 하자며 규원이 세운 규칙이었다. 무빈과 무결도 할아버지를 존경하므로 이 일을 거른 적은 없었다. 하지만 오늘은 무결이 부담스러웠다. 무결에게는 미안했지만 일단 무결은 제외시켜야 했다. 동생에게 누나의 치부를 알리는 건 수치스러운 일이기도 하고, 또한 이 일을 알게 되면 무결이 어떻게 나올지도 알 수 없었다. 무결은 무빈을 끌고 중우의 집에 쳐들어가 간통현장을 덮쳤다. 문제 해결방식이 거침없고 과격하다. 성격도 규원보다 훨씬 불같다.

이 문제를 어떻게 해결할까 고심하던 혜리는 승희에게 전화를 걸었다.

한 주의 과업을 하나씩 해결해가다 보니 어느덧 수요일. 에너지 넘치게 일을 하던 중에 승희는 혜리에게서 걸려온 전화를 받았다.

[승희 씨, 나 이혜리예요.]

"네. 알고 있습니다. 안녕하셨어요."

[네. 승희 씨도 잘 지냈죠?]

잘 지냈느냐고 묻는 혜리의 목소리가 밝게 들리지는 않았다. 무언가 다른 할 말이 있는 것 같았다.

[승희 씨, 부탁이 있는데 들어줄 수 있을까요?]

역시, 혜리는 바로 용건을 꺼냈다.

"네. 말씀하세요."

[오늘 가족이 희재원에 모이는 날인데, 무결이를 붙잡아췄으면 해요.]

혜리의 말에 승희는 오늘 아침 무결이 했던 말을 떠올렸다.

"오늘은 희재원에 가는 날이에요. 아버지가 정기적으로 할아버지께 인사를 드리자고 하셔서요. 누나를 봐야 할 것 같기도 하고요. 가서 자고, 내일 올게요."

무결의 말에 승희는 알았다고 했다. 무결과 함께 지낸 지도 열흘이 훌쩍 넘었다. 그간 무결은 희재원에 잠깐 씩만 들를 뿐 그곳에서 식사를 하거나 잠을 자지는 않았다. 사실 승희는 무결이 좀 더 가족을 살폈으면 좋겠다고 생각하던 차였다. 그랬는데, 그를 붙잡아달라니.

"네? 무슨 일 있으세요?"

[그냥…… 가정 문제예요. 자세히 말하지 못해서 미안한데…….
언젠가 얘기할게요. 무결이가 오늘 희재원에 오지 못하도록 붙잡아
줄 수 없을까? 부탁이에요.]

대체 무슨 일인지는 모르지만 꽤나 심각한 사정일 거라는 생각이
들었다. 혜리가 이렇게까지 간곡하게 청하니 승희도 어쩔 수 없었다.

"노력해볼게요."

[고마워요. 이런 부탁을 해서 너무 미안하고.]

"아닙니다. 하지만 제가 막지 못할 수도 있어요."

[아니, 승희 씨 말이라면 들을 거예요. 나는 믿어요.]

혜리는 굳센 목소리로 전화를 끊었다. 일단 노력해보겠다고 말하
긴 했지만, 승희는 걱정을 할 수밖에 없었다.

이 남자를 어떻게 붙잡는담?

'어쨌든 문자나 보내보자.'

—오늘 희재원에 간다고 했죠? 가기 전에 나 좀 보러 오면 안 돼
요? 회사로.

무결에게 문자를 보내니 바로 답문이 왔다.

—무슨 일 있어요?

—아니, 그런 건 아니고, 저녁때 못 본다고 하니 어쩐지 서운해서요.

무결의 메시지에 승희도 바로 답문을 보냈다. 무결에게서 연달아 두 개의 답문이 왔다.

—서운해해주니 왠지 기분이 좋네요. 사랑받는 느낌이 들었어요.
—그럼 퇴근하고 그쪽으로 갈게요.

문자메시지를 확인하는 동안 가슴이 시큰했다. 그의 반응에 어쩐지 미안해졌다. 나도 정말 사랑하는데, 그에게 내가 지금까지 확신을 주지 못했던 것일까? 좀 더 많이 표현하고 살아야겠다는 생각을 했다.

그건 그렇고, 이제 무결이 회사에 도착하면, 발을 붙잡을 수 있는 사건을 만들어야 한다. 코딩을 배우고 싶다고 해볼까? 아니면 앙드레에게 과제를 잔뜩 내주어 앙드레가 무결에게 매달리도록 해볼까?

갖가지 아이디어를 생각해보는 동안 시간이 빠르게 지나갔다. 어느덧 퇴근 시간이 되었다. 6시를 막 넘어섰을 때 전화가 걸려왔다. 이번엔 남동생 승규였다.

"여보세요."

[누나, 혹시 차 사고가 났었어? 폭파사고?]

동생이 소식을 접하게 된 모양이다.

"으응……."

[아빠가 걱정 많이 하셨어. 퇴근 언제 해? 우리 지금 그쪽으로 가고 있는데.]

"뭐?"

승규의 통보에 놀랐다. 아빠한테 걱정을 끼치게 될까봐 얘기하지 못했는데, 아무 얘기도 하지 않아 아빠는 더 걱정을 한 모양이다.

[오늘 바빠? 지금 회사 아니야?]

"아니, 그런 건 아닌데……."

[그럼 잠깐 얼굴이라도 봐.]

난감했다. 무결을 붙잡아야 해서 아빠와 남동생을 만날 시간이 없다는 말을 할 수가 없었다. 그렇다고 무결을 방치하고 아빠와 동생을 만날 수도 없었다. 고민하고 있는 사이에 발 빠른 무결이 먼저 회사에 도착했다. 승희에게는 이제 선택의 여지가 없었다.

"저기, 무결 씨, 고백할 게 있어요."

"뭔데요?"

"사실은 제 동생이랑 아빠가 회사 앞으로 찾아온다고 하네요."

승희는 죄인의 목소리로 무결에게 이 난처한 사실을 털어놓았다. 난처한 부탁과 함께.

"근데 무결 씨도 내 옆에 있어줬으면 좋겠어요. 괜찮겠어요?"

"가족들한테 날 소개하겠다는 뜻이에요?"

"갑작스럽게 이런 자리를 만들어서 미안해요."

"아뇨. 난 좋은데요."

"오늘 희재원에 가야 하는데 붙잡아서 미안하고요."

"난 좋다니까요."

승희의 깍듯한 사과에 무결이 거듭 좋다고 말했다. 무결은 정말 아무 불만이 없어 보였다. 오히려 기뻐하는 표정이었다.

"괜찮아요?"

"그럼요. 나도 승희 씨 아버지랑 동생한테 인사하고 싶었으니까."

상황이 어쩔 수 없게 되었지만, 그래도 소개는 하려고 했으니 한 번은 거쳐야 했던 일이다. 무결의 반응에 승희도 마음을 놓을 수 있게 되었다. 승희는 무결과 함께 아빠를 맞이하러 나갔다. 10여 분이 흐른 뒤에 회사 앞으로 남수의 차가 섰다.

"아빠."

승희를 발견하고서 차에서 내린 남수가 승희의 옆에 서 있는 남자를 알아보고는 멍한 표정을 지었다. 승희와 무결이 남수에게로 다가갔다.

"그쪽은⋯⋯."

"아버님, 안녕하십니까. 승희 씨 남자친구 한무결입니다."

무결이 깍듯하게 인사했다.

"내가 아는 그⋯⋯ 맞지?"

"네. 한태조 회장님 손주입니다."

하아. 남수는 놀랍다는 투로 승희와 무결을 번갈아 바라보았다. 결국 그 일이 인연이 되었구나. 놀랍고 신기했다. 함께 차에서 내린 승규도 얼음이 되어 있었다. 머릿속에 많은 물음표가 생겨났지만 일단은 차치하고, 남수는 반갑게 인사했다.

"반가워요, 반가워. 참 멋있게 잘 컸네."

"제가 어렸을 때 뵌 적이 있었을까요?"

"아니 뭐, 스쳐가듯 본 거지. 이제 건강은 괜찮고?"

"네. 아주 건강합니다. 결혼에도 무리 없을 거고요."

"결혼까지 생각하고 있는 건가?"

"네. 사실은 프러포즈도 했습니다."

하아, 남수는 다시 한번 탄식했다. 쌓여가는 질문들을 어떻게 풀어내볼까 생각하던 차에 승규가 대화에 끼어들었다.

"그래서, 프러포즈에 대답은 했어?"

승규는 승희에게 따지듯 물었다.

"결혼은 언제 할 건데?"

"너보다 먼저 할 거다."

승규의 날 선 태도에 승희가 눈에 힘을 주며 대답했다. 승규가 콧방귀를 뀌었다. 무결은 살갑게 승규에게 말을 걸었다.

"처남이 빨리 결혼을 하려고 나서주시면 저희도 빨리 결혼을 하게 되겠네요."

"처남이라니. 좀 어색하네요."

그러나 승규는 곧장 철벽을 쳤다. 무결도 입을 다물었다.

남동생이 가장 큰 산이 되겠구나. 무결은 앞날을 예감할 수 있었다.

네 사람은 회사 근처의 식당에서 식사를 했다. 식사하는 동안의 분위기는 좋았다. 거의 남수와 무결이 덕담을 주고받는 식이었다. 승규는 두 사람 사이에 끼어들지 못하고 밥만 먹었다. 무언가 한마디 하려고 하면 승희가 눈을 무섭게 치떴기 때문이다. 식사를 마치고 화장실에 가서야 승규는 무결에게 말을 걸 수 있었다.

"한무결 님."

'매형'이 아닌, 트윙클에셋 직원들처럼 '형님'도 아닌, '한무결 님'. 승규의 경계심에 무결도 더욱 정중해질 수밖에 없었다.

"네."

"혹시 차량 폭파사고는 한무결 님 때문에 생긴 일입니까?"

승규가 단도직입적으로 물었다. 무결은 대답하지 못했다. 아니라고 할 수도 있겠지만 그럴지도 모르겠다. 모든 게 명중우가 벌인 일이라면 무결도 그 원인 중의 하나가 될 것이다. 승규가 무결의 대답을 기다리지 않고 말을 이어갔다.

"저는 잘 모르겠어요. 누나가 괜찮을지. 솔직히 누나가 예쁘긴 해요. 저를 통해서 소개받고 싶어 하는 남자들도 많았어요. 하지만 다 쳐냈어요. 나는 누나가 스스로 빛날 수 있게 잘 밀어줄 수 있는 남자를 만났으면 좋겠다고 생각했거든요."

"나는 누나를 밀어줄 수 없다고 생각합니까?"

"한무결 님 집안이 보수적이라는 건 다들 아는 사실이니까요."

승규의 지적이 따끔했다. 내가 명중우를 도둑놈으로 보았듯, 그녀의 동생도 나를 날강도로 보겠구나. 더군다나 이제껏 한무결의 사회적 이미지가 그리 좋은 건 아니었다. 그동안 한량처럼 살아왔고, 일에도 별 관심이 없었기 때문이다.

"집안에 조금씩 변화가 있습니다. 이 변화에 승희 씨가 일조했고요."

무결은 승규의 마음을 돌리기 위해 말문을 열었다.

"그리고 무엇보다도 제가 변하고 있습니다. 다 승희 씨 덕분이죠. 나는 승희 씨와 내가 서로를 발전시키는 관계라고 생각해요. 동생으로서 불안한 면이 있을 거예요. 불안하게 해서 미안하고요. 하지만 관심을 갖고 지켜봐줬으면 좋겠네요."

무결의 대답에 승규는 속으로 놀랐다. 그의 이야기는 솔직하고 담대했다. 스스로의 존재가치에 대한 태생적인 자신감이 있는 것 같았다. 자신이 이렇게나 경계심을 드러내며 따졌는데 전혀 긴장하지도, 굽실거리지도 않는다. 오히려 배짱 있게 대답하고 씨익 미소를 지어 보이는 모양은 승규를 위축되게 할 정도였다.

"자주 연락하죠. 승규 씨."

이 남자, 매력 있어. 남자인 내가 봐도 매력 있어.

"흠, 그럼 아무튼, 누나 힘들지 않게 잘 부탁합니다."

더 마주하고 있다간 그에게 현혹되어버릴 것 같았다. 승규는 먼저 화장실을 떠났다.

이윽고 식당을 나선 네 사람은 다음을 기약하며 인사를 나눴다.

"오늘은 우리 승희가 걱정돼서 온 건데, 나중에 날 잡아서 반주 한 잔해요."

"아버님, 말씀 편히 놓으십시오."

"그래요, 그래. 다음에."

남수는 무결의 손은 잡고서 몇 번이나 흔들었다. 내 딸을 잘 부탁해요. 딸 가진 아빠가 어쩔 수 없이 하게 되는 청. 남수는 오늘의 이벤트로 이제 정말 딸을 떠나보낼 때가 되었다는 사실을 실감했다.

"지켜봤으니 알겠지만 우리 승희가 생각이 깊어요. 아무한테도 기대지 않고 혼자 걱정을 끌어안고 있으려고 할 때도 많을 거예요."

"네. 앞으로 많이 얘기하게 하겠습니다."

남수의 걱정에 무결이 대답했다.

"다시 한번 아버님 댁으로 인사드리러 갈게요."

"편히 와요. 편히."

아버님이라는 말에 기분 좋은 얼굴로, 남수는 몇 번 인사를 했다. 승규는 여전히 경계심을 다 풀지 않은 표정으로 꾸벅 인사했다.

두 사람이 떠난 후, 승희는 긴 한숨을 내쉬며 무결에게 사과했다.

"후우. 미안해요, 갑자기."

"왜요? 난 엄청 좋았는데요?"

하지만 무결은 분명히 기분 좋은 표정이다.

"불편하지 않았어요?"

"전혀."

무결은 어깨를 으쓱해 보였다. 진심으로 기분이 좋았다. 그녀가 가족을 소개해주어서. 그것도 갑자기. 그녀의 인생에 완전히 들어간 것 같아서 아주 흡족했다.

"아버님이 날 불편해하시는 것 같아서 그게 걱정스럽긴 한데, 아무튼 난 잘 지낼 수 있을 것 같아요. 소개해줘서 고마워요. 집에 바래다줄게요."

그의 마음 씀씀이에 승희는 감동하게 되었다. 그러나 감동이 길게 이어질 새는 없었다. 오늘, 그가 희재원에 가지 못하도록 막아야 한다. 집에 바래다준다는 말은 그녀를 집에 데려다주고 자신은 희재원으로 가겠다는 말이었다. 그가 그녀의 가족을 소중하게 대해주었으니 그녀 또한 그가 희재원에 가겠다는 입장을 존중해주어야 한다. 하지만 당신 어머니께서는 오늘 오면 안 된다고 하셨는데.

걱정하는 사이에 차는 빠르게 달려 무결의 아파트에 도착했다. 현재 시각 밤 8시. 무결은 주차장에서 바로 희재원으로 떠나려는 것 같았다.

그를 계속 붙잡고 있지는 못하더라도 한두 시간 정도는 시간을 끌 수 있지 않을까? 승희는 진지한 표정으로 청했다.

"같이 올라갔다 가면 안 돼요?"

"그래요. 같이 올라가요."

무결이 고개를 끄덕였다. 승희는 일부러 늘쩡거렸다. 차에서 내리는 것도 걸어가는 것도 엘리베이터 버튼을 누르는 것도 일부러 시간을 끌었다. 그러나 그렇게 해서 늘일 수 있는 시간은 기껏해야 1, 2분 정도다.

금방 42층에 도착한 엘리베이터. 두 사람은 집 안에 들어섰다.

"여기는 보안 시스템이 훌륭한 곳이에요. 그리고 일이 일어나면 나한테 바로 연락이 올 거고요. 마음 편히 있어도 돼요."

무결은 그녀가 혼자 잠을 자게 되어 불안해한다고 생각한 모양이었다. 온 방 안을 확인하고 보안이 잘 되어 있다는 사실을 알려준 뒤에 그녀를 안심시키려는 듯 꼭 안아주었다. 승희의 마음은 그게 아닌데.

"그럼 가볼게요. 혼자 있게 해서 미안해요."

안 돼! 승희는 떠나려는 무결의 옷자락을 급하게 잡았다. 무결이 돌아보았다. 왜 그러느냐는 듯.

승희는 난감해졌다. 트윙클엔셋의 보안 시스템을 망가뜨린 다음에 큰일 났다고 하면 붙잡을 수 있을 것 같다. 좀 뜬금없지만 재훈과 만나겠다고 하면 그가 화를 내며 따라나설 것 같기도 하다. 아니, 오늘 불안한 일이 있어서 혼자 있기 무서우니 무조건 가지 말라고 하면 사실 옆에 있어줄 것 같다.

하지만 모든 것이 다 그를 이용하는 방법. 뭐든 원하면 들어줄 사람이라 함부로 말할 수가 없다. 이 사람이 소중해서 이제 거짓말을 하고 싶지가 않았다. 승희가 간절해진 눈빛으로 물었다.

"꼭 오늘 가야 해요? 가고 싶어요?"

멈칫했던 무결의 눈이 커졌다. 무결은 그녀가 오늘 무언가 다르다는 것을 눈치챘다. 자신의 옷자락을 쥐고 흔드는 대로 심장이 함께 흔들리는 것 같았다. 그녀가 이토록 예쁘게 붙잡는데 어떻게 뿌리치겠는가. 붙잡지 않아도 항상 내가 먼저 같이 있고 싶은데.

"갈 거야?"

결국 그녀의 입에서 내내 바라고 기다렸던 말이 터져나왔다.

"가지 마."

맑게 올려다보는 눈동자, 연약하게 떨리는 목소리, 발그레해진 두 뺨, 잡고 흔드는 손끝. 모든 것에 자극을 받은 신경이 날렵하게 곤두섰다. 이제는 하나밖에 보이지 않는다.

"안 갈 테니까."

이렇게 기쁘면서도, 이렇게 떨린 적이 없었다.

"책임져."

고개를 기울이며 다가갔다. 혹여나 그녀가 도망친다 해도 이제는 놓아줄 수가 없을 것이다.

승희는 자신이 내뱉은 말에 확실히 책임을 져야 했다. 가까이 다가온 무결의 허리를 붙잡기 무섭게 아찔한 입맞춤이 찾아왔다. 그가 그녀의 입안으로 흘려넣는 숨결은 달았으나 다소 거친 구석이 있었다. 그녀가 거부할 틈을 주지 않으려는 것 같았다.

그는 기회가 오면 놓치지 않는 민첩한 사람이다. 하지만 기다릴 줄 아는 사람이기도 했다. 지금까지 그 어떤 내색도 하지 않고 조용히 자신을 지켜봐준 그에게, 승희 또한 마음을 확인시켜주고 싶었다. 스물여덟. 생애 처음으로 마음을 나누고 싶은 사람이 생겼다. 도망가지 않을까 염려하는 듯 자신을 꽉 붙든 그의 어깨에 살포시 손을 올렸다. 그제야 마음의 여유가 생긴 그가 손을 움직였다. 그녀의 어깨를 쓸어내린 손이 허리에 닿았다. 옷자락을 들춘 커다란 손이 허리의 여린 피부를 건드렸다.

낯선 침입에 놀란 승희가 숨을 크게 들이켰다. 입맞춤이 깊어진 와

중이었다. 자신의 맹목적 습격에 언제나 방어적 수락의 태도를 지키던 그녀가 색다른 자극을 주었다. 무결은 이성을 꽉 붙들고 있는 것이 점점 힘겨워졌다.

게다가 또 이 블라우스는 단추가 어디 있는 건지. 이 상황에서 대체 어떻게 벗겨야 하는 옷이냐고 물어보는 것도 무드가 깨지는 일이라 무결은 키스와 함께 가만히 탐색을 이어갔다. 그녀의 바르작거림이 달콤하여 그는 옷을 찢어버리고픈 충동까지 일었다. 잠시 후 그의 말 못 할 번뇌를 눈치챈 승희가 입술을 떼고서 목소리를 냈다.

"아니, 이건요. 지퍼가 뒤에……."

승희는 두 손을 목덜미로 올려 지퍼를 살짝 내려 보였다. 아, 승희의 움직임에 진실을 알게 된 무결이 탄식했다. 그녀의 등 뒤를 더듬어보니 아기 손톱만 한 지퍼풀러가 있었다. 우승희랑 똑같네. 작고 귀엽고 깜찍하네.

승희는 조금 놀랐다. 그가 의외로 어리숙한 것 같아서. 문란하다는 소문까지 있던 사람이기에, 모든 것에 능숙할 줄만 알았는데 그가 버벅거리는 것이 의외였다. 잠시 분위기는 흐트러졌지만 승희 또한 긴장했던 마음이 조금은 풀렸다. 그가 귀엽게 여겨졌다. 무결은 자그마하게 미소 짓는 승희를 가느스름해진 눈길로 바라보다가 다리를 안아 들어올렸다.

"내 침실로 가죠."

무결이 이동하며 말했다.

"앞으론 거기서 지낼 테니까."

말이 끝나기가 무섭게 승희의 엉덩이는 무결의 방 침대 시트에 내려앉았다. 숨 돌릴 틈 없이 성큼 침대 위로 올라온 그가 등 뒤의 지퍼를 단번에 내렸다. 조금 전의 어리숙함을 만회하겠다는 듯 그의 행동이 주도면밀해졌다. 순식간에 승희의 팔이 허전해졌다. 속옷 차림이 쑥스러워진 그녀는 탐색하듯 움직이는 그의 눈길을 막아보고자 무릎을 세워 가까이 다가갔다.

셔츠 앞자락을 잡으며 입술을 덮쳐오는 그녀의 대담함에 무결의 눈이 잠시 커졌다. 그녀의 도발에 단전의 열기가 화르르 번져갔다. 단숨에 그녀를 눕혀 꼼짝 못하게 만들고 싶은 욕구가 움텄으나 그는 기쁜 마음으로 자극을 즐겼다. 셔츠의 단추를 풀어내는 것은 쉬운 일이었지만 그녀의 손끝은 능숙하게 움직이지 못했다. 몇 번 떨고 몇 번 미끄러지는 동안 그의 입술은 그녀의 뺨에 갔다가 귓불을 물었다가 목덜미를 괴롭히다가 더 아래로 내려갔다. 그가 움직일 때마다 승희는 흠칫흠칫 놀라며 손을 멈췄다.

"손. 계속해야지."

입술을 잠시 뗀 그가 말끝이 갈라진 목소리로 말했다.

"근데 너무 간지럽잖아요…….'

"괜찮아요."

무결 또한 간지러웠기에, 그는 제 입장에서 대답을 한 것이었다.

흐읏. 그의 강렬한 자극에 버티며 셔츠의 단추를 풀어내는 건 승희에겐 어려운 과제였다. 한참 꼬물거린 끝에 서툴게 움직인 손이 마지막 단추를 풀어냈다. 그녀가 과제를 마치자마자 그는 오래 참았다는 듯 셔츠를 벗어 침대 아래로 던졌다. 선명하게 자리한 근육은 벌써 몇 번이나 보았는데도 처음처럼 시선을 잡아당겼다. 언제 보여줄지 몰라서 운동을 열심히 한다고 했던가. 조각품처럼 다듬어진 근육들은 다시 그녀의 손을 이끌었다. 부끄럽지만 직접 만져보고 싶어졌다. 손끝으로 쓸어보고 싶었다. 그녀가 주춤하니 무결이 대놓고 그녀의 한손을 끌어가 제 가슴 위에 올려놓는다.

"마음대로 만져도 돼요. 나도 그럴 거니까."

남들도 다 이런 건지, 이 남자가 특화돼 있는 건지. 내뱉는 말이 온통 농염하다. 가슴속에 기운찬 물고기가 사는 듯 심장이 팔딱거렸다. 어쨌든 아껴서 보던 것을 마냥 유심히 볼 수 있게 해주니, 만질 수 있게 해주니 승희는 벅찬 마음이었다. 당신을 이렇게 만질 수 있는 사람이 영원히 나뿐이었으면 해. 근육이 갈라진 선을 따라 손끝을 움직이는 동안 그의 몸에서 점점 열기가 느껴졌다.

몇 번 심호흡을 하던 그는 결국 참지 못하고 승희를 뒤로 넘어뜨렸다. 열렬하게 타오르는 눈은 그녀의 곡선을 제 눈에 그대로 박아넣겠다는 기세였다. 승희는 그의 눈빛에 벌써부터 몸이 먹혀들어가는 것 같았다.

"이제 내가 할 거야."

이제 그의 차례였다. 손끝으로 간지럽게 움직인 그녀와 다르게 그는 처음부터 거침없었다. 머리, 어깨, 가슴, 팔, 다리. 온몸에 키스 세례가 이어졌다. 몇 번인가는 피부에 자국이 박혀 들어갔다. 그가 입술을 뗄 때마다 터지는 숨이 안팎으로 들끓었다. 멋대로 하게 해주었음에도 그는 대단히 인내하고 있는 것 같았다. 무엇이 문제인지는 알 수 없었지만 그녀 또한 어쩐지 애가 탔다. 공을 들여 그녀의 여러 곳을 키스하고 매만져준 그가 몸을 일으켜 세웠다.

어떤 일이 일어날 것이라는 확신을 갖게 된 그녀의 눈동자가 그를 주시한 채로 파르르 움직였다. 그러나 그가 허리띠를 풀 때는 각오했는데도 너무 놀랐다. 숨을 삼키며 반사적으로 몸을 일으켜 뒤로 물러났다.

"아, 이건 그냥."

자신이 또다시 거부하려는 줄 알고 손을 멈춘 그에게 그녀가 어설프게 말했다. 부끄러워 묵묵히 있다가 한참 만에 입술을 뗀 것이었다.

"그냥, 나는 한무결 씨처럼 여유로울 수가 없어요."

"미안한데, 나도 더 참을 만큼의 여유는 없어요."

나도 당신과 다르지 않아. 그의 고요하고 침착한 설득에 탁 막혔던 숨이 서서히 풀려갔다. 여전히 무섭고 떨리지만, 또 한편으로는 이 남자가 갖고 싶어서 미칠 것 같았다. 승희는 그의 팔을 끌어당겨 그를 안았다.

당신을 안아줄 수 있는 사람이 영원히 나뿐이었으면 해.

자신에게도 소유욕이 넘칠 수 있다는 걸 연애를 통해 알게 되었다.

무결은 짐승처럼 덤비진 않았다. 욕구를 누르고 눌러 천천히 움직였다.

그는 그녀가 원칙주의자라는 것을 잘 알고 있었다. 그러니 함께 얻을 수 있는 기쁨의 정석을 알려주는 것이 먼저라고 생각했다. 더 많고 많은 시간을 함께 하기 위한 첫걸음. 그리고 대단히 중요한 한 걸음.

그럼에노 그녀는 분명히 떨고 있었다. 당연히 그녀가 감당해내기에는 버거운 지점이 있었다. 승희는 그때마다 물기가 가득한 목소리로 한숨을 토해냈다. 신음이 새어나올 땐 쑥스러운지 손등으로 입을 가렸다. 사슴처럼 순한 눈망울에 눈물이 고여 일렁거렸다. 그 모습이 삼켜서 소화하고 싶을 만큼 귀엽고 사랑스러워서 무결은 몇 번이나 갈등하게 되었다. 어느 순간엔 벅찬 감각을 가득 끌어안고도 애가 타서 미칠 지경이었다. 깊게 얕게 길게 짧게 절절하게 야릇하게, 알알이 터지는 숨결은 저마다 다른 빛을 띠었다. 창밖의 빛이 모두 스러질 때까지 마법과 같은 시간이 이어졌다.

　손가락을 튕겨낸 사이에 아침이 밝아온 느낌. 제 가슴에 얼굴을 파묻고서 평온하게 잠이 든 승희를 내려다보며 무결은 조용히 한숨을 내쉬었다.

　'너무 좋다. 어쩌지?'

　이불 밖으로 드러난 그녀의 동그란 어깨를 바라보니 또다시 음심이 불쑥불쑥 커져갔다. 깨우고 싶다. 어쩌지?

　늦게 재우기도 했고 오늘 역시 출근해야 하니 더 자게 해주는 것이 사람 된 도리일진대 자꾸 마음속의 악마가 나댔다. 회사라도 같으면, 또는 그녀가 회사의 대표가 아니라 직원이라면 어젯밤의 여운을 되새겨보는 쪽으로 유도하고 '일은 내가 할 테니 당신은 쉬어'라고 말할 텐데. 회사에 그녀를 대신할 사람이 아무도 없다는 것이 이토록 아쉽게 여겨진 건 처음이었다.

　아니지. 못된 생각 하면 안 되지. 무결은 야욕을 누르고서 고개를 저었다. 그 작은 움직임에 승희가 눈꺼풀을 천천히 움직였다.

　"몇 시예요?"

　"7시예요. 더 자요."

　당장 깨우고 싶건만, 무결은 속마음과 달리 착한 대답을 하게 되었다. 그녀의 목소리에 약해지는 마음은 어쩔 수가 없었다.

　"안 돼. 일어나야 해……."

승희가 괴로운 목소리로 혼잣말하며 몸을 비비적거렸다. 병아리가 삐약거리는 것 같았다. 이토록 일어나는 걸 힘들어하는데 먼저 깨워서 밀어붙였으면 큰일 났을 뻔했다는 생각이 들었지만, 동시에 그녀가 너무 앙증맞아서 괴로웠다. 주말은 언제나 올까. 직장인이 왜 금요일을 기다리는지. 왜 우리는 금요일을 불금이라고 부르는지 알 것 같았다. 이틀만 불을 식히며 기다리자. 우리에겐 앞으로도 많은 날들이 있을 테고 이제 겨우 한 걸음일 뿐이니까.

욕심을 꾹 참고서 그녀의 이마에 입 맞춘 무결은 의젓하게 침대에서 일어났다. 옷을 입으려는 그에게 승희가 말했다.

"어제 미안해요."

"응?"

어젯밤 자신이 많이 참은 것을 눈치챘나 싶어 반가운 마음에 물었다. 그러나.

"희재원에 못 가게 해서."

그녀의 사과는 생각지도 못한 쪽이었다.

"아니에요."

그러고 보니 희재원은 완전히 잊었었다. 무결은 출근길에 연락해 봐야겠다는 생각을 했다. 승희가 어떤 비밀을 간직하고 있는지는 꿈에도 생각지 못했다.

간밤에 무빈은 규원과 혜리에게 명중우와의 일에 대해 모두 사실대로 말했다. 혜리는 낮에 한 번 들었던 내용이지만 다시 분노했다.

규원은 인상을 구길 뿐 말을 아꼈다. 두 사람과 앞으로의 일에 대해 상의하지도 않았다. 그저 무빈에게 앞으로 중우를 만나지 말라는 충고를 해준 것이 다였다.

남편이라면 무언가 방법이 있겠지 생각하면서도, 하루가 지나니 혜리는 불안해졌다. 그러던 와중에 충격적인 소식이 들려왔다. 뜬금없이 명중우가 GK전자 무선 사업부의 이사가 된 것이다. 규원이 발탁승진을 시킨 것이었다. 혜리는 이 소식을 듣자마자 규원에게 전화를 걸었다.

"어떻게 이럴 수가 있어요? 그게 최선이라고 생각해요?"

무빈의 목을 조여오는 명중우를 달래기 위해 승진을 시키는 건, 악마에게 날개를 달아주는 꼴이다.

"명중우한테 지위를 주면 회사까지 위험해질 뿐이에요."

[타협을 봐야지. 녀석이 어떤 자료를 갖고 있는지 확인하지 않은 이상.]

전화기를 통해 들려오는 규원의 목소리는 답답할 정도로 이성적이었다. 어떻게 이런 아빠가 있을 수 있나 싶었다.

[그제 명중우가 제 집 보안에 막대한 투자를 했어. 집에 뭔가 있다는 뜻이지.]

"아닐 수도 있죠. 보여주기 위해서 일부러 그러는 것일 수도."

[물론 그렇지. 어쨌든 당신도 너무 신경 쓰지는 마. 건강에 해로워.]

"난 그렇게 못 해요. 자식 인생보다 더 중요한 게 있어요?"

혜리는 성을 내며 전화를 끊었다. 그러나 자신이 할 수 있는 일이 아무것도 없다는 사실에 분했다.

명중우의 임원직 승진은 무결의 귀에도 들어갔다. 어젯밤에 희재원에서 무슨 일이 있었는지 아무것도 알지 못하는 무결은 더욱 분개할 수밖에 없었다. 무결은 화가 나 직접 규원을 찾아갔다.

"명중우 그 자식을 흠씬 두들겨서 내쫓아도 모자랄 판에 승진이라뇨."

규원은 아무 대답도 하지 않았다.

"아버지는 기어코 누나랑 명중우를 결혼시키시겠다는 거예요?"

"너는 열을 좀 죽이도록 해."

"이 상황에서 얼음같이 차가운 아버지가 비정상이라고요! 명중우 그 자식……!"

명중우 그 자식 집에서 뭘 발견했는지 아세요? 그 자식이 뭘 모으고 있었는지 아세요?

소리를 확 질러버리고 싶었지만 무결은 입을 꾹 닫고서 주먹을 꽉 쥐었다. 이 말은 절대 해서는 안 되는 말이다.

무서운 생각이 스쳤다. 혹시 명중우가 누나를 협박한 건 아닐까. 그렇다면 명중우의 입장에서 비장의 카드는 역시 사진이다. 우리가 사진이 담긴 메모리카드를 없애버리긴 했지만, 생각해보면 사진이 꼭 메모리카드에만 있으리란 보장은 없다.

"아버지, 혹시 명중우한테 협박 같은 거 받으셨어요?"

"그만 가라. 너도 일해야지."

규원은 대답을 회피했다. 뭔가 있는 것이다.

"명중우가 어떤 협박을 하던가요?"

"네가 그렇게 집요하게 구니까 네 엄마가 어제 너를 안 부른 거야."

무결의 추궁에 규원의 목소리가 높아졌다.

"네?"

무결의 이맛살이 우그러졌다. 무결은 규원의 지적을 바로 알아들었다.

"어제 저를 안 불렀다고요? 제가 희재원에 못 가도록 막으셨던 거였나요?"

규원은 대답하지 않았다. 그제야 무결의 머리가 맑게 깨었다. 어쩐지 어제 승희가 자신을 붙잡는 것이 낯설게 여겨지긴 했다. 표현이 서툴고 관계에 수동적인 그녀가 어젯밤엔 유난히도 적극적이었다. 그 모든 게 새어머니의 계획이었던 것인가. 반짝반짝 빛나며 떠올랐던 환희의 순간들이 그의 내면에서 어둡게 가라앉았다.

어제 희재원에서는 무언가 중요한 일이 있었다. 그 일의 심각성을 예상한 혜리가, 무결이 희재원에 오지 못하도록 막았고 그 과정에서 승희가 이용된 것이다. 혼란스러웠다. 무결은 규원의 집무실에서 나오며 승희에게 전화를 걸었다.

[여보세요.]

"몸은 어때요?"

[그냥 뭐 나쁘지 않아요.]

안부를 묻는 질문에 승희는 쑥스러운 듯 목소리를 낮추었다. 무결은 잠시 떠올랐던 미소를 지우고서 곧장 용건을 말했다.

"근데 나한테 할 말 없어요?"

[네? 없는데요.]

"있어야 하지 않아요? 어제 말이에요. 우리 어머니한테 연락받은 거 없었어요?"

그의 추궁에 승희는 곧장 대답하지 못했다. 침묵은 그녀의 머릿속으로 많은 생각들이 지나가는 소리였다. 잠시 후 그녀의 목소리가 들렸다.

[사실은 어머니께서 연락을 주셨어요. 무결 씨 희재원에 못 오게 붙잡아둘 수 있느냐고.]

그런 거였군. 서운한 마음은 어쩔 수가 없었다. 순수하게 서로를 원하여 시작하길 바랐다. 내가 그저 좋았던 것처럼, 당신도 마음이 하나였다면 좋았을 텐데.

"모든 게 날 붙잡아두려던 계략이었을 뿐?"

듣고자 하는 말이 분명한 질문이었다. 우승희 씨, 미안하지만 나는 삐쳤어. 내가 원하는 대답을 꼭 들어야겠어.

무결의 날카로운 질문에 승희는 무안해졌다. 어젯밤. 많은 사건들이 지나갔던 밤. 그저 잠을 자고 일어나니 아침이 밝았다,라고 설명하기에 너무 많은 감정이 펼쳐졌던 밤. 어제의 소중한 기억이 그렇게 퇴색되지는 않았으면 했다.

"꼭 그런 건 아니에요. 알잖아요."

마음이 어디에서 시작되었든, 끝내 남은 것은 사랑 하나뿐이었다.

"나는 내가 하고 싶은 일을 하는 사람이에요. 내 의지가 아니면 못 해요."

[승희 씨 의지가 뭔데요?]

"알면서 왜 물어요."

[그래도 직접 듣고 싶은데요.]

그가 짓궂게 놀리는 건지 정말로 화가 난 건지, 목소리만으로는 알수 없었다. 하지만 어쨌든 답은 정해져 있었다. 그에게 확실하게 말해야 했다.

"무결 씨가 좋아서 그랬던 거예요."

[…….]

"됐어요?"

[뭐라고?]

정말 못 들은 건지 못 들은 척하는 건지. 승희는 답답했지만 다시 한번 얘기해주었다.

"무결 씨가 좋아서 그런 거라고요."

[응? 안 들려요.]

이 사람이 진짜. 승희는 사무실에서 나왔다. 그리고 목소리가 울리지 않는 곳으로 급하게 뛰어가 소리쳤다.

"한무결 씨가 좋다고요!"

훗. 수화기 너머로 그의 웃음소리가 들렸다. 얄미웠다.

[나도 사랑해.]

짓궂게만 들렸던 목소리가 감미롭게 변했다. 바짝 긴장했어도 한껏 약이 올라도 이렇게 마무리가 좋으면 아무 말도 할 수가 없다. 재주도 좋은 남자다.

[왜요.]

"너무 능청스러워서요. 안 쑥스러워요?"

[내 진심을 능청스럽다고 하면 안 되죠.]

"……."

[그럼 나랑 계속할 거지?]

역시 너무 능청스러운걸. 두 뺨에 열이 올라왔지만 승희도 미소를 감출 수가 없었다.

"무결 씨가 계속 예쁜 짓을 한다면요."

[계속 예뻐하는 거 알고 있어요.]

"오늘은 좀 추궁하는 것 같았는데요."

[그래도 예뻐하잖아요.]

당신이 예쁘지 않았던 순간이 있었을까. 이별의 뒷모습마저 눈물 나게 예뻤던 사람이다. 그런 당신을, 내가 어떻게 속일 수가 있겠어.

"어제는요. 무결 씨를 속이는 게 찜찜해서 거절하고 싶었는데 어머니께서 너무 심각하게 말씀하셔서 어쩔 수가 없었어요. 하지만 가정 문제라고 하셨으니까 조만간 무결 씨한테도 말씀하실 거예요."

승희는 다시 한번 어제의 일에 대해 설명했다.

"뭔가 짚이는 거 있어요?"

[누나 일인 것 같아요. 명중우가 뭔가 쥐고서 누나를 협박하고 있는 게 아닐까 해요.]

무결의 추측이 그럴듯하여 승희도 고개를 끄덕였다.

[밤에 봅시다. 많이 늦을지도 모르겠지만 꼭 갈게요.]

무결의 다정한 인사를 끝으로 그녀의 혼을 쏙 빼놓았던 통화가 마무리되었다. 이후 승희는 혜리에게 전화를 걸었다. 어쨌든 이 사실을 얘기하지 않을 수가 없었다. 무결이 어제의 일을 알게 되었다고. 우리의 계획은 실패했노라 털어놓았다.

무결이 온다는 말에 혜리는 긴장하게 되었다.

승희로부터 연락이 왔다. 어제 무결이 희재원에 오지 못하도록 막는 데는 성공했으나 오늘 모두 들켜버렸다는 고백이었다. 계모와 애인이 짜고서 자신을 따돌렸다는 것을 알게 되었으니 화를 내도 별수가 없었다. 혜리는 자신이 욕을 먹더라도 잘 둘러대어 넘어가야겠다고 생각했다.

저녁때가 되어 무결이 희재원에 도착했다.

"왔니?"

"네."

"어제는 승희 씨한테 내가 부탁을 한 거야. 내가 너무 심각하게 말해서 거절할 수가 없었을 거야."

혜리는 무결이 집 안에 들어서자마자 어제의 일에 대해 해명했다. 이 일로 인해 무결이 승희에게 서운한 감정을 갖지는 말았으면 했다.

"나 때문에 두 사람 사이에 문제가 생겼다면……."

"어머니."

그런데 아들이, 다가오자마자 덥석 손을 잡는다. 그것도 두 손으로. 여기에 그치지 않고 포옹을 한다. 허리를 굽혀 어깨를 맞추고서.

"감사해요."

왜 이러는지, 뭐가 감사하다는 건지 알 수가 없었다. 무결은 그렇게 혜리를 한참 동안 끌어안아주고는 유유히 떠났다.

"할아버지께 다녀올게요."

방금 무슨 일이 일어났던 건지. 너무나도 뜬금없어 멍했다. 그러나 혜리의 눈시울은 빠르게 젖었다.

'감사해요.'

아들의 그 말이 제 안에서 메아리처럼 몇 번 울려나갔다. 가슴속에서 파도가 일렁거렸다.

"왜 그래?"

서재에서 나온 규원이 혜리의 표정을 보고는 인상을 썼다.

"아뇨. 무결이 왔네요."

혜리는 눈물이 묻어난 얼굴을 들키고 싶지 않아 고개를 돌렸다.

"무결이가 뭐라고 했어?"

"아니, 아니에요."

아니라고 몇 번을 말하는 동안에도, 가슴이 따끈따끈해졌다. 전쟁통에도 꽃은 핀다. 혜리는 꽃을 돌보는 마음으로 오늘의 기억을 오래 간직할 것이다.

할아버지께 인사를 다녀온 후, 무결은 혜리, 규원과 마주 앉았다.

"이렇게까지 된 이상 어쩔 수가 없네요. 두 분께 사실대로 말씀드릴게요."

무빈이 자리에 없어 얘기하기는 더 수월했다.

"명중우 옛날 친구로부터 이상한 얘기를 들었어요. 명중우가 사귀는 여자들의 사진을 모아놓고 있다는 거였어요."

규원과 혜리의 얼굴이 동시에 일그러졌다.

"지금까지 그런 짓을 하고 있다면 누나가 피해자가 되었을 수도 있겠단 생각을 했어요. 그래서 지난주 금요일에 승희 씨가 명중우 집에 잠입했어요. 그리고 사진이 들어 있던 메모리카드를 바꿔치기했죠."

"무빈이 사진도 있었다는 거야?"

혜리가 떨리는 목소리로 물었다. 한 손은 심장을 보호하듯 가슴 위에 올리고서.

무결이 무겁게 고개를 끄덕였다.

"메모리카드는 확인한 뒤에 바로 불태워버렸어요. 세상에 흔적이 남지 않게 만들었어요. 하지만 다른 기기에 사진을 백업해뒀을 수도 있겠네요."

"그래서 명중우가 집 보안 문제에 투자를 한 거구나."

혜리가 한숨을 쉬었다.

"보안에 투자했대요?"

"네 아빠 말로는 그렇다는구나. 집에 뭔가가 있으니까 보안 시스템을 강화했겠지."

보안 시스템 강화. 정말 백업파일이 있는 모양이었다.

"명중우가 원하는 대로 해주는 게 나을 수도 있겠단 생각이 드는구나. 무빈이의 재산 반이 무빈이보다 중요하진 않으니까."

"저도 명중우 뒷조사를 좀 해보도록 할게요."

조금도 경솔하게 움직일 수가 없는 상황이다. 혜리는 그제야 남편을 원망했던 일에 대해 다른 의견을 말했다.

"당신이 명중우를 승진시킨 게 원망스럽기는 하지만, 덕분에 우리가 명중우한테 설설 기고 있다는 인상은 심어줄 수 있겠네요."

규원은 생각에 빠진 듯 입을 꾹 다물고 있었다. 그 와중에 무결에게 문자메시지가 왔다. 메시지를 확인한 무결은 자리에서 일어났다.

"만날 사람이 생겨서 급히 가봐야 할 것 같아요. 또 올게요."

문자메시지를 확인한 무결이 찾아간 곳은 노아정의 집 근처였다. 노아정의 여동생이 근처 카페에서 무결을 기다리고 있었다. 문을 열고 들어선 무결을 알아본 여자가 무결에게 꾸벅 인사했다.

"안녕하세요. 저는 노아정 언니의 동생 노민정이라고 합니다."

"네. 안녕하세요. 한무결입니다. 노아정 씨한테 무슨 일이 생겼습니까?"

"언니가…… 어제 나갔는데 아직도 집에 안 들어와서요."

민정의 두 눈이 붉게 젖어 있었다.

"언니가 혹시 자기한테 무슨 일이 생기면 이쪽으로 연락을 해보라고 연락처를 줬었거든요. 그래서 연락드렸어요."

민정이 내민 메모지에는 자신의 이름과 전화번호가 적혀 있었다. 무슨 일이 생길 거란 사실을 어느 정도는 예상한 모양이었다. 또 명중우의 짓일까. 그 생각을 하니 끔찍했다.

"평소에는 외박을 하면 외박을 한다고 얘기를 했고 연락을 따로 줬었는데 전화기도 꺼져 있는 상태고요. 이렇게까지 연락이 없는 건 처음이에요. 별일 없겠죠? 언니한테 혹시 위험한 일이 있나요?"

"아직은 알 수 없습니다. 하지만 알아보도록 하겠습니다."

지난 토요일. 무결은 노아정을 만났다. 그리고 노아정이 명중우에 대해 털어놓도록 설득했다. 노아정은 쉽게 입을 열지는 않았다. 진실을 알려주는 대신 제 안전을 책임져달라고 말했다. 무결은 노아정이 내건 조건을 받아들일 수밖에 없었다. 노아정이 모든 것을 실토해주기만 한다면 경호원을 고용해주겠노라, 분쟁이 생기면 책임지고 변호하겠노라, 모든 사건이 일단락되면 외국에서 살게 해주겠노라. 수억의 금액을 대가로 하는 약속이었고, 노아정은 무결이 제시한 각서를 받아들였다. 노아정이 서명만 하면 두 사람 사이에 계약이 이루어지는 것이었다.

모든 것이 계획대로 풀려가고 있다고 생각했는데, 실토를 듣기 전에 노아정이 사라졌다. 잠적인지, 말 그대로 사라진 것인지 알 수 없다. 노아정의 동생이 이렇게까지 얘기하는 것을 봐서는 사라진 게 맞는 것 같은데. 그렇다면, 역시 이쪽도 명중우가 손을 쓴 걸까?

"경찰에 신고는 하셨습니까?"

"아뇨. 아직."

"많이 걱정되면 꼭 신고하시고요. 일단 저도 여러 가지 방법으로 알아보도록 하겠습니다."

너무 걱정 말라는 위로를 할 수가 없었다. 최악의 경우, 노아정은 이미 이 세상 사람이 아닐 수도 있다. 돌아서는 무결의 발걸음이 무거웠다.

집에 도착하니 11시가 넘은 시각이다.

초조하게 무결을 기다리고 있던 승희가 그에게 말했다.

"희재원에서 무슨 일 있었는지 말해줘요."

무결은 사실대로 털어놓았다.

"결국 우리가 명중우네 집에 숨어들어간 얘기를 했어요. 어쩔 수 없었어요. 명중우가 누나한테 결혼하자고 협박을 했다네요. 사진으로요."

"우리가 없애버린 그 사진이요? 아니면 다른 사진이 또 있다는 거예요?"

"우리가 없애버린 그 사진 얘기인 것 같은데 실체를 모르겠어요. 다른 곳에 백업해뒀을 수도 있겠단 생각이 들었어요."

"명중우 집이랑 사무실을 다시 뒤져봐야겠네요."

"다시 뒤져보게 되더라도 우승희 씨를 시키지는 않을 거예요."

"왜요? 난 이제 자신 있는데?"

승희가 입술을 길게 늘이며 자신만만하게 미소 지었다. 애인의 이런 대담한 점을 존경하긴 하지만 무결은 정말로 더 이상 승희를 위험한 상황에 빠뜨리고 싶지 않았다.

"명중우가 보안 장치를 업그레이드했대요. 다시는 들어갈 수 없을 거예요."

아아, 자그마하게 탄식한 승희가 말했다.

"근데 일단 실체를 보는 게 좋을 것 같아요. 명중우한테 요구해야죠. 사진을 보여달라고. 대체 어떤 사진으로 협박을 하는 건지, 사진이 실제로 존재하긴 하는지 확인해야 해요. 그전까지는 넘어가선 안 되고요."

"그러네요."

승희의 의견에 무결이 끄덕였다. 사진은 끔찍해서, 세상에 다시는 나오지 못하도록 없애야 한다고 생각했는데, 이제는 그 실체를 확인해야 한다.

"누나나 가족들은 보기 힘들 수도 있으니까 내가 확인할게요. 그때 내가 봤던 사진이 아니면 또 다른 사진이 있는 거고 내가 봤던 사진이라면 이미 백업해둔 거고요. 아예 사진을 내놓지 못하면 명중우가 거짓말을 하고 있는 거고."

승희가 여러 가지 유추할 수 있는 상황에 대해 가설을 내놓았다. 그녀의 목소리는 또랑또랑했다.

*

며칠이 평화롭게 지났다.

중우는 현재의 상황이 만족스러웠다. 내일은 혼인신고서를 제출할 계획이다. 자신이 서류를 만들어서 제출해도 이 바보 집안은 아무수도 쓰지 못하리라 생각이 들었다. 애초에 이런 방법이 있었는데, 한무빈의 성질을 맞춰주려 2년 동안 고생을 했던 것이 너무 우습게 여겨졌다.

"안녕하십니까, 장인어른."

중우는 규원의 집무실에 방문했다. 예전보다 마음이 편했다.

"그래. 자네 왔는가."

금왕 한씨 집안사람들 중 그래도 규원이 자신에게 가장 적대감이 없는 듯했다. 이건 자신의 경영능력을 긍정적으로 평가한다는 뜻이었다. 게다가 이사로 파격 승진. 지금 모바일 게임기업 골드킹을 경영하는 한무결도 GK전자로 이직을 한다면 부장급에서 시작해야 할 것이다. 골드킹과 GK전자는 규모가 다르다.

"긴히 의논드릴 게 있어서 왔습니다."

중우는 소파에 편히 앉으며 말했다.

"제가 아직 이사로서 직위에 알맞은 회사의 지분을 가지고 있지 않아서요."

"그래서?"

"이 문제를 해결해주셨으면 합니다."

"내가 어떻게? 내 주식을 양도해달라는 건가?"

"회장님이라면 가능하지 않습니까?"

"내 딸애한테도 가능하지 않은 일인데 자네한테 가능할지."

"저는 GK전자의 이사가 아닙니까. 방법은 제가 알아보겠습니다."

"아주 많이 당돌해졌네. 명중우 이사."

규원의 목소리가 돌연 싸늘하게 낮아졌다.

"그 말씀은 서운합니다. 저는 회장님 따님의 부군으로서 당연한 요청을 드리는 건데요."

"요청이 아니라 협박이지. 있지도 않은 걸 있다고 해서 내 딸을 협박했나?"

사진을 말하는 거였다. 중우의 입가에 경련이 일었다.

"정말 없을 거라고 생각하십니까?"

"있으면 지금 당장, 한 장이라도 내 눈앞에 내놔봐."

"……."

"왜. 아무것도 내놓을 게 없나?"

"내일 보내드리죠."

규원이 사진을 보여달라고 몰아세우자 중우의 목소리가 작아졌다.

"아니. 지금이 아니면 받아들일 수 없네. 경찰서에서 만나는 걸로 하지."

중우가 움찔했다. 규원은 자신만만했다.

"자네도 알겠지. 본부장은 정규직이지만 이사는 계약직이라는 거."

이제 자신의 의중을 모두 털어놓을 수 있게 되었다.

"언제든 대표이사 재량으로 해임할 수 있는 자리지."

녀석을 잘라내기 위해, 녀석을 승진시킬 수밖에 없었다. 생각이 짧은 녀석은 그 자리가 하루아침에 사라질 수 있는 자리인 줄도 모르고 덥석 받아들였다. 명중우는 그렇게 사흘간 유지했던 이사직을 박탈당했다. 손바닥 뒤집듯 모든 것이 쉬웠다. 그동안 딸을 생각해서 이성적으로 참아내고 감내하고만 있던 아버지는 처음으로 제 성을 드러냈다.

"이제 그만 내 회사에서 나가게. 사무실로 돌아갈 필요도 없어. 이미 정리를 시작했을 테니."

명중우를 상대로는 몹시도 정중한 편이었지만.

"다시는 내 딸 앞에 나타나지 마."

이를 악물고서 내뱉은 말에는 무시무시한 살기가 담겨 있었다.

예상치 못했던 반응에 중우는 아연실색했다. 규원은 부속실의 직원들에게 호출했다.

"이 사람 밖으로 안내해요."

'명중우 이사' 따위의 호칭을 쓰는 일도 없었다. 집무실 안으로 들어온 경호원들이 명중우에게 정중하게 인사했다. 정중함 속의 위압이 중우를 수치스럽게 했다. 여기서 난동을 부렸다가는 꼴이 더 우스워진다. 명중우의 얼굴은 시뻘겋게 달아올랐다. 하지만 잠자코 떠날 수는 없었다.

"이러면 후회하실 겁니다."

눈을 부릅뜬 중우가 규원에게 경고했다. 그러나 규원은 흔들리지 않았다.

"자네한테 그런 능력이 있다고 생각하나? 자네는 그저 무빈이 덕에 생명을 유지하고 있던 기생충일 뿐이야."

만에 하나 명중우가 보관하고 있는 사진이 있다면 끔찍한 일이 벌어질 수도 있는 대꾸였지만 규원은 주저 없었다. 오늘의 대화로 애매했던 것을 확신할 수 있게 되었다.

모든 것이 확실해지기 전까지, 완벽하게 칼을 겨눌 수 있게 될 때까지 기다리는 것, 인내하는 것은 규원의 신조였다. 그런 규원에게 오늘의 배팅은 파격적인 일탈이었다. 그만큼 마음이 급했고 속이 탔다. 끔찍한 일이었지만 경찰을 동원하고 싶지는 않았다. 세상에 알려져서는 안 되는 일이었다. 일을 가장 깨끗하게 해결하는 방법은 놈을 죽이는 것밖엔 없다는 생각에 미치자 어쩔 수 없는 괴로움이 생겼다. 그 와중에 무결의 기지로 괜찮은 책략을 짤 수 있었던 것이다.

며칠 전. 무결이 규원에게 찾아왔다.

"아버지, 명중우가 사무실에서 검색한 내용을 알아냈어요."

태블릿을 가져온 무결이 규원에게 자신이 알아낸 정보를 확인시켜주었다.

'메모리카드 디지털포렌식' 이라는 단어였다.

"이걸 왜 검색했을까, 딱 봐도 감이 오지 않아요? 사람이 다 거기서 거기거든요. 메모리카드의 디지털포렌식 작업을 의뢰할 생각인 거예요. 그 말은, 사진은 메모리카드에만 있다는 얘기죠."

그 메모리카드는 승희가 갈아 끼운 것이었다. 그 어떤 작업을 한다 해도 메모리카드에서는 나올 것이 아무것도 없다. 명중우는 지금 메모리카드의 메모리가 어쩌다 보니 삭제되었다고 생각하고서 삽질을 하고 있는 것이었다.

"전국의 디지털포렌식 작업 사무소를 뒤져보면 명중우가 의뢰한 기록이 나올 수도 있겠구나. 사실을 확인할 때까지는 나서지 마라. 사건을 만들지 말고 조용히 지내야 해. 명중우가 다른 수를 쓰지 않도록."

규원이 무결에게 당부했다.

물론 작전에는 구멍이 있었다. 사진을 보여달라며 대담하게 으름장을 놓았지만, 만약 명중우에게 정말 숨겨놓은 사진이 있다면 돌이킬 수 없는 사태를 맞이하게 될 수도 있었다. 규원이 만에 하나 일어날 수 있는 불상사에 대해 고뇌하고 있을 때 무결이 말했다.

"명중우는 허풍이 심한 놈이에요. 있지 않았던 일을 있었다고 떠벌리는 놈이죠. 하지만 증명할 수 있는 일이라면 분명히 증거를 제시할 거예요. 그래야 상대방을 더 확실히 휘어잡을 수 있으니까."

무결의 조언 덕에 규원은 이 일에 승부를 걸 수 있었다. 명중우에게는 사진이 없는 게 확실했다.

명중우가 금왕그룹 본사에서 내쫓기듯 떠나는 길. 엘리베이터 앞에는 무빈이 지키고 있다.

"무빈 씨, 공주님."

낭떠러지로 몰린 중우가 애절한 눈빛으로 무빈을 불렀다. 예전 같았으면 이 말 한마디에 그녀의 마음은 눈 녹듯 녹았을 것이다. 그러나 지금은 환멸만 남아 있다. 무빈의 실소에 중우는 눈을 번뜩이며 달려들었다. 곁에 있던 경호원들이 무빈을 비호했다.

"내가 왜 널 택했다고 생각해. 이럴 때 날 보호해야지!"

경호원에게 붙잡힌 중우가 윽박질렀다.

"내가 널? 왜? 나야말로 네가 소름 끼치게 싫은데."

무빈은 오물을 마주한 표정으로 인상을 구기고는 돌아섰다. 오늘 무빈은 '공주님'이라는 말을 듣기 위해 여기 서 있었을 뿐이다. 궁지에 몰린 명중우가 과연 어떻게 행동하는지를 살피기 위해서였다.

이것으로 완벽하게 증명되었다. 명중우의 손에는 무기가 없다는 걸. 씁쓸한 마음이 앞섰으나 한편으로는 다행스러웠다. 이제야 비로소 시름을 놓을 수 있었다. 무빈은 아버지의 집무실로 갔다. 집무실엔 무결과 규원이 있었다. 무빈이 창피한 듯 붉어진 얼굴로 고개를 숙이자 규원이 다가와 무빈을 안아주었다. 무빈도 아버지의 품 안에서 가만히 호흡을 가다듬었다. 울고 싶은 기분이었지만 무결이 놀릴 것 같아 울 수 없었다.

"이번 일은 고맙다."

마음을 다독인 무빈이 무결에게 말했다. 원체 정 없는 남매지간이라 이 정도의 인사도 대단히 부끄러웠다.

"인사는 우승희 씨한테 해."

어깨를 으쓱해 보인 무결이 대답했다.

"나한테 명중우의 인터넷 검색기록을 찾아보라고 한 사람도, 사진을 보여달라는 말로 밀어붙여보라고 조언해준 사람도, 오늘 누나를 엘리베이터 앞에 서 있게 한 사람도 승희 씨야."

이 모든 일의 배후에는 승희가 있었다. 적의 악랄한 면을 가장 적나라하게 알고 있던 승희가 무결의 입을 통해 모두에게 조언을 해준 것이었다.

승희는 무결의 연락을 받았다. 무결은 일이 모두 잘 마무리되었다는 소식을 전했다.

[누나가 고마워했어요. 멋쩍어서 직접 연락은 못 하겠지만.]

무결의 연락에 승희 또한 머쓱해졌다. 한편으로는 뿌듯하기도 했다. 칭찬받을 생각으로 한 일이 아니었다. 그저 무빈의 사정이 진심으로 딱했기에, 그리고 무결의 가족이 평화로워졌으면 하는 마음으로 몇 마디 조언한 것이었다.

"네. 누나가 얼른 기운을 냈으면 좋겠네요."

[그렇게 될 거예요. 나도 고마워요.]

무결의 인사에 승희는 흐뭇하게 웃었다.

[어쨌든 우리 일은 이렇게 해결됐지만 명중우는 범죄자예요. 아버

지는 놈을 그냥 두지 않을 거예요. 놈이 회사에서 저지른 비리가 몇 개 있어서 명중우는 조만간 경찰 조사를 받을 거예요.]

후련한 소식이었다. 하지만 완전히 홀가분해질 수는 없었다. 8년 전 강남 클럽 여대생 사망 사건, 천상현 사망 사건, 그리고 올해 이진심 사망 사건까지, 명중우와 관계가 있는 사건들이 아직 미궁 속에 있기 때문이었다.

"8년 전 일이나 이진심 씨 사망에 대해서 다시 조사를 하긴 어렵겠죠?"

[노아정이 실종됐으니까요. 단서를 찾기가 쉽지 않네요.]

수화기를 통해 무결의 시름이 전해졌다. 노아정까지 사망했다면, 사건은 영원히 묻힐 수도 있다. 승희는 무결을 격려했다.

"일단은 지금 한숨 돌린 걸로 위안을 가져요. 명중우를 차단시켰으니 더 나쁜 일은 일어나지 않을 거예요."

[아니, 그것만으로는 안 되죠.]

무결이 다정한 목소리로 반박했다.

[이제 좋은 일만 있을 거예요.]

무결을 위로하려 했는데 승희가 외려 무결의 말에 위안을 얻었다.

[그런 의미에서 오늘은 좀 오래 봅시다. 이따가 데리러 갈게요.]

"아, 오늘도 일이 많아요."

한동안 서로 너무 바빠서 얼굴 볼 시간이 많지 않았다. 얼굴을 마주한 때에는 거의 무빈과 명중우에 대해 이야기를 나누었기에 연인다운 시간을 보낼 틈이 없었다. 오늘도 마찬가지였다. 승희는 매일이 바빴다. 바쁜 것이 미안했다.

[한집에 사는데 얼굴 보기가 너무 힘드네요.]

불만스러울 텐데도 이제는 거의 체념했다는 듯 무결의 한숨 소리가 느릿했다.

"그래도 되도록 일찍 갈게요."

승희는 무결을 다시 한번 달래고 전화를 끊었다.

바쁜 일과가 거의 마무리 된 저녁 시간 즈음. 웬만해서는 머뭇거리는 일이 없는 혜순이 무거운 표정으로 승희를 불렀다.

"저기, 대표님. 손님이 오셨는데요……."

의외의 인물이 입구에 들어선 것이 보였다. 무결의 아버지이자 금왕그룹의 회장, 규원이었다.

"……안녕하셨습니까."

승희는 어색하게 고개 숙여 인사했다.

규원과의 마지막 만남은 1개월 전 희재원에서였다. 그때 승희는 규원이 삭감해준 채무금 2억을 갚으며 규원에게 가장으로서의 자질에 대해 지적했었다. 다시는 인연이 없을 거라 생각하여 마구 쓴소리를 해댔는데 여전히 인연이 이어지고 있으니 무안했다.

"갑자기 찾아와서 미안합니다."

그런데 규원의 태도가 예전과 달랐다. 승희는 그런 규원의 인사에 더욱 마음이 무거워졌다. 무빈의 일에 대해 고마운 마음이라면 규원이 굳이 직접 찾아오지는 않았을 것이다. 대기업의 회장님께서 이렇게 몸소 찾아오셨다는 건 필시 경고 차원일 거라는 생각을 할 수밖에 없었다.

하지만 지금 승희는 규원의 방문이 막연히 두렵지는 않았다. 그녀의 뒤에 무결과 더불어 혜리가 버티고 있다는 생각에 조금은 든든했다.

"아닙니다. 어서 오세요."

승희는 담담하게 규원을 맞았다. 승희와 규원은 회의실에 마주 앉았다.

"무빈이를 도와줘서 고마워요."

조용한 공기 속에서 규원이 침착하게 운을 뗐다. 승희는 무겁게 입을 닫았다. 그다음 이어질 말을 쉽게 짐작할 수 있었다. 이번 일에 대해서는 고맙게 생각하지만 너는 내 아들과 어울리지 않는다, 뭔가를 바라고 한 행동이라면 미안하지만 마음을 접는 것이 좋다, 대신 도와준 일에 대해선 돈으로 보상하겠다…….

승희는 일찌감치 고개를 숙이고 눈을 감았다. 따끔한 말이 벌써부터 머리를 울렸다. 그런데 한참 동안 규원은 아무 말이 없었다. 승희가 먼저 고개를 들었다. 규원이 바짝 마른 입술을 붕어처럼 벌렸다 다물었다 하는 장면을 확인했다. 그리고 잠시 후 흘러나온 목소리.

"이전에는 무례하게 말을 해서 미안합니다. 이런 일에 휘말리게 한 것도 미안하고."

무결의 아버지에게서 미안하다는 말을 들으니 너무나도 낯설었다. 이후 규원은 또 한참 동안 말을 잇지 않았다. 규원이 쓴소리를 하기 위해 뜸을 들이고 있다고 속단한 승희는 자신이 선수를 치는 것이 낫겠다고 생각했다.

"회장님께서는 미안하다는 말을 하지 말라고 가르치셨다 들었습니다. 그만큼 어려운 말씀을 꺼내셨다는 뜻이겠죠. 제가 무결 씨와 결혼하기 위해 물심양면으로 돕는 것이라고 생각하시겠지만 그렇지는 않습니다. 무결 씨는 결혼하고 싶어 하지만, 저는 한 번도 제대로 대답한 적이 없습니다. 환영받지 못하는 결혼은 하고 싶지 않거든요.

그러니 걱정은 하지 않으셔도 됩니다."

"그럼 이대로 지내도 괜찮다는 말인가?"

그녀의 당돌한 말에 내내 높임이었던 말끝이 짧아졌다.

"결혼하지 않는다고 해서 마음이 변하지는 않을 테니까요."

승희는 긴장한 마음을 드러내지 않고 당당하게 대답했다. 무결이 이 말을 듣는다면 서운해할 테지만 역시 이 선택이 최선일 것이다. 그런데, 규원이 의외의 반응을 보였다. 규원은 고개를 가로저었다.

"뭘 바라고 이런 말을 하는 게 아니에요. 이제 무결이의 연애에는 간섭하지 않을 생각이니 무겁게 받아들일 필요 없어요."

승희가 잘못 짚은 것이다. 승희는 규원의 대답이 얼떨떨했다. 규원이 천천히 말을 이어갔다.

"정말로 사과를 하려고 온 거지, 다른 마음은 없어요. 다른 말을 할 만한 체면도 없고. 그저 내 생각대로 모든 걸 통제할 수 있다고 생각했던 내 탓이죠."

규원의 목소리에는 무거운 회한이 담겨 있었다. 딸의 이름을 입에 담지 않았지만, 딸을 염려하는 아버지의 표정이 확실하게 보였다. 과거를 고통스럽게 여기는 표정도 지나갔다. 승희가 처음 발견한 규원의 인간적인 모습이었다. 승희는 문득 규원을 위로하고 싶어졌다. 그녀는 조심스럽게 입술을 떼었다.

"가족들은 고마워하고 있을 겁니다. 이번 일을 겪으면서, 역시 회장님께선 대단한 분이라는 생각을 했습니다. 많은 위험을 감수하시면서도 모든 것이 확실해질 때까지 기존의 질서를 고수하시며 움직이지 않으시더라고요. 기업의 대표로서, 그리고 아버지로서의 회장님이 정말 존경스러웠습니다."

말을 아끼는 면이, 해결하기 어려운 일을 집안으로 끌어들이지 않는 면이 규원의 가족들에게는 답답했을 것이다. 그러나 중요한 순간에 규원의 인내는 빛을 발했다.

　이것으로 승희도 분명히 깨닫게 되었다. 사람의 성격이 제각각 다르듯 규원 또한 그저 그녀와 '다른' 사람이었다는 걸. 그 다름에 대해 인정하지 않고 자신의 잣대로 규원을 평가했던 일에 대해 승희도 반성하게 되었다.

　승희의 대답에 규원 또한 놀랐다. 이런 지적, 이런 평가를 받아본 적이 한 번도 없었다. 그러나 한편으로는, 자식들만은 자신의 이런 점을 알아줬으면 했었다. 아빠로서 어딘가 부족한 면이 있겠지만 기업의 대표로서 최선을 다하고 있다고, 자신을 믿고 따르는 이들이 수만 명이라고. 그러니 아빠를 이해해달라고. 자식들에게 인정받고 싶었는데 아들의 애인에게서 이런 말을 듣게 될 줄은 몰랐다.

　아주 사소한 것으로부터 마음이 시작된다. 규원은 왜 아들이 승희에게 빠지게 되었는지 어렴풋이 알 것 같았다.

　"하지만 여전히 가정에서의 소통에 대해서는 권해드리고 싶어요. 근심을 나누는 와중에 얻는 행복과 편안함이 분명히 있으니까요."

　규원이 속으로 딴생각을 하고 있는 사이에 승희의 말이 이어졌다.

　"어떤 면에서는 회장님께선 저와 비슷한 것 같았습니다. 저도 그런 편이었어요. 지금도 여전히 내 짐을 남과 나누는 것이 버겁습니다. 이제껏 혼자 해결해왔으니 누군가와 함께 일을 해결해간다는 게 낯설고 어색하기도 하고요. 그리고 남을 쉽게 믿지 못하는 면도 있습니다."

　승희는 고백을 하며 얼굴을 슬며시 붉혔다.

"그 단단한 철벽을 아드님이 무너뜨리더라고요."

규원은 그 모습을 빤히 바라보았다. 사람과 일을 올곧게 바라보는 균형 잡힌 시선이 대단히 탐났다. 지금 회사를 경영하고 있지만 않다면 내 회사로 스카우트할 텐데.

"누군가가 내 인생에 들어와 나를 바꾸는 것이 아직 많이 두렵지만, 그래도 해볼 만하다고 생각합니다."

인간적인 조언에서도 여장부의 면모가 느껴졌다. 가만히 아들의 여자 친구를 탐색하는 사이에 가슴이 시큰해졌다.

변해가는 것도 괜찮아,라고 삶의 방향을 제시해주는 사람이 나타났다.

승희와 헤어져 희재원으로 향하는 동안 규원은 계속 골몰했다. 이제껏 경험해보지 못한 새로운 세상을 알게 된다는 것. 흘러온 세월만큼 많은 인생을 보아왔음에도 여전히 가슴이 떨리는 일이다.

희재원에 닿으니 혜리가 마중 나와 있는 것이 보였다.

"고생했어요."

규원이 차에서 내려 다가오자 혜리는 가까이 다가가 손을 잡았다.

"오늘 하루가 참 길었겠네요."

이번 일을 겪는 동안 두 사람도 꽤 가까워졌다. 염려하는 눈빛으로 자신을 따스하게 바라보는 아내에게 규원은 곧장 인사하지 못했다. 여전히 한 가지 생각에 사로잡혀 있었다.

"일이 더 남았어요?"

그의 표정이 걱정스러워진 혜리가 물었다. 혼자서 골몰하던 규원이 입술을 떼었다.

"여보, 무결이를 먼저 결혼시킬까?"

오래 볼 수 있다면 참 좋겠다. 내 직원으로 스카우트할 수 없다면 며느리로라도.

규원의 말을 들은 혜리의 얼굴색이 변했다. 심장이 철렁했다. 김푸른 아나운서를 며느릿감으로 점찍었던 남편이 요 근래에 아무 말도 하지 않아 마음을 놓고 있었는데 다시 무결의 결혼 이야기가 뜬금없이 튀어나온 것이다. 혜리는 규원을 붙잡았던 손을 놓고 정색해 보였다.

"이 와중에 갑자기 무결이 결혼이라니. 결혼은 무결이가 알아서 하는 거죠."

"그래. 그렇긴 한데……."

매사에 칼 같은 남편이 말끝을 늘였다. 혜리는 미간을 좁혔다. 그런데 이어진 말이란.

"우승희 그 친구는 영 결혼할 생각이 없는 것 같단 말이지. 우리가 환영하지 않는 이상, 아니 결혼해달라고 사정을 해도 웬만해서는 움직이지 않을 것 같아서."

김푸른의 얘기가 아니라 우승희의 얘기였다.

아아, 그럼 그렇다고 먼저 얘기를 했어야지! 혜리가 길게 한탄하고는 규원에게 물었다.

"우승희 씨랑 무결이를 결혼시키려고요?"

"우승희가 아니면 누가 있겠어."

그제야 혜리의 안색이 돌아왔다. 무결과 승희를 맺어주고자 하는 거라면 얘기가 다르다.

"뭐, 무결이를 먼저 결혼시키는 것도 나쁘진 않겠네요. 우승희 씨라면 우리 집안 사정을 잘 이해하고 있기도 하고."

혜리는 능청스럽게 대답했다. 미소를 숨기느라 입술이 몇 번 어색하게 움직였다. 규원은 알지 못했다. 이미 오래전 혜리가 승희를 따로 만나 프러포즈했다는 사실을.

"무결이랑 진지하게 얘기해보는 게 어때요? 당신 말처럼 우승희 씨는 결혼할 생각이 별로 없어서 웬만한 전략이 아니고서야 꿈쩍도 안 할걸요."

잠시 눈을 크게 뜨고서 아내를 바라본 규원이 천천히 고개를 끄덕였다.

"그래. 무결이를 통해서 먼저 얘기하는 게 낫겠지?"

"그래야죠, 당연히. 우승희 씨는 놀랄 거예요."

오랜만에 혜리의 가슴이 콩닥거렸다. 왠지 신이 났다.

"그리고 무빈이 마음 상하지 않게 요란 떨지 말아야 하고요."

혜리는 당부의 말도 잊지 않았다.

한 시간 뒤, 무결이 퇴근 후 곧장 희재원으로 달려왔다. 결국 불려 오게 된 것이다.

"아버지는 낮에 뵀는데, 또 무슨 일이 있나요?"

규원이 미리 용건을 얘기해주지 않았기에 무결은 의아한 표정으로 집 안에 들어섰다. 아버지와 하루에 두 번이나 얼굴을 마주한 적이 별로 없었다.

"아직 못 들었니? 네 아버지가 오늘 우승희 씨 회사를 찾아갔었단다."

혜리가 미소로 무결을 맞으며 답했다. 무결의 입술이 서서히 벌어졌다. 얼굴에 떠오른 충격을 감지한 혜리가 급히 수습했다.

"우승희 씨가 마음에 든 모양이야. 너를 먼저 결혼시키는 게 어떻겠느냐고 묻더라."

무결의 표정이 바로 변했다. 혜리는 한 시간 전의 자신을 보는 것만 같아 우스웠다. 무결은 규원이 있는 서재로 곧장 올라갔다.

"아버지, 저한테 말씀도 안 하시고 우승희 씨를 만나러 가셨어요?"

"그냥 인사하러 간 거야."

무결이 놀리자 규원이 어색하게 대답했다. 하지만 규원은 의중을 감추지는 않았다.

"솔직히 얘기하면, 아주 바르게 자란 인재더구나."

"그러니 제가 따라다닐 수밖에요."

"넌 결혼에 대해 어떻게 생각하냐."

규원에게, 꼭 결혼을 시키겠다는 의지가 얼핏 엿보였다. 아버지의 마음이 이렇다면 말해도 되지 않을까. 잠시 고민하던 무결이 입술을 떼었다.

"사실 승희 씨랑 같이 지내고 있어요."

"동거를 하고 있다고?"

규원은 진짜 감정을 감추느라 인상을 찌푸렸다. 왠지 일이 쉬워질 것 같다는 생각을 했다.

"사건이 많았어요. 승희 씨의 안전이 걱정돼서 어쩔 수가 없었어요. 제 아파트가 요새의 역할을 하는 것뿐이죠."

"그래도 동거는 안 되지. 같이 살면 결혼을 해야 한다. 얼른 결혼 준비해."

"너무 밀어붙이면 승희 씨가 도망갈 수도 있다고요."

무결이 반박했다. 무결 또한 결혼을 밀어붙이고 싶은 마음이 가득했다. 하나 승희에게 강요할 수는 없었다. 너무 소중해서 행동이 조심스러울 수밖에 없는 것이다.

"우리 집안과 승희 씨의 결혼 가치관이 많이 달라요. 결혼을 지지해주시려거든 그 문제를 해결해야 하고요."

"뭘 원한다는데."

답답해진 규원은 따지듯 물었다.

"일단은, 승희 씨는 계속 일을 할 거예요. 키워온 회사를 지켜야 하니까요."

"회사를 매각할 생각은 없다고 하고?"

"아버지."

"아니, 우리 그룹에서 매입하면 좀 더 안정적으로 회사를 키울 수 있지 않겠냐. 금왕그룹 트윙클에셋으로 만드는 거지."

"의견은 물어보겠지만 별로 반기지는 않을 거예요. 스스로 키운 회사에 대한 자부심이 있거든요."

아들과 대화를 한다고 해서 뾰족한 수가 나오지는 않았다. 이게 아니라면 무엇으로 회유해야 하나. 골몰하는 동안 규원은 속이 상했다. 자신은 돈이 아니고서야 내세울 게 없다는 걸 알아차렸다. 게다가 우승희가 자립심이 강한 인재라면 더욱 문제였다. 세상 사람들이 '금왕그룹 며느리'라는 프레임으로 자신을 바라보는 것 자체를 거부할 수도 있었다. 웬만한 선략이 아니고서야 꿈쩍도 안 할 거라는 말은 이런 얘기였구나.

더욱 답답해진 규원은 급기야 아들이 무능력해 보이기 시작했다.

"유혹이라도 해봐!"

"아니 왜 화를 내세요."

"네가 능력이 없어 보이니 결혼을 망설이는 거 아니냐. 나는 그래도 결혼까지는 문제없었다."

"아버지는 그런 말씀 할 자격 없으시죠. 아버지 때문에 어머니가 얼마나 고생하셨습니까. 결혼을 해도 아버지 같은 남편은 되지 않을 거예요. 타산지석 삼을 거라고요."

"너랑은 말이 안 통해. 그 친구가 왜 결혼을 망설이는지 알겠다."

아들의 지적에 규원은 어린아이처럼 앵돌아졌다. 문밖에서 이들의 대화를 엿듣게 된 혜리는 웃음을 참기가 힘겨웠다.

무결은 아버지와 한바탕 실랑이를 벌이고 밤늦게 집으로 돌아왔다. 마침 욕실에서 씻고 나온 승희가 집 안으로 들어온 무결을 반갑게 맞았다.

"나보다 늦었네요."

지쳐 있던 표정이 승희의 미소에 빠르게 풀려갔다. 무결은 승희에게로 다가가 몸을 기대듯 허리를 기울여 그녀를 끌어안았다.

"오늘 아버지가 회사에 찾아갔다면서요?"

"들었어요? 만나면 얘기하려고 그랬는데. 아버지께서 지난 일들에 대해 많이 아쉬워하시는 것 같았어요. 무결 씨 누나에 대해 신경을 많이 못 쓴 것도 후회하시는 것 같았고요. 회장님의 인간적인 모습을 봤네요."

승희는 무결이 괜한 걱정을 할까봐 저녁때 있었던 일을 설명하는 데 공을 들였다. 고개를 끄덕인 무결이 나긋한 목소리로 물었다.

"회장님의 인간적인 모습을 더 보고 싶진 않아요?"

"네?"

"시아버지로서는 어때요?"

"……."

"희재원에 불려갔었어요. 아버지가 승희 씨를 아주 마음에 들어 하시는 것 같아요."

멀뚱하게 자신을 바라보는 승희에게, 무결은 가감 없이 사실을 털어놓았다. 한숨을 쉬며.

"혼전계약서를 쓰라는 말씀도 하셨어요. 정말로 결혼을 하기 위한 혼전계약서. 승희 씨가 원하는 건 기꺼이 들어주겠다는 뜻이죠."

승희는 여전히 멍한 표정이다. 자신이 더 밉보이지나 않으면 다행이라고 생각했다. 많은 것을 욕심내지 않았기에, 지금의 생활만으로 충분히 만족할 수 있었다.

"회장님은 제가 괜찮으시대요?"

"괜찮은 정도가 아닌 것 같던데요. 대체 오늘 무슨 얘기를 한 거지?"

승희의 능력이 놀랍다는 듯이 무결이 물었다. 승희도 자신의 무엇에 규원이 반응한 건지 딱히 알 수 없었다. 그저 마음 가는대로 행동했을 뿐인데. 고개를 갸웃거린 그녀를 사랑스러운 눈으로 바라보던 무결은 한 손을 올려 그녀의 목을 더듬었다. 처음 손끝이 닿을 때는 찬 기운이 느껴져 승희는 어깨를 움찔했다. 그러나 금세 손은 뜨끈해졌다.

"한 번 했던 제안을 다시 하긴 싫어요. 집착하는 것처럼 보여서. 그런데 계속 얘기를 하게 되네요."

"……."

"다시 써요. 혼전계약서. 그리고 결혼합시다."

상냥했던 눈동자가 돌연 집요하게 빛났다. 다정하게 웃을 때는 세상에서 가장 선하고 예쁜 사람 같은데, 눈초리가 날렵해지면 금세 선한 이미지가 사라지고 야욕이 충만한 맹수의 얼굴이 된다. 손에 아무것도 쥐지 않은 채로 유연하게 주변의 공기를 휘어잡는 사람. 그래서 편안하게 몸을 기댔다가도 바짝 긴장하게 된다. 몸이 꼿꼿해진 그녀에게 그가 고개를 내렸다. 여유롭게 덮쳐오는 입술은 많은 말을 대신하고 있다. 입천장을 질척하게 건드리는 소리가 은근하게 귓가로 파고들었다. 마음이 소란스러워졌다.

"날 이렇게 만들어버린 책임을 져야 하지 않아?"

입술을 떼고서 한숨을 섞어 흘린 음성이 낮게 내려앉았다. 목소리가 발목을 꽉 묶어버리는 느낌. 자신이 벌인 일이면서 그 책임을 상대에게 미루는 능력도 탁월한 남자다.

"한무결 씨, 가끔 보면⋯⋯."

그에게 이끌려 호흡이 파들거리며 흐트러진 와중에 그녀가 자그마하게 목소리를 냈다.

"이러려고 결혼하자고 하는 거 같아요."

"이게 제일 중요한 거 아닌가?"

무결은 당연하단 듯이 대꾸했다. 옷자락 안으로 들어간 손이 등을 천천히 쓸어 올려 다시 뒷목에 닿았다. 입술과 두 손과 눈빛이 각각 부지런히 진득하게 움직인다. 어지러운 유혹에 승희의 두 눈에는 투명한 이슬막이 생겼다. 잠시 입술이 떨어진 틈에 그녀가 목소리를 냈다.

"굳이 결혼하지 않아도 지금⋯⋯ 이렇게 하고 있잖아요⋯⋯."

"이게 다일 거라고 생각해요?"

흠칫. 승희는 호흡을 삼켰다.

"그렇게 말하면 더 겁이 나는데요."

"아니, 좋아하게 될 거예요. 내가 그렇게 만들 테니까."

무결이 확신을 담아 말한 뒤에 그녀를 번쩍 들었다. 승희가 그의 목을 꼭 끌어안으니 그가 빙긋 웃었다. 침대에 그녀를 내려놓은 그가 빠르게 넥타이를 풀었다.

이번에는 그녀가 쓰는 침실이었다. 자신의 공간에 그가 성큼 들어 와도 이제는 거부감이 없다. 내가 당신의 안에 방을 만들고, 그 방에 또 당신이 들어오고. 우리는 그렇게 서서히 가족이 되어간다. 가족이 라는 건실한 단어가 묘하게도 야릇해지는 침대 위에서.

"오랜만이야."

눈꺼풀을 내려 길어진 눈을 의미심장하게 빛내며 그가 말했다.

몸이 허전해졌다. 그의 목소리와 함께 다시 온기가 찾아왔지만. 처음인 것처럼 그녀는 어깨를 움츠리게 되었다. 그러면서도 애가 타고. 조금 더 조금만 더 가까워졌으면 하는 낯선 욕망을 마주하게 되었다. 처음보다 많이 기꺼워진 마음이다. 몸이 꽉 채워지고 오랫동안 눈에 맺혀 있던 투명한 막이 더욱 도톰해지며 차마 막지 못한 소리가 옅 게 퍼졌다. 오직 한무결 혼자서 들을 수 있는 목소리였다.

*

하루하루 행복의 기운을 품고서, 며칠이 평화롭게 지나갔다.

"대표님, IT컨벤션에서 받았던 외국인 명함 가지고 있으시죠?"

승희가 출근하자마자 철순이 물었다. 승희는 서랍을 꼼꼼히 살폈 다. 명함은 보이지 않았다. 명함을 받은 건 한 달 전. 5개월 만에 무결을 다시 만난 날이었다. 꽤나 충격을 받았던 하루였고 그래서 작은 실수를 했던 모양이다. 트윙클에셋에서 참고할 만한 아이디어를 가진 해외 벤처기업의 MD에게 명함을 받았는데 따로 정리해두지 못한 것이다.

"집에 있나보다. 제때 정리를 못해서 미안."

"아니에요, 바빴잖아요. 이따 퇴근하고 집에 가시면 연락 주세요."

"어?"

"오늘 밤에 명함 발견하시면 문자로 알려주시면 된다고요."

"어……."

승희는 어정쩡하게 대답했다. 직원들은 그녀가 어디서 지내는지 아직 모른다. 승희가 아무에게도 말하지 못한 거였다. 역시 동거 생활을 끝내야 하나 하는 생각이 들었다. 집으로 돌아갈 것인가, 결혼에 대해 긍정적으로 생각해볼 것인가. 급작스럽게 그녀의 앞에 양 갈래의 길이 놓였다. 아니, 오래 미뤄왔던 고민을 이제야 눈앞에 펼쳐놓게 된 것 같다. 그런데 이성적으로 생각하기가 쉽지 않았다. 오래전엔 '내가 결혼을 한다면 뭐가 좋을까, 뭐가 좋지 않을까' 그것을 우선적으로 따져보려 했던 것 같은데.

'한무결 씨를 닮은 아기가 태어난다면 얼마나 예쁠까?'

희한하게도 엉뚱한 상상에 사로잡혀버렸다. 그녀의 딴청을 일깨운 건 무결이었다.

"뭐해요? 내 생각해요?"

"아 깜짝이야!"

두 시간 전에 헤어진 무결이 회사로 찾아온 것이다. 무결이 바로 옆까지 다가오도록 알지 못했던 승희가 크게 놀란 얼굴로 물었다.

"웬일이에요?"

"아버지 심부름으로 왔어요."

무결은 그녀의 책상 위에 도톰한 책자와 함께 키링을 내려놓았다. 고급 세단의 사용 설명서와 스마트키가 달린 키링이었다. 승희는 이것이 의미하는 바를 바로 알아챘다. 무결의 아버지가 승희에게 차를 선물한 것이다. 무결도 어쩔 수 없다는 듯 한숨을 쉬며 말했다.

"집요한 아버지를 둬서 미안해요."

"이걸 전해주러 왔다면 무결 씨도 이 일에 합세한 거 아닌가요?"

"아버지가 직접 오시면 더 난처해질까봐 내가 오겠다고 했죠."

얼마 전까지만 해도 평생 안 만나도 탈 없을 정도의 남남이었는데. 하루아침에 이토록 관계가 달라지니 승희는 얼떨떨했다. 물론 그의 아버지가 마음을 써주니 감사하긴 하지만, 갑작스런 애정은 과분하고 동시에 불안하다.

"내가 뭐라고 대답할지 알죠?"

승희는 막연히 기쁘게 웃지는 못하는 채로 무결에게 말했다.

"구입한 건 환불이 안 돼요. 일단 놔둘게요. 갖고 갈 새가 없어요."

무결이 대답했다. 승희가 의아하게 여기는 사이에 무결이 보충 설명을 했다.

"오늘 좀 늦을 거예요. 지금 상하이로 출장을 가야 해서요."

상하이까지의 출장을 옆 동네 외근 정도로 가벼이 말하는 무결에게 도리어 승희가 놀라 물었다.

"오늘 돌아온다고요? 올 수 있기는 해요?"

"와야죠."

"무리하지 마요. 나도 오늘은 집에 갈 거예요. 업무에 필요한 걸 놓고 와서요."

"그럼 나도 승희 씨 집으로 갈게요."

"아니! 괜찮아요!"

"괜찮은 거야, 싫은 거야."

그가 눈을 가늘게 뜨고는 따졌다.

"괜찮다고요. 출장 다녀오면 피곤하잖아요. 더군다나 1일 해외 출장이라니."

"피곤하니까 더 얼굴을 보고 싶은 거죠. 내가 하고 싶은 걸 하려는 건데, 안 돼?"

그가 점잖은 목소리로 그녀를 일깨웠다. 내가 그대에 의해 충전되기에 힘들고 지칠수록 그대와 함께 있고 싶은 마음을 이해해주길 바라. 이렇게 말하니 승희도 할 말이 없었다.

"잘 다녀와요."

먼 길을 다녀올 그를 기분 좋게 보내야 한다는 생각에 승희는 얼른 말을 수습했다.

"그럼 이따 봐요."

무결 또한 밝게 손을 흔들었다.

그 후 승희는 무결이 전해준 선물을 차마 만져보지도 못하고 하루를 흘려보냈다.

"언니, 제가 관여할 일은 아니지만, 한규원 회장님이 차를 보내신 데에는 이유가 있을 것 같아요."

퇴근 시각이 되어 짐을 챙긴 혜순이 승희가 저만치 놓아둔 스마트 키를 보고서 몇 마디 했다.

"회장님이 선물한 차가 부담스럽긴 하겠지만 튼튼하고 안전해 보여요. 그냥 회장님은 언니한테 안전을 선물하고 싶었던 게 아닐까요?"

혜순의 조언에 승희도 여러가지를 생각해보게 되었다. 자신이 결혼을 한다면, 좋은 차를 타고 예쁘게 입는 것이 중요한 문제가 될지도 모르겠다. 무결의 집안에서 암묵적으로 지켜온 품위가 자신으로 인해 손상되지 않도록 신경 써야 하는 것이다.

조금 더 머리가 복잡해졌다. 승희는 업무를 접고 일찍 퇴근했다. 주차장에 주차된 차들을 향해 스마트키의 버튼을 누르니 주차장에서 가장 좋아 보이는 차가 제 존재를 알렸다. 승희는 차 운전석에 앉아 보았다.

운전대 앞에 취급설명서가 놓여 있었다. 취급설명서를 몇 장 넘겨보니 작동이 쉽다는 문구가 보였다. 자동운전모드로 사고를 예방한다는 설명도 눈에 확 들어왔다. 한숨과 함께 책자를 덮은 그녀는 차마 시동을 걸지 못하고 차에서 내렸다.

—집에서 챙길 것만 챙겨서 무결 씨 집으로 갈게요. 거기서 봐요.

집으로 떠나며 무결에게 문자메시지를 남겼다. 당일 해외 출장이라 고단할 테니 아무래도 그가 편히 여기는 집에서 쉬게 하는 게 좋을 것 같았다. 승희는 규원의 선물은 천천히 생각해보자 다짐하며 버스를 타고 집으로 향했다. 버스에서 내려 집에 이르기 전. 하늘의 하얀 기운이 땅으로 천천히 내려앉기 시작했다. 첫눈이었다.

"눈 오네?"

승희는 어린아이처럼 허공으로 손바닥을 뻗었다. 신이 구름으로 수제비를 뜨나보다 생각할 만큼 눈송이가 제법 컸다.

무결이 생각났다. 눈이 오면 생각나는 사람이 생겼다. 무결에게 전화하고 싶었지만 그의 일에 방해가 될까 하여 연락을 미루었다. 세상은 찬데 마음은 포근했다. 이 예쁜 눈 그대로 당신에게 보여주고 싶어. 승희는 미소를 머금고서 집으로 들어섰다. 현관문을 열 때까지만 해도 마음엔 행복이 가득했다. 문이 열리는 느낌이 묵직했으나 집에 오랜만에 들러 사람의 온기가 많이 빠져나갔나보다, 하고 가벼이 생각했다. 첫눈이 내리니 곧 겨울이 오겠구나. 겨울옷을 챙겨서 떠나야겠구나. 차를 가져오지 않은 것에 대해 잠시 후회한 승희는 피식 웃고는 짐을 챙겼다.

그런데 그녀가 장롱 문을 연 순간. 끼익. 화장실 문도 동시에 열렸다. 초대받지 않은 손님이 있다는 것을 승희는 뒤늦게 알아차렸다. 명중우였다. 그녀가 소리를 지르려 입을 벌리기 무섭게 커다란 손이 입을 막았다.

"새삼스럽게 놀라는 척하지 말지 그래."

쇳소리가 섞인 소름 끼치는 목소리에 온몸의 털이 곤두섰다.

"너도 하는 짓을 내가 못 할 거라고 생각해?"

그리고 명중우가 생각보다 많은 것을 알고 있다는 사실도 알게 되었다.

"너처럼 여우 같은 걸 본 적이 없어."

맨몸으로 하이에나를 마주한 것처럼 심장이 미친 듯이 뛰었다.

게임 수출을 위해 상하이를 방문하게 된 무결은 맡은 임무에 집중하며 시간을 보냈다. 협상은 순조롭게 진행되어 무결은 좋은 결과를 안고 돌아갈 수 있게 되었다. 오늘 반드시 일을 마무리 짓고 돌아가겠다는 일념으로 열심히 뛰어다닌 결과였다. 우승희란 이름 석 자에 에너지가 가득 담겨 있었다. 무결은 그녀가 변화시키는 자신의 삶이 만족스러웠다.

"오늘 계약서 들고 갈 거야. 기대해."

일이 어떻게 진행되고 있는지 궁금하여 전화를 건 세열에게, 무결은 으스대듯 말했다.

[몇 시 비행기표 예약했어?]

"우선은 8시. 상황 봐서 조정해야지."

세열의 질문에 무결이 만족스럽게 대답했다.

[첫눈이 온다니까 몸이 달지?]

세열이 놀리듯 물었다. 무결은 생각지도 못했던 일이었다.

"지금 거기 눈 와?"

[그래서 일찍 온다고 한 거 아니었어? 지금 눈 와. 되게 예쁘게 오는데.]

서울에 눈이 온다고 한다. 첫눈이다. 더군다나 눈이 예쁘게 온다고 하니 더욱더 마음이 초조해졌다. 얼른 연락을 할까 아니면 연락 없이 빨리 집으로 갈까. 첫눈 때문에 고민해본 것은 처음이었다. 가슴이 설렜다.

명중우는 승희의 입을 꽉 막고서 동시에 턱을 잡았다.

커다란 손에 힘이 가득 실려서 승희의 턱은 금방 얼얼해졌다.

정신 똑바로 차려야 해. 지금 할 수 있는 일을 생각해보자.

그러나 독하게 먹은 마음과는 달리 명중우의 우악스러운 힘에 팔을 버둥거리게 되었다.

"참 이상하지. 너와 내 처지가 같은데 넌 보호받고 난 내쫓기고. 너도 제대로 빨아먹으려고 그 집안에 붙어 있는 거잖아. 아니야?"

승희는 고개를 강하게 내저었다. 단 한 번도 그렇게 생각해본 적 없었다. 그런 시선 자체가 불쾌했다. 그러나 그녀는 입이 막힌 처지라 어떤 말도 할 수 없었다. 명중우가 키득거리다가 다시 말했다.

"시간이 참 무서워. 그 도도하고 고결하던 우승희가 이렇게 음흉해지다니 말이야. 내 집에 무단침입해서 절도도 서슴지 않을 만큼, 금왕 한씨 집안의 충실한 개가 됐네. 우승희."

역시 명중우는 정확하게 알고 있었다. 그녀가 놈의 집에 무단침입했다는 사실과 무언가를 훔쳐 갔다는 사실을. 이 사실을 제대로 알게 되었다면 분노의 방향을 이해할 만했다. 제 인생을 망친 것이 모두 그녀의 탓이라 여길 터였다. 명중우의 눈이 순간 살기를 띠며 번뜩였다.

"나 덕분에 온갖 예쁨을 받고 있으면서 내게 고마운 내색을 하지 않는다니. 정말 너무하지 않아?"

그의 질타에 승희는 움찔했다. 어쩌면 명중우는 승희를 이용하여 다시 재기해보려는 속셈일지도 몰랐다. 그런 의도로 그녀를 찾아온 거라면 협조하는 척해줄 수 있었다. 그렇다면 그녀 역시 함정을 만들어 끝내 명중우에게서 모든 진실을 토해내게 할 수도 있다.

하지만 놈이 과연 그런 마음을 가지고 있을까. 놈을 바라보는 눈에 힘이 풀리자 명중우 또한 손에 힘을 풀었다. 그러나 손을 내리며 스치듯 그녀의 목을 잠시 눌렀다. 그녀가 허튼짓을 한다면 언제든 그녀의 목을 졸라버릴 수 있다는 암시였다. 눈치 빠른 승희는 그 뜻을 바로 헤아릴 수 있었다.

"원하는 게 뭐야."

승희가 처음으로 목소리를 내었다. 담담한 척하고 싶어도 어려웠다. 음성의 끝이 떨려오는 것을 숨길 수가 없었다.

"내가 뭘 원할 거라고 생각해."

명중우가 되물어왔다. 승희는 그 의중을 파악할 수 없었다. 더 캐물을 필요 없이 곧장 다른 대답이 이어졌다.

"넌 건드려서는 안 되는 걸 건드렸어."

아무것도 원하지 않는다는 뜻이었다. 아니, 그녀에게서 원하는 것은 그녀가 몰락하는 것, 또는 그녀 목숨일 수도 있겠다는 추측이 가능했다. 8년 전 세상을 떠난 천상현, 올해 초에 숨진 이진심, 여전히 행방이 묘연한 노아정이 차례로 떠올랐다. 명중우가 붉게 핏대가 선 눈으로 웃었다. 웃음에서 끔찍한 비린내가 났다.

"살려줄까 말까. 너 하나 죽어나가는 건 아무것도 아니긴 한데."

명중우는 지금 이 시간을 진심으로 즐기고 있었다.

"그래도 살려달라고 빌지 그래. 그게 지금 네가 할 수 있는 전부잖아."

먹잇감을 잡아먹기 전에 잠시 노리개로 삼아 눈과 귀를 즐겁게 하려는 것 같았다. 그녀가 살려달라고 말을 한다 한들 그가 자신을 죽이기로 마음먹었다면 절대 살 수는 없을 것이다. 그러나 그 순간 언젠가 무결이 탁상시계를 보여주며 했던 말이 떠올랐다.

"인공지능 카메라예요. '살려줘' 아니면, '살려주세요'라고 외치면 카메라가 반응해요. 녹음, 녹화가 다 되는 거예요."

탁상시계는 예전에 무결이 놓아둔 그대로 책상 위에 있었다. 그녀가 살려달라는 말을 하면 무결의 휴대폰과 그녀의 휴대폰으로 방 안의 상황이 전송되는 시스템이었다. 살 수 있어. 무사히 빠져나갈 수 있어. 승희의 심장이 희망을 향해 강하게 뛰었다. 그러나 그녀의 휴대폰 어플이 갑자기 작동한다면, 그건 위험할 수 있었다. 휴대폰 어플이 작동한 것만으로 명중우가 흥분할 것이다. 흥분한 놈이 무슨 짓을 저지를지는 알 수 없었다.

"해봐. 어서."

아무것도 모르는 명중우가 재촉했다. 승희의 휴대폰은 명중우의 뒤, 책상 위에 놓여 있었다. 명중우가 이를 발견해서는 안 된다. 휴대폰 어플이 켜진다면, 재빨리 손을 뻗어 휴대폰 전원을 차단해야 한다. 그녀가 누군가에게 도움을 요청하려는 것인 줄 알고 명중우가 더 흥분할 수도 있겠지만, 적어도 무결에게 지금의 상황을 전달할 수는 있을 것이다.

혹시라도 그녀가 죽는다면, 명중우의 범행이 더욱 확실해지는 것이다. 그러나 죽고 싶지는 않았다. 제발, 부디, 최악의 결과로 이어지지는 않기를.

"살려줘."

승희는 목소리를 내었다. 탁상시계에 자신의 음성이 똑똑히 각인되도록.

이와 동시에 절로 나온 눈물이 주르륵 흘러 턱 끝에 매달렸다. 녀석에게 살려달라고 매달려야 하는 자신의 처지는 위태롭게 매달린 눈물 같았다. 녀석이 두려워서 눈물이 난 게 아니었다. 죽음의 공포는 당연히 있었지만 그게 눈물을 만든 건 아니었다. '살려줘'라고 외쳤으니 무결은 방법을 찾아낼 것이다. 해외 출장을 가 있지만 가까운 사람에게 신속하게 연락을 하여 그녀를 위험에서 구해낼 것이다. 승희는 무결을 믿었다. 그럼에도 눈물이 났다. '살려줘'라고 외쳤던 순간에 수백 가지 인생의 잔상이 한꺼번에 머릿속에서 플래시를 터트렸다.

죽음의 그림자가 드리워진 순간에 삶이 짙어진다. 살아야 해. 반드시 살아야 해. 살아만 있으면 뭐든 할 수 있어.

"살려줘."

그녀가 그악스럽게 말했다. 그 순간, 책상 위에 올려둔 휴대폰 화면에 불이 들어오는 것이 보였다. 화면의 불빛은 이내 사라졌다. 자신의 존재를 알리려는 듯 심장이 거세게 뛰었다. 눈물 한 줄기가 또 주르륵 흘렀다.

명중우는 빙긋 웃었다. 그러다가 결국은 '아하하하' 하며 소리 내어 웃음을 터트렸다. 그녀의 비굴한 모습이 그에게 꽤 큰 만족을 주는 모양이었다.

"그래. 그래야지."

한바탕 웃고 난 후 명중우가 말했다.

"여전히 얼굴값은 잘해. 이런 순간에조차 네 가엾은 모습에 동정심이 생기니까 말이야."

"네가 무서워서 운 게 아니야. 내 인생이 억울해서 눈물이 좀 났을 뿐이지."

"그래. 너의 그런 높은 지조는 참 귀엽게 생각하고 있어."

승희가 반박했지만 놈은 제멋대로 해석하며 미소를 지었다. 놈에게 그녀의 눈물이 먹힌 것에 승희는 좀 더 용기를 낼 수 있었다.

"살려달라는 말도, 네가 시키니까 했을 뿐이야."

"그럼, 살려주지 않아도 괜찮다는 거야?"

"네가 사람을 죽일 만큼 잔인한 사람이라고 생각지는 않으니까."

승희는 순수한 말로 놈을 자극했다. 속으로 쓴 시나리오대로. 우승희, 넌 할 수 있을 거야. 무사히 이 위기에서 빠져나가고, 더불어 명중우의 범죄 사실까지 밝혀내는 거야. 조금 더 힘내자. 정신을 바짝 차려.

"우승희, 교묘하게 나를 회유할 생각은 안 하는 게 좋아. 이 방에 들어와 너와 마주한 순간부터 난 돌이킬 수 없게 된 거니까."

명중우가 경고했다.

"우린 양립할 수 없어. 이대로 끝장을 봐야지."

"아니. 넌 사람을 죽일 수 없어, 명중우. 난 안 믿어."

"네 숨이 절박해지는 순간에야 깨닫게 되겠지."

명중우가 씁쓸하게 웃었다.

"날 선하게 봐준 건 고맙지만 눈치가 없어도 너무 없네. 천상현 얘기, 이진심 얘기를 듣지 못했나? 한무결이 너한테 이진심 얘기까지 해주지는 않았나 봐?"

"천상현, 이진심이라니?"

승희는 금시초문이라는 표정으로 명중우를 바라보았다. 명중우가 다시 한번 낄낄대며 웃었다.

"넌 그것도 모르면서 한무결에게 잘도 이용당하고 있는 거였어. 역시 넌 그저 충견에 지나지 않아."

"천상현 얘기라니. 이진심은 또 뭐고."

"곧 한 줌의 재가 될 테니 사실대로 말해줄까?"

명중우의 끔찍한 말에 승희는 마른침을 삼켰다. 그러나 더 이상 내색은 하지 않았다. 명중우의 입으로 그의 범죄 사실에 대해 들을 수 있는 절호의 기회였다. 놓칠 수 없었다.

"8년 전 강남 클럽에서 여대생 사망 사건이 일어났어. 약물을 과다 투여한 여학생이었는데 타살이라는 얘기가 나왔지. 그 용의자로 오른 사람이 셋 있었어. 나와 내 친구, 그리고 천상현."

무결에게서 들었던 강남 클럽 여대생 사망 사건 얘기였다. 대화는 그녀가 의도한 방향으로 잘 진행되고 있다.

"친구는 사건 당일 다른 장소에서 사진에 찍힌 증거가 있으니 금방 빠져나갔지. 하지만 나와 천상현은 증거가 없었어. 그때 나는 이 진심에게 도움을 요청했고 알리바이를 만들어 빠져나올 수 있었지. 남은 건 천상현 하나였어."

역시 그런 거였다. 승희의 주먹에 몰래 힘이 들어갔다.

"결국 천상현이 여러모로 몰리게 되어서 나는 천상현에게도 조언을 해주었지. 같이 듣는 수업에서 네가 조장을 하던 때였어. 너와 교제를 하고 네 조에 천상현을 끼워주고 조모임 보고자료에 천상현의 이름을 욱여넣으면 천상현은 궁지에서 벗어날 수 있었던 거지."

"그래서 천상현이 나한테, 사귀지 않으면 죽겠다는 말을 한 거였어?"

"그럼 뭐 때문이겠어. 정말로 너를 좋아해서 죽겠다는 말을 했다고 생각해?"

피식 콧방귀를 뀌는 그의 표정에서 희열이 엿보였다. 놈은 자신이 했던 일에 대해 반성이나 후회가 전혀 없었다. 아니, 누군가에게 이 일을 과시하고 싶어 하는 듯했다. 그동안 입을 다물고 있어서 답답했다는 듯 놈의 고백은 술술 흘러나왔다.

"어쨌든 그땐 네 도움을 많이 받았다. 우리 주위에는 우둔한 녀석들밖에 없어서 참 속이기가 좋았지. 정말로 천상현이 괴로워서 자살을 했다고 생각하다니. 참 우습고 재미있어."

"그건 또 무슨 얘기지? 천상현이 자살을 한 게 아니라는 소리야?"

시시각각으로 변하는 표정과 얼굴색을 관찰하는 것이 즐겁다는 듯 명중우의 눈이 빛났다.

"한 시간 뒤에 저승에서 직접 물어볼 수 있을 텐데, 지금 듣길 바라?"

"설마……."

"그래. 전부 나야."

됐다!

"녀석에게 청산가리 캡슐을 먹인 것도, 녀석의 노트북에 유서를 남긴 것도."

놈이 모두 자백했다.

"하나 더 말해줄까? 8년 전 여대생 사망 사건도, 이진심 자살 사건도 나야. 오래전부터 계속 나였지."

놈의 자백이 다행스러우면서도 승희는 구역질이 나올 것 같았다. 이렇게 끔찍하고 잔인한 놈을 본 적이 없다. 놈은 인간이라고 할 수 없었다.

"이진심 씨한테 청산가리 캡슐을 먹인 것도 너란 말이야?"

"노아정이 먹였고 나는 지시만 했으니 완벽하게 나라고 할 수는 없지만 어쨌든 내가 계획해서 안 되는 일은 없지. 아마 지금쯤 노아정도 저승에 있을 테고."

부디 모든 대화가 녹화, 녹음되었기를. 그래서 녀석이 이 모든 칫값을 치르기를. 이제 들어야 할 말을 모두 들은 그녀의 마음이 담담해졌다.

"어때, 이제 좀 내가 두려워지나?"

"그래도 나한텐 청산가리를 먹일 수 없을 거야. 내가 그렇게 죽는다면 널 당연히 의심하겠지. 한무결 씨가 가만히 안 있을 테고."

승희가 담대하게 대꾸했다.

"설마, 내가 네 시체를 멀쩡하게 남겨놓을 거라고 생각해?"

명중우가 또다시 비웃었다.

"마침 딱 좋을 때 한규원이 너한테 차를 선물로 보냈어. 그리고 오늘 네가 차 운전석에 앉았던 것까지 확인했지."

잠시 안도했던 마음에 다시 파문이 일었다.

"블랙박스의 기록은 네가 차 안에 잠시 앉아 있던 것에서 멈추었으니 이미 준비는 다 끝난 셈이야. 너 때문에 나도 투자한 돈이 많아. 투자금을 회수할 수 있는 것도 아닌데, 목표라도 달성해야 나도 행복해지지 않겠어?"

오싹 소름이 끼쳤다.

"넌 기계를 다루는 데 능숙하지 못하니까. 그 차를 운전하고 가다가 사고를 당해도 다들 그러려니 할 거야."

명중우는 승희에 대해 정말 많은 것을 알고 있었다. 놈이 아주 오랫동안 자신을 지켜봐왔을지도 모르겠다는 생각이 들었다. 그녀가 놈을 간파했듯이 어느새 그녀 또한 간파당하고 있었던 것이다.

"한무결은 한규원을 증오하게 되겠지. 결국 제 아버지가 사준 차 때문에 애인이 목숨을 잃었으니. 두 사람 사이가 돌이킬 수 없게 된다면 금상첨화겠어."

놈은 모든 것을 최대한 망가뜨릴 생각인 것이다.

"아무튼 넌 어떤 죽음을 당하든 잿더미로 발견될 거야."

그녀의 눈 흰자위가 붉어졌다.

"내게 한 짓이 후회돼도 후회하지 마. 곧 저승에서 친구들을 만날 수 있겠지."

"아니. 난 안 죽어."

짧은 대꾸와 함께 승희는 놈의 급소를 걷어찼다. 그가 짧은 신음을 터트리며 몸을 구부렸다. 그사이에 승희는 옆에 놓인 물컵을 휘둘러 놈의 머리를 쳤다.

"이 XX년!"

명중우는 승희에게 두 번이나 맞았음에도 금방 기운을 차리고 거친 욕설과 함께 그녀에게 달려들었다. 힘으로는 그가 훨씬 우세했다. 강하게 저항했으나 결국 승희는 두 팔이 붙들린 채 침대 위에 등을 붙이고 눕게 되었다. 그 위로 올라앉아 그녀의 움직임을 통제한 그가 군림하듯이 그녀를 내려다보다가 그녀의 목을 눌렀다.

"그래도 핏기 없는 얼굴보다는 이게 예쁠 것 같아서 유언까지는 곱게 말하게 해주려고 했는데, 넌 왜 그러냐."

그의 움직임에는 조금의 자비도 없었다. 그녀의 얼굴이 괴롭게 변할수록 그의 미소는 점차 크게 번져갔다. 으윽. 뼈가 부러질 듯이 목이 아팠다. 부정해왔던 공포가 밀려들었다. 몸 안에 품은 산소가 희박해졌다. 심장이 사라져가는 것 같았다. 흐릿해져가는 의식 속에서 인생의 가장 빛나는 지점들이 그녀의 곁에 남았다. 다시 눈물이 맺혔다. 절박하고 절절하게, 살고 싶어졌다. 어제저녁에도, 오늘 아침에도 들었던 사랑하는 사람의 목소리가 애타게 그리워졌다.

　비행기 안.

　상하이에서 인천까지의 비행시간은 약 한 시간 45분. 무결은 기내 와이파이 서비스를 이용해 계속 서울의 날씨를 확인했다. 조금 전까지만 해도 서울에 함박눈이 내리고 있다는 뉴스가 떴는데, 실시간 기상정보를 클릭하니 눈이 멎어가고 있다는 내용이 보였다.

　'으악! 안 돼!'

　무결은 속이 탔다. 비행기가 착륙할 때 기장님이 고생하시긴 하겠지만, 하늘이시여, 눈을 계속 내려주소서. 무결은 간절히 기도했다.

　그러나 다음 순간, 휴대폰이 반짝거리자 이전의 생각은 모두 지워졌다. 활성화시켰던 앱이 켜지고 우승희의 방 안 풍경이 보였다. 처음에는 승희가 장난을 치는 줄 알았다. 그런데 승희의 방 안에 명중우가 있었다. 심장이 철렁 내려앉았다. 무결은 급하게 설정 화면으로 들어가 승희의 휴대폰으로 전송되는 정보를 차단시켰다. 휴대폰을 통해 명중우가 웃어재끼는 소리가 들렸다. 소름 끼쳤다.

　[그래. 그래야지. 여전히 얼굴값은 잘해. 이런 순간에조차 네 가없은 모습에 동정심이 생기니까 말이야.]

　[네가 무서워서 운 게 아니야. 내 인생이 억울해서 눈물이 좀 났을 뿐이지.]

　승희의 목소리가 자그마하게 들렸다. 그녀가 울고 있었다. 숨이 턱 막혔다. 속이 타들어갔다. 상황을 알고도 바로 쫓아갈 수 없는 것은 고통이었다. 죽을 것 같았다. 비행기에서 뛰어내려 그녀에게 가고 싶었다. 심장도 머리도 터져버릴 것 같아 생각을 하기가 쉽지 않았지만 무결은 이를 악물고 머리를 감쌌다.

생각해야 한다. 침착해야 한다. 우승희라면 어떻게 했을까, 아버지라면 어떻게 했을까.

나는 당장 갈 수 없다. 그녀의 집까지 가는 데는 한 시간 이상 걸린다. 그 사이에 우승희가 죽을 수도 있어. 경찰에 연락해야 해. 하지만 경찰이 요란법석을 떨면서 현장에 침투한다면? 흥분한 놈이 단숨에 흉기를 휘두를 수도 있다. 완벽하게 포위할 때까지 놈을 자극하면 안 돼. 우승희를 빼내야 해. 무결은 지금까지 녹화된 화면을 세열에게 전송했다. 세열에게서 먼저 인터넷전화로 연락이 왔다. 세열은 무결만큼 흥분한 목소리였다.

[대체 이게 뭐야. 우승희 씨한테 무슨 일이 있는 거야?]

"명중우 그놈이 승희 씨 집에 들어갔어. 승희 씨가 위험해."

[경찰에 바로 신고할게.]

"아버지께도 말씀드려줘. 승희 씨가 다치면 안 된다고. 최대한 빨리 그 집에 들어가서 명중우를 떨어뜨려놔야 해."

무결이 침착하게 말을 이었다.

"그리고 비행기 착륙장에서 헬기 이착륙장까지 바로 갈 수 있도록 차 대기시켜줘. 최대한 승희 씨 집 가까이 헬기 내릴 만한 장소 물색하고 거기에 택시 세워놔주고. 부탁한다."

[그래. 알겠어. 나도 갈게.]

세열과의 통화를 급하게 마치고 무결은 다시 인공지능 카메라 앱 화면으로 돌아왔다. 두 사람의 대화가 들려왔다.

[천상현, 이진심이라니?]

[넌 그것도 모르면서 한무결에게 잘도 이용당하고 있는 거였어.

역시 넌 그저 충견에 지나지 않아.]

[천상현 얘기라니. 이진심은 또 뭐고.]

승희는 천상현과 이진심의 일에 대해 분명히 알고 있었다. 그런데 지금의 승희는 아무것도 모르는 사람 같았다. 명중우에게 처음 듣는 얘기라는 듯 천상현과 이진심에 대해 캐묻는 승희의 목소리는 아주 실감 났다.

[곧 한 줌의 재가 될 테니 사실대로 말해줄까?]

[……]

[8년 전 강남 클럽에서 여대생 사망 사건이 일어났어. 약물을 과다 투여한 여학생이었는데 타살이라는 얘기가 나왔지. 그 용의자로 오른 사람이 셋 있었어. 나와 내 친구, 그리고 천상현.]

휴대폰으로 흘러나오는 대화를 듣는 동안 헛숨이 튀어나왔다.

"하. 우승희……."

이런 긴박한 상황에서조차 그녀는 지독하게도 놈의 자백을 받아내려 하고 있었다.

그럴 필요 없어. 애쓸 필요 없다고. 당신 안위만 생각해! 그녀에게 외치고 싶었다. 하지만 이렇게 시간을 끌어주고 버텨주는 그녀가 영민하다는 생각에 감탄이 나오기도 했다.

무결은 다시 동영상 파일을 만들어 세열에게 마저 전송했다. 명중우가 알아서 자백을 했으니 이것으로 경찰을 신속히 움직여달라는 당부를 덧붙였다. 속으로는 계속 기도했다. 그녀가 무사하기를. 내가 갈 때까지 아무 일도 일어나지 않기를. 우승희, 당신을 믿어. 당신은 충분히 버틸 수 있을 거야.

눈이 그칠까봐 초조했는데, 이제는 눈이 어서 그치기를 간절히 바라게 되었다.

　승희의 집.

　생이 멀어지는 느낌. 압박이 강해져 거부할 힘조차 없게 되었을 때 명중우는 돌연 손을 떼었다. 우우욱, 콜록, 후욱, 후욱. 승희는 시퍼레진 얼굴로 숨을 급하게 토해냈다.

　"갑자기 좋은 생각이 났어. 널 살려두는 거야."

　명중우는 지금 이 상황이 즐거운 듯 히죽거리며 말했다. 이미 놈은 승리를 확신한 듯했다.

　"힘이 빠진 게 이렇게 예쁠지 몰랐거든."

　승희는 옆으로 몸을 말고서 말없이 숨을 내쉬었다. 닥치라고 자극할 수도, 사납게 욕을 할 수도 없었다.

　버텨. 우승희, 버텨. 그가 올 거야. 어떤 모욕을 주더라도 버텨.

　명중우를 만난 후, 명중우와 엮이게 된 후, 그녀의 시간은 버티는 것으로 흘러갔다. 그러니 지금도 버틸 수 있어. 다 지나갈 거야. 버텨. 살아남기만 하면 돼.

　"우리가 좋은 관계를 맺는 건 어때. 나중에 한무결이 분개하면서 네 뺨을 후려치는 걸 보면 참 재미있을 것 같은데."

　놈의 미친 소리가 이어지는 동안 승희는 무결이 숨겨놓은 한 가지 기구가 더 떠올랐다. 두 개의 전기충격기. 하나는 그녀의 가방에 있고 다른 하나는 서랍에 있었다. 지금 자리에서는 가방보다 서랍이 더 가까웠다. 하지만 제 몸 위에 올라앉은 명중우 때문에 그녀는 옴짝달싹할 수 없었다. 또한 그녀도 많이 힘이 빠져서 재빨리 움직일 수는 없을 것 같았다. 이 상태에서 기운을 회복해야 했다.

"사실 네 얼굴이 딱 내 타입이거든."

명중우가 손을 움직여 그녀의 뺨을 쓸었다. 끔찍했지만 승희는 그대로 두었다. 참아, 할 수 있어. 그녀는 명중우가 주는 모욕을 감내하며 몰래 조금씩 손을 움직여보았다. 시간을 끌던 그녀는 마침내 손의 힘을 어느 정도 되찾았다.

"어때. 그게 낫지 않겠어?"

"미친 소리를 잘도 하네."

자그마하게 읊조린 승희는 위로 손을 뻗어 만져지는 액자를 집었다. 액자로 명중우의 정수리를 내리쳤다. 윽, 소리를 내며 명중우가 제 머리에 손을 올렸다. 힘이 크게 실릴 순 없었지만 명중우에게서 잠시 벗어날 수는 있었다. 승희는 자리에서 일어났다. 몸이 무겁고 어지러웠으나 이를 악물고 서랍을 향해 손을 뻗었다. 한 대 맞아 눈이 벌게진 명중우가 다시 달려들려 하였다. 전기충격기를 손에 쥔 승희는 얼마 전 무결에게 배운 대로 중우를 향해 버튼을 눌렀다.

타닥! 짧은 전기마찰음과 함께 명중우의 고개가 홱 넘어갔다. 명중우는 비명 한번 지르지 못하고서 벌러덩 기절해버렸다. 기계의 위력에 승희 또한 깜짝 놀랐다. 그러나 주저할 틈은 없었다. 놈은 금방 깨어날 터였다. 얼른 도망가야 했다.

승희는 곧장 문 쪽으로 이동했다. 명중우에게 받은 타격에 몸을 가누기가 힘들어 계속 비틀거리게 되었다. 놈에게 전기충격기를 쓴 것은 젖 먹던 힘까지 짜낸 기적이라고밖에 말할 수 없었다. 무거운 몸을 이끌고 나가 엘리베이터 버튼을 눌렀다. 엘리베이터는 1층에 있었고 계단을 통해 누군가 올라오는 소리가 들렸다.

문득 다시 두려움이 생겨났다. 명중우는 혼자 오지 않았을 것이다.

승희는 위층으로 걸음을 옮겼다. 옥상으로 올라가자. 옥상에서 문을
잠가버리자. 계단을 오르는 발소리가 점점 가까워졌다. 그리고 현관
문 열리는 소리가 들렸다. 잠깐 정신을 잃었던 명중우가 깨어난 것이
었다.

"우승희."

명중우가 성이 난 목소리로, 그러나 느긋하게 승희의 이름을 불렀
다. 승희는 필사적으로 도망쳤다. 다행히 옥상 문은 잠겨 있지 않았
다. 승희는 옥상문을 열었다.

"헉."

그런데 옥상에 오르자마자 낯선 남자와 마주쳤다. 겁에 질린 승희
가 발을 뒤로 뺐다. 그 순간 남자가 승희의 팔을 붙잡았다.

"형사입니다. 우승희 씨죠?"

승희의 눈동자가 요동쳤다. 남자의 말을 믿을 수가 없었다. 아무도
믿을 수가 없었다. 남자는 지체할 새가 없다는 듯 승희를 뒤로 밀어
내고 문을 주시했다. 얼마 안 있어 문이 다시 열리고 명중우가 들어
왔다. 남자가 명중우에게 달려드는 모습을 확인하고서야 승희는 의
심을 풀었다. 하나, 남자가 명중우를 잘 제압하길 기대했건만 명중우
는 손에 들고 있던 전기충격기를 형사에게 대었다. 형사는 몸을 피했
지만 명중우에게 더는 가까이 갈 수 없었다.

"명중우, 내려놓고 손들어."

형사의 말에 중우는 콧방귀를 뀌었다.

"경찰 그거 해서 얼마나 버냐? 쓸개만도 못한 것들이."

중우의 조롱이 이어졌지만 태풍을 일으키는 것만 같은 굉음에 명
중우의 목소리가 묻혔다. 멀리서 다가오는가 했던 헬리콥터가 승희

의 바로 위에 둥실 떴다.

이게 무슨 일인가 하며 다들 올려다보는 사이에 어디선가 날아온 돌 하나가 전기충격기를 들고 있는 중우의 팔을 정확히 가격했다. 명중우가 전기충격기를 놓치자마자 형사는 놈의 팔을 붙잡아 수갑을 채웠다.

"명중우, 당신을 이진심 살인 혐의 용의자로 체포합니다."

"뭐야, 내가 왜!"

형사가 몸부림을 치는 중우에게 미란다원칙을 고지하는 사이에 헬리콥터에서 사람이 내렸다.

"우승희!"

무결이었다.

내내 긴장하고 있던 승희의 표정이 무결을 발견하고서 누그러졌다. 이 낯선 세계가 한무결 한 사람으로 인해 안심할 수 있는 세상이 되었다. 긴장이 풀린 순간 다시 머리가 핑 돌았다.

이제 그만.

모든 것을 무결에게 맡기고 쉬고 싶어졌다. 눈꺼풀이 내려앉으며 눈물이 밖으로 밀려나왔다. 머리가 땅에 떨어지려는 찰나에 무결이 그녀를 받쳐 안았다. 의식을 잃어가는 순간에도 승희는 무결을 꼭 붙잡았다.

15.
계약 이행

남보다 조금 더 부유하고, 남보다 조금 더 우수하고, 남보다 조금 더 훤칠하고.

그 '조금 더'가 모여서 명중우의 인생은 남보다 월등한 인생이 되었다. 그래서 학창시절 내내 중우는 자신감이 넘쳤다. 안 되는 게 없는 사람이었다.

그런 자신만만한 중우에게 처음으로 오점을 남겨준 인물, 우승희.

"네가 이러고 다니는 거 네 여친은 아니? 인생 그렇게 살지 마."

접근하려는 그를 우승희는 단칼에 잘라냈다. 그 누구에게서도 받아본 적 없는 대접이었다. 그때부터 중우는 우승희와 마주칠 때마다 이가 갈렸다. 그녀는 시종일관 벌레를 마주한 듯 그를 대했다.

중우는 승희가 자신에 대해 함부로 떠들고 다니는 것 같아 초조해졌다. 초조한 마음을 내비치고 싶지는 않았는데, 우승희는 그런 자신의 속까지 꿰뚫어버린 것만 같은 눈빛이었다. 같은 집단에 거슬리는 사람이 있다는 것은 꽤나 불쾌한 일이었다.

'저걸 어떻게 끌어내릴까.'

동기들과 웃으며 얘기를 나누는 우승희를 보면 속이 뒤틀렸다. 그 당돌하고 도도한 표정을 꺾어주고 싶었다. 잘못했다, 내가 어리석었다, 제발 나를 구해달라 싹싹 비는 꼴을 보고 싶었다.

기회는 뜻하지 않게 찾아왔다. 호기심에 같이 즐기던 여자애가 약물 과다투입으로 갑작스럽게 숨졌다. 클럽의 밀실에서 벌어진 일이었고 밀실에는 여자애와 명중우, 단둘뿐이었다. 중우는 밀실에서 도망쳤다. 그리고 당시 여자친구 중 한 명이었던 이진심에게 연락을 하여 급히 만났다. 중우는 사람을, 세상을 속이는 일이 생각보다 쉽다는 사실에 놀랐다.

여자애가 숨지기 전에 중우의 연락을 받은 천상현이 뒤늦게 클럽을 찾았다가 누명을 뒤집어쓰게 됐다. 자신은 구제받았지만 상현에게는 미안한 일이 되었다. 그러나 상현이 모든 내막을 알게 된다면 자신이 위험해질 수 있었다. 그대로 상현이 사라져주어야 모든 일이 잘 묻힐 수 있었다. 그래서 눈엣가시인 두 사람을 엮었다.

"네가 고백한 뒤에 우승희가 너한테 묘하게 잘해주는 거 알지? 두 번째 고백에는 분명히 넘어가게 돼 있어."

누명을 쓴 천상현은 마음이 불안하여 설득이 쉬웠다. 이전에 상현이 우승희에게 한 번 고백한 적이 있었던 것도 한몫했다.

"우승희한테 도와달라고 해봐. 걔가 보기에만 도도하지 마음 여린 거 알잖아. 이해해줄 거야."

"그래도 거절당할 거야, 나는. 우승희가 너도 거절했다며."

천상현의 대꾸에 중우는 언짢아졌다. 우승희와 자신의 급이 다르다고 지적하는 것만 같았다. 그러나 대의를 위해 쓰린 속을 꾹 누르고서 상현을 구슬렸다.

"아니야, 네가 더 우승희 스타일이지. 개는 나처럼 우락부락한 애들 안 좋아한다더라. 혹시 그래도 거절한다면 죽겠다고 해봐. 필사적으로 나오는 애를 어떻게 거절해."

몇 차례의 설득 끝에 상현이 고개를 끄덕였다.

그리고 기다렸다. 결과는 역시, 거절.

중우는 상현이 우승희에게 고백을 했고 죽겠다는 말로 설득하려 했음을 친구들에게 떠벌렸다. 그러고 상현을 위로해준다는 명목으로 일찌감치 함께 술을 마셨다. 이후 상현의 자취방으로 이동했다.

"너 너무 많이 마신 거 같다. 술 깨는 약이야. 먹어."

상현에게 약을 건네고 잠들 때까지 기다렸다. 몸과 마음이 피곤한 상태였기에 상현은 금방 잠들었다. 잠든 듯이 조용히, 세상을 떠났다. 중우는 그사이에 상현의 노트북에 유서를 남겨놓고 유유히 그곳을 떠났다.

그날 밤 세상이 발칵 뒤집혔다. 중우가 친구들에게 떠벌린 말이 있었기에, 사건의 화살은 모두 승희에게 향했다. 중우는 여대생 사망 사건으로 상현의 장례식장을 찾아온 경찰에게, 상현이 이래저래 힘들어했다고 진술했다.

여대생 사망 사건은 조용히 정리되고, 친구들은 모두 우승희를 꺼리게 되었다. 모든 것이 그가 원하는 대로 되었다. 이후 클럽을 찾는 일이 줄어들었지만 새로운 즐거움이 생겼다. 기세등등하고 도도했던 여자를 짓밟는 것은 신선한 쾌감을 주었다. 우승희가 아무 말도 하지 못하고 어둡게 변해가는 것을 지켜보는 동안 중우의 마음은 밝아졌다.

그 후 우승희는 외부 활동은 하지 않고 주구장창 공부만 했다. 살겠다고 발악하는 것이 보여 즐거웠다. 그녀가 보여주는 필사적이고 연약한 저항이 그를 흡족하게 했다. 일깨워주고 싶기도 했다. 이것 봐. 너 혼자 순수한 척, 너 혼자 바른 척. 너 자신과 비교하면서 타인을 얼마나 몹쓸 인간으로 만들었는지 보라고. 올곧게 산다고 득이 되는 것도 없잖아. 너는 네가 세운 원칙 때문에 결국 무너지게 되는 거야.

우승희의 고군분투를 맘껏 비웃어주며 학창시절을 보냈다. 그리고 회사에 입사하여 무빈을 만났다. 몇 마디 나눠보니 무빈은 겉으로 보이는 도도함과 다르게 순박하고 멍청했다. 한마디로 꾀어내기 좋은 여자였다.

중우는 인생 계획을 세웠다. 한무빈과 결혼하자. 한무빈을 이용하면 자신이 오를 수 있는 가장 높은 곳에 오를 수 있겠단 확신이 들었다. 무빈을 공주님처럼 받들며 애지중지했다. 결혼하기 위해 얼마나 노력했는지 모른다. 그 와중에 두 가지 변수가 생겨났다. 하나는 대학교 때 잠깐 사귀다 헤어진 이진심을 무빈의 집에서 만난 것. 그리고 공교롭게도 천상현과 비슷한 방식으로 이진심을 해치운 날에 우승희가 나타난 것. 그것도 한무결의 애인으로 말이다. 생각지 못했던 변수로 인해 공들여 쌓은 탑이 무너질 위기에 처했다. 중우는 살아남기 위해 움직였다.

*

승희네 집 옥상.

중우는 제 잘못을 인정하지 않고 몸부림쳤다.

"내가 누군 줄 알아? 없는 것들이 어디서 공권력 믿고 행패질이
야!"

중우의 고함이 하도 어처구니가 없어 형사는 픽 실소를 짓게 되
었다.

"명중우 씨, 본인이 이렇게 당당히 자백을 하셨잖습니까."

그래도 형사는 정중하게 대했다. 형사가 들이민 휴대폰에는 동영
상이 재생되고 있었다. 동영상을 확인하는 동안 중우의 눈이 수도 없
이 깜빡거렸다. 자신이 방금 전까지 있었던 우승희의 방. 거기서 제
목소리가 들려오고 있었다. 중우는 믿을 수가 없었다.

[그래. 전부 나야. 녀석에게 청산가리 캡슐을 먹인 것도, 녀석의 노
트북에 유서를 남긴 것도. 하나 더 말해줄까? 8년 전 여대생 사망 사
건도, 이진심 자살 사건도 나야. 오래전부터 계속 나였지.]

간간이 동영상에는 제 얼굴이 비쳤다. 자신의 얼굴로 내뱉어지는
목소리 또한 자신이었다.

"이건…… 이건 조작된 거야……."

중우는 인정할 수 없다는 듯 고개를 저으며 읊조렸다.

"진술은 서에 가서 하시고."

중우의 얼굴과 목소리, 그리고 옷차림까지 동영상에 등장하는 남
자와 똑같았기에 형사는 중우의 말을 가볍게 무시했다.

승희는 무결의 품 안에서 편안하게 눈을 감았지만 무결은 놀랄 수
밖에 없었다.

"승희 씨, 우승희."

무결은 승희를 바닥에 눕히고 호흡을 확인했다. 그녀의 잇새로 미약한 숨이 흘렀다.

숨소리를 확인하는 와중에 그는 승희의 목에 선명하게 새겨진 피멍을 발견했다. 그의 눈에 화르르 불이 올라왔다. 무결은 이미 붙잡힌 명중우에게 성큼 다가갔다.

퍽! 매번 그랬듯이 무결의 주먹이 중우의 얼굴에 내다꽂혔다. 형사가 저지할 틈이 없었다. 양팔이 붙잡힌 명중우는 무척 때리기 좋았다. 무결의 눈에는 마치 형사들이 놈을 때려달라고 붙잡고 있는 것처럼 여겨졌다. 과녁이 확실해진 주먹은 한 방에 출혈을 만들었다. 축 늘어진 중우의 입에서 피가 주르륵 흘렀다.

"폭행은 안 됩니다!"

형사가 외쳤지만 무결은 이에 아랑곳없이 다시 주먹을 휘둘렀다. 퍽.

"도 경장, 얼른 말려!"

명중우를 붙잡고 있던 형사 중 한 명이 뒤늦게 옥상으로 올라온 또 다른 형사에게 소리쳤다.

"그만합시다! 안 돼요!"

또 다른 형사가 무결을 붙잡았다. 어쩌면 놈을 죽이지 못한 게 천추의 한이 될지도 모르겠다. 형사에게 저지당한 무결이 한 발 물러나며 중우에게 말했다.

"이렇게 맞을 수 있는 걸 감사해라. 이젠 밤공기 제대로 마시기도 힘들 테니."

중우는 옆으로 침을 퉤 뱉었다. 침 대신 끈적한 핏물이 떨어졌다.

"넌 고소장이나 기다려. 다 돌려줄 테니까."

이 치욕을 잊지 않겠다는 듯 명중우의 목소리는 비장했다.

세상이 환해진 아침. 빛을 감지한 눈꺼풀이 떨려왔다. 승희는 자신이 오랫동안 잠들어 있었다는 걸 깨달았다. 포근하고 따끈하여 수면에 좋은 환경이었다. 승희는 자신을 감싼 온기 속으로 좀 더 파고들었다. 이대로 눈을 뜨지 않고, 계속 쉬고 싶은 기분이었다. 그러나 꾸물대는 무언가가 느껴져 결국 눈이 뜨였다.

"이게 뭐야."

잠이 덜 깨 잠꼬대처럼 아무렇게나 웅얼거렸다. 힘이 쭉 빠진 상태였지만 입가에는 지우기 어려운 웃음기가 걸렸다. 그녀를 끌어안고 있던 무결이 느른하게 말했다.

"뭐긴 뭐야. 한무결이지."

"왜 여기 있느냐고요."

"간호해주고 있는 거잖아요."

그냥 끌어안고 있으면서 무슨 간호야,라고 생각했지만 그가 안아주는 것만으로도 안락해지는 마음은 진짜였다. 그러고 보니 이 곳은 자신의 집도, 무결의 집도 아니다. 커다란 침대가 있는, 널찍하고 깔끔한 공간. 그녀는 손등에 주삿바늘이 꽂혀 있다는 걸 그제야 알게 되었다.

"병원이에요."

"병원 치고는 너무 화려하네요."

"VIP병실이니까."

"뭐 이런 일을 가지고 호사스럽게 VIP병실이에요."

승희가 별일 아니라는 듯 가뿐하게 말했다. 그래도 안락한 공간에서 쉰 덕분에 머리가 개운했다.

"지금 몇 시예요?"

"10시쯤?"

무결의 대답에 승희의 눈이 번쩍 뜨였다. 더 이상의 안락은 없었다.

"아침?"

승희는 호들갑스럽게 몸을 일으켰다. 휴일에도 늦잠을 자는 일은 없었는데, 내가 이렇게까지 늦게 일어나다니!

"아아……."

그러나 그녀는 더 움직이지 못했다. 온몸이 뻐근하여 절로 앓는 소리가 나왔다. 머리는 개운했지만 몸은 만신창이였다.

"회복되는 데 시간이 걸릴 거예요."

함께 일어난 무결이 다시 승희의 몸을 받쳐 뉘였다.

"목뼈에는 이상 없지만 몸은 한동안 계속 뻐근할 거예요. 누워 있어야 해요."

어젯밤, 승희는 잠든 게 아니었다. 쓰러진 것이었다. 어제의 사건은 그녀의 몸에 사납게 각인되었다.

밤사이 그녀는 잠든 듯 누워 있는 순간에도 발작처럼 간혹 몸을 떨었다. 몸이 잔뜩 긴장하고 있는 것이었다. 무결이 그녀의 옆에 누워 있을 수밖에 없었다. 지금 그녀에게 중요한 건 일이 아니라 건강이었다. 절대적으로 안정할 수 있는 시간이 필요했다.

마음이 살짝 불편해졌지만 승희는 이 배려를 거절할 수 없었다. 어젯밤의 일이 무사히 마무리된 건 무결이 신속히 대처해주었기 때문이었다. 이제는 불편해도 안전한 방법을 따라야 한다. 삶이 절박했던 순간에 느꼈던 마음 그대로 무결의 뜻을 존중해줄 생각이다. 무결이 말했다.

"철순이한테 연락해뒀어요. 당분간 승희 씨는 휴가예요. 어제 일로 다친데다 그간 너무 무리했으니 무조건 쉬어야 해요."

승희가 나직이 숨을 내쉬었다.

"뭐라 할 말이 없네요."

승희가 무리하게 움직일까봐 단호하게 휴가를 말했던 무결의 목소리가 부드럽게 가라앉았다.

"나야말로."

무결은 그녀를 따라서 한숨을 쉬었다.

"뭐라 할 말이 없네. 일찍 못 와서 미안해요."

어젯밤, 승희에게 더 일찍 오지 못한 것은 그의 죄책감이 되었다. 그녀가 경기를 일으킬 때마다, 그녀의 목에 둘러진 피멍을 확인할 때마다 가슴이 미어졌다. 밤새 자신이 원망스러웠다.

"그건 무결 씨가 사과할 일이 아니죠."

승희가 씩씩하게 목소리를 내었다. 목이 쉬어 말끝은 갈라졌지만.

"고마워하고 있어요. 무결 씨가 마련해놓은 장치들 덕분에 내 상황을 알릴 수 있었으니까."

"나야말로."

그가 다시 받아쳤다.

"견디고 버텨줘서 고마워요."

무사해줘서 고마워. 살아 있어줘서 고마워.

"그 와중에 자백까지 받아내고. 우승희 씨는 참 대단한 사람이야."

다시 가슴이 아려오는 것을 들키고 싶지 않아 무결은 놀리듯 말했다. 무결을 따라 픽 웃은 승희가 물었다.

"아, 명중우는 어떻게 됐어요?"

"붙잡혀 갔죠 뭐. 이제 법대로 처리될 거예요."

"붙잡혀 가는 걸 제대로 못 봤어요. 봤으면 좀 더 통쾌했을 텐데."

승희의 말에 무결은 중우를 조금 더 때려줄걸 그랬다는 생각을 했다. 그는 그녀의 머리를 가만히 쓸어주고는 자리에서 일어났다. 간호사에게 승희가 깨어났다는 소식을 알리니 간호사가 들어와 체온과 혈압을 체크하고 채혈해갔다. 간단한 절차를 마친 승희에게 무결이 말했다.

"아버님이 오신다고 했어요."

"무결 씨 아버님이요?"

"아뇨. 우승희 씨 아버님이요. 승규 씨랑 같이 오신다네요."

"아빠는 몰랐으면 했는데."

"모른 채 넘어가면 더 마음 아프실 거예요."

무결의 말이 맞다. 승희가 고개를 끄덕였다. 이윽고 출입문 노크 소리가 들렸다. 무결이 문을 열었다. 승희의 아빠 남수와 동생 승규일 줄 알았는데, 방문자는 트윙클에셋의 혜순과 철순이었다.

"허어."

혜순은 승희의 모습을 확인하자마자 울음을 터트렸다. 곧장 달려와 승희의 손을 붙잡고서 내뱉은 혜순의 첫마디는 다름 아닌 욕이었다.

"명중우 이 자식, 뼈를 갈아 마셔버릴 거야."

승희의 목에 둘러진 피멍에 충격을 받은 것이었다. 승희는 멋쩍게 웃었다.

"괜찮아. 별로 안 아파."

"안 아프긴요. 목이 이렇게 시퍼런데. 난 딱밤 한 대만 맞아도 머리가 핑핑 도는데."

혜순이 훌쩍거렸다. 혜순이 걱정해준 만큼 아픔이 줄어드는 것만 같았다.

"누나. 당분간 좀 쉬세요. 큼직한 일들은 다 정리돼서 걱정 안 하셔도 돼요. 중요한 일 있으면 제가 이쪽으로 올게요."

혜순의 옆에 선 철순이 듬직하게 말했다.

"그래. 고마워. 부탁할게."

회사일이 바쁜 혜순과 철순은 짧은 병문안을 마치고 돌아갔다. 승희는 혜순과 철순이 다녀간 뒤에야 거울을 확인하게 되었다. 목에 든 피멍이 심하긴 했다. 가족들이 어떤 반응을 보일지 예상 가능했다.

"무결 씨."

"응?"

"손수건 같은 거 있어요? 목에 두르고 있으려고요."

"잠깐만 기다려요."

승희의 걱정을 이해한 무결이 신속히 병실을 떠나 스카프를 구해 왔다. 타이밍이 절묘하게도, 승희가 스카프로 상처를 가리자마자 남수와 승규가 찾아왔다.

"승희야."

병실의 문을 연 남수가 충격이 역력한 얼굴로 다가왔다. 승희가 목을 단단히 가렸음에도 가족들의 표정은 좋지 않았다.

"아빠."

승희는 웃으며 인사했다.

"괜찮아? 이게 무슨 일이냐."

"범인이 한무결 씨 매형 될 뻔했던 사람이라며."

미간을 잔뜩 구긴 승규는 경계하는 눈빛으로 무결을 바라보았다. 무결이 괜한 원망을 받을까 싶어 승희는 얼른 승규의 말을 가로챘다.

"그 이전에 내 대학교 동기였지. 앙숙이었어. 사실은 그 애 때문에 대학교 시절 내내 왕따를 당했었어. 그게 지금까지 이어지게 된 거고."

"그래도 누나가 다쳤는데……."

"무결 씨가 내가 위험한 걸 알아채고 신속하게 신고해준 덕분에 별로 안 다쳤어. 범인도 검거했고. 입원해 있는 건 그냥 호사를 누리는 거야."

승희가 몇 중으로 무결을 비호하니 승규도 어쩔 수 없다는 듯 입을 다물었다. 누나의 남친으로서 마음에 쏙 드는 건 아니지만 그래도 그가 누나에게 진심이라는 것만은 인정해야 했다. 남수는 무결에게 곧장 다가가 무결의 손을 잡았다.

"우리 승희를 구해줘서 고마워요. 정말 고마워. 정말 고마워, 정말."

남수는 무결의 두 손을 꼭 붙잡고 거듭 흔들어 보였다.

"아니, 아닙니다."

무결은 평소답지 않게 말을 더듬거리며 인사를 받게 되었다. 앞으로 더 완벽하게 지키겠습니다, 이제 제가 책임지겠습니다, 그런 말을 덧붙이고 싶었지만 승희의 동생 승규의 눈치를 보느라 자신만만하게 말하지는 못했다.

어제의 일에 대해 상세히 전해 들으며, 남수와 승규는 구절마다 작게 탄식했다. 무사했으니 다 잘된 일이긴 하지만, 내 가족에게 두 번다시 일어나서는 안 되는 일. 이들에게는 그녀를 더 잘 지켜야겠다는 의무감이 생겨났다.

승희의 병실은 남수가 함께 지키게 되었다. 무결에게는 계속 전화가 걸려왔다. 사무적인 목소리로 전화를 받은 무결은 '네, 기자님'이라고 말하며 몇 번 병실 밖으로 나갔다. 언뜻 들은 목소리에 승희는 걱정스러워졌다. 한참 만에 병실로 돌아온 무결에게 승희가 물었다.

"기자한테 연락 온 거예요?"

무결이 끄덕였다.

"당분간은 승희 씨도 시달릴 수 있어요. 기자들이 회사로 찾아갈 수도 있고요."

"그럼 아예 한 번에 해결할까요? 기자들이 추측성 기사를 퍼뜨리느니 내가 먼저 인터뷰를 하는 게 나을 것 같은데."

승희가 먼저 제안했다.

"괜찮은 방법이긴 하지만, 그래도 되겠어요?"

사실 무결도 생각한 방법이었다. 하지만 승희가 조금이라도 곤욕을 치르게 하고 싶지는 않아서 밤새 들이닥친 연락은 모두 차단시켰다. 그러나 승희가 모든 걸 각오하고 있다면 지지해줄 생각이다. 승희가 움직인다면 여론을 먼저 움직일 수 있고 여론이 움직이면 사법 절차에도 속도가 붙을 것이다. 또한 승희가 감내해야 했던 억울한 일들도 소명할 수 있다.

"괜찮아요. 사람들이 조금이라도 관심을 가질 때 해결하는 게 좋겠죠."

승희가 그간 두둑해진 배짱으로 자신만만하게 웃어 보였다. 무결도 마음을 놓고 다시 휴대폰을 들었다. 곧장 기자를 연결시켜주면 오늘 오후에는 기사를 내보낼 수 있을 것이다. 그런데 무결은 화면이 켜진 휴대폰을 한참 바라보고만 있었다.

"왜요?"

무결의 이맛살이 서서히 구겨지는 것을 보며 승희가 물었다.

"명중우도 움직이고 있네요."

무결이 승희에게 휴대폰에 떠오른 화면을 보여주었다. 기자에게서 온 연락인 것 같았다.

—명중우 씨의 부친 명장섭 씨가 기자들에게 연락을 취하고 있다고 합니다. 금왕그룹의 악행과 비리를 폭로하겠다고 하는데요. 어젯밤의 사건과 무관하지는 않을 것 같아 한무결 씨에게 미리 연락드립니다. 의견을 말씀 주시면 감사하겠습니다.

밤사이에 명중우가 제 부친에게 부탁하여 기자들에게 접촉을 시도한 모양이었다.

"하 명중우……."

승희는 저도 모르게 쓰게 탄식하게 되었다. 승희의 낯빛이 어두워진 것을 알아본 무결이 말했다.

"걱정 안 해도 돼요. 금왕그룹은 악행이나 비리 같은 거 없어요. 아버지가 그런 면에서는 칼같이 철저한 분이에요. 탈세 한 번 한 적 없으니 염려 안 해도 돼요. 금왕그룹의 규모가 크다 보니 임직원 개개인의 문제야 있지만 그걸 명중우가 벌인 일들과 견줄 수는 없죠."

무결의 다독임에도 승희는 표정을 풀지 못했다.

"그래도 회장님께 가보는 게 좋을 것 같아요. 나는 이제 괜찮으니까 얼른 가봐요. 수습할 거 수습하고요."

"나는 오늘 승희 씨 옆에 있으려고 휴가 냈는데?"

무결의 닭살스러운 말을 옆에서 가만히 듣고 있던 남수는 흐뭇하게 미소 지었다. 심각한 상황이었지만, 자신만큼 딸을 아껴주는 사람이 있다는 사실을 확인받아 새삼 뿌듯했다. 부끄러움은 승희의 몫이었다. 두 빰이 붉어진 승희는 평소보다 더 단호하게 말했다.

"얼른 가요. 그 일이 정리가 돼야 나도 움직일 수 있는 거니까."

승희의 성화에 무결은 병원을 나올 수밖에 없었다.

무결이 방문하기 전부터, 이미 규원은 신속하게 움직이고 있었다. 명중우와 그의 부친 명장섭의 낌새를 전해 듣고 격노한 것이었다.

가족까지는 건드리지 않으려고 했건만, 명중우의 발악에 규원은 기어이 큰 결심을 하게 되었다. 규원이 가장 먼저 한 일은 명중우의 부친 명장섭의 각종 악행에 대한 고발과 압박이었다. 큰 문구류 공장을 운영하는 장섭은 그간 세금을 탈루하고 공장 근로자들의 임금을 착취하고 억압하는 등 수십 가지 혐의를 갖고 있었다. 규원이 증거를 넘긴 지 몇 시간 안 되어 명장섭의 자택과 회사의 압수수색이 이루어졌다. 아버지를 응원하기는 하지만 일이 너무 순식간에 진행되어 무결은 의아했다. 무결은 입을 꾹 다문 규원에게 물었다.

"경찰에 압력을 넣으셨어요? 명중우네를 압박하도록?"

"그저 자료만 넘겼을 뿐인데 순식간에 움직이는구나."

"아버지가 거물이다 보니 경찰들도 눈치를 본 거겠죠."

"내가 눈치를 주지는 않았으니 내 잘못이라고 할 수는 없지."

"그래도 남들은 위력이라고 생각할 거예요."

"애초의 잘못을 신고했을 뿐이야. 없는 죄를 만든 것도 아니고."

무결의 지적에도 규원은 표정 변화가 없었다.

"어쨌든 속 시원하긴 하네요."

결국 무결이 먼저 한숨을 터트리며 픽 웃었다. 아버지의 속은 평생을 가도 다 알 수 없을 것만 같았다. 어쩌면 아버지는 속으로 쾌재를 부르고 있을지도 모르겠단 생각을 했다. 명중우를 교도소에 집어넣고 싶어 죽겠는데 승희가 이 한을 풀어준 셈이니. 이제 아버지에게 남은 건 명중우가 다시는 자유롭게 땅을 밟을 수 없게 만드는 것, 감옥에서 서서히 죽어가게 만드는 것일 듯하다.

하지만 놈이 과연 쉬이 망가져줄까? 명중우는 물귀신 같은 녀석이었다. 집요하게 들러붙고 집요하게 복수하고, 조금이라도 감정이 상하면 몇 배로 돌려주는 악랄한 놈이었다. 앞날을 추측해보다가 속이 쓰린 표정을 짓게 된 무결에게 규원이 물었다.

"네 애인은 좀 어때."

"회복되는 데는 좀 시간이 걸릴 것 같아요. 의사 말로는 교통사고처럼 후유증이 남을 거라고 하네요."

여간해서는 포커페이스를 유지하는 규원의 표정이 잠시 일그러졌다.

"아, 그리고 어제 헬기 동원해주셔서 감사해요. 승희 씨도 감사하다고 전해달라네요."

"됐디."

규원은 별일도 아니라는 듯이 대답했다. 그러나 당부를 잊지 않았다.

"더 큰일이 일어나지 않았으니 천만다행인데, 더는 일어나서는 안 되는 일이야. 네 짝한테 매사에 항상 조심하라고 당부해."

"가벼운 권유는 아니네요."

"어쩔 수 없지 않니. 생명이 귀한데."

"그게 아니라, 누나랑 저한테 하듯 승희 씨를 단속하시려는 것 같아서요."

욕심을 들킨 규원의 목소리가 이전과 다르게 작아졌다.

"그것도 어쩔 수 없지 않니. ……언젠가 결혼할 텐데."

아버지답지 않은, 수줍은 모습을 확인한 무결의 입가에 미소가 번졌다. 무결이 자신을 놀리는 것 같아 규원은 '흠' 하며 목을 가다듬고는 얼른 화제를 돌렸다.

"손님이 올 거야. 넌 잠깐 자리를 피해줘야겠다. 그리고 네가 할 일이 있어."

아버지의 지지는 이제 막 시작되었을 뿐이다.

규원과 헤어진 후 무결은 그 길로 경찰서를 찾았다. 명중우에 대해서 자신 또한 조사를 받아야 했다. 무결은 대면 조사를 받겠다고 했다. 명중우의 낯을 확인하기 위해서였다. 밤새 조사를 받은 명중우는 초췌한 얼굴이었지만 기대하는 일이 있는 듯 뻔뻔하게 웃어 보였다. 명중우의 옆에는 변호사가 자리하고 있었다.

"명중우 씨가 동영상에서 한 말들은 그저 우승희를 겁주기 위한 으름장입니다. 그래서 발언을 뒷받침할 증거가 어디에도 없는 겁니다. 명중우 씨가 우승희에게 말을 격하게 한 건 사실이지만, 명중우 씨는 사람을 죽이지는 못합니다. 우승희도 그렇게 말했죠."

변호사는 명중우 대신 경찰에게 소명하며 동영상을 되돌려 재생해 보였다.

[네가 사람을 죽일 만큼 잔인한 사람이라고 생각지는 않으니까.]

승희의 목소리가 들렸다. 변호사는 승희가 명중우의 자백을 받아내기 위해 했던 말을 역으로 이용했다.

"우승희와 명중우 씨는 대학생 시절부터 앙숙이었다고 합니다. 그러니 명중우 씨도 우승희를 겁주기 위해 아무 말이나 했던 것이죠. 어제 명중우 씨가 우승희에게 끔찍한 말을 한 것은 물론 잘못입니다. 하지만 명중우 씨는 어제의 망언과 약간의 상해 이외에 아무 잘못도 저지르지 않았습니다."

중우는 고개를 들어 무결에게 제 얼굴을 당당히 보였다.

어때 내 솜씨가. 나는 곧 풀려날 텐데 이를 어쩌나?

중우는 뻔뻔한 표정으로 무결을 약 올렸다. 무결은 놈이 가소로워서 아예 고개를 돌려버렸다.

"증거가 없는데 저를 붙잡아두기 난감하시겠습니다."

중우가 형사를 비웃으며 말했다. 순간 변호사에게 전화가 걸려왔다. 변호사는 전화를 받았다.

"여보세요. 네. 지금 명중우 씨 옆에 있습니다."

무결이 옆에서 들자하니 명중우의 부친 명장섭의 연락인 것 같았다. 중우의 표정이 그새 더욱 기고만장해졌다. 그런데 적당히 자연스러웠던 변호사의 표정이 빠르게 경직되었다.

"……네. 알겠습니다."

통화를 마치고 전화를 끊은 변호사는 앉았던 자리에서 천천히 일어났다.

"제가 해임됐네요."

의자에 편안히 기대어 앉아 있던 명중우가 등을 곧게 세우며 물었다.

"그게 무슨 소립니까."

"명중우 씨 아버님께서 더 이상 제가 필요 없다고 하셨습니다."

아버지에게서 따로 연락받은 것이 없기에 중우는 의아했다. 인상을 쓰고서 변호사를 바라보는 사이에 변호사는 급히 떠났다.

'더 나은 변호사가 오려나?'

그때 중우의 속을 읽은 것처럼 무결이 말했다.

"넌 변호사 없이 혼자 싸우게 되겠네. 아니지, 아버지 도움 없이 네가 변호사를 선임하면 되겠지."

고개를 돌려 보니 무결은 웃고 있었다. 딱 5분 전 자신의 표정이었다. 왠지 께름칙하여 중우는 인상을 구겼다.

"명중우, 우리 새로운 동영상을 볼까?"

그런 중우에게 무결이 또 끈덕지게 말을 걸었다. 무결을 무시하고 싶었으나 중우는 크게 움직일 수 없는 처지라 어쩔 수가 없었다. 무결이 책상 위에 올려놓은 휴대폰 쪽으로 다들 시선을 주었다. 무결이 동영상을 재생시켰다. 동영상은 중우가 알고 있는 그것이 아니었다. 중우의 부친 명장섭과 무결의 부친 규원이 마주 앉아 있는 장면이 보였다. 중우의 눈이 커졌다. 동영상 속의 장섭은 눈과 얼굴이 벌게져서는 규원에게 간곡히 호소하고 있었다.

[그런 녀석하고는 아예 연을 끊겠습니다. 그런 놈은 내 아들도 아니에요. 오죽하면 내가 애 엄마랑 이혼했겠습니까. 그런 건 애초에 제 엄마랑 같이 버렸어야 했는데.]

이게 무슨 말인가 싶었다. 이 일이 있기 전까지 아버지와는 사이가 좋았다. 장섭은 중우가 무빈과 결혼하게 된 것에 가장 좋아하는 모습을 보였지만 결혼이 무산된 뒤에도 중우를 응원하고 지지하겠다고 했었다. 그런 아버지가!

"널 버렸어야 했다고 하시네. 네 아버지께서."

무결이 한마디 했다. 중우의 손이 부르르 떨려왔다. 동영상 속의 규원이 장섭에게 물었다.

[명중우는 세 명을 살해한 반인륜적 살인범입니다. 법정 최고형을 받더라도 아무렇지 않으시겠어요? 선처를 호소할 마음도 없으십니까?]

[선처요? 내가 다 죽게 생겼는데? 제 아비 얼굴에 그렇게 먹칠을 한 살인자 놈에게 선처요? 가당치도 않습니다, 회장님.]

동영상 속의 아버지는 딴사람 같았다. 아버지로서의, 공장의 공장장으로서의 위엄도 품격도 없었다. 그저 비굴한 아저씨에 지나지 않았다.

어젯밤 중우가 좋은 변호사를 선임해달라고 연락을 취했을 때 그의 아버지 명장섭은 흔쾌히 중우의 청을 들어주었었다.

[그래 알았다. 아빠가 변호사 군단을 준비해서 보낼 테니 넌 걱정 마. 금왕그룹 이놈들 다 본때를 보여줘야겠다.]

그렇게 말씀하셨던 아버지가 자신을 버릴 줄이야!

무결은 시퍼레졌다가 시뻘겋게 변한 중우의 얼굴을 흥미로운 눈으로 바라보았다. 중우의 부친은 너무나도 쉽게 아들을 버리고 제 안위를 택했다. 아들에게 희망이 없다고 판단한 것이다. 실은 중우에게 이 소식을 전하기 위해 일부러 대면조사를 요청했다. 중우의 망가진 얼굴을 확인한 것이 흡족했다.

"네 아버지께서도 너를 살인자라고 하시네. 아빠만 믿고 있었을 텐데 참 딱하지."

"닥쳐!"

중우가 자리에서 벌떡 일어나며 소리쳤다.

"명중우, 자리에 앉아!"

조사 담당 형사가 외쳤다. 붉어진 명중우의 눈이 젖은 게 보였다. 하지만 무결이 준비한 이벤트는 결코 이게 다가 아니었다. 경찰의 질문에 형식적인 대답을 하며 무결은 간간이 출입문 쪽을 바라보았다. 그새 마음을 고쳐먹은 중우가 무결에게 말했다.

"아버지가 고용한 변호사가 떠난 것 정도로 날 압박할 수 있다고 생각하나?"

무결은 중우의 말을 흘려들으며 출입구를 주시했다. 올 때가 됐는데. 무결을 따라 중우의 시선도 움직였다. 잠시 후 출입문을 통해 들어온 사람을 확인한 중우의 얼굴이 또 경직되었다. 노아정이었다.

저 여자가 어떻게, 시체가 되어 있어야 하는 여자인데, 어떻게.

중우는 귀신을 바라보듯 노아정을 바라보았다. 노아정이 지난날과는 다른 초췌한 모습으로 무결의 옆에 가 섰다. 누구나 인지할 수 있을 정도로 중우의 손목이 덜덜 떨려왔다.

"네가 어떻게 여길……."

마음속 언어가 여과 없이 흘러나왔다. 명중우는 청부업자에게 노아정의 목숨을 맡겼었다. 그리고 얼마 후 노아정을 처리했다는 연락을 받았다. 고용한 청부업자에게 확인 사진도 받았고 사례금도 넉넉히 지급했다. 노아정과 관련된 건 모두 끝난 일이었다. 그런데 눈앞에는 노아정이 있었다.

"이진심 청부 살인 혐의에 대해 자수하러 왔습니다."

아정은 명중우를 가리키며 말했다.

"저 남자가 제게, 이진심한테 약을 먹이라고 시켰습니다."

"헛소리하지 마!"

중우가 소리쳤다. 아정은 괴로운 표정으로 더듬더듬 자백했다.

"명중우가, 이진심이 임신했다고 했습니다. 명중우는 저한테 약을 주면서, 그 약은 배 속의 아기를 지우는 약이라고 했어요. 물론 그렇다고 해도 제 죄가 씻기진 않겠지만, 명중우가 제게 준 약이 청산가리인 줄 저는 몰랐습니다."

"형사님, 이 여자는 미쳤어요. 미쳤다고!"

"명중우 씨, 좀 가만히 있어요."

형사가 중우에게 경고하고는 아정에게 물었다.

"명중우 씨가 준 약이라는 걸 증명할 수는 있습니까?"

"제 휴대폰에 당시의 대화 기록이 남아 있습니다."

"이런 미친……."

경고를 받은 중우가 욕을 낮게 뇌까렸다. 조심스럽게 휴대폰을 꺼낸 아정은 녹음기록을 재생시켰다. 아정의 목소리와 중우의 목소리가 담겨 있었다. 두 사람이 통화 중인 듯했다.

[애만 지우는 약이라며. 어떻게 청산가리가 애만 지우는 약이야!]

[좋게 생각하자. 결국 우리한테 다 좋은 일이 될 거야.]

흥분하여 소리를 높이는 아정에게 중우는 별일 아닌 듯 차분하게 응답했다.

[자기가 준 약 때문에 사람이 죽었다고! 사람을 죽였는데 어떻게 좋은 일이야!]

[일이 마무리되면 두둑이 챙겨줄 테니까 긴장 풀어. 너도 돈 좋아하잖아, 노아정.]

녹음기록을 청취한 중우는 더듬거리며 항변했다.

"조, 조작이야! 다 조작이야!"

"엄청 시끄럽네. 이 경장, 명중우 다시 집어넣어."

더 이상 참아주기 힘들다는 듯 형사가 말했다. 무결은 모든 장면을 덤덤히 지켜보았다. 친부에게 버림받고, 자신이 고용했던 사람들에게 뒤통수를 맞고. 녀석의 인생이 불쌍하다는 생각은 들었지만 딱히 인간적인 연민이 생기는 건 아니었다. 지금까지 지은 죄에 비하면 이 정도는 약과 아닌가.

"그런 놈을 쉽게 죽일 수는 없잖니. 살아 있어도 죽은 것처럼 만들어줘야지."

무결은 오전에 규원이 했던 당부를 되새겼다. 오랜만에 아버지와 의견이 일치했다. 존재 가치를 떠올리지 못하게 해주지. 명중우.

"넌 끝났어."

무결이 경찰에 팔이 붙들린 중우에게 나직하게 말했다.

명중우가 떠난 후에도 노아정의 목소리는 계속 떨렸다.

"명중우는 누굴 괴롭혀야 효과가 좋은지를 제대로 아는 사람이에요. 제일 약한 사람을 건드리는 것만큼 좋은 방법이 없다는 말도 했어요."

그래서 명중우는 금왕그룹을 함부로 건드리지 않았다. 그래서 내내 우승희가 시달렸던 것이다. 약한 사람이었기에. 쉽게 짓밟을 수 있는 사람이었기에 쉽게 여기고 마음껏 괴롭혔다. 끝내는 천상현과 이진심, 그 힘없던 사람들처럼 죽이려고 했다. 아정의 입을 통해 명중우에 대해 듣는 동안 무결은 다시 한번 화를 억눌러야 했다.

아정은 명중우에게 위협을 받았던 사실이 있고 도주 우려도 없어서, 경찰 또한 따로 구속영장을 신청하지 않기로 했다. 여전히 아정이 불안해하는 모습을 보였기에 무결은 사설 경호업체에 의뢰했다. 아정의 범죄 사실에 대한 판결이 나오기 전까지는 무결의 집안에서 신변을 보호해주기로 했다.

무결은 조사에 성실히 임하고 경찰서를 나섰다. 해는 이미 한참 전에 저물어 세상이 어두웠다. 속 시원한 일이 많았지만 화가 나는 일도 많았던 하루였다. 무결은 승희와 규원에게 간단히 연락한 후 곧장 병원으로 향했다.

무결의 연락을 받은 승희는 옆에 가만히 앉아 있는 남수에게 말했다. 계속 스카프를 두르고 있는 목이 답답했다.

"아빠, 이제 가. 병실엔 무결 씨가 있어줄 거야."

"그래. 그럴게."

남수는 더 있겠다는 말을 하지 않았다. 승희가 자취를 하게 된 이후로 부녀의 사이는 자연스럽게 소원해졌다. 아버지로서 딸을 사랑하는 마음은 변함없었지만 거리가 그렇게 만들었다.

좀 더 잘해주고 싶은데, 이제 딸에게는 다른 보호자가 생겼다. 더 튼튼하고 더 젊고 더 힘 있는 보호자. 그런 듬직한 사람을 찾아낸 딸이 대견했지만, 또 한편으로는 가슴이 아팠다. 그간 그녀가 많이 힘들었던 것 같아서.

"아빠가 아빠 노릇을 제대로 못 해서 미안해."

옆에 있으면 수백 번 같은 말을 하게 될 것 같다.

"아냐. 그렇게 생각한 적 없어."

아무렇지도 않은 듯이 눈을 슴벅거리는 딸은 참 의젓했다. 자취를 시작하게 되었다며 좋아하던, 그 천진난만했던 스무 살 딸이 어느새 이렇게나 컸다. 그 모습이 또 먹먹했다.

"우리 딸은 왜 이렇게 힘들게 나이를 먹었어. 나이는 가만히 앉아 있어도 공짜로 먹을 수 있는 건데."

딸의 머리를 고이 쓰다듬으며 말했다. 아빠가 계속 염려하는 것이 신경 쓰여 줄곧 강한 척하고 있던 승희의 눈 또한 맑게 젖었다.

"그래서 아빠는 공짜로 드셨나? 힘들었잖아요, 아빠도. 공짜로 나이 먹는 사람이 어디 있어."

"그래도 내 딸은 공짜로 먹었으면 했지."

아빠가 그 힘든 시간을 알아주는 것만으로도 승희는 충분히 위로받을 수 있었다. 가족을 병실로 불러준 무결에게 고마워하게 되었다.

바로 병원으로 간 무결은 나른하게 누워 있던 승희가 문이 열리는 소리에 흠칫 놀라는 장면을 보았다. 승희는 무결의 얼굴을 확인하고는 금세 싱긋 웃었지만 무결은 걱정스러울 수밖에 없었다.

"혼자 있네요."

무결이 승희에게 말을 걸었다.

"아빠는 가시라고 했어요."

"왜요? 나랑 둘이 있고 싶어서?"

무결은 속마음을 들키지 않으려 일부러 짓궂게 말했다. 승희가 새침하게 대꾸했다.

"두 명이 있을 필요는 없으니까."

"근데 아버님을 가시라고 했네요. 나는 내가 쫓겨날 거라고 생각했는데."

"일단 이 병실 주인이 무결 씨니까요."

"단지 이유는 그것뿐? 솔직히 말해요. 내가 안아주는 게 좋죠?"

그녀가 당황한 표정을 보니 재미있었다. 너무 귀여워서 더 놀리고 싶은 에너지가 생겼다.

"나랑 같이 자고 싶어서 그런 거잖아. 음흉하긴."

"그런 말을 하는 한무결 씨가 더 음흉하네요!"

그가 놀리니 승희는 소리를 높였다.

"너무 발끈하는데?"

실은 목에 두르고 있던 스카프가 답답해서 아빠를 가시게 한 것이지만 무결이 속상해할 것 같아서 그것까지 얘기하진 않았는데, 뭐? 음흉해? 남의 깊은 속도 모르고.

하지만 발끈하여 그 말을 할 수는 없었다. 두 사람은 서로를 아끼고 있다.

"심부름시키려고 그러는 거예요. 과일 좀 씻어 와줬으면 좋겠네
요."

승희가 도도하게 손끝으로 과일바구니를 가리켰다. 무결이 물었다.

"누가 갖고 온 거예요?"

"소연이가 보내줬어요. 배가 불러와서 직접 오기는 힘들고 바구니
만 보냈어요."

"뭐 씻어 올까요?"

"아무거나요. 무결 씨가 먹고 싶은 걸로."

"과일 씻기 심부름시키려고 날 남겼다면서 내가 먹고 싶은 걸 고
르라네. 나 먹는 것만 봐도 행복한가봐요?"

"무결 씨가 좋아하는 건 내가 좋아하는 거니까 그런 거죠."

"그래요? 난 그냥, 예쁜 걸 좋아하는데?"

승희의 대답에 무결은 기분이 좋은 듯 냉큼 딸기를 씻어 왔다.

"승희 씨가 움직이지 않고 가만히 있어주니까 이것도 나름 좋네
요."

무결이 그녀의 앞에 접시를 내려놓으며 말했다. 그녀가 '흥' 코웃
음을 치고는 반응을 보이지 않으니 그가 한마디 더 보탰다.

"정말 예쁘게 생겼단 말야."

애인이 예쁘다고 말하는데 싫은 사람이 어디 있겠나. 생뚱맞은 말
이었지만 그래서 더 심쿵할 수밖에 없다. 병실에서 초췌하게 누워 있
는 처지인데 이렇게 말해주는 사람이 있다는 건 행복한 일이다. 하지
만 동시에 부끄러운 마음도 가득하여 승희는 수줍게 얼굴을 붉혔다.

"입에 발린 소리."

"딸기 얘긴데요. 딸기가 예쁘다고."

무결이 능청스럽게 반박했다. 당했다. 수줍은 핑크색이었던 그녀의 얼굴이 훅 달아올랐다. 아, 이 잔망스러운 남자.

"내 친구가 나 먹으라고 준 딸기예요. 먹지 마요."

심통이 난 그녀가 말했다. 그러나 무결의 손이 더 빨랐다. 무결은 얄밉게 딸기 하나를 입에 넣고는 접시를 승희에게서 멀찍이 떨어진 테이블 쪽으로 옮겼다.

"누워 있어야 하는 사람이 너무 많이 먹으면 소화 안 돼요. 좀 참아요."

이쯤 되니 승희는 이 남자가 지금까지 나한테 시달렸던 걸 되갚아주려고 이 병실에 입원을 시켰나 하는 생각이 든다. 그녀의 심통 가득한 얼굴에도 무결은 특유의 넉살로 차분하게 응수한다.

"조금만 참아요. 퇴원하고 나서 많이 줄게."

"됐어요. 내가 사다 먹고 말지."

"아니. 나."

어느새 또 얘기는 딸기를 벗어났다. 아, 정신없어. 그가 자신을 손바닥 위에 올려놓고서 주물거리는 것 같았다. 무어라 따져야 하는데 그녀는 맥을 추지 못했다. 물감 번지듯 번져서 금세 그의 눈빛에 들어찬 야시시한 기운에 승희는 딸기보다 먼저 잡아먹힐 것 같은 위험을 감지했다. 여긴 병실인데. 성큼 침대 위로 올라온 무결에게 작은 소리로 말했다.

"⋯⋯누가 달래요?"

"달라는 것 같은 눈빛인데?"

"아뇨."

"그럼 안 가지려고요? 준다는데?"

낮은 목소리와 함께, 내려뜬 눈이 고요하게 그녀의 시야를 막았다. 머리를 빗기듯 찬찬히 내려간 손이 다른 무언가를 할 것 같은 긴장감과 기대감에 그녀는 탄식을 몰래 삼켰다. 뭐 이토록 쉽게 버튼이 눌리는지 모르겠다. 날 가지라고, 다 가지라고, 그녀는 그의 눈빛이 하는 유혹의 말들을 외면하기 어려웠다.

서서히 거리를 좁히며 다가온 그가 서슴없이 입술을 벌렸다. 빨간 입술이 딸기처럼 그의 안으로 삼켜 들어갔다. 등줄기에 소름이 번지며 손가락이 곱아들었다. 달달한 딸기맛이 그녀에게 상큼한 자극을 선사하는 사이. 덜컥. 문이 열렸다.

"흠흠!"

소리 없이 강한 그의 돌진을 막아낸 건 간호사의 방문이었다. 흠칫 물러나려는 승희를 무결이 무리하지 않도록 안정적으로 붙잡았다.

"보호자님, 환자분 안정을 취하게 해주세요."

"네. 자중하겠습니다."

간호사의 충고에 무결이 뻔뻔하게 대답했다. 부끄러움은 역시 승희의 몫이었다.

"우승희 님, 움직이셔야겠어요. 검사할 게 좀 있네요."

간호사가 승희에게 말했다.

"아, 네네네."

승희는 음식을 몰래 훔쳐 먹다 들킨 사람처럼 황급히 대답했다. 대답하고 나서 생각하니 조금 이상했다. 이 밤에 갑자기 검사라니. 간호사는 따로 스케줄을 잡을 필요 없이 검사를 받게 하려고 불렀다고 말했지만 승희는 긴장할 수밖에 없었다.

승희와 무결은 얼떨떨하게 간호사를 따라나섰다. 승희가 너무 긴장한 듯하여 무결은 이동하는 동안 오늘 있었던 일들을 늘어놓았다. 경찰서에서 명중우를 만난 이야기, 명중우의 부친이 명중우를 버리는 바람에 변호사가 떠난 이야기, 노아정이 자수한 이야기, 그리고 명중우가 악을 쓰다가 떠난 이야기. 무결의 이야기를 듣는 동안 그녀의 긴장한 표정이 서서히 풀려갔다. 그리고 끝내 그녀는 이야기 속에 쏙 빠져 찬탄했다.

"아. 나도 거기 있었으면 좋았을 텐데."

"그러니까 얼른 회복하라고요."

"이미 다 회복된 것 같은데요."

승희는 생기 있는 표정으로 검사에 임했다.

CT 촬영, MRI 촬영, 그리고 초음파 검사까지, 그녀가 입은 피해 사실과는 다른 방향으로 여러 검사를 받은 승희는 다음날 아침이 되어서야 그 진실을 알 수 있었다.

"난소암 가족력이 있네요?"

승희를 자신의 진료실로 부른 의사가 물었다. 승희는 설마 하는 생각에 심장이 덜컥했다.

"네."

"어머니께서 암으로 돌아가셨죠?"

"그런데 엄마는 늦게 발견해서 고생하신 거라고 들었어요. 저는 오래전부터 정기적으로 검사 잘 받고 있고요. 최근에도 이상 없다고 했었는데요."

의사가 그녀에게 따지려고 말을 건 것은 아닐 텐데, 승희는 발끈하게 되었다. 어쩌다 보니 따지듯이 대답을 하게 되었다. 의사는 흔들림 없이 얘기했다.

"혹이 세 개 발견됐는데 혈액검사로는 악성의 가능성을 배제할 수가 없네요. 수술을 권해드립니다."

승희가 떨리는 목소리로 물었다.

"악성의 가능성이라면, 제가 암일 수도 있다는 건가요?"

"두 가지 정도의 가능성이 있어요. 정말 악성 종양이거나, 우승희 씨가 요 근래에 스트레스를 너무 심하게 받아서 면역력이 많이 떨어진 것이거나."

그녀의 목 언저리 피멍을 바라보는 의사의 시선에 승희는 저도 모르게 목을 가리게 되었다. 왜 이런 일이 일어났을까. 그간의 억울함이 걷히고 이제 막 행복해지기 시작한 것 같은데. 그녀의 시름을 확인한 의사가 달래듯 말했다.

"복강경으로 할 수 있는 간단한 수술이에요. 수술을 하면서 조직검사를 해서 우승희 씨의 몸 상태가 어떤지 정밀하게 확인하려는 것이고요."

의사는 간단할 수술이라고 말했지만 승희의 표정은 '악성'이라는 말 이후로 완전히 경직되었다. 혹을 제거하면 좋은 일. 혹이 양성이라는 걸 확인하면 다행스러운 일. 혹이 악성이더라도 제거할 수 있으니까 좋은 일. 여러모로 수술은 좋은 일인데 승희는 왠지 겁이 났다. 수술을 하겠다는 결정은 내렸지만 진료실을 나선 후에도 그녀의 표정은 줄곧 가라앉았다.

승희의 급작스런 수술 스케줄로 강제 휴가는 더 늘어났고 그간 무결도 재택근무 시스템으로 일하며 승희의 옆에 있어주었다. 며칠이 흘러 병원으로 규원이 직접 찾아왔다. 규원은 먼저 무결과 단둘이 만났다.

"난 네가 건강한 사람을 만나길 바랐다."

팔은 안으로 굽는 법이다. 승희가 마음에 들고 무결의 짝으로 좋다고 생각하긴 하지만 건강 문제가 끼어 있다면 걱정이 될 수밖에 없었다. 규원은 무결의 마음이 어떤지 확인해보고 싶었다.

"승희 씨는 건강해요. 수술 후에 더 건강해질 거고요."

무결은 굳건했다. 그에게는 단단한 믿음이 있었다.

"후회는 없다는 거지?"

"왜 후회를 해요."

"만약에 말이다. 네가 나 같은 운명을……."

규원은 제 염려를 내비치려다 말끝을 잇지 못하고 입을 닫았다. 그는 젊은 나이에 아내와 사별했다. 아이들 양육 문제가 아니었다면 평생 혼자 살았을 것이다. 무결도 그렇게 되지는 않을까 염려스러웠다. 아무래도 승희의 가족력이 걱정될 수밖에 없었다.

"아버지, 저는 승희 씨를 믿어요. 제 인생을 바꾸는 사람이 스스로의 인생을 바꾸지 못할 리가 없죠."

무결이 담대하게 말했다. 무결의 목소리에는 한 사람의 인생을 책임지고자 하는 배우자의 의지가 담겨 있었다. 아들이 성장했다. 아들을 이렇게나 변화시킨 사람을 두 팔 벌려 반기게 되는 건 당연한 이치다.

"그래. 네가 그렇다면 네 뜻에 따를 생각이야."

그제야 규원의 표정은 가뿐해졌다.

"내가 우승희 씨를 만나도 되겠니?"

걱정스러운 듯 손으로 제 턱을 쓸어 보인 무결이 의견을 전했다.

"한 가지만요. 미소를 지어주세요."

"미소?"

"네. 영업용 스마일이더라도 미소가 필요해요. 웃는 사람이 예쁜 거예요. 아버지께서 곱게 웃어주셔야 승희 씨도 곱게 아버지 말씀을 들어주겠죠."

"나 이게 웃은 거야."

규원이 무표정으로 말했다. 무결은 기가 막혀서 거울 앞으로 규원을 이끌었다.

"아버지, 거울 좀 보세요."

"……"

"웃어보세요, 아버지. 스마일."

규원의 입가에 옅게 경련이 일었다. 후우, 걱정되네. 무결은 낮게 한숨을 내쉬며 일렀다.

"꼭 인자한 표정으로, 미소 지으면서 말씀하셔야 해요."

무결은 규원을 병실로 데려가기 전에 승희가 놀라지 않도록 미리 연락을 주었다. 승희는 대면을 마다하지는 않았다. 이전의 만남으로 두 사람의 관계는 달라졌다. 하지만 여전히 어색함은 남아 있었다. 승희는 멋쩍게 인사했다.

"지난주에 선물을 받았는데 연락을 못 드려서 죄송합니다."

"괜찮아요, 괜찮아. 마음에 안 들면 다른 차를 보내줄게요."

"아니 그런 게 아니라……."

차가 마음에 안 들어서 그런 건 아닌데, 규원과 자신의 사고방식이 다른 것 같아 승희는 더 말하여 따지지는 못했다. 승희가 입을 다물고 있으니 규원이 먼저 목소리를 내었다.

"내가 결혼을 반대할 것 같아서 마음 쓰여요?"

그녀의 마음을 꿰뚫어본 듯한 질문에 승희의 눈동자가 맑은 빛을 띠었다.

"그렇지 않나요?"

사실은 그랬다. 승희는 사실 그것에 마음이 쓰였다. 종양이 악성이란 걸 확인하게 되면 문제가 있는 거였다. 건강에 문제가 있는 며느리를 규원이 환영할 리 없다고 생각했다. 결혼에 갈급한 게 아니었는데, 어느새 자신은 '결혼할 수도 있겠다'라고 생각하는 사람이 되었다. 사랑을 통해 가치관이 변할 수도 있는 거였다.

"아니라고 말해주려고 왔어요."

규원이 대답했다.

"우승희 씨한테 어떤 병이 있든 낫게 해줄 테니까 염려 말라고."

굳건한 목소리에 승희의 고개가 위로 들렸다. 규원은 마저 말을 이었다.

"다만 건강을 지키지 않는 건 안 돼요."

위기를 기회로. 규원은 위기를 이용할 줄 아는 타고난 승부사다.

"몸이 보내는 신호를 놓치지 말고, 잠은 피로가 풀릴 때까지 꼭 자도록 하라는 거예요. 건강해야 사업도 잘 지키지."

이 말에 승희는 아무 반응도 보이지 않았지만 규원이 혼자 제 발이 저렸다. 자신이 너무 무섭게 얘기했나 싶어진 규원의 말은 다시 원점으로 돌아왔다.

"결혼 반대 안 해요."

"……."

"아니, 결혼해야지. 무결이랑."

생각해보니 젊은 친구에게 이토록 다정하게 말해본 적이 없다. 영업용 스마일도 써본 적이 없다. 이 비밀을 결코 알 리 없는 승희는 기쁜 마음과 당황스런 마음, 얼떨떨한 마음과 벅찬 마음으로 멍하니 규원을 바라보았다.

"대답. 안 하나?"

그사이 규원이 대답을 재촉했다. 어르신의 말씀이라, 거역할 수가 없는데.

"평생 지켜줄 테니까 우승희 씨는 대답만 해요."

왠지 대답을 하면 내일 당장 결혼식을 올리게 될 것만 같은 카리스마였다. 분명히 웃으시는데, 왜 나는 어렵지? 위압적인 표정으로 대답하라고 강요하는 것보다는 미소가 더 낫긴 하지만, 긴장하게 되는 건 어쩔 수가 없었다. 당황한 승희의 대답이 늦어졌다.

"제가 대답을 하면, 당장 결혼을 해야 하나요?"

"그건 두 사람이 결정할 문제지만…… 일찍 하면 좋겠지."

규원은 대기업 회장답지 않은 자그마한 목소리로 한마디를 덧붙였다. 역시 미소를 유지한 채.

"……아삽(ASAP)."

As soon as possible(ASAP: 가능한 한 빨리). 규원이 수줍게 꺼낸 약어에 승희는 더욱 멍해졌다. '아하하하, 회장님 농담도 참' 하며 웃고 넘어가야 하는데, 이 말이 농담인지 진담인지 불분명하니 승희는 속 시원히 웃을 수도 없었다. 웃어야 하나 말아야 하나 하며 지은 표정은 규원만큼이나 어색했다. 두 사람의 입장이 달랐지만 신기하게도 표정이 엇비슷해져갔다.

그녀가 대답하지 않으니 규원은 규원 나름대로 초조해졌다. 뭘 준다고 해도 통하지 않을 거고, 압박을 하면 더 도망가버릴 것 같고, 그렇다고 지금까지의 위엄을 버릴 수도 없고.

"혹시 오해하는 것 같아서 먼저 얘기하면,"

규원은 다시 입을 뗴었다.

"결혼해서도 일해도 돼요. 아니 일하든 말든 마음대로 해도 되고."

미소로 마주하고 있지만 마음은 절박하다. 외부 인재를 스카우트할 때에도 이렇지는 않았던 것 같다. 결국 2세 얘기까지 꺼냈다.

"아기가 버거우면……."

그러나 이 말은 차마 끝맺지 못했다. 손주를 아예 원하지 않는다는 말은 가슴에 손을 얹고 생각해봤을 때 너무나 가식적이었다. 하지만 결혼도 마다하는 이에게 출산 문제로 압박할 수도 없고.

"……아기는 천천히 생각해도……."

그러다가 문득 규원은 자신이 병문안을 와 있는 처지라는 걸 떠올렸다.

"아니, 그런 걱정은 하지 말고. 건강 회복에만 집중해요. 이렇게 병문안을 온 건 결혼하라고 다그치려는 게 아니라, 마음 편히 가지라고 위로하려는 거였으니까."

아니 회장님, 지금까지 결혼 말씀만 하셨잖습니까.

승희도 한마디 대꾸를 하고 싶었지만 꾹 삼켰다. 일찍이 있었던 혜리의 청혼과는 다른 위엄이 있었다. 이 상황을 잘 넘겨야겠다는 생각을 했다.

"네. 와주셔서 감사합니다. 저도 수술 잘 받고 인사드리러 가겠습니다."

승희는 예의 바르게 인사했다.

"그래요."

승희의 마무리 인사에도 규원은 발을 움직이지 못했다.

"그래요……."

내가 이렇게 뒤끝 있는 사람이 아니었는데. 미련이 남았다. 진심으로 떠나기가 아쉬웠다. 취업준비생들이 신입사원 채용 면접을 보는 마음이 이러려나. 다시 말하면 더 설득력 있게 말할 수 있을 것 같은데. 더 좋은 인상을 줄 수 있을 것 같은데.

"난 우승희 씨가 바꿀 미래가 기대됩니다. 기업인으로서도 개인적으로도."

기어이, 또 의견을 덧붙였다.

병실을 나온 후에도 규원은 스스로를 돌이켜 생각하게 되었다. 하지만 못내 아쉬운 마음. 예비 며느리 덕에 참 많은 삶과 많은 감정을 이해하게 되었다.

규원은 승희에게 좋은 인상을 주지 못한 것 같아 아쉬워했지만 규원이 다녀간 후 승희의 표정은 좋아졌다. 마음속에 머물던 불안이 가라앉았다. 그녀는 자신이 결혼에 대해서 긍정적으로 생각한다는 사실을 깨닫게 되었다. 일로 가득했던 삶이 한무결 한 사람으로 인해 북적인다. 그러나 그것이 예전처럼 부담스럽지가 않았다. 결혼은, 특히 한무결이라는 사람과 결혼하는 것은 속박이 될 거라 생각했는데 이제 속단하지 않기로 했다.

"아버지랑 무슨 얘기 했어요?"

규원이 떠난 후, 병실로 돌아온 무결이 물었다.

"어떤 말씀 하실 거라고 미리 얘기 못 들었어요? 난 두 분이 짠 거라고 생각했는데?"

"예전 같았으면 무슨 말씀하실지 미리 체크했을 텐데, 이번에는 안 했어요. 이제 아버지를 믿거든요. 승희 씨 덕분에 아버지랑도 사이가 좋아졌네요."

무결의 말에 승희도 흐뭇해졌다. 자신이 그에게 좋은 영향을 준다는 사실이 뿌듯했다.

"결혼했으면 하시던데요."

승희의 대답에 무결이 멈칫했다가 피식 웃으며 그녀의 옆에 제 베개를 놓았다. 이제 너무 자연스러워져서 승희는 더 크게 웃고 말았다.

"이미 소문이 난 것 같네요. 병원에 신혼살림 차렸다고."

"그건 아니지. 신혼에서 제일 중요한 게 빠졌는데."

무결이 동의하지 않는다는 듯 고개를 저었다.

"뭐가 빠져요?"

"그걸 몰라요?"

침대로 올라온 무결이 제 옆자리를 툭툭 쳤다. 이리 오라는 뜻이다.

"모르냐고."

뭔지 알 것 같다. 신혼에서 제일 중요한 것.

병원에 난 소문과는 달리 두 사람은 참 건전하게 지내고 있다. 무결에게는 하염없이 안타까운 일이었다. 신혼이라니. 신혼 기분이라도 냈으면 억울하지나 않지. 그의 속마음을 눈치챈 승희가 새침하게 답했다.

"대답하기 싫은데요."

"난 승희 씨가 참 도도해서 좋아요. 관심받고 싶은 욕구를 끌어올려, 막."

　웬만한 승희의 반응엔 좌절하지 않는 내공을 갖게 된 무결이 능청스럽게 말했다. 승희가 침대에 앉았다. 매일 밤 그녀와 함께 잠드는 것은 행복이기도 하고 시련이기도 하다. 사랑하는 여인의 옆에서 잘 수 있는 것. 그리고 사랑하는 여인의 옆에서 자면서, 그저 잠만 잘 수 있는 것. 차마 말로는 설명할 수 없는 시련이지만, 그래도 무결은 이겨낼 수 있었다. 잠이 든 상태에서도 이따금 발작하듯 몸을 떨던 그녀가 차츰 안정되어가고 있다.

　그녀의 안정은 무결에게 또 다른 행복이니 결국은 행복만 남는 거였다.

*

　수술을 나흘 앞둔 날. 수술의 결과에 따라 입원이 길어질 수 있으므로 승희는 잠깐 퇴원해서 볼일을 보고 다음날 다시 입원하기로 했다.

　그저 외출에 가까운 퇴원인데 그 잠시의 외출 동안 할 일이 많았다. 직접 회사에 가서 해결해야 할 것이 있어 승희는 퇴원하자마자 회사로 향했다. 그런데 그녀가 퇴원했다는 소식은 어떻게 알았는지 그녀의 대학 동기 백태민과 나영화, 그리고 이강민이 회사로 직접 찾아오겠다고 연락해왔다.

　태민과 영화는 얼마 전에 결혼한 동기로, 결혼하기 전 청첩장 모임에서 승희에게 천상현의 유가족들을 안 찾아갔다며 나무란 적이 있었다. 이강민은 오래전 학과 동창회에서 승희를 오해하고 그녀에게 불쾌한 말을 하여 논란을 일으킨 동기였다. 그들이 시간을 내어 자신을 찾는 이유를 알 수 없어 승희가 물었다.

"걔네들이 왜 여길 온대?"

"사과를 하러 온다는데요."

회사로 걸려온 이들의 연락을 받았던 혜순이 대답했다.

"사과?"

승희는 고개를 갸웃거렸다. 이 친구들과 엮인 사건에 화를 내긴 했었지만 가장 큰 원인은 명중우에게 있었다. 명중우의 이간질과 조작으로 그런 일이 일어난 거였다.

"명중우 친구들 아니에요? 명중우가 천하의 개쓰레기란 걸 알았으니까 그동안 개랑 엮여서 벌어진 일들에 대해 사과하려는 거 같아요."

혜순의 유추에 수긍이 갔다. 하지만 이 바쁜 때에 회사로 갑자기 찾아오겠다는 소식이 부담스럽기는 했다. 떨떠름하게 업무를 정리하는데 무결에게 연락이 왔다.

[내가 옆에 없으니까 허전하죠?]

무결도 오랜만에 회사에 출근했다. 허전할 틈이 없을 만큼 할 일이 많은데 그가 이 사실을 인지시켜주니 갑자기 보고 싶어졌다.

"습관이 무섭긴 하네요."

[아주 중독되게 만들어야지.]

무결의 대답이 귀여워 승희는 웃었다.

[일은 할 만해요? 별일 없어요?]

"그럼요. 아 근데, 대학교 동기들이 온다네요. 이강민이랑 백태민이라는 친구인데 명중우 친구들이거든요. 얘네들이 저한테 사과를 하러 오겠대요."

승희는 의외의 일에 대해 솔직하게 털어놓았다. 무결이 한층 낮아진 목소리로 물었다.

[내가 옆에 있으면 안 돼요?]

"왜요?"

[그냥, 불안해서요.]

그가 이렇게 대답할 줄 모르고 사실대로 말했는데. 그녀가 우물가에 두고 온 아이 같은지, 꽤나 걱정되는 모양이다. 녀석들이 명중우처럼 위해를 가하지도 않을 텐데. 어쨌든 염려받는 마음이 나쁘지는 않았다. 내 일에 나만큼 관심을 갖고 먼저 걱정해주는 사람이 있다는 것은 고마운 일이다.

"아니에요. 괜찮아요."

[그냥 아무 말도 안 하고 가만히 있을게요. 마네킹처럼.]

승희는 여유롭게 거절했지만 무결은 심각했다.

[그놈들이 승희 씨 해코지할 수도 있잖아요. 명중우 친구들이면 다 똑같은 놈들이에요.]

"이두황 같은 친구도 있었잖아요. 사과를 하러 오는 거라면 위험할 거 없어요. 더군다나 내 편이 그득한 회사에서 만날 거고."

[난 왜 이렇게 불안하지?]

"급한 일이 생기면 살려줘, 하고 외칠게요."

승희는 좋은 말로 무결을 다독였다.

잠시 후 약속된 시간에 태민과 영화, 강민이 왔다.

"승희야, 오랜만이다. 몸은 괜찮고?"

강민이 먼저 인사했다. 오래전 동창회에서 마주했을 때와는 표정부터가 달랐다. 승희는 이들이 명중우와 친하게 지냈던 과거의 일을 정리한 것 같아 다행스러웠다.

"응. 괜찮아. 이쪽으로 들어와."

승희는 동기들을 회의실로 안내했다.

"결혼식에 못 가서 미안."

"아이, 아니야. 축의금도 보내줬잖아."

영화가 손을 내저으며 말했다. 영화의 표정에서는 정이 느껴졌다. 승희가 명중우에게 피해를 입은 사실에 대해 딱하게 여기는 것 같았다. 무뚝뚝하게 앉아 있던 태민이 시계를 흘깃 보고는 차를 한 잔 마신 후 입술을 떼었다.

"승희야, 옛날 일은 미안하다."

무언가 아이스브레이킹도 없이 회담이 시작된 느낌이었다. 막연한 사과에 승희의 표정이 굳었다.

"응? 뭐가?"

시간에 쫓기듯 사과를 받고 싶지는 않아서 승희가 물었다. 이 질문에는 강민이 대답했다.

"나는 네가 막말을 해서 천상현이 죽었다고 생각했어. 너는 그 일에 대해서 말한 적이 없었잖아. 반면에 명중우 그 자식은 계속 떠들었고."

"명중우가 핏대를 세우면서 얘기하니까 우리는 그냥 믿을 수밖에 없지. 얼마나 마음이 아프면 매번 그렇게 흥분할까 싶었던 거야."

"명중우는 내가 피해자다 떠들고 다니는데 너는 가만히 있으니까 명중우한테 여론이 쏠려갈 수밖에 없었어. 네가 아무 말도 안 하는데 누구 말을 듣겠냐."

강민과 태민이 번갈아 말했다. 승희는 이들의 입장이 이해가 가면서도 한편으로는 쓸쓸했다. 난 그냥 시간이 지나길 바랐을 뿐인데. 그 사건에서 벗어나고 싶었으니까.

　원래 사람은 약자로 보이는 이에게 기울게 되어 있다. 한쪽이 내가 피해자다,라고 떠들고 다니는데 다른 한쪽이 가만히 있는다면 누구든 오해를 할 수밖에 없을 것이다.

　"네가 가만히 있어서 그래."

　영화가 말했다. 그래도 거기에서 끝냈다면 그녀 또한 툭툭 털고 고개를 끄덕여주었을 텐데.

　"아무튼 미안하게 됐다. 넌 이제 다 가졌잖아. 승희야. 좀 참고 받아들일 줄도 알아봐."

　태민의 말에 승희는 인상을 구길 수밖에 없었다.

　"꿈을 다 이뤘는데 과거 일은 성장의 밑거름으로 생각하고 그냥 덮으면 안 되겠냐. 보복심리는 안 좋은 거야."

　"그게 무슨 소리야?"

　승희의 물음에 태민이 불쾌한 표정으로 말을 이었다.

　"우리 아버지 회사 진짜 힘들어. 네가 아니더라도 신경 쓸 일이 태산이야."

　"그러니까 그게 무슨 말이냐고."

　"금왕그룹에서 우리 아버지 회사에 압박을 넣고 있다고 하던데."

　"그래서 온 거였니?"

　기가 막혔다. 이들의 사과는 목적이 있는 것이었다. 순수한 사과가 아니라 아버지 회사를 위한 거였다. 하지만, 그렇다고 해도, 사과하는 태도만 분명하다면 받아들일 수 있었다. 그런 마음이었는데.

"생각해봐라. 우리 아버지 회사는 금왕그룹에 비교하면 동네 구멍가게야. 동네 구멍가게에 손을 대는 대기업이 어디 있냐. 골목상권은 지켜줘야지."

태민은 이미 승희가 사심으로 금왕그룹을 움직이고 있다고 확신하는 듯했다.

"금왕그룹하고 너희 아버지 회사 사이에 문제가 있으면 그쪽으로 직접 얘기해야지. 난 사업 문제에 대해서는 아무것도 아는 게 없고 얘기해줄 수도 없어."

"흠, 그래."

승희의 대답에도 태민의 받아들이는 표정은 떨떠름했다. 이미 거짓말이라고 확신하고서 보이는 반응이었다.

"아무튼 사과 받아줘. 넌 이제 금왕그룹 며느리가 될 테니까, 이미지 관리도 좀 해야지."

주먹이 불끈했지만 '이미지 관리'라는 지적에 화를 억눌렀다. 그들의 사과는 또 다른 압박이었다. 사과를 하는 게 아니라, 던졌으니 받으라는 거였다.

그래. 그래도 한무결을 생각하면서 참자. 여기까지 굳이 찾아와줬으니. 참담한 입장이었지만 천상현과의 일에 대한 오해가 풀렸다는 것만으로 화해의 여지는 충분했다. 승희가 입을 열었다.

"나는……."

그러나 말은 다 이어지지 못했다. 회의실 문이 열리고 초청하지 않은 사람이 들어왔다.

"말씀 중에 끼어들어서 죄송합니다."

무결이 찾아올 줄은 몰랐다.

"어…… 한무결 대표님……."

무결을 알아본 강민이 자리에서 일어났다.

"안녕하세요."

하지만 무결은 강민의 인사를 받아주지 않았다. 몸이 굳어 있는 태민을 바라보는 무결의 눈빛에는 살벌한 기운이 그득 담겨 있었다.

안 돼요. 안 돼. 바짝 긴장한 승희가 작게 고개를 내저었다. 무결은 승희의 표정을 잠깐 확인하고는 태민에게로 다시 고개를 돌렸다.

"어디 그런 식으로 막말을 하고, 사과를 했다는 명목만 만들려고 하시지? 사과를 하는 것만으로도 감지덕지니 받아들여라, 그런 표정이라도 푸시든가."

무결은 태민의 말을 모두 들은 거였다. 무결의 지적에 태민은 할 말을 잃었다.

"미안하지만 사과를 할 거라면 제대로 하는 편이 낫지 않겠어요? 그래야 승희 씨도 남들한테 마음 편히 얘기하죠. 제대로 사과받았다고."

무결의 따끔한 말들은 아주 태연하게 이어졌다. 그가 마음에 안 드는 사람을 대할 때의 태도 그대로, 조금도 봐주는 것이 없었기에 옆에 앉은 영화는 겁에 질린 표정이었다.

"사과는 하는 사람의 나름이 아니죠. 받는 사람이 받아들여야 사과지. 안 그래요? 그리고 어디서 어떤 얘기를 듣고 오셨는지 모르겠는데 그쪽이 말씀하신 것처럼 금왕그룹은 동네 구멍가게에 관심 없습니다. 설령 금왕그룹과 친구분의 아버님 회사 사이에 문제가 있다고 해도 그건 우승희 씨가 관여할 일이 아니고요."

그리고 마지막으로 그는 태민의 오해에 대해 확실하게 입장을 밝혔다. 태민의 얼굴은 시뻘겠고, 그 옆 영화의 얼굴은 시퍼렜다.

"사심 없이, 사과하는 법을 제대로 배우신 뒤 다시 오시는 게 좋을 것 같네요."

마지막 말을 마친 무결은 무시무시한 영업용 스마일과 함께 출입문 쪽으로 손을 뻗었다. 나가시라고. 무결의 마음을 잘 알고 있는 승희조차도 얄밉다고 여길 만한 차디찬 미소였다.

태민과 영화, 강민은 제대로 인사도 하지 못하고 회사를 떠났다. 강민은 부끄러워 어쩔 줄 모르는 표정이었다. 승희도 이들을 굳이 배웅하지는 않았다. 무결의 입장을 생각해서라도 사과를 받아주려고 했는데, 무결이 이런 반응을 보여주니 승희도 마음을 굳힐 수 있었다. 사과는 제대로 받아야지. 이들이 떠난 후, 무결의 표정은 곧장 풀렸다.

"한 대씩 치고 싶었는데 참았어요. 나 잘했어요?"

칭찬을 원하는 그의 얼굴은 어린아이처럼 해맑았다. 이걸 잘했다고 칭찬해줘야 할지. 어쨌든 그녀도 속이 시원했으니 고마운 마음으로 끄덕였다.

"고마워요."

"우승희 씨, 나 한 가지 얘기할 게 있는데."

하지만 무결의 표정은 금방 또 변했다.

"나를 염려해서 자존심을 굽히거나, 하고 싶지도 않은 일을 하려고는 하지 마요. 나 때문에 버리는 게 생기면 나는 속상할 것 같네요."

이제 더 이상 당신이 포기하는 게 생기지 않도록 할 거야.

한무결이 사랑하는 사람을 지키는 법이다. 무결의 말에 승희는 코끝이 시려왔다. 승희가 울 것 같아 걱정이 되었는지, 무결이 농담을 던졌다.

"옳은 말을 하나는 하더라. 우승희 씨가 다 가졌다네."

"잉?"

"맞잖아."

꿈도 이루지 못했고 여전히 대학교 친구는 별로 없고 수술도 앞둔 처지인데 다 가졌다니. 그 말엔 동의할 수 없어서 승희는 자리에서 일어나며 되물었다.

"정말 그렇게 생각해요?"

"날 가졌으면 다 가진 거죠."

그 천연덕스러움에 그녀는 말문이 막히고 말았다. 무결이 웃어 보이며 그녀의 허리를 끌어당겼다. 별 힘을 쓰지 않았는데도 그의 손길에는 영락없이 이끌려갔다. 예쁜 남자가 우러러 바라보니 정말로 부족한 것 없는 여왕이 된 것 같긴 하지만 당신이 내 거라면, 왜 매번 꼼짝 못 하는 건 나인 건지.

회사에 있으니 자중해달라고 말해야 하는데, 승희는 입술이 떨어지지 않았다. 승희가 도망가지 않는 것에 만족스러운 표정을 지은 무결이 좀 더 제 곁으로 그녀를 끌어당겼다. 그러나.

"흠. 무결 님."

벌컥 회의실의 문을 열고 들어온 혜순이 앙칼지게 따졌다. 부끄러워한다거나, 두 사람을 위해 자리를 피해준다거나 그런 인정은 없었다.

"아, 아, 나는 일해야겠다."

승희만이 큰 깨달음을 얻고 자리를 떠나려 했으나 무결은 쉽게 놓아주지 않았다. 무결이 이토록 뻔뻔하니 혜순의 눈은 더욱 날카로운 세모가 되었다.

"정말 너무하시는 거 아니에요?"

"내가 뭘……."

"병원에서 그렇게 붙어 계셨으면서, 대표님 일터에 와서까지 이러세요? 우리 언니 숨 좀 쉬게 해달라고요."

"숨 못 쉬겠어요?"

무결은 태연하게 승희에게 물었다. 혜순은 넌더리가 난다는 듯 떫은 표정으로 말했다.

"남의 영업장에 와서 영업방해 하실 거면 돈이라도 내놓고 하시든가요."

"알았어. 내가 돈은 많은데……."

"아유, 됐어요, 됐어."

무결이 마음 편히 애정행각을 벌일 요량으로 진짜로 돈을 내놓으려고 하니 혜순이 먼저 질렸다는 듯 손을 내젓고는 떠났다. 그의 능청스러움에 익숙해진 승희는 피식 웃었다.

병원에서만 갇혀 지내다가 외출을 하니 시간은 더없이 빨리 흘렀다. 어느덧 다음날이 되고, 승희는 빠듯하게 일한 끝에 회사에서 정리해야 하는 일들을 모두 마무리 지을 수 있게 되었다. 그나마 마음만이라도 편히 수술을 받을 수 있겠다.

이번에도 역시나 무결이 회사로 데리러 왔다. 승희는 무결과 함께 움직이게 되었다. 이제 승희도 완전히 받아들이고 있다. 무결은 완벽한 보호자였다. 그런데 그런 무결의 굳건함을 위협하는 남자가 있었으니.

"승희야."

"어, 재훈아."

승희의 친구이자 무결의 연적, 재훈이었다. 재훈이 회사로 찾아온 것이다. 재훈이 나타난 후 무결의 잔잔한 일상에는 거친 파문이 일었다.

"몸은 괜찮아? 수술을 받게 됐다고 들었는데."

"응. 건강하려고 수술하는 거니까."

"다 잘될 거야."

"고마워."

두 사람의 대화를 듣는 동안 무결은 속이 뒤틀렸다. 그런데 문제는 또 있었다. 재훈이 놈이 혹을 달고 온 것이다. 어제도 회사를 방문했다가 쫓겨난 녀석, 이강민이었다.

"강민이를 데려왔어."

뒤늦게 출입문을 열고 모습을 드러낸 강민의 얼굴을 확인한 후 무결의 얼굴은 경악스러움으로 변해갔다. 김재훈이 김재훈 같은 짓을 하네.

"승희야."

강민이 다가오며 승희의 이름을 불렀다. 승희도 당황한 표정으로 강민을 바라보았다. 강민의 표정은 어제와는 사뭇 달랐다. 부끄러움을 아는 듯이 진지했다.

"어제는 얘기를 제대로 못 했다. 미안해서 다시 왔어."

무결은 여전히 탐탁지 않았지만 승희는 달랐다. 이번에야말로 진짜 사과를 받을 수 있을 것 같은 예감이 들었다.

"나 잠깐 얘기 좀 해도 돼요?"

승희가 무결에게 양해를 구했다. 그녀를 바라보는 무결의 눈초리가 따끔하고 매서웠다. 그러나 무결은 언제나 그랬듯 그녀를 막지 못했다.

"10분 안에 끝내요."

무결은 시간을 못박아주고는 그녀의 곁을 떠났다. 곁을 떠났다고 해봤자 몇 발자국 거리를 둔 것에 지나지 않지만.

"미안하다."

무결이 떠난 후 강민이 승희에게 곧장 사과했다.

"오랫동안 널 헐뜯어서 미안해. 천상현을 네가 죽였다고 오해한 것도 미안하고. 우리 회사가 금왕그룹이랑 끈끈한 관계라, 나한테도 압박이 올까봐 불안해서 사과하러 왔던 건 사실이야. 지금도 그렇긴 해. 하지만 진심으로 미안하게 생각해."

목소리, 말투, 자신을 대하는 눈빛과 태도. 모든 것이 어제와는 달랐다. 승희는 그제야 마음 편히 고개를 끄떡였다.

"그럼 됐어."

하지만 단순한 매듭은 아니었다. 승희에게도 할 말이 있었다.

"너는 내가 그 애를 죽인 거라고 오해해서 미안하다고 했지."

그녀의 목소리에 강민이 고개를 들어 승희를 바라보았다.

"설령 그게 사실이라도 말이야, 내 말 한마디에 그 애가 죽었다고 해도. 그건 내 책임이 아니야. 그 애의 자유의지가 스스로를 죽인 거지. 난 천상현한테 죽으라고 한 적도 없고 헐뜯은 적도 없어. 그 애가 죽겠다는 말을 했을 때 거기를 도망치듯 벗어났던 건 후회되지만, 그것 역시 내가 잘못했다고 생각하지 않아."

승희는 그제야 하고 싶은 말을 제대로 쏟아내었다. 이 사실을 털어놓기까지 8년이 걸렸다.

"그때 난 정말 무서웠거든. 자기 고백을 받아주지 않으면 죽겠다고 하는 애를 어떻게 편하게 볼 수 있겠어. 난 정말 무서워서 부랴부랴 떠난 거였어."

하지만 그 사실을 몰랐다고 해도 인간적으로 이해를 해주어야 하는 거 아닌가. 그때를 생각하면 동기들이 원망스럽지만 이제 마음에 담아두지 않기로 했다. 강민이 무겁게 고개를 끄덕였다.

"그랬구나. 몰랐어. 네가 천상현한테 죽으라고 말하고 욕한 줄 알았어."

"어떻게 죽겠다는 애한테 죽으라고 말을 해."

"……그러네."

그녀의 반응이 지극히 상식적인 것이었기에 강민은 머쓱하게 몇 번 고개를 끄덕였다. 그 모습을 보다 못한 무결이 멀찍이 떨어진 곳에서 목소리를 냈다.

"승희 씨, 늦었어요, 늦었어. 병원에서 기다려요."

기다릴 사람은 없을 텐데.

"지금 못 가면 입원 못 해요."

지금이 아니면 안 돼요, 안 돼. 무결은 마치 폐업정리 세일 현장에 점찍어놓은 물건이 있는 사람처럼 재촉했다.

"빨리빨리빨리."

그의 재촉에 강민도 마음이 급해졌는지 말이 빨라졌다.

"미안하다. 오해해서."

"아니야. 이제 됐어. 고마워. 사과해줘서."

승희도 만족스러운 마음으로 사과를 받아주었다.

재훈, 강민과 헤어진 후 승희는 무결과 함께 다시 병원으로 돌아왔다. 차근차근 수술 준비가 시작되었다.

의사는 간단한 수술이라고 했지만 그 과정은 결코 간단하지 않았다. 수술 이전에 많은 검사들을 하고, 전날 하루를 꼬박 굶고 시간을 기다려야 했다. 그사이 재훈과 강민의 앞에서 그렇게나 날을 세우던 무결도 온화하고 의젓한 모습으로 돌아왔다.

"재미있는 얘기 해줄까요? 승희 씨 입원했던 첫날, 사실은 누나가 계속 로비에 있었어요."

수술을 두 시간 앞두고 긴장한 표정이 역력해진 승희의 옆을 지키며 무결은 줄곧 조곤조곤 말을 걸었다.

"아, 그랬어요? 몰랐어요."

"부끄러워서 병실까지 올라오질 못했죠. 누나가 누구한테 사과해본 적이 없는 사람이라 승희 씨한테 찾아오기까지는 좀 시간이 걸릴 거예요. 그날 승희 씨가 하고 있었던 스카프는 누나 거예요. 누나는 스카프보다 못한 사람이 됐죠."

무결의 우스갯소리에 승희는 조금 마음이 풀렸다.

"그래도 나중에 만나면 고맙다고 전해줘요."

무결이 씨익 미소 지었다. 그가 일부러 웃어주고 있는 것을 잘 알겠다. 승희는 명치가 찡하게 저려왔다. 아주 오래전, 그가 했던 말이 떠올랐다.

"병원 싫어해요. 질릴 만큼 많이 다녀봐서."

그 지긋지긋한 병원에 내가 당신을 살게 했구나. 그러고도 내 생각만 했다. 미안해.

"무결 씨, 진짜 미안해요."

"뭐가?"

"질릴 만큼 많이 다녀서 병원이 싫다고 했던 사람을, 병원에서 이렇게 오래 살게 해서."

"그게 미안하면 얼른 낫고 얼른 퇴원해요. 말로만 미안하다고 하지 말고 갚아야죠."

무결은 그녀의 사과를 천연덕스럽게 받아쳤다.

"강제 결혼이야. 어쩔 수 없어. 이건 엄청나게 큰 빚이라 결혼이 아니면 갚을 수가 없어요."

긴장되는 와중에 승희도 픽 웃음이 났다. 그가 빚으로 옭아맸건만, 결혼이라는 말이 이제 예전처럼 무겁지가 않았다.

수술은 비교적 빨리 끝났다. 하지만 회복 시간이 오래 걸렸다. 수술 후 두 시간 만에 눈을 떴다. 승희는 의식이 돌아오자마자 크게 신음 소리를 냈다. 진통제를 맞고 있는데도 어쩔 수가 없는 통증이었다.

"승희야. 괜찮아? 아빠 좀 봐봐."

언제 왔는지, 눈앞에는 아빠 남수가 있었다. 아빠의 얼굴을 보니 마음껏 응석을 부리고 싶어졌다.

"아빠, 나 너무 아파."

"그럼 아프지, 수술을 하고 나왔는데 안 아프겠어?"

"그럼 왜 괜찮으냐고 물어."

"아 그렇지 참."

허둥거리는 남수의 뒤에서 무결이 반짝 빛나는 눈으로 말했다.

"고생했어요. 의사 선생님도 수술이 잘된 것 같다고 하시네요."

다행이다. 승희도 그제야 한시름 놓을 수 있게 되었다.

더 정확한 소식을 들은 건 그로부터 하루가 더 지난 후. 회진을 온 의사가 조직검사 결과를 전했다.

"종양에서 이상조직은 발견됐지만 극미한 수준입니다."

"그럼 제가 암이라는 말씀인가요?"

승희가 받아들이는 것과 의사의 대답은 무게가 달랐다.

"아니죠. 여기서 더 무리하면 안 된다는 얘기예요. 꾸준히 약 먹고, 잠도 푹 자는 게 좋아요. 행복한 생각을 많이 하고."

"정말 괜찮은 거예요?"

"네. 괜찮습니다."

"정말요? 확실하게 괜찮아요?"

승희는 의사의 소견에 대해 거듭 물었다.

"확실하게 괜찮습니다. 임신에도 문제없을 거고요."

하아. 이어진 의사의 답변에 그 말을 내내 기다리고 있었던 것처럼 몸에 힘이 풀렸다. 수술을 앞두고 있는 동안 불임의 위험은 내내 마음 쓰이는 일이었다. 임신과 출산이 의무라고 생각하지도 않는데, 왜 그토록 마음이 무거웠는지 모를 일이다. 절박해졌을 때에야 소중함을 알게 되는 것 같다.

사실 수술실에 들어가 마취제가 주입된 후 의식이 사라져가는 순간에 그녀는 어렴풋이 환영을 보았다. 안개 속에서 여자아이와 남자아이의 모습이 보였다. 수술이 끝난 후 승희는 그것이 제 무의식이 원하는 답안이라는 것을 알게 되었다. 내게도 엄마가 되고 싶은 마음이 있구나. 승희는 이제 그 마음을 소중히 여기기로 했다. 다시 태어난 것처럼 마음이 상쾌했다.

승희는 병원에서 1주일을 더 보내고 나서 퇴원을 하게 되었다. 집으로 돌아온 승희와 무결은 집 밖에서 저녁을 먹기로 했다. 어느덧 세상에 남은 낙엽들이 모두 떨어지고 길에는 훈훈한 캐럴이 울리는 계절이 되었다. 조명들로 반짝이는 거리가 황홀했다. 다만 전날 눈이 와서 거리 곳곳이 미끄러웠다. 무결은 승희가 미끄러지지 않게 손을 꼭 붙들었다. 언제나 어디서나 그의 눈은 항상 그녀를 주시하고 있었다.

"그쪽은 미끄러워요. 이쪽으로 와."

빙판길은 그녀에게나 그에게나 똑같이 미끄러울 텐데. 굳이 그는 자신이 더 미끄러운 쪽으로 발을 디디겠다고 자처한다.

"이런 거 물어봐도 돼요?"

승희의 질문에 무결의 고개가 그녀에게로 향했다.

"왜 내가 좋았어요?"

이윽고 그의 발이 멈췄다. 손이 붙잡힌 승희도 함께 걸음을 멈추었다.

"참 심오한 질문이네요."

무결은 승희의 손을 붙잡지 않은 다른 손으로 가만히 턱을 쓸었다. 금세 진지해졌다.

"나를 돌아보게 해주네."

뭐였을까. 무엇에 그토록 끌렸을까.

그 오래전 동창회에서의 그 눈물? 어머니 생신날 저녁, 함께 술을 마신 후 나눴던 말들? 아니면 그 이후의 키스? 언제나 기죽지 않는 당당한 모습? 도도한 모습? 아니, 그 안에 꼭꼭 숨기고 있는 약한 모습?

대체 무엇이었기에 나는 당신이 아니면 안 되었던 걸까. 한참을 생각해보던 무결이 입술을 떼었다.

"이런 질문에서부터 난 승희 씨한테 진 거죠."

그녀에게 빠질 수밖에 없었던 이유는 너무 많아서, 모든 것이 이유가 되었다. 숨만 쉬어도, 눈만 감았다 떠도 그게 이유가 될 것 같다.

"내가 되게 잘 따지는 사람인데 우승희한테는 아무것도 따질 수가 없네. 그냥 예뻐서 그랬다고 치자."

멋쩍게 웃은 무결이 한마디를 보탰다.

"그런 의미에서, 내가 참 사랑해."

가슴속에 가득 울렸던 거리의 캐럴을 밀어내고 그의 고백이 그녀의 안쪽에 자리 잡았다.

왜 내가 좋았냐고 물어봤는데, 당신은 사랑한다고 대답해. 그냥.

그 엉뚱한 동문서답이 찬란하게 반짝거려서 오늘의 거리는 이유 없이 더 빛난다.

행복해지기 위해 많은 이유가 필요한 사람이 있다. 행복해지기 위해 별 이유가 필요 없는 사람도 있다. 꿈을 이루는 것과 행복해지는 것은 다르다. 행복은 목적지에 있는 한 보따리 보물이 아니었다. 그 과정에 흩뿌려져 있는 수많은 것들이었다. 무결을 통해 승희는 그 진실을 알게 되었다. 내가 지금, 행복한 사람이 될 수 있다는 걸 알게 해준 그대.

붙잡고 있던 손을 살며시 놓은 승희는 한 걸음 바짝 다가가 무결의 허리를 끌어안았다.

"어어?"

무결은 다시 발을 움직이려다 주춤했다. 안아달라고 고백한 건 아니었는데 말입니다.

물론 그에겐 언제나 포옹에 대한, 그 이상에 대한 니즈가 있지만. 그녀를 뿌리칠 수 없는 그가, 하아, 길게 탄식했다.

"와, 내가 못 건드린다고 괴롭히는 거 봐. 진짜 못됐네."

그간 고요하고 거룩한 생활을 무사히 이어가고 있었는데. 그의 음심이 다시금 부글부글했다. 그러나 자신을 꼭 끌어안는 그녀를 떼어낼 마음은 없다. 괴로운 행복이다.

"이왕 나온 김에 공자님 모신 사당에도 가죠."

"사당이요? 왜요?"

"공자님한테 감사하라고요. 인류 역사상 가장 위대하신 분이야. 공자님이 없었으면 나도 인간이 아니었다고."

승희가 재미있다며 웃었다. 하지만 그 와중에도 팔을 풀지는 않았다. 밖에서 이런 진득한 포옹은 처음이었기에, 그것도 그녀가 자발적으로 안겨온 것은 처음이었기에, 그는 불만스럽게 말하면서도 실은 설렐 수밖에 없었다.

"웃지 말고. 나 진심인데?"

"나도 진심인데."

"……."

"결혼하자. 나랑."

고개를 반짝 든 그녀가 그의 얼굴을 그득 담은 눈으로 말했다.

무결이 멍해진 사이에 승희가 계속 말을 이었다.

"나도 당신이 잘생겨서 좋아요."

밤바람에 녹아든 달콤한 말이 온몸을 간질였다. 아주 어지러울 지경.

"잘생긴 게 최고야."

무결은 웃지도 못했다. 영롱해진 눈이 그녀를 향했다. 눈물이 날 것 같기도 했다.

"언제."

자신의 허리를 끌어안은 그녀의 팔을 붙잡고서, 물러나지 못하도록 힘을 주며 말했다.

"분명히 해요. 언제 결혼하고 싶은데. 난 내일 당장 해도 상관없어요."

굳건했던 목소리의 끝이 약하게 흔들렸다.

많은 청혼이 있었고 심지어 그의 부모님도 그녀에게 청혼했고 승희는 계속 거절했다. 그녀는 매번 좋은 말로 다독여 상황을 벗어났었다. 그러는 사이에 그 또한 지쳤을지도 모른다. 하지만 그는 내색하지 않았다. 더욱 아껴주고 사랑해주었다. 그 마음을 이제는 승희 또한 무시할 수 없다. 무엇보다도 이제 그녀가 그를 붙잡고 싶어졌다. 결혼이 하고 싶어졌다. 진심으로.

"그래도 준비할 시간이 있어야 하니까 세 달은 걸리겠죠?"

승희는 무결에게 수줍게 응답했다. 그의 집안에도 많은 일이 있었고, 자신에게도 큰일이 있었다. 올해를 넘기고 차근차근 준비하여 축복받는 결혼식을 올리고 싶다. 시어머니 시아버지는 환영한다 해도 금왕 한씨 집안의 다른 사람들은 그녀를 탐탁지 않게 여길 것이다. 한무결의 고모님들, 그 거친 벽을 넘어서야 했다. 또한 그녀가 생각지도 못한 다른 문제가 발생할 수도 있다.

"그리고 예식장 잡기가 어렵다고 들었어요. 우리가 하고 싶은 때에 마음대로 할 수 있는 게 아니라 예식장 스케줄에 맞춰야 하는 거라고요."

"승희 씨만 괜찮다고 하면 내가 다 알아볼 수 있어요. 말만 해요. 어디서 결혼식을 하고 싶은지."

그러나 무결의 마음은 조금 달랐다. 아주 빨리 구체적으로 계획을 세우고 싶은 것 같았다.

"남의 결혼식 장소를 빼앗을 기세네요."

"뭘 못 해. 예식장을 하나 지을 수도 있어요."

빈말이 아니란 걸 알겠다. 정말 그는 뭐든지 할 기세였다. 그의 의지가 그렇다면 승희도 이를 따를 수밖에 없겠단 생각이 들었다. 사실 이미 같이 살고 있으니 결혼식은 언제 해도 상관없긴 했다.

"무결 씨만 괜찮다면 나는 평일에 해도 괜찮아요."

"나는 새벽에 해도 상관없어요."

그가 먼저 절충안을 내놓았다.

"2월에 해요."

석 달을 기다리지는 않겠다는 거였다.

"두 달이면 충분하죠?"

그가 행복해하는 것 같아 승희는 싱긋 웃어주는 것으로 대답을 대신했다. 아니, 그의 행복은 그녀에게도 그대로 행복이다.

"고마워요. 내가 잘할게."

무결은 따뜻한 인사와 함께 그녀의 팔을 붙들었던 손을 풀어 그녀를 꼭 안았다.

하아, 기나긴 한숨이 그의 입술 사이로 빠져나왔다. 그간 말하지 못했던 시름과 초조함이 눈 녹듯 사라졌다. 시름이 가라앉으니 현실적인 문제가 떠올랐다.

"혼전계약서는 안 써도 돼요?"

그의 물음에 승희는 막연히 입술을 벌렸다가 다물었다. 혼전계약서를 쓰지 않을 생각이었다. 그것 때문에 그렇게나 힘들었으니. 하지만 바람이 없는 건 아니었다. 그를 안았던 팔을 푼 승희는 바라는 바를 그대로 말했다.

　"결혼해도 일은 하고 싶어요."

　"알았어요. 다른 것도 얘기해요."

　"정말 다 얘기해도 돼요?"

　"그럼."

　"임신에 대한 부담은 없었으면 해요. 나도 아기가 있으면 좋겠다고 생각하지만 생기지 않는다고 부담을 주지는 말았으면 좋겠어요."

　"당연한 얘기긴 한데, 그것도 혼전계약서에 쓰라면 쓸게요."

　그녀의 마음과는 다르게 무결은 혼전계약서를 쓸 생각인 듯했다.

　"혼전계약서 쓰려고요?"

　"쓰기 싫어요?"

　"무결 씨는 혼전계약서 싫어할 거라고 생각했어요."

　"무슨 소리야, 내가 혼전계약서 얼마나 좋아하는데."

　무결이 당치도 않다는 듯 대꾸했다.

　"그리고 승희 씨만 요구사항이 있을 거라고 생각해요?"

　"무결 씨 요구사항은 뭔데요?"

　"안전에 관한 일은 우승희 혼자서 결정하지 않기."

　무결의 대답은 버튼을 누른 듯이 곧장 나왔다.

　"남의 집에 몰래 들어가지 않기, 배우자 불안하게 하지 않기."

　하하……. 길게 이어지는 그의 요구사항에 승희의 얼굴이 점점 붉어졌다.

"남자인 친구랑 단둘이 만날 때는 알려주기, 허락받고 만나러 나가기."

"그거 혹시 재훈이 얘기예요?"

"잠은 집에서 자고, 부득이하게 밖에서 자야 할 땐 나 데려가고, 각방은 안 되고."

그녀의 말에 대답은 않은 채 계속되는 요구사항. 한무결은 우승희보다 조금 더 욕심쟁이였다.

"싸워도 각방은 안 되고, 일을 하되 무리하면 안 되고, 직원들도 무리하게 하면 안 되고."

그녀의 회사 직원들까지 챙기는 것을 끝으로 무결은 입을 다물었다.

"……나보다 더 많네요."

"한이 많았나보다, 내가."

그렇지. 고백과 청혼을 수도 없이 했는데 이를 거부했었으니 얼마나 쌓인 게 많겠는가. 그가 곡절의 요구사항을 말해도 승희는 받아들일 수 있었다.

"근데 당장 쓰죠. 1차 혼전계약서 먼저 씁시다."

승희가 조용히 끄덕이는 동안 그가 다시 목소리를 냈다. 행동력이 느껴지는 음성이었다.

"1차 혼전계약서요?"

"결혼식은 언제 한다, 그런 거라도 당장 써야겠네요."

"왜요. 혼인신고라도 먼저 하자고 그러죠."

"그래도 되나? 그럼 더 좋고."

농담과 진담이 섞여 있는 음성은 꽤 상기돼 있었다.

"잠깐 전화 좀 할게요."

또한 무결은 이에 그치지 않고 휴대폰을 꺼내들었다.

"어르신들한테 말씀드려놔야 해요. 우승희 씨가 못 무르게. 도망 못 가게."

"어후, 도망 안 가요!"

승희는 무결의 휴대폰 쪽으로 손을 내뻗었다. 물론 거기까지 손이 닿지는 못했다. 승희가 눈을 흘겼다. 자신이 도망갈 거라고 믿는 것이 서운하기도 했고 미안하기도 했다.

"날 못 믿어요?"

"믿어야지, 믿어야 되는데…… 그래도 자랑 좀 하자."

내심은 그런 거였다.

무결은 위로 치솟는 입술 끝을 손으로 막아 가리고는 아버지께 전화를 걸고야 말았다. 승희가 결혼을 결심했다는 소식을 듣고 규원이 가장 먼저 한 말도 '언제'였다. 그다음은 빠르면 빠를수록 좋다는 거였다. 감정을 크게 드러내지 않았지만 규원은 현명한 결정이라고 말했고 혜리는 승희에게 고맙다며 인사했다. 원하던 대로 환영받으며 결혼하게 되어 승희는 행복했다.

두 사람은 저녁을 먹은 뒤 손을 잡고 거리를 조금 걷다가 집으로 돌아왔다. 겨울바람에 차갑게 얼었던 뺨에 집 안의 온기가 닿았다. 밖에서 밥을 먹고, 함께 집으로 돌아오는 지금이 참 좋다.

"집에 돌아오니까 좋네요."

"무결 씨 그동안 정말 고생 많았어요. 병원에서 지내기 힘들었을 텐데."

무결의 감상에 승희가 그를 다독였다. 무결이 이에 응수했다.

"그렇죠. 힘들긴 했지."

"이제 편하게 자요."

토닥토닥. 애썼다는 뜻으로 어깨를 토닥여준 승희도 가뿐해진 마음으로 방에 들어섰다. 그런데 무결이 졸래졸래 따라왔다. 승희가 뚱하게 물었다.

"왜 이쪽으로?"

"편하게 자라면서."

"그러니까. 편하게 자라고 했는데 왜 이쪽으로 오냐고요."

"편하게 자려고요."

이보다 더 천진난만할 수는 없을 것 같은 표정으로, 당연하단 듯이 그가 대꾸했다. 승희는 몰랐던 것이다. 편하게 잔다는 것의 진정한 의미를.

'그래. 오랜만에 집으로 돌아왔으니 나를 챙겨주고 싶겠지.'

승희는 언제나 그랬듯, 그가 자신을 위하는 마음으로 핑계를 대고 있다고 생각했다. 하여 더는 의심할 것도 없이 제 옆자리를 내어주었다. 그러나. 챙겨주긴 개뿔. 씻고 돌아온 그녀를 침대로 붙들어 여기저기 더듬어가는 손은 음험하기 그지없었다.

"나 자요."

"……."

"잔다고요."

불이 꺼진 후, 이를 견디다 못한 승희가 벌떡 일어나 무결에게 한마디 했다.

"이러려고 여기서 잔다고 했어요?"

"편하게 자라면서."

"나는 불편하잖아요. 나 자면 안 돼요? 어?"

당신이 지금 기분 좋은 건 알겠지만. 우리 내일부터 다시 출근해야 한다고. 하지만 그는 토라진 표정이다.

"대답해요. 만질 거예요, 안 만질 거예요."

"……."

"대답 안 하나?"

"만지지도 않고 어떻게 같이 자나."

"알았어요. 그럼 병원에서처럼만 하자고요."

"그건 편하게 자는 게 아니지."

"그냥 무결 씨 침실에 가서 혼자 편하게 자는 게 좋을 것 같은데요."

"사람이 참 박하네."

"아니, 이봐요. 나 환자잖아요. 퇴원은 했지만 아직도 약 먹고 있고요. 이해 못 해요?"

승희는 어쩔 수 없이 환자라는 핑계를 대었다. 이 사랑스러운 남자에게 뭔들 못해주겠나 싶지만, 유혹당하는 게 두려운 입장이었다. 이유는 당연하다. 이 남자가 원하는 대로 뭐든 해주고 싶어서. 유혹당하는 만큼 당해주고 싶어서. 내일 아침이 없는 듯이 파고들고 싶어서. 하지만 우리는 기업인이잖아. 우리에게 딸린 식솔들을 생각해야지. 현명하게 컨디션 조절하고 열심히 일해야지.

"생각해봐요. 한무결 씨는 유혹의 귀재예요. 계속 이런 식으로 유혹을 하면 내가 무결 씨한테 넘어간다고요. 그럼 내일 못 일어나요."

"그런 걱정을 왜 하지? 내가 알아서 조절할 텐데."

아, 말이 안 통한다.

"설마, 내가 지금 승희 씨를 임신이라도 시킬 거라고 생각해요? 내가 그런 놈으로 보여?"

허…….

"오빠 못 믿어?"

그 뻔뻔함에 승희는 결국 아무 말도 하지 못하고 다시 누웠다. 무결도 피식 미소 짓고는 그 옆에 누웠다.

"잘 자요."

자장가처럼 낮게 베개 안쪽으로 파고드는 목소리가 웬일인지 얄궂게 들렸다. 승희는 대답하지 않고 잠을 청했다. 그리고 역시나.

"……붙지 좀 마요."

"늘 하던 그대로 있는데요 왜."

"늘 하던 그대로가 아니잖아요!"

다시 벌떡 일어나고 말았다.

"아니 왜? 내가 뭘 했다고."

무결의 능청 또한 변함이 없고. 승희는 한숨을 길게 내쉬며 속을 다독였다.

"그래요. 한무결 씨 말고 한무결 씨 오른손이 혼나야겠네."

"오른손 아니거든 왼손이거든."

"또 괴롭히면 결혼은 다시 생각해보려고요."

그녀의 으름장에 그제야 무결의 표정이 가라앉았다. 무결은 예비 부인의 대쪽 같음에 서운한 마음으로 침대에 누웠다. 또다시 불편한 밤이 시작되었다. 하지만 습관이 무서운 법이라, 안고 자는 걸 포기할 수도 없었다. 승희도 그것만은 허락해주었다. 다만 제약이 많다.

"옷 속에 손 넣지 마요. 또 그러면 쫓아낼 거예요."

"응…….."

"옷 위로 주물거리지도 말고."

참으로 매정하고 사랑스러운 나의 예비 부인. 무결은 승희와 타협하며 제 영역을 개척해나갔다.

*

일이 바쁜 와중에도 결혼 준비는 착착 이루어졌다. 거의 무결의 주도로 진행되었다. 승희는 회사일이 많았으므로 그에게 고마움을 느끼면서도, 왜 한무결은 회사일이 아닌 모든 것에 열의를 보일까 생각하게 되었다.

시간이 흘러 금요일이 되었다. 승희는 검찰청에 가게 되어 일찍 퇴근하기로 했다. 택시를 타고 검찰청 앞에 도착하니 5시 20분. 10분 정도 시간이 붕 떴다. 잠깐 일을 할까 하는 마음에 휴대폰을 꺼내든 승희는 뜻밖에도 혜리의 연락을 받았다.

"여보세요."

[잘 지냈어요? 몸은 어때요?]

"네. 괜찮습니다. 덕분에 다 나았어요. 안녕하셨어요?"

승희는 깍듯하게 인사했다. 역시 결혼하기로 한 이후라 그런지 신경이 쓰이지 않을 수가 없었다. '며느리'로서의 자리가 아직은 어색했다.

친구 소연에게 결혼생활에 대한 말을 들었다. 소연은 일주일에 최소 세 번, 시어머니께 안부전화를 드린다고 한다. 그렇게 안 하면 서운한 티를 많이 내신다고. 아무도 의무를 부여하지 않았지만 승희에게도 의무감이 생겼다. 소연처럼 세 번은 못해도 한 번은 연락을 드려야지. 하지만 연락을 해서도 대화거리가 없을 것 같았다. 혜리의 삶과 승희의 삶은 너무 달랐다. 할 말을 생각하는 승희에게 혜리가 먼저 말을 걸어왔다.

[모레 희재원에 오기로 했죠. 뭐 먹고 싶은 건 없나 해서 연락했어요.]

혜리의 말처럼 일요일에 희재원에 방문하기로 했다. 결혼을 하겠다고 정식으로 말씀드리는 날이다. 아, 이런 용건으로 전화를 하면 되는 거였구나. 승희는 혜리의 연락을 통해 한 수 배우게 되었다.

"뭐든 잘 먹습니다."

[편하게 얘기해도 되는데.]

"그럼 무결 씨가 좋아하는 걸 해주세요. 저랑 무결 씨랑 취향이 비슷하거든요."

[정말? 그것도 천생연분이네.]

혜리의 상기된 목소리를 들으니 기분이 좋았다. 이번엔 승희가 물었다.

"건강은 괜찮으세요?"

[응. 내 걱정은 안 해도 될 만큼 괜찮아요.]

혜리는 상대의 마음을 편하게 하는 목소리를 가지고 있었다.

[모레 편하게 오고, 내가 도와줄 일이 있으면 언제든 편하게 연락해요.]

용건을 마친 혜리가 전화를 끊으려 했다. 승희는 저도 모르게 혜리를 붙잡게 되었다.

"저……."

[응. 얘기해요.]

"여태 구두를 못 맞췄어요."

할 말이 준비가 되어 있지 않은 채 뱉어낸 승희의 대답은 다소 엉뚱했다. 오래전 혜리가 수제화를 맞추라며 명함을 줬는데 가지 못했던 것이다. 혜리는 당황하지 않고 대화를 이어갔다.

[어, 그렇지. 바쁘죠. 괜찮아. 아무 때나 편할 때 갔다 와요.]

이에 승희는 조금 더 용기를 냈다.

"아뇨. 나중에 어머님이랑 같이 갔으면 해서요."

[응? 뭐라고?]

"나중에 시간 가능하실 때 같이 가고 싶어서요."

[응?]

용기를 내어 말을 했건만 혜리가 부담스러워하는 것 같았다. 승희는 괜한 이야기를 한 것 같다는 생각에 급히 수습했다.

"나중에 어머님 시간 되실 때 같이 갔으면 했는데요, 아닙니다. 혼자 다녀올게요."

[아니야! 아니야!]

혜리의 목소리가 크게 들려왔다.

[어머님이라는 말이 너무 듣기 좋아서.]

혜리가 재차 물어왔던 이유는 따로 있었다. 감격한 마음이 승희에게도 고스란히 전해졌다. 다행이다.

[지금 갈까?]

하지만 다행이라고 생각하여 안도했던 심장이 다시 통, 뛰어올랐다.

"네?"

[빨리 준비하고 나갈게. 시간 있어요?]

시어머니의 행동력은 무결 만큼이나 빠르다.

"검찰청에 볼일이 있어서요. 한 시간 정도 걸리는데 괜찮으세요?"

[검찰청엔 왜?]

"명중우에 대해서 진술을 해야 해서요."

거친 한숨 소리가 들려왔다.

[가지 마. 내가 얘기해줄게요.]

"아니에요. 괜찮아요. 제가 가겠다고 했어요. 무결 씨가 같이 가주 겠다고 했는데 제가 마다했고요."

[그럼 진술하고 나와요. 검찰청 앞에서 기다릴게요.]

"네. 감사합니다. 얼른 나올게요."

승희는 헤리의 염려에 따뜻해진 마음으로 전화를 끊었다. 큰 건물을 앞에 둔 위압감에 긴장되긴 했지만 이겨낼 수 있을 것 같았다.

검찰청에서 만난 검사들과 수사관들은 모두 정중했다. 승희는 생각나는 모든 것을 편히 진술했다. 떠나는 길엔 명중우의 얼굴을 보게 되었다. 녀석과 눈을 마주친 것만으로 오금이 저렸지만 승희는 검사에게 양해를 구해 명중우와 대화를 나눌 수 있는 시간을 얻게 되었다.

"차 폭파사건도 너지?"

따로 인사 없이, 승희가 물었다. 대부분의 죄과가 밝혀졌지만 그 일만은 아직 정리가 되지 않았다. 그 질문에 돌연 명중우의 눈이 젖었다.

"승희야, 미안하다. 내가 얼마나 후회하는지 몰라."

녀석이 호소하듯이 말했다. 생각지 못한 반응이었다. 그런 끔찍한 짓을 하고도 제가 최고라며 기고만장했던 녀석이었다. 그랬던 녀석이 이토록 약해졌다. 당연한 벌을 받고 있다고 생각하지만, 인간적인 연민은 어쩔 수가 없었다.

그렇게 그러지 말지 그랬어. 기회는 얼마든지 있지 않았나. 8년 전,

여대생이 사망했을 때 네가 도망치지 않았더라면. 천상현을, 이진심을, 나를 엮지 말고 시간이 흐른 다음에라도 자수했더라면. 그러면 이렇게까지 되진 않았을 텐데.

비틀리고 뒤틀린 생각들이 마음을 채워가다 보니 영혼이 망가질 수밖에. 하지만 모든 것이 명중우의 인생이었다. 녀석이 책임져야하는 인생이었다.

"반성하고 있다니, 좋은 일이네."

승희가 입술을 떼었다. 그녀는 냉정하고 침착하게 말을 뱉어냈다.

"죽을 때까지 그렇게 지내면서 반성해줘."

그때 돌연 녀석의 표정이 변했다. 검사가 잠시 눈을 돌린 틈에. 바로 전에 보였던 상처받은 짐승 같은 눈빛이 곧장 끔찍하게 변모했다.

"그러고도 네가 무사할 것 같아?"

놈은 이를 악물고서 말했다. 그녀가 두려워하고 마저 상처받길 바라는 태도였다. 한순간이나마 연민을 느꼈던 감정이 우스워졌다. 승희는 쓰게 비웃으며 말했다.

"한번 또 건드려봐. 미안하지만 이제 두렵지가 않네."

검찰청에서 나온 승희는 혜리에게 전화를 걸었다. 가까운 곳에 주차되어 있던 차가 승희의 앞으로 왔다. 창문이 열리고 혜리가 미소 짓는 것이 보였다. 승희도 반가운 얼굴로 차에 올랐다.

"오래 기다리셨죠."

"아니, 금방 왔어요."

"말씀 편하게 하세요, 어머니."

승희의 청에 혜리는 다시 활짝 웃어 보였다.

"응, 그럼 그럴까?"

승희는 혜리가 이렇게도 웃을 수 있는 사람이라는 걸 처음 알았다. 곧장 출발한 차는 오래지 않아 구두숍에 도착했다. 구두숍이 자리한 곳은 여러 패션 디자이너들의 부티크가 즐비한 개성 넘치는 거리였다. 차에서 내린 혜리는 발을 헛디뎠다. 승희가 재빨리 달려와 비틀거리는 혜리를 부축했다.

"괜찮으세요?"

놀랐을 텐데, 혜리는 여전히 입가에 웃음을 가득 머금고 있었다.

"응. 내가 누구랑 쇼핑을 같이 해본 적이 없어."

괜찮으냐는 물음에 어울리지 않는 대답이었지만 말랑말랑해진 승희의 마음은 그 빈틈을 잘 채울 수 있었다.

좋아서 그래. 누구랑 쇼핑을 같이 해본 게 처음이라 좋아서 그래. 혜리가 하지 않은 말이 승희의 머릿속에서 완성되었다.

"저도 엄마랑 쇼핑해본 적이 없어요."

승희가 미소 지으며 답했다. 승희가 어떤 어린 시절을 겪었는지 어렴풋이 알고 있는 혜리는 가슴이 저리기도 했다. 엄마와 쇼핑 한 번 해보지 못하고, 누구에게 어리광 부려본 적도 없이 어른이 된 아가씨. 혜리는 그 성숙한 면모의 뒤편에 간직하고 있을 동화책을 펼쳐주고 싶었다. 어리광 부리고 싶으면 부리고, 떼를 쓰고 싶으면 떼를 써도 돼. 그녀가 조금 더 자신을 의지해줬으면 하는 욕심이 생겨났다. 어머니라고 불러주는 그대로, 어머니가 되고 싶었다. 혜리가 먼저 손을 내밀었다.

"우리 자주 다니자. 내가 잘해줄게."

"네. 감사합니다."

자신을 잡은 손을 오래오래 지켜주고 싶었다.

승희는 혜리와 함께 구두숍에 들어가 발 치수를 재고 여러 개의 신발을 신어보았다. 겉으로 보기에는 디자인만 다른 구두인데 재질도 신는 느낌도 죄다 달랐다.

"딴 건 몰라도 신발은 편한 거 신어야 해. 신발이 불편하면 일하는 내내 고생스럽지."

혜리가 말했다. 일하는 그녀를 인정해주는 말이었다.

혜리는 기성품 중 승희의 발에 꼭 맞으면서 편해 보이는 구두 하나를 집어 들었다.

"이 신발은 가져가고, 승희 씨가 원하는 디자인으로 하나 더 맞춰."

"같이 오니 신발을 두 개 얻어가네요."

"스무 개는 사주고 싶은 마음이야."

혜리가 말했다. 농담처럼 웃었지만 모두 진심이었다. 하지만 뭐든 챙겨주고 싶은 마음이 있다면, 염려되는 마음도 있다.

"하나씩 하나씩, 사모님 옷, 사모님 가방, 사모님 신발들이 옷방에 채워질 거야."

이제부터 달라질 생활. 사람들의 기대에 의해 달라지게 될 그녀의 삶에 대해 일러주었다.

"무결이는 행동은 소탈하지만 비싼 차에 비싼 옷, 비싼 시계를 하고 다니지. 비싼 아파트에 살고 회사도 성과에 비해 으리으리해. 비싼 차, 비싼 옷, 비싼 가방. 그런 눈에 보이는 것들은 금왕그룹 며느리로서의 품격을 위해서만 필요한 게 아니야. 사실은 세상의 시선 때문에 필요한 거지. 겉으로 드러나는 것들은 판단의 척도가 되거든. 값나가는 것들을 보여주는 건 금왕그룹이 그만큼 건재하다는 뜻이 되니까."

경영학과를 졸업한 승희도 공감할 수 있는 이야기였다. 고가 제품의 광고는 제품을 팔기 위한 광고가 아닐 수도 있다고 한다. 그 제품을 구입한 사람들에게 만족감을 주기 위한 광고라고. 그래서 일부러 광고에 돈을 들이고 만방에 전파한다는 말을 교수님께 들은 적 있다. 이제 그녀가 입는 것, 걸치는 것, 사용하는 것, 그 모든 것이 세간의 관심이 될 수 있다. 언제나 조심하고, 더 경계해야겠지. 모든 것을 각오한 결혼이다.

"기업인 집안은 어쩔 수 없다는 걸 승희 씨도 인정하게 될 거야."

"그러네요. 이해했어요."

"밖에 보이는 것만은 이해해줘. 안에서는 내가 지켜줄 테니까."

혜리의 약속에 승희는 더없이 든든해졌다. 승희가 편해진 혜리는 더 말을 이었다.

"나도 실은 결혼까지 힘들었어. 주변에서 반대를 많이 했지. 나는 초혼인데 남편은 재혼에 애들도 있었으니까."

이야기는 15년 전으로 거슬러 올라갔다. 그 시절을 회상하는 혜리의 목소리가 차분하게 가라앉았다.

"그 당시에는 무결이 아빠한테 내가 빠져 있던 시절이라 주변의 반대가 두렵지 않았어. 하던 일이 빛나긴 했지만 그만큼 스트레스도 많아서 쉬고 싶었거든. 거기다가 친정아버지도 사업이 힘들어서 결혼으로 몰린 상황이었지. 그 사람은 내 구원자 같았어. 그런데 막상 결혼을 하니까 현실이 보이더라고."

금왕 한씨 집안의 맏며느리로서 안팎으로 밀려드는 요구를 소화해야 하고, 남편은 바쁘고, 내가 낳지 않은 아이들은 어떻게 대해야 할지 모르겠고.

"제일 힘든 건 역시 무빈이 무결이 문제였어. 엄마 노릇을 제대로 하자니 이 아이들의 기억 속에 남아 있는 엄마의 자리를 빼앗는 것 같아서 괴롭고 그렇다고 방치할 수도 없고. 그렇게 방황하는 사이에 아이들이 그냥 자라더라고. 어느새 내가 필요 없을 정도로 자랐어. 친해진 건 정말 최근이야. 승희 씨 덕분에 그렇게 됐지."

이제 다 지난 일이라며, 웃으며 말하는 혜리의 표정에서는 자못 엄마다움이 묻어났다.

"이제야 좀 내가 이 가족의 일원이 된 느낌이야."

15년의 가슴앓이도 별 게 아니라는 듯.

"가족이 된다는 건 서류상의 결과가 아니라 과정이더라고. 서로 알아가고 이해하는 과정이야."

그녀의 미소는 과거를 모두 덮어낸 이불처럼 포근하고 훈훈했다.

*

본격적으로 결혼 준비를 시작하며 맞이한 첫 주말.

승희와 무결은 서로의 본가에 방문했다. 토요일엔 승희네 집, 일요일엔 무결의 집에 인사를 드리러 가게 되었다. 승희와 무결은 남수에게 곱게 절했다. 설에도 일이 바쁘다는 핑계로 세배를 하러 오지 않은 지 꽤 되어 승희도 아버지께 절을 하는 것이 오랜만이었다. 절을 하고 일어서는데 아빠의 코끝이 찡하게 붉어져 있는 것이 보였다.

"이왕 이렇게 된 거 잘 부탁합니다."

그간 무결을 경계해왔던 승규의 떨떠름한 인사가 아니었다면 승희도 몰래 눈물을 훔쳤을 것이다. 승희는 승규의 뒤통수를 통 때렸다.

"아얏!"

"매를 벌지."

이에 보복이라도 하려는 듯 승규가 무결에게 말을 걸었다.

"형님, 우리 누나 어렸을 때 사진 보실래요? 촌티 줄줄 흐르는 거."

"오. 좋죠."

"야, 너 죽을래?"

무결은 좋다 하고 승희는 버럭 화를 냈다. 그러거나 말거나 승규는 승희의 어렸을 적 앨범을 꺼내 왔다. 무결은 사진 한 장 한 장, 눈에 새길 듯이 오래 보며 앨범을 넘겼다. 예쁜 옷, 예쁜 머리, 환하게 웃고 있는 여자 아이. 집에서 사랑을 많이 받았다는 게 고스란히 느껴지는 그녀의 어린 시절이 무결의 가슴에 담겼다.

이렇게 웃게 해줘야지. 딸을 낳으면 이렇게 키워야지. 행복한 상상들이 함께 채워졌다.

그런데 앨범을 몇 장 더 넘기다 보니 변화가 보였다. 옷과 머리스타일도 단조로워졌고 표정도 어두워진 것이 느껴졌다.

"이건 엄마랑 아빠가 헤어졌을 때쯤일 거예요."

승희가 낮은 목소리로 설명을 덧붙였다. 무결은 말없이 끄덕였다. 잠시 어두워 보였던 그녀의 모습은 시간이 흐르며 회복되었다.

"엄마가 돌아가신 후에는 오히려 밝아졌어요. 가족을 지켜야 한단 생각을 했던 것 같아요. 아빠도 힘들고 동생도 마음이 아플 텐데 나라도 기운을 내야지, 그렇게."

그녀의 어머니가 돌아가신 건 18년 전. 그녀가 10살이 된 해였다. 한창 사랑만 받고 살아도 부족할 나이. 그 어린 나이부터 그녀는 바쁜 아빠를 대신해 집안일을 도맡아했다. 밥을 하고 청소를 했다. 작은 손으로 땀을 훔쳐가며 일을 하면서도 가족을 생각해 기운을 냈을 소녀. 무결은 시간을 거슬러 올라가 그 소녀를 토닥여주고 싶었다.

앨범을 보고 밥을 먹고, 이야기를 나누다 보니 어느덧 저녁때가 되었다. 무결은 처음부터 끝까지 극진한 대접을 받았다.

"지금까지도 잘해왔지만 우리 승희 잘 부탁해요."

남수는 떠나는 무결의 손을 두 손으로 붙들고서 흔들었다. 이번에도 말을 놓지 못했다. 그저 자신이 사위를 아끼듯 그 또한 승희를 아껴주기를 바라며 당부만 거듭했다.

"네. 염려하시지 않게 잘하겠습니다. 아버님."

남수가 무엇을 걱정하고 있는지를 잘 알고 있는 무결이 든든하게 대답했다. 남수와 승규의 배웅을 받으며 차를 타고 떠나는 길.

"후우, 나 긴장한 거 안 들켰죠?"

무결의 고백에 승희가 풉 웃음을 터트렸다.

"긴장했어요? 나는 너무 자연스러워서 어디 장인어른을 한 분 더 모시나 생각했는데."

"아버님이 나를 정중하게 대하시니까 덩달아 깍듯해져서. 친해지는 데는 시간이 필요하겠네요."

무결이 다시 한번 한숨을 쉬면서 말했다. 승희는 전날 혜리가 했던 말이 떠올랐다.

가족이 된다는 건 서류상의 결과가 아니라, 과정이더라고.

우리는 함께하는 과정 속에서 서서히 가족이 되어갈 것이다. 이제 다음은 승희의 차례였다. 다음날 희재원에서 무슨 일이 일어날까, 어떤 말을 듣게 될까 떠올리는 것만으로 승희 또한 긴장되었고 설레기도 했다.

그리고 드디어 맞이한 일요일.

정오가 안 되어 희재원에 도착한 무결의 차는 본관 건물 앞에까지 진입하지 못하고 빙 둘러 주차장 쪽으로 향했다. 웬일인지 차들이 많았다.

"하아. 또 오셨네."

무결이 짙게 한숨을 쉬었다. 어제 남수가 그토록 부탁을 했건만, 당부와 약속이 무색하게도 무결의 일가친척이 총출동한 것이다. 무결의 색시를 보겠다고.

승희 또한 머리가 떵하게 저려왔다. 승희의 눈치를 보던 무결이 말했다.

"내가 부른 거 아니에요. 거기다가 부르지 말라는 당부까지 했다고."

"알아요. 믿어요."

"집으로 돌아가고 싶으면 말해요. 나중에 다시 와도 되니까."

"아니에요. 어차피 한 번은 겪어야 할 일이에요. 매도 먼저 맞는 게 낫지."

승희는 용맹하게 앞장섰다. 문을 열고 건물 안으로 들어서자마자 정찬실에서 사람들이 뛰어나오는 소리가 들렸다.

"안녕. 우리 왔다고 불편한 거 아니지?"

첫째 고모와 셋째 고모가 환한 미소를 보이며 다가와 인사했다. 그 뒤에 혜리와 규원의 얼굴도 보였다. 승희도 곱게 인사했다.

"안녕하셨어요?"

"건강은 괜찮고? 수술을 했다며."

"네. 수술 잘 받고 퇴원했습니다."

승희가 셋째 고모의 질문을 받아 대답하는 사이에 현관문이 또 열렸다. 이번에는 둘째 고모와 소연이었다.

둘째 고모를 향해 인사를 하려던 승희의 입술이 소연을 보고 멍하게 벌어졌다. 임신 8개월 차라 몸도 무거울 텐데, 그래서 일부러 병원에도 못 오게 했는데 여기까지 온 것이 충격이었다. 둘째 고모는 스마트키를 흔들며 말했다.

"무결아, 고모 차 좀 주차해줄래? 직원한테는 못 맡기겠다. 언젠가 발렛파킹을 맡겼다가 차에 흠집이 나서."

"네, 알겠습니다."

무결은 둘째 고모의 스마트키를 받아 밖으로 나갔다. 현관문 앞에 모여 있던 사람들은 응접실로 이동했다. 둘째 고모는 그 순간에도 허세를 잊지 않았다.

"아유. 내가 우리 며느님 모시고 운전해서 왔지 뭐야. 며느님, 세상에 이런 시어머니 없지?"

"네. 어머니."

소연의 표정은 웃음도 울음도 아닌 것이 참 오묘했다. 승희는 얼른 걸음을 옮겨 소연에게로 다가갔다.

"괜찮아?"

승희가 목소리를 내기 무섭게 둘째 고모가 끼어들었다.

"질부, 우리 새아가가 형님인데 반말하면 쓰나. 깍듯하게 공대해야지. 형님이라고 부르고."

"네, 네."

둘째 고모의 지적이 무서워 승희는 소연과 더 말을 나누지 못했다. 소연의 표정은 울음을 터트릴 듯이 위태로워 보였다. 승희는 걱정스러웠다.

"결혼 축하해요. 우여곡절이 있었지만 결국은 결혼을 하네."

정찬실에 도착하자마자 축하 인사를 건넨 첫째 고모가 오래전 질문을 다시 꺼냈다.

"무슨 일 한다고 했죠?"

"자산운용 어플리케이션 회사를 운영하고 있습니다."

"사업?"

"네."

"회사는 잘되고?"

"네. 계속 성장하고 있습니다."

둘째 고모가 대화에 끼어들었다.

"일 계속할 거야?"

"네. 계속할 생각입니다."

승희의 대답에 세 고모의 표정이 동시에 떨떠름하게 변했다.

"애기는 언제 낳고? 한 살이라도 젊을 때 낳는 게 좋은데."

"일하면 힘들잖아."

"무결이 아침밥도 차려줘야지."

"애 낳으면 누가 키워?"

"우리 며느리도 애기 낳으면 일하지 말고 집에 있으라고 했다, 내가. 집에서 열과 성을 다해서 애를 키워야지. 그래도 나중엔 후회하더라."

"그거 어플 사업해서 얼마나 번다고. 그냥 바깥일은 무결이한테다 맡기고 무결이가 벌어오는 걸로 살림하고 사모님 노릇 하면서 편히 살아. 그것만 해도 벅차. 안 그래요, 언니?"

다다다다 이어지는 고모들의 시사와 충고에 승희는 머리가 아파 오기 시작했다. 급기야 셋째 고모가 혜리에게 의견을 묻자 혜리의 표정도 딱딱하게 변했다.

"남편 따라서 행사에 참석해야지, 다른 기업 사모님들 상대해야지, 희재원도 가꿔야지, 거기다 우리 집안에 제사는 좀 많아? 그거만 해도 1년 1년이 그냥 지나갈 텐데."

첫째 고모가 열변을 토했다. 조용히 한숨을 내쉰 혜리가 무표정으로 입을 열었다.

"제사는 합쳐서 1년에 한 번으로 하려고 해요."

순간 찬물을 끼얹은 것처럼 공간의 소음이 사라졌다. 혜리의 충격 선언에 세 고모의 입이 동시에 벌어졌다. 제사를 합치겠다니. 셋째 고모가 경악한 표정으로 따졌다.

"언니, 그게 말이 돼요?"

"매번 사람들이 다 모이는 것도 아니고 제가 모든 제사를 지켰습니다만 제 며느리에게는 의무를 강요하고 싶지 않습니다."

혜리는 의견을 똑똑히 말한 후 규원의 얼굴을 바라보았다. 규원과도 합의가 끝난 일인지, 규원은 아무 말도 하지 않았다.

"언니, 그거 질부가 원하는 거예요? 질부 의견은 들어봤어요? 질부는 꼬박꼬박 제사 드리길 원할 수도 있잖아요."

"그렇지. 집안일 잘하는 만큼 인정받으니까."

"질부, 질부가 직접 대답해봐. 제사 드리기 싫어?"

고모들이 다시 따졌다. 승희는 제사 이야기는 듣지 못했기에 어떻게 대답해야 할지 알 수 없었다. 제사가 많다는 이야기는 들었다. 승희는 무결이 제사에 참석할 때만 참석할 생각이었다. 무결이 제사 준비를 함께해준다면 못할 것은 없겠다고 생각했다. 하지만 혼자서는 하고 싶지 않았다.

"제사를 안 드리면 기강이 무너지지."

"일 많은 집안에 시집오면서 시댁 일에 대해 각오도 없다면 결혼 못 하지. 그냥 혼자 살아야지."

"질부, 얼른 대답해봐."

의견을 묻는 자리는 이제 추궁에 가까워지고 있었다.

"아가씨."

혜리가 목소리가 높아지는 둘째 고모에게 말을 걸었다.

"제가 아니라면 아닌 거예요. 우리 집안이잖아요."

"어머 언니, 나도 금왕 한씨예요. 물려받을 재산도 있다고요."

"그럼 제사를 분담할까요?"

"네에?"

혜리의 제안에 둘째 고모는 더욱 소리를 높였다. 혜리는 역시 눈썹 하나 변하지 않는 표정이다.

"각자 하나씩 맡으면 좋겠네요. 저도 하나, 아가씨도 하나, 다른 고모들도 하나씩. 그렇게 알아서 준비하시고 참석도 자유롭게 하면 될 것 같은데요."

이번에는 셋째 고모가 빈정거렸다.

"언니, 그게 뭐예요. 통일성이 있어야죠. 근본 없는 집안도 아니고."

"아니면 아가씨께서 다 준비하시겠어요? 통일성 있게."

혜리도 셋째 고모에게 물었다. 셋째 고모가 입을 다물었다. 자신이 나서서 하고 싶지는 않지만 누군가는 꼭 해야 했던 일. 그런 일들을 혜리는 여태껏 도맡아 왔다. 15년을 묵묵히 해온 일이니 이제 목소리를 내어도 된다고 생각했다.

"본인이 지키지 못할 의무에 대해 다른 사람한테 강요하시면 안 되죠."

"그래도 질부네는 직계 자손이잖아요. 언젠가 재산도 거의 다 물려받을 텐데."

잠잠히 듣고 있던 승희가 마침내 목소리를 냈다.

"저희는 법정상속분을 포기할 겁니다. 이미 무결 씨와도 얘기를 나눴어요."

밤마다 혼전계약서에 대해 이야기를 나누고 내용을 수정하며 결혼생활의 체계를 만들어가고 있다. 재산에 관한 부분은 일찍이 정리되었다. 승희도 무결도 젊고 능력이 출중하기에, 물려받는 재산 없이도 충분히 생활을 꾸려갈 자신이 있었다.

"저희가 상속받는 재산만큼은 금왕그룹에 재투자하거나 사회에 환원하려고 합니다."

둘째 고모가 믿을 수 없다는 듯 고개를 도리도리 저었다.

"재산에 욕심이 없다고? 그럼 왜 무결이랑 결혼해?"

지그시 미소를 지은 혜리가 또박또박 물었다.

"그 이유를 몰라서 물으시는 거예요, 아가씨?"

둘째 고모의 미간에 딱딱하게 주름이 잡혔다. 그 이유가 뭘까, 실로 궁금해하는 표정이었는데.

"정말 몰라요?"

이를 마주한 혜리의 눈은 이것이 이해가지 않는단 얼굴이다.

매서움과 부드러움이 뒤섞인 혼란의 정찬실. 그 안으로 무결이 들어와 섰다.

"사랑해서 결혼하는 거잖아요, 고모."

탁. 둘째 고모의 앞에 스마트키를 내려놓은 무결은 유유히 승희의 옆으로 가 앉았다.

승희는 무결과 눈을 맞추고는 슬쩍 미소 지었다. 내내 거북했던 공기가 무결 한 사람으로 인해 상쾌해졌다. 여전히 속수무책의 가족. 과연 이 안에서 존중받을 수 있을까 싶게 하는 고모들. '그럼에도 불구하고' 결혼하고 싶은 건, 그저 사랑하기 때문이다.

"고모, 결혼 축하해주려고 오신 거 아니에요? 좋은 말씀만 해주셔야죠."

무결이 식탁 아래로 승희의 손을 몰래 잡으며 말했다. 둘째 고모를 바라보며 말했지만 모든 고모들에게 하는 말이었다.

"그리고 제가 없는 틈을 타서 승희 씨 괴롭히지 마시고요."

누구도 그녀를 건드린다면 가만 두지 않겠다는 뜻이었다.

며칠 전, 저녁. 희재원.

"제사 문제를 정리하려고 해요. 하나로 합치려고."

혜리가 퇴근하고 돌아온 규원에게 말했다. 넌지시 던진 말이었지만 실은 오래전부터 생각해왔던 일이었다.

"그래. 마음대로 해."

규원은 통보와 같았던 혜리의 주장을 사무처리하듯 쉽게 넘겼다. 그리하여 혜리가 도리어 놀랐다.

"진심이에요?"

"그럼. 진심이지. 왜."

"아니, 당신이 단번에 허락할 줄은 몰랐네."

"너무 많긴 했어. 다들 참석하는 것도 아니고. 당신이 스트레스를 받아서 다치는 것보다는 정리하는 게 낫지."

늘 그랬듯 규원의 목소리에는 다정한 기색이 조금도 없었다.

"그 외에도 필요한 게 있으면 얘기해."

하지만 그 건조한 말들 속에는 꾸미지 않은 진심이 있다. 그녀가 말한다면, 그는 들어줄 것이다.

"내가 사람들한테 얘기할까? 이제 제사는 하나로 합치겠다고."

역시 그는 별일 아니라는 듯이 무미건조한 목소리로 제안했다. 그것만으로도 혜리는 큰 힘을 얻게 되었다.

"아니. 그 얘긴 내가 할 거예요. 당신이 얘기하면 나한테 떠밀려서 말한다는 인상을 줄 테니까."

혜리는 스스로 얘기하겠다고 말했다. 빈손으로도 혼자서 씩씩하게 전진하는 우승희처럼, 나도 내 힘으로 내 자리를 만들어내야지. 날 어머니라고 불러주는 사람이 한 명 더 생겼으니 힘을 내야지. 그렇게 내게 소중한 것들을 지켜내야지.

"내가 얘기해야지. 그간 제사를 지킨 사람도 나, 고생한 사람도 나니까 내가 얘기할게."

혜리는 확고하게 말했다.

"그러니 당신은 묵묵히 듣고만 있어요."

희재원 정찬실.

세 명의 고모는 혜리와 무결에게 된통 당한 듯이 멍하니 입을 벌렸다. 급히 정신을 차린 첫째 고모가 규원에게 다그쳤다.

"오빠. 오빠가 말 좀 해봐."

여태 규원은 가만히 고개를 끄덕일 뿐 한마디도 하지 않았던 것이다. 가부장적 사고방식을 가진 규원이 이를 허락했을 리 없다고 생각했다. 그런데.

"나도 이 사람 말이 맞다 생각한다. 그러니 지금처럼 제사를 지내고 싶다면 네가 나서서 준비하도록 해."

규원의 말에 첫째 고모는 경악한 눈으로 따졌다.

"오빠. 내가 얼마나 바쁜 사람인지 몰라서 그래?"

"너희 올케언니는 바쁜 사람이 아니냐?"

규원이 아내의 편을 들자 첫째 고모는 숨을 거칠게 몰아쉬었다.

"하. 말이 안 통하네. 이 문제는 아버지랑 얘기해야겠네."

"아버지도 승낙하신 일이야. 소란 피우지 마. 안 그래도 너희들이 요란스럽게 굴까봐 내려오시지 말라고 했다."

첫째 고모는 씩씩거리다가 입을 닫았다. 더는 어떤 말도 할 수가 없었다. 이윽고 첫째 고모의 눈치를 보던 둘째 고모가 입을 열었다.

"그래. 제사 문제는 그렇다 치고, 애기는 그럼 언제 낳을 건데?"

"저희가 원할 때요. 고모."

이번엔 무결이 나섰다.

"그건 저희가 생각해야 하는 문제예요. 고모가 점지해주시는 게 아니라."

아이 문제는 혼전계약서를 제안했을 때 승희가 가장 먼저 얘기한 내용이었다. 그녀가 수술한 지 얼마 안 된 것도 있고, 얼마간은 회사 일로 바쁠 것이라 예상되어 무결도 급하게 생각하지 않기로 했다. 무결의 방어에 말이 막힌 둘째 고모도 목소리를 높여 따졌다.

"근데 죄다 질부 대변인들이야? 질부는 왜 가만히 있어?"

하지만 승희가 입을 벙긋하기 무섭게 둘째 고모의 시선은 소연에게로 옮겨갔다.

"얘, 새아가, 너는 어떻게 생각하니?"

"네?"

가만히 논쟁을 듣고만 있던 소연이 물었다. 승희는 소연이 힘들어 보여 계속 마음이 쓰였다. 임신 8개월. 배가 나온 소연에게는 앉아 있는 것만으로도 고역일 것만 같았다. 게다가 오가는 이야기가 유익한 것도 아니었다.

"소연이를 생각해서라도 이 얘기는 그만하는 게 좋을 것 같아요."

사람들의 시선이 소연에게 향한 사이에 승희가 무결에게 몰래 말했다. 소연의 표정은 서러움이 가득했다. 그러건 말건, 둘째 고모는 대답을 요구했다.

"우리가 지금 질부한테 아무 얘기도 못 하고 있잖아. 새아가 너는 이 상황을 어떻게 생각하느냐고."

"그래. 두 사람이 대학교 동기라고 했으니까 두루두루 입장을 헤아리겠네. 어떻게 생각해?"

첫째 고모가 둘째 고모의 말을 거들었다.

"일 그만두고, 애 빨리 낳고, 빨리 키우는 게 좋지? 너처럼. 그렇지?"

첫째 고모의 의견에 힘을 얻은 둘째 고모가 턱을 높이 들며 말했다. 소연은 11월에 일을 그만두었다. 이유를 밝히지 않았지만 승희는 둘째 고모의 입김이 들어갔다는 것을 짐작할 수 있었다.

"다른 시어머니들은 며느리 애 낳고서도 회사 다니게 한다더라. 아들 혼자 돈 벌면 힘들까봐. 근데 넌 얼마나 좋으니. 돈 벌어오라는 사람도 없고, 일찌감치 회사도 그만두게 하고. 이제 애만 잘 키우면 되잖아."

승희는 식탁 아래에서 주먹을 꽉 쥐었다.

아이를 키우는 건 고된 일이다. 위대한 일이다. 그녀 또한 알고 있다. 하나, 인생의 고민들을 스스로 생각할 수 있는 기회 없이 아이를 낳아 키우는 것만이 진리라고 말할 수는 없다. 더구나 무얼 해도 에너지 넘치게 할 수 있는 젊은 나이인데. 소연이도 열심히 배웠고, 열심히 배운 대로 좋은 직장에 다니고 있었는데.

둘째 고모는 소연을 가리키며 무결에게 말했다.

"우리 며늘아기 봐라. 그래도 젊을 때 임신해서 건강하니 얼마나 좋으니. 내가 괜히 그래? 다 무결이 너희 가족 행복하고 건강하라고 그러는 거야."

그런데 승희의 눈에 소연은 건강해 보이지 않았다. 창백하던 소연의 안색이 새파랗게 변해가는 것을 가장 먼저 감지한 승희가 의자에서 일어나 소연에게 뛰어갔다.

"괜찮아?"

승희가 움직이니 무결이 뒤따라 일어섰고 모두의 시선이 이를 따라갔다. 둘째 고모는 승희가 제 말을 듣지 않는 것이 불쾌한 듯 씁쓸한 시선을 주고는 소연에게 물었다.

"새아가 왜 그러니. 무슨 문제 있어?"

"아뇨. 잠깐 배가 뭉쳐가지고."

소연이 작은 소리로 대답했다. 배뭉침이라는 말에 둘째 고모는 바로 관심을 거두었다.

"어휴. 임신을 안 해봤으니 이러지. 배뭉침은 몇 분 지나면 괜찮아지니까 놀라지 말고 가 앉아."

"아뇨. 소연이 안색이 너무 안 좋아요."

그러나 승희는 자리로 돌아가지 못했다. 소연이 식은땀을 흘리고 있었다. 호흡도 거칠어졌다. 혜리도 자리에서 일어났다.

"형님이라고 해야지."

둘째 고모는 승희의 호칭을 지적했다. 승희와 소연이 아무리 친구라고 해도, 이제는 동서지간이었다.

"소연이 안색 좀 보시라고요!"

결국 승희의 목소리가 매서워졌다. 이와 동시에 어지러운 듯 천천히 눈을 깜빡거리던 소연의 고개가 옆으로 떨어졌다.

"소연아!"

승희와 무결이 쓰러지는 소연을 받쳐 안았다.

소연은 바로 병원에 실려 갔다. 소연의 남편 혁수도 일을 하다가 소식을 듣고서 쫓아왔고 소연의 친정에서도 달려왔다. 다행히 소연은 병원에 도착하자마자 의식이 돌아왔다. 아기에게도 문제가 없었다. 원인은 저혈압 쇼크라고 했다. 모든 일을 곁에서 지켜본 승희는 소연에게 스트레스 상황이 있었단 사실을 의사에게 알리고 싶었지만 곁에 둘째 고모가 있어 말하지 못했다.

"뭐라니. 애기는 괜찮대?"

혁수가 응급실에서 나오자마자 둘째 고모가 물었다. 아가의 안부가 먼저였다.

"네. 괜찮대요."

혁수가 힘없이 대답했다. 둘째 고모는 이제야 한시름 놓겠다는 듯

의자에 털썩 앉으며 말했다.

"다행이다 얘. 팔삭둥이가 나올 뻔했다. 이제 몸조리 좀 잘하라고 해. 이게 무슨 난리니, 세상에."

둘째 고모는 다시는 있어선 안 되는 일이라는 듯 고개를 저었다.

이 장면을 지켜보는 한 사람이 있다. 시간차를 두고 응급실에서 나온 소연의 아버지, 정한재가 둘째 고모의 앞에 섰다. 호흡을 가라앉힌 둘째 고모가 자리에서 일어서 인사했다.

"사돈어른, 경황이 없어서 인사를 못 했습니다."

그 우아한 인사에도 한재의 얼굴은 어두웠다.

"사돈. 사돈 기 살려주려고 우리 애를 결혼시킨 게 아닙니다."

무겁게 내뱉은 한재의 말에 둘째 고모는 숨을 꿀꺽 삼켰다. 한재는 분노를 꾹 누른 표정으로 말을 이었다.

"끔찍이도 아끼던 딸입니다. 보석보다 귀하게 키워서, 아무한테도 보내기 싫었던 아입니다. 사돈께서도 헤아려주시죠."

목소리는 덤덤하고도 위엄 있었지만 승희는 왠지 한재가 흐느끼는 것만 같았다.

승희는 오래전, 재훈에게 들었던 말을 기억해냈다. 소연의 아버지가 딸바보 아빠라는 거였다. 딸이 선택한 사람이기에 믿고서 딸을 시집보냈을 텐데, 오늘의 자초지종을 들은 심정은 어땠을까. 억장이 무너질 것이다. 게다가 사돈은 딸의 안부를 묻기는커녕 아기가 팔삭둥이로 태어날까만을 걱정하고 있었으니.

한재에게 지적을 당한 둘째 고모의 얼굴이 급하게 붉어졌다.

그때 응급실 앞으로 휠체어가 다가왔다. 휠체어를 끄는 사람은 규원, 그리고 이에 의지하고 있는 사람은 무결의 할아버지 한태조였다.

입술을 굳게 닫고서, 한재만큼이나 침통한 표정으로 다가온 태조가 휠체어에서 몸을 일으켰다. 자리에서 일어서는 것이 버거워 보였지만 태조는 규원의 부축을 거절했다. 남색 중절모를 벗고 정중히 인사한 태조가 입을 열었다.

"얘기 전해 들었습니다. 걱정을 끼쳐서 죄송하고 면목이 없군요."

태조의 갑작스런 출현과 사과에 한재도 난감한 표정을 지었다. 크게 화를 낼 수가 없게 된 것이다.

"회장님, 아니, 어르신께서 이러시지 마십시오. 제가 난처합니다."

"다시는 절대 이런 일 없도록 제가 제 딸애를 잘 가르치겠습니다. 이번만은 사돈께서 너그러이 이해해주셨으면 합니다."

"……사돈 어르신만 믿겠습니다."

한재는 마지못해 사과를 받아들였다.

"제 딸 소연이는 힘들어도 어른들한테는 내색할 줄을 모릅니다. 곁에서 잘 지켜봐주시고 너무 무리하지 않게 해주십시오."

그리고 태조의 손을 부여잡고는 간절히 청했다. 두 사람 모두 기업의 총수였다. 대외적으로는 그토록 근엄하게 권위를 지키는 이들이 딸아이의 아버지로서 서로에게 고개를 숙이게 되었다.

"봐라. 네가 잘못하면 내가 고개를 숙여야 한다."

한재가 떠난 후에 태조가 둘째 고모에게 말했다. 둘째 고모도 이 일이 부끄러운지 고개를 숙인 채 아무 말도 하지 못했다.

소연이 안정을 찾은 후, 승희는 소연과 잠시 단둘이 있게 되었다.

"소연아, 오늘 너무 고생했어."

"승희야, 나는 사실 오늘 네가 너무 부러웠어. 그래서 마음이 힘들었어.”

승희의 말에 소연이 어렵게 입을 열었다.

“내 스트레스를 내가 못 이겨내고 아기도 위험할 뻔했으니 내가 잘못했지.”

소연의 눈에는 눈물이 고여 있었다. 소연은 배 속의 아기를 위험에 빠뜨릴 뻔했다는 것에 크게 죄책감을 느끼는 것 같았다.

“소연아, 네 잘못이 아니야.”

소연이 자신을 탓하는 게 마음 아파서 승희는 얼른 다그쳤다.

“절대 그런 생각 하지 마. 넌 잘못한 거 없어.”

아주 오래전, 천상현이 세상을 떠난 이후의 그날들이 떠올랐다. 그때 승희도 스스로를 원망했었다. 천상현이 그렇게 된 이유를 자신의 탓으로 돌렸다. 또한 스스로를 통제하고 검열하게 되었다. 이제야 승희는 그것이 제 탓이 아니라고 제대로 말할 수 있는 사람이 되었다. 소연에게 또한 바랐다. 어떤 답답한 상황이 닥치더라도 상처를 안으로 밀어넣는 사람이 되지는 말았으면 좋겠다. 상처가 곪아가도록 끙끙대지 말았으면 한다.

가까운 탁자 위에는 큼지막한 과일바구니가 놓여 있었다. 그 옆의 카드에는 ‘건강하렴’이라는 담백한 문구가 쓰여 있었다. 무결의 할아버지, 태조가 직접 쓴 카드였다. 주변 사람들의 걱정과 염려 속에서도 불안을 느낄 수밖에 없는 소연이 안타까웠다. 승희는 자신이라도 소연을 지지해주어야겠다는 생각을 했다.

승희는 소연과 인사를 하고 병실을 나왔다. 병실 밖에선 무결과 혁수가 나란히 앉아 이야기를 하고 있었다. 다른 사람들은 없었다. 둘째 고모는 당분간 소연에게 연락도, 간섭도 하지 못하게 되었다고 한다. 아기가 태어나도 직접 찾아가 안아볼 수 없게 되었다. 태조가 직접 내린 지시였다. 이에 둘째 고모는 아이처럼 울음을 터트렸다 한다. 또한 세 명의 고모들은 승희에게 이것저것 잔소리한 일에 대해서 태조에게 한마디씩 들었다고 한다.

오늘 하루는 이렇게 일단락이 되었다. 정말로 일단락일 뿐이다. 식구가 많은 집안으로 시집을 간다는 것이 어떤 의미인지 승희는 제대로 실감할 수 있었다.

병원에서 집으로 돌아가는 길. 무결이 오늘 일에 대해 승희에게 사과했다.

"승희 씨를 기쁘게 맞는 자리가 됐어야 했는데, 미안하네요."

"무결 씨가 미안할 게 뭐 있어요."

승희는 고개를 도리도리 저었다. 고모들, 그 밖의 무결의 집안 식구들을 상대하려면 더 강하고 더 독해져야 할 필요가 있다고 생각했지만 직접 말로 내뱉지는 않았다. 그녀가 나누고 싶은 이야기는 따로 있었다.

"그것보다, 나한테 다른 할 말 없어요?"

"응? 무슨 말?"

"무결 씨는 알고 있을 것 같은데?"

"내가 뭘 알고 있는데요?"

무엇에 대한 이야기인지, 화제가 불분명한 이야기였기에 무결은 도통 모르겠다는 뜻으로 눈을 삼박거렸다. 말 한마디, 반응 하나하나가 고운 사람이라 그와 대화를 나누다 보면 승희는 버릇처럼 미소 짓게 된다. 그러나 이번엔 그렇지 않았다.

"알고 있잖아요, 무결 씨는."

승희의 싸늘해진 목소리에 무결은 숨을 삼켰다.

"엔젤투자자가 누군지."

심장이 철렁. 유연했던 표정이 금세 굳었다.

올 게 왔구나. 마음의 준비를 하고는 있었지만 막상 닥치니 순간 두려움이 일었다. 진실을 모두 알게 된 그녀가 화를 낼까, 용서해줄까. 그녀의 반응을 가늠하기 힘들었다.

이 세상에서 가장 사랑하는 사람, 그러나 가장 무서운 사람. 무결에게는 호랑이보다, 곶감보다 무서운 사람이 우승희였다. 그녀가 자신으로 인해 웃으면 세상을 다 가진 것 같지만 지금처럼 인상을 굳히고 있으면 심장이 아플 만큼 두근거린다.

"맞구나?"

눈치를 살핀 승희가 눈을 가늘게 뜨고선 물었다.

혼날 거야. 헤어지자고 하면 어쩌지?

혼인계약이 두 건이라는 사실을 알게 된 그녀가 매정하게 돌아섰던 그날이 떠올랐다. 그것을 알기에 얘기하려고 했었다. 정말로 그랬는데. 그녀가 먼저 알아차릴 줄은 몰랐다. 무결의 눈동자가 파르르 흔들렸다.

"어휴. 겁먹지 마! 화 안 내요!"

이를 보다 못한 승희가 먼저 소리 냈다. 그러나 무결은 불안할 뿐이고.

"지금 화내는 거 같은데?"

"그럼 이 정도도 못 하나? 결혼할 사람이 지금까지 나를 속였는데?"

"나도 사실을 안 지 얼마 안 됐어요."

무결은 자그마한 목소리로 고백했다. 속으로는 '혼내지 마. 혼내지 마아아' 이렇게 절규하고 있었다. 그때, 픽, 웃음소리가 들렸다.

"이럴 때 보면 참 순진하다니까."

그녀가 웃었다. 승희가 무결의 멍해진 표정을 태평스럽게 감상하며 담담하게 말했다.

"만나게 해줘요. 최대한 빨리."

"……그것뿐?"

놀란 무결이 물었다.

"왜요?"

"나 안 혼나요?"

"무서웠어요?"

"당연하지."

"그거면 됐어요."

승희는 다 이해한다는 듯이 도도하게 콧방귀를 뀌고는 좌석에 편히 몸을 기댔다. 그게 끝이었다.

하아아. 무결은 십 년 감수한 표정으로 한숨을 내쉬었다. 예비 부인님께서 얼마나 무서운 사람인지 다시 한번 실감한 하루. 와. 말 몇 마디로 사람을 쥐락펴락하는구나. 무결은 몰래 혀를 내둘렀다.

다음날 저녁. 승희는 오랜만에 혼자서 희재원을 방문했다. 무결의 할아버지이자 금왕그룹의 명예회장, 태조를 만나기 위해서였다.

태조와 독대하는 것은 처음이었다. 승희는 혜리의 안내를 받아 서재로 갔다. 태조는 서재에 있었다. 승희가 희재원에 잠입했던 날 들어왔던 곳. 모든 것의 시작이었던 곳. 그 다급한 와중에 네잎클로버를 찾았던 곳. 결과적으로 이곳은 그녀에게 행운과 행복을 선사한 공간이 되었다. 오랜만에 그 서재를 찾으니 감회가 새로웠다.

"안녕하십니까. 회장님."

승희는 소파에 앉아 그녀를 기다리고 있는 태조에게 깍듯하게 인사했다.

"잘 왔어요. 앉아요."

태조도 너그러운 미소로 그녀를 맞아주었다.

"말씀 편하게 하십시오."

"그래도 될까?"

"네."

승희의 권유에 태조의 말투는 더욱 편해졌다. 이제 두 사람은 오랜 인연의 이야기를 시작하려 한다.

"내가 엔젤투자자라는 건 어떻게 알았지?"

태조가 먼저 운을 떼었다.

"할아버님께서 절 만나길 피하신다는 느낌을 받았거든요."

승희는 첫마디부터 핵심을 찔렀다.

"처음엔 어린아이들을 정혼시킨 것에 대한 미안함 때문에 저를 피하신다고 생각했습니다. 그러다가 어제 확신하게 됐죠. 어제는 제가 희재원으로 인사를 드리러 간 날이었는데, 같은 건물에 계시면서 저를 만나려 하지 않으시는 것이 이상했어요. 거동이 힘드시면 저한테 방으로 오라고 하셔도 되는데 그런 말씀도 없으셨어요."

무결은 할아버지를 존경한다고 했는데, 할아버지와 꽤 사이가 좋은 것 같았는데 그 자리에 할아버지가 없는 것이 이상했다.

"집안의 최고 어르신인 회장님께 인사를 드리는 게 제일 먼저라고 생각했는데 아무도 제게 권하지 않더라고요."

승희는 할아버지께서 많이 편찮으신 모양이라고 생각했다. 그런데, 소연이 입원한 병원에는 곧장 찾아왔다.

"하지만 소연이 병원에는 직접 오셨고……."

승희의 지적에 태조는 조용히 찬탄했다.

"실은 지난주에 검찰청에서 조사를 받다가 자선파티 CCTV 동영상을 보게 됐어요."

승희의 이야기는 다른 화제로 넘어갔다. '자선파티'라는 말에 태조의 눈이 잠시 커졌다.

"무결 씨는 할아버지 대신 자선파티를 왔다고 했지만, 그날 회장님께선 몰래 다녀가셨더라고요. 아주 몰래. 투자중계회사의 대표님도 엔젤투자자가 다녀갔다고 했고요. 남색 중절모를 쓴 남자분이 대표님한테 손을 흔드시곤 조용히 떠나는 장면을 봤죠. 아무도 모르더라고요."

아아. 어제 내가 병원에 남색 중절모를 쓰고 갔구나. 자신도 인지하지 못한 실수를 파악한 승희의 눈썰미에 태조는 다시 한번 탄식했다.

"그리고 어제 소연이한테 보내신 카드가 결정적이었죠."

그런데 승희가 파악한 단서는 또 하나가 있었다.

"23년 전 혼인계약서에 쓰인 글씨는 많이 흘려 쓰신 글씨라 알아볼 수 없었는데 어제 소연이한테 주신 카드는 작년 엔젤투자자의 혜택자가 받은 것과 같은 글씨체더라고요."

"그걸 어떻게 알아보지?"

이번엔 태조의 눈썹이 우그러졌다. 소연에게 보낸 카드에는 '건강하렴'이라는 네 글자를 적었을 뿐이다. 하지만 승희가 알아보기엔 충분했다. 승희는 오래전 엔젤투자자의 수혜자가 받은 카드를 완전히 꿰고 있었다.

　—수상을 축하드립니다. 앞으로 좋은 일도 많이 하시며, 계속 번성하길 응원하겠습니다.

　문장, 단어, 어투, 글씨체. 모든 것이 한 장의 사진처럼 승희의 머리에 각인된 카드에는 '하'자가 네 번 들어갔고 글씨의 모양은 모두 같았다. 그리고 어제 같은 모양의 글씨를 발견했다.

　'건강하렴.'

　그 정갈한 흘림체에 승희는 길게 시선을 두게 되었다. 사실 그 후 심증만 가지고 무결을 떠본 것이었는데, 무결이 그렇게 쉽게 걸려들 줄은 몰랐다.

　"눈썰미가 대단하구나."

　태조가 긴 한숨 끝에 말을 이었다.

　"역시 세상일은 뜻대로 되질 않아. 미안하구나."

　사과를 받기 위해 찾아온 건 아니었다. 엔젤투자자가 무결의 할아버지란 사실을 알게 되었으니 이제 순수한 투자는 받지 못하게 되었다. 하지만 그게 중요한 건 아니다. 무결의 말대로, 한무결을 가졌으니 다 가진 것이므로. 투자금은 아쉽지 않다.

　"이제 엔젤투자자로서 저희 회사에 투자를 하실지 하지 않으실지 여부는 중요하지 않습니다. 그냥 묻고 넘어갈까도 생각했어요. 하지만 너무 궁금하더라고요. 왜 농촌으로 일손 돕기를 보내셨나요?"

　그것이 궁금해서 짚고 넘어가고 싶었다.

"그건 저희 회사를 위한 게 아니라 회장님의 손주를 위한 거였나요?"

"아니, 아니야."

오해를 만들 수 없어 태조도 곧장 고개를 저었다.

"처음을 생각해봐. 나는 자네한테 서천에 애인을 데리고 가라고 하지 않았어."

"하지만 두 번째는 그러셨잖아요."

"그건 미안하지만…… 그때는 무결이가 달라지는 게 신기해서 조금 욕심을 부렸지."

심각하게 따질 생각이었는데 태조의 반응을 마주하니 감정이 거두어졌다.

"말씀해주세요. 왜 저를 서천으로 보내셨는지."

승희는 다시 한번 대답을 청했다.

"자네가 참, 젊은 시절의 나랑 비슷해 보였거든."

잠잠히, 태조가 진심을 고백했다.

"목표가 뚜렷하고 꼭 이루고 말겠다는 의지가 강해서 주위를 돌아볼 새도 없이 질주할 거라고 생각했지. 일에 대한 목표를 주면, 어떻게 해서든 그걸 꼭 이루어낼 거라는 확신이 있었어. 그래서 그간 열심히 달려가느라 돌아보지 못했던 세상을 보여주고 싶었지."

태조의 이야기를 듣는 동안 승희의 눈동자가 반들반들하게 젖었다.

일에 대한 목표를 주면, 어떻게 해서든 그걸 꼭 이루어낼 거라는 확신이 있었어.

그 말이 지금까지 겪어온 모든 일들에 대한 위로가 되었다. 일로써 인정을 받은 것이다. 오래전에 이미. 그 말만으로도 마음이 벅찼다.

"무결이 녀석은 어쩌다 걸려든 거고."

그녀의 눈이 젖어드는 것을 확인한 태조가 그녀를 달래듯 농담을 던졌다. 승희도 피식 웃었다.

"실은 오래전에 판단은 끝냈지. 계획대로였다면 8월쯤에 투자금을 받았을 거야. 그런데 무결이 녀석이 자네를 너무 좋아하더라고. 그래서 투자를 미뤘어. 결국 자네는 우리 집안과 얽히는 바람에 투자를 받지 못하게 됐네. 그래도 괜찮은가?"

승희는 언젠가 재훈이 했던 말이 떠올랐다.

그 사람 만나면 네 인생이 뒤집혀.

한무결을 선택하여 그녀의 능력이 묻힐 수도 있다. 세상에는 '금왕그룹 한무결의 아내 우승희'로 알려질 수도 있을 것이다. 그 사실에 빠져 지낸다면 내내 씁쓸하겠지만 이제는 그렇지 않다.

"이미 결정하신 거잖아요."

모든 것을 각오하고 결심한 결혼이다.

"저는 제 힘으로 할게요. 언제나 그랬듯이."

그녀는 모든 짐과 모든 행복을 짊어지고 계속 나아갈 것이다.

"괜찮아요. 돈으로는 가치를 매길 수 없는 사람을 만났으니까."

승희는 씩씩하게 웃었다.

이후 승희는 태조와 대화를 더 나누며 조금 울었다. 태조에게 무결의 어린 시절 이야기를 듣게 되었다. 무결이 어린 나이에 어머니를 여의고 얼마나 힘들었는지, 그리고 얼마나 자책했는지를 들으니 가슴이 아렸다. 그리고 태조에게 감사하게 되었다. 그 옛날 태조가 무결을 위로해준 방법으로 승희도 무결에게 위로를 받았으니 태조가 그녀에게 영향을 끼친 거였다.

태조의 한탄처럼 세상일은 뜻대로 되지 않는다. 하지만 그 뜻밖의 사건들도 자세히 들여다보면 촘촘한 고리들로 연결되어 있다. 그 인과를 이제는 겸허히, 감사히 받아들일 수 있게 되었다. 그 남자 덕분에.

"얘기 잘했어요?"

희재원에서 나오니 무결이 달려왔다. 그도 퇴근을 하자마자 쫓아온 것이다. 승희는 무결의 가슴에 기대어 눈물을 닦았다.

"왜 울어요, 왜, 왜."

무결은 그녀의 반응에 놀란 목소리로 물었다. 승희는 오랜만에 앙탈을 부렸다.

"한무결 씨 때문에 100억을 포기했잖아요."

"내가 줄게, 내가."

무결이 한 치의 망설임도 없이 말했다. 그가 정말로 당장 100억을 내놓을 것 같아서 승희는 고개를 저었다.

*

2월에 결혼식을 올리자는 약속 그대로 무결과 승희는 차근차근 결혼 준비를 해나갔다.

마음 급한 무결이 2월 1일에 결혼식 날짜를 잡아버려 사실상 준비 기간은 한 달 남짓이었다. 어쨌든 크게 어려운 일은 없었다. 두 사람은 이미 함께 살고 있었으니 결혼식 당일의 준비가 거의 전부였다.

그래도 결혼식 준비가 후다닥 끝나는 건 아니었다. 결혼식 전날에는 정신이 하나도 없을 정도였다.

"이것 좀 먹어요."

결혼식 전날. 저녁때가 지났건만 밥을 먹을 새도 없이 이리저리 돌아다니는 승희의 입에 무결이 음식을 넣었다. 갑작스럽게 들이밀어진 음식을 받아먹고만 승희의 표정에는 불만이 가득하다.

"내 입에 뭘 넣어요."

"우승희가 좋아하는 초밥."

"아니, 그러니까 그걸 왜 넣냐고."

"그렇게 안 먹으면 쓰러져요."

하지만 승희가 먹지 않는 이유는 따로 있었다. 함께 드레스를 보러 갔던 혜순의 극찬에 홀린 듯이 머메이드 드레스를 골랐다. 그게 2주 전인데 그간 술자리가 많아 살이 1kg 쪘다. 그 살들이 모두 배로 간 것 같아서 걱정이었다. 드레스를 소화하려면 내일까지는 먹는 걸 자제해야 했다.

"결혼식 끝나고 먹을 거예요."

"결혼식 이전에 쓰러지면 어쩌려고."

"배 나와 보이는 거 싫다고요."

승희의 허리를 덥석 끌어간 무결이 그녀의 배를 서슴없이 더듬었다.

"으악! 만지지 마!"

승희가 기겁했다. 그녀의 뱃살을 확인한 무결이 뚱하게 말했다.

"나온 배도 없고, 그거 먹는다고 살찌지도 않아요."

"한무결 씨가 뭘 몰라서 그래요."

"내가 뭘 몰라. 어디 얼마큼 쪘는지는 내가 다 알아요. 오늘 초밥 몇 개 먹은 게 다 뱃살로 갈 리도 없고 우승희는 여기서 더 쪄도 상관없이 예쁠 거고."

"한무결 씨 눈에나 그렇지, 타인의 평가는 가혹하다고요."

"우승희가 타인의 평가에 좌우되는 사람인가?"

"그럼. 나도 사람인데. 날씬하게 보이고 싶은 건 내 욕망이에요. 욕망은 존중해줍시다."

승희가 약간 목소리를 높이니 무결도 더는 말하지 않았다.

"……그래도 하나는 먹을게요."

미안해진 승희는 결국 제 손으로 초밥 하나를 집어 먹었다.

"맛있긴 맛있네."

"아이, 예쁘다."

잠시 시무룩해 있던 무결이 금세 기분을 풀고 그녀의 머리를 쓰다듬었다.

"우승희는 먹을 때 제일 예쁜데."

"어쩌겠어. 예식장에서 초밥 먹으면서 입장할 수도 없고. 근데 배좀 만지지 말아줄래요?"

머리를 쓰다듬던 손이 물 흐르듯 자연스레 배로 내려가자 승희는 바로 표정을 바꿨다. 하지만 그는 들은 척도 하지 않는다.

"안 되겠다. 혼전계약서 좀 가져와요. 함부로 배 만지지 말라는 조항을 추가해야겠어요."

혼전계약서를 고칠 수 있는 날은 오늘밖에 없다. 내일이면 '혼 후'가 되니까.

"이미 계약서에 도장 찍었는데 뭘."

승희의 경고에도 아랑곳하지 않는, 뻔뻔한 예비 남편.

"그리고 그건 협의 불가인데? 억울하면 그쪽도 만지시든가."

"와. 진짜 얄미워."

그래도 몇 분이 지나니 잠시 탈선한 나쁜 손도 곱게 돌아왔고 자연스레 실랑이는 사라졌다.

결혼 전날 밤. 내일이면 유부녀, 유부남이 된다. 이미 함께 살고 있고, 남들도 다 알고 있으니 결혼식으로 진짜 부부가 되는 것이 큰 의미가 있겠나 싶었는데 막상 그날이 다가오니 기분이 이상했다. 기분이 너무 묘해서 빨리 결혼식을 끝내고 싶은 마음도 있다. 아무 말 없이 고요한 그 또한 그런 기분을 느낄까 싶어 승희는 가만히 물었다.

"무슨 생각해요?"

그가 그녀의 어깨에 몸을 기댄 채로 말했다.

"빨리 내일이 됐으면 좋겠다는 생각이요."

나도 그런데. 승희가 반가운 마음에 맞장구를 치려할 때 무결의 목소리가 다시 들려왔다.

"정확히는 내일 밤."

그러나 무결의 의도는 그녀와 달랐다.

"건전한 동거생활도 이제 끝이지."

가늘게 뜬 그의 눈이 날렵하게 반짝거렸다. 보통사람 우승희는 도통 이해할 수가 없는 말이었다. 아니, 우리의 동거생활이 대체 뭐가 건전했다는 건지.

한파가 조금은 누그러진 2월의 주말.

하얀 웨딩드레스를 입은 신부가 신부대기실에 곱게 앉아 있다. 바르고 곧은 자세, 환하게 빛나는 얼굴, 강단 있는 입매에 맑고 큰 눈. 그 우아하고 고고한 모습은 즉위식을 앞둔 눈의 여왕 같기도 했다.

"언니가 결혼을 하다니. 언니가 나보다 빨리 결혼을 하다니."

일찍 예식장에 도착한 혜순이 이제야 승희의 결혼을 실감한 듯 한탄하다가 고개를 돌렸다. 새신랑 무결이 신부대기실에 죽치고 앉아 있는 게 의아했다.

"근데 무결 님, 왜 여기 계세요? 하객들이랑 인사 안 하세요?"

"으응."

하염없이 승희를 바라보던 무결이 마지못해 대답했다. 하지만 혜순이 떠난 후에도 무결은 계속 신부대기실에 남아 있었다. 승희가 물었다.

"정말 안 나가요?"

"발이 안 떨어지네. 많이 봐둬야 할 것 같아서."

승희에게서 눈을 떼지 못한 무결이 느릿하게 턱을 괴며 말했다. 그가 이토록 빤히 쳐다보니, 승희는 더욱 미안해졌다. 그녀가 웨딩드레스를 입은 모습을 보는 건 오늘이 처음이자 마지막일 터였다. 승희는 바쁘다는 핑계로 웨딩드레스도 혜순과 골랐고 웨딩사진 촬영도 건너뛰었다.

"둘만 있을 때 또 입어주면 안 되나?"

그 조근조근한 목소리에 승희는 홀린 듯 고개를 끄덕였다. 그녀의 응답에 그의 입술이 천천히 길어졌다. 그제야 그는 자리에서 일어나며 재킷의 단추를 잠갔다. 몸에 꼭 맞춘 턱시도가 그의 호리호리한 몸매를 돋보이게 했다. 한무결 또한 오늘 멋짐의 정점을 찍었다. 하지만 스스로는 잘 모르는 것 같았다. 평소에는 예쁜 척 멋진 척 능청스러운 얼굴로 자신감을 드러내는 남자가 오늘은 웬일인지 겸손했다. 또한 유난히 안절부절못하는 것 같았다. 그 이유는…….

"승희야."

"재훈아."

신부대기실을 나서려는데 승희의 친구 김재훈과 맞닥뜨렸다.

아니, 결혼식장에 김재훈을 불러? 무결의 시선이 다시 신부대기실 안쪽으로 돌아왔다. 승희를 바라보는 놈의 눈빛은 짜증나게 그윽했다.

"와줘서 고마워."

"당연히 와야지."

승희의 인사에 자연스레 답하는 놈의 목소리를 들으니 심기가 불편해졌다. 애틋한 눈 하지 마. 전남친 코스프레 하지 마.

"그만 봐."

무결이 이를 악물고서 대기실 쪽으로 경고를 흘려넣었다. 두 사람 다 이 목소리를 듣지는 못한 것 같지만 눈빛의 살기는 느껴졌는지, 재훈은 곧 고개를 돌렸다. 재훈이 먼저 무결에게 다가와 미소 지으며 인사했다. 그러나 악수를 하는 표정들은 웃고 있는데도 참 살벌하다.

"결혼식을 너무 급하게 하시네요."

"어쩔 수 없었죠. 누가 훔쳐 갈까봐."

미소를 머금고 하는 인사였지만 무결의 말에는 가시가 돋아 있었다.

예식 시간이 가까워오자 신부대기실을 찾는 하객도 더욱 많아졌다. 무빈도 오랜만에 얼굴을 보였다.

"축하해요."

무빈의 담백한 인사에 승희는 반갑게 미소 지었다.

명중우와 헤어진 후, 무빈은 회사를 그만두었다. 사람들의 시선이 부담스러워서였다. 기자들도 많이 찾아와서 금왕그룹에서도 그것이 최선이란 결론을 내렸다. 회사를 그만둔 무빈은 긴 여행을 떠났다. 무결의 결혼식이 아니었다면 한국으로 돌아오는 일도 없었을 것이다. 명중우에게서 해방된 무빈의 표정은 한결 좋아 보였다. 무빈이 승희에게 장난스럽게 말했다.

"형님이라고 불러봐요."

"형님."

"부르지 마."

"왜요. 하라고 하셔서 했더니."

"그렇게 곱게 불러주니까 재미가 없네."

무빈은 심통 난 목소리를 냈지만 승희의 귀에는 정겹게 들렸다. 오래전 명중우의 집에 쳐들어갔던 그날, 그날을 기점으로 승희는 무빈을 껄끄럽게 여겼던 마음을 모두 거두었다. 이제는 애틋함만 남았다. 진심으로 무빈이 행복했으면 한다.

"오래전에 있었던 일은 잊어요."

무빈이 다시 입을 열었다. 한무빈 식의 사과였다. 미안하다는 말은 하지 않는다. 다만, 잊으라고 말한다.

"형님도요. 잊어요. 다."

승희는 눈동자가 반짝이는 무빈을 위로했다. 무빈이 입술을 쓰게 들어 올리며 피식 웃었다.

"난 결혼식 사진만 찍고 바로 떠날 거예요. 할 말 있으면 지금 해요."

"건강하세요, 항상."

"흥. 올케나 건강하시지."

참으로 한무빈다운, 오만하고 도도한 인사였다. 승희는 그 인사가 마음에 들었다.

이윽고 예식 시작을 알리는 종소리가 울렸다. 승희도 홀 입구로 이동했다. 무결은 이미 입장을 마친 상태였고, 홀 입구에는 승희의 아빠 남수가 그녀를 기다리고 있었다. 머리를 염색하고 정장을 차려입은 남수도 우승희의 아버지답게 젊은 시절의 미모가 슬쩍 엿보였다.

"우리 아빠 멋있네."

승희가 긴장을 감추며 남수에게 한마디 했다. 하지만 남수가 딸의 긴장한 모습을 눈치채는 건 어렵지 않았다.

"그럼, 아빠가 멋있으니까 우승희가 태어났지."

남수는 그녀를 다독이듯 차분하게 대답하고는 손을 내밀었다. 예식장의 문이 열리고 스포트라이트가 쏟아지는 주단이 눈앞에 뻗어 있는 것이 보였다. 그 길의 끝에는 언제나 한결같이 늠름했던 무결이 서 있다.

내가 걸어가는 방향으로, 내 손을 잡기 위해 서 있는 그대. 언제나 내게 먼저 다가와주었던 그대에게, 오늘은 내가 가는 날이다.

두 사람 사이에 놓인 직선의 길. 무결은 웨딩로드를 걸어 그녀의 손을 잡아 데려오고 싶었지만 진득하게 기다렸다. 그녀에게 닿는 것이 항상 어려웠는데, 언제나 돌아서 어렵게 갔었던 것 같은데. 이제 돌아서 갈 필요 없이 곧장 그녀에게 닿을 수 있다는 사실이 새삼 신기했다.

박수갈채가 가득한 길을 지나 승희와 남수가 무결의 앞에 섰다. 무결이 인사하니 남수가 무결의 어깨를 꼭 안아 토닥였다.

"건강해야 해."

축하한다는 말도, 환영한다는 말도, 잘 부탁한다는 말도 아니었다. 남수의 인사는 그저 친척 어른이 헤어질 때 으레 하는 보통의 인사처럼 담백했다. 그 순간 무결의 머릿속으로 스포트라이트만큼이나 강렬한 불빛이 번쩍하고 지나갔다.

'아……'

어렴풋하지만 확실한 기억이 기적처럼 떠올랐다. 까만 밤에 별을 길어 올리듯이.

아주 오래 전, 남수와 만난 적이 있었던 것이다.

병원을 다니는 게 하루 일과의 전부라 유치원도 다니지 못했고 친구도 없던 여섯 살 시절.

그런 날들이 지긋지긋하여 일탈을 결심한 어린 무결은 희재원에서 도망쳤다가 경찰관에게 발각되었다. 경찰관 아저씨가 집 주소를 물었지만 무결은 대답하지 않았다. 결국 무결은 아저씨에게 과자와 사탕까지 얻어먹은 뒤에 집 주소를 알려주었다. 집까지 가는 길, 무결이 다리가 아파 힘들어하니 경찰관이 업어주었다. 그리고 집 앞에 다다랐을 즈음 무결은 아저씨의 등에 업힌 채로 정신을 잃고 말았다. 가출에 실패하여 혼이 날까 두려웠던 것 같다.

한 시간 남짓 지난 후 의식이 돌아왔다. 무결은 침실에 누워 있었고 눈앞에는 경찰관이 있었다.

"인사하려고 기다리고 있었어. 깨어났으니 됐다."

경찰관은 무결이 눈을 뜨자마자 자리에서 일어났다. 그러나 잠시 후 주머니에서 지갑을 꺼내 사진 한 장을 보여주었다. 개나리꽃이 만발한 공원에서 야무지게 웃고 있는 여자아이의 사진이었다.

"아저씨 딸 보이지? 이쁘지?"

경찰관이 물었다. 대답을 강요하는 듯했지만 인정할 수밖에 없었다. 사진 속의 아이는 여태껏 봤던 여자아이들 중에 가장 예뻤다.

"얼른 병 낫고 건강하게 뛰어다니게 되면 아저씨 딸 소개시켜줄게."

그런 걸로 되겠나요, 아저씨. 뚱하니 사진을 보던 무결이 말했다.

"결혼할래요. 다 나으면."

"허허. 요 녀석 봐라."

어린 무결의 당돌함에 경찰관은 웃고 말았다.

"아저씨 딸 좋아하는 녀석들이 수두룩빽빽이야. 줄 서야 돼."

그러나 경찰관은 그런 무결이 귀여운 듯 오래 토닥였다.

"그래. 다 나으면, 그 문제에 대해 심도 있게 얘기해보자. 우선은 건강이 최고야."

경찰관은 진지하게 굳어 있던 무결의 얼굴이 환하게 펴지는 것을 확인하고서 떠났다.

아버님은 그날을 기억하고 있으신 걸까. 그날을 떠올린 무결의 눈이 슬쩍 젖었다. 기억이 반가웠다.

오래 묻어두고 있었지만 섬광과 같이 떠올랐다는 건, 잊지 않았다는 것. 잊지 않은 것은 되돌아온다. 어쩌면 그는 오래전부터 오늘을 기다리고 있었는지도 모르겠다. 그건 오래전에 정해진 운명이었는지도.

결혼식은 축제 같았다. 눈물을 훔친 사람은 혜리가 유일했다. 이 또한 무결을 제외하고는 아는 이가 없었다. 결혼식이 끝난 후, 무결은 혜리에게 다가가 안아주었다. 즐겁고 말끔한 결혼식이었다.

승희와 무결은 혜순이 예쁘게 꾸민 웨딩카를 타고 세열을 운전기사 삼아 이동하게 되었다. 신혼여행은 다음날 떠나기로 했으므로 예식장에서 신혼집까지 짧은 거리를 이동하는 것이었지만 그럭저럭 기분은 낼 수 있었다.

문제는 웨딩카에 혜순, 철순, 앙드레까지 함께 오른 것. 부러운 눈길로 리무진을 보듬는 철순과 앙드레의 표정에 마음이 약해진 무결이 함께 드라이브를 가자고 제안한 것이다. 그것이 화근이었다.

　서천에서의 추억을 이야기하며 하하호호 웃던 이들은 어느새 신혼집에까지 들어와 있었다. 그저 차를 한잔 대접하고 보낼 생각이었는데 예상치 않게 판이 길어졌다. 승희가 일 얘기를 꺼낸 것이다. 내일부터 신혼여행을 떠나 자리를 비우기에 일러둘 것이 많았다. 실은 승희가 너무 바빠서 신혼여행도 건너뛰려다가 무결의 고집으로 일정을 잡았다. 하여 무결은 승희가 결혼 당일 일에 매진해 있는데도 아무 말 하지 못했다. 하지만 일 얘기를 끝내고도 이들이 움직이지 않자 무결은 서서히 서러워졌다.

　"우리 저녁은 족발 시켜 먹을까?"

　다이어트에서 해방된 승희가 저녁 메뉴를 제안했다.

　"오, 좋아요!"

　트윙클에셋의 멤버들과 세열은 기쁘게 반겼지만 무결은 슬프게 웃었다.

　결혼만 하면 행복할 줄 알았지. 그랬지.

　그러나 불만을 토로할 수는 없었다. 그녀가 그간 자신의 가족과 친척들에게 얼마나 시달렸는지를 생각하면 오늘의 고충은 아무것도 아니었다.

　"언니, 언니 남편이 천재라서 정말 좋아요. 사업에 보탬이 되는 일을 하셨어요."

　혜순이 마치 우승희가 사랑 때문이 아니라 일 때문에 결혼했다는 듯이 말해도.

"와! 근데 형님 집 엄청 좋다! 가끔 놀러 와도 돼요? 많이는 아니고 한 달에 한두 번 정도만."

철순이 신혼집에 한 달에 한두 번이나 놀러 오겠다고 선포해도, 그저 자애롭게 웃었다. 오늘 결혼을 한 신부가 오늘 결혼했다는 사실을 깡그리 잊은 양 해맑게 웃고 있었기에.

그래. 네가 좋으면 나도 좋아.

인부지이불온(人不知而不慍) 불천노(不遷怒)라. 무결은 결혼과 동시에 작별할 줄 알았던 공자님을 다시 소환하여 뜻깊은 시간을 보냈다.

손님들은 저녁을 먹고 차까지 마신 후 8시가 넘어서야 떠났다. 승희가 긴 하루가 드디어 끝났다는 듯이 길게 기지개를 켰다. 나는 이제 시작인데 말이야.

"미안해요. 피곤하죠?"

일 얘기가 너무 길어진 것이 미안한지 승희가 사과했다.

"아니. 안 피곤한데."

무결이 세상 진지하게 대답했건만 승희는 대답을 듣지도 못하고 곧장 주방으로 가 고무장갑을 꼈다. 무결이 쪼르르 쫓아갔다.

"뒷정리는 내가 할게요. 무결 씨는 쉬어요."

"지금 그걸 하겠다고?"

"내일은 할 새가 없을 수도 있으니까. 대강 헹궈서 세척기에 넣으면 돼요."

승희는 낭랑하게 대답하고서 물을 틀었다. 개수대의 맑은 물소리가 주방에 가득 찼다. 무결은 더 참을 수가 없어 승희에게 다가가 끌어안았다. 고무장갑을 끼고서 그릇을 들고 있으니 어디 도망갈 수도 달리 움직여 밀어낼 수도 없었다. 커다란 손이 옷자락을 크게 들추고서야 승희는 비로소 깨달았다. 자신이 무얼 놓쳤는지를.

"……나 이것만 하면 안 될까요?"

"안 되는데."

내 남편이, 삐쳤구나. 그동안 그가 얼마나 자신을 애지중지해왔는지 알기에 승희는 눈치껏 물을 잠갔다. 적막해진 공기를 꽉 채운 긴장감.

"부인이 선택하시죠."

그의 나긋한 목소리가 여느 때보다도 묵직하게 내려앉았다. 뒤돌아선 승희가 그를 향해 고개를 올렸다.

"내가 기분 좋은 게 좋은지. 부인이 기분 좋은 게 좋은지."

우수에 찬 눈동자가 진득하게 반짝거렸다. 선택지는 그의 손아귀에 있는 것, 두 개뿐이다.

"무섭게 왜 그러십니까."

"뭐가 무서워. 나 웃으면서 말하고 있는데. 선택하라니까?"

하아. 못 살아. 왠지 그 선택지에서도 답은 이미 정해져 있는 느낌.

"무결 씨가 좋은 대로 하는 게 좋겠네요."

승희가 이미 정해진 대답을 읊으니 만족스러운 듯 무결의 입술이 길어졌다.

"당연히 그래야지."

무결은 그녀를 번쩍 안아 들고 침대로 이동했다. 이제 두 사람의 신혼방이었다. 널찍한 침대에 승희를 눕혀놓은 무결이 내려뜬 눈으로 그녀를 바라보며 티셔츠를 벗어 던졌다. 탄탄하게 다져진 근육에 마음을 빼앗긴 사이에 그녀의 옷자락도 들려 올라갔다. 잠시도 지체할 수 없다는 듯 그의 모든 동작은 정확하고 재빨랐다. 그녀의 입술에, 눈에, 귀에, 목에, 잡아먹을 듯이 키스를 퍼붓는 동안 승희는 그에게서 열이 나는 줄 알았다.

"근데요, 무결 씨 열나는 거 아니에요?"

"아닌데요."

"몸이 너무 뜨거운데요."

의미심장한 눈빛에 둘 사이의 공기가 이글거렸다. 그건 널 잡아먹기 위해서지. 그가 눈빛에 숨겨둔 말이 들려오는 것만 같았다. 승희는 숨을 꼴깍 삼켰다. 입술에, 탄탄한 가슴에, 커다란 손에 피어난 열기는 오늘만을 참고 인내해온 짐승의 것이었다. 눈이 마주칠 때마다 그가 눈웃음을 보여주는데도 그녀는 따라 웃지 못했다. 자신의 정도와 그의 이상이 너무나 다른 것 같아 더럭 겁이 났다. 게다가…… 오늘은 이 남자를 너무 화나게 했다는 생각도 들었다. 심장이 점점 급하게 떨려오는데, 귀를 질척하게 적시는 소리가 온몸을 가득 울렸다. 호흡이 갈급해지자 울컥 울음이 나올 것 같았다. 순간 그가 나긋한 목소리를 그녀의 귓가에 흘려넣었다.

"괜찮아. 무섭게 안 해."

결국은 그 말에 눈물이 났다. 결혼식 내내 한 방울도 흘리지 않았던 눈물이었다. 이 남자는 그녀가 원하면 무엇이든 들어준다. 자신의 욕망과 그녀의 욕망이 상충할 때에도 강하게 으름장을 놓았다가도 한 발 물러난다. 언제나 그랬고 앞으로도 그럴 것이다.

"아니. 나도 무결 씨가 기분 좋은 게 좋아요."

승희는 그제야 제대로 응답해주었다. 마음에서 우러나는 대로. 응답을 받아들인 무결이 씨익 웃었다. 여전히 야릇한 페로몬이 그를 감싸고 있었지만 그 안에 남편으로서의 듬직함이 보였다.

한무결의 내면을 제대로 들여다보게 된 밤. 많이 새로웠고, 조금은 버거웠던 밤.

새벽이 되어서야 겨우 남편의 손에서 풀려난 승희는 여지없이 늦잠을 자고 말았다.

'아이고오…….'

작게 신음을 내며 몸을 일으키니 옆자리는 비어 있었다. 무거워진 몸을 이끌고 주방으로 갔다. 어제 치우지 못한 그릇들은 보이지 않았다. 개수대가 말끔해져 있다.

"괜찮아요?"

잠시 후 뒤편에서 소리가 들렸다. 일찍 일어난 무결이 샤워를 하고 나온 것이다. 그간의 욕망을 모두 채운 무결은 윤기가 좔좔 흐르는 반들반들한 얼굴이었다. 승희가 어색하게 대답했다.

"그럼요."

"괜찮으면 오늘 또 하자."

그의 해맑은 제안에 승희는 따라 웃지 못했다. 그저 그의 체력이 부러울 뿐.

"어차피 신혼여행 가도 방에만 있을 텐데, 그냥 가지 말까요?"

"왜 방에만 있어요?"

"그냥…… 신혼이니까?"

많은 것이 생략된 그의 대답에 승희는 몰래 한숨을 쉬었다.

"씻고 올게요……."

욕실로 떠나려는 승희를 무결이 잡았다.

"잊은 거 없어요?"

"네?"

"오늘부터 계약 이행해야지."

아아. 혼전계약서에 무결의 고집으로 넣은 문장이 몇 개 있었다. 그중 하나가 '아침저녁으로 뽀뽀하기'.

뽀뽀가 하고 싶으면 자기가 하면 될 텐데, 굳이 받으려 하는 그가 얄밉기도 했지만 그녀는 너그러운 마음으로 다가갔다. 어쨌든 뽀뽀는 두 사람이 같이해야 하는 것이므로. 승희가 발꿈치를 들어 올려 그의 입술에 쪽, 입 맞추니 그가 허리를 굽혀 깊숙이 침입해왔다. 머릿속이 희뿌예지며 어젯밤 제 몸에 새겨진 자극들이 다시 떠올랐다. 아랫배가 뜨거워지며 다리에 힘이 풀릴 것 같았다. 아침저녁으로 이렇게 하면 몸이 참 야해질 것 같다. 농탕한 상상에 어지러워진 승희가 그를 벗어나려 하는데 무결이 다시 한번 그녀를 잡았다.

"또 있잖아. 또."

그녀 또한 알고 있었다. 아침저녁으로 해야 하는 것은 한 가지가 더 있었다. '사랑한다고 말하기'. 하지만 승희는 뾰로통하게 대꾸했다.

"무결 씨가 먼저 해도 되잖아요."

"하기 싫으면 관둬요."

"어우, 참."

무결이 삐친 듯 돌아서니 승희가 한숨을 푸욱 쉬었다. 결혼을 했건만 밀당이 계속되는 느낌이었다. 그간 받은 게 있으므로 이번엔 그녀가 말해야 했다. 입을 꾹 다물고 있는 것은 그를 서운하게 할 수도 있다.

"사랑한다고요, 됐어요?"

"진정성 있게 다시."

"너무 하네 정말."

불퉁스럽게 대꾸한 승희가 다시 입을 열었다.

"사랑해."

단 세 음절의 말일 뿐인데 그 어떤 말보다 묵직하게 심장을 압박했다. 빤히 바라보던 그가 흐뭇하게 웃으며 응답했다.

"나도 사랑해."

승희는 후우우, 길게 한숨을 내쉬었다.

"왜요?"

"언젠가 버릇이 되면 이 말이 낡을 것 같아서요."

사랑한다는 이 애틋한 말이, 우리가 남발해서 가벼워지면 어쩌지? 설레지도 않고 부끄러워지지도 않게 되면 어쩌지?

그녀의 괜한 걱정에 그가 다정하게 답했다.

"버릇이 되면 다른 재미가 생기죠."

"어떤 재미요?"

"안 하면 찝찝해질걸?"

그렇구나. 승희는 웃고 말았다.

이렇게 우리는 서서히 서로에게 물들어가고 길들어간다. 내 옆에 당신이 있는 것은 습관이 되고 버릇이 될 것이다.

아침에 일어나서, 밤에 잠들 때. 맛있는 걸 먹을 때, 함께 TV를 볼 때, 사람들을 만날 때. 웃을 때, 울 때. 많은 시간, 많은 날들. 이제 내 옆에는 그대가 있을 것이다. 그대의 옆에는 내가 있을 것이다. 내가 늦는 날, 그대는 버릇처럼 나를 찾게 될 것이다. 내가 집으로 돌아와 그대의 옆에 누우면, 그대는 오늘의 계약을 이행하지 않았다며 키스하고 사랑한다 말해줄 것이다. 사랑이 당연하도록 만들어줄 것이다.

"얼른 씻고 와. 밥해줄 테니까."

"오올. 무결 씨가 해주려고?"

"어쩔 수 없죠. 내 체력이 남아도니까."

쪽.

"사랑해요."

이번엔 승희가 자발적으로 고백했다.

"선금은 없어요. 이따 저녁때 또 받아낼 거야."

무결이 위로 치솟는 입술 끝을 애써 붙들며 말했다.

《혼전계약서》 본편 마침.

[에필로그 1]

아기가 있었으면 좋겠어

1년 전. 승희와 무결은 결혼 준비를 하며 혼전계약서를 썼다.

"주 5일 근무. 금요일 밤 8시부터 월요일 아침 8시까지는 가족과의 시간이다. 일하지 않는다."

승희는 무결이 추가한 조항을 한번 읊고는 무결을 빤히 바라보았다.

너 결혼하기 싫지? 눈치를 주었건만 무결은 뻔뻔한 표정이다. 승희는 소리 높여 따졌다. 주 5일 근무라니.

"이게 무슨 소리예요. 나 스타트업 대표라고요. 스타트업 대표가 주 5일 근무하면 직원들이 다 나가요. 대표가 열정이 없다고."

"원래 일 잘하는 애들은 짧고 굵게 하는 거예요."

"그럼 회사도 짧고 굵게 운명한다고요."

아무래도 그는 부잣집 도련님이라 개미들의 일하는 방법을 모르는 것 같았다. 개미의 대부분은 일개미야. 일을 하는 게 숙명이라고. 안 그러면 이 경쟁 사회에서 내 식구 개미들을 지킬 수가 없단 말이야.

"나 어플리케이션 회사 대표예요. 앱은 24시간 돌아간다고요. 말썽 생기면 한밤중에라도 뛰어나가야 해요."

"뛰어나갈 일은 없을 거예요. 웬만한 건 나도 도울 수 있어요. 나도 어플 좀 만질 줄 알아서."

무결이 자신의 능력을 내세워 그녀를 설득하고자 했다. 그럼에도 그녀의 시무룩한 표정은 풀리지 않았다. 이윽고 마음이 약해진 무결이 다시 말을 꺼냈다.

"······토요일 정오부터 월요일 아침 8시까지. 더는 양보 못 해요. 할아버지도 말씀하셨잖아요. 승희 씨는 주위를 돌아보지 않고 질주하는 경향이 있다고."

무결의 수정 제안에 승희는 머뭇거렸다. 마음이 조금씩 움직여갔다.

"승희 씨 건강을 위해서 이렇게 해야 해요."

"······알았어요."

결국 승희는 제안을 수락했다. 그러나 무결의 제안은 이게 다가 아니었다.

"승희 씨뿐 아니라 직원들도 퇴근시켜야 해요."

승희는 기함했다.

"내 회사에까지 관여하겠다고요?"

"직원들 다 가족 같다면서. 승희 씨 가족이면 내 가족이에요. 나는 내 가족 주 6일 이상 근무하는 건 못 보겠네요."

"매번 주 6일 근무는 아니거든요."

"인간적으로 주말은 쉬게 해주자고요."

승희의 입술이 불퉁스럽게 튀어나왔다. 그가 지적하는 것을 인정하자니 서러워졌다.

"알았어요. 대신 유동적으로 해요."

"그럼 일할 경우엔 벌칙."

무결이 이미 계획이 짜여 있다는 듯 곧장 대꾸했다.

"벌칙이라뇨?"

"내가 원하는 걸 할 것."

"뭘 시키려고."

"시킬 건 많죠."

왠지 무서웠다.

"왜 눈을 빛내요. 무섭게."

"내 눈은 원래 우수에 젖어 있어요."

그게 아닌 것 같은데? 뭔가 노리는 것 같은데?

그토록 상냥하게 미소 짓다가도 뜻밖의 포인트에서 웃음기를 확 지우고 매섭게 손을 뻗는 사람이다. 그가 원해서 이루어지지 않은 적은 없었다. 승희는 계약을 지키지 못하게 될까봐 벌써 두려워졌다.

*

결혼 이전 혼전계약서의 계약대로 승희는 열심히 살고 있다. 트윙 클에셋의 주 5일 근무제는 이제 완전히 정착되었다. 교대로 당직을 해야 하는 개발자들을 제외한 다른 직원들은 모두 주 5일 근무를 지키고 있다.

일벌레 승희 또한 토요일 오후부터 일요일까지는 절대 일을 하지 않았다. 그러나 평일에 그녀는 자주 정신없는 모습을 보였다. 무결이 생각지도 못한 부작용이었다. 주말에 할 일을 평일에 모두 해치워야 하기에, 승희는 집에서까지 일을 붙들고 있는 경우가 많았다. 어떨

때는 울면서 일을 했다. 바쁠 때는 무결이 밥도 먹여줘야 하고 양치질도 시켜줘야 한다.

"칫솔 들어간다. 아, 하자."

"아아아 엉엉."

승희는 징징대면서도 착하게 입을 벌렸다. 무결은 평일에 일거리를 들고 집에 오지 말라는 조항은 왜 만들지 않았을까 매번 후회했다. 하지만 그녀를 먹이고 씻기는 게 힘들지는 않았다. 아니, 오히려좋았다. 자신이 없으면 그녀가 아무것도 못 할 거란 사실이 만족스럽고 뿌듯했다. 또한 일을 끝낸 후에는 보람도 있었다. 바쁠 때 도움을받은 만큼, 그녀가 잘해주는 것. 그리고 자신이 욕심껏 괴롭혀도 이해해주는 것.

평화로운 날들이 흘러흘러, 연말의 어느 날. 회사의 히터 앞에 앉아 꾸벅꾸벅 졸고 있던 승희를 혜순이 깨웠다.

"언니, 잠은 집에 가서 주무셔야죠."

"어어? 나 자는 거 아니야. 잠깐 눈만 감고 있었어."

귀신을 속이지 자신을 속이느냐는 듯 혜순이 씨익 웃었다.

"요즘 몸이 노곤하다. 목도 붓는 거 같고."

"감기 오려나 보다. 저 목감기 약 사다놓은 거 있는데 드릴까요?"

혜순은 곧장 제 자리의 서랍에서 감기약을 꺼내 승희에게 주었다. 이를 건네받으려 손을 뻗었던 승희는 바로 거두었다.

"아니야. 괜찮아."

무언가 걸리는 게 있었다. 내심 불안해진 승희는 곧장 약국으로 가임신테스트기를 세 개 구입했다. 테스트기의 결과를 기다리는 동안오만 가지 생각이 겹쳤다. 그리고 5분 뒤, 테스트기들에 순차적으로 표시선이 나타났다. 다른 회사의 제품 세 개를 썼는데 세 개의 테스트기가 가리키는 사실은 하나였다.

"하하…… 이 남자가 정말."

헛웃음과 함께 한탄이 나왔다. 막막했다.

일이 이렇게 바쁜데? 눈물 나게 바쁜데 임신이라고?

그러나 떠올려보니 무결을 탓할 게 아니었다.

"괜찮아요. 생기면 낳지 뭐."

어느 날인가 일이 잘 풀려 기분이 좋았던 자신이 먼저 애교를 부렸던 것. 무결은 이에 이용당한 죄밖에 없었다. 이제 어떻게 해야 하나. 승희는 무거운 마음으로 퇴근했다.

"왔어요?"

축 처진 어깨로 집에 돌아오니 소리가 들렸다. 무결이 주방에서 달그락거리고 있었다. 기가 막힌 냄새가 후각을 자극했다. 소리와 냄새에 이끌려 주방에 이르니 그저께부터 왠지 먹고 싶었던 음식, 누룽지 백숙과 동치미가 식탁에 한 상 크게 올라가 있었다. 음식 취향을 생각하면 두 사람은 영락없는 영혼의 단짝이었다.

"먹고 싶어서 사 왔는데 괜찮지? 씻고 얼른 와."

"……."

왜? 뭐 할 말 있어요?"

멍하니 서 있는 승희에게 무결이 물었다.

"아니, 먹고 얘기할래요."

승희는 일렁거리는 마음을 감추고는 서둘러 욕실로 갔다.

백숙은 승희가 그리던 맛 그대로였다. 사람에겐 모름지기 말을 해야 마음이 전해지는 건데, 그는 말하지 않아도 그녀의 마음을 읽을 수 있으니 신기했다. 이 작은 순간이 기적처럼 여겨질 때도 있다. 이 작은 순간을 기적처럼 여기게 되면 흘러온 삶 자체가 축복이 된다.

"오늘 무슨 일 있었어요?"

무결이 물었다.

"네?"

"아까 집에 왔을 때 표정이 안 좋았는데."

이번에도 무결은 그녀의 속을 훤히 들여다보듯 말했다.

"아니, 아니에요."

승희는 미소와 함께 고개를 도리도리 저었다. 이전의 무거웠던 마음이 부끄러워졌다.

"솔직히, 무결 씨가 잘한 것 같아요."

"뭐가요?"

"우리 직원들 주 5일 근무하게 한 거. 내 인생의 목표는 그저 성공이라고 생각했거든요. 왜냐하면 성공해야 행복해진다고 생각했으니까. 근데 과정 중에도 충분히 행복해질 수가 있더라고요."

승희가 무결의 혜안을 칭찬하니, 무결은 모호한 표정을 지었다.

"우리 직원들이 저녁이 있는 삶, 주말이 있는 삶을 보내게 된 것 같아서 만족스러워요. 고마워요."

"무섭게 왜 나를 띄워주고 그러지? 무슨 선전포고를 하려고."

무결은 승희의 성격을 알고 있었던 것이다. 이렇게 좋은 얘기를 한다는 건 필시 질책할 것이 있거나 경고할 것이 있다는 얘기다. 그런데 그녀의 대답은 질책도 경고도 아니었다.

"아기가 있었으면 좋겠어요."

아니, 경고인가. 그녀의 돌발 발언에 그가 되물었다.

"진심이야?"

"그럼. 진심이지."

"갑자기 왜?"

"하나는 낳아야겠다고 생각했고, 소연이 애기 보니까 이쁘기도 하고."

"형수님 직장에 복귀 못 해서 안타깝다고 했잖아요."

"그래서 내가 생각한 게 있어요. 회사에 어린이집을 만드는 거예요. 수시로 들여다볼 수 있고, 수시로 들여다보니까 믿고 맡길 수도 있고."

아내가 갑자기 아기 이야기를 꺼내어 무결은 멍해졌지만 싫지는 않았다. 이제껏 말을 꺼낸 적은 없지만 승희보다도 무결이 더 원하는 일이었다. 아기가 생기면 무엇을 할까, 상상의 나래를 펴본 적도 많다. 등산을 가야지, 캠핑을 가야지, 놀이공원을 가야지, 물놀이를 하러 가야지…… 놀러 다니는 상상이 태반이었지만 말이다. 아기를 키우는 일에 대해서 심도 있게 고민해본 아내가 존경스러웠다.

"그럼 내가 할게요."

존경의 마음을 담아 무결이 말했다. 여러모로 무결의 회사에 어린이집을 만드는 게 좋을 것 같았다.

"진심?"

"그럼. 진심이지. 우리 회사가 직원도 많고 규모도 더 크잖아요. 임신한 직원도 있고 애기 키우는 직원도 많고."

무결의 회사는 올 초에 출시한 게임이 대박을 터트려 회사 규모가 두 배로 커졌다. 직원도 50명이 넘었다.

"사옥 이전도 준비하고 있으니 내부에 어린이집 하나 만들면 되겠네요."

"고마워요."

승희가 행복해진 목소리로 말했다. 훈훈한 가운데, 무결의 눈동자엔 강렬한 불꽃이 모여들었다.

"그럼, 오늘은 하늘을 좀 봐야겠다. 하늘을 봐야 별을 따니까."

"괜찮아요."

그런데 승희는 고개를 젓고는 휴대폰을 꺼내들었다. 승희가 보여준 사진의 임신테스트기를 본 무결의 표정이 다시 멍해졌다.

"⋯⋯이게 뭐야?"

찾아본 적은 한 번도 없었지만 이 두 줄이 의미하는 것이 무엇인지는 짐작이 가능했다. 다만 하늘을 봐야 별을 따는 거라고 배웠는데, 아내가 아기가 생겼으면 좋겠다는 말을 하자마자 말씀이 사람이 된 듯이 두 줄이 박혀 있는 게 의아했다. 무결은 승희가 성령을 잉태한 듯이, 세상에 이런 기적이 어디 있느냐는 듯이 바라보았다.

"억울해하지 말았으면 좋겠네. 무결 씨 애기야."

"⋯⋯."

"소감은?"

"⋯⋯."

"여보?"

아주 천천히 찌르르한 감각이 찾아왔다. 코끝에 열이 오르려 하는 사이에 무결은 그녀에게 다가가 그녀를 폭 감싸 안았다. 그녀가 조금만 더 빤히 지켜봤었더라면 그의 눈물을 볼 수 있었을지도.

"이런 기분 처음이야."

오묘했다. 자신의 인생 전부를 바꾸어놓을, 자신의 인생 전부가 될 한 사람이 찾아오고 있다는 사실이.

그가 이토록 기뻐해주니 승희 또한 좋았다. 이제 다른 걱정은 하지 않을 것이다. 그저 주어진 인생에서 어떻게 이 행복을 이어갈 수 있을까, 그 생각을 해야지.

"태명은 공주님 할까요?"

"아들일 수도 있잖아요."

"아들이든 딸이든 우승희를 빼다 박았으면 좋겠다. 우승희 주니어를 안아주고 싶어서."

그의 예쁜 말에 승희 또한 무결과 쏙 빼닮은 아기를 낳았으면 좋겠다는 생각을 하게 되었다. 어렸을 때의 한무결은 얼마나 귀엽고 예뻤을까, 한무결을 닮은 아기는 과연 얼마나 예쁠까. 행복한 상상을 하게 되었다.

"이제 내가 매일 밥 먹여주고, 양치질시켜줄게."

"나도 손 있어요. 내가 임신을 한 거지, 애기가 된 게 아니거든요."

이어진 무결의 오버에 승희는 기분 좋은 얼굴로 무결의 어깨를 찰싹 때렸다. 무결은 하나도 아프지가 않았다.

주말 오후. 승희와 무결은 희재원을 찾았다. 여행을 떠났던 무빈도 한국으로 돌아와 오랜만에 모든 가족이 한자리에 모이게 되었다. 기쁜 소식을 알리기에는 더없이 좋은 자리였다. 무결은 오늘 산부인과에서 확인한 동영상을 가족들 앞에 내놓았다.

"애기가 생겼어요. 예정일은 내년 8월 말. 심장 소리도 확인했고요."

"경사가 났구나!"

할아버지 태조만 바로 반응을 보였고, 규원과 혜리와 무빈은 얼떨떨한 표정을 지었다. 애기가 생겼다 + 예정일은 내년 8월 말 + 심장 소리를 확인했다 + 심장 소리 동영상. 같은 주제의 반복인데 이들에게는 4단 콤보의 서프라이즈가 되었다.

"아버지는 안 기쁘세요?"

아무 말 없이, 휴대폰에 코를 박을 듯 가까이로 가져가 아기의 심장 소리를 확인하는 규원의 모습에 무결이 물었다.

"너무 기뻐서 할 말을 잃으신 것 같은데?"

무빈이 대신 대답했다. 규원은 기쁘다는 말 대신 이미 했던 설명에 대해 되물었다.

"이게 그러니까 애기란 말이냐?"

"네."

"이게 애기 심장 소리야?"

"네. 원래 애기들은 심장이 좀 빨리 뛴대요."

50초짜리 동영상을, 규원은 연거푸 재생시켰다. 심전도가 찍히는 화면에 하얀 반지같이 생긴 둥근 것이 반짝거리는 단조로운 동영상을 외울 듯이 무한 반복하시는 한규원 회장님. 혜리는 이에 비해 차분한 모습이었다.

"축하해. 정말."

규원이 여섯 번째 돌려보는 것을 확인한 혜리는 피식 웃고는 자리에서 일어났다. 승희가 따라 일어나 혜리에게로 갔다.

"어머니."

차분히 걷던 혜리가 뒤돌아 승희의 손을 잡고서 토닥였다.

"축하해, 정말. 우리 승희는 멋진 엄마가 될 거야."

"네. 고맙습니다."

"무결이 어머니가 얼마나 기뻐하실까."

혜리의 눈이 젖어 있었다. 그녀는 여태 무결의 친어머니 자리를 남겨두고 있는 것이다. 승희는 그런 혜리를 다독이듯 그녀의 손을 보듬었다.

"어머님, 어머님이 무결 씨 어머니인데요?"

"내가 많이 좋아해도 될까? 이런 생각이 들어."

그래서 혜리가 자리를 떠난 것 같다. 규원의 옆자리를 비워준 것이다. 무결의 친어머니가, 아들을 그리워하는 영혼이 와서 앉을 수 있도록. 와서 손주의 심장이 뛰는 것을 확인할 수 있도록.

그녀의 따뜻한 마음을 헤아린 승희가 말했다.

"저는요. 우리 애기가 어머님 닮았으면 좋겠어요."

그럴 리는 없을 것이다. 무결과 혜리는 피 한 방울 섞이지 않았으니까. 하지만 진심으로 그랬으면 하는 헛된 바람이 생겨난다.

"다정하고 우아하고 침착하고 강단 있는 사람이요. 그럼 소원이 없겠어요."

"……고마워."

눈물을 닦아낸 혜리가 멋쩍은 듯 웃음을 터트렸다.

"사실은 소리 지르고 싶었어. 근데 너무 좋아하면 주책이라고 할까봐 참았지 뭐야."

"더 좋아하셔도 되잖아요. 참지 마세요."

승희는 제 마음이 그녀에게 닿길 바랐다. 내가 그녀의 기쁨이 되기를. 당신이 있어서 내가 행복하고 든든하듯이.

"고마워."

나로 인해 그녀도 마음껏 행복해지길 바란다. 나도 그러니까.

"실은 너무 설레서 가슴이 울렁거린다."

혜리의 솔직한 고백에 승희는 기분 좋게 웃었다. 모든 것이 축복이었다.

[에필로그 2]

예쁜 어느 날

희재원 정원의 한가운데 캠핑장이 들어섰다. 캠핑카와 두 개의 텐트, 커다란 그릴, 이동식탁, 화로, 선베드에 이르기까지 갖출 건 다 갖춘 캠핑장이었다.

이렇게 된 데에는 이유가 있다. 진우가 캠핑을 원했기 때문이었다. TV에서 캠핑 장면이 나올 때마다 방방 뛰더니 결국 할아버지와 할머니를 설득하여 희재원에 한가운데 이런 캠핑장이 생겼다.

이른 저녁, 회사에서 돌아온 승희의 입이 멍하니 벌어졌다. 아이는 커다란 해먹에서 유유자적 몸을 흔들고 있고 태조는 해먹을 밀어주고 규원은 고기를 굽고 혜리는 쌀을 씻어 냄비밥을 안치고 있었다.

"왔니?"

"왔어?"

"옷 갈아입고 오렴."

지청구를 들을 것이 염려되는지, 규원과 혜리, 태조는 짧게 인사만 한마디 하고는 애써 승희의 눈길을 피했다.

"이게 다 뭐예요?"

승희가 물었다.

"진짜 캠핑은 아니고, 그냥 기분만 내본 거야."

"진우가 한 달 전부터 캠핑 캠핑 노래를 해서."

"준비하는 데 30분밖에 안 걸려."

규원과 혜리, 태조가 다시 한마디씩 둘러댔다.

"30분밖에 안 걸릴 규모가 절대 아닌데요, 이건."

"준비하면서 재미있었어. 다 같이 즐거우면 됐지, 뭐."

혜리가 웃으며 말했다.

진우는 탄생과 동시에 희재원의 서열 2위가 되었다. 이제 이곳 희재원은 진우가 아침이라 하면 꼭두새벽도 아침이 되는 곳. 진우가 원하면 이루어지지 않는 것이 없었고 세상은 진우를 중심으로 돌아갔다. 그런데 왜 서열 2위인가 하면, 유일하게 진우를 다스릴 수 있는 승희가 신적인 존재이기 때문이다.

진우는 무결을 꼭 빼다 박았다. 무결의 어린 시절을 본 적 없는 혜리, 회사 일이 바빠 아이들을 아내에게만 맡겼던 규원은 무결을 다시 키우는 듯이 행복해했다.

진우가 태어난 지 2개월째에 접어들어 승희는 회사로 돌아갔다. 혜리가 진우를 맡았다. 혜리는 자발적으로 진우를 키우겠다고 했다. 대신 승희네는 무결의 회사에 어린이집이 만들어질 때까지 몇 개월 간 희재원에서 살기로 했다. 그러나 어린이집이 만들어진 후에도 승희네는 독립하지 않았다. 희재원은 아기를 키우기 좋은 곳이었다. 승희와 무결이 바쁠 때에 진우를 대신 돌보아줄 어른들이 많았고 넓은 정원이 있었다. 진우는 어른들의 사랑을 듬뿍듬뿍 먹으며 무럭무럭

커갔다. 진우의 치명적인 귀여움 때문에 규원이 회사를 그만두는 불상사가 생겨난 것 외에 무탈하게 3년이 흘렀다.

"왕할아버지. 나 내릴래."

해먹으로 그네를 타던 진우가 태조에게 말했다.

"응. 그래."

"할아버지, 제가 할게요."

태조가 의자에서 일어나자 승희가 나섰다. 몇 년 사이 행복한 일이 많아 태조의 건강도 좋아졌지만 그렇다고 무리를 하게 할 수는 없었다.

"할아버지, 진우가 안아달라고 투정 부려도 안아주지 마세요."

진지한 목소리로 태조에게 이른 승희는 시아버지 규원에게도 한마디 했다.

"아버님, 진우가 얘기한다고 다 해주지 마세요. 애가 당연한 줄 알고 감사할 줄 몰라요."

"그래도 해줄 수 있으면 해주는 게 좋지 않을까?"

승희의 청에 풀이 죽은 규원이 작은 목소리로 말했다.

"승희가 그렇다면 그런 거예요. 애 엄마가 안 된다 하는데 당신이 그러면 안 되지."

혜리가 규원에게 핀잔을 주었다. 혜리에게도 같은 부탁을 하려 했던 승희는 더 이상 이 얘기를 하지 못하게 되었다.

"무결 씨는 어디 있어요?"

말하기가 무섭게 저편에서 도끼를 든 남매가 모습을 드러냈다.

"헉. 뭐야."

"장작 팼어."

호러영화의 한 장면을 본 양 식겁한 승희에게 무빈이 말했다.

"올케도 해볼래? 이거 되게 재미있어. 스트레스 풀린다."

"아…… 그럴까요?"

무빈의 제안에 승희가 팔을 걷어붙이고 나섰다. 그 모습을 바라보던 혜리와 규원이 소곤소곤 귓속말을 했다.

"애가 스트레스가 많았나봐요."

"그러게."

"어머님, 저 스트레스 많아서 하는 거 아니에요. 재미있어 보여서 하러 가는 거예요."

그 염려를 귀신같이 눈치챈 승희가 떠나기 전에 크게 말했다.

장작을 패는 건 재미있었지만 간단하지는 않았다. 도끼를 잘 내리쳐서 한 번에 나무줄기가 툭 하고 반쪽으로 쪼개지면 후련할 텐데, 요령이 없는 승희의 도끼는 자꾸 헛나갔다.

"중심을 딱 보고 한 번에 힘을 팍 줘서 내려찍으란 말이야. 미운 사람 때리듯이."

무빈이 훈수를 두었다. 하지만 이번에도 헛손질이었다.

"미운 사람이 없어서 몰입이 안 돼?"

도끼 조금 휘둘렀다고 숨이 찼다. 승희는 도끼를 쥔 손을 아래로 늘어뜨렸다. 그러곤 오늘 회사에서 들은 말을 무빈에게 전했다.

"형님, 다니엘한테 진우가 형님 애라고 했다면서요?"

다니엘은 무빈의 소개로 트윙클에셋과 결연을 맺은 미국 자산운용 기업의 직원이다. 현재 승희의 회사에 파견을 와 있는데, 똑똑한 데다가 젠틀하고 잘생겨서 사내에서도 아주 인기가 많다. 다니엘은 오로지 무빈에게 마음이 있지만.

"어……."

승희가 묻자 무빈의 표정이 숙연하게 변했다.

"미안해. 충동적이었어."

"……"

"하지만 진짜 진우를 훔쳐갈 생각으로 그런 건 아니야."

그런 무빈의 반응이 재미나서 승희는 몰래 웃었다.

"왜 애기엄마 행세를 하세요?"

"진우 데리러 어린이집 갔다가 진짜 우연히 딱 만났잖아. 나도 당황해서 그랬지."

"그렇다고 다니엘한테 사실은 애가 있다고 했어요?"

무빈의 대답이 귀여웠지만 실은 안타까운 일이었다. 현재 무빈과 핑크빛 기류가 흐르는 것 같아 승희도 다니엘을 눈여겨보고 있었는데 무빈이 이런 실수를 할 줄이야. 그런데 턱을 짚고는 곰곰이 생각하던 무빈이 꺼내놓은 대답이 가관이다.

"글쎄. 진심으로 나한테 마음이 있다면 나한테 애가 있어도 받아줄 수 있지 않을까?"

승희는 고개를 젓고는 현실을 제대로 알려주었다.

"지금 다니엘은 혼란스러워하고 있거든요. 진우가 제 아들이란 거 이미 아는데 형님이 그래서요."

"정말 내가 낳았다고 생각하는 거야? 으휴. 다니엘, 순진해 빠져가지고."

"아뇨. 사실대로 얘기해서 오해를 풀긴 했는데 다른 오해가 생긴 거예요."

"무슨 오해?"

"다니엘은 형님이 자기를 차버리려고 없는 애를 만들었다고 생각하는 모양이에요."

"어? 아닌데?"

"그러니까요. 오해를 푸는 게 좋지 않을까요? 결혼 얘기도 한 적 있다면서."

"결혼하겠다는 얘기가 아니라 결혼 가치관에 관한 얘기였지."

무빈은 다니엘과는 말이 잘 통했다. 만나면 한 시간은 기본으로 대화를 나누게 되었다. 그래서 무빈은 다니엘이 말이 많은 사람인 줄로만 알았다. 무빈에게만 말을 잘 걸어주는 것인 줄은 몰랐다. 무빈은 여전히 사람 만나는 것을 어려워하는 자신에게 선입견 없이 말을 걸어주는 다니엘이 순수하게 좋았다. 그래서 고민이 되었다.

"하. 어렵다."

무빈은 한숨을 쉬었다. 나이가 들수록 점점 사람을 만나는 게 부담스러워진다. '결혼 적령기'라는 주변의 시선 때문인 것 같다.

"모르겠다. 결혼을 꼭 해야 하나?"

"안 해도 되죠."

승희가 대답했다.

"결혼해서 행복하게 사시는 분이 안 해도 된다고 하시니 정말 믿음이 가네."

"저야 무결 씨를 만나서 결혼한 거고. 못 만났으면 결혼 안 했죠."

승희의 천연덕스런 대구에 닭살이 올라왔다. 마침 무결이 아내를 찾아 다가오고 있었다.

"하아, 아주 징글징글하다. 저리 가."

무빈은 손을 휘휘 저었다. 무결이 승희에게 다가와 그녀의 목에 팔을 두르자 승희는 당연한 듯 무결의 허리를 팔로 감았다.

"두 사람 쇼윈도 부부지? 너무 친해. 이상해."

"아직 신혼이라서요."

"애가 네 살이다! 결혼 4년 차에 무슨 신혼이야. 어우 징그러워."

두 사람을 놀리려던 무빈은 치를 떨며 물러났다. 승희는 그녀의 뒷모습을 보며 지그시 미소 지었다. 여전히 과거의 무게가 그녀를 괴롭히지만 무빈은 과거에 잠식당하지 않았다. 아주 조금씩, 서서히 옅어진 과거는 이제 그녀가 현재를 살아가는 단단한 힘이 되었다.

혜리와 규원이 준비한 저녁을 맛있게 먹고, 왕할아버지와 할머니, 할아버지는 집으로 모셔다드렸다. 승희와 무결, 진우 그리고 무빈은 야외 취침 당첨. 캠핑 기분을 내고 싶은 진우 덕이다. 그렇게 캠핑 캠핑 노래를 하더니, 진우는 9시도 되기 전에 곯아떨어졌다.

승희와 무결은 진우를 안아들고 별을 보러 밖으로 나왔다. 서울에서 별을 볼 수 있는 곳은 흔하지 않다. 시골처럼 맑은 하늘은 아니지만 주변이 어두워 화창한 날엔 서울의 공기가 숨겨놓은 보석 같은 별들을 만날 수 있다.

"예쁘다. 서천 하늘처럼."

고개를 꺾어 하늘을 바라본 무결이 고요한 목소리로 말했다. 진우가 깰 수도 있어 크게 말을 할 수가 없었다. 1년에 한 번 정도는 서천에 가려고 했건만, 진우가 생긴 이후에는 발걸음을 하지 못했다.

"내년에는 진우 데리고 서천에도 갈 수 있겠다."

이제는 진우도 어느 정도 컸으니 일손을 돕지는 못해도 말썽이 되지는 않을 것 같다. 무결이 희망을 품은 목소리로 말했다. 그런 무결에게 승희가 다른 화제를 꺼냈다.

"여보, 내가 바빠서 미안하긴 한데, 진우한테 동생이 있으면 참 좋겠다, 그치?"

"그러게. 내가 대신 낳을 수 있다면 참 좋을 텐데."

무결은 허심탄회하게 한숨을 쉬었다. 둘째는 바라지 않는다. 일단 승희가 진우를 낳을 때 너무 고생했고, 꼬박 한 달 동안 일을 하지 못하게 되어 승희가 회사를 운영하기 힘들어했었다. 출산 한 달 후에 회사로 돌아갈 때도 고민이 많았다. 회사에도, 아기에게도 자신이 필요했다. 혜리가 믿음직스럽게 육아를 책임졌지만 미안한 마음은 어쩔 수가 없었다.

진우를 완벽하게 돌보지는 못했지만 회사는 날로 커나갔다. 트윙클에셋은 어플리케이션 출시 5년 만에 회원수 700만 명, 회원 등록 자산 50조 원에 이르는 건실한 회사가 되었다. 금왕그룹의 투자 없이 이뤄낸 성과였다. 이제 승희는 150명의 직원을 둔 기업의 대표다. 그래서 이런 말을 하는 것에 무게와 책임을 실을 수밖에 없다.

"내가 낳으면 되지."

가벼이 말했지만 절대 가벼울 수 없는 말.

"진심이에요?"

그 말에 놀란 무결의 입에서 존댓말이 툭 튀어나왔다. 남들은 놀라면 반말을 한다는데, 이 부부는 오랫동안 존댓말을 하고 살아서 흥분하면 서로를 높이게 된다. 무결의 반응에 피식 웃은 승희는 오래전의 이야기를 꺼냈다.

"사실 있잖아. 진우가 태어났을 때, 나 무결 씨 미워했었어."

"으응? ……왜?"

"그냥 아무 이유 없이. 내가 너무 고생스러워서 미웠어. 진우가 태어나고 무결 씨가 감격해서 눈물을 쓱 닦는데도 왠지 얄밉더라고."

유치한 감정이지만 진솔한 이야기. 그땐 그랬다. 아주 잠깐 동안, 너무 힘들어서, 내겐 엄마가 없어서 서러웠다.

"그리고 나한테 축하한다는 말을 하는 사람들도 이해할 수 없었어. 여보한테 축하한다고 말하는 건 이해가 돼. 애 아빠는 솔직히 엄마처럼 생사를 헤매는 게 아니잖아. 애가 거저 생겼는데 축하받을 일이지. 근데 애 엄마한테 왜 축하한다고 할까. 수고했다, 고생했다, 앞으로도 고생하겠지만 힘내라, 그런 말을 해야 하는 거잖아."

"……."

"그랬거든. 그런데, 축하받을 일이 맞더라."

살아보니 알겠다. 왜 사람들이 축하한다고 말했는지. 엄마가 되는, 그 어려운 길에 이르렀는데 왜 다들 축하를 했는지.

"내가 만들어낸 성과도 많고 작품이라 할 수 있는 것들도 많았지만, 역시 최고는 우리 아들이더라고."

아기의 웃음에 함께 웃고, 걸음마에 응원하며 박수 치고, 빽빽 울면 함께 울고 싶다가도 잠이 들면 어디서 이런 천사가 내려왔을까 생각하고. 음도 없는 노래를 불러줄 땐 내 아이가 천재인가 착각을 하고 뽀뽀를 해주면 세상을 다 가진 것 같고. 그 일상의 소소한 감동 속에서 아이와 함께 그녀 또한 성장한다.

"그렇지? 날 닮아서 외모 하나는 참."

무결이 들뜬 목소리로 대답했다. '진우의 동생'이라는 말을 들은 이후부터 그는 설레는 마음을 어쩔 수가 없었다.

"우승희 닮은 딸 하나만 있으면 완벽하겠다."

"……."

"아니야. 아들도 괜찮아."

무결의 능청에 승희는 웃고 말았다. 그 웃는 입술 위에 별 같은 반짝임이 내려앉았다. 승희는 진우를 안고 있는 무결을 위해 발꿈치를 들어 키를 맞추었다.

그때. 부스럭. 나무들 저편으로 소리가 들리는가 싶더니.

"아니야! 난 아무것도 못 봤어!"

무빈의 목소리가 호들갑스럽게 들렸다. 우리도 아무것도 안 했는데.

"정말 못 봤어. 하던 거 해!"

으아아앙. 그러나 하던 걸 마저 하기엔 어려운 상황이 되었다. 진우가 깨고 만 것이다. 그 울음소리에 숨어 있던 무빈이 후다닥 달려왔다.

"진우야, 고모랑 가자."

진우의 대모를 자처하는 무빈은 무결에게서 진우를 빼앗듯 안고는 저편으로 떠났다. 아무것도 못 봤지만, 가족 계획에 대한 대화는 모두 들었구나. 무빈의 몹쓸 배려에 승희는 한숨이 나왔다.

"누나, 고마워."

한편 무결은 둘만 남게 되어 흡족했다. 벌써 두 팔이 승희의 어깨에 단단히 감겨 있었다.

아주 오랫동안 이런 날들이 계속될 것 같다.

《혼전계약서》에필로그 마침.

혼전계약서 2

1판 1쇄 발행 2020년 5월 29일

지은이 · 플아다
삽 화 · 팻 녹
펴낸이 · 주연선

총괄이사 · 이진희
책임편집 · 박연빈 김서해
본문 및 표지 디자인 · 김지수
책임마케팅 · 이선행
마케팅 · 장병수 김진겸 이한솔 강원모
관리 · 김두만 유효정 박초희

(주)은행나무
04035 서울특별시 마포구 양화로11길 54
전화 · 02)3143-0651~3 | 팩스 · 02)3143-0654
신고번호 · 제 1997-000168호(1997. 12. 12)
www.ehbook.co.kr
ehbook@ehbook.co.kr

잘못된 책은 바꿔드립니다.

ISBN 979-11-90492-67-6 (04810)
　　　979-11-90492-65-2 (세트)